KB053697

중국산문사

중국산문사

초판 인쇄 2020년 10월 25일 **초판 발행** 2020년 10월 30일
지은이 천펑위안 **옮긴이** 김홍매·이은주 **펴낸이** 박성모 **펴낸곳** 소명출판 **출판등록** 제13-522호
주소 서울시 서초구 서초중앙로6길 15, 2층
전화 02-585-7840 **팩스** 02-585-7848 **전자우편** somyungbooks@daum.net **홈페이지** www.somyong.co.kr

값 25,000원   ⓒ 김홍매, 이은주, 2020
ISBN 979-11-5905-563-8 93820

잘못된 책은 바꾸어드립니다.
이 책은 저작권법의 보호를 받는 저작물이므로 무단전재와 복제를 금하며, 이 책의 전부 또는 일부를 이용하려면
반드시 사전에 소명출판의 동의를 받아야 합니다.

중국산문사

The History of Chinese Prose

천핑위안 지음

김홍매 · 이은주 옮김

번역 범례

- 인명은 사망일에 따라 신해혁명(1911)을 기점으로 이전의 인물은 종전의 한자음대로 표기하고 이후의 인물은 중국어 표기법에 따라 표기하되, 처음에 나올 때는 한자와 한자음을 병기하였다.
- 지명은 관례에 따라 한국 한자음으로 표기하였다.
- 주석에서는 신해혁명을 기점으로 이후의 자료들은 원문 그대로 표기했고, 이전의 자료들은 한자음을 달거나 번역해서 표기하였다.

한국어판 서문

이 번역본은 2019년에 북경대학 출판사에서 간행한 『중국산문소사中國散文小史』를 저본으로 한 것이다. 그런데 이 책은 기존에 있던 책을 다시 간행한 것이다. 맨 처음에 나왔던 책은 1998년에 상해인민출판사上海人民出版社에서 간행한 『중화문화통지中華文化通志·산문소설지散文小說志』였고, 2004년에 상해인민출판사와 2010년에 북경대학 출판사에서 각각 간행한 『중국산문소설사中國散文小說史』의 상편인 '중국산문' 부분에 해당한다. 처음에는 『중화문화통지』(총 101권으로, 제4회 국가도서상이라는 영예로운 상을 수상해서 외교적 선물로 쓰이거나 국내외 중요 도서관에 소장되었다)라는 총서의 체제에 맞춰야 했으므로 산문과 소설을 합본해서 간행했다. 그래서 '서론'에서 이 부분에 대한 해석과 보충설명을 곁들이기는 했지만 그래도 다소 부자연스러운 감이 있다. 저자 개인의 저술로는 문제가 없으나 독자 입장에서는 납득하기 어려웠을 수도 있다. 이 책의 번체자 판(臺北 : 二魚文化, 2005)은 대만에서 대학 교재로 홍보되었다. 그렇지만 중문과의 커리큘럼은 전체를 조망하는 문학사 수업이거나 그게 아니라면 산문사 또는 소설사로 세분화되어 있다. 산문과 소설을 합본해서 간행하면 강의를 할 때는 늘 절반 정도는 쓸모 없게 되기 마련이었다. 독자의 취미와 강의교재로서의 요건을 고려하여 북경대학 출판사에서는 이 둘을 떼어내어 '산문소사散文小史'와 '소설소사小說小史'로 분책하기로 결정했다.[1] 다만 체제를 완정하게 하기 위해서 이 두 책 모두 원작의 '서론'을 그대로 수록하였다.

---

1 【역주】 이 책의 원제는 '中國散文小史'이다. 다만 '소사'가 부자연스러운 감이 있어서 역자들은 이 책의 제목을 '중국산문사'로 수정하였다.

상해에서 출판한 『중국산문소설사』의 후기에서 나는 "두꺼운 책을 쓰는 것은 어렵지만, 엄청나게 축약된 얇은 책을 쓰는 것도 쉽지 않다"고 했었다. 당연히 이런 것들은 모두 사후약방문死後藥方文이 되었다. 이 책이 지금의 모양으로 된 것은 총서의 체제를 따라야 했기 때문이다. 40,000자 정도의 분량으로 두 문체의 역사적 변천을 담아내야 했는데 분량의 제한 때문에 이런 식의 체제를 선택하는 수밖에 없었다. 곧 이 책이 '대략적인 윤곽만 거칠게 스케치한 글'이 된 것은 절반 정도는 내 학식의 한계 때문이고 다른 절반 정도는 총서라는 체제 때문이었던 것이다. 학술이 고도로 전문화된 오늘날에는 이 책의 한 챕터만 가져와도 하나의 책으로 써도 될 정도로 발전시킬 수 있을 것이다. 이 책에서는 간략한 필치로 저자의 기본 입장과 큰 틀에서의 생각만 정리했을 뿐이며 그것을 자세하게 서술한다면 사뭇 다른 모습이 될 것이다.

어쨌든 이 책은 20년 전의 저작이다. 엄청나게 대단한 학술적 성과라고 자랑할 생각은 없다. 유일하게 위안이 되는 것은 문어와 구어, 우아함과 속됨의 사이에서 어떻게 적절한 학술적 문체를 찾아낼 것인가라는 질문에 대한 이러한 탐색이 지금도 의미가 있다는 점이다. 연구가 진척됨에 따라 문학사는 더 세밀해지고 인물과 작품은 더 많아졌으며 문제도 점점 더 복잡해졌다. 반면에 간결하고 명쾌하며 나름의 개성을 지닌 요약서는 찾기가 힘들다. 그 당시를 생각해보면 나는 독서를 많이 하지는 않았지만 용기는 충만했고, 내 많은 주장은 지나치게 거친 감이 있었다. 그러나 젊은 시절의 패기가 뒤섞인 서술 태도—칼을 빼어 들고 말을 달리면서 바로바로 결단을 내리는—가 그립다. 유치하고 독단적이었지만 다른 한편으로는 생기가 넘쳤던 이런 작은 책을 20년 후의 나는 다시는 쓸 수 없을 것이다.

중국산문을 나는 매우 좋아하고 다소간 깨달은 바도 있지만 전문가로 자처할 수는 없다. 지금 이 간략한 작은 책이 아마 전문가의 눈에 차기는 어려울 것이다. 그래도 일반 독자와 대학생이 중국산문의 개괄적인 면모를 이해하는 데에는 도움이 될 것이다. 이런 생각을 바탕으로 해서 나는 북경대학 출판사에 삽화를 추가해 달라고 요청했고 새로운 형태로 바꾸어 새 시대의 독자들에게 이 책을 바치고자 한다.

한유韓愈의 「진학해進學解」에 나오는 "사건을 서술할 때는 반드시 핵심을 써야 하고 말에 대해 쓸 때는 정밀한 내용을 찾아내야 한다"는 두 구가 생각난다. 역사가가 핵심과 정밀한 내용을 쓰려면 자료도 풍부해야 하지만 식견도 탁월해야 한다. 그리고 이것은 학술 기반이 튼튼해야 할 뿐만 아니라 학술을 전달하는 능력도 갖추어야 가능한 것이다. 핵심을 뚫어보고 '고금을 관통하면서' '장르를 넘나들려고 한' 노력은 다들 한눈에 보아낼 수 있기 때문에, 나는 이 책에서 내가 구사한 학술적 문체에 대해 좀 더 이야기해 보고 싶다.

글을 잘 쓰려고 하는 사람에게도 "주제를 전달하면서" "군더더기 없이 요점만 말하는 건" 사실 만만치 않은 경지이다. 너무 풀어서 쓰면 군더더기가 많고 너무 줄여버리면 무미건조해져 버려서 그 사이에서 분별력을 갖춰야 하는데 이렇게 하기란 매우 어렵다. 게다가 지금 내가 논의하는 대상은 '고전'과 '현대'를 포괄하므로(총서편집위원회의 원래 규정에 따르면 논의대상의 범위는 신해혁명(1911) 전으로 한정되었는데, 내 경우에는 이것을 1940년대까지 넓히겠다고 했다. 그 목표는 과거와 현대를 '맥락 있게 연결시키도록' 하는 데에 있었다), 이렇게 하면 문언문과 백화문 사이에 거대한 긴장감이 생기게 된다. 한 권의 학술 저작에서 자신의 학술적 견해를 알기 쉽게 표현해야 할 뿐만 아니라 읽기가 몹시 힘든 옛사람의 문장도 다루어야 하고, 여기에 또 참조로 삼아야 할, 어감이 많이 다른 서구화된 단어들도 넣어야 하는데, 이 세 가지를 어떻게 잘 조율할 수 있을까? 나중에 쓴『현대 중국의 학술 문체-'경전 인용'을 중심으로現代中國的述學文體-'引經據典'爲中心」(『文學評論』 4, 2001)에서 나는 이렇게 썼던 적이 있다.

후스는『중국철학사대강』에서 맨 위에 먼저 원문을 인용한 뒤에 그 다음에 백화문으로 해설하는 방식을 택했는데 비록 후대의 수많은 학자들에게 수용되기는 했지만 자기도 모르는 사이에 그의 해설은 더 이상 '말하는 것처럼 분명하지' 않게 되었고, 또 '질박한 산문과 화려한 변려문이 결합된' 문언문의 어투를 띠게 되었다. 그 이유는 질박하고 참신한 본문(백화문)과 화려하고 기이한 인용문(문언문)의 낙차가 지나치게 크면 작자와 독자는 모두 불편한 느낌을 받게 되기 때문이다. 아마도 옛 책을 많이 읽다 보니 자신도 모르는 사이에 영향을 받아 글을 쓸 때 언제나 '품위와 강건함(雅健)'을 추구하는 경향이 생기게 되었을 것이다. 하지만 저자가 이러한 간극을 느끼고 문체를 수정함으로써 이 격차를 메우려고 했을 가능성도 배제할 수 없다.

이 내용은 역사 인물에 대한 서술이면서 동시에 나 자신의 이야기이기도 했다. 내가 이런 간극을 느끼고 또 의식적으로 학술 문체를 조정한 것은 바로 이 책을 썼던 경험이 바탕이 되었던 것이다.

나에게 학술 저작은 그냥 '자료'에 '관점'을 더한 것이 아니라 '표현'에도 주안점을 두어야 하는 것이었다. 학술 문체에 대해 어느 정도 고려했기 때문에 나는 예전에 썼던 저작을 수정하는 걸 그렇게 좋아하지는 않는다. 부적절한 단락이라면 없애는 게 나을 것이고 오류가 있는 것이라면 고쳐야 할 것이다. 그러나 만약 그런 작업으로 뼈대가 손상될 수 있다면 그때는 잠시 놔둘 뿐이다. 내가 보기에 모든 글(저작)이 다 연구하게 된 계기 및 연구하면서 글을 쓸 때의 마음과 밀접하게 결부되어 있기 때문이다. 기회는 한 번밖에 없다. 정말 많은 시간을 할애해서 '집중해서 잘 살펴보면' 몰라도 그렇지 않으면 결코 원래 생각으로 되돌아갈 수 없으며 고친 내용이 원래의 저서와 빈틈없이 어울리기가 어렵다. 예전 생각과 현재의 생각이 섞여 있을 바에는 차라리 새롭게 따로 글을 쓰거나 차라리 티가 나게 고쳐서 독자 스스로가 감별하게 하는 편이 낫다. 이것도 내가 그냥 오탈자 정도만 교정하자는 출판사의 제안에 동의했던 이유이다.

수정하지 않았다는 것이 자아도취라는 뜻은 아니다. 이 기간 동안 나는 소설 연구라는 점에서 확실히 최선을 다하지 못했다. 그래도 산문에서는 어느 정도 수확이 있었다. 예컨대 2000년에 백화문예출판사에서 간행한 『중국산문선』과 삼련서점에서 간행한 『문인의 글에서 학자의 글로從文人之文到學者之文 — 명청산문연구明淸散文硏究』(生活·讀書·新知三聯書店, 2000)는 이 분야에서의 내 노력을 보여준 것이었다.

단편적인 논문을 빼면, 이전의 내 저작 중에서 한국어로 번역된 것으로는 『중국소설 서사학中國小說敍事模式的轉變』(이종민 역, 살림, 1994), 『중국소설사小說史 — 이론과 실천理論與實踐』(이보경·박자영 역, 이룸, 2004), 『명청산문강의』(김홍매·이은주 역, 소명출판, 2018) 3종이 있다. 이 책들과 『중국산문사』,

이미 판권이 팔린 『천고문인협객몽千古文人俠客夢』은 모두 내 예전의 저작이다. 그러므로 한국 학계에 알려진 것은 기본적으로는 20여 년 전의 성과라고 할 수 있다.

지난 1990년 중엽부터 내 관심사는 학술사(『중국 현대학술의 건립中國現代學術之建立』, 『학과로서의 문학사作爲學科的文學史』, 『현대 중국의 학술 문체現代中國的述學文體』)와 교육사(북경대학 출판사에서 간행한 '대학오서大學五書'), 도상 연구(『도상과 역사 및 서구학문의 수용左圖右史與西學東漸』, 『만청의 도상圖像晚淸 ― 점석재화보點石齋畫報』, 『만청의 도상圖像晚淸 ― 점석재 화보 외點石齋畫報之外』) 등으로 옮겨갔다. 이렇게 정력이 분산되다 보니 소설과 산문 연구에 대해서는 더 진척시키지 못했다. 이번에 역자 김홍매 선생과 이은주 선생, 소명출판의 후의로 내 저작이 다시 한국에 상륙할 수 있었기에 매우 영광스럽다.

작년 8월에 나는 제5회 연세한국학포럼 '동아시아 혁명의 역사와 기록의 현재'에서 「'역사적 접근'에서 '사상의 단련'으로從'觸摸歷史'到'思想操練'」를 발표했는데, 주된 내용은 내 『역사적 접근과 5·4로의 진전觸摸歷史與進入五四』(北京大學出版社, 2005; Leiden·Boston : Brill Academic Publishers, 2011), 『사상의 단련으로서의 5·4作爲一種思想操練的五四』(北京大學出版社, 2018)에서 논의한 것이었다. 나는 앞으로 한국 학자들과 더 많이 교류하여 중국소설과 산문에 대해, 또 내가 더 많은 관심을 갖고 있는 '현대 중국'의 사상과 학문, 표현에 대해 토론할 수 있기를 희망한다.

2020년 2월 8일 경서원명원화원京西圓明園花園에서

차례

서론

중국산문과 중국소설

장르로서의 '산문'과 '소설'은[1] 그 자체에 시간성과 공간성이 있는 것은 아니다. 다시 말하면 모든 산문과 소설은 시, 희곡 등의 장르와 구분되는 기본적 특징을 가지고 있다. 이런 최소한의 전제를 바탕으로 오랫동안 장르 연구가 이루어질 수 있었던 것이다. 장르 연구는 구체적으로 보면 성격이 다른 두 가지 방법으로 나뉜다. 이론적 장르theoretical genres를 구축하고자 하는 사람들은 시공간을 초월한 '산문의 특징' 또는 '소설의 특징'을 더 강조하려고 할 것이고, 역사적 장르historical genres에 주안점을 주는 사람들이라면 산문의 시대적 차이와 외국소설과의 차이를 부각시키려고 할 것이다. 이 두 가지는 각기 나름대로 합리적이지만 이 책의 특성상 후자에 중점을 둘 것이다.

한대漢代 반고班固가 인식한 "군자라면 쓰지 않는" 소설과 청말清末의 량치차오梁啓超(양계초)가 규정한 '문학의 최고 수준'으로서의 소설 사이의 거리는 상당히 멀다. 하지만 '소설'을 바라보는 이 상반된 시각에도 주목

---

1   문학 분류에 대한 용어는 줄곧 혼선을 빚어왔다. 여기에서는 먼저 상위 분류를 '장르' 혹은 '체재(體裁)'(예컨대 소설, 시, 희곡)로 하고, 그 다음 하위 분류를 '문체'(예컨대 묘지(墓誌), 제발(題跋), 유기(遊記)) 혹은 '유형(類型)'(예컨대 역사연의(歷史演義), 영웅전기, 무협소설 등)으로 하겠다.

할 만한 역사적 관련성이 존재하고 있다. 세상에는 시간과 공간을 막론하고 어디에나 통용되는 '산문' 또는 '소설'의 개념은 없다. 그러나 이 말이 장르 연구의 가치를 완전히 부정한다는 뜻은 아니다. 금대金代의 왕약허王若虛가 쓴 『호남유로집滹南遺老集』 권37 「문변文辨」에는 이 난제에 대한 대답으로 제시할 수 있는 절묘한 구절이 있다.

> 어떤 사람이 "문장에는 형식이 있습니까?"라고 묻기에 "없습니다"라고 대답했다. 그러자 다시 "형식이 없습니까?"라고 묻기에 "있습니다"라고 대답했다. "그렇다면 도대체 어떠해야 한다는 것입니까?"라고 하기에 "정해진 형식이라면 없지만, 전체적인 형식이라면 있어야 합니다"라고 대답했다.

'대략적인 형식'은 있지만 '정해진 형식'이 없다는 것은 장르와 장르 사이의 경계선이 상당히 모호할 수 있으며, 동시에 같은 장르라고 하더라도 시대에 따라 매우 크게 달라질 수 있다는 뜻이다. 문학사 연구자가 하는 일 중 하나는 전체적인 형식을 파악하는 것이고, 다른 하나는 부분적인 차이를 변별하는 것이다. 여기에서 '전체적인 것'과 '부분적인 것'으로 나눈 것은 상대적으로 말한 것이지 그 자체에 가치판단이 들어있다는 뜻은 아니다. '전체적인 형식'은 장르의 존재를 보장해주며 '부분적인 차이'는 장르의 발전을 의미한다. 이렇게 '정해진 형식'을 타파하려는 부단한 노력 때문에 장르는 영원히 새로움과 활력을 가지게 되는 것이다.

'산문'과 '소설'은 시간과 공간을 초월해서 나름의 몫을 해내는 중요한 장르이다. 성격이 다른 두 주요 장르를 하나로 묶어 논의하는 것은 결코 '그냥 끼워 맞춘 것'이² 아니다. 소설과 산문 사이에는 수많은 접점이 있는데, 이 부분에 대해서는 이후 여러 차례 언급할 예정이다. 여기에서는 어째서 논의 순서가 '산문'이 먼저이고 '소설'이 나중인가 하는 점에 대해 대략적이나마 설명을 덧붙이려고 한다. 20세기 독자에게는 소설의 위상이 산문보다 훨씬 더 높을 수도 있다. 그렇지만 유구한 중국문학사의 흐름에서 보면 '산문'이 핵심 장르이고 훨씬 더 중요하게 인식되었다. '정통문학의 전당에 오르지 못한' 소설과 결코 나란히 견줄 수 없는 위치였다. 더 주된 이유는 근원으로 소급해 들어가서 볼 때 '산문'이 더 이전 시기에 무르익었고 '소설'은 더 나중 시기에 혼돈 상태를 빠져나왔기 때문이다. 나중에 생겨난 장르를 이야기하기 위해서는 필연적으로 이전에 있었던 장르와의 관계 속에서 '의존'과 '반란'을 언급할 수밖에 없다.

'산문'에 대하여

중국에서 '산문'이 하나의 장르가 된 것은 꽤 오래되었지만, 공식적인 명칭을 갖게 된 것은 근세(1840년 아편전쟁부터 1949년 중화인민공화국이 건국될 때까지를 가리킴)의 일이다. 이렇게 이름과 실체 사이의 간극이 어떤 긴장감을 만들어내었기 때문에 연구자들은 우선적으로 개념을 정리하고 확정하는 작업을 해야 했다. 현대인들이 생각하는 산문은 대체적으로 다음과 같은 세 가지 측면에서의 함의를 내포하고 있다. 첫째, 시, 소설, 희곡과 대응된다. 둘째, 운문과 대응된다. 셋째, 변려문騈儷文과 대응

---

2 【역주】원문은 "亂點鴛鴦譜"이다. 이 구절의 출처는 『성세항언(醒世恒言)』의 「교태수가 원앙보를 마음대로 정하다(喬太守亂點鴛鴦譜)」이며, 이 구절의 의미는 부부를 제멋대로 짝지어 주는 것을 말한다.

된다. 이 책에서는 가까운 곳에서 먼 곳으로 한꺼풀씩 벗겨가면서 '산문'의 역사적 흐름에 대해 이해해 볼 생각이다.

이른바 소설, 시, 희곡과 나란히 놓이는 산문은 '5·4' 이후 서구의 '문학개론'을 받아들여 변형한 결과물이다. '5·4' 문학혁명은 백화문白話文을 제창하고 문언문文言文을 폐지하자는 주장으로 시작되었는데, 이 안에는 언어에서 문언문과 백화문 사이의 논쟁뿐만 아니라 장르의 위상 변화, 곧 '산문'이 중심에서 변두리로 밀려나는 과정을 포함하고 있다. 그전 시대에서는 문학을 논할 때 문장文章(산문을 말함—역자)이 우선이었고 시는 그 다음이었으며, 소설과 희곡은 있어도 그만 없어도 그만인 것이었다. 그 다음 시대에서는 천지가 개벽해서 소설과 희곡이 전면에 부상했고 문장은 상대적으로 뒤로 밀려날 수밖에 없었다. 문학에 대한 관념의 변화는 그 시대 창작에도, 또 문학사 전반에도 영향을 미쳤다. 문학이 진화한다는 신화와 장르의 위상 변화로 '5·4' 이후의 문학사는 완전히 모습을 달리하게 되었다. 후스胡適(호적)처럼 송·원 이후의 고문古文은 모두 죽었다고, 즉 백화문에 대체되기도 했고 소설과 희곡에 추월당했다고 말하는 사람이 그렇게 많지 않을지도 모르겠다. 하지만 어쨌든 송·원 이후의 문학을 이야기할 때 학자들은 대부분 산문이 아니라 사詞, 곡曲, 소설을 중심으로 논의하였다. 이 점은 린촨자林傳甲(임전갑),[3] 셰우량謝無量(사무량)[4] 등이 쓴 문학사와 1920·1930년대 이후에

3　【역주】린촨자(林傳甲, 임전갑, 1877~1922)는 호가 쿠이텅(奎騰)이며 후관현(侯官縣, 지금의 복주(福州)) 사람이다. 경사대학당(京師大學堂, 지금의 북경대) 문학교수로 있었으며『대중화지리지(大中華地理志)』,『대중화직예성역현지(大中華直隸省易縣志)』,『차하얼향토지(察哈爾鄕土志)』 등을 편찬하였다.

4　【역주】셰우량(謝無量, 사무량, 1884~1964)은 사천(四川) 낙지(樂至) 사람으로 본명은 밍멍(名蒙, 명몽)이며 자는 다청(大澄, 대징)이고 호는 시판(希范, 희범)이다. 나중

편찬한 문학사를 비교해 보면 잘 알 수 있다.

루쉰魯迅(노신), 저우쭤런周作人(주작인) 같은 사람들의 노력을 통해 잡감雜感, 수필隨筆, 소품小品, 미문美文 등이 드디어 문학의 전당에 들어가기는 했지만 그래도 대다수 독자와 작가들에게 산문은 등급이 낮은 것이었다. 유명한 산문가인 주쯔칭朱自淸(주자청)조차도 산문집 『뒷모습背影』의[5] 서문에 이렇게 썼다. "그것(산문-역자)은 순수문예라고 볼 수 없으며, 시, 소설, 희곡과 차이가 있다." 그 당시 보편적으로 받아들여졌던 서구문학의 관념에 비추어 볼 때 '산문'은 하나의 독립적 장르라기보다는 시, 소설, 희곡[6] 밖에 있는, 무한대로 넓고 그래서 또 명확하게 정의 내리기 어려운 문학 영역을 가리키는 말이었다. '문학 영역'이라고 한 것은 그래도 점잖은 표현으로, 형식과 스타일, 목적이 천차만별인 이러한 '문장'을 "순수 문예라고 볼" 수 있는가에 대해 당시 사람들은 대체로 회의적이었다. 중국에서 산문의 연원이 깊다는 점을 고려하여 문학에서 장르 구분을 할 때 학자들은 약간씩 융통성을 발휘했고 그 결과 (3대 장르의 한계를 보완하여 -역자) 모두를 만족시키는 '4대 장르四分天下'설이 생겨났다. '산문'은 드디어 4분의 1을 차지하게 되어 문학의 전당에서 퇴출되는 불운은 피할 수 있었지만, 예전의 '문단의 맹주'가 오늘날에는 '말석에 겨우 끼는' 처지로 전락하게 된 것이다. 수천 수백 년 동안 중국의 지식인들은 '문장'

에 이름을 천(沉, 침), 자를 우량(无量, 무량)이라고 고쳤으며 별호를 서안(嵩庵, 색암)이라고 하였다. 청대 말기에 성도(成都) 존고학당(存古学堂)의 감독(監督)을 맡았으며 중화인민공화국 건립 후에는 중국인민대학교 교수를 역임했다.

5 【역주】 우리나라에서는 『아버지의 뒷모습』(박하정 역, 태학사, 2000)으로 나왔다.

6 【역주】 본문의 시, 소설, 희곡은 문학의 3대 장르인 서정, 서사, 극의 대표 하위 장르이다. 저자는 산문이 이 3대 장르에 포함되지 않는다는 점을 명확하게 드러내기 위해 서정, 서사, 극이라는 용어를 사용하지 않고 산문과 같은 위상을 가지고 있는 시, 소설, 희곡으로 표현하였다.

을 통해 주장을 정립하여 도道를 전하고 공명功名을 널리 구했으며 불후不朽하기를 소망했으나, 이제 이 '문장'은 한 차례 역할이 축소되고 가치가 재평가되는 과정을 통해 거의 환골탈태하는 정도로 처지가 달라졌다.

시나 희곡에 비해 현대 중국산문은 전통의 제약과 혜택을 깊고도 두텁게 받은 편이다. 비록 "동성파 잡놈桐城謬種, 문선파 요괴選學妖孽" 등의 과격한 구호들이 나타난 적도 있지만 백화白話로 쓴 산문이 성공을 거두기 위해서는 반드시 고문을 학습해야 했고 이런 생각은 쉽게 작가들의 암묵적 동의를 얻어냈다. 만명晩明 소품을 제창했던 저우쭤런과 당말唐末 잡문을 높게 평가했던 루쉰의 길은 그 자체로는 달랐지만 고문을 차용하여 구어체 산문을 바꾼다는 측면에서는 전혀 다를 바가 없었다. 청대 사람 유희재劉熙載는 『예개藝槪』[7] 「문개文槪」에서 "한유韓愈의 문장이 8대[8]의 쇠약한 문풍을 일으켰다는 것은 사실 8대의 성과를 집대성했다는 것이다"라고 한 바 있다. 이 말은 현대산문과 고문의 관계를 설명할 때 그대로 적용할 수 있다.

게다가 '고문'은 원래 '산문'이었다. 여기에서 말하는 '산문'은 '변려문'과 대응되는 글을 가리킨다. '산문'이라는 개념을 가장 일찍 이런 의미로 사용한 사람은 아마도 송대 사람 나대경羅大經일 것이다. 그는 『학림옥로鶴林玉露』 병편丙篇 권2에서 "산곡山谷(황정견黃庭堅)의 시와 소騷는 절묘한 명편이지만 산문은 자질구레하고 스케일이 작은 것 같다"고 했다. 갑편甲篇 권2에서는 주필대周必大의 말을 빌려 "사륙문四六文은 특별히 대

---

7 【역주】 국내에는 윤호진과 허권수가 번역하여 『역주 예개』(소명출판, 2010)로 번역출판하였다.
8 8대는 진한(秦漢) 이후부터 당 이전의 여러 왕조들, 곧 동한(東漢), 위(魏), 진(晉), 송(宋), 제(齊), 양(梁), 진(陳), 수(隋)를 가리킨다.

구를 맞춘다는 제약이 있을 뿐 주제와 단어 선택에서 조화롭고 정취가 있는 것을 중시하는 점에서 산문과 같다"고 하였다. 여기서 언급한 '산문'은 '시와 소'에 대응시키기 위해 가져온 것이지만, 이보다는 변려문과 다르다는 점을 한층 더 강조한 것이다. 그럼에도 송대 문인과 명대 문인들은 한유와 유종원柳宗元이 규정한 개념을 따르려는 경향을 보여, 구절의 길이가 일정하지 않고 운율과 변려駢儷라는 제약이 없으며 수사적 표현과 전고 활용을 중시하지 않는 문장을 '고문古文'이라고 불렀다. 청대 사람들이 변려문과 산문의 차이를 다시 논의하기 전까지 '산문'은 '변려문'과 대응되는 개념으로만 여러 차례 언급되었다. 이를테면 "육조六朝의 문장은 변려문이긴 하지만 종횡무진하며 시작하고 끝맺는 서술을 전략적으로 구사한다는 점에서는 산문과 같다", "산문은 자유롭게 쓸 수 있지만 변려문은 반드시 격식에 맞게 써야 한다"와 같은 식이다.[9]

육조의 변려문에 대한 청대 문인들의 평가는 천차만별인데, 여기서는 굳이 언급하지 않아도 될 것 같다. 문장은 변려문과 산문으로 나뉘는데, 이 두 가지는 서로 나란한 위상이면서 동시에 경쟁관계에 놓여 있다. 이점에 대해서는 기본적으로 이견이 없다. 당송唐宋 이후 의식적으로 변려문과 대립되는 길을 걸은 '고문'을 '산문'이라고 인식했을 뿐만 아니라, 선진先秦과 양한兩漢 때 운율과 대우對偶를 중시하지 않는 제자백가諸子百家의 문장과 사전史傳도 '산문'이라고 생각했다. 그러나 여기에는 분명한 차이가 있다. 진한秦漢의 글은 변려문과 산문의 경계가 분명하지 않았기 때문에 둘의 형식적 차이에 신경을 쓰지 않았지만, 당송 이후에

---

9   공광삼(孔廣森), 「주창미에게 답하는 편지(答朱滄湄書)」; 원매(袁枚), 「호치위의 변체
     문에 붙이는 서문(胡稚威駢體文序)」 참조.

는 변려문과 산문의 경계가 분명했기 때문에 혼동되지 않도록 특별히 신경을 썼다. 변려문과 산문의 관계는 보완적이면서도 대립되었으므로 만청晚淸의 나순융羅惇曧은 변려문과 산문을 통해 2천 년 동안의 중국 문장이 발전한 맥락을 이렇게 스케치했다.

> 주(周)·진(秦)에서 한대(漢代) 초기까지는 변려문과 산문이 구분되지 않았지만, 서한(西漢)에서 동한(東漢) 사이에 구분되는 조짐이 나타났다. 위진(魏晉)에서 육조(六朝)를 거쳐 당(唐)까지는 변려문의 전성기였다. 고문(古文)은 중당(中唐) 때 생겨나서 책(策)과 논(論)은 송대를 풍미하였고, 산문이 흥기하고 변려문이 위축되는 변화가 일어났다. 송대에는 사륙문(四六文)과 변려문의 영향이 남아 있었으나 원(元)·명(明) 두 왕조 때는 변려문과 산문이 모두 쇠퇴하기는 하였으나 산문이 변려문보다 영향력이 컸다. 명말(明末)에서 청(淸)까지는 변려문과 산문이 모두 흥기하였으나 변려문이 산문보다는 좀 더 위상이 높았다.[10]

변려문과 산문이라는 장르 간의 경쟁관계가 어떤 좋은 점과 문제점이 있었는지는 뒤에서 구체적으로 서술하려고 한다. 그런데 변려문과 산문의 흥기와 쇠퇴라는 측면에서 문장의 원류를 소급해 올라가려는 시도를 보고 후대 사람들은 '산문'의 역사를 서술하려면 어떻게 해서든 맞상대이면서 동시에 도전자이기도 한 '변려문'을 피해서는 안 된다는 계시를 받았다. '운문'과 반대된다는 측면에서 '산문'을 논의하는 것은 현대적이지

---

10 羅惇曧, 「文學源流」, 舒蕪 外 編選, 『中國近代文論選』, 人民文學出版社, 1981, p.620 참조.

도, 고전적이지도 않은 애매한 방법이고 명확하게 경계를 지을 수 있는 것도 아니다. '운문'이란 일반적으로 구절의 끝에 압운을 한 것이지, 변려문처럼 홀수구와 짝수구를 번갈아 두면서 리듬감을 만들어내고 감정의 기복을 가지고 목소리와 정서를 드러내는 것이 아니다. 만약 구절 끝에 압운을 하지 않는 글을 '산문'이라고 정의한다면 고문에서 명銘, 찬贊, 사辭, 부賦는 반드시 제외시켜야 할 것이다. 더 문제는 이 산문 장르는 소설과 논저, 지도해설, 심지어 수학, 물리, 화학교재 같은 것까지 아우르게 되어 그 범위가 끝없이 확대될 것이라는 점이다. 운율의 유무로 장르를 구분하는 것은 아주 옛날에 시와 산문을 구분하던 방법과 비슷하지만, 기본적으로 나중에 생겨난 소설이나 희곡 등의 장르를 고려하지 않은 것이다. 이 기준이 의미 있는 지점은 명청 이후의 고문가古文家들이 섬세함을 추구한 나머지 나날이 협소해졌던 기풍을 타파했던 것에 있었다. 굳이 문장을 쓰려고 하지 않아도, 나아가 문인으로 자처하지 않아도, 학문을 논하는 문장 역시 문채風采와 운치神韻로 가득할 수 있었다. 이 점은 문장과 학문, 대구체와 자유로운 형식, 심미와 실용을 겸비한 중국산문의 가장 큰 특징과도 완벽하게 맞아떨어진다.

육조六朝의 문필文筆 논쟁,[11] 당송唐宋의 고문古文과 금문今文 논쟁, 청대의 변려문과 산문 논쟁, 또 최근의 문언문과 백화문 논쟁 같이 중국산문사의 여러 격렬한 논쟁을 이해할 때에는 한 사람, 또는 하나의 유파의 관점에서 판단해서는 안 된다. 마찬가지로 '정통'이라는 관점에 서서 너무나 매력적인 '이단'을 배제해서도 안 된다. 진한秦漢의 제자백가의 문장

---

11 【역주】 위진시대 이전에는 운문을 '문', 산문을 '필'이라고 했고, 이 논쟁의 핵심 내용은 운문과 산문을 구분하는 기준의 문제였다.

과 역사서도 사람들의 마음을 사로잡지만, 양한兩漢의 사부辭賦와 육조의 변려문도 마찬가지로 빠뜨릴 수 없다. 한유, 유종원, 구양수歐陽修, 소식蘇軾이 고문을 제창한 업적도 높이 평가할 수 있겠지만, 독서인에게 성공을 가져다 주는 발판이 된 팔고문八股文도 제대로 봐주어야 한다. 요컨대 중국산문의 발전에 큰 영향력을 끼쳤다면 이 책에서는 모두 아우를 수 있기를 바란다.

'소설'에 대하여

'산문' 장르의 외연과 내포는 문학사적 서술을 통해서만 조금씩 선명하게 드러낼 수 있다. 그런데 '산문'에 속한 각 문체에 대해서 지금까지 여러 섬세한 분석이 있었다. 문체론의 효시인 『문장유별지론文章流別志論』과 문체별로 편찬한 첫 번째 문학총집 『소명문선昭明文選』, 또 "각 문체의 원류를 찾아 변화를 드러내고, 문체명을 설명하여 의미를 밝히고, 문장을 선별하여 각 편을 정하고 이론을 밝히고 계통을 세운" 연구 체계를 만들어낸 『문심조룡文心雕龍』, 이 모두가 1,500년 전에 나왔다. 그러니 '글의 문체를 구분하는 것'이 중국산문사에서 결코 생소한 과제가 아니었다는 사실을 알 수 있다. 시와 산문은 시대에 따라 변화해 왔는데 "어떤 때는 옛것의 계승을 기치로 내세웠고, 어떤 때는 시대에 맞게 바꾸는 것을 명분으로 삼았으며, 어떤 때는 옛 이름 그대로이지만 내용은 달라졌고, 어떤 때는 새로움을 천명했지만 실제로는 예전 그대로였다."[12] 이는 절대로 "이름과 실제가 뒤섞인 것에 미혹되어서는" 안 된다고 한 근대 사람 황칸黃侃(황간)

---

12 【역주】『문심조룡』「서지(序志) 제50」에 나오는 구절로, 『문심조룡』의 체제에 대해 설명하는 내용이다.

의 말대로이다. 그러나 천여 년간 "그 원류를 찾아, 진정한 의미를 찾으려는"[13] 데 전심한 사람도 적지 않았다. 명대明代의 서사증徐師曾의 말을 빌린다면 이렇게 표현할 수 있을 것이다.

진한(秦漢) 이후 문장은 점점 발전하였다. 문장이 발전할수록 문장의 분류도 늘어났고, 분류가 늘어날수록 문체가 많아졌으며, 문체가 많아질수록 이들을 구분하는 기준도 엄격해졌다.[14]

여러 시대 문장을 논하는 사람들이 꾸준하게 노력을 기울인 결과 '문장'의 '문체'는 중국 지식인에게는 대체로 선명하고 확실한 것이 되었다.

그런데 '소설'에 대해 논의하는 것은 이렇게 쉬운 문제가 아니다. 한 시대를 풍미했던 "문체 변별文章辨體"과는 달리 소설의 내적 구조와 형식의 연구 수준은 과도하게 취약한 감이 있다. 이른바 "육경六經과 역사서 이외의 저술은 모두 소설이다"는[15] 명대 사람들의 과장된 표현이기는 하지만 사실 소설이라는 장르를 제대로 파악할 능력이 없었다는 점을 드러낸 것이다. 명대 사람들 중 소설 연구에 대해 진정한 의미에서 관심과 능력이 있었던 사람은 호응린胡應麟이었다. 호응린은 정초鄭樵가 지금까지의 저술 중에서 "분별하기 어려운 것"에 다섯 가지가 있다고 한 견해를 수정하면서 "가장 분별하기 어려운 것은 소설"이라고[16] 강조하였

---

13 황칸(黃侃, 황간), 『문심조룡찰기(文心雕龍札記)』「송찬 제9(頌讚第九)」.
14 서사증(徐師曾), 『문체명변(文體明辨)』「서설(序說)」.
15 가일거사(可一居士), 『성세항언(醒世恒言)』「서(序)」.
16 정초(鄭樵), 『교수략(校讎略)』「편차지와론(編次之訛論)」; 호응린(胡應麟), 『소실산방필총(少室山房筆叢)』「구류서론(九流緒論)」 참조.

는데 확실히 자신의 경험에 근거한 이야기였을 것이다. 『소실산방필총少室山房筆叢』 「구류서론九流緒論」에 나온 소설 분류는 지금까지 연구자들이 중시하였으나 그 범위가 문언문으로 쓴 작품에 국한되었기 때문에 『수호전』과 같은 장회소설章回小說들은 다루어지지 않았다.

고대 중국에서 '소설'이라는 개념은 상당히 모호했다. 『장자莊子』 「외물外物」에 이미 '소설'이라는 단어가 나온 적이 있지만 장르적인 개념은 아니었다. 반고班固는 『한서漢書』 「예문지藝文志」에 소설가 15명을 수록하고 "소설가는 대부분 패관稗官 출신으로, 길거리에서 떠도는 이야기와 주위들은 말로 만들어내었다"고 정의를 덧붙였다. 학자들은 이 구절을 반복해서 인용하고 해석하였지만 여전히 그 경계가 명확하지 않다는 느낌을 지울 수 없다. 후대의 사람들은 '허'와 '실', '문文과 사史', '아雅'와 '속俗'이라는 척도를 빌려 소설과 역사서를 구분하려고 하였으나 중국 '소설' 개념의 모호함은 태생적인 특징이라 근본적으로 바꿀 수 없었다. 같은 '소설'이라고 해도 이전의 소설과 지금의 소설은 천지 차이이며, 동시대를 살더라도 문학적 전통이 다르다면 '소설'에 대한 이해와 정의도 역시 크게 다를 수밖에 없다. 대체적으로 볼 때 중국 고대 문언소설의 개념은 현대적 장르 개념에서의 '소설'의 범주에서 크게 벗어나 있다. 곧 현대인은 수많은 문언소설을 '소설'이라고 보지 않는다. 반면에 중국 고대 백화소설의 개념은 현대적 장르 개념에서의 '소설'보다 협소하다. 예를 들어 송대 설화說話 4가家에서[17] '소설'은 그중 하나일 뿐이다.

---

17 【역주】 '설화 4가'에는 소설, 설철기아(說鐵騎兒), 설경(說經), 강사(講史)가 있다. 이 용어는 남송 때 내득옹(內得翁)이 지은 『도성기승(都城紀勝)』에 처음 나온 것으로, '설철기아'는 송나라 전쟁을 소재로 한 이야기이고, '설경'은 불경 관련 이야기, '강사'는 역사적 이야기이다.

중국 고대소설을 문언소설과 백화소설 두 갈래로 구분하는 이유는 19세기 이전 중국 문인에게 이 두 가지가 하나로 묶어서 말할 수 없는 별개의 글이었다는 점도 있지만, 이 두 가지가 사뭇 다른 언어적 표현뿐만 아니라 계통이 다른 문학적 원류(문언소설은 주로 역사서와 사부辭賦의 문학적 방법을 가져왔다면 백화소설은 속강俗講이나 설서說書에서 더 많은 자양분을 섭취했다)와 별개의 문학적 형식(문언소설은 현대의 장르적 개념으로 보면 단편소설에 더 가깝고, 백화소설은 장편소설적 측면이 더 강하다)을 가졌다는 점이 더 중요한 이유일 것이다. 여기에 또 서로 다른 표현방식과 심미적 지향성을 갖고 있었다. 문언소설과 백화소설은 서로 독립적인 관계로 나란히 발전해왔는데, 이것이 중국소설사의 중요한 특징이다. 따라서 이 두 가지가 대립되면서도 서로 영향을 미치면서 각기 흥망성쇠하는 변화 과정은 중국소설 발전에서 또 하나의 중요한 측면이다.

문언소설이든 백화소설이든 소설은 중국문학의 전체에서 보면 모두 변두리에 있다. 중심부에 있는 시와 산문에 비해 소설은 그저 엄숙하지 못한 저급의 통속 독서물이었다. '자질구레한 글'이라는 처음의 모습에서 벗어났다고 해도 소설은 여전히 "작은 기예라도 틀림없이 볼 만한 것이 있다"는 말로만 위안을 삼을 수 있었다. 정치를 하는 관료들이 보기에 소설은 인정세태와 사소한 일들, 기이한 이야기를 중시하고 오락적 성격이 강했기 때문에 정치적 이상을 드러낼 수 있는 최선의 방법이되지 못했다. 다시 말하면 소설은 도道를 구현하는 도구로는 맞지 않으며 그래서 "고상한 지위에 오를 수 없었다." 이 1,000여 년 이래 사대부들이 보편적으로 가지고 있었던 편견 때문에 중국소설은 민간의 삶과 이들이 좋아하는 취미에 더 가까워질 수 있었다. 소설의 지위가 낮았기 때문에 재능 있는 작가들은 발을 들여놓으려고 하지 않았고 이것은 이 장르의 발전을 저해하는 결과를 빚었다. (구연할 때의 분위기가 상당히 오랜 기간 변하지 않았다는 것이 단적인 예이다.) 하지만 반대로 말하면 주류 이데올로기에서 멀리 떨어져 있었기 때문에 상대적으로 '글에 도道를 담는다'는 관념에 덜 구속될 수 있어서 예술의 창조성이라는 측면에서 훨씬 더 자유로웠다. 명대와 청대 문인들은 대부분 소설을 무시했지만 후대의 문학사 연구자들의 관점에서 보면 명대와 청대에 이루어진 소설의 예술적 발전은 정통적인 시와 산문에 비해 훨씬 더 긍지를 가질 만하다.

고대 중국에는 편폭이 길고 서사가 파란만장한 역사시가 없었다. 아주 오랫동안 '서사'는 역사서의 전매특허처럼 되어서 수천 년간 문인들은 소설을 이야기할 때 『사기史記』를 모델로 삼아야 했다. 다른 한편으로 중국은 시의 나라였으므로 어떤 문학 형식이든 문학의 핵심부로 들어가려면 시의 서정성을 차용해야 했다. 그렇지 않으면 독자의 인정을 받기가 매우 어려웠다. 이 두 가지 요인으로 '역사서' 전통과 '시경과 이소'의 전통은 중국소설의 발전에서 매우 중요한 역할을 했다. '역사서'의 전통은 정사正史의 빈틈을 메우는 것을 목표로 하는 사서 편찬과 실록實錄의 춘추필법春秋筆法, 기전체紀傳體의 서술기법을 탄생시켰고 '시경과 이소'의 전통은 상상의 강조, 허구와 서사에 주제와 감정을 녹여내거나 여러 시와 사詞를 소설 속에 삽입하는 방식으로 구현되었다. 여러 시대의 여러 작가들은 이 두 가지의 영향을 동시에 받았을 것이며, 그 속에서 각기 다른 심미적 선택에 따라 구체적인 창작 과정에서 나름 역점을 둔 바가 있었을 뿐이다.

장르 규정의 성립과 초월

장르 규정의 주된 목표는 세 가지로 압축된다. 첫째는 도서 분류와 총집 편찬 때 필요하기 때문에, 둘째는 기준이 있어야 섬세한 비평으로 들어갈 수 있으므로, 셋째는 문학 전공자에게 기본 작법을 가능한 한 빨리 습득할 수 있게 하기 위해서이다. 이렇게 보면 장르 연구는 구체적일수록, 명확할수록 좋을 것이다. 그러나 실제로는 결코 그렇지 않다. 장르를 세부적으로 분류할수록 적지 않은 문제들이 생겨난다. '산문'이든 '소설'이든 모두 원래는 문학 현상을 설명하는 일종의 가설일 뿐이었으나 실제로 연구 과정에서 논의하는 사람들이 논리의 합리성을 강조하면서 분류 기준이 굳어지는 경우가 생겨났다. 장르 규정을 처음으로 한 사람들은 그래도 장르의 경계를 넘어 여러 가지 새로운 시도를 할 흥미와 능력이 있었지만, 후대 사람들은 대부분 이미 만들어진 것을 그대로 따르면서 '경계선'을 신성시하고 '경계선을 넘는' 여러 일들을 비난하는 경향을 보였다.

이미 결정된 '범위'를 고수하는 것은 장르의 계승과 수용에는 유리하지만, 이로 인해 끊임없이 변화를 이끌어내는 생기를 막을 위험이 있다. 예를 들어 소설과 산문을 나누는 '경계선'은 늘 순수 혈통을 보존하고 안정적인 길을 가려는 고문가古文家들의 욕구 때문에 유난히 민감하고 취약한 모습을 보이게 되었다. 그 단적인 예로 소설이 스며드는 것을 막으려고 했던 동성파桐城派의 노력을 들 수 있을 것이다.

동성파의 시조인 방포方苞는 글을 짓고 의법義法을 논의할 때 점잖고 우아한 것雅馴을 추구하였고 고문에 "소설이 섞이는 것"에[18] 특히 반감을 가졌다. 오덕선吳德旋이 짓고 여황呂璜이 서술한 『초월루고문서론初月

『樓古文緖論』에서는 여기에 대해 "고문의 문체는 소설, 어록, 시화詩話, 시문時文(과거시험에 쓰는 팔고문-역자), 척독尺牘이 되지 말도록 해야 한다. 이 다섯 가지가 들어 있다면 고문이 아니다"라는 진일보한 주장을 펼쳤다. 동성파를 옹호하는 사람들은 고문이 "소설이 되지 않도록 해야 한다"는 것을 두고 문체의 순수한 영역을 고수했다고 옹호하지만, 사실은 오덕선과 여황이 명확하게 설명했다시피 "이른바 소설小說의 느낌이라는 것은 단어나 구절만을 말하는 것이 아니며", 더 중요한 것은 "논의가 너무 자세하고 깊이 들어갔다"는[19] 점이다. 단어나 구절에 신경을 쓰고 그렇게 깊이 파고드는 것을 경계했다는 말만으로는 소설이 스며드는 것에 대한 동성파의 경각심을 제대로 설명하기 어렵다.

그런데 스승의 가르침대로 잘 따르고 이를 잘 표현했던 청말 동성파 대가 야오융푸姚永樸(요영박, 1861~1939)가 이들이 남몰래 감추고 있었던 우려를 고스란히 드러냈다. 야오융푸는 '문학가'를 규정할 때 성리학자와 고거학자考據學者, 정치가, 소설가와 구분하였고, 분명하게 소설을 문학에서 제외시켰다. 소설의 폐단에 대한 다음의 공격적인 내용이야말로 아마도 동성파의 여러 사람들이 그 경계선을 고수하려고 했던 진짜 이유였을 것이다.

사랑에 빠진 남녀 이야기로 음란해졌으며, 귀신과 여우 같은 기이한 이야기로 황당무계해졌다. 심지어 은혜와 원한, 사랑과 증오로 인하여 충

---

18 심정방(沈廷芳), 「망계(望溪)방(方) 선생전의 뒤에 쓰다(方望溪先生傳書後)」 참조.
19 吳德旋·呂璜, 『初月樓古文緖論』, 人民文學出版社, p.19; 吳孟復, 『桐城文派述論』, 安徽敎育出版社, 1992, p.43 참조.

직한 것을 간사한 것으로 여기고 바르지 못한 것을 뛰어난 것으로 여긴
다. 아첨할 때는 공덕을 칭송하고 비방할 때는 사적인 원한을 드러내어
풍속을 어지럽히기 때문에 그 해악이 매우 크다. 그 글이 비록 참신하여
좋기는 해도 결국에는 자잘하고 경박한 수준이다.[20]

“자잘하고 경박한” 이야기라는 내용을 마지막에 두었는데 사실 어쩌면
이 부분이야말로 방포가 ‘의법’을 제창한 근본적인 이유였을지도 모른다.
　동성파가 소설을 배척한 것은 인간의 사고와 의식에 영향을 준다는
점도 있었지만, 장르의 위상에 대한 관념과도 관련이 있었다. 이런 ‘결
벽증’이 있던 이들이 우선적으로 직면했던 도전은 아이러니하게도 그
들이 기치로 삼았던 한문공韓文公(한유)이었다. 한유는 글을 쓸 때 그다지
규범에 매이지 않았으므로 산문의 경계를 넘은 희작戱作이 제법 된다.
증국번曾國藩은 한유의 「시대리평사 왕군의 묘지銘大理評事王君墓誌銘」을
두고 “옛 뜻을 잃어버렸다”고 불만을 드러낸 적이 있었다. 근엄하고 고
아古雅해야 할 묘지문墓誌文에 후侯 씨 여자를 속여서 부인으로 맞는 에피
소드를 재기발랄한 필치로 써넣었던 것이다. 이것이 바로 소설의 기법
을 고문에 가져온 것이었다. 한유와 유종원은 고문을 제창하면서도 전
기傳奇 스타일을 가져오는 것을 배척하지 않았고 심지어 의도적으로 차
용하였는데 이는 ‘공개적인 비밀’이라고 할 수 있었다. 후대 고문가들
은 한유와 유종원을 감히 부정할 수도 없었지만 장르의 경계를 넘는 것
을 찬양할 수도 없었기 때문에, 청대 초기 왕완汪琬이 말했던 것처럼 그

20　姚永樸, 『文學硏究法』, 黃山書社, 1989, p.20.

책임을 초학자들에게 전가하였다.

　　이전 시기의 글이 소설에 가깝게 된 것은 유자후(柳子厚, 유종원)에서
비롯되었다. 「하간(河間)」, 「이적(李赤)」 두 편의 전(傳)과 「적룡설(謫龍
說)」 등이 모두 그러한 예이다. 그러나 자후는 문장의 기운이 고결하였기
때문에 거칠다는 느낌을 주지 않았다. 그러나 지금은 소설을 고문사(古文
辭)라고 여기는 지경이 되었다.[21]

　소설을 고문에 포함시키면 문장의 기운이 충분히 '고결'하지 않을 수는
있지만 이와는 별개로 장점도 있다. 서사에 기복이 있고 묘사에 생동감이
있다는 것 등이다. 왕완과 함께 청초淸初의 3가家로 불리는 위희魏禧와 후방
역侯方域이 쓴 「대철추전大鐵椎傳」, 「마령전馬伶傳」, 「이희전李姬傳」 등이 바로
'소설가의 기교'로 성공한 사례이다. 엄밀하게 보면 방포의 「좌충의공일
사左忠毅公逸事」 역시 소설과 전혀 무관하다고 볼 수 없다.

　'소설'과 '산문'은 문학의 양대 장르로, 당연히 독립적인 성격이 있
다. 2천여 년 동안의 문학 발전 과정에서 이 두 장르가 갖는 위상이 달
랐고 스타일과 아속雅俗(우아함과 비속함) 역시 달랐다. 그리고 또 여기에
서 주제(도를 구현할 것인가 오락에 치중할 것인가), 독자(사인士人과 일반 백성), 문
풍(간결함과 수식), 전파 경로(글과 말) 등의 차이가 생겨났다. 이런 '차이'
는 두 문학 장르가 모두 충분한 발전을 이룩한 지금에는 매우 자연스러
운 것처럼 보인다. 그런데 '소설'과 '산문'의 '결합' — 정확하게 말하면

21　왕완(汪琬), 『둔옹유고(鈍翁類稿)』 권48 「왕우일의 유고에 붙인 서문(跋王于一遺集)」.

이 두 가지의 상호 보완적이고 상호 작용하는 점 ─ 에 대해서는 특히 더 논의할 필요가 있다.

문장의 문체는 "요컨대 서사와 의론 두 가지이다." 의론과 서사 중 어느 것이 더 중요한가는, 말하는 사람의 취향과 재능에 따라 천차만별일 것이다.[22] 예를 들면 청대 사람 장학성章學誠은 사학에 깊은 조예가 있었기 때문에 "문장에서는 서사가 가장 어렵다"라고 하였다. 서사를 의론보다 위에 둔 이유는 장학성에게는 '사마천의 필법', '좌구명의 글'이 신묘하고 변화무쌍하여 그 영향을 받아 여러 문인들이 자신의 뜻과 감정을 표출할 수 있었고 또 글로 쓸 수 있는 모든 것을 다 쓸 수 있었다고 보았기 때문이다. 서사와 의론의 우열에 대한 논쟁 말고도 장학성은 또 "서사를 사용한 글은 변화가 끝이 없다"라고 했는데, 글에서 소설과 산문의 공통점을 언급하고 있어서 여러 차례 곱씹어 볼 만하다.

서사 기법에는 순차적 전개와 역순차적 전개가 있고, 같은 부류의 사건을 묶어서 서술하는 방법과 개별 사건을 하나하나 서술하는 방법이 있다. 관련되는 사건을 한꺼번에 배치하는 방법, 사건을 띄엄띄엄 배열하는 방법, 여러 사건을 뒤섞어 배치하는 방법이 있다. 의론이라는 형식으로 사건을 전개하는 방법도 있고 사이사이에 의론을 담아 사건을 전개하는 방법도 있다. 사건이 나온 다음에 주제를 도출하는 방법과 먼저 주제를 제시한 뒤에 사건이 나오는 방법, 사건과 주제가 병렬 배치되는 방법, 사건 자체로 주제를 표출하는 방법이 있고, 미리 사건을 암시적으로 제시하

---

22   소작주(邵作舟), 「논문팔칙(論文八則)」; 양장거(梁章鉅), 「퇴암논문(退庵論文)」 참조.

고 뒤에 보충하는 방식이 있다. 두 가지 사건을 하나로 합쳐서 서술하는 방법과 한 가지 사건을 둘로 나눠서 서술하는 방법이 있고, 사건을 대비시켜 서술하는 방법과 핵심 사건의 전개 사이에 관련된 사건을 삽입하는 서술 방법, 정면으로 서술하는 방법과 사건이 일어나기도 전에 암시가 나오는 서술 방법이 있으며, 사건의 전후가 바뀌어 서술하는 방법과 사건이 순환되는 서술 방법이 있다. 나뉘어졌다가 합쳐지면서 변화가 생기고 줄기와 잔가지가 생겨난다. 마치 손무(孫武)와 오기(吳起)가 군사를 지휘하는 것과 같고 편작(扁鵲)과 창공(倉公)이 약을 쓰는 것과 같아 신묘함을 예측할 수 없으니 조화옹의 경지에 가깝다.

여기에서 주목해야 할 부분은 장학성이 이 글의 제목을 「초보 글쓰기 공부 방법에 대해 논함論課蒙學文法」이라고 붙였다는 것이다. 이것은 이 글이 결코 수준 높은 논의가 아니며 주로 그 당시 학계의 '상식'을 소개하는 것이었다는 뜻이다. 실제로 송·원 이후 서사가 사관史官에게서 유래했다는 것을 강조하거나 서사의 시간과 구성을 토론하는 사람들이 쏟아져 나왔는데,[23] 장학성은 여기에 약간의 윤색을 더했을 뿐이었다.

여기에서 논의한 "변화가 끝이 없는" 서사 방법은 주로 고문古文에 해당되지만 마찬가지로 소설에도 적용할 수 있다. 『좌전左傳』과 『사기史記』가 서사문의 원조로, 후대의 산문과 소설에 매우 깊은 영향을 미쳤다는 점은 매우 특기할 대목이다. 김성탄金聖嘆은 "『사기』는 문장에 사건을 담았고 『수호지』는 문장으로 사건을 만들어냈다"고 하여 마치 소설과 역

---

23 송대 진덕수(眞德秀), 『문장정종(文章正宗)』; 원대 진역(陳繹), 『문전(文筌)』; 청대 이불(李紱), 『추산논문(秋山論文)』 등 참조.

사서를 의도적으로 구분하려고 한 것 같았지만 실제로 소설에 대해 비평할 때 그가 사용한 것은 여전히 『사기』를 바탕으로 한 고문의 필법이었다.[24] '사마천의 필법'과 '좌씨의 글'을 통해 고문가와 소설가는 매우 쉽게 '공통언어'를 찾아낼 수 있었다.

김성탄이 강조한 "문장에 사건을 담아낸다"는 것과 "문장으로 사건을 만들어냈다"는 것의 구분점은 실록을 중시하는 역사서와 허구에 치중하는 소설 사이에 놓인 최대의 간극임에 틀림 없다.(산문은 그 중간 정도에 위치한다.) 하지만 역사서라고 진짜 완전한 '실록'일 수는 없다. 매우 이른 시기에 어떤 사람들은 『좌전』과 『사기』에서 어떤 것은 누군가 봤다는 증거가 없는 밀실에서의 대화와 죽기 전의 독백이므로, 이것들이 작가의 허구와 상상에서 나온 것이 아닌가 하는 의심을 품었다. 첸중수錢鍾書(전종서)는 다시 이것을 가져와 "역사서에도 시심詩心과 문심文心이 있다는 증거"라고 하였다.

역사가들이 실존 인물과 실제 사건을 나중에 서술할 때는 언제나 사람들의 감정을 생각하고 사건의 추이를 상상하며 자신을 그 상황에 놓고 깊이 생각하면서 헤아리고 따져봐야만 비로소 이치에 맞게 합리적으로 서술할 수 있다. 이는 소설, 원본(院本, 중국 금(金)·원(元) 시대 연극의 각본-역자)에서 인물을 창조해내고 상황을 허구적으로 만들어내는 것과 완전히 같지는 않지만 서로 통하는 점이 있다. 인물의 말을 서술하는 것이 특히 그러하다.[25]

---

24 김성탄(金聖嘆), 「『제오재자서』 독법(讀第五才子書法)」, 「『제오재자서』 시내암 『수호전』 회평(第五才子書施耐庵水滸傳回評)」.
    【역주】 『제오재자서』는 『수호전』이다.
25 錢鍾書, 『管錐編』, 中華書局, 1979, p.166.

이렇게 보면 툭하면 '사마천의 필법'과 '좌씨의 문장'이라고 자부하는 명·청 소설의 비평가들에 대해 정사正史를 가지고 와서 자기 자신을 높이고 있다는 의혹을 품을 수는 있겠지만, 그렇다고 이것이 크게 잘못된 행동인 것은 아니다. 정사와 패사稗史의 '구상과 배치'는 분명 "같은 규칙을 함께 적용하는" 측면이 있다.

둘다 똑같이 '사마천의 필법'과 '좌씨의 문장'을 모범으로 한다는 이 점 때문에 바로 산문과 소설 두 문학 장르에 어떤 잠재적인 혈연관계가 생겨났다. 같은 서사라도 묘지명墓誌銘과 장회소설은 작품의 규모와 서술의 어조라는 측면에서 같이 놓고 말할 수 없을 정도로 차이가 크다. 하지만 그 근원을 거슬러 올라가면 이 두 가지가 또 전혀 무관한 것도 아니다. 문언문 계통의 소설과 고문의 관계가 더 밀접하지만, 장회소설 또한 문장과 완전히 인연이 없지도 않다. 2천 년간 중국문학의 변천 과정을 살펴보면 산문과 소설은 서로 전혀 다르면서도 다른 한편으로는 상호 보완적이고 상호 작용하는 관계를 가지고 있는데, 이 점은 진지하게 연구할 만한 부분이다. 여기에서는 같은 작가가 소설과 산문 둘 다 잘 쓰거나, 어떤 작품이 산문과 소설 두 장르에 걸쳐 있는 경우를 말하려는 것이 아니다. 액자식 구성, 역순행적 구성 등의 기법이 산문과 소설에서 달리 쓰이는 경우나 여행기가 산문과 소설에 공통적으로 준 영향을 말하는 것도 아니다. 이런 점들은 기묘하기는 해도 결코 불가사의한 것은 아니다. 중국문학의 기본 장르로서 산문과 소설은 각자 발전하는 중요한 대목에서 서로에게서 변화의 동력과 방향성을 얻은 적도 있었는데, 이 점은 더 논의할 가치가 있을 것 같다.

천인췌陳寅恪(진인각)가 당대唐代 소설과 고문운동 흥기 간의 관련성을 논의한[26] 이후에 당唐 전기傳奇와 고문운동을 연구하는 사람들은 대개 글을 쓰면서 이 두 가지의 상호 작용에 대해 언급해 왔다. 서술이 완곡하고 표현이 화려한 전기傳奇가 고문운동의 전개에 어느 정도로 영향을 미쳤을까. 한유와 유종원이 희작戲作을 짓는 데, 또 심아지沈亞之와 우승유牛僧孺가 전기와 고문을 다 섭렵하는 데 영향을 미쳤을 것이다. 그러나 더 주목해야 할 부분은 세부 묘사와 인물의 형상화, 생동감 넘치는 장면이 특징적인 전기傳奇를 통해 고문에서 변려문의 색채를 벗겨내고 개성을 추구하는 데 크게 계시를 얻었다는 점이다. 반대로 말하면 전기가 탄생한 직접적인 연원은 의심할 바 없이 역사서와 전기傳記이므로, 이를 통해 전기와 고문의 내재적 관련성에 대해 생각해 보는 일은 어렵지 않을 것이다. 더욱 중요한 것은 당대 사람들은 결코 전기를 사소한 글쓰기라고 생각하지 않았고, 우아함과 비속함의 우열에 대해서도 별로 따지지 않았으며, 당시 문학 장르의 경계가 그다지 엄격하지 않았기 때문에 비교적 자유롭게 글을 쓸 수 있었다는 점이다.

문학 장르의 경계를 초월한다는 측면에서 송대 사람들은 당대 사람들처럼 그렇게 열정적이고 대담한 시도를 보여주지는 않았다. 사람들은 늘 윤사로尹師魯가 「악양루기岳陽樓記」를 비웃으며 "대구법을 사용해 그때의 정경을 말한 것"은 "'전기傳奇'의 방식이다"라고[27] 한 말을 인용하곤 하는데, 이 말을 들으면 송대 사람들이 장르의 경계를 고수했다고 착각하기 쉽다. 그러나 사실 구양수가 쓴 「매성유 묘지명梅聖兪墓志銘」의

---

26 陳寅恪, 『韓愈與唐代小說』, 『哈佛亞細亞學報』 1936, 1권 1기; 『元白詩箋證稿』 제1장, 古典文學出版社, 1958.
27 진사도(陳師道), 『후산시화(後山詩話)』.

시작 부분, 그리고 소식의 「방산자전方山子傳」의 구성은 모두 소설의 기법을 빌린 흔적이 뚜렷하며 상당한 호평을 받았다. 소설과 고문의 관계에 대한 송대 사람들의 미묘한 태도는 그들이 가장 잘 썼던 '필기筆記'의 창작에 집중되어 있다. '필기'의 장르 경계는 상당히 모호하다. '문장'일 수도 있고 '소설'일 수도 있으며, 한 편의 글에 이 두 가지가 자주 뒤섞여 있었다. 위진魏晉 이후로 필기를 쓰는 사람들은 여러 시대에 적지 않게 있었고 모두 각자의 특기를 발휘했다. 송대 사람들의 필기에는 공무를 끝내고 시간이 남을 때 쓴 기록과 산림에 들어가서 한담을 나눈 내용이 많았는데, 학식의 풍부함과 천성의 자연스러운 발로라는 측면에서 장점이 있었다. 송대의 글이 질박하면서도 운치가 있고 평이하면서도 문학적 재능이 드러났던 것은 송대 사람들이 보편적으로 필기를 좋아하고 창작하였던 것과 무관하지 않을 것이다.

명·청시대 소설과 산문의 관계에서도 마찬가지로 주목할 만한 점이 있다. 소품문小品文이 유행했던 요인에는 독특한 문화적 기반이 있었다. 이를테면 이전에 이미 제발題跋, 척독尺牘, 소화笑話 등의 독특한 문화적 자산이 무르익었다는 점 등이다. 하지만 당시 한낮의 태양 같은 위상이었던 장회소설에 화답했다는 점도 간과할 수 없다. 소품문 작가 중에서 이지李贄와 김성탄 등처럼 열정적으로 소설을 비평한 사람들은 그렇게 많지 않았지만, 의고擬古에 반대하고 당시 유행을 외면하지 않으며 성령性靈을 제창하고, 오락성을 강조하고 도道의 구현에 신경 쓰지 않았던 것을 보면 그들이 창작태도는 소설가와 대동소이했다. 장회소설이 무르익어가는 과정에서 점차 구연 전통을 벗어나 나날이 글로 정착되고 문인의 글이 되어가는 것을 보여주는 중요한 표지 중 하나가 바로 고문의 기법을 차용했다는 것이다. 똑같이 고문을 쓰듯이 소설을 비평했지만 와한 초당본臥閑草堂本『유림외사儒林外史』의 회평回評은『수호전』에 대한 김성탄의 비평이나『삼국연의三國演義』에 대한 모종강毛宗崗(1632~1709)의 비평보다 더 적실하다. 그 이유는『유림회사』회평은 확실히 한 편의 '긴 문장' 같았으므로 핵심과 맥락, 어조와 필력 등에 대한 논의가 훨씬 더 "글의 핵심에 곧바로 파고든" 것처럼 보였기 때문이다.

만청晚淸에서 '5・4'에 이르는 문학혁명은 중국소설과 산문의 전모를 바꾸어 놓았다. 이 문학혁명 과정에서 서구문학의 영향도 물론 매우 중요하지만, 전통의 창조적 변용 역시 마찬가지로 간과할 수 없다. 이 두 가지는 늘 서로 얽혀 있어 확연하게 구분 짓기 어렵다. 예를 들어 소설과 산문의 '대화'는 이 두 장르 변혁의 주요 동력이었다. 여기에는 전통시대 중국에서 산문이 아닌 것을 산문으로 삼고 시가 아닌 것을 시로 삼는 혁신이 있었고, 다른 한편으로 중국과 외국소설(산문)의 서사 형식의 차이로 생겨난 자극과 계발도 있었다.[28] 당・송・명・청시대 문인들도 장르를 초월하려고 노력했지만 '5・4' 작가들은 이들보다 더욱더 거리낌이 없었다. 또 이러한 '소설의 산문화'와 '산문의 소설화'에는 늘 명확한 이론적 논의가 동반되었다. 중국소설의 서사 형식의 변화 또는 중국산문의 '백화'와 '미문美文' 추구라는 측면에서 문학 장르의 경계 초월은 시종일관 유익하고도 효과적인 시도였다.

---

28 陳平原,『中國小說敍事模式的轉變』, 上海人民出版社, 1988.

이 책의 서술 전략

마지막으로 이 책의 서술 전략에 대해 대략 설명을 해보려고 한다.

나는 문학 장르의 경계를 뛰어넘는 시도에 대해 상당히 찬성하는 입장이지만, 장르사 서술을 할 때 산문과 소설을 뒤섞어서 이야기할 수는 없다. 이 책은 크게 두 부분으로 나누어 중국산문과 중국소설의 발전사를 다루었는데, 이 두 가지의 서술에서 사용한 방식이 동일하지는 않았다. 산문은 시간의 순서에 따라, 소설은 유형의 발전을 고려하였다. 여기에는 한 가지 기본 전제가 깔려있는데, 그것은 바로 문장의 체제 변화는 소설 유형의 발전 속도만큼 빠르지 않다는 것이다. 중국소설사의 변천에는 루쉰魯迅(노신)이 지적했던 것처럼 '반복'과 '잡박함'이라는 "두 가지 특별한 현상이 있다."[29] 이 책에서는 소설 형식의 변천 궤적과 복잡성을 제대로 보여주기 위해 단선적인 시간의 흐름이라는 한계를 탈피해보고자 하기 때문에 단순히 연대순으로만 서술하지는 않을 것이다.

이 책에서는 산문의 발전에 대해 논의할 때에는 소설이 준 자극에 주목하고, 소설의 변천을 서술할 때는 산문이 준 계시에 착안할 것이다. 이러한 서술 전략이 가지고 있는 최대의 함정은 견강부회라는 위험성이 있다는 것이다. 따라서 장르를 넘나드는 행위가 무모해 보이지 않도록 어떤 과도기적 형태를 가져올 필요가 있었다. 그 매개체로서 '필기'는 과도기적 역할을 충실히 수행하였다. 저자가 보기에 바로 이 '가교'가 있었기에 소설과 산문의 '경계'를 초월하는 전략은 비교적 쉽게 성공을 거둘 수 있었던 것 같다. '필기'는 방대하고 다양하여 어떤 내용이

---

29 『魯迅全集』 9, 人民文學出版社, 1981, p.301.

든 다 담아낼 수 있다. 독립적인 문학 장르 연구였다면 이것은 치명적인 약점이었겠지만, 모든 문학 장르를 자유롭게 넘나들 수 있는 이 개방적인 공간에서는 문학 장르의 교잡交雜과 변이가 한층 더 촉발될 수 있었다. 그러므로 산문과 소설의 경우, 필기를 가져와서 대화하는 것은 최선의 방법이 될 것이다. 필기에는 산문과 소설 둘 다 들어갈 수 있고 또 필기는 이 둘과 인연이 깊은 '중간지대'이기 때문이다.

만청 시기에 시작된 문학혁명으로 인해 20세기 중국의 산문과 소설은 당·송·명·청의 같은 유형의 작품과 상당한 차이를 보여서 연구자 대부분이 '구분하여 연구'하려는 경향이 있다. 이 책은 그렇게 하는 대신, 최대한 과거와 현재를 관통해 볼 생각이다. 이 점은 20세기 중국문학의 발전에 대해 저자가 이해하고 있는 바에 근거해 있다. 강조하고 싶은 것은 '고전에서 현대까지의' 문학적 변화 속에서도 전통은 어떤 형식을 빌어 여전히 적극적인 역할을 하고 있다는 점이다. '살아있는 전통'으로서 과거와 지금을 관통하든, 아니면 '전통의 변화'로서 발전하는 모습을 보여주었든 간에 중국산문사와 중국소설사의 서술은 만청 시기에서 멈추어서는 안 된다. 20세기 중국문학은 이 책의 핵심내용은 아니지만 그럼에도 불구하고 이 부분을 언급한 것은 저자의 이러한 방향성을 드러내기 위해서였다.

이 책에서는 작가의 생애에 대해서는 언급하지 않을 것이며 작품 분석도 그렇게 자세하지는 못할 것이다. 한정된 지면 탓도 있지만 핵심적인 이유는 문학 장르가 변화하는 흐름을 밝히는 것이 주된 목표이기 때문이다. 이런 체제를 선택했으므로 수많은 역사 자료에서 취사선택할 수밖에 없다. 그러나 저자의 역사 지식과 학문 능력에 한계가 있으므로 자료를 선별할 때 편향성은 피할 수 없을 것이다. 따라서 어떤 개인의 천재적인 창조성이 희석되거나 대작가의 전체적인 면모를 충분히 드러내지 못하는 경우도 있겠지만, 이 체제를 선택한 이상 이런 아쉬움은 어쩔 수 없다.

제1장

사전史傳의 글과 제자諸子의 글

중국문학사라는 것은 이전 사람들이 만들어내고 이후 사람들이 읽으면서 함께 완성해 온 것이다. 자유분방한 장주莊周와 엄격하게 규범을 지킨 반고班固가 없었다면 매력으로 가득 찬 『장자莊子』와 『한서漢書』도 없었을 것이다. 바꾸어 말하면 『장자』와 『한서』가 오랫동안 전해진 것은 후대에 이를 해석하고 모방한 수많은 독자들 덕분이었다. 중국산문의 기원과 발전을 이야기하기 위해서는 당·송·명·청과 근세 문인학자들의 선택을 염두에 두어야만 한다. 당대唐代에서 논의를 시작하는 이유는 한유韓愈가 고문운동古文運動을 일으킨 이후 역대 문인들이 진한秦漢의 문장과 위진魏晉의 문장에 대한 한유의 구분에 대체적으로 동의했기 때문이다. 청대의 방포方苞가 편집한 『고문약선古文約選』 중 「서례序例」에서 언급한 내용이 그 사실을 단적으로 보여준다.

위진(魏晉) 이래로 수식을 중시하는 화려한 문장이 흥기하였으나 당대의 한유(韓愈)가 쇠미해진 팔대(八代)의 문장을 흥기시켜 그 이후에 배우는 사람들은 이치를 변론하고 사안을 논하며 질박하되 거칠지 않은 선진(先秦)과 한대(漢代)의 글을 고문이라고 생각했다.

화려한 수식에 치중한 변려문駢儷文이 없었다면 '질박하되 거칠지 않은' 고문도 없었을 것이다. 고문과 변려문의 정의와 평가는 시대마다 천차만별이었지만, '팔대의 문장'은 '진한 문장'과 달랐다는 데에는 일반적으로 이견이 없다.

한유가 "삼대三代와 양한兩漢 시대의 책이 아니라면 보지 않겠다"고 했을 때 그 핵심은 문장을 통해 도道에 도달하는 것을 추구한다는 뜻이었지만, 유종원柳宗元이 오경五經을 모범으로 삼으면서도 맹자와 순자, 장자, 노자를 참고했을 때 역점은 이미 도를 밝히는 것에서 문장을 논하는 것으로 바뀌었다.[1] 당·송 이후 고문은 성대하게 장관을 이루었고 "진한 문장을 추종한다"는 것은 그래서 과거의 것을 모범으로 삼는다는 표지가 되었다. 어떤 사람들은 『좌전』과 『사기』가 아닌, 한유와 유종원을 모방해야 한다고 주장했지만, 그것은 진한 문장은 마치 드넓은 바다로 가로막혀 있는 아득한 봉래산蓬萊山이나 절해고도絶海孤島 같아서 당송 문장이라는 배를 타고 가지 않으면 그곳에 닿을 수 없었기 때문이었다.[2] 명·청 문인들에게 육경六經과 자사子史는 문장의 범위를 확정하는 기준이었을 뿐만 아니라 문장의 근간이기도 했으며 또한 그 자체로 세상에서 가장 훌륭한 문장이었다. 도륭屠隆은 전후칠자前後七子가 모방하고 표절하는 데 주력하는 것을 못마땅하게 여겼지만, 그런 그조차 「문론文論」에서 육경과 자사에 대해서는 매우 추앙하고 있었다.

---

1   한유, 「이익에게 답하는 편지(答李翊書)」; 유종원, 「사도(師道)를 논하는 것에 대하여 위중립에게 답하는 편지(答韋中立論師道書)」 참조.
2   애남영(艾南英), 『천용자전집(天傭子全集)』 권5 「문장을 논하는 것에 대해 진인중에게 답하는 편지(答陳人中論文書)」 참조.

육경이 훌륭한 것은 도(道)를 서술했기 때문이니, 확실히 그렇다는 것을 나는 알고 있다. 그러니 그 글이 어찌 성대하지 않겠는가. 『역』의 담백하고 평정함(冲玄), 『시』의 온화하고 아리따움(和婉), 『서』의 장중하고 우아함(莊雅), 『춘추』의 간결하고 엄정함(簡嚴)에는 섬세하고 아리따우며 경박하고 기교를 부리는 후대 문인 학사들의 자태가 전혀 없으며 그 풍골(風骨)과 격력(格力)은 영원히 우뚝하게 서 있을 것이다. 예컨대 『예』의 「단궁(檀弓)」, 『주례(周禮)』의 「고공기(考工記)」 같은 문장은 봉우리가 높이 솟은 듯, 파도가 세차게 일어난 듯 아름다운 자태가 마구 펼쳐져서 진실로 문장의 장관이다. 육경 아래로 『좌전(左傳)』, 『국어(國語)』의 문장은 기세가 높으면서도 엄정하고 고아하면서도 아름답다. (…중략…) 가의(賈誼)와 사마상여(司馬相如)의 문장, (…중략…) 굴원(屈原)의 사부(詞賦), (…중략…) 장자(莊子)와 열자(列子)의 문장, (…중략…) 제자(諸子)의 풍골과 격력은 사람마다 달라 이들 서술에 담긴 순수함과 결백함은 육경의 수준까지는 감히 바랄 수 없었지만, 고문사(古文辭)를 썼다는 점에서 한결같았다.

「문론」이 역대 문인들에게 미친 영향력은 매우 컸지만, "뜻을 세우는 것이 핵심이고 글을 잘 쓰는 게 본질이 아니었던" 육경과 자사를 배제한 작법은 후세 사람들에게 받아들여지지 않았다. 문체를 구분했다는 점은 같았지만 유협劉勰의 방식은 의심할 바 없이 그보다는 훨씬 타당한 편이었다. 『문심조룡文心雕龍』에는 문文과 필筆에 대해 서술한 부분이 각각 10편씩 있는데, 처음으로 '사전史傳'과 '제자諸子'를 필로 분류하였다. 실제로 후대 사람들이 추앙하고 모방한 '진한 문장'도 바로 이 '사전'과

'제자'이다.

그러므로 이 장에서는 선진先秦과 양한의 '사전의 글'과 '제자의 글'을 중심으로 논의하고자 한다. 당시 문단에서 독보적이었던 한부漢賦에 관한 내용과 변려문과 산문이 점차 분화한 위진의 문학 경향에 대해서는 다음 장에서 논의할 것이다.

1. 언사言辭에서 문장文章으로

루쉰이 편찬한『중국문학사략中國文學史略』은「문자에서 문장으로自文字至文章」라는 글로 시작한다. 이 글에서 그는 원시시대 사람들이 몸짓과 소리로 감정을 표현했다는 것을 언급하기는 했지만, 입으로 말하고 귀로 듣는 것만으로는 멀리 또 나중에까지 전달할 수 없었기 때문에 문자의 탄생이 더 근본적인 요인이었다고 확신했다.『설문해자說文解字』를 시작으로 문학의 기원에 대해 논의하는 이런 사유방식은 장타이옌章太炎(장태염)과 류스페이劉師培(유사배)에게서 가져온 것이었다. 이른바 "자고로 사장詞章은 소학小學에서 나온 것이며", "소학을 모르면서 글에 대해 말할 수 있었던 사람은 없다." 그러므로 "문장의 기원을 찾고자 한다면 먼저 글자를 만든 원류를 탐구해야 한다." 장타이옌과 류스페이는 실제로 이른 시기의 역사서에 구어가 많이 기록되어 있다는 사실과 제자서諸子書가 연설에 가깝다는 것, 옛사람들이 학문을 논할 때 특히 의문을 제기하는 방식을 설정했다는 점, 전국시대 유세가들은 그 자리에서 즉흥적으로 이야기했다는 점에 관심을 기울였다. 그러나 '어학과 문학 영역의 다른 기원'에 갇히거나 '문과 필의 구분'을 견지했으므로 차라리 '글자를 해석解字'하는 방법으로 '문장에 대해 이야기하는說文' 방식을 택했던 것이다.[3]

각 문체가 '언사言辭'와 '문자文字'에 얼마만큼 의지하고 있는지는 각각 달라서 이른바 창힐蒼頡이 만든 문자 또는 육서의례六書義例로는 '문장'의 발전 방향을 충분히 설명할 수가 없다. 만약 육경과 제자, 사전이 후대 문장에 결정적으로 영향을 미쳤다는 점을 인정한다면 절대 맨처음에는 별로 수식이 없었던 '구어'와 '연설'을 제쳐두고 논의를 시작할수는 없다. 이 때문에 곧바로 '언사'가 어떤 영향을 미쳐서 '문장'을 만들어내었는가의 문세로부터 시작해서 중국산문의 발선을 논의한 주쓰칭朱自淸(주자청)의 사유방식이 훨씬 더 좋다고 생각한다.[4]

청대 사람들은 문장을 논할 때 대부분 말을 기록한 『상서尙書』로 시작한다. 5·4 이후 학술 패러다임이 이동한 표지 중 하나가 바로 갑골학甲骨學의 홍기였다. 그래서 문장의 기원을 논할 때는 반드시 은상殷商의 복사卜辭로 소급해서 올라갔다. 무당이 제왕을 위해 길흉을 묻고 화복禍福을 예측한 것의 기록이 바로 오늘날 우리가 보고 있는 복사이다. 후대사람들은 여기에서 여러 이야기를 읽어내기도 했다. 그러나 애초에 이것은 점을 치고 그 결과로 점의 효력을 증명하는 언어에 불과했고 기껏해야 무당의 추측과 상상이 덧붙여졌을 따름이었다. 이른바 '무당의 점과 사건 기록巫卜記事'은 무당의 사회적 역할을 지적한 것이었다. 문체라

---

3 章太炎, 「文學說例」; 劉師培, 「文說」·「文章源始」 참조. 모두 『中國近代文論選』(舒蕪 外 編選, 人民文學出版社, 1981)에 수록.
4 朱自淸, 『經典常談』 第13章, 生活·讀書·新知三聯書店, 1980 참조.

는 측면에서 말하자면 복사는 그저 점을 치고 그 효험을 기록한 말이다. 자주 인용되는 복사를 읽어보자. "계묘일癸卯日에 점을 쳤는데 오늘은 비가 온다고 한다. 이것은 서쪽에서 온 비일까? 동쪽에서 온 비일까? 북쪽에서 온 비일까? 남쪽에서 온 비일까?" 화와 복, 또는 날씨를 예측한 것은 말할 필요도 없고, 사냥, 제사 또는 전쟁 등 큰일이 있을 때의 복사조차도 여전히 무당의 말투를 모방하고 있다.

갑골문으로 쓴 복사 조각의 기록에서 체계적인 점서인『주역』의 괘사卦辭와 효사爻辭에 이르기까지 문자의 표현 수준은 크게 높아졌다. 또 운율이 있는 언어를 많이 쓰고 있는데 이것은 분명 암송하기 편하도록 하기 위해서였을 것이다.『역전易傳』의「계사系辭」와「문언文言」에 이르면 이미 엄밀한 추리와 완정한 구성을 갖추었으므로 "문장을 쓴" 셈이다.『역전』10편을 도대체 누가 썼고 언제 썼는지 아직은 확정하기 어렵다. 그러나 여기에는 전국시대 문장 스타일이 있어서 공자가 썼을 가능성은 없다. 이 점에 대해서는 대체로 이견이 없다.「계사」와「문언」에서는 문채에 치중했고 홀수구와 짝수구가 어우러지는 것에 신경을 썼는데 이 점은 구전되기에 편하기도 했지만 동시에 갈수록 문장화되는 경향도 보여준다.

"언사에서 문장으로" 발전하는 경향을 더 확실하게 보여주는 자료가 있다. 이것이 바로『상서』와『국어』등의 역사서이다.『한서漢書』「예문지藝文志」에는 이런 구절이 있다.

옛날에는 왕들에게 대대로 사관이 있어서 군왕의 행동거지를 반드시 기록하였기 때문에 말과 행동에 신중했고 법도를 따랐다. 왼쪽 사관은 말을 기록하고 오른쪽의 사관은 사건을 기록하였으니 사건은 『춘추(春秋)』로 만들어졌고 말은 『상서』로 만들어졌다. 제왕들은 모두 이렇게 했다.

상고시대 사관의 업무와 기언記言 및 기사記事의 구분점이 반드시 반고가 생각했던 것처럼 그렇게 명확하지 않았을 수도 있다. 그러나 『상서』에서 기언이 주가 되었다는 것은 논쟁의 여지 없는 확실한 사실이었다. 『상서』「반경盤庚 상上」에는 "반경이 은으로 천도했는데 백성이 살기에 적합하지 않았다"는 구절이 있는데 "왕이 다음과 같이 말했다"의 배경이 되었고, 『주서周書』「다사多士」에도 "3월 주공이 처음으로 새 도읍지인 낙읍에서"[5] 구절이 나와서 포고령이 나온 시기와 장소를 알려준다. 『주서』「무일無逸」에서는 대략적인 설명도 모두 생략한 채 서두에 "주공이 말하기를"이라고만 하였다. 당대의 유지기劉知幾는 이 대목에 대해 "『주서』의 요지는 호령號令을 바탕에 두었으므로 왕도王道의 정의正義를 선포하기 위해 신하들에게 발언한 것이다. 그래서 여기에 수록된 것이 모두 전典, 모謨, 훈訓, 고誥, 서誓, 명命이다"라고 대체로 합리적인 해석을 하였다. 지리에 대한 내용이 함께 수록된 「우공禹貢」과 재앙의 양상을 서술한 「홍범洪範」, 또 인간사를 기록한 「요전堯典」, 「순전舜典」의 경우 유지기의 관점에서 보면 "이 부분 역시 체계가 단일하지 않은 내용을 쓴 것"이[6] 되는 것이다. 처음부터 완정한 저술이 아니었는데 글의 체계가 어떻게 하나로 완전하게 통일될 수 있겠는가? 다만 후대의 역사서와 비교해 볼 때 『상서』는 확실히 '어록'을 많이 수록했고 '서사'를 중시하지 않았다.

5 【역주】원문의 "初于先邑洛"은 "初于新邑洛"의 오기이므로 번역문에서는 고쳤다.
6 유지기(劉知幾), 『사통(史通)』 권1 「육가(六家)」.

『상서』의 원류와 진위의 판별은 학술상의 일대 난제이므로 여기에서는 그 점까지 언급하지는 않을 것이다. 다만 진위와는 무관하게 천하의 의리 및 문장의 원류인 '육경'에 포함된 이상 역대 문인들은 마음을 다해 연구하고 읽지 않을 수 없었다. 그래서 이른바 "『상서』는 중국의 가장 최초의 역사서이자 동시에 중국 최초의 고문古文"이라는 해석은[7] 그 판단에 오류가 있을지는 몰라도 이 책이 고문가의 마음 속에서 어떤 위상을 가지고 있었는지를 확실하게 보여주었다. 『상서』는 이후 몇천 년간 제고制誥, 조령詔令, 장표章表, 주계奏啓 형식의 문장에 매우 깊은 영향을 주었다는 점에서 상당히 중요하다. 그러나 더 주목해야 할 점은 예스럽고 질박하면서도 수식이 거의 없는 서술 풍격으로 늘 후대에 차용되어 부화한 문풍을 소탕하고 복고적인 문장으로 돌아가자고 주장하는 깃발이 되었다는 점이다. 문학사가들은 '발전의 궤적'을 보여주기 위해서 『상서』에서 비교적 문학성이 있는 비유, 운율, 심지어 장면 묘사들을 최대한 발굴해내었는데 이것은 물론 틀린 것이 아니다. 그러나 『상서』가 역대 문인들이 읽고 모방하는 대상이 되면서 핵심이 되었던 것은 수식과 운율이 아니라 유종원이 「스승의 도를 논하는 문제로 위중립에게 답하는 편지答韋中立論師道書」에서 말한 "『상서』에 바탕을 두고 그 내용을 취하라"는 것이었다.

　『상서』에 기록된 말은 시대에 따라 이미 많이 바뀌었기 때문에 유협도 "훈고를 할 길이 없다"고 했고 한유도 "읽기 어렵고 까다롭다"고[8] 했다. 여러 시대 학자들이 해석하여 의미를 확정했다고는 하지만 지금도

7　陳衍, 『石遺室論文』 卷1, 無錫國學專修學校, 1936, p.1.
8　『문심조룡』 「종경(宗經)」; 한유, 「진학해(進學解)」 참조.

여전히 알 수 없는 부분이 적지 않다. 『상서』가 이해하기 어려운 이유는 방언과 구어를 많이 쓰고 있어서이다. 그래서 1930년대에 어떤 사람들은 이 점에 근거하여 백화문이 어떤 이유에서 오래 쓸 수 없는지 논증했고 어떤 사람들은 이를 대중언어로 사용하고 로마자화(중국어 병음 표기-역자) 해야 한다고 주장하는 근거로 삼기도 했다.[9] 사실 한자는 표의문자라는 특징에 더하여 상고시대에는 쓰기가 어려웠다는 문제가 있었기 때문에 중국의 언어와 문자는 처음부터 완전하게 일치할 수는 없었다. 시간과 정력 낭비를 줄이기 위해, 또 오랫동안 사용하기 위해서는 반드시 최대한 그 시대의 구어에 대한 의존도를 줄여야 했다. 대략 2천 년 뒤인 오늘날의 사람들은 조금만 훈련을 받아도 『공자』와 『맹자』, 『상자』, 『이소』를 읽을 수 있는데, 이 점은 중국문화 전통의 형성과 발전에 매우 중요하다. 이런 기적이 가능했던 것은 구어를 포기하고 옛사람을 따르는 대가를 치렀기 때문이다. 『상서』의 "읽기 어렵고 까다로운 것"은 말과 글의 분리가 중국문학 발전에 제약이 된다는 점을 두드러지게 표현한 것에 불과하다. 후대 문장에서 아언雅言과 서면어書面語를 많이 쓴 것은 바로 『상서』의 전파와 수용에서 그 단서를 엿볼 수 있다.

　『상서』와 마찬가지로 말을 기록하는 것을 중시했지만 『국어』는 이미 매우 윤색이 가해진 문헌이었다. 금본今本 『국어』 21편에는 주周, 노魯, 제齊, 진晉, 정鄭, 초楚, 오吳, 월越 8국의 내용이 포함되어 있는데 시대 구분이 서로 다르고 기사의 상세함에 편차가 있으며 각 편의 체제도 큰 차이를 보이고 있지만 기록에 사용된 언어는 근본적인 차이를 보이고 있지

9　魯迅, 「門外文談」, 『魯迅全集』 6; 陳柱, 『中國散文史』, 商務印書館, 1937, pp.19~20 참조.

않다. 역사가들은 분명히 "사실 그대로 쓰면서", "당대 구어를 기록"하지 않았고 더 광범위하게 전해지던 아언을 채택했던 것이다. 그중에서 오와 월의 말에는 기세가 있고 주와 노의 말에는 논리적인 느낌이 강한데, 대체적인 경향으로 보면 조사, 접속사, 어기사를 사용해서 문장이 매우 유창하고 유려하다는 느낌을 주었다. 『국어』의 체제는 비록 기언을 위주로 하기는 했지만 이미 그 안에 여러 언행을 나열하여 어떤 인물의 풍채를 보여주는 경향이 있어서, 어록체에서 인물 전기로 가는 과도기적 양상을 보여준다고 볼 수 있다. 예컨대 「진어晉語」에서 중이重耳가 망명한 일, 「월어越語」에서 구천勾踐이 오를 멸망시킨 일은 모두 기언을 중심에 두되 동시에 고사와 인물 성격의 완정함을 고려했다. 서사(특히 전쟁 묘사)로만 국한해서 볼 때 『국어』를 『좌전』과 견줄 수는 없겠지만 『국어』 중 적지 않은 예리한 의론은 『좌전』과 비교해도 전혀 손색이 없다. 교훈을 주는 것에 치중해서 오묘한 비유를 많이 쓴 데다가, 여러 유세가들의 매우 대단한 언변까지 수록하여 『국어』는 후대 문인들이 추앙하는 대상이 되었던 것이다.

앞 시기에서 언어는 여러 나라와의 외교, 사신의 방문 등으로, 나라를 일으키거나 또는 망하게 할 수 있었으므로 당연히 마음을 쓰지 않을 수 없었다. 나중에는 또 처사들이 자유롭게 의견을 개진하거나 임기응변에 잘 대처함으로써 재상으로 뽑힐 수도 있었기 때문에 언변 능력이 생사와 출세 여부를 결정하는 관건이 되었으므로 당시 사람들이 언사에 심혈을 기울였던 것도 당연한 일이었다. 세련되고 완곡하게 이야기하는 사신과 과장되고 화려하게 이야기를 늘어놓는 유세가들은 확실히 색깔이 달랐지만 '언변을 중시'한다는 점에서는 같았다. 『상서』에서 제왕이 신하와 백성에게 고유誥諭하는 '직언'에 비한다면 『국어』에 수록된 사신과 유세가의 '사명詞命'은 훨씬 더 문학적 색채가 강하다. 『국어』, 『좌전』, 『사기』 등에는 대부大夫의 사령辭令과 사신의 응답이 대거 수록되어 있기 때문에, "문장은 점잖고 아름다우며 말은 해박하고 오묘했다." 또 전국시대의 극심한 전란기에 대해 기록할 때에는 "과격한 말을 하는 사람들은 아첨과 거짓말을 주로 했고, 알랑거리는 말을 하는 사람들은 우언寓言을 주로 사용하였다." 이러한 풍조는 의심할 바 없이 역사서 서술의 성격에도 영향을 미쳤다.[10] 곧 선진先秦시대 역사서 문장의 느낌은 당시 정계에서 활약했던 사신과 유세가들이 언어를 사용할 때 수식에 신경 썼던 것과 관련이 있었다.

　사행에서 임기응변을 하면서도 자기 군주의 명을 수행해야 할 사신이라는 관료와, 사람들을 말로 고무시켜 부와 권력을 거머쥐는 종횡기縱橫家의 도덕 규범의 범위는 완전히 다른 것처럼 보인다. 소진蘇秦과 장의張儀 등이 합종이나 연횡을 주장한 결과 명성이 엉망이 되었기 때문에 후대 사람들은 일반적으로 '종횡縱橫'을 공자의 제자 또는 묵가의 추종자들에게 사용하지 않는다. 그러나 사실 사람을 떠보면서 이런저런 이야기를 늘어놓는 종횡가와 상황에 대처하기 위해 유연하게 일처리를 하는 사신 사이에는 상당히 공통점이 많다. 『한서』 「예문지」에서 "종횡가는 관료인 사신 출신이다"라고 한 것은 이 둘이 모두 임기응변의 재능을 가지고 있고 언변 능력을 통해 정치적 이익을 얻으려고 했던 사람들이기 때문이다. 장학성章學誠은 이 점에 대해 진일보한 견해를 보였다.

10　유지기(劉知幾), 『사통(史通)』 권14 「신좌(申左)」와 권6 「언어(言語)」 참조.

전국시대는 종횡가의 시대이다. 종횡가의 기술은 예전 사신의 직분에 바탕을 두고 있었다. 춘추시대의 사명(辭命), 여러 나라의 대부가 제후를 방문하는 것, 사신으로 파견되어 응대하는 것은 말을 수식하여 자신의 뜻을 전달하고자 하는 것에 불과했다. 그런데 전국시대에 이르면 사람들의 마음을 헤아려 격동시키는 말을 통해 부귀를 얻게 된다. 그들의 장황하고 격동적인 말은 원래의 모습을 바꿔 더욱더 기이하게 한 것이니 사신들의 사명을 극대화한 것이라고밖에는 말할 수 없다. 공자는 "시 삼백 편을 외우면서도 정사를 맡기면 이를 처리해내지 못하고 사방에 사신으로 가서 임기응변을 해내지 못한다면 많이 외운들 무엇에 쓰겠는가?"라고[11] 했는데 이것은 비유와 풍자의 핵심이 진실로 사신이 갖추어야 할 소양이었기 때문이다. 이를 발전시킨 종횡가들은 곡진하게 감정에 호소하여 미묘하게 잘 간언할 수 있었던 것이다.[12]

전국시대가 종횡가의 시대였으니 종횡가의 언술을 전혀 갖추지 못한다면 어찌 얼마간의 입지를 확보할 수 있겠는가? 구류九流의 핵심 주장은 달랐지만 모두 사방으로 유세를 다녀야 했으므로 장학성이 말했던 것처럼 "이들은 나아가서 세상에 쓰일 때 반드시 종횡을 겸비해야 했던" 것이다. 관중管仲은 제齊나라의 재상이 되었고 자산子産은 정鄭나라를 존속시켰으며 묵자墨子는 송宋나라를 구했고 맹자는 제齊, 양梁을 두루 찾아가고 순경荀卿은 세 차례 좨주祭酒가 되었다. 이 모두는 다른 사람의 마음을 뒤흔드는 달변의 관습과 관련이 있었다. 사령辭令에 능수능란하고 종횡을 겸비하

11 【역주】『논어』「자로」편에 나오는 구절이다.
12 장학성(章學誠), 『문사통의(文史通義)』 권1 「시교(詩敎) 상」.

는 것이 바로 전국시대 제자諸子들이 공통적으로 가지고 있었던 특징이었던 것이다. 제자백가들이 내세우는 핵심 주장은 달랐지만 나라를 다스리고 안정시키는 기회를 얻기 위해서 모두 『시경』의 학습과 달변에 역점을 두었고 사령辭令의 아름다움을 추구하였다. 이러한 점은 분명히 '말을 기록하는' 역사서의 서술방식에 영향을 주었을 것이다.

종횡가의 언술 방식이 가장 뚜렷하게 역사서의 스타일을 결정하는데 영향을 미친 예가 『전국책戰國策』일 것이다. 금본 『전국책』 33권은 한대漢代 유향劉向이 정리하고 편차한 뒤 책 이름을 이렇게 정했다. 이런 성격의 책은 진秦·한漢대에 전하는 것이 매우 많았고 편자도 여럿이었으며 책으로 만들어진 것도 특정한 시기만이 아니었는데, 유향은 이 책이 "전국시대 유세가들이 자신을 등용한 나라를 도와 책략을 만든 것"이기 때문에 '전국책'이라는 이름을 붙였던 것이다. "그 사건들은 춘추시대 이후부터 초楚·한漢이 세워질 무렵까지의 것"으로, 그 사이 사이에 진秦나라가 육국六國을 병합한 이후 사건들이 섞여 있다. '종횡가 시대'에 살았던 유세가의 책략을 위주로 했던 것을 보면 분명히 종횡가들의 말이 많이 수록되었을 것이다. 『전국책』에서도 유가, 도가, 법가 등여러 제자들의 사상의 흔적을 찾을 수 있다. 그 이유 중 하나는 제자백가들이 각기 이름을 떨치는 가운데 서로에게 영향을 주고받았고, 두 번째 요인은 종횡가들이 권모술수를 중시했기 때문에 하나의 사상만을 고수하지 않았으며, 세 번째 요인은 편집할 때 다른 사상가의 내용도 넣었을 가능성이 있기 때문이다. 마지막으로 놓쳐서는 안 될 한 가지는 최대한 많이 종횡가들의 말을 수록하려고 했지만 어쨌든 『전국책』은 역사서이지 사상서가 아니라는 점이다.

유향이 쓴 『전국책』 「서록敍錄」의 다음 단락에서는 이 책이 만들어진 시대의 특징과 그 사상적 경향 및 문장의 특색을 잘 설명하고 있다.

전국시대에는 군주가 덕이 없어서 이들을 위해 책략을 짤 때는 상황과 시기에 맞게 해야 했다. 그 때문에 책략은 급한 불을 끄고 불안정한 상황을 지탱하는 것이 가장 핵심이었으므로, 백성들을 교화시키지는 못했지만 군대를 개혁하여 위급한 상황에서 구해낼 수는 있었다. 모든 재주 있는 사람들은 당시 군주가 할 수 있는 것을 염두에 두고 기이한 책략을 내어 위기를 모면하여 안정되게 했고 망국의 상황을 바꾸어 존속시켰으니 이 또한 기쁜 일이었고 대단한 일이었다.

군주가 세력의 강성함을 추구하고 패권을 다투려고 하여 "예의를 차리는 것 대신 전쟁을 중시하고, 인의 대신 속이는 기술을 활용"하게 되면 이상을 꿈꾸는 사인士人은 때를 중시하는 권모술수의 책략가보다 못하게 된다. 그러므로 '재주 있는 사람'들은 그 냉대를 참지 못하고 '인의와 예의'를 포기한 채 '당시 상황'과 '권모술수'만 중시하게 되는 것이다. 「연책燕策」에 나오는 소대蘇代의 말을 빌자면, "인의라는 것은 자신을 완성하는 방법이지 등용되는 방법이 아니다." "예악이 무너진" 난세에 "세상에 나가 벼슬하는 것"을 추구하는 유세가들은 더 이상 "부질없는" 이상에 얽매이지 않고 "기이한 책략과 지혜"로 국운과 개인의 영달을 도모하게 된 것이다. 소진 및 장의와 같은 합종 연횡가들은 다른 사람의 마음을 헤아리는 것만 연마했고 하늘을 공경하고 백성을 사랑하는 것을 중시하지 않았으므로 후대 사람들은 그들을 인정하지 않았다.

그러나 풍훤馮諼이 맹상군孟嘗君을 위해 "의義를 산 일",(「제책齊策」) 소대蘇代가 조趙나라가 연燕나라를 공격하는 것을 저지한 것,(「연책」) 촉룡觸龍이 조태후趙太后를 설득한 이야기(「조책趙策」) 등이 중시한 것도 인의가 아니라 시대 상황에 따르는 것과 임기응변이었다.

종횡가의 언변은 대체로 파란만장하고 대단한 것처럼 잘 수식하며, '명산에 숨겼다가 후대에 전해지는 것'이 아니라 '당장의 효과'를 추구한다. 그래서 『전국책』은 믿을 만한 역사 서술로 삼아 고증하고 분석하기보다는 문장이라는 측면에서 감상하기에 적합하다. 「위책魏策」에서 "백만 명을 죽여 그 피가 천 리를 흐르도록 할 수 있는" "천자의 분노"는 "두 사람(왕과 자신)을 죽여 피가 다섯 보 안에 낭자하게 하고 천하 사람이 상복을 입게 할 수 있는" "사인의 분노"와 대조를 이뤘고 결국 진왕秦王이 "무릎을 꿇고 사과"하는 것으로 끝맺는데, 비록 역사적 사실과 부합하지는 않지만 오히려 통쾌하게 하는 바가 있고 심미적인 효과도 상당하다. 유세가의 현란한 말솜씨는 기본적으로는 정치적 이익을 도모하기 위한 것이지만 "곡진하여 감정적으로 와닿고 미묘하게 잘 풍자한" 표현을 해야 하므로 무의식 중에 언어적 예술과 문장의 기세를 추구하려는 노력을 기울이게 한다. 유세가는 다른 사람의 마음을 헤아리는 것만 중시하고 도덕은 경시하기 때문에 본래 "거리낌 없이 자유롭게 말하기" 쉽다. 재치를 발휘하여 승기를 잡으려고 더욱 일부러 "과격하게 말하여 남을 놀라게 하는 것"을 좋아한다. 그래서 이들의 말과 글은 언제나 예리했고 형상화와 열거, 비유를 잘 구사했으며 배비구排比句를 대거 사용하고 웅변적이었다. 역사서이면서 이렇게 수식이 화려하고 흥미진진할 수 있었던 것은 실로 여기에 수록한 책사의 말 덕분이다.

『전국책』에도 서사에 기복도 있고 상당히 역동적이고 긴장감 있게 서술한 곳도 있다. 이를테면 사마천이 글 전부를 거의 그대로 가져간 「형가가 진왕을 찌르다荊軻刺秦王」(「연책」)가 바로 그러하다. 그러나 '종횡가의 언변'이 결국 이 책의 핵심 줄기를 이루기 때문에 후대 사람들은 문장을 감상하면서도 다른 한편으로는 주제에 대해 비판적이었다. 이른바 "소진과 장의에 대해 나는 그들의 술책은 따르지만 그들의 생각은 따르지 않는다"는 식이다. 어떤 사람들은 『전국책』을 읽고 나서 "능수능란한 언변에 집중할 뿐 비루한 일은 잊어야 한다"고 했는데 이것은 이러한 난감함을 잘 드러낸 것이었다.[13] 그러나 그 의도와 방식, 말과 행동을 확연하게 나눌 수 있었는지는 알 수 없다. 후대 사람들은 소순蘇洵, 소식蘇軾 부자父子의 책론策論을 보면 거창한 말만 좋아하고 허세를 부린다고 비판했는데, 이는 그들의 학문과 문장이 "종횡가에서 나왔다"는 점을 겨냥한 것이었다.[14]

"왼쪽 사관이 말을 기록함으로써" 사신 및 유세가의 우아한 사령辭令은 역사서에 문채와 풍취를 불어 넣었다. "천자가 직분을 다하지 못해 그 학문이 사방 변두리로 흩어지고" 개인의 강학과 개인의 저술이 흥기하게 된 것도 마찬가지로 언사에서 문장으로의 발전 경향을 반영한다. 후대에는 '저작'으로 간주되는 읽을거리도 처음에는 그냥 '말'이었을 가능성이 크다. 입으로 말하고 귀로 들으면서 전하던 '강학'이 죽간에 칼로 새겨지고 먹과 붓으로 쓰는 '저술'로 변하는 동안, '작자'의 관념과

---

13 소순(蘇洵), 「간론(諫論)」; 이문숙(李文叔), 「전국책 뒤에 쓰다(書戰國策後)」 참조.
14 장학성, 『문사통의(文史通義)』 권2「박약(博約) 상」; 장타이옌(章太炎, 장태염), 『국고논형(國故論衡)』 중권「논식(論式)」 참조.

글을 쓰는 과정에 큰 변화가 생겨난 것이다. 『한서』 「예문지」에서는 "『논어』는 공자가 제자의 질문에 답한 것과 당시 사람들 및 제자들이 함께 이야기를 나누거나 공자의 말씀을 들은 것이다"라고 했다. 선진 제자서에는 강학의 흔적을 보이는 것이 매우 많은데 다르다면 『논어』처럼 전적으로 강학 내용만 나오지는 않았다는 것 뿐이다. 자기가 쓴 저서가 아니라 입으로 전달한 내용을 문하의 제자 또는 빈객, 자손들이 정리한 점은 선진 제자서의 공통된 특징이기도 하다.[15] 이러한 옛 책의 체제로 볼 때 선현의 저술에 후학들이 덧붙인 것이 들어있거나 같은 내용이지만 약간씩 다르게 기록되어 있는 것은 모두 위작 또는 진시황의 분서 때문이라기보다는 '강학'에서 '저술'로 가는 과정에서 필연적으로 남게 된 흔적이라는 것을 알 수 있다.

　『논어』가 후대에 미친 영향은 주로 공자의 '도덕'이지 '문장'이 아니었다. 개인의 강학을 처음 만들었던 공자는 '문장에 전심하는 것'에 뜻을 두지 않았으므로, 오랫동안 전해온 지극한 이치와 유명한 말 중에 특별히 고심해서 만들어낸 것들이 있다고 해도 '사제 간의 대화'라는 형식 때문에 내면적으로 『논어』가 느긋하고 온화하며 우아한 서술 풍격을 가지도록 규정했던 것이다. 화제가 오락가락하고 느닷없이 인물이 바뀐다. 게다가 각 단락이 몇 마디의 문장만으로 이루어져 있기 때문에 실로 논술이 충분하다고 말할 수 없다. 그렇지만 스승과 제자는 아침저녁으로 만나면서 서로 상대방의 생각을 잘 알고 있었으므로 굳이 길게 서술할 필요 없이 약간의 암시만 주면 충분했다. 이런 상황에서 글이 간결해졌

15　余嘉錫, 『古書通例』 卷4, 上海古籍出版社, 1985; 呂思勉, 『先秦學術槪論』 上 第5章, 中國大百科全書出版社, 1985 참조.

다는 것은 부차적인 것이다. 가장 와닿는 것은 "앉아서 도를 논한" 시점에서의 마음 상태와 기운이다. 일촉즉발의 긴장된 상황에서 하게 되는 '논변'과는 달리 여기에서는 자기 '진술'이 중심이 된다. 『논어』「선진先進」에 나오는 상당히 유명한 대화 단락조차도 '각자 자신의 뜻을 말한 것'일 뿐이다. 바로 이런 이유 때문에 『논어』는 '사변'이 아니라 '풍격'이라는 측면에서 장점을 가지고 있다. 공자가 "늦은 봄에 봄옷을 차려 입고 관을 쓴 대여섯 사람과 어린 소년 예닐곱 사람과 함께 기수沂水에서 목욕하고 무우舞雩에서 바람을 쐰 뒤에 음영하며 돌아오겠다"고 한 대답을 칭찬한 이유는 이 부분에 분명히 예로 다스리고 덕으로 교화하는 사회의 이상이 담겨 있었기 때문이기도 하지만 동시에 공자 자신의 심미적 취향과 잘 맞아떨어졌기 때문이다. 이 단락에서 체현하고 있는 정신적 경지는 사실상 『논어』에서 서술된 풍격을 대변하고 있는 것이다.

백가쟁명이 흥기함에 따라 사제 간의 강학에서 나타나는 소탈함과 화기애애함은 차츰 날카로운 언사와 치밀한 논증에 의해 대체되었다. 기세 넘치는 『맹자』와 논리적인 『묵자』, 우언과 상상으로 가득한 『장자』가 평담하게 서술한 『논어』보다 훨씬 더 문학적 색채가 강하다고 해도, 『논어』는 담박하면서도 '기운생동'하였으므로 이후 오랫동안 문인들이 계속 떠올렸던 것이다.

5천 자로 쓴 『노자』는 현묘한 이치를 말했다는 점에서 『논어』에 비해 훨씬 더 정밀하고 미묘하다. 출세와 은거, 정치적인 행위와 철학적인 이치, 인륜과 천도, 논리 구축과 비판, 강학과 저술, 이런 기준을 절대적으로 적용하지만 않는다면 이러한 구분법은 대체적으로 『논어』와 『노자』에 적용할 수 있을 것이다. 문장이라는 측면에서 본다면 『노자』에 홀수구와 짝수구가 혼합되고 산문구와 운문구가 섞이며 대량의 배비구가 사용되는 점은 대체로 루쉰이 말한 것처럼 "외우기 편하게 하기 위해서"라고 할 수 있겠지만[16] 사상을 변증하고 논제에 집중하며 설리說理에 정밀하면서 또 문장도 아름다운 『노자』의 경지는 절대 단편적인 어록체와 비교할 수 없다. 『사기』의 「노장신한열전老莊申韓列傳」에는 노자가 함곡관을 나가려고 하다가 함곡관 수령 윤희尹喜의 재촉으로 책을 쓰게 되는 장면이 나오는데, 이 서술에서는 지나치게 신비화된 측면이 있다. 그렇지만 '정묘한 5천 자'가 강학을 위한 언어가 아니라 전문적인 저술이었다는 점은 확실하다.

노자는 "믿음직한 말은 아름답지 않다", "선한 자는 논변하지 않는다"고 주장했다. 그러나 그가 글에서 주장을 개진할 때 진짜 "순박한 경지로 돌아가고", "화려한 상태에 머물지 않았던" 것은 아니었다. 그의 글은 '아름다웠'을 뿐만 아니라 '논변에 능했다.' 다만 노자의 후학이었던 장자의 문장이 지나치게 대단해서 후대 사람들이 도가道家의 문장을 논할 때면 언제나 장자를 대표로 삼았기 때문에 『노자』에 대해 말하는 사람들은 대체로 그가 말한 의미의 심오함을 중시했고 아름답고 오묘한 문장에 신경쓰지 않았을 뿐이었다.

정치가의 훈령訓令과 역사가의 기언記言에서 사신과 유세가의 언변, 사적인 강학과 저술에 이르기까지 점점 실용성을 강조하는 동시에 한층 더 문사의 아름다움을 추구하는 경향을 띠게 되었고, '언사'는 점점 더 '문장'으로 변해가게 되었다. "글을 잘 쓸 생각이 없었던" 선진시대

16 『魯迅全集』 9, 人民文學出版社, 1981, p.362.

의 사관과 학자는 비록 후대 문인처럼 "문장을 아름답게 쓰는데 신경을 쓰지는" 않았지만, 문장과 역사서가 구분되지 않고 변려문과 산문이 변별되지 않았으며 말과 글이 완전하게 분리되지 않은 혼돈 상태의 글에도 나름의 독특한 미감이 있었기 때문에, 시문時文에 반대하고 복고를 주장한 후대 사람들에게 영원히 추모하는 대상이 되었다.

2. 직서直書에서 서사敍事로

역사서의 기언을 대표하는 것은 『상서』이고 기사를 대표하는 것은 『춘추春秋』이다. '춘추'는 원래 고대 여러 나라에서 사관이 편찬한 편년사를 통칭하는 말이었지 특정한 저작만을 지칭하지는 않았다. 현전하는 『춘추』는 노魯나라의 사서로, 공자가 수정하고 윤색했기 때문에 노나라를 위주로 하면서 여러 나라의 중요한 일을 함께 아울렀다. 『춘추』의 시야가 넓다든가 구성이 광범위하다는 문제는 오히려 부차적인 것이다. 더 중요한 것은 함축적인 미언대의微言大義와 엄격한 글쓰기 방식이었다. 세도世道가 쇠미해지고 옳지 않은 말과 행동이 세상에 가득한 것을 우려한 공자는 역사서의 글쓰기를 빌어 "포폄을 기탁하여 선악을 분별하고" 그것을 통해 명분을 정하고 법도를 만드는 목표로 나아가려고 하였다. 후대 경서 연구자들은 『춘추』 대의를 발굴할 때 지나치게 천착하여 견강부회하는 면이 없지 않다. 그러나 『춘추』는 단어와 구절에 상당히 신경을 썼으며 문학적 기교가 뛰어날 뿐만 아니라 분명히 심오한 의미를 담아낸 것이었다. 같은 전쟁이라고 하더라도 기록한 사람의 가치평가에 따라 '정벌伐'이라고도 했다가 '침략慢'이라고도 했고 '습격襲', '쟁취取', '승리克', '패주敗' 등의 단어를 썼으므로 독자는 하나의 글자에 담긴 포폄을 통해 권선징악에 대한 역사가의 고심을 쉽게 알아챌 수 있다. 『맹자』「등문공滕文公 하下」에서 "공자가 『춘추』를 완성하자 난신적자亂臣賊子들이 두려워하였다"고 한 것은 그냥 역사가의 바람을 드러낸 것이었다. '난신적자'가 이 역사가의 '춘추필법'을 두려워해서 "백정의 칼을 버리고 곧바로 부처가 되었다"고는 생각할 수 없으니, 이 구절은 글의 힘을 지나치게 과장한 것이다. 오히려 『춘추』에서 짧은 말로 주제를 전달한 점, 미묘한 어휘로 완곡하게 풍자하는 필법은 후대 고문가들에게 어휘의 정확성과 표현의 정밀성을 추구하도록 상당한 영향을 미쳤다.

　장학성은 기언과 기사를 기준으로 역사서를 구분하는 것이 부적절하다고 생각했으므로 "그 관직은 『주관周官』에서 발견할 수 없고 그 책도 후대에 전하지 않는다"고 하면서, 『상서』에도 사건이 나오고 『춘추』에도 말이 전하며 "『좌전』에 기록한 말도 천만 언言에 이른다"라고 했다.[17] 『좌전』에 사신과 유세가의 사령이 상당히 많이 수록되어 있다는 것을, 『춘추』가 기사를 중시했다는 것을 부정하는 근거로 제시할 수 없다. 『좌전』은 『춘추』 때문에 썼지만 단순한 경전 해설서가 아니며(『공양전公羊傳』과 『곡량전穀梁傳』을 비교해 보면 바로 알 수 있다), 최소한 역사서의 체제에서도 새로운 점이 많다. 유종원柳宗元은 "좌구명左丘明이 공자를 이어받은 뒤

17　장학성(章學誠), 『문사통의(文史通義)』 권1 「서교(書敎) 상」.

에", 좌사左史와 우사右史의 글이 뒤섞이고 말과 사건이 혼합되어서 "『상
서』와 『춘추』의 뜻이 바로 서지 못하게 되었다"라고 했다.[18] "옛 법도를
그대로 따르지 않고" "언행과 사건이 다 있으면서도 추가와 생략이 합리
적"이라고 좋게 본 당대唐代 사람들부터 "『좌전』의 기언이 이룬 성취는
기사보다 더 또렷하다"고[19] 한 오늘날의 사람들까지, 이 모두는 이 책에
수록된 대부의 사령과 사신의 응답이 전아하고 우아하여 나름의 심미적
가치가 있다는 점에 주목한 것이었다. 그러나 이러한 미묘한 말들은 대
부분 전거가 있고 작가의 독창성의 발로가 아니다. 『좌전』이 이룬 문학
적 성취는 주로 서사에서 집중적으로 드러나며 특히 전쟁 서사 관련 대
목은 독보적이라고 말할 수 있다.

　고대 사관의 직책 중 하나는 사실 그대로 정직하게 쓰는 것이었고 다
른 하나는 포폄을 통해 평가하는 것이었다. 이것은 공자가 『춘추』를 편
찬할 때 "쓸 것은 쓰고 뺄 것은 뺀다"라고 했던 것처럼 "사건의 득실을
통해 출척을 드러내고 국가의 존망을 가져와서 권고와 감계를 제시"한
것이었다.[20] 좋은 역사가라면 반드시 도의道義를 견지하고 권세權勢를 두
려워하지 않으며 사실 그대로 기록하는 것을 추구하여 설령 죽게 된다
고 해도 후회하지 않았을 것이다. 『좌전』 「선공宣公 2년」에는 동호董狐가
"조돈趙盾이 자기 군주를 시해했다"고[21] 쓴 기록 뒤에 뒤이어 "공자가 말

18　『유종원집』 권2 「유종직의 '서한문류' 서문(柳宗直西漢文類序)」.
19　유지기(劉知幾), 『사통(史通)』 권2 「재언(載言)」; 郭豫衡, 『中國散文史』 上冊, 上海古
　　籍出版社, 1986, p.95 참조.
20　『사기』 「공자세가(孔子世家)」; 『문심조룡』 「사전(史傳)」 참조.
21　【역주】 진(晉) 영공(靈公)이 무도한 일을 하면서 조돈까지 죽이려고 하는 와중에 조돈의
　　동생 조천(趙穿)이 영공을 죽이고 조돈이 복귀했는데, 그 이후에 영공 시해의 책임을 물어
　　조돈을 비난하는 여론이 있었다. 사관 동호의 기록은 그런 맥락에서 이루어진 것이다.

하였다. '동호는 옛날의 훌륭한 사관이다. 글을 쓸 때 숨김이 없었다'"
고 서술하였다. 『좌전』은 『춘추』에 근거하여 쓴 것이므로 당시 권세가
들의 심기를 거슬러 죽을 정도의 화를 불러들일 위험은 적었으며, 사실
그대로 쓰거나 포폄을 가하기도 상대적으로 쉬운 편이었다. 덕을 숭상
하고 백성을 사랑하며 하늘을 높이고 신을 공경한다 같은 거창한 도리
에 대해 『좌전』은 『공양전』이나 『곡량전』처럼 심혈을 기울여 자세하게
쓰지 않았다. 『좌전』의 장점은 사건을 기술한 것이지 설리說理적인 것이
아니었다.

"문장은 느긋하고 의미는 원대했다"고 한 진대晉代 사람이든 "『좌전』을
글도 잘 썼고 자료도 풍부하지만 무속적이라는 단점이 있다"고 한[22] 사람
이든 간에 모두 다 『좌전』의 서사에 대해 말한 것이지 실록에 대해 평가한
것이 아니었다.

당대 인물 유지기劉知幾가 『좌전』의 서사를 칭찬했던 최초의 인물은 아
니다. 그런데 그가 『사통史通』에서 『좌전』에 대해 한 찬양은 가장 체계적
인 평가였다. "역사서의 멋진 점은 서사를 위주로 한다는 것이다", "『좌
전』은 서사의 최고봉이다" 이런 평가는 다소 추상적인 감이 있기 때문에
또 다음 단락의 멋진 서술을 덧붙였다.

『좌씨전』의 서사는 군대 출동을 서술할 때는 의장대가 시야에 가득 찬
듯하고 전쟁터의 아우성 소리가 끓어 넘치는 듯하다. 군영의 일을 설명할
때는 일사분란한 모습이 눈에 선하고 수사적 표현이 엄밀했다. 전쟁의 승

---

22 두예(杜預), 「춘추좌씨전서(春秋左氏傳序)」; 범영(范甯), 「곡량전서(穀梁傳序)」 참조.

리를 말할 때는 포로로 잡은 일조차 하나도 빠뜨리지 않았고, 패하여 도망친 일을 기록할 때는 군대가 궤멸되어 무너지는 모습이 앞에 펼쳐지는 듯했다. 맹세를 하는 일에 대해 말할 때는 강개함이 넘쳤고 간특한 사실을 말할 때는 그 거짓과 무함이 보일 듯했으며 은혜를 이야기할 때는 봄볕처럼 따스했다. 엄정한 일을 기록할 때는 추상처럼 매서웠으며 나라의 흥성을 서술할 때는 엄청나게 재미있었고 나라가 망하는 사실을 진술할 때는 불쌍하리만큼 처량했다. 『좌씨전』의 좋은 필치는 죽간을 윤기나게 하고 아름다운 문구는 노래처럼 귀에 들려온다. 자유로우면서도 세속에 얽매이지 않는 필치는 유래를 찾아볼 수 없고 종횡무진으로 치달은 생각은 독자적인 경지에 이르렀다. 이와 같은 재능은 천지의 조화처럼 정교하고 사유는 귀신같이 뛰어나다. 보기 드문 저술이자 고금을 통틀어도 탁월했다.[23]

위의 글에서 칭찬한 내용 중에서 '화려한 어휘'와 '아름다운 구절'의 판권은 사신과 유세가에게 있겠지만, 그 외에 이 책이 훌륭해지게 된 공로는 대부분 저자의 탁월한 서사 능력에 돌려야 한다. 특히 혼란스럽고 복잡한 전쟁에서는 장막 뒤에서 신묘하게 책략을 짜는 일도 있고 상황이 급변하는 놀라움도 있고 전투의 참상도 있는데 저자는 이 모든 것을 생생하게 서술했을 뿐만 아니라 그 맥락도 매우 뚜렷하게 드러냈다.

『좌전』에서 직접 언급한 군사 관련 행동은 300~400건이나 되는데, 그중에서 진晉나라와 초楚나라의 성복城濮전투, 제齊나라와 진晉나라의 안鞌전투, 진秦나라와 진晉나라의 효殽전투, 진晉나라와 초나라의 필邲전

---

23   유지기(劉知幾), 『사통(史通)』「잡설(雜說) 상」.

투, 진晉나라와 초나라의 언릉鄢陵전투, 이 5대 전투는 모두 우여곡절 있고 생동감 넘치게 서술되어 있다. 소홀해서는 안 되는 전투 준비, 전술 계획과 실전에서의 전략뿐만 아니라 '덕을 숭상하지 무력을 숭상하지 않는다'라는 역사관을 구현하려고 했다. 사실 이 모두를 염두에 두기는 어려운 것이었다. 전쟁 과정을 임의로 바꿀 수도 없었다. 역사가의 권리란 특정한 관점을 선택하고 서술의 속도를 조절하는 정도이기 때문이다. 성복전투가 매우 좋은 예이다. 대전투가 아직 전개되기도 전에 승패가 이미 결정된 상황에서 "억세지만 무례하여 백성을 다스릴 수 없는" 초나라의 자옥子玉과 "한 번의 싸움으로 패권을 잡아 문치의 교화를 드러낸" 진나라 문공文公은 선명하게 대비되었다.

전쟁을 하는 와중에 인심의 향방이 정말 모든 것을 결정하게 되는가에 대해서는 논쟁할 여지가 있겠지만, 어쨌든『좌전』의 성공적인 서술로 인해 확실히 이것은 도덕적 판단이라는 의미를 갖게 되었다. 물론 이런 것들을 직접적으로 표출하지는 않았지만 공들여 선정한 작은 사건으로 호소력 있게 보여주었다. 이렇게 파란만장하고도 웅장한 대전투 앞뒤로 교묘하게 약간의 자질구레한 일화를 삽입함으로써 문장의 기상을 펼쳐보이면서 동시에 작가의 가치관을 보여주었다. 예전 사람들이『좌전』을 평론할 때 늘 사용하던 "문장이 느긋하고", "오만하거나 조급하지도 않으며", "완곡한 어법을 쓴다" 등의[24] 풍격은 저자가 가지고 있던 교양이나 스케일뿐만 아니라 '큰 전투' 속에 '자질구레한 일'들을 집어넣는 운용의 묘에서도 잘 드러난다.

---

24   유희재(劉熙載), 『예개(藝槪)』권1「문개(文槪)」.

『좌전』은『춘추』의 편년사 체제를 계승하였지만 순차적인 서사 시간에 얽매이지 않았고 완정된 구성과 또렷한 스토리를 위해 일화를 삽입하거나 순서를 도치시켜 서술하는 방식을 택했다. 때로는 여러 나라들의 패권 다툼, 또는 내부 갈등이 모두 뒤얽혀 있어서 단순하고 명쾌하게 설명할 수 없었다. "제나라와 노나라의 장작長勺 전투", "정백鄭伯이 공숙단共叔段을 언鄢 땅에서 죽였다"처럼 오랫동안 전송된 이런 대목이 짧은 편폭으로 전쟁의 결과를 선명하게 서술할 수 있었던 것은 군신의 대화나 형제 간의 암투 중에서 가장 특색이 있는 것을 선별해서 이를 중심으로 전개하고 서술한 것과 관련되어 있다. 이렇게 선별을 했어도 여전히 긴밀한 관련은 없지만 반드시 보충 설명해야 하는 사람이나 사건이 있는 경우에는 '초初'라는 글자를 빌려 그 속에 삽화를 교차하여 맥락을 분명하게 했고 또 마치 구름 위로 올라가는 신령스러운 뱀처럼 처음과 끝이 일정하지 않았다. 후대에는 서사 기교에 대해 말하면서 삽화와 도치를 언급할 때 가장 적합한 예로『좌전』을 꼽았다.[25] 서사의 시간을 효과적으로 처리한『좌전』은 아주 오랜 뒤에도 여전히 산문가와 소설가가 참고할 만한 가치를 가지고 있다. 다만 장회소설章回小說에 구연 스타일이 아주 오랫동안 남아 있었기 때문에 역순 서술 등의 기법이 제대로 발휘되지 못했다. 그래서 청말 문인들이 서구의 정치소설과 탐정소설을 봤을 때 비로소 그 '느닷없는 서두'를 보고 경탄을 금치 못했던 것이다.

『좌전』의 서사는 역대로 고문가들의 존경을 받았다. 그러나 문체는 비판받는 경우가 있었다. 범영范寧은「곡량전서穀梁傳序」에서 "무속적인

---

25 이불(李紱),「추산논문(秋山論文)」; 왕원(王源),「좌전평(左傳評)」; 린수(林紓, 임서),
「춘각재논문(春覺齋論文)」참조.

요소가 많다는 단점이 있다"고 했고 한유는 「진학해進學解」에서 "『좌전』은 허황하다"라고 했는데 대체로 이것이 『상서』처럼 고고하지 못하고 『춘추』처럼 근엄하지 못하다는 점을 비판한 것이다. 『좌전』에 대해 크게 고평했던 유지기조차도 저서 『사통』「서사敍事」에서 "글은 간략하지만 사건은 풍부한 것이 더 좋은 서술"이라고 하면서 막상 예로 든 것은 『상서』와 『춘추』였다. 『좌전』 문장은 확실히 '고아古雅'하다고 볼 수는 없지만 이것은 이 책의 가치를 판단할 근거로는 부족하다. 후대에 의법義法을 논했던 고문가들은 간결한 문장에 대해 말할 때면 『상서』와 『춘추』를 모범으로 삼기를 좋아했다. 그런데 사실 '은미'하고 '감추는' 이런 서술방식이 반드시 따라 할 만한 가치가 있는 것은 아니다.

청대 인물 손광孫鑛, 장학성, 완원阮元 등은 모두 고대인들이 죽간에 글자를 새기는 것이 쉽지 않아서 문장이 간결해야 했다는 점을 지적하였다. 그러나 후대 사람들은 그런 요인을 제대로 살피지 않아서 "어쩔 수 없는 상황"에서 "근엄"했던 것을 가지고 모든 문장을 판단했는데, 사실 핵심을 짚지 못한 것이었다.[26] '간결한 문장'의 『춘추』는 모든 사람들이 갈채를 보냈지만 너무 "수준이 높아서 닿을 수 없었다." 후대에 고문 짓는 것을 배웠던 사람들이 대체로 따라했던 것은 『좌전』이었다. 생동감 넘치는 서사와 아름다운 문장 이외에 량치차오梁啓超(양계초)가 언급했던 것처럼 "그 문장은 비록 시대는 너무 오래전이지만 난삽하다는 병폐가 없어서 음송하면서 익히기에 편했던 것이다."[27]

---

26 錢鍾書, 『管錐編』 1, 中華書局, 1979, pp.163~164; 張舜徽, 『史學三書平議』, 中華書局, 1983, p.74 참조.
27 梁啓超, 「要籍解題及其讀法 · 『左傳』, 『國語』」, 『飮冰室合集 · 專集』 15, 中華書局, 1932.

‘역사서’이면서 ‘고문’의 전범으로 모셔진 것으로는 『좌전』 외에도 『사기』가 있다. 당송 이후부터 만청 시기의 고문가들은 늘 태사공의 필법을 배울 것을 호소했다. 『사기』가 보편적으로 추대된 데에는 문학가들의 역할이 컸다. 『한서』 「사마천전司馬遷傳」에서 "이유 없이 칭찬하지 않고 선한 행동을 숨기지도 않았으므로 실록이라고 할 수 있다"고 호평한 이후로 『사기』를 논평하는 사람들은 대부분 유협처럼 "숨김없이 사실대로 기록하려고 한 취지"에 대해서 평가했다. 이른바 "좋은 역사가의 직필"이라는 말로는 실로 『사기』의 훌륭한 점을 제대로 설명하기 어렵다. 하나는 ‘붓을 잡고 사실 그대로 쓰다’라는 것이 사마천의 독창성이 아니라 오랫동안 역사가들이 공통적으로 내세우던 구호였다는 점이다. 또 다른 하나는 『춘추』조차도 "존장자를 위해 숨긴다", "부모님을 위해 숨긴다"라고 할 정도였으니 사실 ‘실록’은 지향하는 것이었지 달성할 수 있는 것이 아니었다는 점이다.

『사기』에서 비분함을 은밀히 담아내고 당대를 비판한 것이 오늘날 많은 사람들에게 ‘실록’의 증거로 거론되지만, 이것은 옛 사람들이 이해한 ‘포폄이 거의 없이’ ‘사실대로 서술하는 것’과는 거리가 있다. 태사공 마음에 있던 울분과 불평한 기운이 『사기』의 전편에 흘러나오는 것은 조금이라도 읽어본 적이 있는 독자라면 쉽게 발견할 수 있을 것이다. 동일한 사건에 대한 기록에서 『사기』가 다른 역사서보다 더 정채로운 이유는 예전에 이미 있었던 양식이며 또 역사가들이 공통적으로 받드는 ‘실록’이어서가 아니라 역사와 인생에 대한 저자의 독특한 깨달음이 들어가 있기 때문이라고 보는 것이 더 적절할 것이다. "누락된 세상 이야기를 망라하는 것"은 사마천의 목표가 아니었다. "천명과 인사를 연구하고 옛날과 지금의 변화에 통달하여 일가—家의 말을 이루는 것"이야말로 태사공의 진정한 포부였던 것이다. 「보임안서報任安書」에서 드러냈던 이 대단한 포부야말로 태사공太史公의 책을 중국역사 저술에서 유일무이한 위치를 차지하게 했다. 곧 사부史部(역사서)에 해당하는 저작일 뿐만 아니라 자부子部(사상서)에 해당되는 저작이 된 것이다.

청대 인물 전대흔錢大昕은 『사기』가 『춘추』를 계승하면서 동시에 발전시켰다는 점을 "서술은 경전을 바탕으로 했고, 의론은 제자백가를 겸하였다"는 한마디로 정리했다.[28] 반고는 자신의 아버지 반표班彪의 말을 바탕으로 『사기』에 대해 "시비에 대한 판단이 성인聖人과 많이 다르다"고 비난했지만 사실 『사기』가 일가를 이룰 수 있었던 원인에 대해 정확하게 짚은 것이었다. 후대 역사서가 더 체계적인 구성과 더 엄격한 고증, 더 치밀한 서술을 갖추었을지는 모르지만 이렇게 성인의 시비 판단을 기준으로 삼지 않고 홀로 일가를 이루는 기백과 능력은 더 이상 다시 볼 수 없게 되었다. 마치 당대 천자를 피휘하지 않았던 「평준서平準書」나 당시의 폐단을 지적했던 「혹리열전酷吏列傳」, 주류의 의식과는 배치되었던 「화식열전貨殖列傳」 같은 글들은 사마천 개인의 천부적인 재능의 결과이기도 했겠지만 이와 함께 제국이 갓 건설되어 문자에 대한 검열이 심하지 않았고 더 나아가 그 당시 사상서와 역사서가 완전하게 분화되지 못했던 상황 때문에 가능했다.

이전의 역사서는 예전에 들은 것을 정리할 뿐 자신의 의견은 없거나 저자가 너무 많아 변별하기 어려웠으므로, 진정한 의미에서의 개인 저

---

28 전대흔(錢大昕), 『잠연당문집(潛研堂文集)』 권24 「사기지의서(史記志疑序)」.

술은 대체로『사기』를 시작으로 잡는다. 확실한 '저자'가 있었고 거기에 궁형宮刑을 받아 발분하여 저작을 남겼다는 전기성傳奇性 때문에 후대에 사람들은『사기』를 평가할 때 모두 이릉李陵 사건을 가지고 분석하는 것을 좋아했다.「보임안서」에 있는 "문왕은 구금되어 있을 때『주역』을 펼쳐냈고 중니는 액운을 당했을 때『춘추』를 지었으며 굴원은 쫓겨났을 때「이소」를 지었다"는 류의 설명은 논자들이『사기』에 있는 의기와 불평이 모두 사마천 개인의 신세 때문이었다고 오판하게 만들었다.

"극형에 처해 유폐되자 발분하였다"는 반고의 해석은『사기』를 저자 자신을 애도하는 책으로 만들려는 경향이 있다. "누군가를 비방하려고 쓴 책"인가에 대한 논쟁에서는 더욱더 '발분'과 '저술'을 직접적으로 결합시키려고 했다. 백이伯夷를 열전의 맨 앞에 두었고 또 논찬論贊이 기술 記述보다 많았으며 고결한 사인士人은 재앙을 당하는 반면 제멋대로 구는 폭도들이 안락함을 누리는 것에 대해 크게 감개를 토로한 것, "믿음직했지만 의심을 받고 충성했지만 비방당한" 굴원이「이소」를 지은 것은 "원망이 마음속에서 생겨났"기 때문이라고 한 것, "자신의 몸을 돌보지 않고 곤경에 처한 다른 사람에게 달려간" 협객들을 찬미한 것 등에는 확실히 특별한 감회가 투영되어 있다. 그러나 마치 생선 가시가 목에 걸린 것처럼 내뱉지 않고는 마음이 편치 않은 우울함과 울분은 결국 인물전기의 서술 또는 논찬으로 담겼으므로, "근심 걱정으로「이소」를 지었던" 굴원과 마음이 통한 부분은 있으나 체계는 아예 달랐다. 그래서 유희재劉熙載는 "「이소」를 배우면서 작가의 진정을 얻은 사람은 태사공이다"라고 하면서도 그 뒤에 "서술할 때 자신의 평가를 덧붙이는 것은 적절하지 않은데 태사공은 자기 마음을 대상에 투영하였으니 진실로 미묘하다고 할 수 있다"는 말을 잊지 않고 첨언하였다. 루쉰은 『사기』가 "산문으로 쓴 「이소」"라고 찬양했지만 그것은 바로 앞에서 "역사가의 절창"이라고 한 평가를 전제로 한 것이었다.[29] 『사기』는 일단 역사학의 명저이며 감개와 근심 걱정을 담아냈다고는 하지만 그 특출난 점이 드러나는 것은 여전히 서사 부분이다. 자신의 감정을 투입한 것을 지나치게 과장하는 것은 역사서라는 문체의 특징을 무시한 결과일 뿐만 아니라 '실록'이라는 평가와도 자가당착이다. 일가를 이룬 사람의 말이라는 측면에서 『사기』에서의 반항과 불평을 이해하는 것이 그것을 "원망이 마음속에서 생겨났"던 「이소」나 "불우한 선비를 슬퍼한" 부로 생각하고 읽는 것보다 더욱 적절할 것이다.

상고시대 사관의 '기언'과 '기사'의 구분을 타파했던 『좌전』과 『사기』는 후대 역사 저술과 서사문학에 매우 깊고 오래 영향을 미쳤다. 하지만 이 두 책의 주안점은 매우 다른데 장학성의 말을 빌린다면 "사건 서술은 좌씨에게서 나왔고, 인물 서술은 사마천에게서 비롯되었다."[30] 사마천은 고금을 아울렀고 새로운 범례를 만들어 냈다. 12편의 본기本紀에서 제왕을 서술했고 30편의 세가世家에서는 제후를 기술하였으며 10편의 표表에서는 당시 사건을 체계화했고 8편의 서書에서는 제도를 상술하였으며 70편의 열전列傳에서는 인물을 기록하였으니 이 다섯 개의 문체가 교직되어 전체 역사를 이루었는데 후대에 모두 그 형식을 따랐으므로 '역사가의 일반 법칙'이라고 찬미되었다.[31] '본기', '세가', '열전'

---

29 유희재(劉熙載), 『예개(藝槪)』 권1 「문개(文槪)」; 『魯迅全集』 9, 人民文學出版社, 1981, p.420.
30 장학성(章學誠), 『장씨유서(章氏遺書)』 권24 「(호북)통지범례((湖北)通志凡例)」.
31 정초(鄭樵), 『통지(通志)』 「총서(總序)」; 조익(趙翼), 『이십이사찰기(廿二史札記)』 권1 '각사예목이동(各史例目異同)' 항목 참조.

에 서술된 인물의 신분과 지위는 차이가 있고 특히 '열전'에서는 한 인물의 전기, 여러 인물의 전기, 유형에 따른 전기라는 구분이 있지만 문체가 '전기傳記'라는 점에서는 근본적인 차이가 없다. 때문에『사기』의 체제가 인물 전기를 중심으로 하고 있다는 점에 대해서는 대부분 동의하고 있다. 시간적 순서에 따른 편년체 서사여서 인물을 완전하게 서술할 수 없었던『좌전』이나 유세가를 중심에 두어서 수록 범위가 크게 한정되었던『전국책』과 비교할 때『사기』의 범위는 매우 광범위했고 완정한 인물 전기를 서술할 수 있었다는 점에서 더 훌륭했던 것이다.

『사기』에서 인물 묘사는 마치 살아있는 것처럼 생동감이 있기 때문에 역대의 고문가와 소설가들이 모두 호평하였다. 「항우본기項羽本紀」에서는 홍문鴻門의 연회나 오강烏江에서 군사가 패주하는 장면에 주안점을 두었는데, 이는 희극적 갈등이 강하게 터져나오는 순간이자 항우라는 영웅이 세상을 뒤덮을 만큼 호방하고 시원스러운 사람이라는 점이 가장 잘 드러난 장면이었기 때문이다. 이렇게 '사건'이 아니라 '성격'을 초점에 두고 편폭의 길이와 서술의 경중, 서술 속도의 완급을 결정하는 방식은 후대 수많은 정사와 비교할 때 분명하게 "장법章法에 구애받지 않았다"고 할 수 있다. 인간의 행위는 천차만별이지만 역사가는 그저 큰 사건, 중요한 인물에만 주목할 수밖에 없는데『사기』도 당연히 예외가 아니었다. 절묘한 점은 전쟁에서 영웅들이 승패를 겨루는 그 사이사이에 '사소한 사건', '주제와 무관한 한담'을 삽입한다는 점이다. 예컨대 한신韓信이 가랑이 사이로 기어가는 굴욕을 묘사하는 장면과 장량張良이 흙다리에서 노인에게 신발을 신겨주는 대목이라든가 염파廉頗와 인상여藺相如의 '장수와 재상의 화해', 신릉군信陵君이 신분이 낮은 사람과의 교제를 부끄럽게 여기지 않고 허심탄회하게 사인을 대우한 일들이 그 예일 것이다. 이렇게 구체적으로 묘사함으로써 『사기』는 매우 문학적인 느낌을 주게 되었다. 열전에서 춘추시대 이전 부분은 상대적으로 담백한 반면, 전국시대로 들어오면 갑자기 필체가 웅건하고 자유분방해졌다. 그 이유로는 첫째, 『전국책』의 문장(예컨대 형가가 진황을 찌른 일과 소진과 장의의 고사)이 있었기 때문이고, 둘째는 진秦은 한에서 시기적으로 가까우므로 문헌이 풍부하여 태사공이 천하를 편력하면서 도처에서 자료를 구했기 때문에 "매우 빼어나게 묘파해 낼 수 있었다."[32] 셋째, 사마천은 "특이한 것을 좋아했는데" 그의 마음 속에는 협기와 호기, 억울한 기운이 넘쳐났기 때문에 형가와 항우, 굴원 등의 인물들을 묘사할 때 모두 "모두 그의 가려운 곳과 같았으므로" 그가 "특별히 집중할 수 있었던 것"은[33] 당연했다.

『사기』에는 매우 뛰어난 묘사가 많다. 민간 전설에서 소재를 택한 경우도 있고 순수하게 태사공이 보태거나 수식한 경우도 있으므로 사실 "철저하게 따지는" 검증을 통과하기 어렵다. 고거考據라는 측면에서 『사기』를 읽을 때 그것이 "역사서이면서 문장"이기도 하다는 특징을 잊어서는 안 된다. 『사기』를 연구하는 사람들은 그것을 역사서로 보는 사람과 문장으로 접근하는 두 유형으로 나눌 수 있는데 린수林紓(임서)는 고문가의 입장에서 "후대에 전범이 되었으며 문장가들이 고거학 학자들보다 더 많은 자양분을 흡수했다"고 보았다.[34] 양웅揚雄과 반고, 유협 등은 비록

---

32 「태사공자서(太史公自序)」; 모곤(茅坤), 『사기초(史記鈔)』 권수(卷首) 「독사기법(讀史記法)」 참조.

33 양웅, 『법언(法言)』 권12 「군자편(君子篇)」; 누방(樓昉), 『과정록(過庭錄)』 참조.

34 林紓, 「桐城吳先生點勘史記讀本序」, 『畏廬續集』, 商務印書館, 1916.

사마천이 사건을 잘 서술했다는 점을 염두에 두기는 했지만 그들이 주로 찬양했던 것은 그가 훌륭한 역사가의 재능을 가졌다는 점이었다. 한유가 『사기』를 장주의 『장자』, 굴원의 「이소」, 사마상여司馬相如의 부와 병칭한 이후에야 후대 고문가들이 『사기』를 말할 때에는 역사서가 아니라 문장이라는 측면에서 접근하였다. 『사기』 문장의 최대 특징은 필치가 우아하고 굳건하며 기세가 깊이가 있고 웅혼하다는 점인데 이런 특징은 주로 장편들에서 구현되었다. 언어가 유머러스하고 기이하다거나 사물 묘사가 생동하다는 점에서는 사실 그 전과 후에 모두 필적할 만한 상대가 있었다. 하지만 「항우본기」와 같은 장편 서사를 다루면서도 잘 수렴하여 산만하게 흐르지 않게 하는 점은 정말 도달하기 어려운 경지였다. 고고高古한 문장을 숭배하는 사람들은 언제나 『한서』는 간결한데 『사기』는 자유분방하다고 비난하였는데, 이 점에 대해 고염무는 『일지록』 권19 「문장의 번다함과 간결함文章繁簡」에서 아래와 같이 말한 적이 있었다.

문장은 의미 전달이 핵심이지 장황하게 썼는가 간단하게 썼는가는 문제가 되지 않는다. 장황함과 간단함에 대한 논쟁이 생겨나면서 진정한 문장은 사라져버렸다. 『사기』에서 장황한 곳은 『한서』에서 간단하게 쓴 곳보다 낫다.

후대 사람들이 『사기』를 '큰 하천'과 '강과 바다'에 비유한 것은 모두 그 감정 표출이 자유롭고 기세가 넘쳐난다는 점에 착안한 것이었다. 그렇지만 이른바 "고문의 대가들 중 이 책에서 영향을 받지 않은 사람이 없다"라고 할 때 주된 핵심은 변화가 무궁하면서도 어떤 한 방향으로

잘 수렴하는 장문長文을 말하는 것이었다.[35]

　'24사史' 중에서 사학적 가치와 문학적 성취가 모두 『사기』과 맞먹을 만한 것은 『한서』뿐이다. 『한서』는 비록 네 사람의 손을 거쳐서 만들어졌지만,[36] 반고의 역할이 가장 크기 때문에 이른바 반고와 사마천의 우열을 논할 때도 그를 중심에 두었다. 최초의 단대사斷代史로서 『한서』는 체제상으로도 새로운 점이 많은데 특히 그는 '서書'을 '지志'로 바꿈으로써 전장제도典章制度의 기록과 관련된 더 풍부하고도 확실한 내용을 추가할 수 있었다. 이를테면 「예문지藝文志」를 새로 만들어 학술적 원류에 대해 고찰한 대목은 후대에서 매우 중시되었다. 비분강개한 자객과 유협을 중시한 사마천과는 달리, 반고는 박아군자博雅君子인 문인 학사를 좋아하였다. 「양웅전揚雄傳」과 「사마상여전司馬相如傳」을 각각 두 권으로 수록하여, 한 시대를 주름잡은 고관대작보다 훨씬 더 부각시켰다. 전傳에서 대량의 경세 관련 문장을 인용한다거나 전에서 자서自序를 중시한 점도 역사적 문헌을 보존한다는 점에서 의미가 있다. 역사가로서 문화적이고 학술적인 것을 편애한 점은 분명 그의 서술 스타일에 큰 영향을 미쳤다. 『문심조룡』 「사전史傳」에서 "찬과 서는 규모가 크고 화려하여 진실로 우아하다"고 칭찬한 것은 서적을 두루 알고 제가백가에 조예가 깊은 학자적 문장이라는 점을 잘 짚은 것이었다. 다만 이렇게 되면서 역사서로서의 『한서』는 『사기』와 나란히 놓일 수 있었지만 저자의 재능과 정감 및

35　顧炎武, 黃汝成 集釋, 『日知錄集釋』, 世界書局, 1936; 吳德旋, 呂璜 述, 『初月樓古文緖論』; 章太炎, 「文學略說」, 『章氏星期講演會』 제9기, 1935.11.

36　【역주】 반고의 아버지 반표(班彪)가 편찬을 시작했으나 완성을 보지 못하고 사망하였다. 반고가 아버지의 뜻을 이어 편찬 작업을 했지만 「팔표(八表)」, 「천문지(天文志)」를 완성하지 못한 채 죽었고, 이를 누이동생 반소(班昭)가 황제의 명을 받아 계승하였으며, 다시 마속(馬續)의 보완으로 완성되었다.

저술의 문예미를 논한다면 『사기』의 수준이 한 단계 더 높을 것이다.

반고는 "제자백가들을 모두 물리치고 유가儒家만 높이는" 풍조가 이미 기본적으로 자리 잡은 동한東漢 전기에 살았고 한 제국의 정통에 대한 관념을 인정하고 옹호했기 때문에 사마천처럼 그렇게 자기 나름의 판단을 견지할 수는 없었다. 태사공에 대해 "「유협열전遊俠列傳」은 처사處士를 뒤로 하고 간웅奸雄을 내세웠으며, 「화식열전貨殖列傳」은 세리勢利를 숭상하고 빈천貧賤을 부끄러워하였다"라고[37] 비웃은 것은 반고의 '역사 인식'이 부족하다는 것을 잘 보여준 것이었다. 반고와 사마천이 쓴 각각의 「화식전貨殖傳」과 「유협전遊俠傳」을 비교해 보면, 반고는 체제 옹호적이고 왕조의 이익을 옹호했다. 관념도 보수적이지만 문장도 생동감이나 기세가 결여되어 있었다. 후대 사람들이 사마천과 반고가 가진 공통점과 차이점을 이야기할 때 포인트는 다르지만 대체로 사마천은 "자유분방하고" 반고는 "체계적이며", 사마천은 "변주를 잘하여" "영감에 따라 융통성이 있고" 반고는 "규범대로 해서" "지적 능력으로 잘 짜맞추었다"는 데 동의한다.[38] 그런데 '법도'와 '관례'에 대한 두 사람의 태도 차이는 우선적으로 그들의 식견에 바탕을 둔 것이고 그 위에서 스타일이 다른 것이다. 조정의 이익과 일치한다는 전제에서는 반고도 강개하고 비분에 차 있는 좋은 문장을 쓸 수 있었다. 예컨대 「소무전蘇武傳」의

---

37 【역주】『한서』권62 「사마천전」의 찬(贊)에 "그의 시비의 기준은 성인(聖人)의 그것과 매우 달랐다. 대도(大道)를 논한 것을 보면 황로를 우선시하고 육경을 뒤로 미뤘으며, 「유협열전(遊俠列傳)」을 지은 것을 보면 처사(處士)를 뒤로 하고 간웅(奸雄)을 내세웠으며, 「화식열전(貨殖列傳)」을 서술한 것을 보면 세리(勢利)를 숭상하고 빈천(貧賤)을 부끄러워하였으니, 이는 그의 한쪽에 치우친 견해라고 할 것이다"라는 말이 나온다.

38 호응린(胡應麟), 『소실산방필총(少室山房筆叢)』권13; 장학성(章學誠), 『문사통의(文史通義)』권1 「서교(書敎) 하」참조.

경우 "천년 뒤에도 여전히 생기가 있어" 사마천의 문장에 전혀 손색이 없다.[39] 아쉬운 것은 이렇게 '특출나게 잘 서술'한 문장은 『한서』에서 그다지 많지 않다는 점이다.

『사기』와 『한서』 중에서 어느 쪽이 나은가에 대한 논쟁은 오래되었지만, 당송 이후에는 대체로 사마천을 높이 평가하고 반고를 낮게 보는 추세였다. 그 주된 요인 중 하나는 『한서』에 배우排偶가 많이 들어간다는 것이었다. 변려문과 부賦를 숭상하던 시대에 웅장하고 아름다우며 정채롭고 기교 있는 『한서』는 자연히 환영을 받았다. 그러나 한유가 고문古文을 제창하면서 자유분방하고 웅건한 『사기』가 문장의 극치가 되었다. 훌륭한 역사 저술이라는 공통점이 있지만 역대 문장에 미친 영향력으로 본다면 『한서』는 『사기』를 따라갈 수 없다.

3. 백가쟁명百家爭鳴

문장에서 가장 중요한 것은 결국 '기사記事'와 '설리說理'일 것이다. 중국의 경우, 기사는 '역사'에, 설리는 '제자백가'에 근원을 둔다. 청대 요내姚鼐는 『고문사유찬古文辭類纂』 「서목序目」에서 "논변論辨하는 글은 옛날의 제자백가에 근원을 두고 있다"고 하면서 한유와 유종원이 맹자, 한비자를 모방하고 소순, 소식, 소철이 소진, 장의, 장자를 참조한 것을 예로 들었다. 만약 초・한의 사부辭賦가 종횡학에 도움을 받았고, 위진의

---

39 조익(趙翼), 『이십이사찰기(廿二史札記)』 권2 『한서(漢書)』 「증전增傳」 참조.

현문玄文이 명가와 법가가 중흥한 듯한 느낌이 들며, 다시 여기에 명청이후 주진周秦의 문장이 계속 독서인들이 모방하려고 했던 전범이라는 점까지 생각한다면 제자백가의 문장이 후대에 끼친 영향력이 얼마나 결정적이었는지를 쉽게 상상해 볼 수 있다. 그런데 류스페이가 '논변論辨', '서설書說', '전기傳記', '잠명箴銘' 등과 당·송·명·청대의 여러 시문을 직접적으로 유가와 도가, 명가, 법가 또는 음양가, 종횡가와 연결시킨 것은 실로 지나치게 견강부회한 감이 있다.[40] 후대 문인들은 광범위하고 다양하게 독서했기 때문에, 더 이상 주제가 곁가지로 새어 나가지 않도록 개별 분야의 체계를 고수하는 일을 하지 않았고 문체는 다양한 방향으로 변화하기 때문에 언제까지나 단선적으로 전해질 수도 없었던 것이다.

제자백가의 문장은 설리에 적합한 양식이다. 우언 고사를 통해 후대 소설 창작에 영향을 미쳤고, 어떤 경우에는 우구운어偶句韻語를 삽입하여 한위漢魏의 변부騈賦 창작을 이끌어내었는데, 어쨌든 이런 점들이 제자백가 문장의 핵심적인 특징은 아니다. 「문선文選 서序」에서는 이를 두고 "주장이 핵심이다"라고 했고, 『문심조룡』「제자諸子」에서는 이를 두고 "도道에 들어갈 수 있고 뜻을 드러낼 수 있는 글"이라고 했는데, 이는 모두 제자백가 문장의 이런 특징에 주목한 것이었다. 공자와 노자의 '입의立意'와 '견지見志'는 주로 '진술'을 차용했지만, 묵자, 맹자, 장자, 순자 등의 전국시대 문장은 훨씬 더 '논변'의 색채를 많이 가지고 있었다. 유협은 '논'과 '설'을 분류하고 분석했는데, 그 주된 이유는 '논'은

---

40 劉師培, 『中國中古文學史·論文雜記』, 人民文學出版社, 1959, pp.113~114·121~124.

하나의 논리로 잘 정련하여 논리가 엄밀했고 '변'은 사람들을 설득할 수 있는 기교를 중심에 두었으므로 임기응변에 능하여 그 서술 스타일에 차이가 있었다는 점을 고려했기 때문이다.[41] 이와 함께 주목해야 하는 것은 마찬가지로 "그런지 아닌지를 논변하는" 논의임에도 어째서 공자와 노자는 생각을 소탈하게 털어놓는 '독백'에 가까운 반면 묵자, 맹자, 장자, 순자 등은 왁자지껄한 대중들 속에서 진행하는 '대화'와 같았는가 하는 점이다. 공자와 노자 중 누가 더 앞선 시대에 살았는가에 대해서 학계에서는 지금껏 이렇다 할 정론이 없다. 그러나 논박보다는 자기 주장을 전개한 양대 종파宗派의 거작이 춘추시대 말엽에 쓰여졌다는 설은 대체로 믿을 만하다. 이 때에는 개인의 학문 강학과 저술이 막 시작되고 있었고 이른바 학파 간의 논쟁이 아직 생겨나기 전이었으므로 자신의 견해를 개진하는 데 주력했고 사방에서 공격하는 반대파에 방어한다는 의식이 없었다. 전쟁이 치열해진 전국시대에 접어들면 변사辯士들이 쏟아져 나왔으므로 자기 주장을 펼 때 다른 사람의 주장을 반박하면서 시작하지 않을 수가 없었다.

여러 나라의 패권 경쟁에서 유세가들은 종횡으로 대응하는 기술을 가지고 있었다. 군주의 신임을 얻고 발언 기회와 살 공간을 쟁취하기 위해 '논변' 기술을 연마하지 않을 수 없었던 것이다. 왕권은 느슨해지고 학술이 하위 계층으로 옮겨가게 되면서 사상에 활력이 넘치고 사상의 토대가 될 바탕도 나날이 풍부해졌는데 이것 역시 각 사상가나 학파가 독자적인 기치와 독립된 집단을 만들 수 있게 한 요인이 되었다. 장타이

---

41 『문심조룡』「논설(論說)」.

옌장太炎(장태염)은 일찍이 고금의 학술적 차이를 언급하면서 후대의 '파벌汗漫'을 주周·진秦 때의 '나홀로 유세가獨立'와 대비시킨 바 있다.

주(周)·진(秦)의 제자백가들은 처음으로 올라가 스승의 법도를 계승하여 독립적으로 존재했고 다른 세력에 붙는 일은 없었다. 심지어 같은 사상에 속하는 사람들조차 자신의 주장을 중시했을 뿐 서로 조율하지는 않았던 것이다.[42]

묵가나 도가의 '유가 비판'은 당연한 것일 수도 있다. 하지만 유가에 속하는 순자가 "12자子를 비판했을"[43] 때 그 비판 대상에는 자사子思와 맹가孟軻도 있었다. 이는 '같은 편과는 동맹하고 다른 편만 공격하는' 것에 치중했던 후대 사람들과는 전혀 달랐다. 유가가 8파로 나뉘었을 뿐만 아니라 묵가도 3파로 떨어져 나갔으며 도가, 명가, 법가, 병가 어느 쪽도 진정한 의미에서 하나로 통합하고 조율하려는 시도를 보이지 않았다. 하나의 사상에 속해 있다고 해도 작은 차이에 따라 각기 나름의 학파를 세웠기에 상이한 사상가와 학파들이 상극처럼 반목하는 관계였음을 상상할 수 있다.

『한서』「예문지」에서는 제자백가에 대해 "주장이 달라서 물과 불처럼 상극이었다"고 묘사한 뒤에 "상극이면서 동시에 상생한다"는 한 구절을 덧붙이는 것을 잊지 않았다. 스승의 설이 다르고 사상이 다르므로 다투지 않을 수 없지만 이러한 논쟁은 상대에 대해 충분히 이해하고 존

42　章太炎, 「諸子學略說」, 『國粹學報』 제2년 8·9호, 1906.9·10.
43　【역주】『순자』의 편명 「비십이자(非十二子)」. 12자는 타효(它囂), 위모(魏牟), 진중(陳仲), 사추(史鰌), 묵적(墨翟), 송연(宋鈃), 신도(愼到), 전병(田騈), 혜시(惠施), 등석(鄧析), 자사(子思), 맹가(孟軻)를 가리킨다.

중한다는 입장과 사고가 전제되었으므로 상대에 대해 저열하게 욕설을 퍼붓는 일은 거의 없었다. 분명 논박하는 글이면서도 제자백가가 "천지의 순연함純"을 보지 못한다고 한 점은 아쉬운 부분이지만 어쨌든 "각자 나름의 장점이 있어서 당시에 쓰이는 바가 있었다"고 했고, 12자를 "대중을 현혹시킨다"고 비난하기는 했지만 "근거가 있으므로 일리 있는 주장"이라는[44] 것을 인정했다. 상대를 공격하고 논박을 지속하는 과정에서는 비록 자신의 확고한 입장이 있기는 했으나 상대에 대해 어쨌든 두려워하는 바가 있었으므로 감히 자신이 진리를 독점한다고 여길 수 없었다. 당시는 통일된 학설이 나타나기 전이었기 때문에 각 사상가와 학파는 모두 비교적 충분히 자신의 주장을 드러낼 수 있었다. 현학顯學이[45] 되는 것은 자기 학설이 얼마나 넓고 크며 핵심이 정련되었는지, 또 당시 상황을 정확하게 파악하고 있는지에 달려 있었다. 시대 상황을 파악하고 임기응변에 능한 것은 사실 유세가가 남다른 주장을 하기 좋아했던 이유 중 하나였다. 주진周秦의 제자백가들의 논변에는 이론적인 내용만 있었던 것이 아니라 공명을 얻으려고 제후에게 유세한다는 측면이 있었으므로 그들이 말할 때 "자신과 다른 학설을 배척한 것"이 완전히 공적인 마음의 발로라고 보기는 어려울 것이다. 『한서』「예문지」에서는 당시 군주들의 기호에 따라 제자백가들이 "각자 하나의 측면을 가져와서 그 좋은 점을 어필하여 이야기를 늘어놓음으로써 제후들에게 등용되려고 하는" 결과를 낳았다고 했는데, 이것은 또 다른 측면에서 '백가쟁명'

---

44 『장자』「천하(天下)」;『순자』「비이십자」 참조.
45 【역주】'현학'은 보통 현실과 결부되어 당시 사회의 관심을 일으키거나 학술계에서 지배적인 위치를 차지한 학설을 가리킨다. 선진(先秦) 사상사에서는 특히 유가와 묵가를 가리킨다.

의 면모를 보여준 것이었다. 이렇게 제자백가를 직시하는 것은 유가와 묵가, 도가, 법가의 이론적 차이와 가치평가를 부인하려는 것이 아니라 "각자 하나의 측면을 가져와서 그 좋은 점을 어필한다"는 측면에서 선진시대 사상과 학술의 생성과 그 '논변' 방식을 이해하려는 것이다.

수식을 중시하든 아니면 내용을 중시하든 간에 전국시대 문장은 대체로 종횡가의 영향을 받았다. 화려한 언사와 나열법을 구사하였든, 아니면 기탄없이 자신의 주장을 개진하였든 그것은 오히려 부차적인 것이고 더 중요한 것은 제자백가들이 자신의 정치적 견해와 철학적 이치 둘 다에 모두 대단한 자신감을 가졌고 이를 충분히 표현했다는 것이다. 그 당시 각 제후국 간에는 고정적인 외교관계가 확정되지 않았고, 사인들에게도 일정한 군주가 없었으며 국가의 대사를 논하면서 어떤 것도 두려워하지 않았던 유세가들은 "한 번 노하면 제후들이 두려워하고 편안하게 있으면 온 세상이 잠잠해졌기에"[46] 필부匹夫이면서도 천하의 계책을 세우는 데 익숙해졌던 것이다. 가끔은 성현의 경전을 인용하기도 했는데 그때에도 주로 일종의 수사적 표현 정도였고 핵심 주장은 기본적으로 자신의 학설이었다. 『묵자墨子』「소취小取」에서는 '시비를 밝힌다明是非', '치란을 살핀다審治亂' 등의 여섯 가지 '논변' 방식으로 구분했지만 실제로 응용할 때는 자주 '타파한다破'는 글자로 시작하였다. 즉 『맹자』「등문공滕文公 하下」에서 말한대로 '인심을 바르게 한다正人心'는 목표를 위해서는 "잘못된 학설을 종식시키며 그릇된 행동을 막고 방탕

---

46 『맹자』「등문공(滕文公) 하」 참조.
【역주】전국시대 종횡가인 경춘(景春)이 공손연(公孫衍)과 장의(張儀)를 형용한 표현이다. 이런 정도의 사람이니 대장부가 아니냐고 묻는 질문에 대해 맹자는 그 정도는 대장부라고 하기 부족하다고 하면서 대장부의 요건을 열거하였다.

한 말을 추방하는 것"에 진력하지 않을 수 없었던 것이다. 타인을 위해 또 자기 자신을 위해 '문제를 해결'하는 것을 좋아했던 주진시대 제자백가들은 귀류법歸謬法, 유비법類比法, 반증법反證法[47] 등을 구사하여 글을 썼는데 이것은 후대 사람들이 반론문을 쓰는 데 매우 큰 영향을 미쳤다.

그런데 시비를 결정하고 의문을 해소하는 '변辨'과 비교할 때 제자백가가 나름의 주장을 확립한 '논論'은 후대 사람들이 더 추앙하는 문체가 되었다. '논'과 '변'은 원래 서로 의지해서 존재하는 문체이므로 그 우열을 분별하기는 매우 어렵다. 그러나 나름의 규범을 세워 평가 기준을 확정하는 것이 더 근본적인 성격을 갖고 있음은 의심할 바 없는 사실이다. 제자백가들의 주장은 각기 근원적인 토대가 있었고 논쟁점은 세상의 시작, 민생의 안정된 생활 같은 근본적이고 큰 문제였으므로 지엽적인 문제를 파고드는 후대 문인들과는 달랐다. 『묵자』의 「운명을 비판하다 상非命上」에서는 주장을 요약할 때 반드시 "본本", "원原", "용用"이라는 세 형식을 써야 한다고 했는데 그중에서 가장 맨앞에 나오는 "위로는 옛 성왕의 일에 근본을 둔다"는 서술방식은 제자백가들이 공통적으로 따르게 되었다. 이것은 마치 후대 문사들이 "성현을 대신해서 말한다" 와 비슷해서 큰 차이가 없는 것 같지만 전혀 그렇지 않다. 유가, 묵가, 도가, 법가가 바탕에 둔 '성왕聖王의 일'은 동일한 것이 아니었으므로 캉유웨이康有爲가 제자백가를 두고 모두 "옛것에 근거한 제도 개혁"이라

---

47 【역주】'유비법'은 유추를 통해 낯설거나 알기 어려운 대상을 설명하는 방법이다. '귀류법'과 '반증법'은 어떤 명제가 참임을 증명하기 위해서 명제의 결론을 부정한 뒤 그 과정에서 모순을 보여줌으로써 간접적으로 그 결론이 성립한다는 것을 증명하는 방법으로, 동의어로 보는 경우도 있고 분별하는 경우도 있다. 분별하는 경우에는 반증법은 논증에, 귀류법은 반박에 초점을 두고 있다는 점 등을 들기도 한다.

고[48] 했을 때 이것은 결코 과장이 아니었다. 주장을 내세울 때만 다른 것에 의존하지 않고 독립성을 추구한 것이 아니라 문장을 쓸 때도 각자의 개성이 선명하게 드러났다. 후대 문헌에는 서로 인용하거나 뒤섞어서 중복된 것이 있지만 그래도 각 사상가의 문장 스타일을 뚜렷하게 구분해낼 수 있다. 예컨대 유가는 순후淳厚하고 묵가는 솔직率直하며 명가는 궤변詭辯, 도가는 자유분방恣肆, 법가는 엄격峻刻, 종횡가는 과장과 수식夸飾, 음양가는 괴이怪異가 특징이라고 할 수 있는데 모두 개성적인 면모가 뚜렷하다. 심지어 유가와 묵가, 명가와 법가를 합친 잡가雜家조차도 그 문장은 다양하고 방대하지만博采閎大 동시에 매우 전문적인 것專精少遜이 특징이었다.

설리적인 문장에서는 독립적인 사상과 개성적인 면모가 필요한데, 이렇게 하기란 실제로 쉽지 않다. 진한 이후 왕조가 통일되고 유학만 높인 결과, 전통을 고수하면 평범해지기 쉬웠고 독특한 것을 추구하면 괴이해지는 병폐가 있었으므로 광명정대하면서 깊이 있는 사상을 체득한 것은 거의 없게 되었다. 유협은 양한兩漢의 문장이 "상황을 보고 당시 주류에 붙으려고 하는" 경향이 많아지고 결코 감히 군주의 역린을 건드리지 않게 되면서 '독자적으로 발명한 것'을 입에 올리지 않게 되었다는 점을 발견했다. 명청 문인들은 더욱 주진 제자백가들이 "자신의 견해를 내세우지 옛 사람에게 의지한 적이 없다는 점"과 "단일함과 잡다함의 차이는 있지만 모두 각자의 마음 속에서 나온 것"이라는 점에 감탄했다.[49] 오랫동안 문인들이 추구했던 '자신의 개성적인 면모'에는 제자백

---

48 康有爲, 『孔子改制考』, 中華書局, 1958, p.47.
49 『문심조룡』「논설(論說)」; 원굉도(袁宏道), 『해탈집(解脫集)』권4 「장유우에게 보내

가의 학설뿐만 아니라 문장 스타일도 포함되어 있었다.

"내가 어찌 변설을 좋아하겠느냐. 부득이해서 하는 것이다."『맹자』
「등문공 하」에 나오는 이 말은 대체적으로 전국시대 각 사상가와 학파
에게도 해당된다. 처사들이 자유롭게 논의하고 제자백가가 쟁명하는
시대에 '논변'은 인심을 바르게 하면서 공명을 얻을 수 있는 유일한 방
법이었다. 비록 도가가 "아름다운 말은 믿음직스럽지 못하고, 믿음직스
러운 말은 아름답지 못하다"라고 했고 묵가는 군주가 "글만 보고 그것
을 활용하는 것을 잊"을까봐 "변론을 많이 하지 않았다"고 했으며 법가
또한 "쓰지도 않으면서 변설만 좋아하고, 효과는 따지지 않으면서 수식
만 넘쳐나면 망한다"고 단언했지만[50] '변론을 좋아하지' 않는 전국시대
제자백가는 아무도 없었다. 그 깊은 이치에 대해『순자』「관상을 비판
하다非相」에서 이 한 마디로 갈파한 바 있다.

> 마음으로 좋아하고 행할 때 편안하며 말할 때 즐겁기 때문에 군자는 언
> 제나 변설을 한다. 사람은 누구나 잘하는 것을 말하기 좋아하는데 군자는
> 그게 더 심하다.[51]

"변설을 하지 않는다"라고 말한 것은 단지 근거도 없고 지나치게 수
식한 '간사한 말奸言'을 하지 않겠다는 말에 불과하다. 순자가 보기에 대
의와 치란을 알 수 있는데도 "말하기를 좋아하지 않고 즐기지 않는다"

는 편지(與張幼于)」; 유희재(劉熙載),『예개(藝槪)』권1「문개(文槪)」참조.
50 『노자』와『한비자』권11「외저설(外儲說) 좌상(左上)」및 권5「망정(亡征)」참조.
51 【역주】『순자』「비상」의 본문에서는 이 두 문장은 이어져 있지 않고, 뒤의 문장이 더 앞
    에 놓여 있다.

면 "분명히 성실한 사인誠士은 아니"었다. 주장의 바탕이 다른데 이를 덮어놓고 "논변하지 않으면" 성실하지도 않고 도덕과 용기도 결여된 것처럼 보인다. 『맹자』에서 양주楊朱와 묵적墨翟, 허행許行, 고자告子, 장의張儀, 송경宋牼 등을 비판하는 내용은 비교적 산만한 편이었다. 하지만 『묵자』의 「유가를 비판하다非儒」와 『장자』의 「천하天下」, 순자의 「비십이자非十二子」와 「해폐解蔽」, 한비자의 「현학顯學」과 「오두五蠹」 등에 이르면 이미 모두 상당히 완정된 형태로 학파를 평가했으며 그 장단점에 대해 전혀 망설이지 않고 자유롭게 논의하였다.

성선설과 성악설, 유위有爲와 무위無爲에 대한 논쟁은 그 배경에 당연히 정치적 입장과 권력, 이익을 담고 있다. 그러나 이론적 언어를 사용하는 이상, 또 학술적으로 전개했으므로 특히 논변의 기술을 중시하지 않을 수 없었다. 제자백가는 시시비비를 밝히고 학문을 연마하는 동시에 점점 각자의 개성적인 '논변술'을 발전시켰다. 유가의 논변은 공리공담을 중시하지 않고 옛 것을 가져와서 현재를 논증하는 경우가 많았고 말을 바로 함正言으로써 뜻을 밝혔기에 성실하고 질박한 것이 주된 특색이었다. 종횡가는 추측하고 영합하는 데 능했고 허장성세를 하는 경우가 많았으며 근거 없는 말을 늘어놓기도 했으나 가끔은 예상을 벗어난 탁월한 논의를 했다. 묵가는 문학성에 치중하지 않아서 문장은 무미건조할 정도로 담백했지만 '삼표법三表法'이라는 방식으로 탐구해 나갔고 '유추辟', '비교侔', '인용援', '추론推' 등의 논증 방식을 연구하여 후대 문장의 논리성 강화에 영향을 미쳤다. "혜시惠施(명가名家 학파의 창시자-역자)는 말로는 남을 이길 수 있었으나 마음을 설득하지는 못했고", 공손룡公孫龍은 "말솜씨는 뛰어났지만 이론은 박약하였다."[52] 반면에 명가는 논변이 정밀하고 분석이 예리하여 이론적 수준이 높지만 언변이 서툰 상황에 더 이상 안주하지 못하도록 상대방을 몰아쳤다. 나중에 나오는 법가는 문장이 이론적으로 투철하고 논의가 치밀하였으며 언어 구사가 예리하고 날카로웠는데 사실은 '논변'술에 대한 명가, 묵가의 논의에 많은 영향을 받은 것이었다.

'논변' 문장은 치밀한 논리도 필요하지만 유창한 문장을 구사하고 생동감 있게 형상화할 수 있다면 금상첨화였다. 선진시대 제자백가가 비유를 잘 사용하고 깊이 있게 형상화했던 것은 그것이 이들에게는 자신의 주장을 세우는 기본기였기 때문이다. 그래서 세상에 전하는 거의 모든 제자백가의 저술이 수식 없이 평범하게 서술하는 것으로는 만족하지 않는 양상을 보이고 있다. 경전을 인용하기를 좋아하는 후대 문장과는 달리 선진시대 제자백가들은 글은 간결하되 내용은 풍부하고 풍취가 있는 우언을 이용하여 자신의 사상을 전달하려고 했다. 그 이유로는 우선, 그 당시 저자와 독자의 추상적인 사유 능력에는 한계가 있었으므로 현묘한 철학적 이치를 표현하기에는 자주 역부족이었다. 그래서 우언을 통해 비유적으로 표현하는 것이 '언외의 뜻言外之旨'을 전달하기 편했던 것이다. 둘째, 제후에게 유세하는 일은 결코 쉬운 일이 아니었다. 그래서 순자와 한비자는 모두 '유세의 어려움'에 대한 감개를 토로한 적이 있다.[53] 그들은 직설적으로 말하지 않고 풍유법을 사용했으며 타인에게 가탁하는 방식으로 주장을 개진했다. 이런 방식은 말하는 사람이나 듣는 사람 모두 융통성을 발휘할 여지가 있었다. 셋째, 우언은 스토리가 있고 유머

---

52 『장자』「천하(天下)」; 『문심조룡』「제자(諸子)」 참조.
53 『순자』「비상(非相)」; 『한비자』「설난(說難)」 참조.

러스했기 때문에 어떤 사안을 이해시키기도, 널리 전해지게 하기도 쉬웠으며, 특히 즉각적인 효과가 대단했다. 이것이 바로 선진시대 사상서에서 우언이 특수한 위상을 갖게 된 이유이다. 역사 저술 중에『전국책』은 '종횡가의 말'에 가깝기 때문에, '호가호위狐假虎威', '조개와 도요새의 싸움鷸蚌相爭'[54] 같이 사람들에게 회자되는 우언을 많이 썼다.

　"우언이 90%, 중언重言이 70%, 치언巵言이 수시로 나오는"[55]『장자』처럼 그렇게 많지는 않았어도 제자백가는 대체로 우언을 통해 주장을 드러내는 데 능했다.『맹자』의 "성장을 도우려고 억지로 싹을 뽑다揠苗助長"와 "오십 보로 백 보를 비웃다五十步笑百步",『열자列子』의 "우공이 산을 옮기다愚公移山", "기나라 사람이 하늘이 무너질까 걱정하다杞人憂天",『여씨춘추呂氏春秋』의 "배에 표시를 해 놓고 검을 찾다刻舟求劍", "귀를 막고 종을 도둑질하다掩耳盜鍾" 같은 것들은 모두 함축적인 우언으로 표현한 것이 성어成語가 되어 오랫동안 전송된 사례이다.『한비자』에서는 더 나아가 '저설儲說' 6편에 거의 2백여 가지의 우언을 수록하여 선진시대 우언을 집대성하였다. 그런데 한비자는 현세를 중시하여 법치를 중시했기 때문에 그가 쓰는 우언에는 "역사적 고사가 많고 교훈적인 의미가 부각되었다." 반면에 장주莊周파는 법도를 비판하면서 세상을 피해 은둔하려고 했으므로 그 문장에는 신괴神怪나 기인畸人이 자주 나타난다. 붕새鯤鵬의 뜻, 우물 안 개구리의 견문, 촉루髑髏, 나비의 꿈 등 "끝간 데 없는 황당한 말"

54　【역주】도요새와 조개가 싸우다가 다투다가 둘 다 어부에게 잡힌 이야기이다. 우리에게는 '어부지리'로 더 알려져 있다.
55　『장자』「우언(寓言)」참조.
　　【역주】'중언'은 옛 사람들이 중시하던 말이나 일을 빌려 한 말이며, '치언'은 체계적이지 않고 상황에 따라 대처하는 말 정도의 의미로 쓰였다.

처럼 풍부한 상상력, 기괴하고 매력적인 스타일, 이를 통해 형성된 종잡을 수 없는 미감은 모두 질박한 문장을 구사한 법가에서 도달할 수 있는 경지가 아니다.

제자 문장이 후대에 미친 영향은 시대마다 달라서 "한 마디로 뭉뚱그릴 수 一言以蔽之" 없다. 대략적으로나마 말한다면 당송 이후 맹가孟軻, 장주莊周, 순황荀況의 문장이 가장 높게 평가받았다. 그런데 모방을 한다고 해도 각자의 기질과 재능이 다르기 때문에 그 선택의 결과도 달랐다. 도심道心을 고수하되 천성이 순후한 사람들은 맹자를 추숭했고, 자유분방하고 재기가 넘치는 사람들은 장자를 스승으로 삼았으며, 박학하고 엄격한 사고방식을 가진 사람들은 순자를 모범으로 삼았다. 물론 대부분의 경우 사람들은 여러 사상가의 장점을 두루 채택하려고 했다. 다만 독자들이 그 속에서도 그 사람들이 모범으로 삼아 공부한 대상이 누구였는지를 어렴풋하게 느꼈을 뿐이다.

『맹자』7장은 독백과 대화를 주축으로 했다. 문체는『논어』와『순자』그 중간쯤이며, 그중 몇몇 단락(예컨대 "제나라 사람에게 아내와 첩이 있었다齊人有一妻一妾")은 독립적인 문장이라고 볼 수 있다. 여러 나라가 서로 다투는 상황이라 각 나라의 왕들은 누구나 가장 빨리 패업을 이루고 싶어하는 시대였다. 그런 시대에서 맹자는 언제나 요순堯舜과 성선性善, 양지良知를 말했고 이를 "군주는 가벼운 존재이고 백성이 귀하다君輕民貴", "왕도의 어진 정치王道仁政" 같은 거대담론을 주장했는데 '세상물정 모르는' 느낌도 난다. 그렇지만 구체적인 대책을 제시하지도 았았고 임기응변을 중시하지도 않았으므로, 맹자의 문장은 "부귀를 가졌더라도 부패하지 않고 빈천하더라도 유혹에 흔들리지 않으며 권위와 무력에도 굴복하지 않는" 대장부의 기개와 재능을 충분하게 보여줄 수 있었다.

　　제자백가의 '논변'이 개진된 문장은 대부분 치열하게 대립하고 정치적 수완을 통해 각 나라들을 포섭하거나 이간질했을 뿐, 맹자처럼 충만한 감정이나 활달한 기개 같은 건 없었다. 제후에게 유세하는 「양혜왕 상」에 서든 사람의 마음을 바르게 하려는 「등문공 하」에서든 맹자의 문장은 공통 적으로 구체적인 내용이지만 주제는 심원하며 당당하게 대의를 밝힌다는 특징을 가지고 있으며 변론의 기술이 아니라 기세로 상대방을 압도하고 있다. 맹자 자신의 말을 빌린다면 "나는 내 호연지기를 잘 길러낸다"인[56] 것이다. 이렇게 "지극히 크고 지극히 굳센" '호연지기'가 글로 표현되면 반드시 웅장하고 기이하고 자유분방한 기세를 만들어낼 수 있다. 맹자는 자신의 주장을 개진할 때 엄청난 깊이를 가지지는 않았지만 내세우는 목표 가 선명하고 정정당당했기 때문에 그 자체에 범접할 수 없는 늠름한 위엄과 기세가 있었다.

　　장주파는 유가가 제창한 규범을 배척하는 데 힘썼다. 성인聖人과 지식 智識을 배제하자는 정치 관념과 외물과 자아, 삶과 죽음을 나란히 보는 상대주의적인 사유방식이 사상사에 끼친 영향력은 매우 크다. 문장이 라는 측면에서 『장자』의 주목할 점은 "사는 것을 좋아하지도, 죽는 것 을 싫어하지도 않고", "홀로 하늘과 땅의 정신과 왕래하는" 이상적인 인 격을 표방했고 "세상이 침체되고 혼탁하여, 더불어 이야기할 수 없으므 로" 비유와 우언을 대거 차용했다는 점이다.[57] 「양생주養生主」에서 포정 庖丁은 소를 잡았고, 「추수秋水」에서 황하의 신 하백河伯과 북해北海의 신

56　『맹자』「공손추(公孫丑) 상」.
57　『장자』「대종사(大宗師)」·「천하(天下)」 참조.

약帋이 대화를 주고받았으며, 「지락至樂」에서는 장주와 해골이 삶과 죽음에 대해 토론했다. 이렇게 변화무쌍하고 기괴한 문장은 "말하지 않은 변론과 말하지 않은 도"를 표현하기에 편하다거나 심각한 철학적 이치를 비유적으로 표현한다는 측면도 있었지만, 속세를 멀리 벗어난 주제와 호방하고 자유로운 필치로 인해 특별한 미감을 자아냈다. 제자백가가 쓴 신인神人은 적지 않지만, 「소요유逍遙遊」에 묘사된 이 내용은 한층 더 인상적이다.

> 막고야(藐姑射)의 산에는 신인(神人)이 사는데, 피부는 눈처럼 희고, 자태는 처녀처럼 우아하며 곡식을 먹지 않고 바람과 이슬을 마시며, 구름을 타고 용을 몰아 천지 밖을 노닌다. 정신이 한데 집중되면 모든 것이 병들지 않고 곡식도 잘 익는다.

공명정대한 맹자, 엄정한 논리의 순자와는 달리, 『장자』는 상상력이 기묘하고 황홀하며 자태가 다양하여 독자들을 매료시켰다. 주진시대 제자백가 중에서 현묘한 이치효理와 의미심장한 말雋語로만 보면 장주와 그의 제자들이 최고라고 할 수 있었다. 자유분방한 필치와 화려한 수사, 깔끔한 문장 전개와 기이한 구법, 과장되고 괴이한 상상력은 중국문학의 발전과 영향에 매우 깊고도 오래 영향을 미쳤다.

순자는 성악설을 핵심으로 예에 입각한 규제를 중시했다. 그러나 후대의 존경을 받는 '아성亞聖'인 맹자에게 매우 불경스러운 태도를 취했으므로 상당히 오랫동안 학문과 문장이 폄하되었다. 사실 정통 유학자인 한유조차도 순자는 "장점이 많고 단점이 적은" 사람이라 했고, 게다가 순자는 널리 돌아다니면서 평생 학문을 연마하여 유가의 경전을 전수하는 데 매우 큰 역할을 했다. 그런 의미에서 "학문의 수준으로 봤을 때 여러 대유大儒의 반열에 들 수 있다"거나 "육예六藝의 전수는 그로 인해 끊어지지 않았다"고 한 것도 과찬은 아니었다.[58] 순자의 문장은 표면적으로는 평범해 보이지만 사실 기이하고 호탕하다. 또 문장의 구성이 방대하고 논리 전개가 정밀해서 선진시대 설리적 문장의 성숙하고 전형적인 형태를 대표하고 있다. 이른바 순자에 대해 "문장은 길지만 내용은 빈약해서 맹자와 수준 차이가 크게 난다. 도道만 문제가 많은 것이 아니다"[59] 같은 주장은 실로 정확하지 못하다. 「권학勸學」, 「해폐解蔽」, 「정명正名」, 「비십이자非十二子」 같은 문장은 요점을 묶어 일관되게 내용을 전개했고 "주장에는 근거가 있고 말은 이치에 맞았으므로" 전형적인 학자의 문장이었다. 치밀하고 엄정하다는 공통점이 있지만 날카롭고 가혹한 『한비자』와는 달리 『순자』는 때때로 웅장하고 아름다운 표현이 중화제가 되어 문장이 온후하고 친근해 보인다. 만약 「성상成相」, 「부賦」 등이 후대의 시가와 사부辭賦에 미친 영향까지 고려한다면 순자가 문학사에 끼친 영향을 가볍게 볼 수 없을 것이다.

---

58 한유, 「독순(讀荀)」; 왕중, 「순경자통론(荀卿子通論)」; 유희재, 『예개(藝槪)』 권1 「문개(文槪)」 참조.
59 오민수(吳敏樹), 『반호문집(柈湖文集)』 권5 「서맹자별초후(書孟子別鈔後) 상」.

4. 제자백가의 유풍遺風

제자백가의 문장은 여러 나라가 분쟁 상황이었던 덕분에 의식이 획일화되지 않았고 거리낌 없이 자유분방할 수 있었다. 그러나 진秦은 여섯 나라를 병합하자마자 "그 문장들을 거두어 불태움으로써 백성들을 어리석게 만드는"[60] 문화 독재정책을 시행하여 전국시대의 백가쟁명하던 상황을 마무리지었다. 분서갱유하는 '쾌거'를 거둔 이상 이른바 "진대에는 잘 쓴 문장이 없었던"[61] 것도 당연한 일이었다. 이 시기에 볼 만한 것은 공덕을 읊은 이사의 "질박하며 장대한" 각석 몇 편 정도였다.

진나라가 2대 만에 멸망하면서 문화 독재정책도 부분적으로 와해되었다. 진승陳勝이 난을 일으킨 때부터 유가儒家만 존숭한 한漢 무제武帝 때까지 제자백가의 학문은 다시 부활하는 분위기였다. 『사기』 「태사공자서太史公自序」에서는 한대 초기 백 년간의 문화적 분위기를 서술하고 있어서 당시 활기찼던 학술과 사상의 기류를 볼 수 있다.

한나라가 흥기하자 소하(蕭何)가 율령을 차례로 반포하고 한신(韓信)은 군법을 폈으며, 장창(張蒼)은 법규를 만들었고 숙손통(叔孫通)은 의례를 제정했다. 그래서 한나라는 문학이 찬란하게 빛나게 되었고 『시』와 『서』가 세상에 나왔다. 조참(曹參)은 개공(蓋公)을 무제에 천거하여 황제와 노자의 사상이 알려졌고, 가생(賈生)과 조조(鼂錯)는 신자와 상군의 법가사상을 밝혔다. 공손홍(公孫弘)은 유학으로 유명해졌으니 그 백 년 동안

60　【역주】『한서』 「예문지서(藝文志序)」.
61　【역주】『문심조룡』 「전부(詮賦) 제8」.

천하에 남겨진 글과 옛일들은 모두 태사공의 문장에 다 들어가게 되었다.

천하통일 초기에 통치자들은 황제와 노자의 사상으로 백성들을 안정시키려고 했는데 이것은 일시적인 조치였지 정말 유가와 묵가, 도가, 법가, 음양가, 종횡가를 대등하게 본 것은 아니었다. 그러나 당시에는 전국시대의 유풍이 여전히 남아 있었고 제후국과 여러 번국藩國에서 인재들을 받아들이고 있었기 때문에 사인과 독서인도 여전히 여러 곳으로 유세하러 갈 가능성이 있었다. 재능과 지략이 뛰어난 한 무제가 동중서董仲舒를 등용하여 "제자백가를 몰아내고 유가만 추앙하는" 정책을 세우자 그제야 한대 문인과 문장이 '종횡縱橫'에서 '순정醇正'으로 변화하였다. 유희재劉熙載는 "진대 문장은 웅장하고 기이하고, 한대 문장은 순정하고 돈후하다"고 단언했는데, 이런 주장보다 "한대 제도는 왕도王道와 패도霸道를 뒤섞은 반면, 한대 문장은 주周대와 진秦대 문장을 모두 모범으로 삼았다"고[62] 한 탁월한 주장이 훨씬 낫다. 이른바 "순정하고 돈후하다"는 것은 동중서 같은 사람들의 경술 문장에만 해당되는 말이었다. 격절하게 정치를 논한 가의賈誼와 끝없이 서사를 펼쳐낸 사마천, 화려한 사부를 썼던 사마상여의 문장 모두를 "순정하고 돈후하다"는 표현으로 포괄할 수는 없을 것이다.

전한前漢에서 후한後漢으로 넘어가는 전환기에는 경학이 성행했고 복고적 문장이 흥기했다. 가장 전형적인 예가 양웅의 『태현太玄』과 『법언法言』이었다. 동한시대 문장은 양웅의 영향을 깊이 받았지만 문체를 중시하

---

62 유희재, 『예개(藝槪)』 권1 「문개(文槪)」.

고 표현을 수식하며 경전을 인용하는 측면에서는 여전히 반고과 왕충王充의 영향력이 더 컸다. 국가 정치의 위기가 심해지고 왕조의 통치사상이 쇠퇴한 동한東漢 후기가 되면 당시의 폐단을 지적하거나 새로운 주장을 담은 문장이 다시 급증했다. 저자의 이 '서술'은 '제자백가 문장'의 부활과 변형을 주축으로 전개했기 때문에 필연적으로 한대 사람들의 특기였던 사부辭賦 및 천고의 절창絶唱으로 인식된 사전史傳은 거의 다루지 못했다. 바꾸어 말하면 이 시기에 대한 서술은 한대 문장 중에서 문학적 색채가 있었던 사부와 사전을 의도적으로 다루지 않았다. '제자백가'에 주안점을 두었기 때문이다.

『문심조룡』「제자諸子」에서는 맹자와 순자의 글은 "논리가 깊이 있고 표현은 전아하다", 묵적의 글은 "주장은 선명하고 언어는 질박하다"고 했다. 『한비자』는 비유가 풍부하고 『여씨춘추』는 체제가 완비되었다고 했고, 뒤이어 육가陸賈, 가의賈誼, 양웅揚雄, 유향劉向, 왕부王符, 중장통仲長統 등의 한대 문장을 열거하면서 이들에 대해 "모두 경전에 대해 서술하거나 혹은 정책을 설명하였는데, 제목은 '논'이었지만 모두 제자백가에 해당하였다"고 정리하였다. 최근의 위자시餘嘉錫(여가석)는 『장자』「천하天下」의 "윗사람은 설득하고 아랫사람을 가르쳐 힘써 말하기를 그만두지 않았다" 구절을 인용하면서 주진시대 제자백가의 문장을 크게 두 유형으로 설명하였다.

윗사람을 설득한다는 것은 정치를 논하는 내용이니 그 형식은 서(書)나 소(疏) 같은 부류이다. 아랫사람을 가르친다는 것은 학문을 논하는 내용이니 그 형식은 논(論)이나 설(說) 같은 부류이다. 옛 사람이 저술한 문장은 이 둘을 벗어나지 않는다. 그 밖에 언행을 기록하거나 의리를 풀이하는 것은 후학들이 덧붙인 것이다.[63]

    "윗사람을 설득하고 아랫사람을 가르친다"를 분류하여 각각 '정책'과 '경전'에 대응시켰는데, 제자백가를 따르던 한대 문장을 크게 두 유형으로 정리한 것이었다. 하나는 가의 같은 사람들이 '격절'하게 정책을 논하여 쓴 글이었고, 다른 하나는 동중서 같은 사람이 '순후'하게 학문을 논하며 쓴 글이었다.

    가의 문장의 기세와 필력은 서한西漢에서 최고라고 인식되었다. 그런데 당시 국사에 정통하면서 문장까지 아우른 사람이 가의 하나만 있었던 것은 아니었다. 처음에 유방劉邦을 보좌하던 육가는 명을 받아 진秦이 패망한 이유 및 고금의 성패와 존망을 논하는 책을 썼는데, 전하는 말에 따르면 "한 편씩 바칠 때마다 고제高帝는 늘 잘 썼다며 칭찬하였다"고[64] 한다. 이러한 기록은 조금만 과장해서 말하면 한대 초기 문장의 핵심적인 특징을 포괄한다고 볼 수 있다. 육가의 「신어新語」, 가산賈山의 「지언至言」, 조조晁錯의 「논귀율소論貴粟疏」와 「언병사소言兵事疏」, 가의의 「과진론過秦論」과 「치안책治安策」은 당시의 사회적 문제를 지적하면서 새 왕조가 오래도록 잘 다스릴 수 있는 정책을 제시한 것이다. 구체적으로 논술할 때는 자주 진秦을 가지고 비유하면서 천하를 잃은 진나라와 천하를 얻은 한나라의 경험이 주는 교훈을 특별히 강조했는데, 천하를 차지한 지 얼마 안 되는 자의 의기양양하면서도 동시에 살얼음을 밟는 듯 두려워할 수밖에 없는 어떤

---

63 餘嘉錫, 『古書通例』, 上海古籍出版社, 1985, p.66.
64 『사기』「역생육가열전(酈生陸賈列傳)」;『한시(漢書)』「육가전(陸賈傳)」 참조.

미묘한 마음 상태를 적실하게 보여주는 데 적합했다. 후대의 순수 학자와는 달리 한대 초기 문인들은 대부분 역사에 밝았으며 또 실제로 정치를 했던 경험이 있었으므로, 그들이 어떤 제후에 대해 삭탈관직해야 한다고 청하거나 변경을 방비하자, 농업을 중시하고 상업을 억누르자고 주장할 때는 모두 일반 수준의 논의는 아니었다. 대책을 연구하는 이상 특정한 사상가의 법만을 고수할 수 없어서 제자백가의 장점을 두루 채용했는데, 이 점도 후대 '순정한 유가'들이 감히 상상할 수 없는 것이었다. 이런 글들은 최고 통치자의 정책 결정에 영향을 미칠 수 있기를 소망하고 특정한 이념적 취향에 갇히지 않고 실제로 적용하는 것에 신경썼는데, 이 점은 전국시대 유세가들과 상통하는 지점이다.

유세가들이 어느 정도로 부활하면서 한대 초기 문장도 자유분방해지고 생기가 넘쳤다. 당시 통치자들은 간언을 받아들였고, 간언을 하는 사람들도 새 왕조에 대한 희망에 차 있었으므로 거리낌 없이 직언할 수 있었으며 문장도 격절하고 웅장하며 자유로웠다. 재능과 학식은 차이가 있으므로 한대 초기 문장도 물론 한마디로 말할 수 없다. 예컨대 "통곡할 만한 것이 하나, 눈물 흘릴 만한 것이 둘, 크게 한숨 쉬어야 할 것이 여섯이다"라고 하는 구절은 재주가 높고 나이가 젊은 가생賈生만이 쓸 수 있었고, '지혜 주머니智囊'라고 불렸지만, '고담준론高談峻論은 없었'던 조조의 문장은 그에 비해 매우 질박하였다. 명대 인물 이지李贄가 "조조와 가의는 동시대 사람이었는데, 그 당시 사람들은 모두 가생이 국사에 환했다고 생각했지만 지금 가생의 정책을 보면 세상 물정을 몰라서 상황에 맞지 않는 것이 열에 하나 둘 정도는 있다. 어찌 확실하게 실행할 수 있는 조조 같았겠는가?"라고[65] 했던 것처럼 가의의 주장은 확실히 노련하고 깊이 생각한 조조보다는 못했다. 그러나 문장은 그 자체가 가치를 지니고 있어서 굳이 "확실하게 실행"하지 않아도 되기 때문에 가의의 문채와 기세에 후대 사람들이 매혹된 것은 의심할 나위가 없다.

정치를 논하는 문장에는 강개함과 격앙된 어조가 많기 때문에 더욱 학식과 양심良知, 그리고 용기가 필요하다. 그러나 이것은 문제의 일부에 불과했다. 한대에 정치를 논하는 문장은 대부분 주奏와 소疏, 대책對策 같은 형식을 택했다. 특수한 문체라고 할 수 있는 주와 소, 대책은 고정된 예상 독자가 있었는데, 바로 당시의 황제였다. 신하가 황제의 요구에 부응하여 올리는 글이라면 아무래도 '격절'이나 '완곡'한 어조 중에서 황제의 구미와 태도를 크게 고려하여 문체를 선택하기 마련이다. 청대 인물 조익趙翼은 가의와 유향이 올린 주와 소를 보고 그 글에 "사리분별을 못하고 거리낌이 없는 말"이 있었으나 "두 황제가 그 글을 받아들고도 꾸짖거나 노하지 않고 칭찬하셨으니 성대한 은덕이 있었다"라고[66] 찬탄하였다. 물론 역대 왕조에 모두 죽음을 무릅쓰고 직간하는 충신이 있었다는 사실을 부인할 수 없지만, 그래도 주와 소의 문장 스타일의 변화는 여전히 황제의 '아량'과 깊은 관련이 있다.

한 무제 때에는 중앙집권이 점차 강력해져서 '성군'과 '혹리酷吏'가 인과관계를 이루었다. 말이 죄가 되어 처벌받는 사람이 나날이 많아졌고 상소와 대책도 필연적으로 완곡한 분위기로 바뀌어갔다. 만약 후대의 여러 문인들이 황제의 심기를 아랑곳하지 않고 직간하다가 죽음을 맞게 되었다는 점을 고려한다면 사마상여가 「사냥에 대해 간언하는 상소諫獵

---

65 이지(李贄), 『장서(藏書)』 권15 '조조(鼂錯)' 항목.
66 조익(趙翼), 『이십이사찰기(二十二史札記)』 권2 '상서무기휘(上書無忌諱)' 항목.

疏」에서 왜 중요한 부분은 비껴간 채 사소한 이야기만 했는지, 아프지도 가렵지도 않은 뜨뜻미지근한 내용을 말했는지, 또 동중서가 「현량을 등용하는 대책擧賢良對策」에서 왜 이렇게 빙 둘러서 종잡을 수 없는 이야기만 했는지 이해할 수 있다. 한대 초기 문장이 웅혼하고 자유분방하며 결단력 있고 단호했던 것에 비해 동중서 같은 사람들의 문장이 온후하고 우아하며 심오하고 해박했던 것은 경학에 깊이가 있었다는 이유도 있겠지만 주장을 펼쳤을 때 고집 세고 독선적인 최고권력자의 심기를 거슬려서 화를 입을까 두려워하는 심리가 자리해 있었던 것이다.

근대의 천옌陳衍(진연)은 동중서의 '순후'한 문장은 '솔직함'을 '함축'으로, '격렬함'을 '완곡'으로 바꾼 결과이며 "쓸데 없는 말을 많이 하는 것을 꺼리지 않았고, 그러면서도 질리는 느낌이 없어서 사람들이 듣기에 좋았다"는[67] 것임을 지적했다. 이렇게 "문장의 기운이 순후"한 것은 사실 "천자에게 아뢰기" 위해서는 어쩔 수 없었다는 것이다. 후대 사람들은 이 점을 제대로 짚지 않았으므로 동중서의 문장은 경술에 대한 것이라 깊이가 있었고 그래서 자료를 광범위하게 가져 왔다는 점만 강조했을 뿐이었다. 이는 한대 문장이 '가의의 필력'에서 '동중서의 순후함'으로 옮겨가게 된 핵심이 어디에 있는지를 제대로 살피지 못한 것이다.

한 무제는 유가를 숭상했으나 그에 비해 그가 중앙집권을 강조했다는 사실은 훨씬 더 근본적인 것이었다. 동중서가 쓴 3편의 「현량을 등용하는 대책擧賢良對策」은 대대로 경세치용을 쓴 문장의 전범으로 추앙되었다. 그런데 '천명과 성정天命與情性' 같은 제목은 한 무제가 낸 것이고

---

67 陳衍, 『石遺室論文』 2, 無錫國學專修學校, 1936, pp.27~28.

제1장 | 사전(史傳)의 글과 제자(諸子)의 글   97

황제의 뜻을 받들어 글을 쓴 동중서는 음양재이설陰陽災異說과『춘추』의 '대일통大一統' 사상을 통해 황제가 전권을 가진 전제정치를 강화하려는 의도에 영합하였을 뿐이었다. 그래도 "경전에 바탕을 두어 주장을 개진한" 논술의 순후하고 전아한 풍격은 후대 문장에 매우 큰 영향을 미쳤다. 특히 한 무제는 그의 건의를 받아들여 제자백가를 배제하고 육경六經을 드높였으며 유가 학설의 연구와 응용을 적극 지지하였다. 심지어 경전에 통달하고 있는지의 여부로 관리의 진퇴를 규정하는 근거를 만들어서 더욱 후대에 경학이 성행하도록 만들었다. 무제와 선제宣帝는 그래도 여전히 형명刑名파를 배척하지 않았기 때문에 유가만을 중시하지는 않았는데 이후에는 이런 분위기가 크게 달라졌다.

> 원제(元帝)와 성제(成帝) 이후 형명이 점차 사라졌다. 위로는 이교(異敎)가 없었고 아래로는 이학(異學)이 없었다. 황제의 조서와 여러 신하들의 주의(奏議)는 모두 경전의 뜻을 인용하여 근거로 삼았다. 나라에서 크게 의문나는 일이 있을 때는 언제나『춘추』를 가져와서 결단을 내렸다. (…중략…) 당시 공경과 대부, 사, 하급 관리들은 모두 경서 하나 정도는 통달하고 있었다.[68]

경학이 점차 보급되어 사람들의 마음에 깊이 파고들었고 여기에 황제가 독서인들에게 "역린逆鱗을 건드리는 것"을 허락하지 않았기 때문에『문심조룡』「재략才略」에서 말한 "양웅과 유향 이후에는 고전을 원용

---

68 皮錫瑞,『經學歷史』, 中華書局, 1959, p.103.

하여 문장을 짜깁기하게 되었다"고 한 것도 전혀 이상한 일이 아니었다.

유향劉向과 유흠劉歆 부자는 서한 말기의 박학한 사인이었다. 이들은 고대 문헌을 정리하여 『칠략七略』을 만들었는데, 이 책은 학술사적인 의의만 큰 것이 아니라 유가를 선진시대 10대 학파 중의 하나로 환원시킴으로써 유가만 존숭하는 기류와 공자를 신화화하는 국면을 타파했다는 점에서도 막대한 공을 세웠다. 두 사람은 경술에 조예가 있어 글을 쓸 때는 비유를 활용했고 방대한 문헌을 인용하면서도 글의 전개에 조리가 있었는데 그들의 착실하고 준엄한 문풍은 후대 학자들이 글을 쓰는데 큰 영향을 미쳤다. 유향이 쓴 「창릉 운영에 대해 간언하는 상소諫營昌陵疏」는 매우 기세 넘치게 시작한다. 예전부터 지금까지 망하지 않은 나라는 없었다"로 주제를 제시한 것도 그렇지만 재이災異는 언급하지 않고 인간사만 논한 것에서 그 담력과 학식의 대단함이 더 잘 드러난다. 그런데 전고를 지나치게 많이 썼기 때문에 문장의 기세가 차분하고 여유롭기는 했지만 장황하다는 단점이 있었다. 천옌이 이 글에 대해 "자정子政(유향의 자字)의 문장은 모두 평이한데 오직 이 글만 문장이 화려하다"[69]고 한 것은 대체로 운치 있는 필치에 주목한 것이었다. 그렇지만 구체적으로 글을 쓸 때 경전을 인용하고 반복적으로 주제를 펼치는 점은 전형적인 학자의 글로 볼 수 있다. 유흠이 쓴 「이양태상박사서移讓太常博士書」는 학술사론으로, 원류를 밝히고 흥망을 썼는데 부화한 기운이 전혀 없이 모두 구체적인 서술로 일관했다. 특히 "동문끼리 편당을 짓고 참된 진리를 질투한다"라고 공격할 때 표현은 강력하고 내용은 논리적이어

---

69 陳衍, 『石遺室論文』 2, 無錫國學專修學校, 1936, pp.27~28.

서 학문을 논한 글의 전범이라고 할 수 있다. 그런데 경학가는 학식은 많아도 문재는 부족한 경우가 많아서 문장은 대부분 조심스럽고 평이하다. 만약 여기에 더해 스스로 정통이라고 자부하면서 제자백가의 학문을 배척한다면 이것이야말로 장점이라고는 없는 셈이다.

제후에게 유세하다가 이제는 황제에게 글을 올려 간언하게 된 대일통 제국의 독서인은 더이상 자유롭고 독립적인 사상을 가졌던 선진시대 제자백가의 모습을 유지할 수 없었다. 당시의 문제점을 지적하든 아니면 정책을 제시하든 그들의 관심사는 이것이 현실에 실현될 수 있는가였는데, 이 점은 선진시대 제자백가들이 '성선과 성악', '유위와 무위', '명실', '왕도와 패도', '법술法術' 같은 추상적인 사변을 했던 것과는 거리가 있었다. 이 점에 대해 유협은 "만사에 두루 밝은 것이 '자子'이고 하나의 이론을 잘 변론하는 것이 '논論'"이라고 했고, 장학성은 "일가를 이룬 말"을 제자백가 문장의 근본적인 특성으로 보았다.[70] 엄밀하게 말하면 정치를 논한 가의든 아니면 학문을 논한 유향이든 이들은 모두 "만사에 두루 밝은" 동시에 "일가를 이룬 말"이라고 하기는 어려울 것이다.

한대 문장에서 체계적이면서 정신적으로 비교적 선진시대 제자백가에 근접한 것은 『회남자淮南子』와 『논형論衡』, 「잠부론潛夫論」이다. 환담桓譚, 중장통仲長統, 최식崔寔 등도 모두 독자적인 자기 길을 가면서 동시에 사상과 문장에 모두 뛰어난 사람들이지만, 아쉽게도 그들의 『신론新論』, 『창언昌言』, 『정론政論』은 모두 일실되었고 몇몇 항목의 일문逸文만으로는 정확하게 글의 가치를 평가할 수 없다.

---

70 『문심조룡』「제자(諸子)」; 장학성(章學誠), 『문사통의(文史通義)』 권3 「문집(文集)」 참조.

이른바 "만사에 두루 밝다"는 것은 구체적인 대책을 제공하는 데 만족하지 못하고 자연과 사회, 인생 모두를 아울러 생각한다는 것인데 그렇기 때문에 "일가를 이루는 말"을 할 수 있는 것이다. 이것은 또한 유안劉安의 포부이기도 했다. 그는 『회남자』「요략要略」에서 이렇게 말했다.

> 서(書)와 논(論)을 쓰기 위해서는 도덕을 핵심 줄기로 잡고 인간사를 아우르며 위로는 하늘을, 아래로는 땅을 헤아리고 그 사이의 여러 이치에 통해야 한다. (…중략…) 따라서 도에 대해 말하되 일에 대해 말하지 않으면 세상과 함께 부침할 수 없고, 일에 대해 말하면서 도에 대해 말하지 않는다면 조화와 함께 노닐 수 없다.

이러한 포부가 정말로 실현될 수 있는가와 무관하게 이 "천지의 형상을 관찰하고 고금의 일들을 두루 안다"는 기백은 확실히 선진시대 제자백가에 가까운 것이었다. 『회남자』는 여러 빈객들의 손으로 완성되었으나 그럼에도 관료 철학과 대립하는 '황로학黃老學'이 핵심사상으로 명확하게 드러나고 있다. 중앙집권을 강조하던 한 무제는 유가만 존숭했지만, 지방정권의 발전을 바라던 회남왕 유안은 황로학을 표방하였다.[71] 그는 황로학을 빌려 자신의 정치적 견해를 드러냈고 유학이 전체 사회의 의식을 제어하는 것에 저항했다. 이 외에도 '귀신貴身', '보진保眞', '성사省事', '절욕節欲' 같은 관념을 강조하고 천하를 인위적으로 다스리지 않으며 제자백가의 학문에는 모두 근본이 있다는 등의 주장은 모두 독립적인 사상적 가치가 있다.

---

71 馮友蘭, 『中國哲學史新編』 제3책 29장, 人民出版社, 1985 참조.

『회남자』에는『장자』에 바탕을 둔 주장이 적지 않았지만 글에는『장자』특유의 자유분방함은 없었고 전고를 대거 인용하고 구절을 나란히 배열하여 짝을 맞추는 것으로 미묘한 운치가 넘쳤던 '중언重言'과 '우언寓言'을 대체한 결과,『회남자』는 문학적 가치라는 측면에서『장자』의 수준에 미치지 못했다. 그렇지만 "담박하고 인위적인 것을 하지 않으며 실체가 없되 고요함을 고수하는" 것을 중시한 덕분에 문장은 규범에 과도하게 얽매이지 않았고 사상은 활력이 있었으며 문채는 풍부하게 되었으므로 한대 문장에서 개성적인 면모를 보여주었다.

왕충王充과 왕부王符는 모두 한대 말엽에 살았으며 또 둘 다 "재주는 높으나 불우하여" 재야에서 "문을 걸고 심사숙고하며" 저술에 전념하였다. 그들의 저작이 비록 "당시의 문제점을 지적하고 세태를 비판하여 당시 분위기와 정치를 충분히 보여준다"라고는[72] 하지만 직접 대책을 연구한 것은 아니었고 상대적으로 독립적인 이론적 사고를 가지고 있었다. 왕충과 왕부의 사상은 모두 당시 음양가의 재이설과 결합된 '정통 유가'에 얽매이지 않았으며 왕충은 심지어 「공자에게 묻다問孔」라는 저작도 썼다. 둘을 비교할 때 왕충의 학설은 학술적으로 진위를 분별하고 정치적으로 다른 설을 제시한다는 의식이 왕부에 비해 더 명확했다고 할 수 있다. "자신의 견해를 내세우고", "황제와 성인을 지적하는 것을 회피하지 않은" 그의 태도는 후대 사람들에게 추앙받은 이유가 되었다.[73] 왕충과 왕부의 문장은 모두 주장과 근거가 엄밀하였지만 찬연한 문채라는 장점

---

72 『후한서』「왕충전(王充傳)」·「왕부전(王符傳)」 참조.
73 유희재,『예개(藝槪)』권1「문개(文槪)」.『章太炎全集』제3권, 上海人民出版社, 1984, p.444 참조.

은 없었다. 왕충은 "기괴하고 허탄한 글을 좋아하는" 당시 문풍과 모의模擬에 치중하고 의도적으로 편벽된 것을 추구하던 경향을 비판했다. 그런 맥락에서 "각각 자신의 자질에 따른다면 나름대로 좋은 글이 나올 것이고", "글은 직설적으로 내용을 제시하며 표현은 난삽해도 내용이 충실"해야[74] 한다고 주장한 것은 문론사에서 큰 의미가 있다. '충실한 내용', '주제의 직접적 제시'를 겸하면서 또 "세상에 쓰이기"를 추구했기 때문에 왕충은 평이한 언어로 글쓰는 것을 견지했다. 문장이 비록 번잡하고 장황한 감이 있었지만 유익한 시도였다고 할 수 있다.

독립적인 견해도 없으면서 고담준론만 좋아하는 후대의 '가짜 사상서'에 비해 한대 문장은 어쨌든 생기가 있고 학식이 있었다. 어쩌면 선진시대 철학의 성과가 사람들을 너무 흥분하게 해서 그런지는 몰라도 한대 사람들이 정치와 학술을 논하는 문장은 항상 그 빛에 가리운 느낌이 있다. 그들의 문장은 '학식'은 충분했지만 '현묘한 사상'은 부족했고 특히 직접적으로 우주, 역사, 인생을 대면하지 못했기에 커다란 감동이나 의혹, 경탄이 보이지 않았다. 불교가 전래됨에 따라 '현묘한 사상'은 위진魏晉 문장에서 다시 부활하였고, '호기심'과 '상상력'은 아쉬운 감이 있긴 하지만 소설가들에게 넘어갔다.

---

74 왕충(王充), 『논형(論衡)』 「자기편(自紀篇)」; 「대작편(對作篇)」. '사간(辭奸)'의 분석에 대해서는 劉盼遂 集解, 『論衡集解』, 古籍出版社, 1957, p.576 참조.

제2장

사부辭賦, 현언玄言과 변려문駢儷文

　"삼대三代의 책이 아니면 읽지 않았던" 한유韓愈는 전하는 말에 따르면 "팔대八代의 쇠약한 문풍을 일으켰다"고 한다.[1] 그러나 저자가 보기에 '진한秦漢의 문장'과 '팔대의 문장'이 완벽하게 대립항을 이루게 된 것은 '역사'라기보다는 고문가들이 자신의 주장을 홍보하기 위해 의도적으로 만들어낸 '신화'에 가깝다. 한유는 자신의 글이 풍부한 내용과 뛰어난 표현력을 가지게 된 것은 적지 않게 자운子雲(양웅揚雄의 자)과 상여相如(사마상여司馬相如)의 사부辭賦 덕분이라고 자술한 바 있다.[2] 청대 사람들은 또 한유가 변려문을 폄하하지 않았을 뿐더러 그의 글의 행간에 가끔 육조六朝의 자구字句가 나타나는 것에 근거하여 "학식이 낮은 유학자들은 그가 팔대의 쇠약한 문풍을 일으킨 것만 경모했을 뿐, 그가 육조의 정수를 받아들였음을 알지 못하였으며", "한유의 글이 팔대의 쇠약한 문풍을 일으켰다고 하나 사실은 팔대의 성과를 집대성한 것이다"라고 단정지었다.[3] 이

1　한유, 「이익에게 답하는 편지(答李翊書)」; 소식, 「조주 한문공 묘비(潮州韓文公廟碑)」 참조.
2　한유, 「진학해(進學解)」 · 「유정부에게 답하는 편지(答劉正夫書)」 · 「맹동야를 배웅하는 서(送孟東野序)」 참조.
3　장상남(蔣湘南), 「전숙자와 고문을 논한 두 번째 편지(與田叔子論古文第二書)」; 유희재(劉熙載), 『예개(藝槪)』 권1 「문개(文槪)」 참조.

글에서 다루고자 하는 쟁점은 한유 문장의 원천이 어디인가 하는 문제가 아니다. 핵심은 팔대 문장에 대해 어떻게 평가할 것인가 하는 문제이다.

왕귀웨이王國維(왕국유)가 "시대마다 그 시대의 문학이 있다"라고 했을 때 "한대漢代의 부賦"와 "육대六代의 변려문"도 "모두 한 시대의 문학"이었으므로 어느 정도의 인정을 받았다. 장타이옌章太炎(장태염)이 위진魏晉 시대 문장에 대해 찬사를 바치고 류스페이劉師培(유사배)가 육조의 변려문에 대해 높게 평가하면서 이들의 발언은 더욱 직접적으로 팔대 문장의 문학사적 위상을 높였다.[4] 하지만 이른바 동한東漢 이후 문장이 점차 대구와 수식에 치중하게 되면서 소박하고 단아하며 스케일이 크고 고풍스러운 풍격을 잃었다는 말이 이미 사람들의 마음속에 깊이 파고들었기 때문에 "팔대 문장이 쇠약해졌다"는 '신화'는 여전히 공고한 상태이다.

일단 "흥기하다興", "쇠약해지다衰" 같은 가치판단에 대한 논의는 접어두고 우선 한대의 문장에 대해 한유와 그를 찬양하는 사람들이 가진 미묘한 입장 차이를 논의하려고 한다. 한유는 양한 문장이 볼 만하다고 했고 한유를 찬양하는 사람들은 동한 때는 이미 문장에 폐단이 생겼다고 했다. 동한 문장과 서한 문장의 차이는 대략적으로 말할 수 있을 뿐, 구체적으로 접근하면 수많은 '특수한 사례'에 맞닥뜨리게 된다. 류스페이는 서한에서 동한을 거쳐 위진魏晉 시대에 이르기까지 "한 쌍의 대구排偶가 홀수구를 대체하게 된" 추세를 설명하기 위해 우선 사부를 제외시켰고 그 다음에 매우 조심스럽게 다음과 같은 주장을 내놓았다.

---

4   王國維, 「宋元戲曲史自序」, 『靜庵文集』, 1905; 章太炎, 「論式」, 『國故論衡』, 上海大共和日報館, 1912; 劉師培, 『中國中古文學史・論文雜記』, 人民文學出版社, 1984 참조.

동경(東京, 洛陽(낙양)) 천도 이후 논변(論辯) 같은 문장에서 늘 한 쌍의 구에 하나의 구를 삽입하여 홀수구와 짝수구가 함께 나타나게 되었고, 그로 인해 문장의 풍격이 서한(西漢) 때와는 완전히 달라졌다.[5]

이 말이 끝나기 바쁘게 그는 곧바로, 왕충王充처럼 제자백가의 작법을 배워 일가를 이룩한 사람들의 문장은 "대구가 없었다"고 주를 달아 해명하였다. 만약 양웅과 사마상여처럼 "부도 잘 쓴" 사람들이 "수식에 치중했다"는 것까지 고려한다면 서한 문장에 "변려문이 삽입되지 않았다"는 주장은 더욱 공허해진다. 그래도 류스페이가 제시한 이 주장이 가장 그럴싸하다. "여러 문체의 문장이 질박함에서 화려함으로 바뀐 것은 하루아침의 일이 아니라 점진적으로 변화한 것이다."[6]

육조 문장이 화려하고 짝수구 나열을 특징으로 한다는 점은 끊임없는 논쟁거리가 되었지만, 사실은 "점진적으로 변화한 것"이었고, 최소한 양한의 사부와 밀접한 관련이 있었다. 육조 문장을 논한다면 한대의 부와의 역사적 관계를 부정할 수 없다. 그런데 한대의 대표 장르인 '부'를 서한의 부와 동한의 부로 명확하게 구분하여 나누는 것은 불가능하다. 한대의 문장에 대해 평가할 때는 서한과 동한이라는 구분 말고도 '거대 담론'과 '세부 기법'이라는 구분이 있을 수 있다. '거대 담론'과 '세부 기법'에 대해서는 수대隋代의 사람들이 이미 언급한 바 있다.

경세라는 거대 담론을 다룬 작가는 가의(賈誼), 조조(鼂錯) 등이 있었고,

---

5   劉師培, 「論文雜記」, 『中國中古文學史・論文雜記』, 人民文學出版社, 1959, pp.116~117.
6   위의 책, p.23.

표현을 수식하는 작은 기법에 능한 사람은 상여(사마상여)와 자운(양웅) 등이 있었다.[7]

　판단은 정확하지 않을지 몰라도 감각 자체는 상당히 예리하다. 서한의 글은 체제와 취미, 역할에서 이미 완전히 분화되어 있었다. 선진先秦 제자백가의 문장을 이어받은 것도 있었고 육조 변려문의 시초가 된 것도 있었다. 전자에 대해서는 앞 장에서 서술했으므로 이 장에서는 후자에 대해 본격적으로 서술할 것이다.

　한漢, 위魏, 육조六朝의 문장을 논의한 것 중에서는 류스페이의 주장이 가장 주목할 만하다. 「논문잡기論文雜記」에서 류스페이는 한에서 위까지의 문장 변화에 나타난 네 가지 특징을 서술하였다. 대구가 화려해졌고, 짧았던 문장이 길어졌으며, 소리와 색채를 강조했고 의미는 간명해졌다. 『중국중고문학사中國中古文學史』에서 류스페이는 진대晉代 문장이 한, 위 문장과 다른 점으로 현풍玄風만 숭상하는 것, 평이한 표현과 대구의 증가, 논의가 길어진 것을 들었다. 이 책에서 남조의 문장에 대한 총평도 성률설聲律說의 발명, 문과 필의 구분, 전고 활용이 정교하고 풍부해진 점, 풍류風流의 수용과 정밀한 분석 이 네 가지로 요약할 수 있다. 그 중에는 대구에 '평이한 표현'이 들어가는 기류가 그 아래 흐르고 있었지만, 점차 변려문과 대구, 화려함을 숭상하는 것이 대세가 되었다. 하지만 구체적으로 보면 양한의 수식, 위진의 현풍, 육조의 성률은 여전히 각자 고유한 특징이 있다. 이 장에서는 사부, 현언, 변려문 세 가지를 기

7　『수서(隋書)』 권42 「이덕림전(李德林傳)」 참조.

본적인 틀로 삼고 산수에 대한 인식의 성장을 참고해서 이 800년간 문장의 대체적인 맥락을 파악하려고 한다.

1. 양한兩漢의 사부辭賦

중국의 모든 장르 중에서 부賦는 아마도 가장 규정 짓기 어려운 장르일 것이다. 부는 시도 아니고 산문도 아니지만 동시에 시이면서 산문이기 때문이다.

부의 시초가 『시경』, 『이소離騷』와 전국戰國시대 제자백가의 문장에서 비롯되었기 때문이기도 하지만 무엇보다도 부의 역사에서 4언, 5언, 7언 등 형식이 정제되고 음률이 조화로운 시체부詩體賦만이 아니라 형식과 길이가 자유롭고 압운만 대체적으로 한 문부文賦도 있었기 때문이다. 부의 장르적 특성이 시와 산문 중간에 있었으므로 후대의 논자들과 선집하는 사람들은 자기에게 필요한 것만 채택하였다. 한유와 유종원은 고문古文을 제창했어도 한대漢代 부에 부정적이지는 않았다. 그렇게 보면 『숭고문결崇古文訣』, 『문장궤범文章軌範』, 『당송팔대가문초唐宋八大家文鈔』, 『고문사유찬古文辭類纂』 등 송대宋代 이후의 고문 선집들에서 모두 부를 수록한 것도 당연했다. 소부騷賦와 율부律賦의 문체 귀속 문제에 대해서는 논쟁이 있을 수 있지만, 양한 무렵에 사부는 이미 서정에서 사물 인식으로 성격이 바뀌었으므로 부가 중국산문의 발전에 영향을 미쳤다는 점은 인정하지 않을 수 없다.

『한서漢書』「예문지藝文志」에서 "노래로 부르지 않고 음송하는 것을 부賦라고 한다" 하면서 부의 출현이 순자荀子, 굴원屈原 등이 "부를 지어서 세태를 풍자한 일"에서 비롯되었다고 한 주장은 대체로 믿을 만하다. 하지만 반드시 다음과 같은 두 가지가 더 덧붙여져야 한다. 하나는 "부라는 것은 나열하는 것이다. 나열하고 글을 꾸며서 사물을 묘사하고 생각을 서술하는 것이다"라는 구절에서 나온 형식體制 문제이다. 다른 하나는 "고대 부 작가들은 원래 시와 소騷를 쓰는 사람들로, 전국시대 제자백가 출신이다" 구절에서 나온 기원 문제이다.[8] 이 몇 단락의 말을 정리하면 바로 내가 이해한 '부'의 기본적인 특징이 나온다.

우선 부가 악기로 연주한 『시경』이 대부분 악기로 연주한 『초사』와 구별되는 점은 "노래로 부르지 않고 음송한다"는 것이다. 악기와 가무 없이 문자의 표현력을 중시하면서 이 점은 부가 하나의 문체로 독립하여 발전하는 데 중요한 요소가 되었다. 두 번째로, 장학성이 선진 제자의 글을 인용하여 부가 "문답이라는 형식을 설정하고", "기세가 호탕했으며" "대구를 나열하고 은미한 뜻을 담았으며" "자료를 가져오는" 등의 특징이 있다고 했다. 그의 주장은 부의 구성과 표현상의 특징을 해석하는 데 크게 유용하며 또 부가 이후에 왜 시에서 벗어나 산문에 가까워지는지를 잘 설명해 준다.[9] 세 번째는 부연과 수식이 '부'의 핵심이라는 점이다. 『문심조룡文心雕龍』「전부詮賦」에서 "주인과 객의 대화로 시작하며 문장력을 극대화하여 소리와 형상을 곡진하게 그려낸다"라고 했는데 이것은 가장

8 　『문심조룡』「전부(詮賦)」; 장학성(章學誠), 『교수통의(校讎通義)』「한지시부(漢志詩賦) 제15」.
9 　위의 글과 『문사통의(文史通義)』「시교(詩敎) 상」 참조.

눈에 띄는 부의 특징적 풍격이 되었다. 마지막 특징은 종종 논쟁거리가 되었다. 부는 정말 '풍자하고 간언하는' 역할을 할 수 있을까? "백 가지를 권장하고 한 가지를 풍자한다"는 말을 어떻게 평가해야 할까?

"화려한 부는 백 가지를 권장하고 한 가지를 풍자한다"라는 점에 대해 가장 먼저 반성적 논의를 한 사람은 서한의 거유巨儒이자 부 작가인 양웅이다. 이 평가는 양웅 본인이 한 말로, 위에서 인용한 『사기史記』「상여열전相如列傳」의 끝부분에 나올 뿐만 아니라 다른 문헌의 기록에서도 관련된 언급이 있다. 『한서』「양웅전揚雄傳 하下」에서는 "양웅이 부를 쓴 것은 풍자하기 위해서였다"라고 하였으나 화려한 표현으로 극진히 묘사함으로써 오히려 반대되는 효과를 불러왔을 뿐이었다.

> 예전에 한 무제가 신선을 좋아하자 상여가 「대인부(大人賦)」를 올렸다. 풍자하려는 의도였으나 황제는 오히려 초연하게 속세를 떠나려는 뜻을 품게 되었다. 이렇게 본다면 부는 권유는 하지만 제지하지 못한다는 것을 확실히 알 수 있다.

'간언한다'는 설이 맞지 않다는 정도가 아니었다. 잘 쓴 부는 '부추기는' 효과마저 있었다. 그래서 큰 뜻을 품고 있던 양웅은 『논어』의 체제를 본뜬 『법언法言』「오자吾子」에서 자신의 특기인 부를 "대장부라면 하지 않는" "문장 수식" 정도로 폄하했다. 이런 자기반성이 역사가의 글에서는 『한서』「예문지」의 "양웅에 이르면 화려하고 장황하게 표현하는 데만 치중했을 뿐 풍자의 뜻은 잃어버렸다" 같은 서술이 된다. 그러면 그 전에는 어떠했을까? 사마상여 역시 "권유는 하지만 제지하지 못한

게" 아니었을까?

어쩌면 '부'라는 문체는 처음부터 풍자와 권유라는 이 '신성한 사명'을 감당하기에는 역부족이었을 것이다. 지우摯虞는 「문장유별론文章流別論」에서 한대의 부는 상상이 너무 많고 수사가 지나치며 논변이 비논리적이고 지나치게 화려하다고 비판하면서, "이 과도한 네 가지 때문에 주제와도 어긋나고 정교政敎에도 해가 된다"고 했다. 하지만 수식과 화려함없이 어떻게 "상상적 표현을 극대화하여 자신의 의도를 부연할" 수 있겠는가? 이른바 "고시古詩의 의의"를 기준으로 독립적인 풍격을 탐구하는 중인 '부'를 평가한다면, 그것은 애초에 공평하지도 않다. 또 유가의 '시교詩敎'설을 묵수하는 것도 문학의 발전에 도움되는 일이 아니다. 이보다는 오히려 한 선제漢宣帝이 말이 더 적실할 것이다.

사부(辭賦) 중에는 고시와 나란한 큰 주제도 있고 아름답고 사랑스러운 소소한 주제도 있다. 비유하자면 여자들이 짠 원단 중에는 비단이 있고 음악에는 정악(鄭樂), 위악(衛樂)이 있어서 세상 사람들이 이것을 보고 들으며 좋아하는 것과 같다. 이들과 비교할 때 사부는 인의(仁義)도 있고 풍유(風諭)도 있지만 또 새와 짐승, 풀과 나무 등을 많이 보는 즐거움이 있다. 이것은 배우들의 연기를 관람하거나 바둑을 두는 것보다 훨씬 낫다.[10]

고상하고 큰 뜻을 품었던 부 작가들은 '연극' 및 '바둑'과 '사부'를 비교하는 논법을 납득하지 못했을지도 모른다. 하지만 '풍유'는 작가의 주

---

10 『한서』「왕포전(王褒傳)」 참조.

관적 의도에 불과했고 실제 효과는 오히려 "새와 짐승, 풀과 나무를 많이 보는 즐거움"과 "극도로 화려한 표현"을 통해 눈과 귀를 즐겁게 하는 것이었고 어떤 미감을 만들어내는 것이었다. 만약 사부로 '경세치용' 한다면 십중팔구는 부질 없는 짓일 것이다. 그럴 바에는 차라리 "문장력을 극대화하여 소리와 형상을 곡진하게 그려내는 것"을 추구하는 쪽으로 선회하는 편이 나았다. "권할 수는 있어도 말리지는 못했"기 때문에 '풍유'라는 깃발을 들었던 사부 작가들은 다른 계획을 갖게 되었는데 그것은 바로 최대한 자신의 문학적 재능을 드러내는 것이었다.

한대 문학을 담당했던 시종들이 "아침저녁으로 논의하고 생각하여 날마다, 달마다 바친 것"은[11] "백 가지를 권하고 한 가지를 풍자한 것"이었으므로 국가의 안정에는 도움이 되지 못했다. 하지만 이들의 부는 글을 통해 사해四海를 굽어보고 천하를 내려다보는 한 제국漢帝國의 이미지를 만들어냈다. 동시에 영민하고 학식 깊은 사부 작가들은 부를 씀으로써 문장의 예술적 표현력을 강화할 수 있었다. 풍부한 어휘, 변화무쌍한 구법, 웅건한 필력, 방대한 기세는 시간이 지나도 여전히 찬탄을 불러일으킨다. 한대의 부가 수식에 치중하고 풍간에 소홀했던 것은 문체 내부의 모순 때문이지 작가가 의도적으로 문학과 정교를 구분하고자 했던 것은 아니었다. 이것은 루쉰이 위진 시기에 일어난 "문학의 자각"이라고[12] 한 것과는 다르다. 진심으로 자기를 반성했던 양웅과 "대미를 장식하려고 한" 수많은 부 작가들의 노력을 볼 때, 관념적으로는 여전히 '시교설詩敎說'에 얽매여 있었던 한대 문인들의 당혹과 불안을 쉽게 읽어낼

---

11 반고(班固), 「양도부서(兩都賦序)」.
12 「魏晉風度及文章與藥及酒之關係」, 『魯迅全集』 제3권, 人民文學出版社, 1981, p.504.

수 있다.

"백 가지를 권하고 한 가지를 풍자하는 것"은 한대 부의 근본적인 결함이 아니다. 오히려 『문심조룡』 「전부詮賦」에서 "많은 꽃이 가지를 상하게 하고 살집이 뼈에 해롭다"고 비판한 대목에 더 주목할 필요가 있다. 이 대목은 "화려한 표현을 대거 가져와 사물 인식과 생각을 표현하는" 부의 형식 및 주제와 밀접하게 관련되어 있기 때문이다. "부 창작의 핵심은" 반드시 "아름다운 표현과 우아한 주제를 문학적으로 끌어올리는 것"이기 때문이다. 하지만 궁궐의 동산에서 수렵을 하거나 행적을 서술하여 뜻을 드러내는 정도의 경험만 있는 궁정 문인들이 이전 사람들의 틀을 탈피할 재능이 없다면, 또 그러면서 "날마다, 달마다 부를 바쳐야 한다"면 "내용 없는 수식을 할" 수밖에 없다.[13] 핵심은 "내용이 없다"가 아니라 "수식을 한다"는 것이었다. 좌사左思는 『삼도부서三都賦序』에서 사마상여, 양웅, 반고, 장형張衡 등의 대부大賦는 "과실나무를 확인해 보면 이곳에서 자라는 것이 아니고, 신기한 것들을 고증해 보면 그곳의 것이 아니어서" 적실하지 못하다고 했다. 어쨌든 부는 문학 작품이지 지리서나 식물학 저술이 아니다. 좌사는 "산천과 성읍은 지도로 확인했고 새, 짐승과 풀, 나무는 지방지를 찾아보았다"고 자술했지만 「삼도부三都賦」도 "사실과 어긋나고 과장되었다"는 비판을 피하지 못했다. "사부詞賦의 자유분방한 표현은 신중하고 자세하게 고증한 지방지와는 주안점이 다르므로" 굳이 영역을 확정하여 자신을 가둘 필요가 없다.[14] 이른바 "표현으로는 수식에 치중하기 쉽고, 내용으로는 실증적이지 못하다"라

---

13 『문심조룡』 「전부」.; 반고, 『한서』 「사마상여전찬(司馬相如傳贊)」 참조.
14 錢鍾書, 『管錐編』 3, 中華書局, 1979, p.1152 참조.

는 것은 지나치게 황당하거나 심하게 나열하지만 않는다면, 소리와 형상을 극진하게 드러내면서도 감정과 생각을 표현하는 데 지장이 없으므로 허용되어야 마땅하다. 사실 과장된 수식을 하기에 좋다는 점이 바로 대부의 매력이다.

부의 형식은 시대에 따라 달라져서 편차가 크다. 용어의 혼란을 피하기 위해 여기에서는 구법과 음운, 편장篇章, 구성이라는 여러 기준으로 선진先秦의 소부騷賦와 양한의 사부辭賦, 육조六朝의 변부騈賦, 송대의 문부文賦로 구분하였다. 소부는 초楚 지역의 무속과 민가에서 기원하였다. 구의 형식은 4언과 6언이 중심이고 어조사 '혜兮'를 많이 사용하였다. 이것은 굴원이 만들어낸 것으로, 송옥宋玉의 변용을 거치면서 한대 부의 형성에 직접적인 영향을 미쳤다. 사부의 형식적인 주요 특징은 다음과 같다. 주객主客의 문답을 설정하고 '서序', '부賦', '난亂' 세 부분으로 이루어진 기본 구성을 가지고, 산문체로 부를 쓰며, 구의 형식이 자유롭고, 길이도 일정하지 않다. 또 화려한 표현과 나열에 치중함으로써 현란한 경향을 보이게 되었다. "좌사左思와 육기陸機, 육운陸雲 이후 점차 정련되었고, 제齊와 양梁 이후 수식에 치중해서 고부古賦에서 변부로 변했다"와 "당대에서 송대까지 부로 관리를 뽑아서 율부가 만들어졌고 이것이 정식程式이 되었다"에 대해서는 이미 수많은 논의가 있었다.[15] 고문운동이 일어나면서 이때 창작된 문부는 다시 산문화 경향을 띠게 되었고 양한의 사부辭賦로 복귀하려는 움직임을 보였다. 다만 풍격이 훨씬 맑고 담백하며 대부분 서정적인 소부小賦였다는 차이가 있었을 뿐이다. 류스페이의 용어를 빌리자면 '서정적

---

15 손매(孫梅), 『사륙총화(四六叢話)』「서(序)」 참조.

부寫懷之賦'와 '설리적 부闡理之賦'를 더욱 중시하였고 '수사적 부騁詞之賦'에는 냉담해졌던 것이다.[16]

부를 네 가지로 분류한『한서』「예문지」보다는 류스페이의 삼분법을 활용할 때 부의 여러 원류를 더 잘 볼 수 있다. 이른바 "서정적 부는『시경』이 원류이고" "수사적 부는 종횡가縱橫家가 원류이며" "설리적 부는 유가와 도가가 원류이다." 이는 부가 "전국시대 제자백가에서 나왔다"고 한 장학성의 가설을 발전적으로 보완한 것이었다. 하지만 이것으로 양한의 사부를 분석하는 것은 무리가 있다. '서정적 부'와 '설리적 부'를 어떻게 구분할 것인가 하는 문제는 실로 쉽지 않다. 육기陸機가 "시는 감정을 표현하기에 아름답고, 부는 사물을 묘사하기에 명랑하다"라고 했던 이유는 부와 시를 구분하기 위해서였고, 유협이 '체물體物(사물 묘사)' 뒤에 '사지寫志(뜻의 표현)'를 추가하고 여기에 다시 "감정은 사물로 인해 생겨나고" "사물은 감정을 통해 볼 수 있다"라고 강조한 것은 부를 사건을 서술하는 문장 및 사물을 묘사하는 문장과 명확하게 구분하기 위해서였다.[17] '사물 묘사'와 '뜻의 표현'이 있다고 해서 '부'가 되지는 않는다. 하지만 양한의 사부에서는 '사물 묘사' 중심의 부와 '뜻의 표현' 중심의 부를 확실하게 구분했다. '사물 묘사' 중심의 부는 주로 "궁궐의 동산에서 수렵하는 것"을 묘사한 대부大賦였고 '뜻의 표현' 중심의 부는 "행적을 서술하여 뜻을 드러내는" 소부小賦였다. 한대 문장의 기세와 위엄을 가장 잘 보여준 것은 당연히 '사물 묘사' 중심의 대부였다. 그러나 '뜻의 표현' 중심의 소부를 육조 문인들이 충분히 발전시켰으므로 후대

---

16 劉師培,『中國中古文學史·論文雜記』, 人民文學出版社, 1959, p.115.
17 육기(陸機),『문부(文賦)』;『문심조룡』「전부」참조.

문장에 끼친 영향은 소부가 훨씬 더 컸을 것이다.

독립된 문체로서의 부는 초楚나라 때 시작되어 한漢나라 때 크게 발전하였다. 송옥宋玉의 「풍부風賦」 같은 작품은 제왕의 생활을 묘사하고 귀족들의 위엄과 호화스러움을 과장함으로써 한대 대부의 형성에 직접적인 영향을 주었다. 또 한대 초기의 사辭 작가들은 전국시대의 관습을 계승하여 제자백가의 문장을 배웠으므로 논의를 종횡무진으로 펼치는 데 능했다. 중앙집권이 강화되면서 유세가들이 재능을 발휘할 영역은 점차 사라졌다. "종횡가들은 쫓겨나자 물러나서 부 작가가 되었다."[18] 정계를 누비지 못하게 된 유세가들은 사부를 쓰기 시작했다. 이들로서는 『전국책戰國策』 문장 스타일대로 쓰는 게 편했는데, 종횡가들이 주객의 문답을 설정하는 방식이나 과장하고 현란한 서술 분위기가 특히 그랬다. 사마상여의 「자허子虛」, 「상림上林」은 역대로 한대 대부의 모범으로 받들어졌다. 이 작품은 자허子虛, 오유선생烏有先生, 망시공亡是公 이 세 사람의 말을 빌려 "천자와 제후가 가진 동산을 묘사했는데" 정적인 묘사와 동적인 서술을 겸비했지만, 그럼에도 시간적, 공간적으로 "전체를 두루 보여준 것"에 불과했다. 지리에 대해서는 산과 바위, 물과 땅을 말했고, 방향에 대해서는 동, 서, 남, 북을 말했으며 여기에 거대한 이궁離宮과 별관別館, 별별 동물과 화초까지 합하면 한 편의 "화려하고 광대한" 대부가 되었다. 이렇게 "수많은 물상으로 아름답게 만든" 대부를 제왕이 좋아하는 이상 후대의 수많은 문학 담당 시종들은 이를 따라하지 않을 수 없었다. 이것을 가장 잘 계승한 것이 양웅의 「감천부甘泉賦」와 「우

---

18 章太炎, 「辨詩」, 『國故論衡』, 上海大共和日報館, 1912, p.132.

렵부羽獵賦」이다. 전체 구성과 단어의 유사성은 독창성이 중요한 문학에서는 금기 사항이었다. 다행히 양웅은 상상력이 풍부해서 기이하고 웅대한 의상을 표현했기에 사람들에게 새롭게 다가갈 수 있었다.

사마상여는 "부 작가의 마음엔 우주와 사람들이 모두 다 들어가 있다"고 했고, 양웅은 "언제나 온갖 사물을 들어 말했고 매우 화려한 표현으로 웅대하게 치장하여 누구도 여기에 더 추가할 수 없도록 힘을 다했다"고 했다.[19] 사마상여와 양웅이 교직해낸 '자기평가'는 자신들의 창작과도 부합되었지만 이와 함께 대부의 작법을 정한 것으로도 볼 수 있다. 오늘날 우리는 두 사람의 작품을 읽을 때 상당히 난삽해서 읽기가 어렵다. 여기에는 언어의 통시적 변화라는 요인도 있지만 그보다는 이들이 문자학 학자이자 작가였기 때문이었다.(사마상여는 「범장편凡將篇」을 지었고 양웅은 「훈찬편訓纂篇」을 썼다.) 이들은 의도적으로 기이한 단어를 나열하여 자신의 박학함을 자랑했다. 후대의 부 작가들도 박학을 추구했지만 문자학에 조예가 깊지 못했으므로 낯선 글자들은 상당히 줄어들 수밖에 없었다. 이것은 어떻게 보면 좋은 현상이었다.[20]

동한시대 반고班固의 「양도부兩都賦」와 장형의 「이경부二京賦」에 이르면 어조가 점차 평온해지고 서술이 질박하고 우아하게 바뀌어 격앙된 유세가의 감정을 냉정한 학자적 어조가 대체하였다. 더 중요한 점은 "높은 덕을 펴고 충과 효를 다하여" 점점 더 명실상부한 핵심적 위치를

---

19 「서경잡기(西京雜記) 2」;『한서』「양웅전(揚雄傳)」 참조.
20 장타이옌,『국고논형(國故論衡)』「변시(辨詩)」; 류스페이,『문설(文說)』. 이 두 책에서는 모두 "사마상여와 양웅은 문자학의 개척자로, 문자학 연구에 종사하고 남은 정력을 부 창작에 쏟아 부었다"라고 했는데 이 말에는 일리가 있다. 하지만 "문자학이 망하자 부는 더 이상 발전하지 못했다"라고 한 것은 과장된 면이 있다.

차지하게 되었다는 것이다. 양웅의 경우 "풍자하려고 부를 썼"지만 —
물론 효과가 있었는지는 별개의 문제이다 — 반고는 "황제의 도와 한나
라 수도를 널리 알린다"라고 솔직하게 밝혔다. 그의 기본적 입장은 조
정을 위해 교화를 서술하고 한나라의 덕을 드날리는 것이었다. 그래서
그의 풍격이 "온화하고 찬양하는^{雍容揄揚}" 것으로 바뀐 것도 당연하다.[21]
하지만 부에서 묘사하는 대상을 황제의 궁전이나 동산에서 도성의 전
체 경관 및 민간 풍속으로 확장하였기 때문에 문화사 사료로 볼 때 읽을
만한 가치가 높다.

　서진西晉의 좌사左思는 「이경부」를 모방하여 「삼도부三都賦」를 지었는
데, 더욱더 사실적인 풍격으로 바뀌었다. 좌사는 자서自序에서 이전 사
람들이 지은 대부가 "허황"되었다고 비판하였는데, 「삼도」는 문학과 역
사가 뒤섞여 있다는 문제가 있기는 하지만 작가의 고심과 포부를 볼 수
있다. 10년 동안 매우 고생했던 그는 마침내 "부귀한 집안에서 다투어
베끼느라 이 때문에 낙양의 종이값이 비싸게" 되는 성과를 거두었다.
지금 사람들의 독서 취향으로 볼 때 「삼도부」가 어째서 한 시대를 풍미
하였는지 이해하기 어려울 수도 있다. 이 점에 대해 원매袁枚는 이렇게
설명을 했는데 대체로 합리적이다.

　　옛날에는 유서(類書)도, 지리지(志書)도, 사전(字彙)도 없었기 때문에
　「삼도부」와 「양경부」에서는 나무와 새의 이름을 제시할 때는 반드시 여
　러 책을 모아 풍토를 널리 조사한 다음에 글을 썼다. 그래서 표현이 풍부

21　양웅, 「장양부서(長楊賦序)」; 반고, 「양도부서(兩都賦序)」・「양도부(兩都賦)」 참조.

하고 아름다웠으므로 한 시대를 풍미하였다. 낙양의 종이값이 비싸진 이유는 집집마다 한 권씩 두고 유서나 군지(郡志)처럼 읽었기 때문이다.[22]

유서類書의 기능을 겸한 것은 사실 대부의 공통된 특징이었다. 여러 산과 강, 호수를 열거하고 해와 달 등의 천체, 누대 같은 건축물, 새, 짐승, 풀, 나무, 음식과 의복, 유희와 진귀한 물품 등 천지간의 모든 것을 나열한 부가 당시 독자들에게 호소력을 가졌던 이유는 확실히 "유용했기" 때문이다. "유용함"을 중시했다는 것이 대부에 심미적 가치가 없다는 뜻이 아니다. 당시 문학은 독립적인 위상을 갖지 못했고 지식도 널리 보급되지 못했으므로 "사물 묘사體物"에 작가의 문재와 학식이 드러날 수 있다면 독자로서는 일거양득이었다. 이것이 바로 대부의 장점이었다.

사물 묘사라는 점은 같지만 '뜻의 표현'과 '감정 토로'가 중심인 소부小賦의 경우 역사가 더 깊다. 한대 초기에는 "사인들의 불우함을 표현한 부"가 많았는데, 위로는 굴원의 「이소離騷」로 소급되고 아래로는 위진 육조의 서정적인 부를 이끌었으므로 그 역할은 상당히 크다. "때를 잘 만나지 못하거나" "재주를 지니고도 불우하다"는 것은 모든 문인들의 영원한 주제였다. 당시 현달했던 동중서董仲舒조차도 "살아 생전 삼대三代의 성대함을 보지 못했고 말세의 저급한 풍속만 보았다"고 탄식하며 '사인의 불우함'을 부로 읊을 정도였으니 다른 사람은 더 말할 것도 없다. 모든 문인들이 다 가의賈誼처럼 "굴원을 추모"했던 것은 아니지만 이들 작품에 나타난 느낌과 문체로 볼 때 삼려대부三閭大夫(굴원)가 지은 초사楚

---

22 원매(袁枚), 『수원시화(隨園詩話)』 권1.

辭는 대체불가한 전범이었다. 재주가 높고 자부심이 강한 가의가 쓴 「복조부鵩鳥賦」에 대해 유협은 "상황과 논리로 분석하였다"라고 평가했다. 이렇게 평가한 것은 화와 복이 일정하지 않다는 주제를 통해 진리를 깨달은 사람은 구애될 것이 없고 운명을 알면 걱정할 것이 없다는 자기 위로를 담고 있어서였다. 격분하다가 울적함으로, 다시 담담하게 되는 변화는 우환을 겪은 수많은 사인들이 풍연馮衍의 「현지부顯志賦」에서 "공자는 운명을 알기에 아름답고, 노자는 현묘함을 중시하기에 위대하네嘉孔丘之知命兮, 大老聃之貴玄"라고 서술한 것에 점차 익숙해져 가는 과정을 보여 준다.[23] 이러한 추세에 따라 "운명을 알"거나 "현묘함을 중시한" 문인들의 관심사와 감각은 궁정에서 산림으로 이동하였고 이런 변화에 맞춰 소부小賦도 점차 새로워졌다. 장형의 「귀전부歸田賦」는 서정소부抒情小賦가 생겨난 표지로 간주되었는데, 이 작품에 드러난 생활의 정취뿐만 아니라 짧은 구성과 명징한 문풍 때문이었다.

노자의 유훈을 생각하고 내 초가로 수레 돌려 돌아가리라. 오현금을 연주하고 주공(周公)과 공자(孔子)의 책을 읊으리라. 붓을 휘둘러 멋진 글을 쓰고 삼황(三皇)의 규범을 이야기하리라. 만약 마음을 세상 밖에 둘 수 있다면 영화와 굴욕이 어떠한지 어찌 알리오![24]

---

23 장수거(姜書閣, 강서각), 차오다오헝(曹道衡, 조도형)은 모두 동한 풍연(馮衍)의 「현지부(顯志賦)」를 위진(魏晉) 시기 서정소부(抒情小賦)의 효시로 보고 있다. 姜書閣, 『漢賦通義』, 齊魯書社, 1989, p.187; 曹道衡, 『中古文學史論文集』, 中華書局, 1986, p.14 참조.
24 【역주】 장형(張衡), 「귀전부(歸田賦)」, "感老氏之遺誠, 將回駕乎蓬廬. 彈五弦之妙指, 詠周孔之圖書. 揮翰墨以奮藻, 陳三皇之軌模. 苟縱心于物外, 安知榮辱之所如."

여기에서 제시한 것은 공명을 버리고 전원에 은거하겠다는 염원인데, 이것은 수많은 후대 문인들의 시와 부에서 부단히 반복되었다. 자구의 수식에 힘쓰지 않고, 담아淡雅하고 유창한 풍격을 만들어냄으로써 당대 부화하고 중첩된 대부의 폐단을 일소한 것이다.

동한 말엽에 사회가 불안해져서 은거하는 것이 쉽지 않았으므로 다시 "분노를 토로한" 조일趙壹의 「자세질사부刺世疾邪賦」 같은 작품이 등장하였다. 당시 대부는 이미 쇠퇴한 상태였고, "감정 토로", "뜻의 표현"이 중심인 소부가 더 발전할 여지가 있었다. 하지만 날카로운 풍자와 화려해지는 표현 사이에는 간극이 있었으므로 소부가 주류가 되기는 어려웠다. 오히려 왕찬王粲의 「등루부登樓賦」와 조식曹植의 「낙신부洛神賦」에서 때로는 비장하고 서글픈 기세로, 때로는 화려하고 아름다운 표현으로 정경이 어우러진 소부의 창작 수준을 극점으로 끌어올렸다. "군주가 느낀 바를 부로 쓰게 하고", "군주가 행차한 궁에서 칭송하는 노래를 지었던"[25] 궁중 시종들의 부에서 술 마시고 시 짓는 모임에서 즉석으로 짓거나 높은 곳에 올라가 짓는 부 작가들의 부로 바뀌면서, 내용도 공덕의 칭송에서 난세의 근심으로 바뀌었다. "놀란 기러기처럼 날렵하고 헤엄치는 용처럼 유연한" 낙신洛神은 분명히 선망의 대상이었지만, "사람의 길과 신선의 길이 다르다는"는 구분이 더욱 독자의 심금을 울렸다.

비단 소매 들어 눈물 가리니 눈물이 떨어져 옷깃 적시네. 좋은 만남 영원히 끝남을 슬퍼하고 이제 가서 다른 곳에 있음이 서글프네. 마음속 깊

---

25 『한서』「매고전(枚臯傳)」·「왕포전(王褒傳)」 참조.

은 정 표현할 길이 없어서 강남의 옥 귀걸이를 선물하네. 비록 깊은 곳에 있을지라도 이 마음 오래도록 군왕에게 기탁하리라.[26]

재주 있고 자유분방한 풍류남 진사왕陳思王조차 이렇게 "아름다운 만남"을 설정하여 "애틋한 정만 남아 그리워하고, 돌아보고 바라보며 수심에 겨울" 따름이었다. 그러니 왕찬의 "이 누대에 올라 사방을 바라보며, 한가한 시간을 빌어 슬픔을 달랜다"나 상수向秀의 "주나라 옛 수도에서 부른 「서리편」을 탄식하고, 은나라의 폐허에 울리는 「맥수가」에 슬퍼하네"는[27] 더 말할 필요도 없을 것이다. 계절로 인한 감개, 세월에 대한 탄식, 부모와 고향에 대한 그리움 등으로 위진의 소부는 사람들이 "깊이 슬퍼하도록" 했던 것이다.

남조南朝시대 부는 변려문의 영향을 받아 성률과 대우對偶를 중시했고 서정성은 더욱 강해졌으나 기본적으로는 여전히 우울한 정조였다. 포조鮑照의 「무성부蕪城賦」와 유신庾信의 「애강남부哀江南賦」는 과거의 영광과 현재의 쇠퇴를 대비하고 개인과 국가의 고통을 아울러 제시했다. 이를 통해 도시 생활을 묘사할 때 필수불가결했던 과장된 수식과 현란한 기풍을 보였던 한대 대부大賦에서 벗어나 역사와 인생을 직면한 자신의 찰나적인 감회에 치중하였기 때문에 주제와 분위기가 매우 처량하다. 강엄江淹의 「한부恨賦」와 「별부別賦」, 유신의 「고수부枯樹賦」와 「소원부小園賦」 같은 소부에서도 가끔 "푸른 풀엔 봄빛 어리고, 봄물 불어 푸른 물결 이는

---

26 【역주】조식(曹植), 「낙신부(洛神賦)」. "抗羅袂以掩涕兮, 淚流襟之浪浪. 悼良會之永絶兮, 哀一逝而異鄕. 無微情以效愛兮, 獻江南之明璫. 雖潛處於太陰, 長寄心於君王."
27 왕찬(王粲), 「등루부(登樓賦)」; 상수(向秀), 「사구부(思舊賦) 참조.

데, 남포南浦에서 그대를 보내는 이 슬픔을 어이하리"처럼 맑고 아름다운 정경을 보여주기는 했지만, 주로는 이별의 비극성을 드러내는 경우가 많았다. 어쩌면 "산이 무너지고 강이 마르며, 얼음이 깨지고 기와에 금이 가는" 시대여서 평화롭고 조용한 "작은 정원小園"은 이미 사라졌기 때문에 엄청난 우환을 겪은 문인들은 아무리 애를 써도 "나무도 이러할진대 사람이야 더 말해 무엇하랴"라는 감개를 벗어날 수 없었는지도 모른다.[28]

육조 이후로도 소부 작품 중에 가작佳作은 많았다. 다만 일반적으로 볼 때 문학사가文學史家들이 중시하지 않았을 뿐이다. 그 이유 중 하나는 시가의 위상이 우뚝하여 대다수 작가와 독자들의 관심을 끌었으므로 한때 찬란했던 사부辭賦는 필연적으로 냉대를 받는 운명에 놓일 수밖에 없었기 때문이다. 다른 하나는 명·청시대 복고파들이 "당나라 때는 부가 없었다"고 주장했고 근대 사람들이 "각 시대에는 그 시대의 문학이 있다"고 믿었는데, 이 둘은 모두 양한 이후 '부'의 존재가 가지는 가치를 부정했기 때문이다. 또 문학을 논의하는 사람들은 모두 대부를 정통이라고 생각했다. 대부만 놓고 본다면 이른바 "초나라 때 시작되었고 한나라 때 가장 뛰어났으며 동한 때 크게 변했고 위진 시기에 이어지다가 육조 이후에는 논할 가치가 없게 되었다"라는[29] 주장은 대체적으로 정확하다. 하지만 만약 '사부'에 「자허부子虛賦」, 「감천부甘泉賦」뿐만 아니라 「귀전부歸田賦」, 「등루부登樓賦」까지 포함한다면 양한시대에서 명맥이 끊어졌다고 볼 필요가 없다.

---

28 유신(庾信), 「소원부(小園賦)」·「고수부(枯樹賦)」 참조.
29 청대의 정정조(程廷祚)의 「소부론(騷賦論)」에 나오는 이 말은 원(元)대 축요(祝堯)의 "초나라 때 시작되고 한나라 때 가장 뛰어났다"와 명(明)대 이몽양(李夢陽)의 "당나라 시대는 부(賦)가 없었다'에서 유래한 것이다. 葉幼明, 『賦通論』 제5장 3·5절, 湖南教育出版社, 1991 참조.

2. 위진魏晉의 현언玄言

위진시대 문학의 변천에 대해 류스페이는 매우 멋지게 설명하였다. 다음 단락은 루쉰의 분석을 통해 더 널리 알려졌다.

> 양한 때에는 집집마다 칠경(七經)을 익혔다. 제자백가의 책을 볼 때도 반드시 경전을 거쳐야 했다. 위무제(魏武帝, 조조)는 정치를 할 때 형명가(刑名家)의 사상을 가미했으므로 문체도 이 때문에 점차 간결하고 엄격해졌다. 이것이 첫 번째 변화이다. 건무(建武, 25~56) 이후 사인과 백성들이 예를 숭상하였고, 건안(建安, 196~220) 연간에 이르러 점차 통달하고 탈속적인 것을 숭상했다. 탈속적이란 슬픈 음악을 늘어놓는 것이고 통달함이란 현묘한 사상에 젖어드는 것이다. 이것이 두 번째 변화이다. 헌제(獻帝, 189~220) 초에 여러 세력이 대치하고 있을 때 상황을 틈탄 사람들이 종횡가를 숭상하여 한껏 수식을 하는 기풍이 여기에서 일어났다. 이것이 세 번째 변화이다. 또 한 영제(靈帝, 168~189)가 배사(俳辭)를 좋아하자 아랫사람들이 그 기풍을 따라하여 더욱 화려한 문풍을 숭상하게 되었다. 위(魏)나라 초엽에도 그 문풍은 달라지지 않았다. 이것이 네 번째 변화이다.[30]

루쉰은 한나라 말기부터 위나라 초기까지의 문풍을 '간결하고 엄격함淸峻', '통달하고 탈속함通脫', '화려함華麗', '장대함壯大'이라고 규정했

---

30 劉師培, 『中國中古文學史·論文雜記』, 人民文學出版社, 1959, p.11.

지만 실제로는 앞의 두 가지에 치중하였다. 주제를 '약과 술', '청담淸談'과 '현언玄言', '자기 마음을 스승으로 삼는 것師心'과 '재주를 한껏 드러내는 것使氣'으로 잡았고 루쉰이 찬양했던 '위진풍도魏晉風度'를 한층 더 드러내었으므로 문장의 '화려함'과 '장대함'에 대해 거의 논의하지 않은 것도 이상하지 않다.[31] 사실 류스페이 또한 다르지 않았다. 아마 "더욱 화려한 문풍을 숭상하게 된" 것이 한·위·육조의 문학사의 대체적인 발전 방향이었으므로 이것을 위진시대 문장의 특징으로 보기는 충분하지 않았을 것이다. 류스페이 역시 "간결하고 엄격한" 것과 "아름답게 수식한才藻艷逸" 것의 차이를 논의했으나 그에게 더 중요했던 것은 똑같이 도가道家 사상을 드러내면서도 왕필王弼과 하안何晏은 "실제로는 명가名家와 법가法家의 주장과 가까웠고" 혜강嵆康과 완적阮籍은 "실제로는 종횡가의 주장과 가까웠다"는 점이었다. 이것은 장타이옌章太炎(장태염)이 위진의 문장에 대해 "논리적인 부분은 명가에서 가져왔고, 시詩 같은 부분은 종횡가에서 가져왔다"고[32] 한 주장과 상통한다.

"명리名理"와 "현언玄言"이라는 측면에서 위진 문장을 연구하게 되면 필연적으로 한대 제자백가의 유풍까지 거론하게 된다. 이것이 바로 장타이옌의 사유방식이었다. 『국고논형國故論衡』 「논식論式」에서는 한대의 논리적인 글이 점차 사부辭賦와 같은 성격을 갖게 되어 "내면의 진심에서 나와 문채를 밖으로 드러낸" 선진시대 제자백가에 한참 못 미친다고 비판하였다. 후한後漢 때 제자백가의 책이 점차 흥기하였지만 이치의 요체

31 魯迅, 「魏晉風度及文章與藥及酒之關係」, 『魯迅全集』 3, 人民文學出版社, 1981, pp.501~517.
32 章太炎, 「論式」, 『國故論衡』, 上海大共和日報館, 1912, p.124.

에 깊이 있게 도달한 것은『논형論衡』,『창언昌言』,『인물지人物志』세 권에 불과했다. "노자와 장자의 형명지학形名之學이 위魏나라 때 다시 흥기하였으므로 이들의 문장에서 장구章句에 얽매이지 않게 되자" 단편적인 지론은 상당히 괜찮아졌다. 이런 맥락에서 장타이옌은 '위진시대의 지론持論'에 대해 매우 높게 평가하였다.

> 위진시대의 문장은 대체로는 한나라 때보다 못했지만 지론만은 춘추
> 전국(晩周) 때를 방불케 하였다. 기풍은 달랐지만 자기 주장을 고수할 때
> 에 절도가 있었고 다른 사람의 글을 비판할 때 조리가 있었다. 중화(中和)
> 의 도가 그 안에 있고 고상한 품격이 널리 퍼졌기에 백세(百世)의 스승이
> 될 만하다.

위진 시기의 사람들이 어째서 통달하고 탈속적이었고, 논변하는 문장이 어떻게 흥기할 수 있었는지, 또 이 둘 사이에 있었던 '현언'이 또 어떤 이유로 사대부의 생활 전반에 널리 퍼지게 되었는지는 실로 진지하게 탐구해 볼 필요가 있다.

조조曹操가 "통달하고 탈속적인 것"을 힘껏 주장한 이유에는 난세를 다스리고 청류淸流를 타파하려는 권모술수가 내재되어 있었다. 루쉰이 중요하게 생각한 것은 이런 "완고한 것을 타파하는" 것이 사상계와 문화계에 미친 영향이었다. 루쉰은 그런 영향 중 하나가 "이단과 외래 사상을 충분히 수용한 것"이고 다른 하나가 "하고 싶은 말을 마음껏 쓴 수많은 문장을 짓는 것"이라고[33] 파악했다. 동한 말엽의 왕충, 왕부王符, 중장통仲長統 등은 더 이상 정통 유가 사상에 구애되지 않고 명가名家와 법가法

家를 섞거나 유가儒家와 도가道家를 더하였다. 정권이 조 씨 일가에 장악되면서 세가世家와 호족들이 국가를 농단하던 전통이 바뀌어 "유교만을 숭상하던" 정치이념은 직접적인 도전에 직면하게 되었다. 전란의 시기에 급부상한 조조는 자신의 권위와 실력을 세우기 위해 자신에게 협력하지 않는 세가와 호족들을 공격했고 "어질지 않고 효성스럽지 않지만 정치와 용병술이 있는 자"들을 모집하라고 명을 내렸다. 객관적으로 볼 때 이렇게 "재능만으로 등용하고" "품행을 따지지 않는"[34] 방식을 통해 날로 강고해지는 이념을 와해시켰고 몇백 년간 단절되었던 선진 제자백가의 거리낌 없는 문풍을 어느 정도 부활시켰다. 진晉나라의 부현傅玄이 조 씨 부자에 대해 비판한 글은 그들의 장점을 정확하게 짚은 것이다.

> 근세에 위 무제(魏武帝, 조조)는 법가의 방식을 좋아하여 세상에서는 형명(刑名)을 중시하였다. 위 문제(魏文帝, 조비(曹丕))는 통달함을 숭상하여 세상에서는 절개를 천시하였다. 이후에 기강이 해이해져서 허무하고 허황된 논의가 조정과 민간에 가득 찼고 세상에 더 이상 청의(淸議)가[35] 존재하지 않게 되었다.[36]

통치자인 조조가 "목마른 듯이 인재를 찾는다"는 것은 사실상 태도에 불과하였으므로 과도한 기대를 가져서는 안 된다. 아무리 명망 높은 현

---

33 『魯迅全集』3, 人民文學出版社, 1981, p.503.
34 조조(曹操), 「구현령(求賢令)」・「거현물구품행령(擧賢勿拘品行令)」 참조.
35 【역주】후한 때 재야의 정치 비평으로, 낙양에 있었던 태학생들이 재야에서 정치를 비평하여 조성한 의견.
36 嚴可均 校輯, 『全上古三代秦漢三國六朝文』, 中華書局, 1987, p.1721.

자라고 하더라도 정치적 견해가 같지 않거나 정권에 해가 된다면 누구든 간에 죽여버렸다.(하옥되어 저자거리에서 처형된 공융孔融이 그 예이다.) 오히려 "형명刑名"을 중시하고 "효렴孝廉"을[37] 등용하지 않았으므로 원래 있던 윤리도덕의 붕괴를 초래하여 문인 학사들에게 독립적으로 사고하고 대담하게 발언할 여지를 주었다. 이 영향력은 후대에도 막대한 영향을 미쳤다.

조조, 조비, 조식에게서 "허무하고 허탄한 논의"를 발견할 수는 없다. 그렇지만 "자신의 생각을 직설적으로 서술한 것"은 문풍 전반을 바꾸는 데 큰 영향을 미쳤다. 특히 조조의 「자명본지령自明本志令」과 조비의 『전론典論』의 「자서自敍」에서는 자신의 상황에 대해 거리낌 없이 이야기했고 수식하지도 않았으므로 깊이 있는 뜻과 뛰어난 문장력, 간결하고 강한 기세로 보면 사마상여나 양웅 등의 비슷한 저술보다 훨씬 나았다. 조조는 권모술수에 능했지만 아주 드물게 진심을 보여 이렇게 솔직한 심정을 토로한 적도 있었다. "이 나라에 내가 없었다면 수많은 사람들이 자신을 황제라고 칭하고 왕이라고 칭했을 것이다." 아마도 정치적으로 득의양양한 상태였기 때문에 "과장하자면" 같은 수식어조차 생략해버렸을 것이다. 조조의 문장은 어조사나 군더더기 표현이 거의 없고 대부분 진실하고 자연스럽다. 조비의 문장은 아버지 조조처럼 강개하고 솔직하지는 않지만 상당히 여유롭고安閑와 아름답다嫵媚. 다섯 살에 활쏘기를, 여섯 살에 말타기를 배웠다는 내용에 이어 열 살에 위험한 상황을 말을 타고 벗어났다는 이야기를 쓴 뒤에 다시 검술과 탄기彈棋(바둑알 튕기

---

37 【역주】한 무제가 제정한 추천 방식(鄕擧里選) 중 하나이다. 효렴은 부모에게 효도하는 몸가짐과 청렴한 자세를 말한다.

기), 한껏 술에 취한 상태에서 하는 기격技擊(격투기의 하나)을 좋아했다고 서술했다. 그러다가 "황제께서 『시경』, 『서경』 등의 책을 좋아하여 군막에 있을 때도 손에서 책을 놓지 않았다"에 이르러서야 비로소 어렸을 때 시론을 암송했고 자라서는 글을 썼다는 본론으로 들어갔다. 대소사를 조근조근한 어조로 서술했는데 사소한 일들에서 특히 진실된 감정을 잘 드러내었다. 이 문장처럼 자신의 생애를 잘 서술한 제갈량諸葛亮의 「출사표出師表」는 또 다른 풍경을 보여준다. 제갈량은 본래 문장력이 뛰어나지 않았지만 "신은 본래 포의의 신분으로, 남양南陽에서 직접 농사를 지었습니다" 아래 단락은 진지한 표현과 격정적인 감정, 비장하고 쓸쓸한 점에서는 조조와 흡사한 반면, 맑고 고운 조비의 풍격과는 상당한 차이가 있다. 그러나 "위로는 소박한 한나라의 풍격을 변화시켰고, 아래로는 아름답고 호쾌한 육조六朝의 풍격을 열었다"고[38] 「출사표」를 평가하면서 "삼국시대 문장" 전체를 개괄하는 것도 여전히 의미가 있다.

오랜 세월 정치적 격변기를 거치면서 난세를 살았던 데다가 죽음에 대한 독특한 체험을 했고(한·위 때 사람들은 "애도"하는 글을 잘 쓰지 않았으나 세월이 흐르고 친구들이 죽자 "낙담하고 상심하는" 서찰이 많아졌다. 공융의 「성효장을 논하는 문제로 조공에게 보내는 편지與曹公論盛孝章書」, 조비의 「오질에게 보내는 편지與吳質書」가 그런 예이다) 거기에 사상적 억압에서 벗어난 이후 자유로운 표현을 갈망하는 마음까지 더해졌다. 확실히 이런 모습은 전한시대나 성당盛唐 시기의 문인들이 상상할 수 있는 것이 아니었다.

조비와 조식도 상당히 뛰어난 사론史論을 썼지만, 건안建安(196~220) 제

---

38 陳衍, 『石遺室論文』 권3, 無錫國學專修學校, 1936, p.4 참조.

자諸子처럼 거침 없이 말하지는 못했다. 공융이 조조한테 대들면서 한 의론에는 조소와 희롱이 섞여 있었고, 반박과 비판을 잘한 왕찬의 문장은 명가와 법가에 가까웠다. 또 예형禰衡은 기세로 글을 몰아쳐 붓을 들면 바로 써내려 갔다. 구체적인 주장과 논증 방식은 달랐지만 이들은 모두 문장력을 한껏 발휘했고 기개가 넘쳤으며 세상을 놀라게 하는 것을 좋아했다. 공융이 부모의 은혜를 부정하고 그것을 "실제로는 정욕에서 나왔을 뿐"이라 "병에 물건을 넣어둔 것과 같다"고 한 것은 더 이상 효렴孝廉으로 천거하지 않는 시대라고 해도 "매우 이상한 주장"이었다. 수천 년간 전송된 "북을 치며 조조를 욕한 이야기"는 소설가의 이야기이기는 하지만 악한 것을 원수처럼 미워했던 예형의 성격과 그 강개하고 고고한 문인의 기질을 잘 보여주었다. 류스페이는 공융과 왕찬에 대해 거침이 없었고 지론에 능해 위진문학의 "기초를 닦았"으나 "현묘한 사상玄思을 드러내지 못했다"[39]고 아쉬워했는데, 이러한 평가는 이 둘의 관계와 차이를 상당히 정확하게 지적한 것이었다.

지론에 능하면서 "현묘한 사상을 드러낸 것"이 위진시대 문장의 가장 큰 특징이다. 한대에 명예와 절개를 드높이고 공경대부를 품평하던 '청의淸議'는 시국이 변하면서 '청담淸談'으로 바뀌었다. 여전히 인륜을 품평하고 시사를 논의하였으나 점차 논의의 대상이 실제 행동이 아니라 비판의 이론적 원칙으로 변화해 갔다. 구체적인 인물의 행동에서 추상적인 현묘한 이치로 바뀌는 것은 학문 발전의 필연적인 추세이다. 하지만 위진시대에 현언玄言이 흥기한 데는 또 다른 요인이 있었다. 하나는 벼슬을

---

39 劉師培, 『中國中古文學史・論文雜記』, 人民文學出版社, 1959, p.35.

얻기 위한 장구지학章句之學(한대 훈고학—역자)이 번다하게 "경서 하나에 백여 만자의 글이 달리는" 와중에 음양陰陽 참위설讖緯說과 결탁하면서 날로 문제점을 드러내게 되었던 것이다. 고문경학古文經學이 점차 흥성하고 특히 위진시대의 3대 주석서(범영范寧의『곡량주穀梁注』, 두예杜預의『좌전주左傳注』, 왕필王弼의『주역주周易注』)에서 통합을 중시하고 의미 전달을 해치는 수사적 표현을 금기시하며 간결하게 요점만 말하고 현묘한 이치와 대의大義를 좋아했던 것은 그 당시 학풍의 변화와 서로 인과관계를 이룬다. 음양가적 색채가 섞인 유가의 언술이 무대에서 물러나고 이름과 실제를 따지는 명가와 법가 및 현묘하고 허무한 성격이 강한 도가가 차츰 더 사인들이 숭상하는 대상이 되었다. 이것은 '청담'의 형성과 관련이 깊다. 세상 사람들은『주역』,『노자』,『장자』를 '삼현三玄'이라고 하였고 그래서 "노담老聃과 장주莊周가 길 복판에 서서 중니仲尼와 길을 다투게" 되었다. "현풍玄風이 독주"한 결과 심약沈約과 유협劉勰이 탄식했듯이 "학문하는 사람들은『도덕경』을 팠고, 박학博物은『장자』로 끝이었다", "시는 언제나『도덕경』으로 귀결되었고 부는 바로『장자』의 의소義疏였다."[40]

이렇게 말하면 '청담'의 흥기가 완전히 노자와 장자의 학문 덕분이거나 그 탓이라는 것으로 오해하기 쉽다. 하지만 사실은 반대였다. 내가 봤을 때 후대 사람들이 위진의 청담을 "찬양"하거나 "성토"한 이유는 대부분 노자와 장자의 학문이 사회 풍조와 역사 발전에 미친 영향을 지나치게 과대평가했기 때문이다. 안지추顔之推는 그때 이미 당시에 "도가를 숭상한" 사람들 중에는 노자와 장자의 가르침과 어긋나는 처신을 하는

---

40 『안씨가훈(顔氏家訓)』「면학(勉學)」;『송서(宋書)』「사령운전론(謝靈運傳論)」;『문심조룡』,「논설(論說)」「시서(時序)」등 참조.

사람들이 많았다는 사실을 지적했다. 또 현대 사람인 첸중수錢鍾書(전종서)는 한술 더 떠서 "말로는 배운다고 했지만 실제로는 편의에 따라 취한 것"이라고[41] 했다. 진晉나라 때 사람들이 예교를 멸시하고 방탕하며 달관했던 것은 노자와 장자로 인해 비롯되었다기보다는 노자와 장자의 학설에서 가장 잘 표현할 수 있는 방식을 찾아내었다고 보는 편이 맞을 것이다.

사인들의 현언 추구妙善玄言은 서진西晉 때는 노자와 장자에 국한되었지만, 동진東晉 때에는 승려의 참여로 인해 한 단계 더 발전하였다. 상수向秀와 곽상郭象이 『장자』에 주석을 달아 "현묘한 분석은 매우 기이하여 현풍을 유행시켰지만", 후대 사람들은 "곽상과 상수를 넘어서는 이치를 도출하지 못했다." 오직 불교에 정통한 지도림支道林(지둔支遁)만 "곽상과 상수를 뛰어넘는 참신한 이치를 표방했고 여러 현자들을 넘어서는 새로운 주장을 제시할"[42] 수 있었다. 『세설신어』에 실린 이 일화는 상징성이 크다. 불교가 전래된 뒤 사인들은 깊고 오묘한 내용이 도가와 비슷한 것이 좋아서 흔쾌히 받아들였던 것이다. 재주와 본성, 양생의 논의에서 형상과 정신, 인과응보로 확장된 이런 논제의 변화는 부차적인 것이다. 이보다 더 중요한 것은 불교 경전을 끊임없이 인용하고 논쟁하면서 사인들의 이치 분석이 나날이 정밀해졌다는 점이다. 유협은 유무有無의 논변에서 "사색을 다한 신비의 근원"인 반야般若의 절경絶境만을 추대하였고, 근세의 학자들은 "이치 분석의 아름다움", 곧 위진 문장이 "현미玄微한 이치를 궁구하고 정묘한 사변을 끝까지 탐구"한다는 점을 숭상하였

---

41 『안씨가훈』「면학」; 錢鍾書, 『管錐編』, 中華書局, 1979, p.1128 참조.
42 유의경(劉義慶), 『세설신어(世說新語)』「문학(文學)」.

는데, 이 둘은 모두 이것이 불교라는 자양분 덕택이었다는 점을 강조한 것이다.[43]

위진시대 문인들이 "현언을 좋아했던" 요인으로는 학술 사조의 변화 외에도 화를 피해 목숨을 보전하려는 또 다른 이유가 있었다. 완적阮籍 일파가 "사람을 품평하지 않고" "현묘한 이치만 말한 것"은 "혼란한 세상에서 목숨을 보전 못한 명사들이 많아서" 어쩔 수 없었던 것이다. "호불호가 분명하면서" 또 어떻게 "감정을 얼굴에 드러내지 않을 수" 있었을까? "마음대로 혼자 말을 몰면서" 왜 굳이 또 "수레가 막다른 길에 이르면 통곡하고 돌아왔을까"? 완적은 울분과 분노가 쌓이면 가끔 시문을 빌어 감정을 토로했지만 어쨌든 "다른 사람의 잘못에 대해 말하지 않았다." "보신하는 방법을 잘 몰랐던" 혜강은 자칭 완적을 배운다고 했지만 "역부족이어서" 결국 "멋대로 말한 언사" 때문에 비명횡사하였다.[44] 이렇게 보면 위진시대 문인들이 일반적으로 인간사를 하찮게 여기고 허무하고 현묘한 학문에 치우친 것도 어쩔 수 없는 고충으로 그런 것임을 쉽게 이해할 수 있다. 근세의 탕융퉁湯用彤(탕용동)의 '청담' 관련 논의에 따르면 "현묘하고 허무한" 것이 위진 문장의 지배적인 풍격이 된 것은 "한편으로는 이학理學의 자연스러운 발전에 따른 것이고, 다른 한편으로는 당시 시대 상황으로 촉발된 것이었다."[45]

완적 및 혜강처럼 노자와 장자의 학문을 좋아했고 청담에 능했지만

---

43 『문심조룡』「논설(論說)」; 劉師培, 『中國中古文學史』 第4課丙; 劉永濟, 『十四朝文學要略』 제2권 9장, 黑龍江人民出版社, 1984 참조.
44 『진서(晉書)』「완적전(阮籍傳)」; 혜강, 「산거원과 절교하는 편지(與山巨源絶交書)」; 유의경(劉義慶), 『세설신어(世說新語)』「서일(棲逸)」; 『진서(晉書)』「혜강전(嵇康傳)」 참조.
45 『讀「人物志」』, 『湯用彤學術論文集』, 中華書局, 1983, p.206.

왕필王弼과 하안何晏의 글은 이들과 상당히 다르다. 왕필과 하안은 주로 경전에 주석을 다는 방식으로 논의를 전개했다. 『논어집해論語集解』, 『노자도덕론老子道德論』, 『주역주周易注』, 『노자주老子注』 등은 내용과 문장이 모두 뛰어나 독립적인 문장으로 감상할 수 있는 부분이 적지 않다. 이들의 주석 문체는 한대 사람들과는 전혀 달랐다. 대체로 사변적 색채가 강했고 문장에서도 정밀한 이치 분석이 장점이었다. 혜강과 완적은 문재가 뛰어났고 문장이 씩씩했으며 아름다우면서 동시에 깊은 울분이 있었으므로 반란의 색채가 강했다. 완적의 「통역론通易論」과 「달장론達莊論」, 혜강의 「양생론養生論」과 「성무애락론聲無哀樂論」 등은 모두 논변에 능했고 이치 분석이 정밀했지만 혜강의 경우에는 훨씬 더 "누에고치 벗기는 것처럼 무궁한 뜻이 있었고", "과거의 학설과 상반되는 참신한 사상이 있었기" 때문에 류스페이와 루쉰의 엄청난 찬사를 받았다.[46] 완적과 혜강의 문장은 직접적으로 시사와 정치, 고금의 시비를 논하면서 다른 한편으로는 문장의 풍격이 거리낌 없고 활달한 「대인선생전大人先生傳」과 「산거원과 절교하는 편지與山巨源絶交書」에서 특색이 잘 드러난다. "군주가 없으면 만물이 안정되고 신하가 없으면 만사가 바로잡힌다"고 했던 완적의 말은 심오한 뜻을 기탁한 것이고, "할 수 없는 것이 일곱, 하면 안 되는 것이 둘"이라고 했던 혜강의 말은 유희와 비웃음, 분노, 욕설을 글로 만든 것이다. 혜강과 완적의 시문은 "자기 마음을 스승으로 삼고" "재주를 한껏 발휘한 것"이므로 당시 정권의 미움을 받아 진정한 후계자가 거의 없었다. 서진시대 문사들이 계승한 것은 주로 "명리名理를 분석

---

46 劉師培, 『中國中古文學史・論文雜記』, 人民文學出版社, 1959; 魯迅, 「魏晉風度及文章與藥及酒之關係」, 『魯迅全集』 3, 人民文學出版社, 1981 참조.

한" 왕필과 하안이었다. 완적을 모범으로 삼는다고 해도 "그의 글을 배운 것이 아니라 행실을 배웠을 뿐"이어서[47] 청담 말고는 방달하기만 했을 뿐, 혜강이나 완적처럼 거리낌 없이 현묘한 이치를 말하면서 동시에 당대를 비판하지는 못했다.

위진 문인은 '방달'해서 사소한 것에 구애되지 않고 마음대로 행동할 수도 있었고 전통에 반기를 들고 신명神明을 모욕할 수도 있었다. 통치자 입장에서는 당연히 후자가 더 파괴력이 컸다. 정권에 협조하지 않은 죽림명사竹林名士라는 점은 같았지만 혜강은 처형당했고 완적만 살아 남았다. 그 이유는 혜강이 여러 차례 "탕왕湯王과 무왕武王을 비판하고 주공과 공자를 무시하여" 당시 천자天子의 권위에 대놓고 저항했기 때문이다. 그러나 루쉰이 말한 그대로 "위진시대에 예교를 파괴했던 사람들은 사실 고집스럽게 예교를 믿었던 사람들이었다."[48] 예교의 이름을 빌어 자신과 생각을 달리하는 사람들을 숙청했던 조조와 사마의司馬懿 같은 사람들에 비하면 불평하고 불복한 나머지 격분하여 "예교를 파괴한" 혜강이 "통달하고 탈속적으로通脫" 보이지는 않는다. 위진 문인들은 겉으로는 "마음대로" 굴었지만 실제로는 뼛속까지 "고집"스러웠고, 이 둘은 선명하게 대비되었다. 죽림 명사들의 자유분방하고 방달하며 예법을 벗어난 행동은 "명예를 더럽히고 교화에 해를 끼쳐" 당대와 후대 사람들에게 비판을 받았다. 이들이 "구애되지 않고" "방탕하게" 굴었을 때 미친 척하여 자신을 높이려는 의도가 없었다고는 할 수 없다. 그러나 이보다 더 중요한 것은 이들이 당시 사회와 사람들의 삶을 우려했기 때문

---

47 劉師培, 『中國中古文學史·論文雜記』, 人民文學出版社, 1959, p.52.
48 『魯迅全集』 3, 人民文學出版社, 1981, p.515.

에 세상에 분노하고 질타를 가했다는 점이다. 이런 고고한 자세와 자신의 풍격에 도취된 행동에는 정통 유가와는 다른 어떤 이상적인 인간상이 담겨 있다. 자연스러운 본성에 따르고 뜻을 이루면 자기 자신도 잊는 상태를 추구한 나머지 조정의 고위관료의 심기를 거스르는 것도 아랑곳하지 않아 결국에는 죽음을 초래했는데 이런 행동은 진정한 "통달과 탈속"은 아닐 것이다. 이 글에서는 의도적으로 "방탕함"의 이면에 있는 "저항"을 강조하려는 것이 아니라 위진 명사의 "통달과 탈속"은 형식화된 예교를 비판하는 측면에서든 아니면 새로운 이상적인 인간상을 표방하는 측면에서든 모두 지나치게 "고집스럽고" "되는 대로" 하려고 하지 않아서 그렇게 된 것임을 지적하려는 것이다.

"되는 대로" 하는 것처럼 보였지만 실제로는 "고집스러웠던" 위진 문인은 이치 분석이 정밀한 문장도 잘 썼고 "천과 인의 관계天人之際를 논한" 청담도 했다. 당시 문인들의 모임에서 "함께 이치를 분석할" 때에는 정밀한 분석과 엄밀한 논리만 추구했던 것이 아니라 간결한 글로 심원한 뜻을 담고 소탈한 풍격을 드러낼 수 있기를 소망했다. 『세설신어世說新語』「문학文學」에는 지도림支道林과 사안謝安 등이 『장자』「어부漁父」를 주제로 논의할 때 한편으로는 "서사는 정련되었고 표현은 기발하여 모두 칭찬하였고" 다른 한편으로는 "재주가 뛰어났고" "소탈하고 자연스러워 그 자리의 사람들이 모두 감복하였다"고 했다. 지도림의 "700여 자"와 사안의 "10,000여 자"는 후대에 전해지지 않았다. 당시 사람들은 "만나서 웃으며 마음이 통하는 것"을 더 좋아했기 때문이다. 논쟁에서 이기고 지는 것은 중요하지 않았다. "그 자리의 모두"가 "감복한" 이유는 '이치'와 '표현'도 중요하지만 '풍도風度'와 '기운'이 더 중요했기 때문이다. 승부가 가려지면 "일동이 동시에 박장대소하면서 오랫동안 칭찬하였고", 막상 막하면 "함께 둘이 잘한 것을 음미할 뿐 이치의 맞고 틀림을 따지지 않았다." 상대의 어려운 질문에 이치를 갈파하는 이런 문답에 진대晉代 사람들이 그토록 심취했던 것은, 이 문답의 목적이 "피차 얻는 게 있어서 마음이 후련해지는 것"이어서였다. 이것은 일종의 고상한 지적 유희였다.[49] 그런데 지금까지 전송되는 멋진 구절들은 '통찰력'과 '직관'에 근거한 것이었고 대부분 "즉석에서 나온 말"이었지만, 사실은 평소에 심혈을 기울여 얻은 결과였다. 이런 수련 과정을 통해 진대 사람들은 언제나 "무심결에" 문채와 운치를 드러낼 수 있었다.

진대 문장에 나타난 '현언玄言'의 영향력은 "논리정연한 논설"에서도 드러나지만 "표현이 자연스러운 서찰"에도 나타났다.[50] "뛰어난 재능을 가진" 왕희지王羲之는 "신기한 표현과 무성하게 피어나는" 논의를 듣기만 하면 곧바로 "옷차림을 편하게 하고 앉아 자리를 뜰 줄 몰랐다." 이렇게 보면 그가 얼마나 '청담'에 열중했는지를 알 수 있다. 『세설신어』에 나오는 수많은 멋진 구절들은 바로 이 풍류 재자인 왕희지와 관련된 것이다. 왕희지 문장의 명성은 서예가로서의 명성에 가려져 그의 친필을 애호하는 수많은 후대 사람들은 서첩만 임모할 뿐 문장을 감상하지 않으니 정말 안타깝다. 「난정집서蘭亭集序」 외에 왕희지의 여러 서첩은 길이도 짧고 완정되어 있지 않지만 절로 그의 취미가 넘쳐 흐른다. '잡첩雜帖' 중에는 이런 구절이 있다.

---

49 『세설신어』「언어(言語)」·「문학(文學)」 참조.
50 王瑤, 『中古文學史論』, 北京大學出版社, 1986, p.54.

그대와 떨어진 기간을 헤아려보니 벌써 26년이 되었습니다. 비록 서찰로 가끔 안부를 묻지만 그리움은 풀 길이 없습니다. 그대의 편지 두 통을 받고 나니 감개는 더해집니다. 근래에 내린 큰 눈과 극심한 추위는 지난 50년 동안 처음 봅니다. 아마도 여전하시겠지요. 오는 여름 가을 사이에 그대의 편지를 다시 받을 수 있기를 바랄 뿐입니다. 유유한 세월을 어떻게 형언할 수 있겠습니까. 저는 오랫동안 단약을 먹었지만 여전히 골골합니다. 그래도 작년보다는 괜찮은 듯합니다. 그대는 건강을 제일로 삼으세요. 편지를 쓰노라니 서글퍼집니다.

세월의 흐름과 생이별, 사별에 대한 감개는 진대 사람들의 공통화제였다. "그리움을 풀 길이 없다"는 구절은 더욱 일상적인 말이다. 반갑게도 왕희지의 편지에는, 중요하지는 않지만 생기가 넘치는 "큰 눈과 극심한 추위" 또는 "폭설이 그치고 날이 개었다", 또 딸의 혼사, 호두가 자란 것 같은 일상적 내용이 들어가 있다. 그래서 자연스럽고 진정성 있는 느낌을 주게 되었다.

왕희지의 잡첩과 견줄 수 있는 것이 도연명의 「오류선생전五柳先生傳」과 「귀거래혜사歸去來兮辭」, 「자엄 등에게 보내는 편지與子儼等疏」이다. "화려함을 벗어나 참되고 순박한" 시와 마찬가지로 도연명의 산문은 "평화롭고" "자연스러웠고", 현담玄談과 변려문을 숭상하던 진나라 말기 문단에서 독특한 색깔을 보였다. 「자엄 등에게 보내는 편지」에는 이런 구절이 있다.

어렸을 때에는 거문고를 배우고 글공부를 했고, 한가롭고 조용한 것을 좋아했다. 책을 펴서 알게 된 것이 있으면 밥 먹는 것을 잊을 정도로 기뻐했다. 나무가 그늘을 드리우고 새가 계절 따라 달리 지저귀면 또 즐겁고 기뻤다. 5, 6월에 북쪽 창문 아래에 누웠을 때 서늘한 바람이 잠시 불자 희황상인(羲皇上人)이 된 것 같았다고 말했던 적이 있다. 내 얇은 견식으로는 이 정도 삶은 유지할 수 있을 것이다. 세월이 흘러도 요령이 좋지 않고, 예전이 그리운들 아득하니 어찌하랴!

이렇게 담담하게 서술해서 혜강과 완적처럼 "자기 마음을 스승으로 삼아" "재주를 한껏 드러내는" 면모는 전혀 없다. 하지만 자세히 읽어보면 또 "이 속에 있는 진의를 말하려고 하다 이미 말을 잊었다" 같기도 하다. 인생에 대한 독특한 체험과 진정한 각성 이후에 오는 "평정平靜" 덕분에 그는 "여유로운 마음"과 "자연스러운 표현"을 갖게 되었지만, 반대로 다소 "헤아릴 수 없이 깊이 있고" "형언할 수 없이 미묘한" 것 같기도 하다. 물론 문체에 따라 도연명도 격분하거나 열띤 표현을 쓸 때도 있었다.(예컨대 「감사불우부感士不遇賦」와 「한정부閑情賦」) 그러나 그의 문장이 갖는 가장 큰 특징은 사상적으로 통달하고 성정이 담박하며 어조가 화평하고 가끔 자조하는 가운데 우러나오는 유머 감각이 있다는 것이었다.

현풍玄風이 두드러지고 이치 분석이 정밀한 것은 기본적으로 진대 사람들의 전매특허였다. 송宋과 제齊 이후 문장은 변려문으로 변해서 "현묘하고 아득한玄遠" 것이 아니라 "화려綺麗"한 것을 뽐내게 되었다. 오직 범진范縝의 「신멸론神滅論」만 "정밀한 사유와 명확한 논변을 통해 도끼로 대나무 쪼개듯 난제를 해결하였고 톱으로 나무 자르듯 의미를 분석하였다." 왕충과 혜강과 비교해도 더하면 더했지 결코 모자라지 않았다.[51]

무엇보다도 제齊·양梁 시대에는 불교가 날로 흥성하여 변론하는 분위기가 고조되어서 사인들은 늘 불경에 의거하여 의리를 분석하였으므로, 이런 상황에서 범진이 불교에 도전장을 내민 것은 더욱더 대단하다. 또 범진이 글을 쓸 때 화려한 수식 없이 이치 분석에만 전념한 것도 변려문에 신경 썼던 당시 사람들과는 매우 다른 점이었다.

3. 육조六朝의 변려문騈儷文

한유가 도道를 담는 고문을 주장한 이래, 변려문의 가치에 대해 여러 차례 의문이 제기되었다. 청대淸代의 완원阮元이 다시 "문과 필의 논쟁文筆之辨"을 제기하면서 "문文이란 소리로 치면 궁상宮商이고 색으로 말하자면 수식을 하는 것"이라고 했고 이를 통해 육조 변려문과 당송고문 중에서 어느 것이 '정통'인지 논쟁을 벌였다.[52] 실제 창작만 놓고 보면 "변려문과 산문 논쟁은 실로 무의미하다"고 볼 수도 있다. 청대의 포세신包世臣과 근세의 장타이옌 모두 변려문과 산문은 각각 장점이 있어서 둘을 겸하는 게 가장 좋다는 의견을 내놓았다.[53] 하지만 문학사가의 시각에서 볼 때 육조

---

51 錢鍾書, 『管錐編』, 中華書局, 1979, pp.1421~1422.
52 완원(阮元), 「문운설(文韻說)」·「양나라 소명태자의 『문선』 서문의 뒤에 쓰다(書梁昭明太子文選序後)」 참조.
53 【역주】 포세신(包世臣)은 『문보(文譜)』에서 "장중함은 보통 짝수구에서 나오고 유창한 아름다움은 많이는 홀수구에서 나온다. 장르가 변려문이라고 하더라도 꼭 홀수구가 있어서 그 기운을 일으키며, 전체적인 풍격이 산문이라고 하더라도 꼭 짝수구가 있어서 뼈를 갖추게 한다"고 했고, 장타이옌은 『문학약론(文學略論)』에서 "변려문과 산문은 원래 두 가지 다 버리기 어렵다. 두서가 복잡한 내용은 마땅히 변려문으로 써야 하고 사건을 서술하는 글은

변려문의 성취와 문제점을 논의하는 것은 피해갈 수 없는 문제이다.

구체적인 분석에 앞서 우선 변려문의 기본적인 특징에 대해 이야기할 필요가 있다. '변駢'의 본래 의미는 말 두 마리가 하나의 멍에를 메고 있다는 것이므로, 여기에서 변려문의 첫 번째 특징이 당연히 대우對偶를 중시하는 것임을 미루어 알 수 있다. 문장이 "위아래가 서로 어우러져 자연스럽게 한 짝이 되는" 이유는 유협의 말에 따르면 "자연이 형상을 만들 때 팔과 다리 모두 짝을 이루게 하였다. 천리天理가 작용하여 모든 것이 쌍을 이루도록 한 것이다." 청대의 이조락李兆洛은 더 나아가 이렇게 주장하였다. "천지의 도는 음과 양뿐이다. 홀수와 짝수, 네모난 것과 둥근 것이 모두 그러하다. 음양은 병존하고 함께 생겨났으므로 홀수와 짝수도 서로 떨어질 수 없고 네모난 것과 둥근 것도 서로를 필요로 한다."[54] 천지 만물에 홀수와 짝수가 상생한다는 것에서 계시를 받았고 운문과 변려문의 구가 확실히 암기에 편했으므로, 또 중국의 단음절 문자는 자연스러운 대구를 이루기 쉬웠기 때문에 선진 시기의 경사經史는 원래 변려문과 산문 구절이 섞여 있었다. 몇 백구나 되는 글이 모두 홀수 구로 된 경우는 극히 드물었다. 『시경』과 『이소』 외에 『역易』「문언文言」역시 "모든 문장의 원조"로 칭송되었는데, 그 이유는 "운문이 많은데다 또 짝수구를 많이 썼기 때문"이었다.[55] 사실 노자, 장자, 맹자, 순자 같은 제자백가의 문장 모두 짝수구와 화려한 표현을 잘 썼다. 한부漢賦의 흥기로 문인들은 더욱 대우에 심취하게 되었다. 서한의 사부辭賦는 내용

산문이 적합하며, 의론문은 변려문과 산문이 모두 장점이 있다"라고 했다.

54 『문심조룡』「여사(麗辭)」; 이조락(李兆洛), 「변체문초서(騈體文鈔序)」.
55 완원, 『연경실삼집(揅經室三集)』권2 「문언설(文言說)」 참조.

표현을 중시했지 문장의 수식에 힘쓰지 않았으나, 동한 때는 점점 문장이 정련되는 추세였고 제齊와 양梁 이후에는 예쁘고 화려한 수식에 힘써서 대우법이 날로 치밀해졌다.[56] 이와 동시에 앞 뒤 두 구가 짝을 이뤄 하나의 내용을 나타내던 것이 점차 고정된 사륙구四六句 형태로 변화했다. 『문심조룡』 「장구章句」에서는 "네 글자 구는 조밀하나 촉급하지 않고 여섯 글자 구는 길지만 이완되지 않아서" 문장에서 가장 좋은 구법이지만 "가끔은 세 글자 구나 다섯 글자 구로 변용하였는데, 그것은 상황에 맞게 박자를 조절한 것이었다"는 말을 잊지 않고 덧붙였다. 사실 변려문의 대표 작가인 서릉徐陵과 유신庾信은 사륙구에 능하기는 하였으나 구법이 다채로웠다. 이는 한결같이 사륙문을 추구한 결과 활력이 없었던 후대 문인들과는 다른 점이었다.

변려문의 두 번째 특징은 음운의 조화를 중시하는 점이다. 내용상 짝수구를 만들던 것에서 소리가 대응되는 것으로 확대되었는데 이는 모두 한자의 단음절이 가진 장점을 충분히 발휘한 것이었다. 내용과 소리의 대응은 모두 육조 변려문의 기본이 되었다. 여기서 말하는 음운音韻은 구절 끝의 운각韻脚이 아니라 구 안에서 "궁宮과 상商을 교체"하여 소리의 높낮이와 박자에 변화를 주는 효과였다. 음률의 조화는 인간의 천성이라 음악의 높낮이는 글자의 청음淸音과 탁음濁音보다 훨씬 더 또렷하다. 문장에서 '궁'과 '상'은 높고 낮음高下, 낮추는 것과 높이는 것低昂, 날리는 것과 가라앉히는 것飛沈, 평성과 측성浮切, 가벼운 것과 무거운 것輕

---

56 유협은 "변려문에는 모두 네 종의 대우(對偶)가 있다"(『문심조룡』 「여사(麗辭)」)고 했지만 편조금강(遍照金剛)의 『문경비부론(文鏡秘府論)』 「논대(論對)」에서는 나중에는 대우법이 29종까지 늘어났다고 했다.

重, 맑은 것과 흐린 것淸濁 등을 말하는데, 느낄 수 있을 뿐 말로는 표현하기 어려운 비유이다. 진한 문장에는 이미 음절이 조화된 '빼어난 어구高言妙語'가 있었지만 심약沈約이 말했던 것처럼 그것은 "음운이 자연스럽게 만들어져" "우연히 이치와 부합한" 것이었다.[57] 진대晉代에 이르면 문인들은 의식적으로 '소리의 교체'와 '오색의 어울림'을 추구하기 시작했다. 송나라의 범엽范曄은 더욱 "궁과 상을 구분하고 청음과 탁음을 인식하여" "고금의 문인"들을 위에서 내려다 보았다. 제나라 영명永明 (483~493) 연간에 심약 등이 사성설四聲說을 창안하여 자연적인 음조를 인위적인 음률로 바꾸면서 변려문의 문체는 완성되게 되었다.[58] 성률론에 대해 심약은 『송서宋書』 「사령운전론謝靈運傳論」에서 이렇게 서술했다.

> 오색이 어우러지고 팔음(八音)이[59] 조화를 이루는 것은 천지의 소리가 각기 사물에 잘 맞는 것에 연유한 것이다. 음조가 다채롭고 높낮이를 조화롭게 하기 위해서는 앞이 평성이라면 뒤는 측성이어야 한다. 한 단락 안에서 음운은 모두 달라야 하고 두 구에서는 경중(輕重)이 구비되어야 한다. 이런 경지에 도달해야 글이라고 할 수 있다.

이 중에서 가장 핵심은 "음조가 다채롭고 높낮이를 조화롭게 한다"는 것이다. 이것을 현대적으로 해석하면 평성과 측성을 교차하고 음운의

---

57 심약(沈約), 『송서(宋書)』 「사령운전론(謝靈運傳論)」.
58 육기(陸機), 『문부(文賦)』; 범엽(范曄) 「조카에게 주는 편지(與甥姪書)」, 『남사(南史)』 「육궐전(陸厥傳)」 참조.
59 【역주】 여덟 가지 다른 재료에 의해서 만들어진 여덟 종류의 악기에서 나는 음. 금(金)・석(石)・사(絲)・죽(竹)・포(匏)・토(土)・혁(革)・목(木).

조화를 통해 청각적 미감을 구현한다는 것이다. 이전 사람들도 어조의 높낮이, 소리의 억양에 대한 자각이 있었지만, 정밀하게 분석하고 명확하게 서술한 영명 연간 때 사람들의 수준에 미치지는 못했다. "「이소」의 작가 이래 이 비밀을 본 사람은 없었다"고 자부하는 것도 결코 과하지 않다. 성률설聲律說의 출현은[60] 남조南朝문학의 '새로운 변화'이자 중국 변려문과 율시의 발전에 막대한 영향을 미쳤다. 따라서 주옹周顒과 심약 등이 만들어낸 새 학설이 미친 공헌을 과소평가해서는 안 된다.

변려문의 음운 중시와 성률설의 흥기는 서로 인과관계에 있다. 그러나 표현상의 수식은 문과 필의 구분文筆之分과 밀접한 관련이 있다. 남조 때 변려문이 발전하면서 작가와 선집選集 편집자, 비평가들은 문체를 다시 분석해야 했다. 이전에 운韻의 유무로 문체를 구분하던 방식은 너무 거칠었다. 그래서 "옛날 학문은 두 가지였지만 지금 학문은 네 가지"라는 후기 문필설文筆說이 나왔는데 그 내용은 글은 문文과 필筆, 학술은 언言과 어語로 나눈 것이었다.[61] 운이 없는 '필'을 글의 범위에 포함시킨 것은 '필'이 "깊이 사고하여 사안을 서술하고 표현을 통해 뜻을 드러냈기" 때문이다. 『문선文選』은 바로 이 기준으로 문장을 선별하였다. 변려문의 구절과 청려한 언어로 쓴 것은 '문'이든 '필'이든 모두 문장의 범위 안에 들어갔다. 이러한 새로운 문학 관념으로 문인들은 더욱 수식을 중시

---

60 천인췌(陳寅恪, 진인각)가 『사성삼문(四聲三問)』(『金明館叢稿初編』, 上海古籍出版社, 1980)에서 "불경의 성조를 차용하여 중국 문장의 미화에 활용해서 사성(四聲)이 유행하였다"고 한 유명한 주장에 대해 귀사오위(郭紹虞, 곽소우)는 「성률설고변(聲律說考辨)」(『照隅室古典文學論集』 하, 上海古籍出版社, 1983)에서 이를 보완하고 변증하였는데 참고할 만하다.

61 『문심조룡』 「총술(總術)」; 양원제(梁元帝, 소역(蕭繹)), 『금루자(金樓子)』 「입언편(立言篇)」; 郭紹虞, 「文筆說考辨」, 『照隅室古典文學論集』 하, 上海古籍出版社, 1983.

하게 되었다. "오색이 어우러지는" '색채'는 "팔음이 조화를 이루는" '소리'에 비해 문인들이 더 파악하기 쉬웠으므로 일찍 문장에서 문예미의 중심이 되었던 것이다. 『좌전左傳』에 기록한 사신의 언사言辭와 선진 제자백가의 문장에는 이미 "아름답게 말하고 수식하여 변론하는" 경향이 있었다. 한대의 사부辭賦에서는 더 나아가 『문심조룡』에서 말했던 것처럼 "문장력을 극대화하여 소리와 형상을 곡진하게 그려내었고", "어휘는 반드시 아름다워야 한다"고 주장하여 심지어 "많은 꽃이 가지를 상하게 하는" 지경에 이르렀던 것이다. 탈속적이고 아름다운逸艷 완적, 웅장하고 아름다운壯麗 혜강, 세련된綺練 육기陸機, 화려한繁縟 반악潘岳 같은 위진시대의 문인들은 모두 '색채'에 대한 특별한 관심을 보여주었다. 남조 여러 왕조의 황제들은 온유한 유풍儒風을 중시하고 문장을 좋아했으며 애상哀傷에 젖어 수사적 표현을 뽐냈는데 이것은 유행이 되었다. 변려문은 유행의 선두에 있었다. 유협은 송나라 초기 시단을 서술하면서 "100자나 되는 대구를 짝지어내고 기이한 한 구절을 갖고 시의 가치를 다투었다. 내용은 형상화를 극대화하여 사물을 그려냈고, 표현은 힘을 다해 참신함을 추구했다"고 했는데 이것은 당시의 '문'과 '필'에도 마찬가지로 적용할 수 있었다.

　변려문은 소리나 수식보다 전고隸事가 더 큰 문제점으로 인식되었다. "주제의 유사성을 이끌어내기 위해 사건을 가져오고", "현재의 일을 말하기 위해 옛 일을 가져오는 것"은 매우 오래된 수사법이다. 굴원과 송옥 등의 소騷 작품이 시작이었고 한대의 부 작가들은 더욱 즐겨 사용했다. 그저 여기에 특별히 신경을 쓰지 않았을 뿐이다. 위진 이후 시문에서 전고 사용은 점차 늘어나서, 심지어 모든 구에 빠짐없이 전고를 쓰는 사람도 있었다. 전고를 잘 사용하면 간결한 문장으로 내용을 다 담을 수 있고, 온화하면서 맵시가 있다. 하지만 자질구레한 일들을 모으고 궁벽한 전고를 사용하는 데만 몰두하면 글이 틀에 박히고 생기를 잃을 수 있다. 안연지顔延之, 임방任昉, 왕융王融 등은 "걸핏하면 전고를 사용했고", "폭넓은 소재 활용은 좋았지만 글 자체는 틀에 갇히게 되었다.""글이 책을 베낀 듯하고""표현이 유려하지 않은 점"은 후대 변려문이 불필요한 미사여구라는 문제점을 가지게 될 가능성을 담고 있었다.[62] 다만 당시 사람들이 이런 신기하고 풍부한 방식에 매료된 나머지 "고사 인용을 좋아하여 여기에 얽매일" 수 있다는 점을 눈치채지 못했을 뿐이다.

남조 문장의 "풍부함"은 당시 유서類書의 출현과도 관계가 있다. 유서는 위나라의 『황람皇覽』에서 시작되었지만 비부秘府(황제의 도서관―역자)에 보관되어 일반 문인들은 볼 수 없었다. 양나라 때 유서가 크게 성행하여 유서 편찬에 참여한 문인들이 적지 않았는데, 이것은 작문에 유용했다. 이런 풍토 때문에 문장에서도 참신한 표현을 높게 보지 않았고 전고의 풍부한 활용을 박학하다고 여기게 되었다. 박학을 과시하기 위해 다투어 전고를 사용한 것은 육조 시문의 공통된 특징이다. 시는 이후에 방향을 바꾸었지만 변려문은 끝까지 이러한 경향을 견지했다. 이런 무절제한 전고 사용은 나중에 변려문의 가장 큰 폐해가 되었다.[63]

청대의 손매孫梅는 『사륙총화四六叢話』 권3 「소소小騷」의 소서小序에서 "굴

---

62 종영(鍾嶸), 『시품(詩品)』 「서(序)」; 소자현(蕭子顯), 『남제서(南齊書)』 「문학전론(文學傳論)」; 이연수(李延壽), 『남사(南史)』 「임방전(任昉傳)」 참조.
63 첸중수는 『관추편』에서 이렇게 말하였다. "변려문에는 두 가지 문제가 있다. 하나는 전고로, 지금 일을 대신하여 옛 일을 썼는데 이는 별이 달을 대신하는 격이었다. 또 하나는 변려구이다. 두 개의 구로 내용 하나를 표현하여 중복이 심하였다. 하지만 체했다고 해서 밥을 안 먹을 수 없고, 아이 울음을 그치게 하려고 입을 막아서는 안 되는 법이다."(p.1474)

원의 사詞는 시의 한 부류이자 부賦의 기원이고 고문의 극치이며 변려문의 효시가 아니겠는가?"라고 했다. 소, 부, 변려문을 같은 선상에 놓았을 때 주안점은 이들의 공통점이 아름다운 표현을 통해 화려한 문채를 추구한다는 것이었다. 육조 변려문의 시작이 굴원의 소라는 것은 지나치게 멀리서 가져온 감이 있지만, 양한의 사부가 영향을 미쳤다는 점은 의심할 여지가 없었다. 육조 변려문을 논의할 때에는 강엄江淹의「한부恨賦」와「별부別賦」, 유신庾信의「애강남부哀江南賦」 등을 거론하지 않을 수 없다. 또 변부騈賦와 사부辭賦의 역사적 관련성 때문에 변려문 연구는 양한 시기에서 시작해야만 할 것이다.

한부漢賦의 초기 양상은 굴원의 소와 비슷했다. 다만 운문과 산문이 둘다 있고 가끔 변려문이 섞였을 뿐이다. 가의賈誼의「조굴원부弔屈原賦」와 매승枚乘의「칠발七發」 등이 그런 예이다. 사마상여와 양웅은 대부大賦라는 문체를 완성했는데, 전편에 문예미가 있고 소리가 조화로워서『문선文選』및 후대 변려문 선집 편집자들이 빠뜨리지 않고 수록하였다. 동한의 문장은 미려함을 중시했고 사부도 점차 변려문화되었다. 장형의「귀전부歸田賦」는 글 전체가 대구로 되어 있어서 후대 사람들은 "육조 변려문의 시조"로 평가하였다.[64] 한, 위 시기에 변려문의 형식이 만들어졌다. '부'와 '변려문'은 구성으로 봤을 때 기본적으로 동일했다. 이른바부의 형식이 "삼국, 진나라, 육조에서 다시 변해 대우를 사용하게 되었다"는[65] 말은 하나의 측면에서 당시 주류 문체인 '변려문'의 막강한 파급력을 보여줬을 뿐이다. 본래 수식과 대우를 중시하던 사부만이 아니

---

64 姜書閣,『騈文史論』, 人民文學出版社, 1986, p.223.
65 서사증(徐師曾),『문체명변서설(文體明辨序說)』「부(賦)」.

라 위진 육조의 조詔, 영令, 서書, 교敎, 논論, 소疏 등이 대부분 대우를 사용하였다. 이 유행으로 "글의 평가와 연원을 논하는" 『문부文賦』, 『문심조룡』, 『시품詩品』 등 책들에서도 "아름다운 구절과 깊은 문채가 우러나왔고, 대구와 운치도 함께 드러났다."[66]

변려문의 대구와 소리, 수식, 전고는 모두 문장의 형식미를 살리기 위해 한문의 특징을 최대한 발휘한 것이다. 『남제서南齊書』「문학전文學傳」에서 표방한 "말을 그대로 썼는데 기운이 만들어지는" 것은 변려문의 이상적인 경지였지만 아쉽게도 쉽게 도달할 수 없다. 오히려 『문심조룡』「정채情采」에서 비판한 "지나치게 수식하여 풍아風雅를 내팽개친 것"과 『시품』에서 비웃은 "전고에 얽매여 문채가 심하게 훼손된" 것이 당시 변려문 창작의 공통적인 폐단이 되었다. 변려문을 쓸 때 성운과 수식을 애써 추구하면서도 표현이 내용을 가리지 않을 수 있다면 매우 뛰어난 작품이 나왔을 것이다. "노래할 때 기세가 있고 곡조가 촉급하며 아리따운 수식으로 사람들을 매혹시킨" 포조와 "얽매임 없이 대우를 잘 구사했고" "화려함을 지향하여 발군의 실력을 보인" 강엄, "시대착오" 적이지 않고 "세속적"이지도 않으며 "변려체로도 탈속적 기운을 잃지 않은" 임방은 모두 변려문 특유의 매력을 잘 보여주었다. 명대의 장부張溥는 「한위육조백삼가집제사漢魏六朝百三家集題辭」에서 "전체 변려문을 보면 앞에는 강엄과 임방이 있고 뒤에는 서릉과 유신이 있다. 이들은 모두 생기로 높이 평가받았고 마침내 뛰어난 작가로 인정받았다"고 했다.[67]

---

66 육기, 『문부(文賦)』; 『문심조룡』「여사(麗辭)」 참조.
67 소자현(蕭子顯), 『남제서(南齊書)』「문학전(文學傳)」; 장부(張溥), 『한위육조백삼가집제사(漢魏六朝百三家集題辭)』의 『강예릉집(江醴陵集)』, 『임언승집(任彦昇集)』「서복야집(徐僕射集)」 제사(題辭) 참조.

생기와 규모로만 보면 서릉과 유신이 강엄과 임방보다 훨씬 낫다.

『주서周書』「유신전庾信傳」과 『진서陳書』「서릉전徐陵傳」 그리고 『북사北史』「문원전文苑傳」 등에서는 모두 서릉과 유신을 나란히 "한 시대의 최고 작가"라고 했다. 청대 사람들이 변려문을 논할 때도 대부분 서릉과 유신을 대표 작가로 꼽았다. "사륙문은 육조 때 성행하였고, 유신과 서릉이 으뜸이며", "변려문의 대표는 서릉과 유신으로, 오색이 어우러지고 팔음이 조화를 이루어서, 육조에서 바다같은 존재이자 당대唐代로 가는 교량이라고 할 수 있다"는 것이다.[68] 서릉과 유신은 병칭되었으나 한 사람은 진陳나라에 들어갔고 한 사람은 주周나라에서 벼슬을 하여 오랫동안 남쪽과 북쪽에 떨어져 있었다. 하지만 이것은 그들의 문체가 비슷한 것에 어떤 장애도 되지 않았다. 당시 남과 북으로 사신이 오갔기 때문에 "강좌江左(장강 동쪽—역자)의 문장이 관우關右(동관潼關 서쪽—역자)에 전해졌던 것이다."[69] 그 당시와 후대 사람들은 '서유체徐庾體'를 칭찬하거나 비난했지만, 그때의 주안점은 대구, 소리, 수식, 전고 같은 기술적인 부분에서 변려문에 대해 조예가 있는가의 문제였다. 이런 점들을 제외하고 서릉과 유신의 문장이 가진 최대의 호소력은 "고향을 그리워하고" "흥망성쇠를 탄식할" 때 "통곡과 눈물이 함께 나오는 비통함"이었다.[70]

두보는 "유신의 문장은 나이가 들수록 좋아졌다"고 했는데, 이것은 주로 시에 대한 것이지만 문장에도 적용할 수 있다. 「소원부小園賦」와

---

68 정고(程杲), 「사륙총화서(四六叢話序)」; 허련(許槤), 「육조문혈(六朝文絜)」 참조.
69 陳寅恪, 「讀『哀江南賦』」, 『金明館叢稿初編』, 上海古籍出版社, 1980; 王瑤, 「徐庾與駢體」, 『中古文學史論』, 北京大學出版社, 1986 참조.
70 장부(張溥), 『한위육조백삼가집제사(漢魏六朝百三家集題辭)』에 수록된 「유개부집(庾開府集)」과 「서복야집(徐僕射集)」 제사(題辭) 참조.

「고수부枯樹賦」,「상심부傷心賦」 등은 비애의 감정을 담으면서도 수식에 절제가 있고 "노련한" 가운데 "참신함"이 있어 한때 회자되었던 명편이다. 그러나 진정한 의미에서 천고의 절창으로 꼽을 유일한 작품은 「애강남부」이다.

이 부는 양梁나라의 멸망과 자신의 몰락에 대한 슬픔을 하나로 엮은 것으로, 강남의 흥망성쇠는 이로 인해 더 심금을 울린다. 강릉江陵이 함락된 뒤 사람들이 포로가 되어 장안으로 끌려가는 대목은 전고를 많이 썼지만 강렬한 감정과 굳건한 필치를 드러내는 데 전혀 문제되지 않았다.

> 낙양으로 가는 육기(陸機)와 가족과 헤어진 왕찬(王粲)을 만났더니 농수(隴水) 얘기만 들어도 흐느끼고 관산(關山)을 향해 길게 탄식하였다. 하물며 남편은 교하(交河)에 있고 아내는 청파(清波)에 있구나. 망부석 되어 남편 기다리지만 점점 더 멀어지고, 망자산(望子山) 되어 아들 기다리는 이들 점점 더 많아진다. 대군(代郡)을 그리워하는 재자가인과 청하(清河)를 떠난 공주는 버려졌네. 허양(栩陽)은 이별의 시를 짓고 임강왕(臨江王)도 수심에 겨운 노래를 불렀지. 이제 또 무위(武威)에서 떠돌고 금미(金微)에서 타향살이한다. 반초(班超)는 살아서 돌아가길 바랐고 온서(溫序)는 죽어서도 돌아가길 원했네. 오리 한 쌍처럼 함께 갔던 이릉(李陵)은 돌아가 버리고, 소무(蘇武)의 편지 전할 기러기만 홀로 헛되이 날아가네.

이렇게 "힘든 상황을 나타내는 수많은 표현 중에서 비애만 주조로 한 것"은 이 부의 서문에서 말했듯이 떠돌면서 타향살이하는 자기 신세와 관련되어 있다. "살아서 돌아가기를 바라고" "죽어서도 돌아가기를 원하는" 구절에 담긴 공통된 심경으로, 난세에 처해 끌려가는 사람들의 비애를 구현하고 서술하였다. 그래서 이 작품은 다른 글에서 따라올 수 없는 독보적인 울림을 얻게 되었다.

유신과 마찬가지로 서릉도 심금을 울리는 '타향살이 때 쓴 편지'가 있는데, 「북제에서 양복야에게 보내는 편지在北齊與楊僕射書」가 그런 예이다. 훨씬 더 유명하고 깊이와 우아함을 갖춘 「옥대신영서玉臺新詠序」나 「진공구석문陳公九錫文」에 비하면 이 편지는 설리적이면서 서정적이고 화려한 표현 속에 박학한 논변이 있다는 점에서 특징적이다. 후대에 변려문으로 이치와 사안에 대해 논할 수 있는지 논쟁할 때 변려문을 지지하는 사람들은 늘 이 글을 성공한 예로 들었다. 전반부에서는 제나라 사람들이 표현을 제대로 구사하지 못한 여덟 가지 이유에 대해 논박했는데, 깊이가 있고 정밀했으며 논리적으로 판단했다. 마지막 부분에서는 감정에 호소하였는데 비분한 감정을 억누르고 감회를 드러내었으며, 완곡한 가운데 풍류를 담고 있었다.

세월은 유수(流水) 같으니 인간의 삶은 얼마나 되겠습니까? 새벽에 기러기를 보며 마음은 강회(江淮)에 이르고, 저녁에 소몰이꾼을 보며 감정이 양월(揚越)로 달려갑니다. 아침에는 슬픔으로 가득차 흐느끼고 밤에는 복잡한 심정이 되어 애가 탑니다. 내가 살아있는 상태인지 아니면 죽은 상태인지 알 수가 없습니다. (…중략…) 만약 하늘이 있다면 가엾게 여길 것입니다. 우리가 굳이 제나라 수도에서 죽어서 조나라와 위나라의 흙이 되고 유주(幽州)와 병주(竝州)에 뼛조각을 더할 필요가 어디 있겠습니까? 마침내 동평(東平)의 아름드리나무를 보면 늘 한(漢)나라를 향한 비애를 품고, 서락(西洛)

의 외로운 무덤을 보면 그리운 고향 꿈이 생각납니다. 기도가 계속될수록 비통함은 깊어갑니다. 서릉이 고개 숙여 인사드립니다. 재배(再拜).

이 구절은 솔직한 감정 토로에 가깝다. 상심한 부분이므로 수식할 겨를이 없었지만 오히려 감정과 운치가 더 잘 드러난다.

남조南朝 문장에는 변려문이 많다. 편지나 공문서조차 '천지'의 '음률'을 중시하였다. 이렇게 수식과 소리를 신경써서 추구한 결과 변려구를 사용하지 않은 학술 관련 문장에도 영향을 미쳐 가끔 예상치 못한 좋은 문장이 나왔다. 성률설을 주장한 심약沈約이라고 해도 자신이 쓴 『송서』에서는 "문장력을 발휘하거나" "음조를 다채롭게 하고 높낮이를 조화롭게" 할 수 없었다. 그러나 심혈을 기울여 쓴 산문에는 여전히 멋진 표현이 있다. 예를 들어 「도잠전陶潛傳」에서는 「귀거래歸去來」를 실천한 뒤의 '정절거사靖節居士'를 이렇게 묘사하였다.

지난 9월 9일에는 술이 없어서 집을 나와 근처 국화 떨기 속에서 한참을 앉아 있었다. 마침 왕홍(王弘)이 술을 보내와 곧바로 따라 마시고 취해서 돌아갔다. 도잠은 음악은 잘 몰랐지만 집에 줄 없는 거문고를 두고 주흥에 오를 때마다 거문고를 어루만지며 자신의 심정을 담았다. 귀천을 막론하고 찾아오는 사람에게는 술이 있으면 술상을 차려주었다. 도잠이 먼저 취하면 손님에게 "취한 나는 잘테니, 그대는 가도 좋소"라고 하였다. 이렇게 진술하였다.

이러한 필치와 정감은 『세설신어世說新語』와 유사하다. "아침에 안개

끼고 저녁에 아지랑이 피어오를 때, 봄에 햇살 내리쬐고 가을에 그늘 드리울 때, 책을 펼쳐놓고 글을 지으며 술상을 차려놓고 거문고를 탔다"나 "곧은 지조를 견지하며 도를 편히 여기고, 절개를 지키며 농사일을 부끄러워하지 않고, 돈이 없다고 걱정하지 않았다" 같은 변려문의 구절에 비하면 훨씬 생기가 가득하다.[71]

육조의 학술 관련 저서나 짧은 서찰에도 소탈하고 여운이 있는 작품이 있다. 그러나 이것은 문학의 변천에 따른 것이지 당시 변려문에서 벗어나려고 했던 유파가 있었던 것은 아니다. 『북사北史』 「문원전文苑傳」에서 "강좌江左(장강 동쪽—역자)는 음조가 높고 맑고 아리따운淸綺 것을 중시한다. 하삭河朔(황하 이북—역자)의 문장은 내용이 굳건하고 기질이 중요하다"라고 한 이후 후대 사람들은 남쪽과 북쪽의 문장이 어떤 차이를 가지는지 담론하기를 좋아했다. 이 설에는 의문의 여지가 있다. 당시 정말 하삭에서 자란 문인은 글을 쓸 때 남조를 따라하는 데 주력하였지만 괜찮다고 할 만한 글은 거의 없다. 반면에 남쪽을 떠나 북쪽으로 간 유신 같은 사람들은 "고향에 대한 그리움"으로 "비애가 주조였고" 경험이 쌓이면서 학문이 깊어가고 굳센 필치로 거침이 없었는데, 이것을 북조 문풍의 대표적 사례라고 보는 것은 억지스러운 감이 있다. 『수경주水經注』, 『낙양가람기洛陽伽藍記』, 『안씨가훈顔氏家訓』을 통해 북조의 문장이 질박했다는 것을 논증하는 것은 더 말이 안 된다. 학술 관련 글은 원래 문장의 수식을 추구하지 않는다. 어떻게 타고나기를 "질박함이 중요한" 이

---

71 안연지(顔延之), 「도정사뢰(陶征士誄)」.; 소통(蕭統), 「도연명집서(陶淵明集序)」 참조. 소통은 「도연명전(陶淵明傳)」도 썼는데 기본적으로 『송서』 「도잠전(陶潛傳)」의 내용을 그대로 수록한 것이다. 다만 "지난 9월 9일에 집을 나와 근처 국화 떨기 속에 앉아 있었는데 한참이 지나자 손에 국화꽃이 가득했다" 구절로 조금 바꾸었는데 훨씬 운치가 있다.

런 글을 통해 "문예미가 강한" 남조 변려문을 부각시키거나 심지어 조롱할 수 있겠는가.

4. 산수와 기유紀遊

한, 위, 육조의 문장에는 문체상 사부에서 현언, 다시 변려문으로 변하는 것 외에도 또 다른 측면에서 주목해야 할 전개 양상이 있다. 바로 산수의 발견과 기유紀遊문학의 흥기이다. 산수와 기유는 관련도 있고 차이도 있다. 산수는 산천의 아름다움이 중요하고 기유는 여행자의 유람이 부각된다. 무엇보다도 산수는 시와 그림과 관련이 깊고 기유는 역사서와 지리서, 소설과 가깝다. 후대의 유기遊記에도 문인의 유람과 학자의 유람은 차이가 있다. 이 둘을 완전히 분리하기가 어렵기는 하다. 산수 감상과 유람 기록이 결합한 글은 미적 안목을 담게 되었고 동시에 서술의 관점과 여정을 보여줄 수 있었다. 이것이 바로 기유문학의 형성에 있어 관건이 되는 것이었다.

'산수 관련 시문'에 대해 첸중수는 세 단계로 분류하였다. 첫 단계는 형상과 산물, 그 다음 단계는 전원에 가까운 산수, 마지막 단계는 부분에서 전체로 확장된 것이다.[72] "형상과 산물을 서술했다"는 것은 도시의 건축물과 해와 달, 산천을 나열한 양한 사부를 가리킨다. 그 당시 부작가들은 광대한 형상意象과 화려한 표현에 심취한 나머지 자연 풍광의

---

72 錢鍾書, 『管錐編』, 中華書局, 1979, p.1037.

감상에 집착하지 않았다. '전원에 가까운 산수'는 낙심한 고위 관료나 당시 현달하지 못한 문사들에게서 시작되었는데 한대 말엽에 벼슬에서 물러나 전원에 은거한 중장통 같은 사람은 어떤 정신적 위안을 얻고 싶었던 것이지 진짜로 "산수를 좋아하여" 구석진 승경지를 찾아다닌 것이 아니었다. 진晉나라 사람들이 비로소 진정한 의미에서 산수에 심취하였다. 이른바 "노느라고 이틀 밤을 묵으면서 자기도 모르게 돌아가는 것을 잊었다. 눈으로 보는 것은 모두 처음 보는 것들이었다. 이렇게 기이한 장관을 보아 즐거웠으니 산수에 영혼이 있다면 천고千古의 지기知己를 만난 것에 놀랄 것이다."[73] 산수의 형상화는 예전에도 있었다. 다만 이렇게 눈으로 본 것을 마음으로 감상하고 지기를 만난 것에 경탄하는 이런 정신적 경지와 문학적 표현은 진晉나라와 송나라 이전에는 없었다. 그래서 첸중수는 산수가 "부분에서 전체로 확장된" 시기를 동진東晉이라고 판단했던 것이다.

인류는 옛날부터 대자연 속에서 생활했기 때문에 산수에 대해 아무 느낌이 없지는 않았을 것이다. 제자백가의 문장에서도 산수에 대한 기록이 있다. 공자는 "지혜로운 사람은 물을 좋아하고 어진 사람은 산을 좋아한다", "기수에서 목욕하고 무우에서 바람을 쐰 뒤 노래를 부르며 돌아오리라"라고 했는데 이것은 모두 산수에 대한 남다른 관심을 보여준다. 도가道家에서는 "도는 자연을 본받는다"라고 주장했고 글을 쓰면서 자연에 대한 내용을 즐겨 넣었다. 다만 선진시대 제자백가들은 산수를 이야기할 때 대체로 비유의 수법을 사용했다. 때로는 산을 보면서 도

73 유의경(劉義慶), 『수경주(水經注)』 권34의 서릉협(西陵峽) 관련 서술 참조. 내용을 살펴보면 원숭(袁崧)의 「의도기(宜都記)」에서 나온 것이 아닌 듯하다.

를 밝혔고 때로는 물소리를 들으면서 흥을 촉발하였다. 때로는 인격의 상징으로 삼기도 했고 때로는 어떤 이상적인 삶으로 표현하였다. 그래서 산수 본연의 아름다움을 진지하게 감상하기 어려웠고 산수의 형상을 공들여 묘사하지도 않았다.

한대 부 작가들은 산수 묘사에 뜻이 있었다고는 하지만 그것도 궁궐과 동산, 도성을 돋보이게 하는 부속물이었을 뿐 독립적인 미적 형태를 갖추지는 못했다. 보조적 위치에 있던 산수에 대해 "곡강曲江에서 파도를 본다" 같은 놀라운 표현을 한 매승枚乘의 「칠발七發」은 보기 드문 작품이다. 그런데 매승도 이 "천하의 괴이한 풍경"을 이치를 설명하는 도구로 삼았을 뿐이었다. 산수를 묘사한 부 작가들은 대부분 "어디에 사용해도 들어맞는" 여러 형용사를 나열하는 정도였다. 진晉나라 때 강과 바다의 묘사에서 쌍벽을 이루는 목화木華의 「해부海賦」와 곽박郭璞의 「강부江賦」에 이르렀을 때도 기세는 웅혼하고 표현은 화려했지만 독자적인 개성은 결여되어 있었다. 「해부」와 「강부」, 「설부雪賦」, 「월부月賦」 같은 작품에서 주목했던 것은 구체적인 해, 달, 산과 시내, 강과 호수, 바다가 아니라 추상적인 것들이었다. 이것은 문체 자체의 제약 때문이기도 했지만 또 다른 잠재적인 요인이 있었다. 그 잠재적 요인이 바로 부 작가들이 여전히 "산수에 영혼이 있다"고 인식하지 않았으며 또 천고의 지기라고 여기지 않았다는 것이다.

장형의 「귀전부歸田賦」는 "강물에 낚싯대를 드리운 것"을 노래하면서 전원을 "군주를 보좌할 명철한 지략이 없는" 사람이 가기에 가장 좋은 곳으로 여기기 시작하였다. 중장통은 여기에서 더 나아가 장군과 재상의 대업을 방기하고 오로지 전원의 풍광만을 담았다. 「낙지론樂志論」의

이 단락은 완정한 글은 아니지만 상당히 정확하게 중국 문인들의 이상적인 삶을 표현하여 오랫동안 전송되었다.

거처에는 좋은 전답이 있는 넓은 집을 짓는다. 배산임수 지형에 연못을 파서 빙 두르고 사방에 대나무를 심는다. 앞에는 채마밭이 있고 뒤에는 과수원이 있다. 배와 수레가 있어 수고롭게 걸을 필요가 없고, 노복들이 있어 몸소 일하지 않아도 된다. 좋은 음식으로 부모님을 봉양하고 아내와 자식들은 일할 필요가 없다. 벗들이 찾아오면 술상을 차려 놓고, 좋은 계절과 길일에는 양과 돼지를 삶아 사람들을 먹인다. 전답을 거닐고 숲에서 놀다가 맑은 물로 씻고 시원한 바람을 쐬며 잉어를 낚고 기러기를 사냥한다. 무우(舞雩)에서 시를 읊고 고당(高堂)에 와서 노래를 부른다. 안방에서 편안한 마음으로 노자의 현묘한 도를 생각하고 호흡으로 정기를 조절하여 지인(至人)처럼 되려고 노력한다. 달관한 사람 몇 명과 도를 논하고 책을 강론하며 세상사를 굽어보며 여러 인물들을 품평한다. 「남풍(南風)」의 우아한 곡조를 연주하고 「청상(淸霜)」의 오묘한 곡을 부른다. 세상을 벗어나 소요하며 천지 사이를 굽어본다. 당시의 책무에 신경 쓰지 않고 영원한 삶을 기약한다. 이럴 수만 있다면 하늘로 올라가 우주 밖으로 나갈 수 있을 것이다. 어찌 제왕의 가문이 부럽겠는가?[74]

이렇게 뜻을 말할 때의 목표는 "안빈낙도"가 아니라 "부귀하고 여유

---

74 유의경(劉義慶), 『전상고삼대진한삼국육조문(全上古三代秦漢三國六朝文)』, p.956에서 발췌함. 편자는 이 글이 『창언(昌言)』 「자서(自敍)」에서 나온 것이라고 의심하고 있으나 이유가 충분한 것은 아니므로 현재의 학설을 따른다.

로운 사람"이 되는 것이다. 그런데 궁궐에서 멀어진 중국문인이 대자연 고유의 정취를 가까이에서 구현하기 시작한 것은 중국문학사에 엄청난 영향을 미쳤다. 이때에 이르러 문인과 산수는 진정한 의미에서 하나로 융합되었다.

전원은 문인들이 산수를 감상하는 데도 유리하지만, 은거에 더 적합하다. 하지만 한 곳에만 갇혀 있으면 대자연의 천태만상을 제대로 깨닫기 어렵다. 만약 도연명처럼 "만나면 잡담 없이, 뽕나무와 마가 자란 것만 말하거나", "동쪽 울타리에서 국화를 꺾고, 여유롭게 남산을 바라본다"면, 시인의 마음이 아무리 드넓다고 해도 산수의 오묘함을 제대로 전달하기를 어려울 것이다. 은둔에서 유람으로 바뀌어야만 대자연의 아름다움을 충분히 드러낼 수 있다. "산음으로 가는 길에서" "고금의 사람들이 모두 말한" "산천의 아름다움"이 있었기에 "사람들이 눈을 떼지 못하게" 할 수 있었다.[75] 위진 문인들이 산수를 좋아하고 멀리 유람하는 것을 좋아했던 것은 기유문학이 성립할 수 있었던 핵심 요소가 되었다. 다만 '기유'가 문학 전통이 된 것에는 주목할 만한 또 다른 연원이 있다.

굴원의 「섭강涉江」과 「애영哀郢」이 기유문학의 시초라면, 한부漢賦 중에서 언젠가 명산대천을 유람한 일을 기록한 「남해부覽海賦」(반표班彪), 「볼계부祓禊賦」(두독杜篤) 등은 이미 기본적으로 기행과 경물 묘사, 서정을 융합한 것이라고 할 수 있다. 격동기였던 한·위 시기에 정주定住하지 못한 문인들은 "이 누대에 올라 사방을 바라보고, 시간이 날 때 우울함을 달래기"를 좋아하게 되었으므로 이런 상황에서 「등대부登臺賦」와 「유관부遊觀

75 유의경, 『세설신어(世說新語)』「언어(言語)」; 도홍경(陶弘景), 「답사중서서(答謝中書書)」 참조

賦」, 「술행부述行賦」 같은 다양한 작품들이 나왔다. 조조, 조비, 조식 및 건안칠자建安七子 등은 모두 이런 작품들을 썼는데, 특히 비범한 재능의 소유자였던 진사왕陳思王 조식曹植이 가장 특출났다. "높은 성에 올라 사방 연못을 바라보고, 장강에 가서 멀리 가는 길손을 전송하네", 「오빈부娛賓賦」의 "여름날 무더위를 못 이겨, 청량한 곡관曲觀에 놀러갔네", 「감절부感節賦」의 "친구들과 함께 유람하며, 원하는 모든 걸 이루었다"가 그런 예들이다.

부 작가들이 유람에 대해 쓴다고 해도 많은 경우 높은 곳에 올라 노닐고 사방을 유람하는 것은 "흥을 일으키는 것" 정도였다. 그래서 유람했던 구체적인 시간과 장소를 언급할 필요가 없었다. 같은 경치라고 하더라도 계절에 따라, 아침저녁에 따라, 맑을 때와 눈 올 때에 따라 풍경이 전혀 달랐다. 강남과 강북, 산동, 산서는 말할 필요도 없을 것이다. 예외도 있었다. 조식의 「절유부節遊賦」는 이런 유람을 "개성적"으로 변모시켰다.

음력 2월이 되니 온갖 꽃이 피고 푸른빛이 싱그럽다. 파란 잎과 불그스름한 줄기, 대숲과 초봄의 파, 꽃을 피운 진귀한 과실나무들. 봄바람 불어 새들이 지저귀고 물결이 일어 물벌레 소리가 난다. 날씨는 온화하고 만물이 소생하는 이때를 즐긴다. 마침내 일산을 펴고 화류마를 타고 벗들에게 알려 함께 길을 나선다. 시를 음송하며 수레를 타고 유람을 떠나 북쪽의 동산에 가서 말을 달리니 나는 듯 하여 근심이 풀린다.

유람하면서 본 경관을 묘사한 뒤 마지막에는 "술자리를 파하고 벗어 둔 옷을 입은 뒤 집으로 돌아가자고 한다"로 끝맺는다. 이 부는 이미 완성된 '유기'라고 볼 수 있다. 자연 풍광도 정태적인 서술에서 동태적인 묘사로 바뀌었다.

"유람"을 통해 "산수의 아름다움"을 충분히 드러냈으므로, 공치규孔稚圭가 「북산이문北山移文」에서 "노을이 외롭게 비치고, 밝은 달만 떠 있었다. 푸른 소나무 그늘을 드리우니, 흰 구름은 누구와 벗하랴"와는 다른 경지를 보여 주었다. 공치규가 "외롭게 비치고" "홀로 떠 있다"고 했을 때 착안점은 '은둔'이었다. 그러나 내가 보기에는 '유람'은 동시에 밝은 달과 노을, 흰구름과 푸른 소나무에 대한 위로이기도 하다. 그리하여 그들이 "적막한 산을 그동안 누가 감상했으리" 같은 상태에 놓이게 하지 않았던 것이다. 이와 동시에 '유람'은 서사의 얼개가 되었고, 이를 통해 문인들은 점차 자각하게 된 "산수의 아름다움"을 충분히 표현할 수 있었다. 이것이 바로 진정한 의미에서 문학 양식으로 자리 잡은 유기의 모습이다. 다만 '기유'를 빌어 산수를 묘사해도 문체의 연원이 다른 이상 다양한 양상을 보이게 되었다.

먼저 산수에 대해 집착 수준이었던 진나라 사람들로 논의를 시작할 것이다. 진나라 사람들의 전기傳記를 보면 산수를 좋아하고 유람을 즐겼다는 기록이 자주 나온다. 『세설신어』에 나오는 산수와 관련된 많은 이야기들은 진나라 사람들의 풍격과 운치가 자연 풍광의 감상과 내재적 관련이 있음을 잘 보여주고 있다. "산음山陰의 길로 걸어가노라면 산과 강이 어우러져 눈을 뗄 수가 없었다. 특히 가을에서 겨울로 넘어갈 무렵이면 그때의 마음을 표현하기 어렵다"는 구가 오랫동안 회자된 이유는 인간이 대자연과 교감하면서 얻은 큰 감동을 담아내고 있기 때문이다. 쭝바이화宗白華(종백화)가 "진나라 사람들은 밖에서는 자연을 발견했고, 안에서는 자신의 깊은 감정을 발견했다"는[76] 말 그대로이다. 경물과 정신이 합일된 가장 좋은 예가 바로 당시 점차 성숙되고 있던 경물 묘사문이었다. 진나라 사람들은 "구석진 바위에 생각을 모으고 긴 시냇물을 낭랑하게 읊었는데", 처음에는 당시 정권에 영합하지 않겠다는 정치의식을 담고 있었다. "조정에 수레를 타고 나가면 마음이 움츠러들었다가, 전원을 산보하면 마음이 확 트이기" 때문에 "여러 차례 산수로 우울한 마음을 형상화했던" 것이다.[77] 그런데 산수의 매력 자체가 민감하고 다정했던 여러 명사들을 곧바로 사로잡았던 모양인지 산수를 통해 조정에 저항하거나 현언의 의미를 드러내는 경향은 점차 사라졌다.

사령운謝靈運의 유람은 아마도 여러 문인 중에서 가장 호방할 것이다. 『송서』「사령운전謝靈運傳」에는 그가 "산과 강 근처에 별장을 지어 유거幽居의 극치를 보였고", 수백 명의 종자從者를 이끌고 "나무를 잘라 길을 만들어" 산에 올라 관아에서 산적이 나타난 줄 알고 크게 놀랐던 일을 기록했다. 사령운이 "마음대로 사방을 누빈 것"도 전언에 따르면 "지방관으로 나갔지만 뜻을 펴지 못했기" 때문이라고 한다. 그러나 나는 이런 견해에 회의적이다. 사령운의 『유명산지遊名山志』에는 분명히 "진정한 즐거움은 화려한 집에 있는 법, 바위를 베개 삼고 흐르는 물로 양치하는 자들에게는 큰 뜻이 없다"라는 설에 대해 반박할 가치도 없는 '속설'이라고 치부하면서 자신의 이상적인 삶을 이렇게 서술했기 때문이다.

> 의식(衣食)은 생존에 필수적인 것이고, 산수는 성정이 향하는 것이다. 지금은 마음의 지향을 품은 채 일상에 얽매여 있을 뿐이다.

---

76 宗白華, 「論「世說新語」和晉人之美」, 『美學與意境』, 人民出版社, 1987, p.189.
77 손작(孫綽), 「천태산부(天台山賦)」·「삼월삼일난정시서(三月三日蘭亭詩序)」 참조.

산수에 대한 "일편단심"은 「산거부山居賦」에서 더 잘 드러나 있다. 이 부에서 그는 "수도의 궁궐, 사냥, 성색의 성대함"에서 자신을 쫓아낸 뒤 "산야의 초목, 산수, 농사일"을 선택했는데, 이것은 당연히 정말 "재주 가 옛 사람만 못해서"가 아니라 "속세 밖에 마음을 둘" 생각이어서였다. 똑같이 산수를 묘사해도 사령운은 부보다 확실히 시를 잘 썼다. 그러나 「산거부」의 자주自注는 "산과 바위, 대숲의 아름다움과 산봉우리와 바위 의 멋진 형상"을 다 그려냈고, 또 변려문과 산문 구절이 혼재하며 청려淸 麗한 문장이므로 독립적인 유기로 읽어도 무방하다.

진정한 의미에서 '유기'의 시작은 동한東漢 때 마제백馬第伯의 「봉선의 기封禪儀記」로 잡을 수 있을 것이다. 이 글은 "건무建武 32년(56)에 수레를 타고 동쪽을 순수巡狩하였다"로 시작하여 자신이 한 광무제光武帝를 따라 태산에 올라가 하늘과 땅에 제사를 지내는 봉선대례封禪大禮에 참여했던 일을 기록하였다. 그중에서 먼저 산에 올라 길을 검사하는 단락은 매우 잘 썼다. 처음에는 말을 탔지만 나중에서 걷기도 하고 말을 타기도 했는 데, 중관中觀에 이르면 말을 두고 등산해야 해서 얼마 못 가 "억지로 걸 음을 옮기는" 상황이 된다. 이렇게 힘들게 가면서도 선발대로서의 책무 를 잊지 않고 주변 경관에 대해 세밀하게 묘사하였다.

바위와 소나무를 올려보니 울창하여 구름 속에 있는 듯했다. 계곡을 굽어보니 돌이 많아서 깊이를 알 수 없었다. 천문(天門) 아래에 이르러 천 문을 올려보니 마치 동굴에서 하늘을 보는 것 같았다. 올라가는 7리 길은 구불구불해서 '환도(環道)'라고 부르는데 많은 곳에 동앗줄이 있어 그것 을 잡고 오를 수 있었다. 두 종자가 부축하고 앞 사람이 끌어주었다. 뒷사람은 앞사람의 발밑을 보고 앞사람은 뒷사람의 정수리를 보며 걷는 모습이 마치 수많은 인파를 그린 그림 같았다. 이른바 "가슴을 짓누른 채 바위를 들고서 하늘에 올라가는 것처럼 험난했다."

이 '답사 보고'는 표현은 질박하지만 묘사 만큼은 생동감이 넘쳐 당시 열거하고 수식만 했던 대부大賦보다 훨씬 묘미가 있다. 이 글은 오랫동안 관심을 끌지 못했다. 남송南宋의 홍매洪邁가 『용재수필容齋隨筆』에서 『한관의漢官儀』를 인용하여 정교하다고 극찬한 다음에야 후대 사람들은 이 작품의 핍진한 묘사를 찬양했고 역대 잡기와 기유 중 최고작이라고 추앙하였다.[78]

풍토지風土志와 구분되는 유기의 차별점은 산수 안에 사람(서술자)이 있고 개성이 있으며(감상자의 안목이 다르므로), 반드시 여정에 따라 경관이 자연스럽게 등장해야 한다는 것(서사의 시각이 제한되어 있으므로)이다. 여산廬山에 대한 두 편의 문장을 비교해 보면 이 점을 쉽게 알 수 있을 것이다. 동진東晉의 고승 혜원慧遠이 쓴 「여산기廬山記」는 산천의 풍물도 묘사했지만 또 "때로는 큰 바람이 바위를 흔들어 소리가 골짜기를 울리면 여러 소리가 한데 울려 퍼져 그 소리에 놀랐다" 같은 예상치 못한 상황도 서술했다. 이 부분에 대해 이 글에서 감상하는 인물이 드러나지 않았기 때문에 논의를 펼쳐나가지 못한 점은 아쉽다. 반면 여산의 여러 도인道人들이 쓴 「유석문시서遊石門詩序」는 전혀 다르다. 이 글은 어느 날 혜원이 여러 승려를 데리고 유람한 일을 기록한 것이다.

78 陳衍, 『石遺室論文』 권2, 無錫國學專修學校, 1936, p.31; 錢鍾書, 『管錐編』, 中華書局, 1979, pp.996~997 참조.

석법사(釋法師, 혜원)는 융안(隆安) 4년(400) 음력 2월, 산수를 음영하려고 지팡이를 짚고 나섰다. 이때 취향이 같은 30여 명이 함께 훌쩍 새벽에 길을 떠났는데 서글픈 마음에 홍이 더했다. 숲과 골짜기는 깊었으나 길을 헤쳐 전진했고 험한 바위를 디뎌야 했지만 즐거운 마음에 편안하였다. 석문에 도착한 뒤에는 나무와 덩굴을 잡고 매우 험한 벼랑을 지나면서 서로 손을 잡아 이끌어 준 다음에야 끝까지 갈 수 있었다. 바위에 올라 승경을 감상하면서 아래를 자세히 보자 그제야 칠령(七嶺)의 절경이 이곳에 모두 모여 있음을 알게 되었다.

관례상 글의 마지막 부분에서 "은자의 깊은 관찰력을 깨닫게 되었고 영원한 산수의 실상을 알게 되었다. 이런 정신과 정취가 어찌 산수뿐이랴"로 끝맺었지만, "이날 여러 사람들은 감격에 겨워 오랫동안 바라보았다"라고 한 것을 보면 산수는 그날 산을 유람했던 여러 승려들에게도, 후대의 독자들에게도 중요한 대상이었던 것이다. 현언이 점차 쇠퇴하면서 산수가 나날이 중요한 위치를 차지하게 되었다. 이런 문학 발전의 경향은 고승의 시문에도 선명하게 반영되었다. 이런 의미에서 유협이 "노자와 장자가 물러나고 산수가 흥기했다"고 한 판단 자체는 정확했다. 후대에 노자와 장자를 논하면서 이들이 물러난 것이 아니라 산수의 형태로 나타났다고 보는 주장은 기껏해야 유협의 주장을 보완한 정도였다.[79]

유람을 기록하거나 산수를 묘사한 편지는 본격적인 유기遊記와는 또 다르다. 마음대로 써내려가지만 그 속에는 아름다운 구절이 매우 많다. 완곡

---

79 『문심조룡』「명시(明詩)」; 王瑤, 「玄言·山水·田園」, 『中古文學史論』, 北京大學出版社, 1986 참조.

하게 마음을 드러내는 부분에서는 더욱 그 뜻이 깊다. 물론 이것은 남조 문인이 변려문에 심취했고 강남 산수가 워낙 아름다웠던 것과 관련이 있다. 포조의 「대뢰안에 올라 누이에게 보내는 편지登大雷岸與妹書」와 도홍경 陶弘景의 「사중서에게 보내는 답장答謝中書書」도 잘 썼지만, 오균吳均의 「송 원사에게 보내는 편지與宋元思書」가 훨씬 참신하고 정취가 넘친다.

> 바람이 멎고 안개가 걷히자 하늘과 산이 온통 푸르렀다. 물결을 따라 정처 없이 돌아다녔다. 부양(富陽)에서 동려(桐廬)까지 백여 리에 이르는 길은 산수가 빼어나고 이채로워 천하의 절경이었다. 물은 온통 푸른색이고 깊은 바닥까지 보였다. 물고기와 작은 돌까지 또렷하게 보였고 급류는 쏜살처럼 흘렀고 센 물결은 내달리는 듯했다. 양쪽 기슭의 높은 산에는 모두 상록수가 산세를 타고 높이 자라 우뚝한 모습이었고 저마다 곧게 뻗어 천백 그루로 봉우리를 이루고 있었다. 샘물은 바위를 치며 졸졸 소리를 내고 새들은 지저귀며 쩍쩍 노래를 불렀다. 매미는 끊임없이 울었고 원숭이도 연이어 계속 울어댔다. 하늘을 호령하는 매는 산봉우리를 바라보며 마음을 놓고, 세상을 다스리는 사람들은 골짜기를 구경하며 돌아갈 것을 잊었다. 가로 지른 나뭇가지가 하늘을 가려 낮에도 어두웠고 성긴 가지가 교차하여 가끔 해가 보였다.

현전하는 오균의 책 세 권은 모두 산수 묘사가 장점이다. 첸중수는 그의 책을 역도원酈道元의 『수경주水經注』에 견주면서 "실로 유종원柳宗元 이래 구체적이면서 세밀한 유기"라고 평가했다. 첸중수가 인용한『수경주』에서 경물을 묘사한 글은 기존의 글을 가져온 것이 많아서 역도원이 "만들어낸 글"이 아니다. 그러나 남조의 문인과 북조의 학자들이 경물을 묘사한 글을 쓸 때 "약속한 것도 아닌데 언제나 한 사람의 손에서 나온 것 같았다"고 한 비유는 그 자체로 흥미롭다.[80] 이 비유는 최소한 산수에 대한 감상과 표현이 이미 남북조 독서인 모두가 갖춘 문화적 소양이라는 점을 나타내고 있다.

역도원이 『수경주』를 썼을 때에는 문장이라는 의식이 없었지만, 시간이 흐른 뒤에는 예상 외로 문학사가들이 꼭 언급해야 하는 책이 되었다. 역도원은 「수경주서水經注序」에서 "어렸을 때 나에게는 산을 돌아다니는 취미가 없었고, 성장해서도 탐사하는 기질은 없었으므로", 여기에서 "개울과 하천에 대한 내용을 널리 수집했어도" 기본적으로는 탁상공론에 불과하다고 썼다. 그러나 이 책은 160여 종에 달하는 기존의 저술을 인용했기 때문에 이 안에는 문채가 빼어난 풍토지와 여행기, 산수지, 박물지 등이 들어 있다. 이런 글의 영향을 받아 역도원 자신의 와유臥遊도 필력이 빛을 발한다. 『수경주』 권34에 "파동삼협巴東三峽의 무협巫峽은 길기만 하다"는 늘 문학사가에게 인용되었다. 사실 권4에 있는 황하 중류의 지주砥柱를 묘사한 부분도 매우 잘 썼다.

지주에서 오호(五戶)까지는 120리이다. 강물 위로 솟아 오른 바위는 육지까지 이어졌다. 아마 우(禹)임금이 물길을 뚫어 통하게 한 것도 이렇게 물길을 막는 곳이 있어서일 것이다. 산은 깊숙한 곳에 있지만 여전히 가로막아 급류는 바위를 치며 휘감아 돌고 물살이 사나워 위로 솟구치니

---

80 錢鍾書, 『管錐編』, 中華書局, 1979, pp.1456~1457 참조.

모두 19개의 여울이 있다. 물살이 빨라서 기세가 삼협 같아 배들이 파손되었기에 예전부터 걱정거리였다.

위로는 지명의 내력을 고증하고, 아래로는 황하의 피해와 치수를 기록하였는데, 여기에서는 황하 물길과 흐름에 대한 서술만 가져왔다. 물론 지리학자로서 역도원은 모든 산수를 다 기록해야 했기 때문에 표현의 중복을 피하기는 어려웠을 것이다.

『사고전서총목제요四庫全書總目提要』 권70에서는 양현지楊衒之의 「낙양가람기洛陽伽藍記」를 언급하면서 이렇게 말했다. "그 글은 내용이 풍부하고 표현이 좋아서 번다하기는 해도 질리지 않아 역도원의 『수경주』와 어깨를 나란히 할 수 있다." 후대 문학사가들도 언제나 양현지와 역도원의 글을 함께 논했다. 그러나 내가 보기에 두 사람의 글은 차이가 크다. 한 사람은 도시를, 다른 한 사람은 산수를 서술했고, 한 사람에게는 추억이었고 다른 한 사람에게는 와유였다. 무엇보다 양현지는 흥망성쇠에 감개가 있어 옛 일에 대한 이야기를 모았고, 절에 대해 서술할 때에도 신괴한 이야기를 많이 넣었으므로 중국소설의 발전과 밀접한 관련이 있다. 그래서 이 부분은 소설사에서 따로 논하려고 한다.

주목할 부분은 『수경주』의 서두에서 『법현전法顯傳』을 다수 인용하고 있다는 점이다. 『법현전』은 또 다른 맛이 있는 여행기이다. 현전하는 송판宋板 『법현전』은 "동진 사문 법현이 인도를 다녀온 일에 대해 손수 기록한 글東晉沙門法顯自記遊天竺事"이라는 제목도 가지고 있다. 이 제목이 훨씬 더 이 책의 장르적 특징을 보여준다. 불법을 얻으러 서쪽으로 다녀오는 데 걸린 시간이 17년이고 거쳐간 곳이 30개국이었다. 4세기 초 중국과 서역의 교통을 감안하면 그 자체가 기적이었다. 법현은 중국으로 돌아온 뒤 손수 자신의 "위험천만한 일들"을 "사실에 근거하여 서술하였다" 현전하는 판본이 법현 자신이 쓴 것을 엮은 것인지, 아니면 구술한 것을 다른 사람이 기록한 것인지에 대해 학계에서는 여전히 논쟁중이지만, 1만여 자의 편폭에 담긴 만 리 길의 원유遠遊를 '자술自述'한 것은 그 자체만으로 문학사에서 한 자리를 차지하고 있다. 저자는 예불禮佛에 전념했을 뿐 글을 쓴다는 의식이 없었고 그래서 자기의 경험을 서술할 때 거의 수식을 하지 않았다. 그래서 생동감이 넘치고 자연스러운 것 같다. 이를테면 사막에서 길을 잃었을 때 "시체의 유골만을 표식으로 삼았다" 같은 장면은, 강남의 "수많은 산들이 빼어남을 다투고 온갖 골짜기 물이 경쟁하듯 흐른다" 같은 경관 묘사가 따라잡을 수 없다. 여기에는 사람의 마음을 뒤흔드는 힘이 있다. 가끔 산수를 묘사할 때에도 필치가 간결하고 굳건하여 무심히 보고 넘길 수 없다.

총령(蔥嶺, 파미르고원)은 겨울은 물론 여름에도 눈이 덮여 있고, 또 독룡(毒龍)이 있어 노하면 독풍(毒風)과 눈비를 토하며 모래와 자갈을 날리므로, 이런 재난을 만나고 살아남은 사람은 아무도 없다. 사람들은 그곳 사람들을 '설산인(雪山人)'이라고 부른다. (…중략…) 이곳에서 산등성이를 따라 서남쪽으로 15일을 갔는데 길은 험하고 벼랑은 위험천만했다. 산에는 돌밖에 없었고 천 길 벼랑이 솟아 있었다. 산에 올라가니 아찔해져서 앞으로 가려고 해도 발을 둘 데가 없었다. 아래에는 신두하(新頭河)라는 강이 흐른다. 옛날 사람들이 바위를 뚫어 길을 내고 옆에 사다리를 놓았는데 대략 700개의 사다리를 건너야 한다. 사다리를 건너면 밧줄로 엮은 구름다리를 밟고 강을 건넌다. 강의 양 기슭 사이 폭은 80보(步)에 못 미친다. 구역(九譯)이[81] 끝나는 곳이니 한대의 장건(張騫)과 감영(甘英)도 모두 이곳까지는 이르지 못했다.

이 단락은 거의 대부분이 『수경주』에 인용되어 있다. 역도원이 중요하게 생각한 것은 당연히 신두하에 대한 기록이었다. 그러나 저자는 문학작품이라는 측면에서 이 둘을 비교해 보는 것도 괜찮다고 생각한다. 법현은 "헤엄치는 물고기를 굽어보니 허공에 떠 있는 것 같았다" 같은 경쾌한 글을 쓰지는 않았다. 그러나 자기의 여행 경험을 서술할 때의 '현장감'은 "산을 돌아다니는 취미는 없었던" 역도원이 도달할 수 없는 경지였다.

---

81 【역주】아홉 번 통역해야 뜻이 통한다는 뜻. 매우 먼 장소를 가리킨다.

제3장
고문운동古文運動과 당송唐宋 문장

    581년 수 문제隋文帝의 개국에서 1368년 명 태조明太祖 주원장朱元璋이 응천부應天府에서 황제로 즉위하기까지 800년이 걸렸다. 이 800년이라는 시간을 단위로 해서 문학의 기풍과 전개 과정을 파악한다는 것은 어쨌든 다소 거친 감이 있을 것이다. 또 이 '800년'은 문장의 형식으로 구분한 양한兩漢의 사부辭賦, 위진시대의 현언玄言, 육조시대의 변려문과는 사뭇 다르다. 수·당·송·원의 문장 풍격은 왕조를 기준으로 분류하기 어렵다. 수 왕조가 존속했던 시기는 너무 짧아서 이후에 전할 만한 작품이 많지 않았으므로 이때의 문장은 육조의 문장에서 당송의 문장으로 가는 과도기라고 서술할 수밖에 없다. 원대 문장도 찬란하게 빛났던 원대 산곡散曲의 수준에는 결코 미치지 못했다. 또 도道는 정호鄭顥와 정이程頤를 따르고 문장은 한유와 구양수를 따르는 경향이 많았기 때문에 자기 나름의 독특한 개성이 있었다고 보기 어렵다. 그래서 이 800년간의 문장은 결국은 '당송고문唐宋古文'으로 귀결된다.

    '당송고문'은 명청 문인이 자주 언급했던 화제로, 이것과 대응되는 것이 "논리와 사안을 변론하면서 질박하되 거칠지 않은" '진한고문秦漢古文'이었다.[1] 같은 '고문古文'이기는 하지만 진한고문과 당송고문은 사실 크게 다르다. 진한고문은 그저 후대에서 '추억'하고 '명명'되기는 하지만 '변려문'과 대치하거나 경쟁하는 관계였다고 말할 수 없다. 그러나 당송 고문은 자각적인 문학운동이었다. '옛 도古道'의 부흥뿐만 아니라 육조시대의 '변려문'이나 과거 답안용 '시문時文(과문科文)'을 이것으로 대체하자는 것이 주된 문학적 주장이었다. 이 점을 청대 사람들은 분명하게 파악했다. 예컨대 이조락李兆洛은 "진대秦代에서 수대隋代에 이르기까지 형식이 달라졌어도 문장에 이름을 다르게 붙이지는 않았다. 당唐 이후에 비로소 고문이라는 명칭이 생겨났고, 육조시대의 문장을 특정하여 '변려문'이라고 했다"고 했다. 포세신包世臣은 "당 이전에는 고문이라는 명칭이 없었다. 북송 대에 과거시험이 성행하면서 이를 시문時文이라고 하였다. 그중에서 과거시험용 문장이 아닌 것을 자연스럽게 고문으로 구분하였다"고 하였다.[2] 당대든 송대든 '변려문'은 여전히 발전할 가능성이 있었고 '시문'도 과거 응시자들이 공명을 얻을 수 있는 주된 수단이었다. 그러나 한유, 유종원, 구양수, 소식이 제창하고 창작한 수많은 고문은 확실히 더욱 찬란한 성과를 거두었다. 문장이라는 측면에서 당송唐宋시대를 '고문의 시대'라고 한다면 여기에 이견은 없을 것이다.

문제는 당대와 송대는 사회 형태, 사풍士風의 분위기, 문화적 이상, 학술적 전통 등의 차이가 매우 컸으므로 당시唐詩와 송사宋詞, 당 전기傳奇와 송 화본話本처럼 형식 자체가 다른 것은 물론, 같은 근체시를 쓰더라도 당대와 송대의 취미는 매우 달랐기 때문에 중국시사에서 양대 전통을 이

---

1   방포(方苞), 「고문약선서례(古文約選序例)」.
2   이조락(李兆洛), 「변체문초서(駢體文鈔序)」; 포세신(包世臣), 『예주쌍즙(藝舟雙楫)』 「우도송월대고문초서(雩都宋月臺古文鈔序)」.

루었다고 볼 수 있다. 그렇다면 '당송 문장'으로 합하여 논하는 것은 문화사적으로 공헌한 송대 사람들을 지나치게 위축시키는 것이 아닐까?

이 점에 대해서 송대 사람들은 전혀 인식하지 못했던 듯하다. 남송의 왕십붕王十朋은 "당송 문장은 우열을 정할 수 없다"는 주장을 한 적이 있으므로, 그냥 "한유, 유종원, 구양수, 소식"으로 논의를 전개했다. 주필대周必大는 『황조문감皇朝文鑑』을 편찬했을 때 당연히 송대 문장의 위상을 높이고자 한 것이었겠지만 결국 "이것은 당대 문장도 아니고, 한대 문장도 아니며 실로 우리 송대 문장이다. 어찌 성대하지 않겠는가"라고[3] 감탄하는 정도에 머물렀다. 송대 사람들의 입장에서는 한유, 유종원으로 대표되는 당대 문장과의 역사적 관계를 강조하는 것이 더 의미가 있고 더 뿌듯했을 것이다. 가장 전형적인 방식은 "한유를 재조명한" 구양수의 공헌을 부각시키는 것이었다. 진선陳善은 『문슬신화捫蝨新話』에서 "한유의 문장을 오늘날 중시하고 있는데, 이것은 구양수가 처음 주장했다"고 했고, 장계張戒는 『세한당시화歲寒堂詩話』에서 이와 비슷하게 "한유의 문장은 구양수를 통해 재조명되었다"고 했다. 한유는 '고문'의 상징으로, 혹은 고문의 '문통文統'의 핵심고리로 송대에 보편적으로 추숭을 받았다. 그런데 이 모든 것 또한 구양수의 주장과 밀접한 관련을 맺고 있다. 여기에 대해서는 논쟁의 여지가 없다. 그런데 만약 청대의 왕사진王士禎 같은 사람처럼 한 발자국 더 나아가 "만약 구양수가 없었다면 한유의 문장은 사라져서 빛날 수 없었을 것이다"[4] 같은 식으로 말한다면 이것은 과장이 너무 심한 것이다.

---

3 왕십붕(王十朋), 「독소문(讀蘇文)」; 주필대(周必大), 「황조문감서(皇朝文鑑序)」.
4 왕사진(王士禎), 『지북우담(池北偶談)』 권15 「황보식이 한유 문장을 평하다(皇甫湜評韓文)」.

구양수는 한유를 빌어 문학적 이상을 드러냈고, 한유는 구양수의 발언으로 인해 빛을 더 발했다. 이것은 사실 당송 문장이 같은 기운이며 서로 인과관계를 이루고 있음을 보여주는 상징적 표현이다. 당대 문인과 송대 문인은 모두 '옛 도'와 '고문'을 추구했는데 이 점에 대해서는 뒤에서 구체적으로 논의하게 될 것이다. 여기에서는 먼저 왕세정이 서술한 단락 하나를 가져왔다. 이 단락은 명나라 사람의 관점에서 문학운동으로서 당송 고문 간의 '공통분모'를 제시한 것이다.

> 문장이 수대와 당대에 이르러 화려함이 극에 달하자 한유와 유종원이 "화려함을 절제하고 내용이 충실하게 하자"고 주장했다. 문장이 오대(五代)에 이르러 극도로 장황해지자 구양수와 소식이 "진부한 것을 참신하게 하자"고 주장했다.[5]

"화려함을 절제하고 내용을 충실하게 하든" 아니면 "진부한 것을 참신하게 하든" 간에 이렇게 애매모호한 비평용어는 모두 당송고문운동을 제대로 그려냈다고 볼 수 없다. 다만 '문장의 폐단을 고쳤다'는 것을 강조한다는 측면에서 한유와 유종원, 구양수와 소식의 '공통분모'를 억지로 만들어낸 것이다.

이 두 차례의 서로 다른 고문운동의 토양과 전개에 대해 상세히 서술한다고 해도 800년 문장의 대략적인 과정을 스케치한 것일 뿐이다. 이론적으로 주장하는 것과 창작할 때 이를 실천하는 것은 애초에 큰 간극

---

5 왕세정(王世貞), 『예원치언(藝苑卮言)』 권4.

이 있다. 하물며 재능이 넘쳐 흐르는 모든 작가가 기꺼이 고문운동에 참여했던 것도 아니었다. '고문운동'의 바깥에도 여전히 좋은 '문장'이 분명히 있었다. 다른 몇 가지 문체, 이를테면 비전碑傳, 잡기雜記, 증서贈序 등의 등장과 발전 과정을 살펴본다면 어쩌면 당송 문장의 또 다른 측면을 드러낼 수 있을지도 모른다.

1. 당대 고문운동

소식이 「조주한문공묘비潮州韓文公廟碑」에서 한유에 대해 "문장으로는 쇠미한 팔대八代의 문장을 홍기시켰고 도道로는 도탄에 빠진 천하를 구해 내었다"고 한 이후에 후대 사람들이 당대 고문운동을 이야기할 때 늘 그 중심에 한유가 있었다. 사실 한유가 고문을 제창하고 쓴 성과에 대해서는 당대의 유우석劉禹錫, 이고李翶 같은 사람들이 일찌감치 이 점을 높이 평가했다. 다만 그들의 문장이 소식의 글처럼 기세 있지 못했기 때문에 "소식의 비문碑文이 나오자마자 모든 문장은 빛이 바랬다."[6] 유우석과 이고 같은 사람들이 "한유 찬양을 할 대로 다 했지만", 다소 추상적이었고 소식처럼 대세를 장악하고 위상을 명확하게 확정짓지는 못했다. "동한 이후 도道는 쇠퇴하고 문장은 피폐해져서 이단이 우르르 일어났고" "당대의 전성기인 정관貞觀·개원開元 연간에 방현령房玄齡과 두여회杜如晦, 요숭姚崇, 송경宋璟이 이를 잘 이끌어 가려고 했지만 여의치

---

6   홍매(洪邁), 『용재수필(容齋隨筆)』 권8 「논한문공문(論韓文公文)」.

못했다"고도 했는데, 이렇게 함으로써 한유가 "담소하면서 지휘한" 결과 문체가 "바르게 된" 탁월한 공을 부각시킬 수 있었다. '쇠미한 팔대'를 비판한 것은 당송 이래 고문가들의 공통된 사고방식이었다. 그러나 한유 이전의 200년 간의 당대唐代 문학을 부정하는 대목은 문장의 기세를 추구한 소식이 구사한 '문장 작법'이었다고 억지로 해석하면 몰라도 긍정적으로 보기 어렵다.

'고문운동'에 대한 서술에 있어서 당대 사람과 송대 사람 사이에는 차이가 있다. 그래도 대부분은 한유 이전에 이미 선구자가 있었다는 사실은 인정했다. 당대 양숙梁肅이 서술한 당대 문장의 세 변화는 심지어 한유가 문단에 등장하기 이전에 일어난 것이었다.

> 당 왕조가 천하를 석권한 뒤 200여 년 동안 문장은 세 차례 변했다. 처음에는 광한(廣漢)의 진자앙(陳子昻)이 풍아(風雅)로써 부화하고 사치스러운 것(浮侈)을 바꿨고, 그 다음에는 연국(燕國) 장열(張說)이 풍부함(宏茂)으로 그것을 확장시켰으며, 천보(天寶, 742~756) 연간 이후에는 이원외(李員外, 이화(李華)), 소공조(蕭功曹, 소영사(蕭穎士)), 가상시(賈常侍, 가지(賈至)), 독고상주(獨孤常州, 독고급(獨孤及))가 나란히 등장하였으므로 이 도는 더욱 왕성해졌다.[7]

송대의 요현姚鉉은 『당문수唐文粹』를 편찬하면서 서문을 썼는데 '세 차례 변했다'는 설을 받아들이지는 않았지만, 진자앙이 "처음 풍아를 떨

---

7 양숙(梁肅), 「보궐이군전집서(補闕李君前集序)」.

쳤고", 장열의 "문장과 기세가 웅혼하고 빼어났으며", 원결元結과 독고 급獨孤及 등은 "모두 문장이 웅혼하고 걸출한 자들"라고 언급하였다. 이렇게 보면 한유는 그야말로 "독보적인 군계일학"이었지만 그래도 역사상 첫 인물이었던 것은 아니었다. 송기宋祁는 『신당서新唐書』를 편찬하면서 「문예열전서文藝列傳敍」를 썼는데 '세 차례의 변화'를 변형하여 당대 문장을 총정리했다. 한유와 유종원 등이 고문을 제창했으므로 당대 문학의 세 번째 변화를 이루어냈다는 식이었다.

> 대력(大曆, 766~779)·정원(貞元, 785~805) 연간에 재주 있는 사람들이 나와서 도(道)의 본질을 깊이 파고들고 성현의 길을 탐색하였다. 이에 한유가 제창하고, 유종원, 이고, 황보식 등이 여기에 화답하여 제자백가를 물리쳐서 법도가 엄정하였다. 진(晉)나라와 위(魏)나라를 배격하고 더 위로 올라가 한(漢)나라와 주(周)나라까지 배척하였다. 당대 문장은 완연히 훌륭한 법도를 이루었는데, 이것은 그 극치였다.

당대 문장의 변화는 한유가 옛 도를 제창하고 변려문을 산문체로 바꿈으로써 비롯된 것이 아니라 여러 대에 걸쳐 사람들이 노력한 결과였다. 한유가 천부적인 재능과 불굴의 의지로 고문운동의 대표자가 되고 당대 문장의 최고 성취를 대표했다는 것을 부정하는 것이 아니다. 그저 "원화元和(806~820)에 처음으로 문장이 옛것으로 돌아갔다"와 "한유와 유종원이 등장한 뒤에야 옛 사람 풍의 문장을 크게 토해냈다"는 식의,[8] 그

---

8 구양수(歐陽修), 「소씨문집서(蘇氏文集序)」; 목수(穆修), 「당유선생집후서(唐柳先生集後序)」 참조.

럴 듯해 보이지만 사실이 아닌 주장에 대해 저자는 동의할 수 없다.

고문운동이 배양되고 무르익기까지 그 과정은 순탄치 않았고, 참여한 사람들의 문학적 지향 간에도 차이가 있었다. 그러나 육조六朝시대 문장과 도의 분기에 대항했다는 점, 또 지나치게 화려한 변려문을 배척했다는 점에서 이들은 인식을 같이 했다. 그래서 도를 밝히고 경전을 떠받드는 것을 중시했던 수당隋唐 문인으로 거슬러 올라갔고, 산문체를 사용함으로써 고문운동 발전의 핵심적인 지향점을 만들어내었다. 수대隋代로부터 이야기를 시작하는 이유는 부화浮華함을 배척했던 수 문제隋文帝와 문체를 바르게 해야 한다고 상소문을 올렸던 이악李諤, 문장에는 도가 관통해 있어야 한다文章貫道고 제창했던 대유학자 왕통王通이 당시 조정과 재야에서 이미 육조 변려문을 다른 것으로 대체하자는 목소리가 있었음을 보여주었기 때문이다.

비록 누군가가 화려한 문장으로 인해 "사법당국에 회부되어 처벌받는 지경"에 처했어도 "어떤 기발한 운韻 자를 고르는가, 어떤 절묘한 글자를 두느냐를 다투는" 분위기는 여전히 변하지 않았으므로 "오래된 관습이라 고치기 어렵다" 정도로 말할 수 있을 것이다. 몇백 년 동안 형성된 문학적 기풍은 어느 한 순간에 고칠 수 있는 것이 아니므로, 설사 조정에서 엄하게 상벌을 내리더라도 효과는 없었다. 무엇보다도 문체를 바꾼다는 것의 핵심은 어떻게 옛 문체를 없앨 것인가가 아니라 무엇을 새로운 문체로 내세울 것인가의 문제였다. 이악은 「화려한 문체를 바꾸는 일에 대해 수 고제에게 올린 글上隋高帝革文華書」에서 변려문의 대구를 극력 비판하면서 자신은 오히려 전형적인 변려문을 사용했는데, 아이러니한 감이 없지 않다. 진정으로 육조 문풍과 결별한 왕통은 경전을 모방하며 옛것과 비슷하게 하려고 고심했기에 문장에 생기가 없게 되었다. 이렇게 난감한 상황은 당대 사람들이 대면해야만 하는 현실이었다. 만약 실용적이면서도 미적 감각이 있는 새로운 문체를 창조해낼 수 없다면 이른바 "오대五代의 습속을 바꾸겠다"고 하는 것은 한낱 공허한 구호에 불과할 것이다. 이런 점에서 한유와 유종원이 새롭게 창조한 고문은 그들이 제창한 이론보다 훨씬 더 중요하다. 왜냐하면 이것은 "당시 사람들이 새롭게 느끼고 새로운 생각을 하게 해서, 새롭게 옛 성현을 배우고 싶은 마음이 들게 했기 때문"[9]이다.

구양수는 당 태종이 한 시대의 뛰어난 군주여서 정치로는 "삼왕三王의 전성기에 근접했으나 유독 문장만은 그 문체를 조금도 바꾸지 못했다"고[10] 개탄했다. 이것은 "할 수 없었던" 것이지 "하지 않았던" 것이 아니다. 이세민李世民은 '부화한 문장浮文'을 탐탁치 않게 여겨서 직언直言과 극간極諫을 독려하였고 자기 자신도 새로운 문체관을 보여주었다. 직언으로 유명했던 대신 위징魏徵은 「군서치요 서문群書治要序」에서 다시 명확하게 "공허한데 아름답기만 한 글浮艷之詞"과 "괴상한 설迂怪之說"을 반대하였다. 그러나 정치가로서 부미浮靡한 문풍을 비판할 때의 착안점은 문장은 유용해야 한다는 것이었고, 그래서 기껏해야 "어조가 세고 직설적인詞强理直"「십점불극종소十漸不克終疏」 같은 글을 촉발시켰을 뿐, 문단 전체의 기풍을 바꿔 놓지는 못했다. 초당사걸初唐四傑인 왕발王勃, 양형楊炯, 노조린盧照鄰, 낙빈왕駱賓王도 일련의 명확한 대의를 제창하여 교화를 하려고 했고 당시 유행하던 문풍을 배격하는 주장을 내놓았으나, 이들 모

---

9   錢鍾書, 『管錐編』 4, 中華書局, 1979, p.1553.
10   구양수(歐陽修), 『집고록발미(集古錄跋尾)』 권5 「수태평사비(隋太平寺碑)」.

두 문장을 쓸 때 변려문의 대우와 수식을 중시했기 때문에 사실 당시에 새로운 문풍을 열었다고 말할 수 없다. 역사가 유지기劉知幾는 변려문의 폐단에 대해 비판했는데 그 비판의 정도는 동시대 사람들보다 훨씬 심했다. 그런데『사통史通』의 핵심은 역사서를 저술한다는 것이었고, '역사서 저술'인 만큼 애초에 반드시 "수식과 길이를 균등하게 배분해서 대우를 적절하게 맞출" 필요가 없었다.

특히 진자앙을 아꼈던 당대唐代 노장용盧藏用과 소영사蕭穎士 같은 사람들은 진자앙의 문장이 "가장 바른 문체"로, 퇴폐한 추세를 돌이켰으므로 당대 문장을 변혁하게 하는 관건이 되리라고 생각했다. 진자앙은 당시의 "문장과 도에 폐단이 있고", "풍아가 흥기되지 않았다"는[11] 것을 분명하게 비판했을 뿐만 아니라 자기의 독특한 문풍으로 당시 문단을 뒤흔들었다. 처음에는 호탕한 인물로 자유분방한 기세를 가지고 있다가 나중에는 발분하여 공부에 매진한 진자앙은 문인으로 자처한 적이 없었다. 학식의 범위가 넓고 당시 상황도 잘 안다는 것은 오히려 덜 중요한 문제였다. 가장 핵심은 그의 인격과 문장에 전국시대 책략가와 유사한 종횡무진한 기운이 시종일관 유지되었다는 것이다. 왕도王道와 패도霸道에 대해 말하기를 좋아했고 여기에 황제가 직언을 독려했으므로 진자앙의 장章, 표表, 서書, 소疏는 대부분 솔직한 웅변이었고 문장을 수식할 생각도 없었다. 후대의 고문가와는 달리, 진자앙은 "문장을 잘 썼지만 글쓰기를 좋아하지 않았고", 심지어 "문장은 하찮은 기술이므로 성현聖賢들이 취하지 않았고 문장력은 소소한 재능이므로 덕행과 학문

---

11 진자앙(陳子昻), 「수죽편서(修竹篇序)」.

을 갖춘 선배들이 받아들이지 않았다"라고 했다.[12] 이러한 주장은 꾸며 낸 태도가 아니다. 진자앙의 의기와 자질은 한대 초기 가의賈誼나 조조鼂錯와 유사했지만, 문장을 보면 기세는 풍부했으나 힘은 부족했던 것 같다. 이른바 "문장을 잘 썼다"도 당시 지나치게 쇠약한 문풍과 비교했을 때 그렇다는 것이다.

"문장이 성대해지고 진자앙이 처음 높이 부상한" 때부터 한유가 "한 시대 문장의 영수가 되어 쇠퇴한 기풍을 부흥시킨"[13] 그 사이 백 년간 고문운동이 전개되어 이론적인 발전 및 일련의 당 문인들이 특별히 잘 쓴 비전碑傳, 증서贈序 류의 문체가 점점 무르익는 것을 보여주었다. 이 글들이 고문운동과 직접적인 연결고리가 있었다고 말할 수는 없겠지만, 그래도 한유와 유종원 같은 사람들이 성공적으로 새로운 문체를 창조 해내기 위한 전제가 되었다. 예컨대 진자앙과 거의 동시대를 살았던 부가모富嘉謨와 오소미吳少微가 쓴 비송碑頌은 서릉徐陵과 유신庾信의 영향력 에서 벗어나 경술을 근본으로 하여 "아건하고 웅혼하였으므로" 당시 사람들이 이를 흠모하여 문체가 한 번 변했는데 이를 '부오체富吳體'라고 했다.[14] 이들과 마찬가지로 개원開元(713~741) 연간에 비송碑頌으로 유명 했고 '연허대수필燕許大手筆'로 병칭되는 장열張說과 소정蘇頲이 있었다. 장열과 소정은 모두 요직에 올라 왕명을 받들어 찬술했다. 이러한 문장 은 당연히 자신의 견해를 피력했다고 말할 수는 없지만 그래도 사유가 정치하고 법도에 맞으며 아순雅馴하다. 당시 현종玄宗은 경술經術을 좋아

---

12 노장용(盧藏用), 「진씨별전(陳氏別傳)」; 진자앙(陳子昂), 「상설령문장계(上薛令文章啓)」 참조.
13 한유(韓愈), 「천사(薦士)」; 신문방(辛文房), 『당재자전(唐才子傳)』 권5.
14 『구당서(舊唐書)』 「문원전(文苑傳) 중(中)」; 『신당서(新唐書)』 「문원전 중」 참조.

했고 신하들은 문학적 수식에 점차 질리게 되었으므로 '조정의 대가가 쓴 문장'과 그들이 쓴 비문 묘지는 전국의 문인들이 음송하게 되었고 문장의 기풍의 변화에 영향을 미쳤다. 정치를 하면서 문장에 능한 사람이 일개 서생이 비해 문단에 훨씬 더 영향을 미쳤으리라는 것은 의심할 나위가 없다. 재상을 역임했던 육지陸贄와 권덕여權德興는 모두 경세經世에 뜻을 두었지 문장에 뜻을 둔 것은 아니었지만 이성理性을 연마하였고 인정세태를 잘 알았기 때문에, 문장의 기세는 온유하고 박학하였으며 특히 의론에 능했다. 육지의 문장은 변려문에 속했지만 전고典故를 활용하지 않았고 의미는 명확하고 유창했다. 더 중요한 것은 그의 문장이 충언과 직간을 곡진하게 서술해서 오랫동안 경세 문장의 전범이 되었다는 것이다.

고위 관료로 있으면서 고명誥命, 간소諫疏를 주로 짓는다면 그 사람의 인격과 문장은 반드시 부유한 자제들처럼 기세가 있으면서도 절제할 줄 알아서 극단적으로 치닫지 않을 것이다. 그러니 "다른 사람들이 놀라면서 볼 만한" "새로운 형식의 대단한 작품"을[15] 쓰기는 어렵게 된다. 문장을 통해 세상에 보탬이 되려고 하고 학식과 수양을 중시한다면 자기도 모르는 사이에 "오대의 습속을 바꾸는" 위치에 있을 것이다. 다만 안록사와 사사명의 난 전후에 등장한 소영사, 이화李華, 독고급, 원결, 양숙, 유면柳冕 같은 사람들은 옛 도를 부흥시키고 문체를 혁신하려는 열정이 더 높았고 주장도 더 명확했으며 그런 노력도 더 효과를 보았다.

개원·천보 연간의 문인들은 당 제국의 전성기에서 쇠퇴하는 과정을

---

15 황보식(皇甫湜)의 「유업(諭業)」에서 권덕여(權德興)에 대한 평가 참조.

거치면서 시대와 국가를 걱정하는 마음을 품게 되었고 그래서 문학 혁신의 대상으로 "쇠퇴한 풍속"을 지목했다. "세상을 구하고 풍속을 교화한다"는 측면에서 소영사 등은 문장은 반드시 경전을 핵심으로 해서 도를 밝히는 것이 급선무임을 강조했다. 유면柳冕의 「「방상공과 두상공을 논하다謝杜相公論房杜二相書」라는 글에 관하여 두상공에게 감사하는 편지謝杜相公論房杜二相書」에서 말한 것처럼 "문장의 도는 교화에 바탕을 두지 않으면 그저 하나의 재주에 불과하다"는 것이었다. 문장이 "하나의 재주"가 되는 것에 만족하지 말고 문장과 정치를 통합시키고 문장과 도를 합치시키자는 주장은 당시 대도大道와 무관했던 "장구章句에 치중하는 학문"을 비판하고 삼대三代와 진한秦漢 문장을 추억하는 것으로 전개되었다.

삼대 문장이 유학의 복고를 빌어 사상의 자원으로 삼았다면, 진한 문장은 문장 혁신의 지향을 드러내는 것이었다. '군자인 유자'와 '소인인 유자'를 구분하는 것은[16] 의리 해석을 중시하고 장구 해석을 경시한 것으로, 이전에 문장을 중시하고 경술을 경시했던 것과 상반되었다. 여기에서의 강조점은 어떻게 해야 유교에 담긴 정신을 얻어서 세상에 보탬이 될 수 있도록 할 것인가였다. 여러 경전을 두루 탐구하여 대의를 잘 알아야 한다고 주장하는 것은 그 나름대로 유학의 교조적인 면을 돌파하는 데는 유리하겠지만 그렇다고 모든 사람들이 "경술 외에는 전혀 마음에 두지 않았던"[17] 소영사처럼 될 수는 없었다. 고문가들이 생각하고 있었던 '도'는 사실 여러 성격이 복합적으로 뒤섞인 것이어서 적지 않은 사람들이 불학佛學이나 황로학黃老學을 그 안에 포함시켰다. "불교를

---

16 유면(柳冕), 「권시랑에게 보내는 편지(與權侍郎書)」.
17 소영사(蕭穎土), 「위사업에게 주는 편지(贈韋司業書)」.

배척한다辟佛", "도의 근원으로 돌아간다原道" 같이 선명한 기치를 내걸고 상대적으로 순수한 유학전통을 건립하려면 여전히 한유가 등장하기를 기다려야 했다.

삼대와 진한의 문장을 표방한 것은 도문합일道文合一의 주장을 적지 않게 취한 것이었으며 또 이를 통해 위진 이후 문장이 부화하고 쇠미浮誕綺靡하다고 비판하였다. 이렇게 교화의 흥망을 문장의 성쇠와 직접적으로 연결시키는 사유방식은 유가의 시교설詩教說에 바탕을 두고 있다. 그러나 고문가들은 당시 상황과 주도적 위치에 있는 문체에 대해 큰 불만이 있었으므로 변려문에 대해 아름답지만 음란하다淫麗고 도덕적 측면의 비판만 할 뿐이었다. 또 문채文采 및 의상意想과, 경전을 핵심에 두고 도를 밝힌다는 것이 상반된다는 것을 지나치게 강조함으로써 굴원 이후의 문학 전통을 지워버리는 지경에까지 이르렀다. 단적인 예가 유면의 「문장에 대해 논하는 일로 골주 노대부에게 보내는 편지與滑州盧大夫論文書」의 다음 단락이다.

> 굴원과 송옥 이후 슬픔과 기쁨에 치우치면서 아정(雅正)함이 사라졌다. 위진 이후 성색(聲色)에 치우치면서 풍교(風敎)가 사라졌다. 송나라와 제나라 이후 물색(物色)에 치우치면서 흥치(興致)가 사라졌다.

"옛것을 믿고 좋아하는" 고문가들은 도덕과 인의, 예악과 형정刑政을 지나치게 강조한 나머지 '문장'을 '세교世教'의 도구로 만들었고, 이들이 창작한 산문체도 대부분 "내용은 도에 가깝지만 표현에 문예미는 없었다."[18] 이화의 「옛 전장에서 애도하는 글弔古戰場文」과 소영사의 「위사업에게 주는 글贈韋司業書」, 독고급의 「오계자찰론吳季子札論」처럼 정감이 넘치면서도 수사가 아름답거나 거침없고 후련하거나 필치가 날카로운 작품들은 이 시기의 고문에서 매우 드문 경우였다.

이 시기에 예외였던 사람이 바로 독고급과 거의 동시대에 살았던 원결元結(자 차산次山)이다. "원결은 개원開元과 천보天寶 연간에 살았는데 혼자 고문을 썼고 필력은 굳건하며 의기는 초탈하여 한유의 무리보다 못하지 않으니 홀로 우뚝한 문사였다."[19] 구양수가 말한 이 대목에서 "혼자 고문을 썼다"는 정확한 서술이 아니지만 나머지는 사실이다. 경세의 뜻을 뚜렷하게 드러낸 그의 「문편 서文編序」에서도 "세상을 구제하고 풍속을 권면한다"고 했는데 더 중요한 것은 그의 서술에서 표현과 뜻이 고고하고 산문체를 많이 썼다는 것이다. 원결의 생각이 고문을 제창한 고독급 등의 여러 사람들의 주장과 상통했다고 말한 것은 전혀 지나친 표현이 아니다. 다만 원결은 주장은 거의 하지 않았고 저술 작업에 전념했으므로 그는 문학적 성취로 더욱 후대에서 높은 평가를 받았다. 원결의 문장을 읽을 때 가장 쉽게 느낄 수 있는 것은 그가 그 당시의 폐단을 비판했을 때의 "격정적인 어조"이다. 그래서 예전 사람들은 대체로 그를 "세상의 폐해에 격분했다"고[20] 평가하였다. 이것은 물론 맞는 말이다. 다만 이보다 더 중시되어야 할 것은 원결의 문장이 위로는 선진 제자에게, 아래로는 만당의 잡문으로 이어지는 문학사적 위상을 가지고 있다는 점이다. 원결이 쓴 「대당중흥송大唐中興頌」은 지금까지 고아하고 웅장하다는 예찬을 받았고 심지어 어떤 사람들은 이 글이 '당대唐代 고문이 원결에게서

---

18 유면(柳冕), 「문장을 논하는 문제로 형남 배상서에게 답하는 편지(答荊南裵尙書論文書)」.
19 구양수(歐陽修), 『집고록발미(集古錄跋尾)』 권7 「당원차산명(唐元次山銘)」.
20 이상은(李商隱), 「용주경략사원결문집후서(容州經略使元結文集後序)」; 담약수(湛若水), 「원차산집서(元次山集序)」 참조.

비롯되었다'는 것을[21] 증명한다고 주장했다. 그러나 원결의 문학적 재능은 짧고 예리하며 냉정하고 기발한 잡문(예컨대 「시화時化」, 「세화世化」, 「처규處規」, 「개론丐論」 등)과 참신한 주제가 나타난 청벽기廳壁記와 산수 기문에서 훨씬 더 잘 드러난다. 이들 작품은 원결의 성취를 보여주는 것도 있지만, 이후 한유와 유종원의 창작과 긴밀한 관계를 맺고 있기도 하다.

고문운동의 성공은 한유와 유종원의 등장과 큰 관련이 있다. 이 두 사람을 병칭하여 당대 문장의 전범으로 평가한다. 그러나 이들이 하나의 문인 집단에 속했던 것은 아니다. '영정혁신永貞革新'을 예로 든다면 한유는 유종원이 속해 있었던 '이왕팔사마二王八司馬'와[22] 충돌했고 심지어 같은 하늘 아래 있을 수 없을 정도였다. '영명혁신'은 곧 실패로 끝났고 이 사건 이후 한유와 유종원의 관운은 천양지차로 달라졌으므로 다시 직접적으로 충돌할 만한 이해관계에 있지 않았다. 정치적 입장과 처세로 말한다면 한유와 유종원은 상당히 뚜렷한 차이를 보였다. 마치 송대의 왕응린王應麟이 『곤학기문困學紀聞』에서 "한유와 유종원은 병칭되기는 하지만 이들이 지향하는 목표는 서로 다르다. 한유는 「사설師說」을 썼지만 유종원은 스승이 되려고 하지 않았고, 한유는 불교를 배척했지만 유종원은 부처와 성인이 일치한다고 하였다. 한유는 역사에 인화人禍와 천형天刑이 있다고 했지만, 유종원은 형화刑禍를 두려움의 대상으로 보지 않았다"라고 했던 것처럼 말이다. 또 한유는 보수를 주장했고 유

---

21 동유(董逌), 『광천서발(廣川書跋)』 「마애비(磨崖碑)」.
22 【역주】 2명의 왕 씨와 8명의 사마라는 뜻이다. 8명은 정변이 실패한 뒤 모두 사마로 좌천되었기 때문에 이렇게 부른다. 2명의 왕씨는 왕숙문(王叔文), 왕비(王伾), 8명의 사마는 위집의(韋執誼), 한태(韓泰), 진간(陳諫), 유종원(柳宗元), 유우석(劉禹錫), 한엽(韓曄), 능준(凌准), 정이(程異)이다. 이들은 805년(당 순종 영정 원년)에 정치 개혁을 주장하며 정변을 일으켰으나 결국 실패로 끝났다.

종원은 개혁을 추구했다. 한유는 관료 생활에 열의를 보여 '빈천에 지나치게 집착하는 감'이 없지 않았고 말과 행동이 따로 놀아 진퇴양난의 처지에 처해 있었던 반면, 유종원은 마치 실패한 영웅과도 같았다. 그는 상황에 맞춰서 자신의 입장을 바꿔 자기 죄를 청하면서 동정을 구하는 일을 하지 않았고, 사람됨과 글쓰기의 통일을 추구하였다. 한유는 비전碑傳과 증서贈序를 잘 썼고 유종원은 우언寓言과 유기遊記에서 빛나는 재능을 가장 잘 보여주었다. 이는 두 사람이 각자 가지고 있었던 학식 및 재능과 연관된 문제이므로 굳이 누가 더 나은지를 정할 필요는 없을 것이다. 후대 사람들이 한유와 유종원에 대해 평가할 때 논쟁의 대부분은 유학이 순정한가 그렇지 않은가의 여부였다. 송대 사람들은 도학을 중시했으므로 확실하게 유가적 입장에 섰던 한유는 당연히 예찬되었지만 청대 말기 이후에는 회의의 대상이 되었고, "시비에 대한 판단이 성인聖人과 다른 경우가 많았던" 유종원은 이제 위상이 다시 올라갔다. 이 글에서는 한유와 유종원 및 이들이 속한 문인집단의 정치적 관점과 철학 사상에 대해서는 상세하게 다루지 않을 것이다. 여기에서는 다만 그들이 "도를 밝히는 수단으로서의 문장文以明道"을 제창하고 실천했던 그 노력에 대해서만 논의를 집중할 것이다.

이전에 고문을 제창했던 여러 선구자들과 마찬가지로 한유도 옛 도를 부흥시키는 것을 가장 높은 목표로 두었다. "내가 옛것에 뜻을 둔 것은 글이 좋기도 하지만 도를 좋아해서이다",[23] "옛 사람을 보고 싶지만 볼 수가 없으니 옛 도를 배울 때는 그런 글까지 알고 싶다."[24] '옛 도'와 '고

---

23 한유(韓愈), 「이수재에게 답하는 편지(答李秀才書)」.
24 한유, 「제구양생애사후(題歐陽生哀辭後)」.

문'을 함께 묶고 또 '도'가 먼저고 '문장'은 나중이라고 강조했는데 이것
은 고문가의 공통된 전략이었다. 진심이든 아니든 고대 중국의 독서인
들은 모두 천하를 다스리는 것을 두문불출하며 글을 쓰는 것보다 우위에
두었다. 정치에 열의가 있었던 관료인 한유의 경우, 저서로 주장을 펼친
것은 "관료가 되지 못하면 글을 씀으로써 그 도를 밝힌다"라고 했듯이[25]
어쩔 수 없는 상황에서 차선책으로 선택한 것이다. 유종원은 「경조 허맹
용에게 보내는 편지寄京兆許孟容書」에서 비슷한 의견을 보였다. 빈곤해짐
으로써 그제야 세태와 인정을 제대로 이해할 수 있었고 그제야 저술에
전념할 수 있었다. 이렇게 보면 벼슬길에서 성공하지 못했던 것이 한유
와 유종원 등의 고문가를 만들어낸 것이다. 가장 분명한 예를 유종원의
글에서 볼 수 있다.

> 나 유종원은 어렸을 때부터 문장을 배웠다. 중간에 다행히 과거에 합격
> 하여 상서랑(尚書郎)이 되었을 때는 백가(百家)의 장주(章奏)에 전념하였
> 으나 글쓰는 방법에 대해서는 제대로 알지 못했다. 관직에서 폄적되어 하
> 는 일이 없게 되면서 제자백가의 책을 읽게 되었고 이전 시대의 여러 글을
> 두루 보면서 그제야 문장의 효용과 폐해에 대해 다소나마 알게 되었다.[26]

이것은 겸사가 아니다. 한유는 유종원을 위해 묘지명을 쓰면서 그를
두고 "그러나 유종원이 오래 배척당하지 않고 매우 궁핍하지 않았다면
그는 다른 사람들보다 출중하긴 했어도 문학과 문장이 후대에 반드시

---

25 한유, 「쟁신론(爭臣論)」.
26 유종원(柳宗元), 「경조 양빙에게 보내는 편지(與楊京兆憑書)」.

전해야 할 정도가 되지는 못했을 것이다. 지금 보면 이 점은 의심할 바 없다"고까지 썼다. 한유와 그의 친구들이 다 유종원처럼 벼슬살이에서 순탄하지 못한 것은 아니었지만 그래도 한유와 유종원, 또 그 친구들의 '회재불우懷才不遇'는 이들의 고문 창작의 기본 동력이었던 것이다.

한유가 「잡설雜說」에서 개탄했던 것처럼 "천리마는 항상 있지만 천리 마를 알아보는 백락伯樂이 늘 있는 것은 아니다", "평정을 얻지 못하면 목 소리를 낸다"라는 문제는 중국문학사에서 영원한 화두였다. 첫째, 자신 을 과대평가하는 것은 중국의 독서인이 가지는 일반적인 고질병이어서 이들은 '불우한 사인士不遇'이라고 탄식했지만 그들이 반드시 정말 '재주 있는 사람懷才'이었던 것은 아니었다. 둘째, "즐겁고 유쾌할 때는 글을 잘 쓰기 어렵지만 괴롭고 힘들 때는 잘 쓰기 쉽다"[27]고 했는데, 문장에서 '불평스러운 마음'을 토로한다고 해서 반드시 진짜 '불우'했던 것은 아 니다. 물론 한유와 유종원 등 여러 사람들이 '곤궁하고' '평정을 얻지 못 했던' 것은 사실이다. 이렇게 울울하고 불평스러운 기운과 '도를 밝힌 다'는 소망이 결합함으로써 문장이 논리적이고 군건해졌으며 내용과 표 현이 엄정해졌다. 한유의 「원도原道」와 「원훼原毀」, 「사설」, 「진학해進學 解」 등은 인의仁義를 선양하고 울분을 드러냈을 뿐만 아니라 사람들의 마 음을 격동시켰는데, 이 글에서 사용한 언어가 변론에 능했고 기세가 충 만했기 때문이다. 이 모든 것은 '도통'을 잇겠다는 다짐과 그로 인해 신 성스럽고 숭고한 감각에 힘입은 바가 크다. 다른 고문가가 "도를 밝힌 다"고 했을 때는 한유처럼 이렇게 경건하고 열정적이지는 않았을 수

---

27 한유(韓愈), 「형담창화시서(荊潭唱和詩序)」.

도 있다. 하지만 이렇게 문장의 힘을 빌어 '성인의 도'를 천명한다는 공통 인식은 실제로 고문의 위상을 크게 높였고 고문 쓰기를 연마하는 열정을 증폭시켰다.

'문장'과 '도'는 반드시 상보적이고 서로 계발시켜야 한다는 이러한 관점은 "문장과 도는 합치되어야 한다文道合一"와는 분명히 다르다. 이전에 고문을 제창했던 사람들은 대부분 문장의 독자성을 부정하는 경향을 보였다. 그러나 한유와 유종원이 문장의 복고를 주장했던 것은 문장을 통해서 도에 도달한다는 의미가 강했다. 이런 의미에서 주희朱熹가 한유에 대해 "다른 사람에게 칭찬을 받기 위해 문장을 잘 쓰려고 할 뿐이다", "옛 사람의 깊은 생각을 배울 생각이 전혀 없다"고[28] 한 비판은 비록 다소 가혹한 측면은 있지만 그래도 타당한 점이 있다. 송대의 도학가와 비교할 때 한유가 유학을 천명한 것은 다소 '동기가 불순한' 것 같기도 하다. '성인의 도'와 '문장의 아름다움'에 대한 한유의 태도는 약간 애매해서 때때로 그 사이를 서성이면서 확실하게 결단 내리지 못한 듯한 표현도 있다. 이것이 바로 문장가로서의 한유가 매력을 가지는 지점이다. 그의 심미적 판단은 느닷없이 도를 지키겠다는 열정 사이로 비집고 나올 때가 있는데, 그래서 그의 문장에 '성인의 도'와 무관하면서도 매우 잘 쓴 고문이 많은 것이다.

송대의 진관秦觀은 「한유론韓愈論」에서 역대 문장을 다섯 가지로 분류하고 그중에서 '완정한 문장成體之文'으로 가장 높은 수준의 문체를 모은 뒤 그 대표적인 인물로 한유를 들었다.

---

28 주희(朱熹), 『주자어류(朱子語類)』 권137 「창주정사유학자(滄州精舍諭學者)」.

열자(列子)와 장자(莊子)의 은미함을 탐색하고 소진(蘇秦)과 장의(張儀)의 변론을 가져오며 반고(班固)와 사마천(司馬遷)의 사실성을 담지하고 굴원(屈原)과 송옥(宋玉)의 재능을 반영하며,『시경』와『서경』을 바탕에 두고 공자를 기준으로 판단하는 것, 이것이 완정한 문장인데, 한유의 문장이 바로 그러하다.

동시대의 다른 작가와 비교할 때 한유는 확실히 "핵심을 갖추는 데"에 열심이었고 이를 통해 "내용은 풍부하고 필치는 호방한" 예술적 목표를 실현해냈다.「진학해」,「이익에게 답하는 편지答李翊書」,「유정부에게 답하는 편지答劉正夫書」 등의 글은 한유가 문장의 기교를 중시했다는 것을 잘 보여주고 있다. 이렇게 "문장을 쓰는 데 뜻을 둔" 점은 "도를 통해 자신의 뜻을 펼친 글"을 쓴 선진시대 제자백가와 다른 점이었다. 한유는 다양한 소재를 다루면서 여러 문체의 글쓰기를 시도했는데 이는 "하나의 사상가로서 주장을 내세운" 동시에 "하나의 사상가로서 문체를 만든" 제자백과 상당히 달랐다. 예컨대「원도」와 같은 문장의 경우, 주제가 분명하고 당시 유행하던 풍조를 뛰어넘어서 사람들에게 맹자나 순자의 글을 떠올리게 했다. 그러나 이 글은 어쨌든 문학적인 문장을 통해 사상가의 이치를 드러낸 것이었다. 장학성章學誠은『문사통의文史通義』의「문집文集」이라는 글에서 "주周와 진秦의 제자들은 학술을 전개할 때 저술을 쓰는 것에 전념했을 뿐 이것으로 명성을 구하려고 하지 않았다", "양한의 문장은 점차 풍부해졌지만 저작은 이때 쇠퇴해지기 시작했다"고 했다. 그러나 양한에서 위진에 이르는 기간 동안 사상서를 중시하고 문장을 경시한 것은 여전히 당시의 풍조였고, 수많은 문인학자들이 거칠게 "하나의 사상가로서 주장을 내세운" 사상서를 쓰는 데 전력하였다. 당대唐代 사람들이 육조六朝의 문장을 화려하다고 비판했을 때 그들이 마음속으로 모범으로 생각했던 것은 여전히 제자백가의 문장이었다. 그러나 사상서와 문집의 분리는 돌이킬 수 없는 추세였다. 학문을 제대로 전수받은 것도 아닌 이상 억지로 사상서를 써서 불후하기를 바라는 것보다는 차라리 마음을 수양하고 훌륭한 문장을 써서 후대에 전함으로써 문학가에 걸맞는 명성을 얻는 편이 나았다. 한유는 도통道統을 세웠고 옛 학문을 추구하였지만 사상서를 쓰지 않고 필기筆記의 형식으로 글을 쓰고 문집으로 사상서를 대신했다. 그렇게 함으로써 지나치게 화려한 육조시대 문장을 바로잡았고, 복고에 치중하느라 옛 사람들의 주장에 있는 본연의 의미를 놓치지도 않았다.

　기이한 것을 좋아하는 당대 문인들의 취향은 문장에서도 구현되었다. 이것이 바로 한유가 표현한 "진부한 말을 없애는 데 힘쓸 뿐이며",[29] "이전 사람들의 한 마디 한 구절이라도 그대로 가져오지 않는"[30] 것이었다. 황종희黃宗羲는 「논문관견論文管見」에서 이 구절을 "이른바 '진부한 말'은 매번 글을 쓸 때마다 평범한 사람들의 공통된 사고방식이 글에 딱 달라붙어 있는 것이다. 한 꺼풀 벗겨내야 가치 있는 핵심 논리를 볼 수 있다"고 설명했다. 이것은 자구만 따지는 것보다는 낫다. 그렇지만 한유가 정교한 표현을 중시한 것이 중요하지 않다는 뜻은 아니다. 사실 한유와 유종원의 문장은 기발하며 간결한데 이것은 일단 치고 빠지는 절묘한 착상과 비유, 잘 쓰지 않는 옛날식 단어의 발굴, 자신이 만들어낸 새로운 표

29　한유, 「이익에게 답하는 편지(答李翊書)」.
30　한유, 「남양변소술묘지명(南陽樊紹述墓志銘)」.

현 등에서 드러난다. 이것이 바로 한유와 유종원의 문장이 갖는 웅건하고 우아한 동시에 자유분방한 외적 특징이다. 한유와 유종원의 문장은 이전의 관습적 표현을 따르지 않고 최대한 변화시켰으며 무엇보다도 주제가 참신했다. 「봉건론封建論」 같은 글은 학문의 깊이가 있고 깊은 생각을 통한 깨달음이 있어야 쓸 수 있는 것이므로 평범한 사람이 모방할 수 있는 것이 아니다. 하지만 그렇다고 해도 비전碑傳, 증서贈序, 서찰, 문부文賦 등은 매우 특출나서 한유와 유종원이 이렇게 재기가 넘치고 용의주도했구나 하고 경탄하게 된다. 한유와 유종원이 "기이함을 추구했다"라고 했을 때 여기에는 새로운 문체를 시도하려는 열정이 들어있다는 사실을 간과하기 쉽다. 가장 전형적인 예가 바로 한유가 지은 「모영전毛穎傳」이다. 당시 사람들은 이 글을 별로라고 생각했지만, 유종원만은 "매우 기이하다"며 옹호했고, "농담은 성인聖人도 했던 것이다"라고 했다. 이것은 "쉬기도 하고 놀기도 하고 제멋대로 할 때도 있다"는[31] 뜻이었다. 이렇게 유사한 기질을 보면 한유와 유종원 둘다 문체의 경계를 타파하는 공통된 취미가 있던 것 같다.

「이익에게 답하는 편지答李翊書」, 「스승의 도를 논하는 문제로 위중립에게 답하는 편지答韋中立論師道書」만 보면 아마도 한유와 유종원이 정말 "삼대와 양한의 책이 아니면 보려고 하지 않았다"고 생각할 것이다. 그러나 그들의 문집을 모두 보게 되면 이러한 인상을 바꾸지 않을 수 없다. 예컨대 「진학해」, 「걸교문乞巧文」 등의 문장은 해학적인 내용이 있지만 어쨌든 "옛날에도 있었던" 종류의 글이다. 또 한유의 「모영전」, 「오자왕승복전圬者王承

---

31 유종원, 「양회지에게 답하는 편지(答楊誨之書)」·「한유가 쓴 「모영전」을 읽은 뒤에 씀(讀韓愈所著「毛穎傳」後題)」 참조.

福傳」, 「석정연구시서石鼎聯句詩序」와 유종원의 「종수곽탁타전種樹郭橐駝傳」,
「송청전宋淸傳」, 「하간전河間傳」 등의 문장은 당시에 유행하던 문체인 '전기
傳奇'의 영향을 받았음이 드러난다.

　천인췌陳寅恪(진인각)는 당대唐代 전기와 고문운동이 밀접하게 관련되어
있다고 하면서 한유의 고문은 "선진 양한의 문체를 당대 민간에서 유행
하는 소설로 개작하여 진부하고 경직되어 사람들이 적응하지 못한 변려
문체를 일거에 없애버릴 심산이었다"고 했는데[32] 확실히 식견 있는 논평
이다. 다만 고문에 미친 '전기'의 영향력을 지나치게 과장해서는 안 된
다. 나는 한유가 스스로 말한 "잡다하면서 구체적인 내용이 없는 내용"
이며 "내가 장난 삼아 지어본 것"이라는[33] 해명에 동의한다. 천성적으로
'기이한 것을 추구했던' 한유는 사실 문장에 있어서 과거와 현재, 우아함
과 속됨의 차이에 크게 개의치 않았다. 문학에서 추구해야 할 목표에 대
해 한유는 삼대와 양한 문장을 제시했지만 개인적인 독서 취향으로 보면
한유와 유종원은 우여곡절이 있는 스토리와 독특한 상상력을 가진 전기
에만 관심을 보인 것이 아니라 표현이 화려한 육조시대 변려문에도 매우
호감이 있었던 것이다. 고문을 제창하면서도 변려문을 피하지 않았고
산문 문체를 쓰면서도 가끔은 배우俳偶로 기세를 높이는 것은 한유와 유
종원의 글쓰기 비결이었다. 방포方苞는 유종원에 대해 "주周, 진秦, 한漢,
위魏, 육조六朝의 여러 문장가의 글이 잡다하게 나왔다"고 비판했지만 사
실 바로 유종원이 "제자백가서를 읽으면서 전후 시기 문장을 모두 활용

32　陳寅恪, 『元白詩箋證稿』, 上海古籍出版社, 1982, 제1장; 陳寅恪, 『金明館叢稿初編』, 上海
　　古籍出版社, 1980, p.294 참조.
33　한유, 「장적에게 답하는 편지(答張籍書)」·「거듭 장적에게 답하는 편지(重答張籍書)」 참조.

하여" 사상이나 문장이 활달하고 두루 통하는 장점이 있었다는 것을 이야기한 셈이다. 이렇게 비교할 때 유희재劉熙載가 "한유의 문장이 팔대의 쇠미한 문풍을 일으켰다고 하지만 사실은 팔대의 성취를 집대성한 것이다"라고 말한 것이 훨씬 핵심을 짚은 것이라고 볼 수 있다. 여기에서 "한유 문장"은 "한유와 유종원의 문장"으로[34] 읽어도 무방하다.

한유와 유종원의 문장은 각각의 장점이 있겠지만 고문운동에서의 공헌과 후대에 미친 영향력만을 두고 보면 유종원보다 한유의 위상이 더 높을 것이다. 그 원인은 한유가 유학을 부흥시키고 고문을 제창했으며 목표가 유종원보다 훨씬 더 선명했다는 점도 있지만, 그가 "엄정한 태도로 스승 역할을 하면서" 열심히 사인士人들을 추천했기 때문이다. 지위가 높거나 또는 명성을 날린 사람들은 대부분 후학 양성을 자신의 책무로 생각하는데 이것은 당대唐代 정치 문화의 큰 특징이었다. 한유는 다만 인재에 더 관심을 두었고 좀 더 성공적으로 추천했을 뿐이었다.[35] 한유는 높은 수준의 문장으로 여러 생도들이 추종하는 대상이 되었고 편지로 요청을 하여 대략이나마 가르침을 받은 이들은 모두 당시 사람들에 의해 '한유 문하의 제자'라고 불렸다.[36] 이것은 학설의 전파와 고문운동의 전개에서 매우 중요했다. 유종원의 친구 유우석, 여온呂溫, 오무릉吳武陵 등도 글을 잘 써서 명성이 높았으나 이들은 서로 결집하지 않았으므로, 후진을 장려하고 발탁하면서 이들을 학문으로 인도하여 '한

---

34 방포(方苞), 「유종원 문장 뒤에 씀(書柳文後)」; 유희재(劉熙載), 『예개(藝槪)』 권1, 「문개(文槪)」.

35 조린(趙璘), 『인화록(因話錄)』 권3; 홍매(洪邁), 『용재사필(容齋四筆)』 권5 「한문공천사(韓文公薦士)」 참조.

36 『신당서(新唐書)』 「한유전(韓愈傳)」; 이조(李肇), 『당국사보(唐國史補)』 하권 참조.

유 문하'를[37] 건립한 한유에 미치지는 못했다.

이고는 「한문공행장韓文公行狀」에서 이렇게 말했다. "정원貞元(785~805) 말엽부터 지금까지 후학 중에 고문에 뜻을 둔 사람들이라면 모두 다 공을 모범이라고 여겼다." 후인들이 한유 주변에서 고문에 열심인 사람들을 '한문 제자'라고 통칭했는데 그중에서 진짜 가르침을 받았던 문생은 많지 않았다. 이관李觀, 구양첨歐陽詹은 한유와 같은 시기에 진사에 합격했고 고문으로 서로를 고무하고 격려했다. 그러나 이관과 구양첨은 "문장은 자연스러워야 한다", "과거에도 지금에도 영합하지 않고 자신의 뜻으로 구절을 만들고, 구절을 엮어 글을 완성해야 한다"고[38] 주장했다. 이런 주장은 "옛 도를 배우려고 문장도 두루 익히려 했던" 한유의 혁신적인 사고와는 전혀 달랐다. 다만 이 두 사람은 불행히도 요절했고 문장의 성취도 높지 않았다. 번종사樊宗師는 생전에 문장으로 한유와 이름을 나란히 하였다. 한유는 「남양 번소술 묘지명南陽樊紹述墓志銘」을 써서 "옛날 사람들의 어휘는 모두 그들이 스스로 만들어낸 것이다"라고 해놓고 또 그의 글에 대해 "문장은 자연스럽고 모두 적절하다"고 했는데 다소 이해하기 어렵다. 『천당지재장석千唐志齋藏石』의 경우, 번종사가 자신의 종조從祖를 위해 쓴 묘지명을 수록하고 있는데 확실히 문장이 자연스러워서 한유의 평가를 이해하는 데 도움을 준다. 그러나 이것은 번종사가 젊었을 때 쓴 것이고 현전하는 「강수거원지기絳守居園池記」 등은 매우 난삽하여 완독하기도

---

37 이고는 한유가 "반드시 문장력이 좋고 또 자신을 따르는" 사람을 인재로 천거하는 것에 대해 못마땅하게 여겼다(「한시랑에게 답하는 편지(答韓侍郎書)」). 개인의 취미와 필요에 따라 인재를 천거하는 이런 병폐는 모든 시기 '백락(伯樂)'에게 존재했다고 볼 수 있다.
38 이관(李觀), 「동생 태에게 보내는 편지(報弟兌書)」·「첩경하는 날 시랑께 올리는 편지(帖經日上侍郎書)」.

힘들 정도이다. 이조가 『당국사보』에서 말한 "한유에게 기이함을 배우고 번종사에게 난삽함을 배우라"고 한 것은 이 글에 해당되는 말일 것이다.

'한유 문하의 제자'에 가장 부합하는 사람은 이고, 황보식皇甫湜, 심아지沈亞之일 것이다. 이고는 문장을 논의하면서 "문채와 논리, 주제 세 가지를 겸비해야 한다"고 주장했고 특히 "참신한 주제로 글을 쓰되 절대 모방하지 않을 것"을[39] 중시했는데 이 점은 스승에게서 잘 전수받은 것이다. 이고는 「복성서復性書」에서 "성명性命의 이치를 궁구하여" 송대 유자들이 가야 할 앞길을 열었다. 그리고 그 온후하고 통달한 성정과 담아하고 우아한 문장은 송대 사람들의 취향에 잘 맞았다. 그러나 송대 사람들이 이고와 한유를 나란히 둔 것은 지나치게 이고를 띄운 것이다. 소박하고 진지한 이고와는 달리 황보식은 새로운 주제와 독특한 표현을 훨씬 더 강조하였다. 황보식의 「이생에게 답하는 첫 번째 편지答李生第一書」에서 "주제의 새로움은 일상과 다른 것이어야 하지만, 일상과 다르다면 괴이해질 것이다. 높은 수준의 표현은 출중해야 하지만, 출중하다면 기이해질 것이다"라고 했는데 후대 사람들이 '한유 문하의 제자'를 논평할 때는 이 때문에 대부분 한유의 순정醇正한 부분은 이고가, 한유의 기발한 부분은 황보식이 계승했다고 평가했다. 한유 문하에서 10여 년간 수학했던 심아지는 착상이 기이한 소설을 썼고 사실과 허구가 뒤섞인 인물 전기에 전력하였는데 사람들이 크게 주목하지 않는 한유의 또 다른 측면을 계승했던 것이다.

중당中唐 문장으로는 '신악부 운동'을 이끈 것으로 유명한 원진元稹과

---

39 이고(李翱), 「주재언에게 답하는 편지(答朱載言書)」.

백거이白居易, 한유와 유우석의 눈에 든 우승유牛僧孺와 한유가 깊이 경애했던 두목杜牧 등이 있었다. 이들 작가들의 서술은 한유, 유종원이 제창한 고문과 그렇게 긴밀하게 이어져 있지 않다. 오히려 만당에 등장한 잡문 작가 몇몇이 당대 고문운동의 대미를 장식했다고 할 수 있다. 가장 단적인 예가 손초孫樵가 자술한 '문통文統'이다.

> 나는 문장의 비결을 내무택(來無擇)에게서 얻었고 내무택은 황보지정(皇甫持正, 황보식)에게서 얻었다. 황보지정은 이부(吏部) 한퇴지(韓退之, 한유)에게서 얻었다.

이 「왕림 수재에게 보내는 편지與王霖秀才書」에서 손초는 자신이 얻은 '진짜 글쓰기 비결'에 대해 서술하였는데 내용은 이러했다. "생각은 반드시 깊게, 표현의 수준은 반드시 높게 하여 사람들이 말할 수 없는 것을 말하고 사람들이 도달하지 못하는 수준에 도달해야 한다. 괴이한 것을 추구하되 당시 폐단을 겨냥하여 올바른 곳으로 돌아가게 해야 한다." 손초의 문장에서 추구했던 "기세는 천지 같고 구절마다 살아있는 듯한 것"은 한유 문장의 기발함을 터득한 것이다. 주목할 부분은 손초는 난세를 살아서 마음 속에 우울과 원망이 있었으므로 현실을 통해 과거를 떠올리는 「독개원잡보讀開元雜報」와 함께 현실에 비분하고 세속적인 것을 싫어하는 잡문을 주로 썼다는 점이다.

이렇게 풍자적이면서도 해학적인 잡문은 피일휴皮日休와 육구몽陸龜蒙, 나은羅隱의 붓끝에서 훨씬 더 탁월하게 표현되었다. 유학을 주장하고 도를 밝히는 것을 제창하며 복고를 주장하고 왕통과 원결, 한유 문장을 힘껏

추앙하는 점은 피일휴, 육구몽, 나은 세 사람이 당대 고문운동과 강력하게
이어져 있다는 것을 증명하고 있다. 피일휴가 문장 쓰기에 대해 자술하면
서 "위로는 아주 먼 옛날의 잘못을 없애고 아래로는 최근의 잘못을 보완하
여야 헛된 말이 아니게 된다"고 했고 특히 수대 말엽의 대유大儒 왕통王通의
도덕적인 문장을 모범으로 제시하였으므로 제자백가 문장에 대한 피일휴
의 동경을 상상해 볼 수 있다.[40] 피일휴의 『녹문은서鹿門隱書』뿐만 아니라
유태劉蛻의 『산서山書』, 나은의 『참서讒書』, 육구몽의 『입택총서笠澤叢書』 모
두 사상서子書의 전통을 계승하여 사상가로서 주장을 내세우려는 의도가
있었다. 학력과 지식의 한계로 인해 피일휴를 비롯한 이들은 스스로 사상
가가 되겠다는 소망을 실현할 수 없었지만 이를 전환하여 잡설과 소품을
썼기 때문에 깊은 울분과 예리한 필치라는 또 다른 독특한 풍미가 있다.

　피일휴의 소품은 논의가 치밀하다는 장점이 있다. 예컨대 "옛날 관료
들은 천하를 자신의 근심사로 삼아 걱정하였지만, 지금 관료들은 자기를
천하의 근심사로 만들기 때문에 사람들이 그로 인해 걱정한다"라거나
"옛날에 은거할 때는 뜻을 펴기 위해서였지만, 지금 은거할 때에는 지위
를 얻기 위해서 한다"는 식의 핵심을 찌르는 따끔한 잠언인데, 『녹문은
서』는 모두 이런 식이다. 다만 피일휴는 「한문공의 태학 배향을 청하는
글請韓文公配饗太學書」류의 거대 담론을 진행한 글도 썼는데 이로부터 그가
세상사에 완전히 절망한 것은 아니라는 사실을 알 수 있다. 육구몽은 「보
리선생전甫里先生傳」에서 자신의 생애를 서술하면서 "선생은 기질이 성급
하여 일이 있을 때마다 참지 못하고 화를 내었다"고 했는데, 절망의 시대

40　피일휴(皮日休), 「문수서(文藪序)」·「문중자비(文中子碑)」 참조.

에서 정면으로 논의하는 것이 싫었기 때문에 대부분 우언을 통해 세상을 깨우쳤다. 후대 사람들이 그를 "문장이 원도주元道州(원결) 같다"고 평가했지만 나는 그와 유종원 간의 관계에 더욱 주목한다. 마찬가지로 글을 쓸 때 "풍자하는 내용이 많았"지만 나은은 정치논설政論 차원에서 사론史論 쓰기를 좋아했던 것 같다. 「설천구說天鴎」, 「부인지인婦人之仁」, 「삼숙비三叔碑」 등의 문장은 시대적 상황에 촉발되어 감회에 젖거나 묘한 말을 통해 웃음을 주기도 하고 제목을 차용해서 주제를 드러내기도 했는데 모두 길이는 짧지만 날카롭다는 점에서 '촌철살인'이었다.

2. 송대 고문운동

당대와 송대 고문운동은 비슷한 점이 적지 않아서 사학자들이 서술할 때에는 늘 이 두 가지가 '함께 묶이는' 듯한 느낌이다. 예컨대 이 둘은 모두 유학의 부흥을 가져와서 변려문을 배척함으로써 고문운동의 길을 개척했고, 삼대와 양한 문장을 표방했으며 심지어 추대하는 작가를 열거하는 순서마저도 대부분 비슷하다. 또 백여 년의 발효 기간을 거쳐 마지막에 개인적 매력이 넘치는 한유와 구양수가 문단의 맹주가 됨으로써 종지부를 찍었다고 했다. 다만 찬찬히 생각해보면 이렇게 '함께 묶이는' 것은 표면적인 현실일 뿐이다. 송대 인물들이 '운동'한 고문은 당대 고문과는 다른 내재적 발전 논리가 있었다.

송대 고문은 시문時文에 도전하여 진한秦漢 문장을 지향한다는 맥락에서 보면 당대 고문과 확실히 비슷한 부분이 있다. 그러나 송대 문장에서 당대 문장은 지향하는 목표인 동시에 대화 상대이자 경쟁 상대였다. 송대 사람들이 "당송 문장 간에는 우열이 없다", "이것은 당대 문장도 아니고 한대 문장도 아니며 확실히 우리 송대 문장이다"라고[41] 했을 때 자립하겠다는 그들의 '야심'을 어렵지 않게 볼 수 있다. 시로 당시와 송시를 나눌 때에는 여러 이견이 있었지만, 그래도 남송 이후 수많은 비평가들이 그것을 인정했다. 그러나 문장에서 '당송'을 나란히 말하는 것은 이미 정론이 된 듯 이견이 거의 나오지 않았다. 그러나 가끔 예외가 있는데 금대金代의 왕약허 王若虛의 『호남유로집滹南遺老集』 권35 「문변文辨」에서 다음과 같이 말했다.

> 진후산(陳后山, 진사도)은 한유는 기문을 쓸 때 사건에 대해 썼는데 지금 사람들의 기문은 논설이라고 말한 적이 있다. 나는 그 의견에 동의하지 않는다. 당대 사람들은 의론에 취약했기 때문에 이렇게 썼던 것이다. 의론이 많다고 기문에 무슨 해가 되겠는가? 문장의 형식은 같지 않지만 그 논리는 하나이다. 아마도 진후산은 이 사실을 분별하지 못했던 것 같은데 이것은 소식을 두고 시(詩)를 쓰는 방식으로 사(詞)를 썼다고 평가한 것과 마찬가지이다. 또 송대 문장은 한대 문장이나 당대 문장과 비교할 때 모든 문체가 다 다르다. 이렇게 범위가 확장된 것은 시대가 변했기 때문인데, 진후산은 그중 하나 둘만 보고 비판하니 왜 그런 것인가?

명대 오눌吳訥은 「문장변체서설文章辨體序說」에서 진사도의 말을 가지

---

41 왕십붕(王十朋), 「독소문(讀蘇文)」; 주필대(周必大), 「황조문감서(皇朝文鑑序)」 참조.

고 논의를 전개하면서 한유와 유종원의 기문에 이미 의론이 담겨져 있고 구양수와 소식은 그것을 더 발전시켰을 뿐이라고 강조한 바 있다. 오늘이 당송을 최대한 결부시키려고 했던 반면, 왕약허는 오히려 '의론'을 빌어 당대와 송대의 구별을 뚜렷하게 드러냈다는 점에서 탁월하다. 왕약허는 송대 사람들의 설명을 분석하였는데 그 의론의 근거는 문장이 시대에 따라 변한다는 것이었다. 그러나 "모든 문체가 다 다르다"는 기본적인 판단을 구체적으로 논증하지 않았다.

송대 사람들이 썼던 여러 문체가 당대 사람들과는 달랐다는 것을 논증하는 것은 불가능하기도 하고 필요하지도 않다. 다만 전체를 파악한다고 할 때 왕약허가 당송 문장의 차이를 강조하는 어조는 명대와 청대에도 반향을 일으켰다. 명대의 도륭屠隆은 「논시문論詩文」에서 다음과 같이 말했다.

> 진한, 육조, 당대 문장은 정취는 있지만 논리는 부족하다. 송대 문장은 논리가 있지만 정취가 부족하다. 진한, 육조, 당대 문장은 잡다해서 사람들이 좋아했고 송대 문장은 순정해서 사람들이 좋아하지 않는다. 진한, 육조, 당대 문장은 티가 있는 옥이라면 송대 문장은 티가 없는 돌이다.

청대 유대괴劉大櫆는 「논문우기論文偶記」에서 당송문을 비교했는데 도륭의 주장과 보완적인 관계에 있다.

> 당대 문장의 문체는 한대 문장에 비해서 재주를 좀 부린 편이었기에 순박한 기상이 별로 없지만 색채가 찬란하여 하상(夏商)의 솥(鼎彝) 같다.

송대 문장은 아름답기는 하지만 기괴하고 놀라운 부분은 별로 없다.

도륭이 분명하게 평가했던 것과는 달리 유대괴는 당대 문장이 "날카롭고 경직되었고峭硬" 송대 문장은 "엉성하고 제멋대로疏縱"인 것에 대해 절대적인 가치판단은 하지 않았고 다만 송대 문장에 옛 사람의 중후한 기상이 별로 없다는 점을 조금 탐탁치 않게 여겼을 뿐이다.

이들 서술을 하나로 종합할 수 있다면 결국 정치情致와 이취理趣, 기발함奇崛과 평이平易, 다채로움陸離과 순후醇厚로 모아질 수 있을 것이다. 이것은 시에서 당시와 송시를 구분하는 주장과 상통하는 부분이 있다. 산문으로 당대 문장과 송대 문장을 구분하는 것은 시로 당시와 송시를 구분하는 것만큼 기준이 선명하지도, 영향력이 강하지도 않다. 시조차도 많은 예외가 있다 보니 산문에 대한 논의가 갖는 취약점은 말하지 않아도 알 수 있을 것이다. 이런 내용들은 '송대 문장'이 그저 '당대 문장'의 부속품이 아니라 나름의 독립적인 성격과 가치가 있다는 것을 설명하기 위한 것이었다. 그래서 송대 문장의 특징과 관련된 서술 중에서 가장 관건이 되는 것은 "의론하기 좋아한다"는 구절이다. 이것은 송대의 중대한 사건과도, 강학을 글로 썼던 독서인의 정신과도 연관되어 있다.

송 태조가 술잔을 들어 병권을 무장해제시키고[42] 문교文教를 확정하여 나라를 세운 뒤에 송나라는 처음부터 끝까지 문을 중시하고 무를 경시하는 것이 기본적인 특징이었다. 송대 사람들은 유학을 장려하고 문

---

42 【역주】배주석병권(杯酒釋兵權)은 술을 나누며 병권을 거둔다는 뜻이다. 송 태조 조광윤은 개국공신인 장군들을 술자리에 초대한 뒤 이들 중 누군가 나 대신 황제가 될 지도 모른다는 말을 흘렸고 그 말을 들은 장군들은 기겁하여 병권을 반납했다. 조광윤은 병권을 반납한 장군들에게 토지와 저택을 하사하면서 왕권을 안정시켜 나갔다.

사를 숭상하였으며, 높은 성적으로 과거에 급제하여 보필輔弼에 오를 수 있는 시대 상황 덕분에 문인들이 "자기의 역량을 쓸 수 있는 큰 기회가 있다"며[43] 큰 기쁨과 안도를 느꼈다. 후대 사람들은 이렇게 "과거가 큰 사건"이 된 것에 대해 무한한 감개를 느꼈다. 청대 조익趙翼은 송대에 "명신들이 배출되고 관리의 통치가 선량하였으며, 유사시에는 대부분 강개한 마음이 되어 나라에 보답하였다"[44]고 하면서 그 원인을 조정에서 사대부를 우대했기 때문이라고 하였다. 황제가 문장을 우대하거나 무장을 장려하는 것은 사실 선택지가 있는 통치술이므로 지나치게 과장할 필요는 없다. 오히려 간관諫官을 죽이지 않고 언로를 확장한 것이 송대 문화 분위기에 결정적인 영향을 끼쳤다. 송 태조가 태묘太廟의 협실에 비석을 세우고 위에는 세 줄로 된 맹세의 말을 새겼는데 그중에서 가장 핵심적인 내용은 "사대부와 글을 올리는 언관을 죽이면 안 된다"였다. 그러나 이것은 결국 이상적인 계획이었을 뿐 후대에 절대적인 결속력을 갖지는 못했다. 단적인 예로 진회秦檜는 화의和議를 극력 주장하면서 결국 문자옥을 일으켰는데 반드시 조정의 정적만을 겨냥한 것이 아니었으므로 "말과 글이 약간만 금기에 저촉되기라도 하면 모함에 걸려들었다."[45] 그렇기는 하지만 송대 사람들은 의론하기를 좋아해서 심지어 거침이 없을 때도 있었는데, 이는 당시에 언로가 상대적으로 뚫려 있었던 정황과 무관하지 않다.

　　"넓디 넓은 황제의 은혜"와 막중한 임무에 감격했는지 송대 사람들의

---

43 구양수(歐陽修), 『귀전록(歸田錄)』 권1; 섭몽득(葉夢得), 『석림연어(石林燕語)』 권6 참조.
44 조익(趙翼), 『이십이사찰기(廿二史札記)』 권25 「송 제도에서 녹봉의 후해짐(宋制祿之厚)」.
45 반영인(潘永因), 『송패유초(宋稗類鈔)』 권1 「군범(君范)」; 조익(趙翼), 『이십이사찰기(廿二史札記)』 권26 「진회문자지화(秦檜文字之禍)」 참조.

고담준론은 "닿지 않는 곳이 없을 정도로 광범위한" 내용을 다뤘다. 가장 대표적인 사례가 전쟁과 관련하여 문인들이 벌였던 각종 논쟁이었다. 구양수는 「윤사로묘지명尹師魯墓志銘」에서 "윤사로는 세상에 일이 없을 때도 홀로 전쟁 이야기하기를 좋아했다"고 했는데 이 구절의 "홀로"는 다소 독단적으로 사용했다는 느낌이 있다. 송대는 줄곧 "변방이 안정되지 못해서" 변방에 관심을 두는 것이 독서인의 책무가 되었다. 양억楊億조차도 "변방의 일에 밝은 듯한 사람"이었다. 그저 "자신의 이익만 끝없이 추구했을 뿐 전략이 정밀하지 못해서" "일찌감치 선견지명이 있었고 언제나 나라에 대한 충정 어린 말을 했던" 윤사로보다는 훨씬 못했지만 말이다.[46] 문인 중에서 전쟁에 대해 말한 매요신梅堯臣, 구양수歐陽修, 소 씨蘇氏 부자父子에서 신기질辛棄疾, 진량陳亮에 이르는 사람들은 모두 구체적인 전술 계획이 아니라 대부분 전략과 당시 상황을 말했다. 그런 점에서 전쟁에 대해 말한다는 것은 정치에 대해 말하는 것이었다. 태평세월이라면 "도를 논하고", 나라 상황이 쇠퇴하면 "사건에 대해 말하게" 되는데 이렇게 취미생활에 가까울 정도로 "전쟁에 대해 말하는 것"을 좋아함으로써 송대 문단은 정말 "논의가 분분해지기" 시작했다. 당시의 폐단을 고치려고 하는 사람은 실용성을 중시했고 도학을 말하는 자들은 수양을 강조했으며 천인天人을 말하는 사람들은 현원玄遠을 음미하는 등 각자의 주장의 근저는 사뭇 달랐지만 논쟁을 하거나 심지어 매도하는 과정을 거친 결과 송대 사람들의 논의가 확실히 당대 사람들보다 훨씬 나아진 것이다. 이학가理學家 사이에서도 여전히 도문학道問學과 존덕성尊

---

46 섭적(葉適), 『습학기언서목(習學記言序目)』 권48 「주소(奏疏)」 및 권50 「책(策)」 참조.

德性에 관한 논쟁이 있었는데, 문사와 대유大儒들이 서로를 힐난했으리라는 것은 말할 필요도 없다. 송대 사람들은 회의와 논쟁에 강해서 이들의 문장 풍격은 후대에 깊은 영향을 미쳤다.

송대에는 군사력은 별로였지만 문장에서의 성취는 매우 탁월했다. 송대 사람들은 문장에 자신감이 넘쳐서 "우리나라는 다섯 개의 별이 규성奎婁에 모여 있으므로 문치文治는 한나라나 당나라보다 더 성대하다"고 자랑했다. 현대 사학자 중에서도 비슷한 견해를 갖고 있는 사람들이 있는데 그들은 같은 맥락에서 "화하華夏 민족문화는 천 년간 변화하면서 조송趙宋 대에 전성기에 이르렀다"고[47] 말했다. 평균적으로 학식은 송대 사람이 당대 사람보다 낫다는 이런 평가는 약간 불공평하다. 아마도 당대 사람들이 재능과 정감에 치중했고, 송대 사람들은 학식과 교양이 두드러졌다고 해야 하지 않을까. 이 점은 당송고문의 두 대표자 한유와 구양수를 대비하면 쉽게 알 수 있다. 둘 다 옛 도와 고문을 부흥하려고 전력했다. 그러나 구양수는 경학과 사학, 금석학까지 두루 섭렵하여 송대 사람들의 지향을 나타냈다. 도학과 정밀함으로만 본다면 구양수는 한유보다 못할 지도 모른다. 그러나 학문의 해박함을 따진다면 한유는 분명히 구양수보다 못할 것이다. 송대 사람들의 학문 취향은 당시 유행하던 문체인 '필기筆記'로 상징된다.

필기는 송대 사람들이 처음 만들어낸 것은 아니다. 다만 송대에는 사학이 발달했고 송대 사람들의 성정이 우아하여 필기는 지괴志怪와 전기傳奇에 대한 관심을 일상적 견문에 대한 강조로 바꾸어놓았다. 명대 사

---

47 유극장(劉克莊), 「평호집서(平湖集序)」; 陳寅恪, 『金明館叢稿二編』, 上海古籍出版社, 1980, p.245 참조.

람들은 이 부분에 대해 이렇게 논한 적이 있다.

> 송대에 사대부들은 공무 나머지 시간에 기록을 하지 않으면 자연 속에
> 서 한담을 했다. 쓴 것은 모두 일상생활에서 아버지나 형들, 스승과 친구
> 들 사이에 주고받은 내용이나 경험 및 견문이었는데 오류가 있으면 의문
> 을 갖고 고증했다. 그래서 말 한 마디, 한 번의 웃음으로 이전 사람들의 풍
> 류를 떠올리게 된다. 이 내용들은 정사(正史)에 없는 내용과 전고(典故)
> 에서 빠진 부분을 보충해준다.[48]

이렇게 "생각나는 대로 기록한" 저술을 읽다 보면, "흔연히 깨닫거나
개탄하면서 감회에 젖는" 그들의 심정과 "언제가 한가해질 때 보려고
기록한다"는 기록의 목적을 알게 되며, 그러면서 송대 사람들의 성정과
취미에 대해 진정으로 이해할 수 있게 된다.[49] 황제가 보는 경우에는 정
말 그 글이 "매우 좋은 의론"이어서인지 아니면 다른 의도가 있어서인
지는 따질 필요가 없다.[50] 어쨌든 이렇게 기사記事와 의론, 고거를 결합
하되 마음 가는 대로 쓰고, 붓을 대기만 하면 흥미로운 저술이 송대에는
특별히 발달했는데, 이것은 단언컨대 확실한 사실이다. 송대 필기의 발
달은 송대 사람들이 학식이 풍부하고 의론을 좋아하는 것과 서로 인과

---

48 도원계보(桃源溪父), 『오조소설(五朝小說)』「송인소설서(宋人小說序)」.
49 홍매(洪邁), 『용재수필(容齋隨筆)』권수(卷首); 나대경(羅大經), 『학림옥로(鶴林玉露)』
    「갑편자서(甲編自序)」; 구양수(歐陽修), 『귀전록(歸田錄)』「자서(自序)」 참조.
50 홍매는 『용재속필(容齋續筆)』권수에서 당시 황제가 자신의 저술을 "그럴듯하게 좋은
    의론"이라고 하였다면서 매우 자랑스러워하고 있다. 주변(朱弁)의 『곡유구문(曲洧舊
    聞)』과 왕명청(王明清)의 『휘주삼록(揮麈三錄)』, 주휘(周輝), 『청파잡지(淸波雜志)』에
    는 구양수가 『귀전록(歸田錄)』을 황제가 보기 때문에 어쩔 수 없이 자세하게 고쳤다는
    기록이 있다.

관계에 있다.

송대 유자儒者의 강학은 송대 문장이 평이한 경향이 되는 데 깊은 영
향을 미쳤다. 어록語錄을 문장으로 여긴 사람은 당연히 도학가뿐이었다.
그런데 의론의 효용성을 중시하고 평이하게 써서 잘 전달하는 것을 중
시한 점은 송대 문인들이 공통적으로 추구한 것이었다. 나대경羅大經의
『학림옥로鶴林玉露』 갑편甲編 권5 「한유구소韓柳歐蘇」는 당송 문장을 비교
하면서 곧바로 글의 가독성 문제로 논의를 시작했다.

> 그런데 한유와 유종원은 잘 안 쓰는 글자와 중첩되는 글자를 썼고 구양
> 수와 소식은 일상적이고 평이한 어휘를 썼으나 그 산뜻하고 고아한 느낌
> 은 따라갈 수 없다. 이 점은 한유와 유종원에게 없는 것이었다.

이전에 주희는 이미 여러 차례 이 점을 강조했는데,[51] 이학가의 편견
으로 쉽게 오해되었다. 이른바 "산문은 송대에 이르러 비로소 진정한
글이 되었다", "송대 문장은 평이하다", "송대 문장은 직설적이다"라는
말에 대해, 후대 사람들의 판단 사이에는 매우 큰 편차가 있었지만 그래
도 모두 송대 문장은 "기험奇險한 것보다는 대체로 평이하다"라는 문체
적 특징을 보인다고 지적했다.[52] 재능이 높고 담대하거나 천성이 소탈
해서 붓 가는 대로 써 내려간 것처럼 보이기도 한다. 그런데 사실 이러

---

51 예컨대 『주자어류(朱子語類)』 권139에서는 "구양수와 소식은 어려운 글자는 하나도 쓰
    지 않았지만 문장은 이렇게 좋다", "글자는 구양수와 증공, 소식에 이르러, 도의 이치는
    정이, 정호에 이르러 유창해졌다"고 호평하였다.
52 왕약허(王若虛), 『호남유로집(濠南遺老集)』 권37 「문변(文辨)」; 원매(袁枚), 「수재 손
    보지에게 보내는 편지(與孫備之秀才書)」 참조.

한 '평이'함은 애써 고심하여 고안해낸 것이다. 『주자어류朱子語類』권 139와 주변朱弁의 『곡유구문曲洧舊聞』권4에서는 모두 구양수가 문장을 고쳤던 일에 대해 논의하고 있다. 문장의 풍격이 현란함에서 평담함으로 바뀐 것, 이것은 송대 사람들이 의식적으로 추구했던 것이었다. 이렇게 추구한 결과 고문의 풍격은 애초에 한유가 구상했던 것과 부분적으로 달라졌다.

문장도 그렇지만 더 중요한 것은 사상이었다. 송대 문장에서 새로운 발전 방향을 탐색한 것은 한유가 만들었던 '문통文統'에 대한 일종의 도전이었을 것이다. 송대 사람들은 일반적으로 한유의 '고문'을 추앙했는데 이 점에 대해서는 의문의 여지가 없다. 그렇지만 이와 마찬가지로 가볍게 보아 넘길 수 없는 점은 송대 사람들이 여전히 자신의 취미에 따라 한유와는 다른 새로운 '고문'을 만들었다는 사실이다. 송대 문장의 전체구도에 대해 범중엄范仲淹, 구양수, 육유陸游, 주희, 주필대周必大 등이 모두 나름대로 훌륭한 서술을 했기 때문에, 여기에서는 한유를 계승하고 넘어선다는 측면에서 송대 문장의 발전에 대해 평가해보려고 한다. 송대 사람들의 측면에서 보면 '한유'는 처음부터 끝까지 피해갈 수 없는 주제였기 때문이다. 천하의 인재들을 속박하는 시문時文에 대항하기 위해 유개柳開를 필두로 해서 옛 도와 고문을 부흥하는 '고문운동'을 표방하는 존재로 한유를 인식했다. 이와 함께 한유를 추숭하는 것과 고문을 주장하는 것은 다시 도를 중시하는 것과 문장을 중시하는 것으로 분리되어 발전하였다. 후대 사람들이 말하는 송육가宋六家의 문장은 분명히 정호, 정이, 주희 등의 이학理學적 문장과는 차이가 있다. 나라가 엄청난 위기에 직면하는 상황이 되자 의리義理에 대한 공허한 담론을 경시하게 되었고 북송과 남송의 교체기에는 정치적 사안을 논하는 문장이 매우 많이 증가하였다. 그러나 실제로 이렇게 경세치용을 중시하는 문장은 늘 있었으므로 이런 문장은 앞에서 서술했던 문사들의 문장, 도를 천명한 문장 이 세 가지가 병립하는 구도를 띠게 되었다. 송대 사람들은 이 세 가지 문장의 차이를 마음으로는 명확하게 이해했지만 실제로 문장을 쓸 때는 상당히 모호하게 적용했다. 이 글에서는 잠시 광범위하게 유행했던 '문사지문文士之文(문인의 문장)', '명도지문鳴道之文(도에 대한 문장)', '언사지문言事之文(사안에 대한 문장)' 이 세 가지 문장의 변천을 통해 3백 년간 문장의 발전 양상을 파악해보도록 하겠다.

송대 3백 년간 문장의 발전 양상에 대해『송사宋史』「문원전서文苑傳序」에서는 대략적인 윤곽을 믿을 만하게 서술했다.

> 개국 초기에 양억(楊億)과 유균(劉筠)은 당대(唐代) 성률을 중시한 문체를 그대로 따랐다. 유개(柳開), 목수(穆修)는 옛 문장 풍을 혁신하는 데 뜻을 두었지만 힘이 따라주지 않았다. 여릉(廬陵) 구양수가 나와서 고문을 제창했고 임천(臨川) 왕안석(王安石), 미산(眉山) 소식, 남풍(南豊) 증공(曾鞏)이 일어나 이 주장에 화답하여 송대 문장은 나날이 고문으로 향했다. 남쪽으로 천도한 뒤에는 문장의 기세가 북송 때보다는 못했으니 어찌 시대의 변화를 보기에 충분하지 않겠는가?

남송 문장과 북송 문장의 기풍과 성취는 여기에서는 언급하지 않으려고 한다. 고문운동이 시작되고 큰 성공을 이루기까지의 구체적인 양상에 대해『송사』의 서술은 대부분 범중엄의 「윤사로하남집서尹師魯河南

集序」를 바탕에 두고 있다. 유일하게 다른 점이 있다면 범중엄은 시대 순서를 중시했으므로 유개가 복고를 극력 제창한 것을 앞에 두었던 반면, 『송사』에서는 논리적 구성을 강조하여 오대五代의 문장을 그대로 따라한 양억을 앞에 두었다는 것이다.

세상 사람들이 모두 시문으로 과거 합격이라는 명예를 얻고 있을 때 유개는 처음으로 옛 도와 고문을 제창했다. 이것은 실로 쉽지 않은 일이었다. 다만 그의 「응책應責」에서 표방한 "이치는 예스럽게, 뜻은 높게, 상황에 따라 길고 짧게 하여 유연하게 짓는다"는 고문의 이상은 결코 실현되지 못했다. "문장이 껄끄럽고 서투르다", "씁쓸하고 떫은 맛만 날 뿐 잘쓴 부분이 하나도 없다"는[53] 평가는 약간 가혹한 감이 있지만 유개, 목수 등이 문장을 잘 쓰지 못한 것은 사실이었다. 섭적葉適은 송 초기에 고문을 제창한 사람들이 매력 없는 문장을 쓴 것을 그들의 도전 심리의 탓으로 돌리면서 "당시에는 짝수구를 공교롭게 배치하는 것을 숭상했지만 그들은 산문구를 써서 졸박하게 쓰는 것을 높이 샀"기 때문이라고 했다.[54] 이렇게 "잘못된 것을 바로 잡는" 것은 필연적으로 "과하게 되기" 마련이니 이들이 "옛 문장 풍을 혁신하는 데 뜻을 두었지만 힘이 따라주지 않았"던 것도 당연하다.

송대 고문에서 혁신의 핵심은 구양수였다. 이 점에 대해서는 지금까지 이견이 없다. 구양수 문장이 세상을 풍미했다는 점에 대해 이야기하기 전에 먼저 몇 사람의 선배들 또는 생각을 같이한 사람들에 대해 먼저 평가해야 할 것이다. 섭적은 왕우칭王禹偁의 문장을 두고 "간결하고 고아

---

53 왕사진(王士禛), 『지북우담(池北偶談)』 권17 「유중도집(柳仲涂集)」 「유개논문(柳開論文)」.
54 섭적(葉適), 『습학기언서목(習學記言序目)』 권49 「기(記)」.

하며, 이전 세 왕조에서는 여기에 이른 사람이 없다"고 개탄했다. 그러나 추숭하는 사우師友들이 없었기 때문에 사람들은 그렇게 대단하다고 생각하지 않았다. 구양수도 왕우칭을 매우 호평했고 심지어 "공의 풍채를 마치 지금도 보는 듯한데, 내 문장은 공과 비교하면 논하기에도 부족하다"고까지[55] 했다. 왕우칭이 구양수의 문장에 준 영향력은 「붕당론朋黨論」, 「오대사궐문五代史闕文」, 「황주신건소죽루기黃州新建小竹樓記」 등의 몇 편 정도가 아니다. 무엇보다도 이러한 영향을 받아서 구양수는 평이하되 난삽하지 않았던 한유 문장의 스타일을 선택했다. "한유의 문장을 보니 구절 하나하나 다 쉽게 말했고, 의미도 모두 잘 알 수 있었다."[56] 사람들의 글은 결코 단일할 수 없어서, 기발하고 괴탄한 것奇崛怪誕도 한유의 글이고, 평이하고 자연스러운 것平易自然도 한유의 문장이다. 왕우칭과 구양수는 평이하고 자연스러운 한유를 골랐다. 이것이 송대 문장 자체의 품격을 형성하는 데 미친 의의는 대단했다.

이전 사람들을 추억하는 것도 중요했지만, 같은 도를 표방하는 사람들이 서로를 지지하는 것도 필요했다. 윤수尹洙는 "옛 도를 되살리는 데 힘쓰고" 문장에서는 "간결하며 법도가 있어야 한다"고 했다. 석개石介는 시문時文에 대해 "지나치게 수식함으로써 본질을 손상했고, 내용은 없고 수식에만 치중했으며" 글을 쓸 때 금기가 없다는 점을 혹평했다. 또 범중엄은 당시의 "문장이 유약하여 풍속이 인위적이"라고 비판하면서, "문장의 폐단을 없애야" 한다고 주장했다. 이런 것들은 모두 구양수 글

---

55 섭적, 『습학기언서목』 권49; 구양수(歐陽修), 「왕원지 화상 옆에 쓰다(書王元之畫像側)」 참조.
56 왕우칭(王禹偁), 「장부에게 답하는 편지(答張扶書)」.

212   중국산문사

의 사상과 풍격에 긍정적인 영향을 미쳤다.[57] 이와 함께 꼭 기억해야 할 사람이 있다. 같은 목표를 가지고 경쟁했던 그 맞수는 바로 구양수와 함께『신당서』를 편찬했던 송기宋祁이다. 구양수와 마찬가지로 한유의 문장을 모범으로 삼았던 송기는 예스러우면서 평범하지 않은 것簡古僻奧에 치중해서 구양수와는 지향점이 달랐다. 전하는 말에 따르면 송기는 만년에 자신의 패배를 인정했지만 그의 문장을 좋아하는 사람은 여전히 매우 많았다. 심지어 어떤 논자들은 심지어 구양수와 송기의 명성이 천지차이로 달라진 이유를 스승의 문장을 알리려고 한 제자들의 노력 여부에서 찾기도 한다.[58]

구양수는 자기 자신에 대해 도덕 함양과 문장력은 한유 덕분이라고 했고, 당시 사람들과 후대 사람들도 구양수를 한유에 견주었다. 소식은 "구양수는 오늘날의 한유이다"라고 했다. 청대의 전겸익도 "구양수는 송대의 한유이다"라고 했다. 그러나 두 사람이 이 말을 했을 때 의도는 사실 달랐다. 소식은 구양수가 "예악과 인의의 실체를 드러내어 대도大道에 부합하게 했다"는 점을 높이 샀고, 전겸익은 구양수가 "자연스러운 흐름을 보인文從字順" 한유의 글쓰기 방식을 특별히 잘 터득했다는 점을 강조한 것이었다.[59] 송대 사람들은 모두 옛 도에 근거한 고문古文을 중시

---

57 윤수(尹洙), 「지고당기(志古堂記)」; 석개(石介), 「조 선생에게 올리는 편지(上趙先生書)」; 범중엄(范仲淹), 「제거 논의에 대해 당시 재상에게 올리는 편지(上時相議制擧書)」; 구양수(歐陽修), 「윤사로묘지명(尹師魯墓志銘)」.

58 『송패유초(宋稗類鈔)』 권5 「문원(文苑)」에는 구양수와 송기 문장 간의 논쟁을 기술하였다. 진진손(陳振孫), 『직재서록해제(直齋書錄解題)』 권17 「송경문집(宋景文集)」에는 송기가 옛것을 따르하는 데 힘을 쏟았지만 만년에는 젊을 때 지은 작품에 대해 후회했다고 했다. 최근의 후샤오스(胡小石)가 송대 문장의 명성이 높지 않은 것에 대해 새로운 견해를 제시했는데 이는『호소석논문집속편(胡小石論文集續編)』(上海古籍出版社, 1991, p.181)에 나와 있다.

했으나 '도'에 대한 이해는 천차만별이었다. 구양수의 경우 심성心性에 대해서는 전혀 언급하지 않았으며 주로 시사와 정치 및 개인의 도덕과 절개를 중시했다. 이학가들이 구양수가 문장을 잘 쓴다는 점을 드러낼 뿐 그의 리理 이해에 대해 인정하지 않았던 것도 당연하다.[60] 「이고의 글을 읽고讀李翺文」와 『오대사五代史』의 「영관전서伶官傳序」는 역대로 정밀한 의론으로 유명했는데, 흥망성쇠에 대한 큰 뜻으로 "늙음과 비천함을 한탄하는 마음을 바꾸었고", 때로는 "근심하고 애쓰면 나라를 일으키지만, 안일하고 향락에 빠지면 자기를 망치게 된다"고 강조했다. 이 경지는 확실히 대단하지만 주제가 참신하다고 보기는 어렵다.

구양수의 문장은 세상을 놀라게 할 만큼 착상이 독특하지는 않지만 사람을 감동시킬 만한 유장한 감개가 있다. 이도李塗는 「문장정의文章精義」에서 "이 글에서 감개가 느껴지는 곳은 모두 상당히 잘 썼다"라고 했는데 그냥 하는 말이 절대 아니다. 이른바 '감개'라는 것은 역사의 흥망과 개인의 생사에 다름 아니며, 이것은 바로 문인이자 역사가를 겸한 구양수의 특기였다. '사상'이 아니라 '감개'를 중심으로 하게 되면 이러한 감정이 영원히 사라지지 않는다는 장점이 있지만, 작가 본연의 색채를 드러내기가 매우 어렵다는 한계도 있다. 만약 구양수 문장의 풍채風神와 빼어남俊逸을, 인생에 대해 각성했던 위진남북조 문인들로[61] 올라가 확인해 보면 구양수가 문장에서 새로운 것을 만들어내는 것이 얼마나 어려운 일이었을

---

59 소식(蘇軾), 「육일거사집서(六一居士集叙)」; 전겸익(錢謙益), 「창락에 대해 재차 답하는 편지(再答蒼略書)」 참조.
60 『주자어류(朱子語類)』 권139에서는 구양수의 문장에 대해 매우 칭찬했으나 권130에서는 소식의 거친 면과 구양수의 얄팍함을 비판하면서 이를 모두 "둘 다 자신을 문인으로 내세웠다"는 데에서 이유를 찾았다.
61 陳衍, 『石遺室論文』5, 無錫國學專修學校, 1939 참조.

지를 짐작할 수 있다.

구양수는 한유를 모범으로 삼았지만 그렇다고 한유 스타일에 매여있지 않았다. 그럴 수 있었던 주된 요인은 '난삽한 문체詰曲聱牙'를 제거했기 때문이다. 「구본 한유 문집 뒤에 쓰다記舊本韓文後」에서 소년 시절에 한유 문장의 "깊이 있고 해박"한 점에 탄복했다고 했지만, 구양수의 문장은 사실 감정은 깊고 주제는 절실하며 스타일이 빼어나다는 것이 그 장점이다. 아마도 당시 사람들이 한유를 모범으로 삼으면서 지나치게 험괴險怪하려고 하는 경향에 유감이 있었던지, 구양수는 평이하고 자연스러운 것을 더 중시하였다. "자기가 남다르다는 것에 뿌듯해하여 이로써 세인을 놀라게 하려 했던" 석개도 못마땅해했고, "의도적으로 간결하고 예스러운 것을 추구했던" 왕안석王安石에 대해서도 인정하지 않았다. "맹자와 한유의 문장이 높다고 해도 따라할 필요는 없다. 자연스러운 점만 취하면 되기"[62] 때문이다.

"자연스러운 점만 취하는" 것은 직설적이어서 무미건조해질 우려가 있다. 구양수에게는 그런 병폐를 극복하는 비결이 있었는데 그것이 바로 우여곡절이 있는 전개방식을 통해 감회를 증폭시킨다는 점에 있다. 소순蘇洵은 「구양내한에게 올리는 편지上歐陽內翰書」에서 구양수 문장을 정리했는데, 이것은 이후 논자들에게 받아들여졌다.

그대의 문장은 내용 전개는 우여곡절이 있지만 논리정연하고 유창하여 중간에 끊어지는 부분이 없습니다. 기세와 표현을 극대화하고 격한 어

---

62 구양수(歐陽修), 「석추관에게 보내는 첫 번째 편지(與石推官第一書)」; 증공(曾鞏), 「왕개보에게 보내는 첫 번째 편지(與王介甫第一書)」 참조.

조로 논의를 펼칩니다. 그러면서도 여유롭고 평이한 느낌을 주며 어렵게
고심한 듯한 느낌은 없습니다.

구양수 문장 중에서 사람들이 가장 높게 평가한 작품은 「농강천표瀧岡阡
表」, 「추성부秋聲賦」, 「소씨문집서蘇氏文集序」, 「석만경 제문祭石曼卿文」, 「남쪽
으로 돌아가는 서무당을 전송하는 서문送徐無黨南歸序」 등이다. 이 글들은
문체는 다르지만 주제는 모두 "옛 일을 떠올리니 비애로 처량하다"는 것이
다. 이러한 생각을 작자는 직접 드러내려고 하지 않고 곡절이 있는 전개방식
으로 펼쳐내었는데 그래서 글이 파란만장하고 다채로운 느낌이 든다.

구양수는 문장을 쓸 때 우여곡절이 있게, 또 기복이 있게 쓰는 데 능수능
란해서 때로는 매우 먼 이야기에서 시작해서 매우 가까운 데까지 끌고
왔고 제목의 내용에서 시작해서 그 반대되는 내용을 이끌어내었다. 악한
것을 원수처럼 미워하는 격문檄文을 쓰는 경우에도 오히려 어렸을 때 높은
명성을 들었다는 내용으로부터 시작할 뿐만 아니라 계속하여 상대방을
두둔하는 것처럼 하다가 마지막에 가서야 단호하게 결별하고 무시하는
태도를 드러낸다.(「고사간에게 주는 편지與高司諫書」) 상대방이 분명 공명도 없
고 문장력도 없음에도 오히려 송 태조가 개국하는 내용으로 시작해서 왕의
군대가 고금의 전장에서 싸우는 큰 주제를 차용하여 잘 알지도 못하는
사람에게 어쩔 수 없이 서문을 써 주어야 하는 곤혹스러움을 가리기도
했다.(「부모님을 봉양하러 만주로 가는 전화 수재를 전송하는 서문送田畫秀才寧親萬州序」)

이러한 필치는 강직하고 위엄 있는 맹자나 기발하되 순박한 한유와
는 확실히 다르므로 소순이 구양수를 두고 새로운 일가를 만들었다고
평가한 것도 이상하지 않다. 후대 사람들은 '웅장雄'과 '빼어남逸'이라는

기준으로 한유와 구양수의 문장을 구분했고[63] 또 한유를 구양수보다 위에 두는 경향도 강했다. 그러나 사실 송·원 이후 고문 작법을 배우는 사람들은 대부분 구양수의 문장에서 출발한다. 만약 이런 모습을 당시의 분위기로만 이해한다면 구양수가 문단의 맹주였다는 위상과 개인의 매력으로 설명할 수 있을 것이다. 그러나 한유와 구양수를 똑같이 책으로 접했던 명청 문인들이 어떤 이유에서 구양수의 문장을 본받아야 할 모범으로 선택한 것일까? 『주자어류』 권139에서는 이런 문장으로 시작하고 있다. "한유의 문장은 너무 높은 수준에 있지만, 구양수의 문장은 그래도 배울 수 있다." 한유의 문장은 변화무쌍하고 기묘한 부분이 나와 압도하기 때문에 이런 점들을 따르거나 모방하기가 매우 어렵다. 그러나 구양수의 문장은 은은한 감정이나 우아한 운치를 보이고 지향과 취미를 함양하는 데 특기가 있으므로, 문장의 변화와 전개의 사유가 선명해서 파악하기가 비교적 쉬웠던 것이다. 문장에는 각각 형식이 있고 문인들에게도 나름의 특기가 있다고 할 수 있지만, 구양수만이 "문장의 전체적인 면을 모두 체득했고", "단편이든 장편이든 모두 가능했던 것"이다.[64] 이 점은 그의 다재다능한 면과 함께 그가 쓴 시문이 형식과 규범에 맞기 때문에 따라하기 쉽다는 점을 알려주고 있다.

송대 사람들이 한유의 문장을 따라했을 때 그들이 선택한 부분은 달랐는데, 그중에서 중요한 표지는 한유가 치켜 세웠던 양웅揚雄에 대한 평

---

63 유희재(劉熙載)는 『예개(藝槪)』 권1 「문개(文槪)」에서 "창려의 문장은 주제 제시가 갑작스럽고, 구양수와 증공의 문장은 완곡하다"고 했고, 유대괴(劉大櫆)는 「논문우기(論文偶記)」에서 "구양수는 빼어나지만 웅건하지는 않고 한유는 웅건한 곳은 많지만 빼어난 곳은 드물다"라고 했다.

64 나대경(羅大經), 『학림옥로(鶴林玉露)』 병(丙)편 권2 「문장에는 형식이 있다(文章有體)」; 소철(蘇轍), 「구양수신도비(歐陽修神道碑)」 참조.

가였다. 구양수는 양웅이 고전의 어휘를 모사한 것에 매우 부정적이었고 소식은 심지어 양웅이 심오하고 어려운 어휘로 자신의 천박함을 수식한다고 노골적으로 비판했다. 그와는 반대로 증공曾鞏과 왕안석은 양웅을 매우 높이 평가했고 양웅을 잘 배우면 얻는 것이 있다고 생각했으며, 때로는 지금 공부하는 사대부들이 양웅을 제대로 알지 못한다는 것을 한탄하기도 했다.[65] 그런데 양웅의 정치적 태도와 학술적 성취를 빼고 그냥 문풍으로만 본다면 그의 심오하고 난해한 부분은 논쟁의 초점이 되었다. 평이하고 유창한 것을 중시했던 구양수와 소식은 양웅의 문장을 좋아하지 않았고, 이와는 반대로 양웅의 문장을 좋아했던 증공과 왕안석은 난해하고 굴곡 있게 글을 썼다. 똑같이 한유를 모범으로 삼았지만 구양수는 한유의 '자연스러운 흐름'을 선택했던 반면, 왕안석은 한유의 '창작에서 진부한 표현을 제거하라'는 점을 선택했다. 양웅을 높이 평가했던 사람은 문풍뿐만 아니라 문장이 경술經術에 바탕을 두어야 한다는 점을 더 강조했다. 청대의 주이존朱彝尊이 송대 문인의 문장에 대해 "모든 문장이 경술에 바탕을 두었으므로 일세를 풍미할 수 있었다"고[66] 했는데, 사실 문장은 "송대에 이르러 비로소 순정해졌다"는 식의 관점은 구양수와 소식이 아니라 증공과 왕안석에게 더 잘 들어맞는다.

증공이 경술에 조예가 있었다는 점을 가장 잘 보여주는 글이 「전국책목록서戰國策目錄序」, 「의황현학기宜黃縣學記」, 「묵지기墨池記」 같은 문장이다. 고거考據도 중시하고 학술적이기도 하지만 그보다 더 중요한 것이 이를

---

65 구양수(歐陽修), 「수재 오충에게 답하는 편지(答吳充秀才書)」; 소식(蘇軾), 「사민사에게 답하는 편지(答謝民師書)」; 증공(曾鞏), 「양웅에 대한 논의로 왕심보에게 답하는 편지(答王深甫論揚雄書)」; 왕안석(王安石), 「오효종에게 답하는 편지(答吳孝宗書)」 참조.
66 주이존(朱彝尊), 「문장 평론에 대해 이무증에게 보내는 편지(與李武曾論文書)」 참조.

통해 논의를 끌어오되 불필요한 말 없이 요점만 제시하는 것이었다. 증공의 글은 문채를 중시하지 않았고 자연스럽고 순박하며 온화하고 우아한 것을 중시한다는 점에서 한대의 유향劉向에 가까워서 명청 학자들에게 문장의 모범이 되었다. 그와 비교하면 왕안석의 문장에 나타난 기복과 굴곡은 의도적으로 만든 것처럼 보였다. 걸출한 정치가로서 왕안석은 「인종황제께 시사를 논하여 올리는 글上仁宗皇帝言事書」을 썼는데 이 글처럼 의론과 기세가 상통하고 자유분방하게 쓴 만언서萬言書는 송대에서는 독보적이었다. 「중영에 대해 상심함傷仲永」, 「맹상군전을 읽고讀孟嘗君傳」, 「포선산 유기遊褒禪山記」 등의 글에서 보이는 탁월한 식견과 이해력, 고아하고 우아한 점은 사람들을 감탄하게 하는 반면 그 안에서 흘러나오는 오만함과 결벽증도 그냥 지나칠 수는 없을 것이다. 왕안석은 산의 유람을 차용하여 "깊이 들어갈수록 나아가기가 더 어려워지며 보이는 경관도 더욱 기이하다"라고 비유했는데 왕안석의 문장도 "기이하고 엄청난 광경"이라는 말이 무색하지 않다. 다만 이렇게 '기이함險遠'을 추구한 결과 뒤에 오던 사람들이 멀리 바라보기만 할 뿐 가까이 다가가기 어렵게 되어버렸다.

소순과 소식, 소철의 문장 중에서는 당연히 소식을 최고로 꼽는다. 그렇지만 소순은 위아래로 자유분방하게 글을 썼고 소철은 스케일이 넓고 담박하며 간결하고 질박한 면이 있었으므로, 모두 매우 훌륭하다. 소순은 고금을 자유롭게 논의하기를 좋아했고 자주 나름의 독특한 견해를 보였지만 대체로 옆에서 공격해서 허점을 드러내도록 논의를 전개하는 경향이 있었다. 이러한 점은 그가 자부심이 상당했으나 끝내 하급관료밖에 지내지 못했다는 사실과도, 또 그가 종횡가縱橫家가 말한 학술적 방식을 채택했던 것과도 관련이 있다. 「전 추밀에게 올리는 편지上田樞密書」에서 소순은 자기 문장이 "맹자와 한유의 온후함과 순정함, 사마천과 반고의 웅장함과 강직함, 손무孫武와 오기吳起의 간결함과 절실함"에서 얻은 바가 있다고 했지만, 후대 사람들은 「권서權書」, 「육경론六經論」에서 훨씬 더 쉽게 종횡가의 분위기를 읽을 수 있다. 소순이 『전국책戰國策』을 숙독했다는 말을 듣는 것도 일리가 없지 않다.[67] 소철의 학문과 문장은 부친과 맏형 소식에게서 상당한 영향을 받았지만 그의 성정이나 재기의 한계 때문에 가파르고 험준한 면에서는 부친보다 못하고 웅장하고 호방한 면에서는 형보다 못했으나 온화하고 담박하며 온건하고 질박한 면에서 오히려 자립했다고 볼 수 있다.

가우嘉祐 2년(1057) 구양수는 지공거知貢擧로서 기괴하고 난삽한 기풍을 몰아내고 평담하고 격식 있는 기풍을 선택했는데 이것은 송대 문풍의 개혁이라는 측면에서 큰 의의를 가지고 있다. 이 과거에서 선발한 사인으로 말하자면 증공은 격식이 있었고 소식은 평담했다고 할 수 있다. 같은 해에 구양수가 「매성유에게 주는 편지與梅聖兪書」에서 "소식의 글을 읽으니 나도 모르게 땀이 났습니다. 통쾌하고 통쾌합니다. 나는 이제 그가 앞에 나올 수 있도록 길을 비키겠습니다. 기쁘고 기쁩니다"라고 했던 것도 당연한 일이었다. 소식의 문장을 읽으면서 처음으로 느낀 감각은 확실히 '통쾌'하다는 말만으로 표현할 수 있었다. 소식은 재능과 기운이 넘쳤고 『장자』와 『전국책』까지 숙독했다. 허구적 설정으로 종횡무진하며 글을 썼으므로 소식의 격정과 웅변을 좋아하지 않는 사람이라도 유창하고 장쾌한 그의 글에 탄복하지 않을 수 없었다. 그의 사론史

---

67 섭적(葉適), 『습학기언서목(習學記言序目)』 권50 「논(論)」 참조.

論과 정론政論(예컨대 「유후론留侯論」, 「형상충후지지론刑賞忠厚之至論」, 「교전수책敎戰守策」 등)은 지금까지 큰 호평을 받았는데, 이것은 그의 빛나는 천재성으로 곡절과 변화의 묘를 가지고 있었기 때문이다. 그러나 때때로 "근거 없는 추측"이나 탁상공론을 하는 문제점도 있다. 그런데 정말로 소식의 문장을 영원하게 만드는 것은 서찰, 서문, 잡기, 명찬銘贊, 제발題跋 등을 포함한 각종 잡문이다. 형식과 규범에 맞는 책론에 비해 이런 잡문은 훨씬 더 소식의 재기와 성정을 잘 보여준다. 「사민사에게 답하는 편지答謝民師書」에 나온 다음 단락은 소식 문장에 대해 가장 잘 묘사한 글이라고 볼 수 있다.

> 대체로 흘러가는 구름이나 물처럼 처음에는 정해진 것이 없으나 항상 가야 할 곳으로 가고 그쳐야 할 곳에서 그친다. 문리는 자연스럽고 양상은 다채롭다.

「일유日喩」, 「승천사 밤 유람의 기록記承天寺夜遊」, 「문여가의 운당곡 굽은 대나무 그림에 대한 기문文與可畵篔簹谷偃竹記」와 「전적벽부前赤壁賦」, 「후적벽부後赤壁賦」 같은 글들은 자기의 구상에서 나왔고 마음 가는 대로 지은 소탈한 글이었으며 가장 큰 특징은 "다시는 쓸 수 없다"는 것이었다. 엄격하게 말하면 모든 좋은 문장은 한 번 쓰면 끝이다. 그런데 소식의 글은 마음 가는 대로 썼고 규범에 대해서는 구애받지 않았는데, 이것은 개인의 기질과 성정에 기인한 점이 많았기 때문에 그를 모방하려는 사람들은 그 핵심을 얻기가 매우 어려웠다. 이른바 '소문사학사蘇門四學士' 또는 '소문육군자蘇門六君子' 등은 학문과 문장에서 사실 나름대로 일가를 이룬 사람들이었다. 황정견의 제발, 진사도의 서찰, 장뢰張耒와 진관秦觀의 의론에는 소식 문장의 신운神韻이 상당히 있다. 그러나 총체적으로 본다면 소식 문하의 후학들이 이를 계승하기는 어려웠다. 그중에서 핵심은『주자어류』권139에서 말한 것처럼 세상 사람들은 소식 문장의 유창하고 장쾌함과 마음 가는 대로 썼다는 점만 알고 있을 뿐 그의 기골과 학문의 함양에 대해서는 잘 모르기 때문에 소식의 문장을 배우면 필연적으로 교묘하고 경박한 모습으로 나가게 되었다는 점이었다.

구양수와 소식 등의 '문사의 문장'이 가진 소탈한 스타일과 선명하게 대조된 것이 그 당시 점차적으로 만들어지고 있었던 '명도지문明道之文'이다. 성리학자들이 고문을 바꾼 것도 송대 문장의 핵심적 부분이다. 이러한 '명도지문'에 대한 평가는 지금까지도 의견이 분분하다. 송대의 섭적과 유극장劉克莊의 의견은 명확하게 상반되었는데 한 사람은 정호와 정이 형제가 도학을 밝혔지만 문장은 무너졌다고 했고, 다른 한 사람은 이 둘은 비록 문장의 수식은 못 하지만 「통서通書」및 「서명西銘」이 육경과 나란하다고 보았다.[68] 성리학자인 진덕수眞德秀의 주장에 따르면 이렇게 "짧은 글이지만 이치를 관통하는" 저술은 심지어 동중서와 한유조차도 할 수 있는 일이 아니었다. 다만 아쉽게도 이러한 사고방식으로 편찬해서 만든『문장정종文章正宗』은 사람들의 마음에 와닿지 못해서 그다지 유행하지 못했다.[69] 주돈이周敦頤의 「애련설愛蓮說」과 장재張載의 「서명西銘」, 주희의 「대학장구서大學句序」등은 그 수준이 매우 높되 문체

---

68 섭적(葉適), 『습학기언서목(習學記言序目)』권47; 유극장(劉克莊), 「평호집서(平湖集序)」참조.

69 진덕수(眞德秀), 「팽충숙문집 발문(跋彭忠肅文集)」·「문장정종강목(文章正宗綱目)」참조.

가 간결하여 크게 호평을 받았다. 그러나 성리학자들의 능사는 여기에 있는 것이 아니라 도학을 밝히는 것과 동시에 '사람들의 이목을 즐겁게 하는 데만 전념하는' 문장을 최대한 억누르는 데 있었다.

정이는 문장에 탐닉하는 것을 학자의 가장 큰 문제로 간주하면서 글쓰기가 필연적으로 도에 해롭다고 생각했다.[70] 이는 문장을 통해 도를 밝힌다는 생각을 한 한유와는 전혀 다른 사고방식이었다. 사실 도학자들은 한유를 추숭하는 동시에 대체로 그의 '반대로 배우고', '반대로 하는 것'에 대해서는 마땅치 않게 여겼다. 주희는 더욱 불만을 크게 토로하면서 "한문공에게 제일 중요한 것은 문장을 배우는 것이었고, 그 다음에 중요한 것이 도리를 궁구하는 것이었으므로 별로 마음에 들지 않는다"라고 했다.[71] 도가 뿌리이고 문장은 가지라고 주장하는 성리학자들은 문장으로 도를 밝힌다고 주장하지 않았고 문장과 도를 함께 공부한다는 것도 잘못이라고 보았다. 이러한 고담준론은 한편으로는 아름답지만 음란한 변려문을 철저하게 축출하고, 고문을 문단의 중심에 두었지만 다른 측면에서 보면 '명도'를 지나치게 강조해서 문장은 질박할 뿐 운치는 사라졌다. 그중에서 주희의 문장은 성리학의 진부한 말이 거의 없고 분명하고 유창했기 때문에 후대 사람들의 호평을 받았다.[72] 그의 어록은 특히 읽을 만한데 생각이 폭넓을 뿐만 아니라 인정미가 넘친다. 성리학자들은 강학을 중시했고 어록을 문장으로 삼았는데, 예상하지는 못했지만 송 문장을 점점 더 평이하고 전달력 있게 했다는 것이다. 이렇

---

70 『하남정씨유서(河南程氏遺書)』 권18 「이천선생어 4(伊川先生語四)」.
71 『하남정씨유서』 권18; 『상산어록(象山語錄)』 권상(卷上); 『주자어류(朱子語類)』 권137 참조.
72 홍양길(洪亮吉), 『북강시화(北江詩話)』 권3; 유희재(劉熙載), 『예개(藝槪)』 권1 「문개(文槪)」 참조.

게 보면 이학이 고문의 발전에 어느 정도 영향을 미쳤다고 볼 수 있다.

'명도지문'이 북송과 남송을 관통했던 것처럼 '언사지문言事之文'도 나라를 멸망에서 막기 위한 항전에 국한되지 않았다. 정강의 변靖康之變 이후 사안에 대한 글들은 범중엄과 사마광이 상소를 올렸을 때처럼 평이하고 간절할 수 없었고, 대부분 강개하고 비장한 어조였다. 종택宗澤의 「금나라에 땅을 할양하지 말라고 요청하는 소乞毋割地與金人疏」와 호전胡銓의 「무오년 고종에게 올리는 의견서戊午上高宗封事」는 모두 폭압을 겁내지 않고 숨김없이 직언한 것으로 칭송을 받았다. 글을 쓰는 사람들은 이미 자기 목숨은 아랑곳하지 않았으므로 자연스럽게 어조가 격정적이고 거리낌이 없었다. 이것은 사안에 대한 상소문이 가지는 공손함과 완곡함을 완전히 바꾸어 놓은 것이었다. 북송과 남송 교체기에 사안은 전쟁과 화친 문제에 집중되었고, 간언에서 핵심은 의기와 담대함이 되었다. 시국이 안정된 이후 사안에 대한 글에서는 학식과 관점이 더 중요해졌다. 전쟁과 정치가 결합되자 문장은 자유분방해져서 대체로 기개가 넓어지고 필세가 호탕해졌다. 가장 대표적인 사람이 신기질, 섭적, 진량이다. 송·원 교체기에는 순국하거나(문천상文天祥처럼) 세상을 떠나 은거하는 (정사초鄭思肖와 등목鄧牧처럼) 고립무원의 충신들이 나타났는데, 충심을 표현하거나 고독한 분노를 드러낸 이들의 글은 매우 절절하고 감동적이었다. 다만 대책對策이 아니라 독백에 가까웠으므로 사안을 논의했던 이전의 글과는 상당히 달랐다.

3. 증서贈序, 묘지墓志, 유기遊記

한유, 유종원, 구양수, 소식 등 무수한 문인 학자의 노력을 통해 고문은 마침내 변려문의 자리를 대체하고 당대와 송대의 주도적인 문체가 되었다. '당송고문'이 하나의 신화가 되어 추억되고 이야기되었을 때, 이른바 '고문'과 '시문' 논쟁은 서서히 사라지고 고문가들은 '문이재도 文以載道'를 강조함과 동시에 자기들이 쓰던 각종 문체들을 실험하면서 주목할 만한 초점을 만들어내기 시작했다. 장학성章學誠이 『문사통의文史通義』「시교詩敎 상上」에서 "전국시대에 이르러 후대 문체들이 완비되었다"라고 주장한 것은 비록 늘 논자들에게 인용되기는 하지만 오직 "근원을 소급할" 때에만 적합하다. 사실 어느 시대든 창조적 재능이 있는 작가들은 기존의 문체에 대해 도전을 하기 마련이다. 당송고문이 명청 문인들이 추모하는 대상이 되었던 요인에는 창작의 성과 이외에 문체적 측면에서 개척한 부분과 새롭게 만든 점이 들어있었을 것이다.

청대 요내姚鼐는 『고문사유찬古文辭類纂』에서 전국시대에서 청대 초기까지 고문 700여 편을 선별해서 수록했는데 논변論辨, 서발序跋, 주의奏議 등 13개의 유형으로 분류했고 그중에서 직접적으로 당대로부터 시작하여 서술한 것은 증서贈序, 전장傳狀, 묘지墓志('비지碑誌'의 하편), 잡기雜記 등이 있었다. 요내의 관점으로 봤을 때 이 몇 가지 문체는 당대 사람들이 만든 것이거나 혹은 당대 사람들의 손에 이르러 진정한 의미에서 성숙한 것이었다. 여기에서는 이들이 경사經史를 수록하지 않았고 지나치게 팔대가八大家를 추앙하는 편견을 갖고 있었다는 것을 염두에 두어야 할 것이다. 만약 이것을 유협의 『문심조룡』에 있는 「뇌비誄碑」, 「사전史傳」

등의 편과 비교해 본다면 당대 사람들이 문체라는 측면에서 새롭게 만들어낸 것은 아마도 '증서'와 '잡기', '묘지'에서 집중적으로 구현되었을 것이다.

'증서'를 독립된 문체로 보는 것이 요내의 독특한 견해이다. 명대의 오눌은 「문장변체서설文章辨體序說」의 '서序' 부분에서 "전송하면서 주는 용도로 많이 쓴" 문체라고 언급했을 뿐이다. 『고문사유찬』에서는 그것을 독립적인 유형으로 분류하고 당대 사람의 공적이라고 보았다.

> 당대 초기에 누군가에게 주는 문장에 대해 처음으로 '서'라는 명칭을 붙였는데 짓는 사람들도 매우 많았다. 그러나 한유에 이르러 드디어 옛 사람의 뜻을 얻었다. 그의 문장은 이전과 이후의 작가들 중에서도 단연 으뜸이다.

이른바 "옛 사람의 뜻"은 이별할 때 주로 말을 주고받았다는 것이다. 전하는 말에 따르면 공자는 노자에게 예에 대해 물었던 적이 있었는데 인사하고 갈 때 노자는 "부귀한 사람들은 재물로 전송하고 어진 사람은 말로 전송한다고 했습니다. 나는 부귀하지 않으니 어진 사람의 이름을 빌려 그대에게 말로 전송하고자 합니다"라고 했다.[73] 이런 충고나 격려의 전송하는 말" 외에도 증서는 또 다른 원류가 있다. 전별연을 만들어 술을 마시고 시를 쓴 뒤에 이때 지은 '시서詩序'가 전해져 온 것인데 이런 경우에는 주장을 개진할 뿐만 아니라 사건을 기술하거나 감정을 담

---

73 사마천(司馬遷), 『사기(史記)』「공자세가(孔子世家)」.

을 수도 있었다. 그러므로 "옛 사람이 말로 전송하는 뜻"[74]이라고만 하면 문체의 변천을 충분히 그려낼 수 없다. '시서'까지 고려해야 '증서'의 '서'를 제대로 규명할 수 있다.

'시서'라는 측면에서 말한다면 왕희지王羲之의 「난정집서蘭亭集序」, 손작孫綽의 「난정집후서蘭亭集後序」, 안연지顔延之의 「삼월삼일곡수시서三月三日曲水詩序」, 왕융王融의 「곡수시서曲水詩序」 등도 허술하게 볼 수 없다. 다만 이 작품들은 모임을 묘사했을 뿐, 반니潘尼의 「증이이랑시서贈二李郎詩序」처럼 "이별할 때 각자 성대하게 시를 지어" 후대의 '증서贈序'에 더 가깝게 이어지지는 못했다. 당대 사람들이 혁신한 지점은 모임에서 시를 지어주는 것만이 아니라 산문을 지어 증별하기도 했다는 점에 있었다. 이렇게 철저하게 '서발'과의 관련성을 끊은 뒤에야 '증서'는 마침내 진정으로 독립적인 문체가 될 수 있었다. 이백李白의 「금릉에서 여러 사람들과 권십일을 전송하는 서문金陵與諸賢送權十一序」과 임화任華의 「활대로 돌아가는 종판관을 전송하는 서문送宗判官歸滑臺序」, 독고급의 「조남으로 가는 이백을 전송하는 서문送李白之曹南序」 등은 이미 완전하게 '시서詩序'를 탈피했다. 다만 우정과 이별의 슬픔, 감개, 평안의 축원이라는 점에서는 대동소이했다. 무엇보다도 고문 제창을 자신의 임무로 삼은 독고급조차 문장을 쓸 때는 변려문을 애용하였으니 그 나머지는 말할 필요도 없을 것이다. 육조 때 배태되었고 수창할 때 주로 썼던 이러한 문체를 진정한 의미에서 환골탈태하게 만든 사람이 고문운동의 주창자 한유였다.

---

74 오눌(吳訥), 「문장변체서설(文章辨體序說)」; 劉大櫆・吳德旋・林紓, 「流別論」, 『論文偶記・初月樓古文緒論・春覺齋論文』, 人民文學出版社, 1959.

한유가 지은 증서는 아름답기가 이를 데 없어 후대 사람들은 따라 하려고 애썼지만 그것이 어려움을 한탄하였다. 소식이 한유의 「반곡으로 돌아가는 이원을 전송하는 서문送李愿歸盤谷序」을 당대 최고 문장이라고 보면서도 따라할 수 없다고 한탄했다는데, 진위는 알 수 없다. 설사 소식이 정말 이런 주장을 했다고 해도 이것은 한때의 농담일 뿐 진심일 리가 없다.[75] 물론 한유의 증서는 신출귀몰하고 변화무쌍해서 확실히 동시대 또는 후대 사람들이 도달할 수 있는 수준이 아니다. 유종원柳宗元의 「부임지로 가는 설존의를 전송하는 서문送薛存義之任序」은 비록 육조시대의 구습은 없었지만 문장은 무미건조했다. 그래서 이 글은 깊이 있고 화려한 우언을 썼던 구양수의 잡기와 나란히 놓을 수 없다. 송대 사람들은 한유 배우기에 전념했는데, '증서'로 봤을 때 구양수는 한유의 깊은 정을, 증공은 한유의 고아함을, 소순은 한유의 호탕함을 얻었다고 할 수 있다. 그래서 이 부분에서는 한유를 중심으로 논의할 것이다.

증서는 정확하게는 일종의 의론이지만 일반적인 논변 및 주의奏議와 다른 점은 구체적인 독자를 이미 정해 놓았다는 것이다. 누군가와 주거나 받는 사이에서의 '사적인 말'이라는 설정을 통해 글은 정취가 충만해졌다. 또 상대방의 입장과 지위, 자신과의 관계를 반드시 고려해야 하기 때문에 서술방식은 매우 다양해졌다. "누군가의 글에 정취와 참신함이 있는지를 알기 위해서는 증서를 먼저 보아야 한다. 서는 논이 아니지만 매 구절마다 모두 의론이고, 구절을 쓸 때에도 나름의 제약이 있지만 정해진 형식 안에서도 적절하게 변화시킬 수 있다."[76] 린수林紓(임서)의

75 　高步瀛, 『唐宋文擧要』, 上海古籍出版社, 1982, p.239. 각 설의 분변에 대한 내용 참조.
76 　林紓, 『韓柳文硏究法』, 香港 : 龍門書店, 1969, p.22.

이 말에는 일리가 있다. 정식 논변과 비교할 때 증서는 훨씬 더 융통성이 있고 변화가 많다. 정치와 군사 문제를 논할 수도 있고 문장과 예술에 대해서도 논할 수 있다. 글을 주거나 받는 상대의 상황과 직결되게 서술할 수도 있고 글을 쓰는 자기 입장에서 권면하는 글을 쓸 수도 있다. 단도직입적이고 자유분방하게 쓸 수 있고 빙 둘러 완곡하게 쓰면서 주제에만 집중할 수도 있다.

'증서'가 일종의 응대하는 글이라는 점은 사실 이 문체가 가진 최대의 약점이다. 한유의 성공비결은 바로 이 난관을 돌파하여 이 문체가 '가상의 독자'를 반드시 고려해야 한다는 특징을 최대한 이용했고 실제와 허구를 잘 조합하는 작법을 발전시켰다는 점에 있다. 어쨌든 헤어질 때 주면서 건네는 말은 다른 사람들의 흥을 깨서도 안 되지만 그러면서도 자기 입장 역시 견지해야만 한다. 이러한 성격 때문에 어조를 바꾸거나 작법의 변화를 통해 관계의 친소, 의견의 합치 여부를 드러내는 것이다.

한유는 유가를 계승하여 그 도통에 자기를 포함시켰으나 도사道士와 승려를 전송하면서 서문을 지어주기도 했다. 당사자들이 처음 읽었을 때는 좋아하게 되지만, 자세히 음미해서 보면 숨어 있는 풍자를 읽어낼 수 있는 글이기 때문이었다. 「승려 문창사에게 보내는 서문與浮屠文暢師序」이야말로 불교를 배척하는 한유의 입장을 가장 잘 드러낸 것인데, '금수이적禽獸夷狄'을 언급한 구절은 지나치게 직접적이고 독설에 가까워서, 이 글보다는 변화무쌍하게 평가하고 풍자하되 그렇게 가혹하지는 않아서 나름 풍취가 있었던 「고한상인을 전송하는 서문送高閑上人序」과 「요도사를 전송하는 서문送廖道士序」이 훨씬 나았다. 또 상대와의 관계나 시국 관련 논의에 껄끄러운 점이 있어서 직접적으로 내용을 드러내기가 불편할 경우 한유는 마음속에는 있었지만 말로 표현하기 어려웠던 생각을 '증서'를 차용하여 표출해내는 데도 능했다. 「하북으로 가는 동소남을 전송하는 서문送董邵南遊河北序」, 「하양군에 차출된 온처사를 전송하는 서문送溫處士赴河陽軍序」은 모두 정국에 대한 논의이면서도 깊이를 담은 대단한 글이었다. 하나는 "연나라와 조나라는 옛날부터 감개와 비가를 부르는 사인이 많았다고 한다"고 시작하고, 또 다른 하나는 "백락이 기북의 들판을 지나가면 말들이 텅 비었다"로 시작하는데, 모두 매우 느닷없이 문장을 시작하고 있다. 그 다음에 내용이 달라지거나 새로운 내용이 나오는 것을 보고서야 사람들은 그제야 집중해서 보게 된다. 증공의 「여생과 안생에게 주는 서문贈黎安二生序」에 나오는 내용의 기복과 변화, 풍자의 어조는 모두 한유 문장의 풍미를 얻은 것이지만 그 안의 교훈은 너무 직설적인 감이 있다.

한유의 증서는 큰 사건으로 시작하여 고고한 의론을 드러내는 것으로 유명하다. 한유는 개인의 사사로운 정에 얽매이지 않으려고 했다. 반면에 송대 사람들은 구체적으로 체감하고 친근하게 느낄 수 있도록 자질구레한 작은 일들로 시작하는 것을 좋아했다. 구양수의 「양치를 전송하는 서문送楊寘序」에서는 먼저 자기가 어떻게 거문고를 통해 우울함에서 벗어나게 되었는지를 말한 다음에 본격적으로 주제로 들어갔다. 거문고에 대한 글로 전송하면서 뜻을 펴지 못한 양군楊君이 잘 지냈으면 하는 바람을 드러낸 것이다. 「남쪽으로 돌아가는 서무당을 전송하는 서문送徐無黨南歸序」에서는 분명 도덕과 문장 간의 관계를 논의하고 그것으로써 먼 길을 가는 동생을 권면하는 내용인데, 이 문장의 마지막은 이렇게 끝난다. "그래서 나는 글쓰기도 좋아하지만, 그래서 스스로를 경계하기도 한다." 자기 자신을 끌어들이는 목적은 독자와의 거리를 좁혀 구양수 자신이 인격적으로도 겸손하고 문장도 평이하다는 것을 보여주는 것이다. 교유했던 정을 부각시키고 이별을 과장하는 것은 사실 증별의 본의에 부합한다. 물론 그 안에는 '고고한 담론'은 전개하기 어려운 반면 '우의의 정'은 표현하기 쉽다는 전략적 선택이 존재한다. 소순은 「석창언이 북사로 가는 것을 송별하는 글送石昌言爲北使引」에서 어렸을 때의 작은 일화에서 이야기를 시작해서 수십 년 동안 석군石君에 대한 인상이 어떻게 변해왔는지를 기술하고 마지막에 가서야 사행의 전략에 대해 이야기한다. 이렇게 증서를 쓰게 되면 단순한 주장보다는 개인의 감개가 훨씬 더 많이 개입되게 된다. 서정성을 부각시키면 이 문체는 매우 유연해질 것이다. 그러나 기발하고 고고한 한유 같은 글이 나오기는 더 어려워졌다.

증서는 모임에서 전별하는 구체적인 장면 묘사를 버린 뒤에야 독립적인 문체가 될 수 있었다. 한유는 증서를 의론 전개의 중요한 문체로 변모시켰으나 가끔은 기이한 수법을 써서 장면 묘사와 인물 대화를 한데 뒤섞기도 했다. 다만 여기에서의 대화와 장면은 실제가 아니라 허구이다. 「양소윤을 전송하는 서문送楊少尹序」의 주요 부분은 두 송별 장면을 중첩한 것이다. 하나는 사서史書에서 가져온 것이고 다른 하나는 상상에 바탕을 둔 것이다. "옛날과 지금 사람이 같은지 같지 않은지 알 수가 없다"는 이 장면의 대비를 통해서 나온 작자의 의론이다. 이 글은 주고받는 글이기는 하지만, 빠르게 질주하고 생동감이 넘치는 묘한 수법을 극대화해서 표현한 보기 드문 작품이다. 「반곡으로 돌아가는 이원을 전송하는 서문送李愿歸盤谷序」은 더 오랫동안 전송되는 명문이다. 대화를 중심으로 한 구성도 사람들이 경탄하는 요소이다. 후대에 이 점을 잘 계

승한 육구몽의 「소계산 초인을 전송하는 서문送小鷄山樵人序」, 사방득謝枋
得의 「삼산으로 돌아가는 방백재를 전송하는 서문送方伯載歸三山序」의 경
우에는 모두 가상 인물의 말을 인용해서 문장의 핵심으로 삼았다. 후자
의 "일곱 번째는 장인, 여덟 번째는 기생, 아홉 번째는 유학자, 열 번째
가 거지"라는 표현은 세상에 널리 알려졌다. 하지만 세상을 경계하는
우언에 너무 치우쳤기 때문에 서술이 자연스러워 적절함을 이룬 한유
의 글보다는 못하다. 허구적인 인물과 장면을 이끌어 옴으로써 이 유형
의 문장은 자못 '전기傳奇'적 색채를 띠게 되었다. 기이한 것을 좋아하고
때때로 장르적 경계를 뛰어넘는 한유의 성향이 가장 집중적으로 드러
난 것은 물론 「모영전毛穎傳」, 「오자왕승복전圬者王承福傳」 등이겠지만 증
서와 묘지 중에서 우연히 나온 '빼어난 필치', 이를테면 몇 개의 허구적
인 장면이나 대화를 만들어 넣어 흥미롭게 만든 점도 한유의 취미를 잘
보여준다.

증서와 마찬가지로 묘지가 별도의 문체가 된 것도 육조시대에 비롯
되어 당대에 무르익은 것이다. 근대의 천인췌陳寅恪(진인각)는 낙양에서
출토된 당대의 비사족非士族의 묘지에 대해 "서로 따라한 결과 천편일률
이 되었으므로 가소롭다"고 했는데 이것은 당시 문체가 혁신하지 않으
면 안 되는 상황에 직면해 있었음을 말해주는 것이다. "한유와 유종원
문집에 수록된 비지碑誌와 전기에는 창조적인 걸작이 많았기 때문에, 묘
주에게 상응하는 돈을 받은 것은 당연한 것이었다."[77] 비지 문체를 혁신
한 한유와 유종원의 공헌을 고평한 것은 통찰력이 있다. 그러나 몇몇 비

---

77 陳寅恪, 『元白詩箋證稿』, 上海古籍出版社, 1982, p.3.

지문이 비슷하다는 점을 부각시키는 것은 적절하지 않다. 우선, 한유 이후에도 절대다수의 묘지는 여전히 "이전의 관습을 따르거나 다른 것과 비슷하게 지었고" 유명한 사람에게 부탁하여 세상에 전해지는 유명한 글을 받을 수 있었던 사람은 소수였다. 또 묘지인데 문인의 솜씨로 윤색한 작품은 후대에 변개한 것이고 공식적인 서술(그 사람의 세계世系, 이름과 자字, 관직, 행적, 향년, 장례를 치른 날짜와 자손에 대한 간략한 정보 등이 포함된다)이야말로 옛 뜻이었다. 그 본래의 목적은 광에 매장하기 전에 나중에 이 위치를 알 수 없게 될 때를 대비하기 위해서였다. 특히 이 실용적인 글을 세상에 전할 만한 문장으로 바꾼 사람은 한유와 유종원이 처음이 아니었다. 육조시대 문인들이 이미 먼저 발을 내딛었다. 그것이 성공했는지 여부는 따로 논의해야 할 것이다.

반앙소潘昻霄가 찬한 『금석례金石例』, 황종희가 찬한 『금석요례金石要例』, 섭창치葉昌熾가 찬한 『어석語石』이든, 아니면 오눌이 편한 『문장변체文章辨體』, 서사증徐師曾이 편한 『문체명변文體明辨』, 요내가 편한 『고문사유찬古文辭類纂』이든 모두 비갈碑碣과 지명志銘을 병칭하고 있다. 조정에서의 공적을 기린 것이냐 아니면 궁실이나 사당에 있는 사람에 대해 쓴 것이냐를 따지지 않는다면, 설령 죽은 사람을 찬양하기 위해 비를 세워 묘지를 표시한 것에만 한정한다고 해도 하나로 뭉뚱그려 논하기는 어렵다. 묘 위에 비석을 세우는 것과 광 안에 매장하는 것 모두 효자와 현손이 선조의 덕을 잊지 않는다는 것을 표시하지만, 만약 기원과 구성을 논한다면 비갈과 지명은 상당한 차이가 있다. 돌에 글자를 새겨 공훈을 찬양하는 것은 주周와 진秦대에 비롯되었고 서한과 동한시대에 비갈이 성행하여 문재 있는 사람들이 재주를 다투어서 예컨대 채옹蔡邕은 비문碑文을 잘 짓는 것으로 명성이 있었을 정도였다. 묘지의 경우 전하는 말로는 진대晉代의 안연지에서 시작되었다고 한다. 묘지석이 대량으로 출토됨에 따라 한위 이전에는 묘지가 없었다는 설은 중대한 도전을 맞게 되었다.[78] 그런데 이렇게 작위, 성명, 날짜를 기록한 광 속의 돌은 후대 묘지의 최초의 형태라고만 말할 수 있다. "글을 쓴다는 자각이 없었기" 때문이다. 위진시대에는 세상이 쇠퇴하고 있었고 여기에 더해 개인적인 칭송만 있거나 허위로 쓴 비들이 많아지면서 조정에서는 여러 차례 비석을 금지했다. 그러나 법망이 아무리 엄하더라도 개인이 비석을 세우는 것은 사실상 근절된 적은 없었고 오히려 지명志銘에 쓰는 글이 비갈을 모방하면서 점점 장황해지는 추세로 나아갔다. 송나라, 제나라 이후 묘지는 문인이 자기 재주를 뽐내는 장이 되었고, 그 당시 유행하던 다른 문체처럼 표현이 화려하고 전고 사용도 적절했다.

한유와 유종원의 업적은 변려문을 산문으로, 수식이 강한 글에서 내실이 있는 글로 바꾸었다는 점이다. 전반부에서는 사전史傳의 서술방법으로 사건을 서술했고 후반부에서는 압운하는 운문의 형태로 감정을 표현하는 새로운 묘지의 구성을 일거에 확립시켰다. 청대의 장학성은 「묘명변례墓銘辨例」에서 이 점에 대해 간결하게 서술하였다.

육조시대의 변려문에서는 다른 사람을 위해 묘지명을 쓸 때 마을에서의 인망을 나열하고 관력을 화려하게 수식하여 사람을 소재로 한 부(賦)에 가까웠을 뿐 내실이 있지는 않았다. 이 때문에 한유와 유종원 같은 사람들은 『사기』와 『한서』의 서사를 최대한 가져와서 상당히 많은 부분을

78 葉昌熾 撰, 柯昌泗 評, 『語石・語石異同評』, 中華書局, 1994, pp.226・239.

개척하였다. 이것은 옛것을 변용한 것이었으나 그 영향력은 매우 커서 후대의 모범이 되었다. 문장가들은 한유의 비지문과 두보의 율시를 높이 사는데 그럴 만한 이유가 있다.

한유 문집에서 가장 많은 문체가 묘지명인데, 신출귀몰한 문채와 운치가 가장 잘 구현된 것도 묘지명이다. 후대 사람들이 여기에 근거하여 묘지명에 대한 몇 가지의 서술방식을 귀납했는데 그럼에도 여전히 그 매력이 어디 있는지도 제대로 설명해내지 못했고 그대로 모방한다는 것은 더욱 불가능했다.[79] 이렇게 "행적 중심의 글은 내용이 형식을 결정하므로" "금석金石에 새기는 글은 참으로 말하기 어렵다."[80] 한유와 유종원뿐만 아니라 당대와 송대에는 묘지명을 쓰는데 열심인 사람들이 매우 많았으며 그들이 이룬 문학적 성취도 가볍게 볼 수 없다.

당대의 원결은 '대문장가'라고 불렸는데 그가 쓴 「대당중흥송大唐中興頌」의 서문에서 "지금 가송歌頌과 금석金石에 새기는 문장은 문학에 노련한 사람이 아니라면 누가 제대로 하겠는가"라고 했다. 묘지墓志는 비갈과 다르지만 금석에 새겨 영원히 전하게 한다는 점은 같다. 때문에 "문학에 노련한" 사람에게만 요청해야 한다. 효자와 현손이 유명한 문장가에게 선조를 위해 묘지를 써달라고 공손하게 부탁하는 목적은 선조가 유명한 문장가의 문장을 통해 영원하게 되기를 바라기 때문이다. 당대와 송대 사람들은 보편적으로 선조가 영원하기를 바랐기 때문에 묘지

---

79 원대(元代) 반앙소(潘昻霄)의 「금석례(金石例)」와 명대(明代) 왕행(王行)의 「묘명거례(墓銘擧例)」에서는 한유의 문장에서 묘지명의 보편적인 법식을 도출하려고 했지만, 두 편 모두 한유의 문장에 규범에 포함되지 않는 예외가 적지 않게 있다는 점을 인정했다.
80 장학성(章學誠), 『장씨유서(章氏遺書)』 권8 「묘명변례(墓銘辨例)」.

는 순식간에 매우 중요한 문체가 되었다. 그래서 당대와 송대 이후 문인들의 문집들을 펼쳐보면 묘지는 시종일관 중요한 위치를 차지하고 있다. 자손만이 아니라 죽은 당사자도 이 '개관사정蓋棺事定'을 중요하게 여겼다. 평가의 고하뿐만 아니라 문장의 질적 수준도 중요했다.

송대 문인의 필기 『속수기문涑水記聞』, 『몽계필담夢溪筆談』, 『냉재야화冷齋夜話』 등에서는 모두 윤사로가 죽을 때의 상황을 언급하고 있는데 가장 직설적으로 쓴 글은 범중엄의 자술自述이었다. 늙은 친구의 죽음이 임박했다는 것을 알게 된 범중엄은 한밤에 문안차 역에 도착해서 이렇게 알려주었다. "그대는 평생 절개를 지키는데 힘을 썼으니 한유와 구양수 두 공의 글을 빌어 영원토록 기억될 수 있을 것입니다." 여기에 대해 범중엄은 윤사로가 그저 손을 맞잡고 고개를 숙여 인사했다고만 서술했다. 이 일에 대해서는 한기韓琦의 기록이 훨씬 더 생생하게 묘사하고 있다. "윤사로는 손을 맞잡아 고개를 숙여 인사하면서 말했다. '아아, 되었구나, 내가 다시 무슨 할 말이 있겠는가!'"[81] 이러한 위로가 결코 허언이 아니었음은 나중에 증명되었다. 구양수가 찬한 「윤사로묘지명」은 후대에 오랫동안 명성을 떨쳤던 것이다. 당대와 송대 문인들은 자주 묘지명을 지어 친구에게 보답하는 마지막 선물로 삼았는데 이것은 최선의 방법이었다. 이러한 금석문이 그들에게 얼마나 소중하게 여겨졌는지를 알 수 있다.

당대에는 5품 이상은 비碑를 쓰고 5품 이하는 갈碣을 쓰며 서인庶人들은 광명壙銘만 써야 한다는 규정이 있었지만 이런 규정은 엄격하게 지켜

---

81 범중엄(范仲淹), 「한위공에게 보냄(與韓魏公)」; 한기(韓琦), 「윤사로 행장에 대해 논하며 문정공 범공에게 보내는 편지(與文正范公論師魯行狀書)」.

지지 않았다.[82] 무엇보다도 비갈과 묘지는 비록 죽은 사람이 있는 구역의 밖과 안에 있다는 차이는 있지만 어쨌든 둘 다 매우 오래 전해질 수 있었다. 그래서 이 방식을 통해 세상 사람들의 '영원'에 대한 욕망을 충족시킬 수 있었다. 이렇게 "우아하면서 동시에 세속적인" 문체는 그래서 너무나 "귀한" 것으로 보였다. 비지를 쓴다는 것은 그 보상도 대단했지만 "죽은 사람에게 아첨한다"는 비난도 등장했다. 모든 문체 중에서 비지는 '보수'를 받기가 가장 쉬웠다. 상당한 '보수'는 문인의 양심과 문장의 정교한 구성에 대한 심각한 도전이었다. 왜냐하면 비지는 본래 (죽은 사람의) 미덕을 서술할 뿐 나쁜 점을 서술하지 않는 데다가, 효자와 현손의 요구에 응하다 보면 "부끄러움 없는 당당한" 작품을 쓰기가 힘들었기 때문이다. 동한東漢의 채옹의 「곽태비郭泰碑」에 나오는 "부끄러움 없는 당당함"은 다른 비명이 "모두 양심에 부끄러운" 작품이었기 때문이었다.[83] 당대에는 사람들이 묘지에 대해 요구하는 것이 훨씬 더 늘어나서 만약 묘지를 잘 써서 이름이 높다면 설령 폄적을 당해 외직으로 갔다고 해도 재물을 들고 와서 글을 청하는 사람이 많았다. 그래서 『구당서舊唐書』「문원전文苑傳」「이옹李邕」에서는 "당시 사람들은 글을 팔아 재물을 쌓는 사람 중에서는 단연 이옹이 최고라고 생각했다"고 서술했다. 한유의 문집에서도 묘지명이 특히 많기 때문에 당연히 세간의 비판을 피하기 어려웠다. 유우석은 한유에 대해 "공이 고관대작을 위해 비문을 쓰니 글자 하나의 가치가 금수레로 산을 쌓은 것과 같았다"고 했고, 이

---

82 『당육전(唐六典)』卷4; 葉昌熾 撰, 柯昌泗 評, 『語石·語石異同評』, 中華書局, 1994, p.155 참조.

83 『후한서(後漢書)』「곽태전(郭泰傳)」; 고염무(顧炎武), 『일지록(日知錄)』 권19 「작문윤필(作文潤筆)」 참조.

상은은 유차(劉叉)가 한유에게 금 몇 근을 가져다 준 것을 기록하고 그 다음에 "이것은 죽은 사람에게 아부하여 얻은 것이니 차라리 유차의 생일 선물로 주는 것이 낫다"라고 썼는데, 공손하게 썼지만 여기에 매서운 비판이 숨어 있다.[84] 송대와 원대 이후 한유는 더욱더 "죽은 사람에게 아부하는" 글을 썼다고 공격을 받았다. 물론 한유를 변호하는 사람도 있었다. 예컨대 황종희는 『금석요례』 「명법례銘法例」에서 한유가 묘지명의 서술방식에 대해 매우 잘 알고 있다고 평가하면서 "죽은 사람에게 완전히 아부만 한 것이 아니었다"고 했다.

비지는 당대에 시작된 것이 아니었지만 후대 사람들은 채옹이나 유신이 아니라 한유와 유종원을 추종하고 따라했다. 채옹이나 유신은 찬사가 없이 비판만 하거나 또는 겉치레만 심할 뿐 내용이 충실하지 않았기 때문이었다. 이른바 "제목을 보면 각기 이름이 다르지만, 글을 보면 상투적이어서 대동소이하다"는 말은 육조시대와 당대 초기 비지의 고질적인 문제였다. 그러다 한유를 통해 『사기』와 『한서』의 정신으로 새롭게 탈바꿈하게 되었다.[85] 『문심조룡』 「뇌비誄碑」에서 일찍이 "비와 관련된 문장은 역사를 쓸 수 있는 재능이 있어야 잘 쓸 수 있다"라고 했듯이 묘지는 비전碑傳과는 달리 대부분 역사서를 쓸 권한이 없는 사람들이 역사서에 들어갈 만한 능력이 없는 사람들을 위해 쓴 문장이었다. 다만 이 둘은 아주 오래 전하기를 바란다는 점에서 거의 비슷하다. 때문에 "믿을 만한 것"이 묘지의 최우선 목표가 된 것이다. 한유는 육조시대의

---

84 유우석(劉禹錫), 「한 이부 제문(祭韓吏部文)」; 이상은(李商隱), 『이의산문집(李義山文集)』 권4 「유차(劉叉)」 참조.

85 명대(明代) 왕행(王行), 「묘명거례(墓銘擧例)」; 오눌(吳訥), 「문장변체서설(文章辨體序說)」; 錢鍾書, 『管錐編』, 中華書局, 1979, p.1527 참조.

내용 없는 문장을 완전히 탈바꿈시켰는데 그 주된 요건은 사실을 쓰겠다는 정신이지 서사를 쓰는 능력이 아니었다. 명대 모곤茅坤은 한유의 비지가 "기발하고 기만적이라 『사기』와 『한서』의 서사 작법을 제대로 구현하지 못했다"고 비판했으나 요내는 이런 평가에 동의하지 않았다. 그 이유는 "금석문은 역사가의 필법과는 다른 문체"이기[86] 때문이다. 나는 이 두 가지 평가가 모두 핵심을 찌르지는 못했다고 생각한다. 구체적으로 서사를 쓰는 방식에서라면 묘지는 당연히 사전과 다르지만, 실제 일어난 일을 기록하는 것에 주안점을 둔다는 역사서의 정신이라면 이 두 문체에 모두 적용할 수 있을 것이다.

송대에는 사학이 발전하여 구양수, 증공, 왕안석 같은 사람들은 당대 사람들보다 훨씬 깊이 있게 이 문제에 대해 생각했다. 증공은 「구양 사인에게 부치는 편지寄歐陽舍人序」에서 명銘과 역사의 관계를 설명했는데, 이 문체가 어떤 특징을 가지며 또 어떤 위험성에 맞닥뜨릴 수 있는지를 충분히 인식했다는 것을 알 수 있다.

세상에 널리 알려진 묘지명과 묘지는 내용상 역사서에 근접하지만 동시에 역사와는 다른 것들이다. 역사는 선악의 문제에 대해 모든 것을 남김없이 다 쓰지만, 명은 옛사람들의 공덕과 행실, 뜻한 바 중에서 아름다운 것들을 후대 사람들이 모를까 염려하여 명을 써서 보게 하려는 것이다.

좋은 점을 칭찬할 수 있을 뿐, 나쁜 점을 비판할 수 없다는 것이 바로

---

[86] 모곤(茅坤), 『당송팔대가문초(唐宋八大家文鈔)』 「논례(論例)」; 요내(姚鼐), 「고문사유찬서(古文辭類纂序)」.

비지의 공통된 특성이었다. 묘지는 자손들의 요청으로 짓게 되므로 글을 쓰는 사람이 공정하게 논리를 펴기가 더욱 어려워진다. 좋은 점만 부각시키고 나쁜 점을 숨기는 것은 효자의 마음이라는 점에서 이해할 수 있다. 그런데 새겨지는 대상이 악인이라면 그 묘지가 "빨리 잊혀질 것임"도 짐작할 수 있다. 그래서 증공은 '내실이 없다'는 것을 이 문체의 최대 문제라고 보았고 그래서 묘지를 쓰는 작법으로 "도덕을 함양하고 문장에 능해야 한다"는 가장 높은 수준의 기준을 정했다. 이른바 "도덕을 함양한다"는 것을 실제로 묘지문에서 적용하려면 우선 역사가로서의 양심과 안목을 견지해야 한다. 허영이나 세속적 이익 때문에 묘지를 쓰게 된다면 죽은 사람의 친족이 묘지에 내용을 "넣고 빼달라고" 요구하는 일들이 종종 생기기 때문이다. 왕안석은 이 문제에 이렇게 대답했는데 실로 통쾌한 부분이 있다.

> 내 글에는 나름의 의미가 있기 때문에 고칠 수 없습니다. 나한테 돌려주시고 당신의 뜻에 맞춰 쓸 사람을 찾는 것이 좋겠습니다.[87]

이런 무리한 요구에 대해서는 또 하나의 방법이 있다. 바로 소식이 했던 것처럼 다른 사람을 위한 묘지명을 쓰지 않는 것이다. 그런데 이렇게 하다 보면 경제적으로도 손해지만 속되면서도 우아한 이 문체로 글을 쓰는 것을 포기하게 되는데 그 점은 좀 아쉽다.

송대 문인들 중에서 구양수의 묘지명은 가장 멋진 문장이면서 직면한

---

87 왕안석(王安石), 「학사 전공보에게 답하는 편지(答錢公輔學士書)」.

문제 상황도 가장 첨예한 것이었다. 범중엄과 윤사로는 모두 구양수의 절친한 친구였다. 그러나 구양수가 범중엄과 윤사로를 위해 정성 들여 쓴 묘지는 뜻밖에도 그들의 가족에게는 환영받지 못했서 한 편은 다른 사람의 글로 대체되었고 다른 한 편은 내용을 추가하고 빼는 일을 당했다. 「기공의 묘지에 대한 일로 두흔에게 보내는 편지與杜訢論祁公墓志書」에서 구양수는 자신의 입장에서 명확하게 서술했는데 이 글에서 구양수가 묘지를 쓸 때 세웠던 기준과 묘지를 쓸 때 맞닥뜨릴 수 있는 난제를 쉽게 알 수 있다.

저의 글은 오래 전할 수 있도록 하기 위해 간결한 문장으로 핵심만 서술했기 때문에 아마 효자의 마음에는 차지 않을 것입니다. 그러나 지기를 위해 최선을 다해 기록하면 충분한 것입니다. 취사선택할 수 있도록 허락해 주실 것을 다시 부탁드립니다. 범공(범중엄)의 신도비명을 새길 때 아들이 자기 마음대로 내용을 덧붙이거나 빼서 글을 다시 써야만 했습니다. 후대 사람들이 집안의 문집을 믿어서 그것을 역사에 기록해 넣게 하려고 했던 것입니다. 한편 윤 씨의 자식들은 마침내 한 태위(韓太尉)에게 별도로 묘표를 써달라고 청하였으니 친구와 문생, 고리(故吏)와[88] 효자들의 생각이 저와 다르다는 것을 알 수 있습니다. 제가 어찌 알고 있는 것과 본 것대로 쓰지 않을 수 있겠습니까? 범중엄과 윤사로 두 집안의 예 역시 교훈으로 삼을 만합니다. 다시 생각해 봐도 오랫동안 전하려는 생각이라면 반드시 핵심을 서술하되 자질구레한 일들은 생략해야 할 것입니다. 이 내

---

88 【역주】고리(故吏): 추천으로 관리를 선발할 때 천거해 준 사람과 천거를 받은 사람 사이의 관계.

용은 반드시 식견이 있는 사람과 이야기해야 하는데 당신이라면 분명히 이것의 의미를 깊이 이해할 수 있을 것입니다.

송대 사람들은 친구가 죽으면 그를 위해 비지와 행장行狀을 쓰는 것을 특히 중요하게 여겨서 가끔 서신을 주고받으면서 의견을 교환하여 사실을 파악하려고 노력했는데, 일반적으로 말한다면 상대방은 결코 불쾌해하지 않았다. 범중엄과 여이간呂夷簡이 만년에 원한을 풀었는지 같은 일들은 매우 중요한 문제였으므로 마음대로 없애버릴 수 없었다. 범씨 집안의 자손들은 묘지에서 이런 내용을 삭제했는데, 그래서 구양수는 이 일에 대해 몹시 불만스러워했다.[89] 이 일의 시시비비에 대해 송대 사람들이 논변한 내용이 매우 많지만, 여기에서 더 이상 논하기에는 적합하지 않으므로 생략한다.[90] 그런데 위의 글에서는 묘지가 "오래 전하기를 바란다면" 반드시 "문장을 간결하게 쓰고 핵심을 서술하는 정도로 써야"지 맹목적으로 효자의 요청을 따라서는 안되며, "최선을 다해 기록"해야 한다고 했다. 만약 여기에 「윤사로 묘지를 논함論尹師魯墓志」에서 제시한 "표현은 최대한 완곡하게, 내용은 최대한 적실하게"와, 윤사로를 위해 묘지를 짓는다면 윤사로의 문장과 같아야 한다는 내용을 더한다면, 이것이 바로 구양수가 묘지를 잘 쓴 비결이 될 것이다. 뒤의 내용에 대해 구양수는 그것이 한유의 문장에 바탕을 둔 것이라고 했다. 사실

---

89 【역주】범중엄과 여이간은 생전에 정치적으로 반대되는 주장을 폈는데 범중엄이 죽은 뒤 구양수가 신도비명을 쓰면서 공정한 입장에서 그들 사이의 일에 대해 서술하려고 노력했다. 그러나 이를 불만스럽게 여긴 범중엄의 아들이 신도비명을 새길 때 일부 내용을 삭제해 버렸다.
90 류이정(柳詒徵, 유이징)이 이 일에 대해 상세하게 조사했다. 柳詒徵, 「碑傳懸案」, 『柳詒徵史學論文續集』, 上海古籍出版社, 1991 참조.

구양수가 한유를 모범으로 삼아 이룬 성취는 죽은 사람의 문장 스타일과 비슷한 수준에서 더 나아간 것이었다. 그래서 묘지가 독립적인 문체가 될 수 있었던 점을 논할 때 다시 한유로부터 출발하는 것이다.

송대 이도李塗는 『문장정의文章精義』에서 "한유가 묘지를 지을 때는 사람에 따라 각기 달랐는데 절묘했다", "한유의 묘지는 각 편이 다른데 제목에 따라 내용을 서술하는 것 같다"라고 했다. 이것은 아마도 한유의 묘지가 이룬 성취를 가장 간결하고 정확하게 개괄한 것이 아닌가 한다. 죽은 사람의 성격을 충분히 살리면서도 문장 역시 변화무쌍한 것은 확실히 한유가 묘지를 쓸 때의 주된 특징이었다.

묘지를 쓰는 본의는 죽은 사람에 대해 애도를 표시하면서 또 그 사람의 덕행과 공적을 따져서 나열하는 것이므로 글은 장중해지고 구성은 엄격해야 한다. 후대 사람들은 가끔 한유가 지은 묘지에 고의古意가 풍부하다고 말하지만 사실 참신한 요소와 자기만의 틀이 한유 묘지명의 특색이었다. 서사적인 '묘지'와 서정적인 '명'을 어떻게 결합할 것인가에서도 한유는 매우 새로운 모습을 이끌어내었다. 때로는 '묘지'를 '명'으로 삼았고 때로는 '명'만 있을 뿐 '묘지'가 없을 때도 있었다. 때로는 우정으로 글을 시작했고 때로는 선조에 대한 서술로 글을 시작했다. 때로는 출생과 사망에 대해 쓰지 않았고 때로는 매장한 곳에 대한 내용도 생략했다. 한유는 묘지를 쓸 때 어떤 금기도 없었으며 심지어 "직설적으로" 망자를 비판하는 경우도 있었다.(「태학박사 이군 묘지명太學博士李君墓志銘」이 그런 예이다) 대체로 명성이 너무 높으면 글을 써달라고 청하기가 쉽지 않아서 그런지 효자나 현손들도 감히 글 내용에 토를 달 수 없었는데 이런 이유로 한유는 마음대로 글을 쓸 수 있었던 것이다.

"마음대로 글을 쓴다"고 했을 때의 핵심은 '문장'이 부각되고 '(죽은 사람의) 업적'은 퇴색된다는 것이다. 묘지를 쓰면서 "좋은 점이 없는데 좋다고 쓰는 것은 속이는 것이고, 좋은 점이 있는데 그 부분을 서술하지 않는 것은 은폐하는 것이다."[91] 앞 구절이 사학의 정신을 지향하고 있다면, 뒷 구절은 문장의 기교에 관한 문제이다. 친족들이 보기에 죽은 사람은 글로 쓸 만한 공적이 이루 말할 수 없게 많지만 문장의 길이와 구성에는 제한이 있어서 반드시 취사선택하는 단계를 밟아야 할 것이다. 현달하고 지위가 높은 사람의 묘지명을 쓰는 것은 더욱 어렵다. 써야 하는 사적이 너무 많아서 단순히 내용을 나열하는 금전 출납부가 되기 십상이기 때문이다. 한유의 성공비결은 대담하게 내용을 취사선택해서 가장 중요한 특징만 비중 있게 쓰고 나머지는 그냥 스쳐 지나가거나 심지어 아예 언급도 하지 않는 방법이었다. 「급사중 청하 장군 묘지명給事中淸河張君墓志銘」에서는 그가 적군들을 꾸짖고 죽음으로써 절의를 지키는 부분은 최대한 부각시켰고 나머지 부분은 보충설명했다. 한유의 이러한 작법을 구양수는 매우 좋아했다. 이른바 "핵심만 서술하는 정도로 쓴다"는 것은 문학적인 글로 표현하되 사학에 바탕을 두어야 한다는 점을 염두에 두었다는 뜻이다. 예컨대 「호선생 묘표胡先生墓表」에서는 호원胡瑗의 강학講學에 대해서만 서술하고 가장 마지막에 제자들이 많고 또 뛰어났다는 점을 첨가하였을 뿐 그 밖의 다른 내용은 언급하지 않았다. 이 글의 주제가 '사도師道'였기 때문이다. 범중엄의 신도비명神道碑銘을 쓸 때 구양수도 대범하게 취사선택했고 자신의 서술 구상에 대해서도 솔직하게 밝혔다. "그의 조상이 어떤

---

91 오눌(吳訥), 「문장변체서설(文章辨體序說)」.

지, 관력이 어떤지는 묘지에도, 집안의 족보에도 있고 유사有司가 소장하고 있으니 모두다 언급할 필요가 없다. 천하 국가라는 큰 부분과 관련된 내용만 쓰는 것이 또한 공의 뜻이 아니겠는가!"

묘지에서 뺄 내용은 문장의 구성이라는 측면 말고도 전기, 행장, 비갈과의 구별점을 고려한 것이어야 한다. 묘지는 구덩이 안에 묻어두는 것이므로 분량이 지나치게 길 필요는 없다. 문장은 반드시 간결하고 예스러워야 한다. 또 반드시 경건하고 엄숙한 태도를 취할 필요 없이 변화를 가하고 융통성을 발휘해도 된다. 또 공식적인 평가를 대표하는 것이 아니기 때문에 최대한 개인적인 감정을 강화해서 표현하더라도 상관없다. 운문과 산문, 감정과 사실, 관례와 변용, 공적인 내용과 사적인 내용을 잘 어우러지게 하면 분명히 글에 긴장감이 가득할 것이다. 예컨대 「유자후 묘지명柳子厚墓志銘」에서는 관력官歷을 쓰지 않음으로써 친근한 관계를 표시했고 「이원빈 묘명李元賓墓銘」에서는 표현을 부드럽게 쓸수록 내용은 훨씬 더 절실했다.[92] 때로는 「정요선생 묘지명貞曜先生墓志銘」, 「전중소감 마군 묘지명殿中少監馬君墓志銘」에서처럼 죽은 사람의 정치적 업적이 그렇게 서술할 만한 것이 없기 때문에 이 내용에서 선회하여 삶과 죽음, 만남과 이별에 대한 감개와 끝없는 세상사의 변화에 대해 감회를 표출했다. 이렇게 해서 숨이 끊어질 듯 오열하는 느낌과 처량하고 예스러운 느낌이 나는 글이 될 수 있었다. 한유 문장의 이러한 작법을 송대 사람들은 모두 계승했다. 구양수는 현재를 통해 과거를 떠올리고, 세

---

92 구양수는 묘지를 쓰면서 관력을 서술하지 않는 방식으로 내용은 깊이 있지만 반면에 표현은 간략하게 하는 자신의 지향을 드러냈다. 그가 쓴 「황위에게 보내는 짧은 편지(與黃渭小簡)」, 「논윤사로묘지(論尹師魯墓志)」 참조.

상을 보면서 깊이 탄식하고, 사소하고 일상적인 내용들을 통해 반전과 변화를 이끌어내는 전개에 능했다. 구양수 문장의 정취 어린 느낌은 슬픔을 서술할 때 특히 빛을 발했다.(예컨대「황몽승묘지명黃夢升墓志銘」,「장자야 묘지명張子野墓志銘」) 왕안석은 슬픔을 서술하면서 의론을 섞었고 때로는 어떤 내용을 도출하기 위해 의도적으로 복선을 깔거나 때로는 내용을 급전환시켰는데 이런 내용의 기복을 통해 훨씬 더 의미심장하고 고고高古한 느낌을 주었다.(이를테면「병부원외랑 마군 묘지명兵部員外郎馬君墓志銘」,「급사중 공공 묘지명給事中孔公墓志銘」)

일반적으로 묘지는 장중하고 전아한 것이 기본이었지만 일반적인 규범을 깨뜨리거나 전기傳奇적 기법을 차용하는 경우도 있었는데, 그런 경우에는 가상적 설정을 통해 기발해지는 효과를 거두었다. 가장 유명한 것이 한유의「시대리평사 왕군 묘지명試大理評事王君墓志銘」이다. "기발하고 기세가 있었던" 처사 왕적王適을 위해 명을 쓸 때 당연히 '기奇'를 중심으로 글을 썼다. '기'와 '광狂'에 대한 몇 가지 세부적인 내용을 기록한 뒤에 한유는 곧바로 분량을 크게 할애해서 왕적이 위조문서로 귀족 딸과 사기 결혼을 한 일화를 묘사하였다. 이 대목의 묘사에서는 사건의 전말과 인물, 대화가 모두 너무나 생동감이 넘친다. 만약 이 부분만 따로 떼어놓는다면 한 편의 훌륭한 전기가 될 수도 있었을 것이다. 당연히 후대 사람들은 이 기발하고 호탕한 문장에 찬탄하는 한편 이 문장에 대해 "소설과 비슷하다"느니 "옛 뜻을 잃어버렸다"느니 하는 우려도 표시했다. 이런 기법은 확실히 모방하기에 그렇게 좋은 방식은 아니어서 "못쓰는 사람이 따라 하면 악취미로 빠질" 위험이 있었다.[93] 재능이 있고 담대하며 파격적인 방식을 쓰면서도 낮은 수준으로 떨어지지 않은 문장으로 이 글에서는 구양수의 「매성유묘지명梅聖兪墓志銘」을 제시하려고 한다. 내 관점으로 이 문장의 주제, 상상과 묘사는 한유의 문장과 다르면서도 똑같이 훌륭하다. 아래에 이 묘지의 시작 부분을 제시한다.

가우(嘉祐) 5년(1060) 수도에 큰 전염병이 돌았다. 4월 을해일 성유가 병에 걸려 성동(城東) 변양방(汴陽坊)에서 몸져누워 있었다. 다음날 조정의 어진 사대부들이 가끔씩 문병하러 왔는데 길을 비키라는 소리가 끊이지 않았다. 그래서 성동 사람들은 장사도 할 수 없었고 길도 다닐 수 없게 되자 모두 놀라 서로 돌아보며 말했다. "이 동네에 있는 대인이 누구지? 무슨 손님들이 이렇게 많아!"

과장을 섞은 문병 장면을 통해 매성유가 수도에서 떨친 명성을 부각시켰고, 그런 다음에야 죽은 사람의 이름과 자字, 재능과 학식, 성품과 세계世系 등 구체적인 상황을 소개했다. 이렇게 에둘러 수식하는 필치는 지금까지 근엄함과 간결을 중시하는 금석문의 기조와는 전혀 맞지 않지만 상당히 운치가 있다. 평소에는 고고高古한 것이 묘지문의 특징이지만, 당대와 송대 사람들도 전기傳奇 작법의 유혹을 완전히 끊어버릴 수는 없었던 것이다.

증서贈序의 핵심은 의론이고, 묘지의 주안점은 인물 서술이다. 당송고문 중 사건을 기록하는 역할은 기본적으로 잡기雜記가 담당하게 되었다. 서사의 기원과 각각의 구체적인 서사 기법에 대해서는 송대와 원대의 학자들이 단편적으로 적지 않게 언급하였으며 또한 상당히 잘 쓴 논술

---

93 高步瀛,『唐宋文擧要』, 上海古籍出版社, 1982, pp.366・370~371에 나온 여러 사람들의 이 글에 대한 평가 참조.

도[94] 있다. 다만 독자적인 문체로서 '잡기'가 이름을 얻게 된 것은 그래도 근세의 일이다. 명대의 오눌과 서사증은 '서사문'으로서의 '기記'를 중시해서 의론을 섞은 글을 변체變體로 보았다. 요내는 '잡기'를 정식 표제로 달았으나 자세하게 설명하지는 않았다. 그래서 린수林紓에 와서야 비로소 명확하게 "통칭하여 '기記'라고 하겠지만 구성으로 볼 때 실제로는 단일하지 않다"는 점을 제시했다.

재해를 조사하고 하천을 준설하고 연못을 만들고 사우(祠宇)을 수리하고 정자와 누대를 기념하는 것이 하나의 유형이다. 서화에 대해 서술하고 옛 기물(器物)에 대해 서술하는 것이 또 하나의 유형이다. 산수에 대해 서술하는 것이 또 하나의 유형이다. 사소하거나 기이한 일을 기록했지만 전(傳)에 들어가지 못해서 제목을 "어떤 일에 대해 쓰다"라고 한 것도 또 하나의 유형이다. 학기(學記)는 설리(說理)적인 문장이어서 청벽(廳壁)에 포함시키기가 어렵다.[95] 연회에 가서 술을 마시며 시를 읊은 일에 대한 것도 또 하나의 유형이다.[96]

유형 분류는 지나치게 세밀하지만 그래도 대체로 '잡기'의 기본 성격에 대해 명확하게 설명해냈다. 문체 분류에서 '잡기'는 사실 당송고문

---

94 이도(李塗)의 『문장정의(文章精義)』, 여조겸(呂祖謙)의 『고문관건(古文關鍵)』, 진역증(陳繹曾)의 『문전(文筌)』 등이 그런 예이다.

95 【역주】 청벽(廳壁): 당대에서 시작되어 청대까지 관아에서 유행했던 기서문(紀敍文)으로, 청벽기(廳壁記)라고도 불렸다. 보통 서예가가 써서 돌에 새긴 뒤 관아의 벽에 박아 넣었다.

96 「문장변체서설(文章辨體序說)」과 「문체명변서설(文體明辨序説)」에 있는 각각의 '기(記)' 항목과 요내(姚鼐), 「고문사유찬서(古文辭類纂序)」; 劉大櫆·吳德旋·林紓, 「流別論」, 『論文偶記·初月樓古文緖論·春覺齋論文』, 人民文學出版社, 1959.

을 서술하는 표준이 되기에는 부족하다. 잡기는 때로는 비碑에 속하기도 하고 때로는 사史와도 유사하지만 기원이 다르다. 때로는 완전하게 설리적이기도 하고 때로는 서사를 중시하지만 구성이 다르다. 때로는 직접 자신이 그곳에 찾아가기도 하고 때로는 다른 사람을 대신해서 아득히 먼 곳을 떠올리지만 시점이 다르다. 당송고문가들의 공로를 논하려면 용어 정의를 해야 하는 과정을 밟아야 한다.

여기에서는 '유기遊記'를 중심으로 해서 논의를 해보려고 한다. 그 이유는 이미 '기'라고 이름을 붙인 이상, 서사가 중심이 되는 것이 최선이기 때문이다. 그런데 기이한 착상에서 상상의 나래를 펼치는 소설가들과는 달리, 고문의 '기'를 쓰는 사람들은 사실 추구에 전력하였다. 사실을 서술하려면 저자가 직접 그곳을 방문해야 하는데 저자의 개입은 문장에 생동감을 불어넣었다. 이 세 가지 점을 따져본 결과 가장 적합한 것이 '유기'이다. 물론 여기에는 어떤 전제가 있다. 이 전제는 육조시대에 산수 정신과 기행문이 배양되었다가 당대에 진정한 의미에서 성숙했다는 점, 또 이 유기가 이후 긴 기간 동안의 문학이 전개되는 과정에 직접적인 영향을 미쳤다는 점이다.

육조의 기행문은 문인의 서찰과 학자의 여행기로 나뉜다. 당대 사람들은 이러한 사유방식을 계승하였다. 예컨대 현장玄奘의 「삼장법사전三藏法師傳」은 분명히 「법현전法顯傳」을 추종한 것이었고, 왕유王維의 「산중에서 수재 배적에게 보내는 편지山中與秀才裵迪書」는 오균吳均의 유명한 삼전三傳인 「주원사에게 보내는 편지與朱元思書」, 「시종사에게 보내는 편지與施從事書」, 「고장에게 보내는 편지與顧章書」에 필적한다. 도연명의 「도화원기桃花源記」는 원래 "소설가의 말"에 가깝지만 당대 사람들은 고문으로 기를 쓰면서도 이런 성격을 따랐다. 왕적의 「취향기醉鄕記」와 고황顧況의 「선유기仙遊記」가 그런 작품이다. 청벽기廳壁記는 당대 사람들의 특기였지만 기본적으로 감개를 표현하고 교훈을 말하는 데 국한되었으므로 여기에서는 논외로 한다.

반면에 사우를 수리하고 누정을 기념하는 글은 개인의 경험과 감각을 끌어오면서 유기적 성격을 띠게 할 수 있었다. 사우의 수리와 관련된 글로는 안진경顏眞卿의 「범애사 중수기泛愛寺重修記」, 누정을 기념하는 글로는 백거이의 「초당기草堂記」로 증명할 수 있을 것이다. 원결의 「우계기右溪記」와 「한정기寒亭記」 등은 산수에 대한 내용도 있고 여행하는 내용도 있어서 후대 유기에 상당히 근접해 있다. 그렇지만 이 글의 마지막 구 "바위에 명을 새겨 앞으로 오는 자에게 분명히 보여주겠다", "'한정寒亭'의 기문을 써서 정자의 뒤에 새겼다"는 작자의 주안점이 여전히 금석문에 있다는 것을 증명하고 있다. 이러한 체제로 문장은 반드시 간결하고 고아함簡古을 추구하게 되었을 뿐만 아니라 변려문에 가까워졌고, 자세한 산수 묘사에 신경 쓰지 않게 되었다. 당대 사람 중에서 산수와 여행을 좋아하는 사람들은 아주 많았지만 그들은 여전히 관습적으로 산수시山水詩를 지었지 유기는 별로 쓰지 않았다.

진정한 의미에서 중요한 문체로서의 '유기'가 성숙할 수 있게 한 사람은 재주가 있지만 불우했고 남몰래 울분이 있었던 유종원이었다. 청대의 유희재는 『예개藝槪』 「문개文槪」에서 이렇게 말했다. "유종원은 산수기에서 인물에 대해 말하고 문장을 논하면서 그 극치를 다 보여주었다. 그는 스스로 '수많은 감정이 이 안에 있다'고 했는데 이 말이 정말 맞다." 사실 "인물이 대해 말하는" 측면만 따진다면 유종원보다는 한유가 훨씬 낫다. 그렇지만 "산수에 대해 서술하는" 측면은 유종원이 독보적이다. 유종원을 위한 묘지명을 쓸 때 한유는 유종원의 문장이 반드시 후세에 전해지게 되는 이유를 묘지명의 주인이 정치적으로 뜻을 전혀 펼치지 못한 데서 찾았다. 이 점은 산수유기에서 더욱 부각되었다. 마치 한유가 가정했던 것처럼 만약 유종원이 "오래 추방되지 않고 그렇게 곤궁하지 않았다"면 이렇게 산수를 마음껏 노닐 필요도 없었을 것이고 문장을 쓸 때도 그렇게 그윽하고 아득하지 않았을 것이다. 이것은 유종원의 유기가 대부분 영주永州와 유주柳州로 폄적당했을 때 쓴 것일 뿐만 아니라 그의 글에 드러난 감정과 감개는 조정에 오래 있었던 사람들은 결코 말할 수 없는 것들이었다는 점에서도 드러난다.

순풍에 돛 단 것처럼 순조로운 인생을 사는 사람도 산수를 거닐 수 있다. 그러나 그런 사람은 편안함과 한적함을 추구할 뿐 진정한 의미에서 산수의 정취를 깨닫기는 어렵다. 유종원의 문장이 당시 사람들보다 더 나았던 지점은 그의 마음에 우울과 세상에 대한 분노가 있었다는 점이다. 「우계시서愚溪詩序」에서 "어리석음으로 죄를 지어 소수瀟水가로 폄적되었다"라고 했는데 그런 이유로 그는 여러 산수 중에서 우계愚溪, 우구愚丘, 우천愚泉, 우구愚溝, 우지愚池, 우당愚堂, 우정愚亭, 우도愚島 등 여덟 곳의 깊숙한 승경을 골랐다. 또 "어리석은 글愚辭을 지어 우계를 노래한다"고 했는데 이렇게 우언을 통해 세상을 조롱하는 것은 잡감雜感에 가깝다. 「고모담서소구기鈷鉧潭西小丘記」에서는 작은 언덕을 사게 된 경위와 어떻게 잡초를 제거하고 쓸모없는 나무를 벰으로써 "좋은 나무, 아름다운 대나무와 기이한 바위를 드러내"도록 했는지를 서술한 다음에 이어서 이 문장의 핵심 주제를 서술하였다.

아! 이토록 훌륭한 경관을 갖춘 언덕을 풍(灃)·호(鎬)·호(鄠)·두(杜) 지방에 갖다 놓으면 유람을 즐기는 선비 중에서 구입하려는 자가 날로 늘어 천금을 더 주고도 살 수 없을 것이다. 그러나 지금은 영주 땅에 버려져 농부와 어부들도 지나가며 우습게 보며, 4백 문에 내놓아도 몇 해가 되도록 팔리지 않는다. 나와 심원(深源)·극기(克己)만이 좋아하며 사들였으니, 과연 어울리는 사람을 만난 것이다.

앞에서는 이 작은 언덕의 승경을, 뒤에서는 나쁜 곳에 버려져 있다는 액운을 서술했는데 이렇게 사물에 가탁하여 자신의 감정을 서술하는 방식은 원결의 「우계기」와 매우 흡사하다. 그러나 이렇게 "아무도 제대로 감상하지 않는" 산수에 대해 원결은 "시냇가를 배회하며 이곳을 위해 슬퍼한다"고 했지만 유종원은 "사들여서 혼자만 그 즐거움을 누린다"고 했으니, 이 두 사람 간의 차이는 의미심장하다. 「처음 서산을 사서 잔치를 열고 놀러 간 기록始得西山宴遊記」에도 "마음은 응축되고 몸은 풀어져 자연과 하나가 되었다"처럼 장자의 철학 같이 운치 넘치는 묘한 구절이 등장한다. 이렇게 "세상 끝에 유락한 사람이긴 마찬가지"인 산수는 단순한 감상의 대상이 아니라 오랜 세월 동안에도 만나기 어려운 '지음知音'이다. 이런 경지로 인해 유종원의 문장에는 불우함을 한탄하는 것만이 아니라 산수의 깊숙한 정회에 대한 깨달음이 들어 있는 것이다. 이런 측면이야말로 유종원이 어떤 이유에서 매우 큰 열정을 가지고 그의 눈에 비친 생명력 있는 산수를 섬세한 필치를 통해 구체적으로 묘사하였는지를 이해할 수 있게 될 것이다.

유종원의 문장에서 사물의 신묘함을 서술하는 대목에 대해 지금까지

고문가들은 매우 찬탄해왔다. 가장 많이 인용된 부분이 「지소구서소석담기至小丘西小石潭記」에서 헤엄치는 물고기를 묘사하는 부분이다.

연못에 있는 물고기는 백여 마리가 있는데 모두 아무 데도 기대지 않고 허공에서 노니는 듯하였다. 햇살이 물속으로 비쳐 물고기 그림자가 바위 밑바닥에 미치는데, 멍하니 움직이지 않거나 갑자기 휙 하니 멀리 가거나 모였다가 흩어졌다가 하는 것이 마치 유람하는 사람과 장난치는 듯하였다.

물고기가 헤엄치는 것을 묘사함으로써 물이 얼마나 맑은지를 드러냈는데 이런 사물 묘사는 정말 미묘함의 극치를 보여준다고 할 수 있다. 이러한 표현은 전거가 있는 듯하다. 『수경주水經注』권22에 유수洧水를 묘사하는 대목에서 "물결이 잔잔한 연못은 맑고 깊어서 헤엄쳐 다니는 물고기를 보니 마치 하늘을 날고 있는 듯하다. 이른바 연못에 깊이 잠겨 있는 물고기가 없다는 것이다"라고 했고, 권37에서 이수夷水를 묘사하면서 "그 물이 투명해서 헤엄쳐 다니는 물고기를 보니 마치 하늘을 날고 있는 듯하다"라고 했다. 그러나 위의 내용은 다만 "모두 아무 데도 기대지 않고 허공에서 노니는 듯하였다" 구절의 유래에 대해 설명할 수 있을 따름이고 "그림자가 바위 밑바닥에 비친다"를 부각시키고 "멍하니 움직이지 않는다"의 착상을 통해 "마치 유람하는 사람과 장난치는 듯하였다"를 도출하는 논리는 유종원이 새로 만들어낸 것이다. 유종원의 독서 범위는 매우 넓고 다양했고 소재를 여러 곳에서 가져왔으므로 그의 산수유기가 『산해경山海經』와 『수경주』 등을 참고했다는 점은 전혀 이상하지 않다.

만약 묘사를 비슷하게 한 글귀 한두 개를 찾아내고 그것을 확대 해석하여 유종원 문장의 독창성을 부정한다면 그것은 잘못이다. 청대 천옌 陳衍(진연)은 요내에 대해 함부로 갖다 붙인다고 비판했는데, 그때 했던 말 중에 핵심을 짚은 이런 대목이 있다. "『산해경』에서는 이곳의 생산 물을 수록하고 있으나 유종원의 문장은 지금 이곳에서 본 것에 대해 서 술하고 있다."[97] 이렇게 "모든 것이 그때 눈으로 봤던 것을 쓴 것"이라는 서술방식이 바로 유종원의 유기 중에서 가장 대단한 특징이다. 「영주팔 기永州八記」의 각 문장의 운치는 상당히 달라서 어떤 작품은 어떤 깊숙한 곳의 느낌이 있고 어떤 작품은 차갑고 아름다우며 어떤 작품은 고요하 고 어떤 작품은 드넓지만, 산수를 개성적으로 묘사하고 부각시킨다는 측면에서는 모두 같다. 그런데 이렇게 아주 구체적으로 들어가서 최대 한 다 그려낸다는 묘사의 핵심에 송대 사람들은 도달하지 못했다.

송대 사람들의 유기에도 나름의 장점이 있다. 그러나 마치 화공이 사 물의 형태를 모두 그려내는 것처럼 실제에 근거하여 하나하나 묘사한 유종원 문장은 구양수나 소식조차도 계승하기 어려웠다. 또 유종원의 유기가 가진 그윽하고 깊음이라는 요소는 '소騷'와 연결되어 있는 반면 송대 육가六家(구양수, 증공, 왕안석, 소순, 소식, 소철―역주)의 큰 스케일은 '장 자莊子'에 기반한 것이었다. 송대 유기가 매력적인 지점은 '불평不平'과 '묘사'에 있는 것이 아니라 '소쇄瀟灑'와 '의론'에 있었던 것이다.

어떤 시대든 '불우不遇'와 '불평不平'이 있지만 송대 사람들은 당대 사 람들처럼 그렇게 우울하고 비분강개하지는 않았다. 그 요인 중 하나는 송대 사회에서 문인의 지위가 비교적 높았으므로 대우가 괜찮았다는

---

97   陳衍, 『石遺室論文』 4, 無錫國學專修學校, 1936.

것이다. 또 다른 하나는 이들이 도덕과 수양을 중시했다는 점과 관련이 있다. 이미 치국治國과 평천하平天下를 지향하는 이상 개인의 성패와 영욕을 입에 올리는 것은 약간 계면쩍은 일이었다. 범중엄의 「악양루기岳陽樓記」, 구양수의 「풍락정기豊樂亭記」, 소식의 「희우정기喜雨亭記」, 소철의 「황주쾌재정기黃州快哉亭記」 등은 모두 제목은 작지만 의경은 커서 어느새 개인의 비애를 초월하고 민생을 위한 정치, 여민동락與民同樂 등의 거대 담론으로 흘러가게 된다. 이들이 정말 천하의 근심을 백성보다 먼저하고 즐거움을 백성보다 나중에 하려고 했기 때문에 "슬퍼하고 초췌할" 겨를이 없었는지에 대해서는 회의적이다. 오히려 눈에 띄는 인상은 "세상 밖에서 초연한 태도로 있다"는 것인데 소철이 쾌재정에 대해 설명했던 대목을 빌어오면 "마음이 편안하여 외물에 흔들리지 않는다면 어디를 가도 즐겁지 않겠는가?"일 것이다.

송대 사람들은 편안하고 소탈한 인생의 경지를 매우 중시했는데 심지어 여기에는 의도적으로 그것을 추구하는 느낌도 없지 않았다. 이렇게 "마음에 맞는 것을 즐겁게 여기기" 때문에 "아침에 눈이 오든 비가 오든, 저녁에 바람이 불든 달이 비치든" 모두 "즐겁구나, 이런 곳을 여행하는 것이"라는 것의 최상의 범례는 당연히 소동파이다.[98] 이렇게 "외물 때문에 기뻐하지도 않고 자기 때문에 슬퍼하지도 않는" 편안하고 즐거운 정신 상태와 표리를 이루듯이 소식 등 여러 사람들의 유기도 유유자적하고 자연스러운 것에 주안점을 두었다. 『동파지림東坡志林』에 수록된 '유기記遊'들은 모두 마음 가는 대로 시작하고 끝냈는데 마치 떠 가는 구름

---

98 소철(蘇轍), 「무창구곡정기(武昌九曲亭記)」; 소식(蘇軾), 「초연대기(超然臺記)」 참조.

과 흐르는 물 같다. 곧 그들은 인생에는 "쉬지 않고 매진해야 하는 것"이란 아무것도 없다는 것을 깨달았기 때문에 "달빛이 방에 비치면 기쁜 마음으로 일어나 밤을 거닒"으로써 소탈한 마음으로 한유가 가졌던 집착이나 공리적 태도를 위에서 내려다 보았던 것이다.[99] 이 글에서 말하는 송대 유기는 북송의 육가六家와 소식 문하의 제자가 쓴 글을 중심으로 했다. 송대 말기의 유민들이 옛 자취를 애도하는 상황에서의 우울과 울분(예컨대 사고謝翱의 「등서대통곡기登西臺痛哭記」와 작자 미상의 「유한평원고원遊韓平原故園」)은 예로 들지 않았다. 이들은 산수 감상에 뜻이 없었을 뿐만 아니라 유기를 쓰는 것을 대단한 일이라고 여기지도 않았기 때문이다.

　송대 사람들의 유기에서는 산수의 분위기와 산수의 조성, 의경意境을 부각시키기를 좋아했고 산수를 묘사하는 것에는 그다지 신경 쓰지 않았다. 예컨대 진관秦觀의 「용정제명기龍井題名記」, 조보지晁補之의 「신성유북산기新城遊北山記」처럼 자세하게 자신의 여정을 기록하고 물상을 묘사하여 독자에게 "마치 직접 본 것 같은" 느낌을 주는 유기는 거의 없다. 더 중요한 것은 의론에 강한 송대 사람들은 "산을 보면 산에 감정이 충만하는 것"에 결코 만족하지 못하고 산수를 차용하여 '학식'과 '이취理趣'를 드러내고 싶어했다는 것이다. 후대 사람들도 가끔 송대 사람들이 의론하기 위해 기문을 썼다는 점을 언급했으나 이들이 '이취'를 표현한 \방법에 대해서는 거의 검토하지 않았다. 명대 사람들은 한유의 「연희정기燕喜亭記」에서 이미 의론을 다루었다는 사실에 주목했고 그래서 기의 형식이 점차적으로 변하였다고 하였다.[100]

---

99 『동파지림(東坡志林)』 권1 「기유송풍정(記遊松風亭)」·「승천사 밤 유람의 기록(記承天寺夜遊)」·「담이야서(儋耳夜書)」.

사실 송대 사람들의 유기는 당대 사람들의 유기와 다르다. 의론하기를 좋아한다는 점 외에 이런 논의를 할 때 고증과 변별이라는 방식을 가져온다는 것이다. 한유와 유종원이 유기를 지을 때에는 가끔 의론을 빌려왔지만 그것도 자기 마음을 표출하는 데 불과했지 송대 사람들처럼 역사적 고거 또는 금석문의 판별로 시작해서 그 다음에야 자신의 견해를 도출하는 방식을 취하지는 않았다. 지금까지도 사람들이 계속 전송하는 왕안석의 「유포선산기遊褒禪山記」, 소식의 「석종산기石鍾山記」 등에 만약 쓰러진 비를 읽거나 『수경水經』의 기법으로 고증하는 내용이 없다면 분명히 이 글의 매력이 급감할 것이다. 사실 유기에 있는 의론은 진정한 의미에서 "심원한 사유"일 수는 없다. 이런 문장의 매력은 평범한 사람의 지력으로도 깨닫는 '이취'를 평범하지 않은 방식으로 표현하는 것에 있다. '경景'에서 '논論'을 부각시키고 '문文'의 밖에서 '학學'을 끌어온다. 약간의 고거를 진행함으로써 이런 문장들은 경박하거나 매끄러운 느낌에서 벗어나 껄끄러운 곳에서 그윽하고 깊은 느낌을 드러냈다.

육유의 「입촉기入蜀記」와 범성대范成大의 「오선록吳船錄」은 여행길에서 본 산천의 풍정과 명승지를 묘사할 때 상당한 논변과 의론을 포함시켰다. 더 중요한 것은 이 두 편의 저작은 당대의 이고가 새로 만들어낸 여행일기를 한 수준 더 위로 끌어올려 날짜를 기준으로 쓰되 여러 유기로 나누어 읽어도 되는 유기 시리즈를 만들어냈다는 점이다. 이렇게 견문을 기록하고 진위를 판별하는 것을 중시하는 서술의 특징은 송대 사람들이 가진 강렬한 사학적 취미와 상당히 관련이 깊다. 단순히 고적을 탐

---

100 오눌(吳訥), 「문장변체서설(文章辨體序說)」; 서사증(徐師曾), 「문체명변서설(文體明辨序說)」에 나오는 '기(記)'에 관한 논술 참조.

방하고 문물을 고증하고 판별하는 여행에 비해 휘종徽宗과 흠종欽宗을 따라 포로가 되어 북쪽으로 끌려가거나 황제의 명을 받고 금金나라에 사신을 갔을 때의 심정은 의심할 나위 없이 더 무거울 것이다. 지나가는 길에서 본 성곽은 예전과 같은데 유민遺民의 눈물을 삼키며 가는 상황을 기록한 여행기는 당연히 훨씬 더 사학적 가치가 있다. 북송과 남송의 교체기에 나온 『신음어呻吟語』, 『남비록攬轡錄』, 『북행일록北行日錄』 등은 어떤 것은 전체가 남아 있지 않고 어떤 것은 저자의 이름을 알 수 없게 되었지만 그래도 국가 흥망의 위기 상황에서 나온 유기의 변화를 대표한다는 점에서 주목할 필요가 있다.

남송대에는 산수유기가 그렇게 발달하지 못했는데 이것은 여유롭기가 힘들었던 문인들의 심경과 관련을 맺고 있다. 150년 동안 계속 전쟁이 있었던 것은 아니지만 반쪽이 된 산수라는 생각은 늘 지각 있는 독서인에게 통렬한 아픔을 주었다. 눈앞에 있는 풍경을 기록하는 것보다 차라리 번화했던 지난날을 떠올리는 것이 훨씬 더 사람들을 매료시키는 듯했다. 추억과 유기, 지방지를 결합하는 사유방식으로 맹원로孟元老의 『동경몽화록東京夢華錄』과 주밀周密의 『무림구사武林舊事』가 나올 수 있었다. 도시의 풍정을 기록한 저작은 이 두 편만은 아니지만, 맹원로와 주밀 같이 깊은 감정을 담아내면서 문체가 맑고 우아한 글은 보기 드물다.

명청 이후에는 당송고문에서 주된 문체였던 증서, 묘지, 유기의 운명이 전혀 달라졌다. 이 세 가지 종류의 글은 여전히 문인들이 가장 좋아하는 문체였지만, 상대적으로 본다면 유기의 발전 가능성이 묘지와 증서보다 훨씬 더 높은 듯하다.

제4장
팔고八股시대와 만명晩明 소품

　명과 청 두 왕조는 팔고문八股文으로 인재를 등용했으므로 문학의 향방도 자연히 팔고문과 밀접한 관련을 가졌다. 세상의 독서인들은 공명을 구하기 위해 '제예製藝(팔고문)'에 전념할 수밖에 없었다. 과거 응시를 위해 시문時文을[1] 배울 때 용도는 대개 '출세의 사다리'였다. 그런데 여러 해 동안 공부하다 보면 자연히 영향을 받게 된다. 과거시험을 통과한 뒤에도 문인 학사들의 글에는 '팔고문 풍'이 사라지지 않았다. 고수들에게 시문時文은 당연히 눈에 차지 않았고 끊임없이 냉소와 풍자의 대상이 되었지만 결코 가치가 하락하지는 않았다. 팔고문은 여전히 과거시험의 주요 과목이었으므로 필연적으로 그 시대 문풍에 영향을 주었다. 시문에 전념하는 사람들은 말할 것도 없고 반기를 든 사람조차도 은연중에 팔고문을 '대화의 상대'로 삼았다. 명대와 청대 사람들의 문장을 모두 팔고문을 따랐거나 반기를 들었다고 단순화시킬 수는 없을 것이다. 그러나 500~600년 동안 "문단을 주름잡았던" 팔고문이 중국의 사상과 문학에 막강한 영향을 미쳤다는 점도 과소평가할 수 없다.

1　【역주】 시문(時文): 과거시험에 사용되는 장르의 통칭이다. 당·송시대에는 율부(律賦)를 가리켰고 명·청시대에는 팔고문을 가리키는 말로 사용되었다.

명대의 송응성宋應星은 팔고문으로 시험을 통과해 뽑힌 관리들이 "위기에 봉착했을 때" 속수무책인 것을 못마땅하게 여겼다. 그가 쓴 「진신의進身議」의 이 단락은 칭찬처럼 보이지만 실제로는 비판하는 내용이 담겨 있다.

> 옛날부터 인재 등용 방식은 편중되면 바꾸고 오래하면 변화시켰다. 양한(兩漢)의 현량방정(賢良方正), 위진(魏晉)의 구품중정(九品中正), 당송(唐宋)의 박학홍사(博學弘詞), 명경(明經), 시부(詩賦) 같은 여러 과목 중에서 가장 오래된 것도 100년 정도였다. 300년간 과거시험에서 중요한 과목을 바꾸지 않고 유지하고 있는 것은 우리 왕조뿐이다.[2]

명대에서 청대로 왕조는 교체되었지만 과거제도를 바꾸지 않았으므로 팔고문의 수명은 다시 200여 년간 연장되었다. 후대 사람들이 어떻게 평가하든 하나의 문체가 통치자의 손에서 제창되어 몇백 년간 '위세를 떨친' 것은 그야말로 기적이다. 저우쭤런周作人(주작인)은 "팔고문은 중국문학사에서 앞뒤를 연결하는 핵심"이라고[3] 했는데 일리가 있는 말이다. 다른 문체(소설이나 희곡)도 팔고문과 관련이 있지만, 고문처럼 "긴밀하게 얽혀" 있지는 않다. 그러므로 명청 산문을 말하려면 팔고문이 드리운 그림자부터 이야기하는 것이 적절할 것이다.

2 　宋應星, 『野議·論氣·談天·思憐詩』, 上海人民出版社, 1976.
3 　周作人, 「論八股文」, 『看雲集』, 開明書店, 1932.

1. 팔고문체八股文體

팔고문체('팔비八比', '제예製藝', '제의製義', '경의經義', '시문時文' 등으로도 불림)의
기원에 대해서는 예전부터 다양한 주장이 있었다. 명대와 청대의 과거
시험에서 쓴 주요 문체였던 팔고문의 기원이 단일하지 않기 때문이다.
청대의 유희재劉熙載는 "제의製義는 경전의 뜻을 밝히는 것으로 전傳 문체
에 가깝다"고 하였다. 근세의 주쯔칭朱自淸(주자청) 역시 "남북조南北朝의
의소지학義疏之學(경전 주에 정의正義와 소疏를 다는 것 — 역자)"을 팔고문의 가장
오래된 기원으로 보았는데, 그 착안점은 외적 형식이 아니라 사서오경四
書五經의 의리義理를 해석하는 내적 맥락에 있었다.[4] '제예'는 물론 '팔고'
가 중심이지만 파제破題,[5] 승제承題,[6] 기강起講,[7] 대결大結[8] 등에서 문체적
특징이 더 잘 드러난다. '대결'은 경전의 의미를 통해 자신의 정치적 견
해를 진술하는 것으로, 그 기원은 오래전에 있었던 '책문策問'으로 거슬
러 올라갈 수 있다. 다만 글에 대한 검열이 심해지고 언로言路가 좁아지면
서 강희제 때는 금기를 건드리거나 어떤 의미를 몰래 넣을 수 있었으므

---

4 유희재(劉熙載), 『예개(藝概)』 권6 「경의개(經義概)」; 朱自淸, 『經典常談』, 文光書店,
   1946.
5 【역주】 파제(破題) : 당·송 시기 응제시(應製詩)와 부(賦), 경의(經義)의 시작 부분을
   가리킨다. 몇 마디의 말로 제목의 대략적인 뜻을 이야기해야 하는데 그것을 파제(破題)
   라고 불렀다. 명·청 시기의 팔고문의 첫 두 구도 파제의 격식을 따랐으며 고정적인 형
   식으로 정해졌다.
6 【역주】 승제(承題) : 글의 주제를 이야기하는 것. 팔고문은 두 번째 고(股)를 '승제(承題)'
   라고 불렀다.
7 【역주】 기강(起講) : 팔고문의 세 번째 단락으로, 의론이 시작되는 부분이다.
8 【역주】 대결(大結) : 팔고문의 끝나는 부분을 가리킨다. 고염무는 『일지록(日知錄)』 「시
   문격식(詩文格式)」에서 "글의 끝나는 부분에서 성인의 말을 부연하고 이어 자신의 견해를
   펼치는 수십 자에서 수백 자에 이르는 부분을 '대결'이라고 한다"라고 하였다.

로 폐지되었다. '파제'와 '승제'는 팔고문에서 시작된 것이 아니라 당나라 때의 부賦와 시율試律(시첩시試帖詩)에[9] 이미 있던 것들이다. 청대의 모서하毛西河는 「당인시첩 서문唐人試帖序」에서 시율試律의 작법이 '팔비八比'와 비슷하다고 논술하였는데 핵심을 짚은 것이었다.[10] 이 문체의 중심에 있는 '팔고'는 대장對仗과 배우排偶를 중시하기 때문에 변려문을 연상하기 쉽다. 정말 완원阮元이 말한 대로 「양도부兩都賦」가 "명대의 팔비八比를 인도했는지"에 대해서는 여전히 논란이 있지만 '팔고문'이 변려문이 분기되어 나온 후속 문체라거나 '변려문의 가장 수준 낮은 문체'라고 하는 견해에 대해서는 다들 동의하는 편이다.[11]

팔고는 옛날에는 '대언代言'이라고 불렀는데, 그 핵심은 "성현聖賢을 대신하여 말한다는 것"이다. 그러므로 '기강起講'에서는 반드시 성현을 대신하는 입장에서, 성현이 했어야 했지만 미처 하지 못했던 "수많은 말들"(실제로는 글자수에 엄격한 규정이 있다)을 해야 한다. 논제와 부합하지 않는 내용은 당연히 허용되지 않았고, 현재 일을 옛것에 적용하는 것은 더욱 큰 금기사항이었다. '사서'와 '오경'의 범위 안에서 최대한 머리를 짜내어 황제의 뜻에 부합하면서 동시에 옛사람의 상황에도 맞춰야 했다. 그렇게 하려면 '당사자의 입장'에서 상황을 분석해야 했다. 류스페이는 명대 이후에는 "성현을 대신하여 말하는" 사람이 "말투를 똑같이 흉내내는 것을 능사로 여겼는데 이런 건 곡극曲劇에나 어울리는 것"이라

---

9 【역주】시율(試律): 과거시험에서 율의(律义)를 내용으로 했던 시험문제를 가리킨다.
10 기윤(紀昀)은 이 주장이 "확실하다"고 했고 저우쭤런도 "실로 확실하게 드러냈으므로 후대 사람들은 모두 믿고 따랐다"고 했다. 周作人, 「關于試帖」, 『瓜豆集』, 宇宙風社, 1937 참조
11 錢鍾書, 『談藝錄』, 中華書局, 1984, p.32; 瞿兌之, 「八股與駢文」, 『中國駢文概論』, 世界書局, 1934.

고 비웃었다. 팔고를 곡극에 갖다 붙이면서, 특히 파제는 곡극의 인자引子, 제비提比와 중비中比는 곡극의 투수套數에 해당한다고 했는데, 이 말의 저작권은 사실 청대의 초순焦循에게 있다.[12] 이 말은 신기하기는 하지만 팔고가 곡극과 상통하는 면이 있다면 몰라도, '팔비'로 쓴 문장이 금대와 원대 곡극에서 나왔다면 억지스러운 감이 있다. 이유는 단순하다. 예컨대 당대의 시첩시가 명·청시대의 팔고문에 영향을 주었지만 이 둘의 형식이 명확하게 다른 것과 마찬가지 경우이다.

더구나 팔고의 직접적인 원류는 송대의 경의經義이다. 고염무顧炎武가 "경의 문장을 세속에서는 '팔고'라고 했는데 성화成化(1465~1487) 이후에 시작되었다"고 했지만, 기원은 시와 부賦를 폐지하고 경의와 책론策論으로 선발하자고 했던 왕안석王安石의 주장에서 찾아야 한다.[13] 이 점은『명사明史』「선거지選舉志」에 이미 명확하게 서술되어 있다. "문장은 대체로 송대의 경의經義를 모방하였다. 하지만 옛사람들의 말투를 차용하였고 형식은 배우排偶를 사용하였기에 '팔고八股'라고 했고, 보통 '제의製義'라고 했다." 그러므로 상연류商衍鎏(상연류)가 고염무의 주장을 수정한 것도 일리가 있다. 그는 "그러므로 팔고문 작법은 사실 송대 소흥紹興(1131~1162)·순우淳祐(1241~1252) 연간에 시작되었고, 명대 홍무洪武(1368~1398) 연간에 확정되었으며, 성화成化(1465~1487) 연간 이후에 성행하였다"고 했다.[14] 한 마디를 더 추가한다면, 이것은 청대 광서光緖 31년, 즉 1905년에 사라졌다. 그 전에 비록 책론으로 바꾸어 시험을 본 적도 있지만, 과

---

12 劉師培,『中國中古文學史·論文雜記』, 人民文學出版社, 1959, p.133; 초순(焦循),『역여
    륜록(易餘侖錄)』권17.
13 고염무,『일지록』권16「시문격식(試文格式)」·「경의책론(經義策論)」등.
14 商衍鎏,『淸代科擧考試述錄』, 生活·讀書·新知三聯書店, 1983, p.231.

거제도가 폐지되지 않는 이상 팔고문의 영향력은 계속 남아 있었다.

상옌류 자신이 청대 말기에 탐화探花(3위로 급제-역자)였으므로 팔고문의 흥망성쇠를 몸소 체험한 사람이었다. 역대의 시문時文 대가들의 장점과 단점 및 문장의 풍격이 어떻게 시대에 따라 변했는지를 비교한 그의 글은 절대로 일반 사람들이 쓸 수 없는 내용이다. 하지만 팔고문은 어쨌든 과거시험에서 필수이고 이른바 "새로운 시험에 적합한 무기"였으므로 공명을 갈망하는 응시생들에게는 매력이 있었지만, 그렇다고 팔고문을 문집에 수록하면 웃음거리가 되었다. 500~600년간 무수한 독서인들이 심혈을 기울여 쓴 팔고문 중에서 좋은 글은 몇 편 안 된다는 점만 보아도 이 문체의 폐단이 불치병 수준이라는 것을 알 수 있다.

당시 많은 사람들이 팔고문에 대해 날카롭게 비판했다. 이를테면 황종희黃宗羲는 "과거시험의 폐단이 지금보다 심했던 적은 없다"고 했고, 안원顔元은 "팔고문이 성행하자 세상에는 학술이 사라졌고, 학술이 사라지자 정치가 사라졌다. 정치가 사라지자 치적도 사라졌고, 치적이 사라지자 태평성대도 사라졌다. 그러므로 팔고문의 해악은 분서갱유보다 심하다"고 했는데,[15] 매우 통쾌한 말이었다. 논자들은 조정에서 쓸모없는 문장으로 인재를 선발한 결과 과거 응시생의 학문이 얼마나 공허한지, 관리들이 나라를 다스리는 일에 얼마나 무능한지를 대놓고 비판했지만, 그러면서도 문체라는 측면에서 팔고문이 갖는 폐단에 대해서는 거의 논하지 않았다. 부산傳山도 팔고문을 논의한 적이 있는데 매우 유머러스하다.

---

15 황종희, 『명이대방록(明夷待訪錄)』「과거(科擧)」; 안원(顔元), 『습재언행록(習齋言行錄)』 권下.

찬찬히 생각해보면 이 기술을 최고 수준으로 연마한들 어디에 쓰겠는가? 문무(文武) 모든 일에서 암암리에 팔고문의 영향으로 손해가 막심했다. 만약 이것이 공자와 맹자를 잇는 것이라고 한다면, 정말 역겹기 짝이 없다.[16]

그렇지만 도대체 '문장 관련 일'에서 어떤 손해가 있었는지 여전히 제대로 말한 것은 아니다. 아마도 나라와 백성을 걱정하고 천하를 자기 책무로 여긴 독서인들은 팔고문의 해악이 우선 사인士人의 기질을 꺾고 인재를 매몰시키는 데 있으며 문단에 끼친 해악은 부차적이었다고 본 것 같다. 이러한 생각도 당연히 일리가 있다. 그러나 주제와 관련해서 여기에서는 팔고문이 명청 문단에 미친 영향에 대해 집중해보고자 한다.

황종희는 명대 문장을 총정리하면서 통한의 몇 구절을 썼다. "300년간 사람들은 모든 정력을 과거 공부에만 쏟았고 여력이 있을 때 고문을 썼다. 그러니 그들의 성과가 이전 사람들보다 못한 것도 당연하다." 이말은 당연히 사람들이 과거를 준비하느라 글을 쓸 여유가 없었다는 뜻이 아니다. 제예가 고문에 악영향을 미쳤다는 뜻이다. 황종희는 당시 사람들이 귀유광歸有光을 칭송하는 것에 동의할 수 없었다. 그의 글에 "시문의 영향이 가끔 묻어났기"[17] 때문이다.

시문은 과거시험은 아니지만 과거 공부에서 핵심이었다. 명대와 청대에는 향시鄉試와 회시會試의 내용에는 큰 변화가 없었다. 대체로 초장에서는 '사서', 중장에서는 경문經文, 종장에서는 책대策對였다. 원칙적으로는 세 가지 시험은 비중이 동등했지만 실제로는 초장이 가장 중요

---

16 부산(傅山), 『상홍암집(霜紅庵集)』 권18 「서성홍문후(書成弘文後)」.
17 황종희, 『남뢰문약(南雷文約)』 권4 「명문안서상(明文案序上)」.

했다. '사서'는 원문이 간단했고 이것으로 수백 년간 인재를 선발하였
으므로, 시험에 나올 문제들을 사람들은 미리 예상한 상태여서 박학하
거나 문장력이 없어도 순조롭게 통과할 수 있었다. 고염무는 과거 응시
생이 공부하지 않는 이유는 모두 조정에서 "초장만 중시한 결과"라고
여겼다. 전대흔錢大昕도 '사서'의 중요성을 낮추는 방향으로 시험의 순서
를 바꾸자고 제안했다.[18] 만청晚淸에 이르러 왕셴첸王先謙(왕선겸), 캉유웨
이康有爲(강유위) 등도 책론을 중시함으로써 과거시험의 폐단을 보완하려
고 구상한 적이 있었다.[19] 실제로 과거시험에 대한 당시 및 후대 사람들
의 비판은 주로 사서를 설명하는 '제예'에 집중되었다.

　시문 중에 좋은 글이 있는가 하는 문제에 대해 황종희와 원굉도는 생각
이 전혀 달랐다. 이 점은 여기에서는 논하지 않을 것이다. 그런데 이른바
'문학성'이라는 관점에서 시문을 평가하는 것은 문인의 '사심私心' 또는
'고질병'일 뿐이다. 시문은 조정에서 인재를 선발하는 특수한 방법이지
문인이 재능을 펼치는 곳이 아니다. 과거시험의 주된 목적은 유교 경전을
외우고 익히게 함으로써 충의염치忠義廉恥를 권장하게 만드는 것이었다.
즉 이른바 "경전의 핵심을 파악하여 의리를 밝히며 인륜을 바탕으로 심성
을 밝히는" 것이다. 캉유웨이와 옌푸嚴復(엄복) 등이 팔고문을 폐지하자고
주장했을 때도 당시 이 제도를 만들 때 백성을 교화하고 풍속을 바르게
한다는 좋은 의도가 있었다는 점은 모두 인정했다.[20] 백성을 교화하고 풍

18　고염무『일지록(日知錄)』권16「제과(制科)」; 전대흔(錢大昕), 『일지록』권16「삼장
　　(三場)」에 붙인 주해(注解) 참조.
19　王德昭, 『淸代科擧制度硏究』, 中華書局, 1984 제2장; 張仲禮, 李榮昌 譯, 『中國紳士』,
　　上海社會科學院出版社, 1991 제3장 2절 참조.
20　康有爲, 「請廢八股試帖楷法試士改用策論折」, 『康有爲政論集』, 中華書局, 1981; 嚴復,
　　「救亡決論」, 『嚴復集』, 中華書局, 1986 참조.

속을 바르게 하면서 동시에 나라를 다스릴 인재를 선발한다고 할 때 '인재'는 형법이나 재정에서의 인재도, 시문이나 사부辭賦의 인재도 아니었다. 형법이나 재정은 막료와 서리가 대신했고, 시문이나 사부는 정치와 무관했다. 그러므로 시문을 잘 쓰지만 낙방하여 오랫동안 과거공부에 묶여 있다고 해서 시험관더러 "안목이 없다"고 원망할 수도 없었다.

"과거는 과거이고 문장은 문장이다"라는[21] 캉유웨이의 이 말은 과거시험의 핵심을 찌른 말이다. 이것은 불합격자의 자기 위로가 아니다. 조정에서 필요한 사람은 관리이지 문인이 아니기 때문에 시험에서 보는 것도 당연히 사상적 경향과 기본 소양이다. 이것은 명 태조가 '와비臥碑'를[22] 세울 때 규정했다. "경전은 송대 유학자의 전주傳注가 정석이고, 문장은 전실典實하고 순정純正한 것이 핵심이다", "남다름을 과시하는 사람들은 아무리 글이 좋아도 선발하지 않는다." 『명회전明會典』 권77 「과거科擧」와 「과거통례科擧通例」에는 과거 문체에 대한 명대 여러 황제들의 훈령訓令이 수록되어 있는데, 대부분 '질박함平實'을 강조하고 '부화함浮華'을 경계했다. 이것은 재주가 넘치는 문인에게는 매우 불리했다. 이렇게 논점을 세워서 글을 쓰는 전 과정에는 모두 일정한 규정이 있었다. "남다름을 과시하는 것"을 불허하는 팔고문에서 좋은 글이 나오지 않는 것도 당연하다. 문학사가들이 팔고문을 저주하는 것은 과거 답안지의 표현 때문이 아니라 독서인이 여기에 차츰 물들어 궁상맞고 진부하며 침체된 분위기에 젖기 쉬웠기 때문이다.

---

21 康有爲, 『長興學記・桂學答問・萬木草堂口說』, 中華書局, 1988, '문학(文學)', '원고(袁稿)' 부분.
22 【역주】와비(臥碑): 명・청 시기에 생원(生員)들이 지켜야 할 규범을 새긴 비석을 와비(臥碑)라고 불렀는데 보통 명륜당(明倫堂)의 왼편에 세워 두었다.

팔고문은 여러 문체를 융합시켜 만든 것인데, 기본 작법은 합리적이다. 게다가 수많은 독서인들이 경전과 역사서 내용을 녹여 넣고 재주를 펼쳤기 때문에 쉽게 "잡박한 상태를 벗어나 아정雅正한 수준에 이르게" 되었다. 하지만 진정성 있는 수사를 통해 감정을 표현하고 주제를 전달하는 것은 실로 어렵다. 우선 팔고문에서 논점을 세울 때는 제목에 부합하되 경전에 근거해야 한다. 개인의 재능은 이 범위 안에서만 펼칠 수 있다. 겉으로 볼 때는 치밀한 구성에 내용이 바르고 표현이 엄정한 것 같지만, 아쉽게도 옛사람 글을 표절하고 성현의 말을 오려 왔기 때문에 자신의 개성은 없다. 이른바 "성현을 대신하여 말한다"는 것은 과거 응시자들에게 성현의 뜻을 짐작해보라는 뜻이지 성현처럼 독자적으로 사고하라는 뜻이 아니다. 장학성章學誠은 향시와 회시는 모두 외우고 있는지를 확인하는 것이었으므로 시험관의 입장에서는 "애초에 사안과 이치에 문제가 있는지 응시생들에게 설명을 요구하는 것이 아니었다"고 말했다. 그러므로 시문에서 논점을 세운다는 것은 제자백가와는 달라서 "자기 멋대로 말해서도", "제자백가의 설을 그 안에 넣어도" 안 되었다. 그냥 제목에 맞게 성현의 말을 외울 수만 있으면 되었다.[23] 독자적인 사상도 없었고 엄격한 형식을 따라 글을 써야 했기 때문에 문장도 감정도 모두 넣을 수 없는 상황에서 어떻게 좋은 글이 나오겠는가? 고염무의 말을 빌자면, "문장에는 정해진 형식이 없다. 형식을 정해놓고 글을 쓴다면 그 글은 말할 가치도 없는"[24] 것이다. 시험이 경의經義로 바뀌

---

23 초순(焦循)은 『조고집(雕菰集)』 권10 「시문설(時文說)」에서 이렇게 말했다. "제자(諸子)들의 논의는 본인에게서 나왔고 시문의 내용은 제목에서 나온다." 유희재(劉熙載)는 『예개(藝槪)』 권6 「경의개(經義槪)」에서 이렇게 말했다. "다른 장르는 그래도 백가의 학설을 넣는 것이 가능했지만 경의(經義)는 오로지 성인의 이치만 밝혀야 했다."

자 읽어야 할 책이 많지 않게 되어 사고의 폭이 좁아졌고, 변려문을 중시하자 수식에 힘쓴 나머지 부화하고 경박해진 것은 오히려 부차적인 문제였다. 명대와 청대 문단에서 가장 중요한 논쟁은 처음부터 끝까지 '자신'의 목소리를 낼 것인가, 아니면 '공인'된 의법義法에 따라 글을 전개할 것인가의 문제였다. "전전긍긍하며 벌벌 떤다"라는 말로 과거 답안과 관료들을 형용하거나 혹은 '노예다움'과 '자주적'이라는 말로 두 가지 글씨와 문장 스타일을 형용하는 것은 비록 에둘러 말한 것이기는 하지만 문제의 본질을 제대로 짚은 것이었다. 그렇지만 사실 고염무와 부산은 의외로 이때의 문단 논쟁에 휘말려든 적이 없었다.[25]

저우쮜런은 '5·4'문학혁명을 "팔고문화되는 경향에 대한 반동"으로 보았다.[26] 사실 명청 문단의 많은 논쟁은 모두 '팔고문화'에 대응했다는 측면으로 설명할 수 있다. 대응하는 방식은 천차만별이었다. 뒤엎는 것도 있었고 보충하는 것도 있었으며 '대응'에 대해 대응하기도 했다. 팔고문은 어쨌든 500~600년간 '유행'한 문체였고 거의 모든 사람들이 팔고문과 씨름했다. 심지어 지금 자주 거론하는 팔고문 반대파조차도 과거시험을 본 적이 있었으므로 이들의 문집에서 시문을 옹호하는 견해도 쉽게 찾아낼 수 있다. 심지어 가르치는 입장에 서게 되면 "다른 사람의 귀한 자식을 잘못된 길로 인도할" 수는 없으므로 시문을 가르치는 일에 매진할 수밖에 없다. 고염무의 『일지록日知錄』에는 경서에 통달하고 고문을 좋아하는 소년이 "과거시험 준비에 전념하지 않아서 앞길을 망

---

24 고염무, 『일지록』 권16 「정문(程文)」.
25 고염무, 『일지록』 권16 「시문격식(詩文格式)」; 부산(傅山), 『상홍암집』 「잡기 3(雜記三)」.
26 周作人, 「論八股文」, 『中國新文學的源流』, 人文書店, 1932 참조.

칠까봐" 걱정한 나머지 "부친과 스승이 번갈아 꾸짖었던" 일이 실려 있다.[27] 부귀와 공명을 추구하는 것은 인지상정이므로, '불구대천의 원수'처럼 볼 필요는 없다. 문장을 논하면서 팔고문을 비판했던 장학성조차 학생들과 헤어질 때는 과거 준비를 위해 어떻게 공부해야 할지 조근조근 알려주었고, 캉유웨이는 팔고문을 폐지하자는 상소문을 올리기 얼마 전에도 광주廣州의 만목초당萬木草堂에서 "팔고문을 굳이 폐지할 필요는 없다. 글을 쓰는 이들이 고금을 다 아우를 수 있으니 어찌 좋지 않겠는가"라고 역설했다.[28] 과거제도가 폐지되기 이전에 시문에 전혀 물들지 않은 뛰어난 문장가를 찾는다는 것은 거의 신화에 가까운 일이었다.

장학성이 말한 것처럼 "시문의 문체는 수준이 낮을 지는 몰라도 모든 것이 다 들어있었다. 이치를 논하는 것, 사건을 논하는 것, 사명辭命(외교에서 하는 말-역자), 인물이나 사건을 서술하는 것, 기전紀傳(본기와 열전-역자), 고정考訂(옛 문헌의 진위와 차이점 등을 밝히는 것-역자) 등을 모두 비슷하게는 쓸 수 있다."[29] 오랫동안 과거시험에 매여 하루종일 시문을 파고들면 틀림없이 문장의 수준은 낮을 것이다. 하지만 초학자라면 이런 과정을 통해 기승전결의 구성과 어떻게 변려문과 산문 구절을 조합하고 논리를 풀어낼 것인가 하는 방법들을 배울 수 있다. 청대 사람들이 "시문時文이 시나 고문과 무관하기는 하지만 팔고문을 제대로 알지 못하면 논리를 풀어내는 법을 모른다"고[30] 한 것은 근거가 없지 않다. 첸지보錢基

---

27 고염무, 『일지록』 권16 「십팔방(十八房)」.
28 장학성, 「청장서원유별조훈(淸漳書院留別條訓)」과 康有爲, 『長興學記‧桂學答問‧萬木草堂口說』, 中華書局, 1988 참조.
29 장학성, 「논과몽학문법(論課蒙學文法)」.
30 왕사진(王士禛)은 『지북우담(池北偶談)』 권13 '시문(時文)과 시, 고문(古文)'에서 이렇게 말한 바 있다. "나는 일찍 시로 꽤 이름난 한 포의(布衣)의 시에 제대로 뜻을 표현

博(전기박)는 심지어 량치차오梁啓超(양계초)의 글이 종횡무진하면서도 질탕한 것은 "팔고문의 배비排比(비슷한 것을 나열하는 것-역자)의 리듬을 배운" 결과이며, 옌푸의 글이 논리가 엄밀한 것도 "팔고의 우비偶比(대구의 나열-역자)의 구조를 사용했기 때문"이라고 평가하였다.[31] 그러므로 누구의 글이 팔고문에서 벗어났다든지 누구의 글에는 시문이 섞여 있다 같은 평가는 좀 더 구체적으로 들어가서 살펴볼 필요가 있다. 가장 중요한 것은 어떻게 시문의 구속에서 벗어나 나름의 안목과 논리로 시문을 변용하고 자기에게 맞는 문체적 감각을 찾아낼 것인가였다. 전후칠자前後七子의 문필진한文必秦漢(문장은 반드시 진한 문장을 써야 한다-역자), 당송파唐宋派의 고문으로 시문 쓰기, 공안파公安派의 제예製藝 변호, 동성파桐城派의 의법義法 유래 등은 모두 명대와 청대에서 "천하의 정수를 한 몸에 갖춘"[32] 팔고문을 어떻게 보는가의 문제였다.

하지 못한 곳이 있는 것을 보고 왕둔웡(汪鈍翁) 편수(編修)에게 물었더니 이렇게 말씀하셨다. '이분은 아직 시문(時文)을 짓는 방법을 몰라서 그렇습니다.' 시문은 비록 시와 고문과는 무관하지만 팔고를 모르면 문맥이 분명해지기 어렵다. 왕운(王惲)의 『옥당가화(玉堂嘉話)』 제1조에 녹암(鹿庵) 선생이 '글을 배울 때는 과거 공부로부터 시작해야 한다. 그렇지 않으면 주제가 뚜렷하지 않고 흐트러지기 쉬워서 제대로 된 길로 들어서기 어렵다'라고 한 것을 보았는데 또한 같은 뜻이다."

31 錢基博, 『現代中國文學史』, 岳麓書社, 1986, p.409.
32 원굉도(袁宏道), 『소벽당집(瀟碧堂集)』 권11 「학공담시서(郝公琰詩敍)」.

2. 문필진한文必秦漢

초순焦循은 "명대에는 270년간 팔고문 짓는 데 각고의 노력을 기울임으로써" 팔고문은 초楚나라의 소騷, 한漢대의 부賦, 송宋대의 사詞, 원元대의 곡曲을 이어 "하나의 독자적인 장르로 발전하였"으므로 자랑스러워할 만하다고 했다. 이 주장은 "각 시대에는 그 시대의 문학이 있다"는 문학 사관을 바탕으로 한 것이다. 하지만 팔고문을 명대의 대표적인 문체라고 하면 명대 사람들은 수긍할 수 없을 것이다. 이몽양李夢陽과 하경명何景明, 왕세정王世貞, 이반룡李攀龍에 대해 복고復古를 자임한 결과 "자신의 특기를 버리고" 오히려 "다른 사람의 그늘에 들어갔다"고[33] 한 평가는 전후칠자와 팔고문의 미묘한 관계를 드러내면서 동시에 그들의 자립 시도가 역설적이게도 어딘가에 종속된 결과를 낳게 된 난처한 상황을 잘 설명해 주고 있다.

명 태조가 이민족의 습속을 폐지하고 한족의 제도를 복원하여 학교를 세우고 과거제도를 실시한 이후 독서인들이 받은 혜택은 컸다. 하지만 이것은 "국가 정치를 논하지 않는다"는 전제 조건 위에 있었다. 다시 말하면 「와비」에 규정한 것처럼 "세상의 문제점을 누구나 다 말할 수 있지만 생원生員만은 말할 수 없다." 세상의 문제점에 의문을 가질 수는 없지만, 성현을 대신해서 말하는 것은 가능했다. 즉 시험을 볼 때는 공자와 맹자, 정자, 주자를 대신했고, 조정에 들어가면 당시의 황제를 대신했다. 이렇게 모든 정력을 시문에만 쏟아부은 응시자들은 벼슬을 한

---

33 초순(焦循), 『역여륜록(易餘侖錄)』권15 및 『조고집(雕菰集)』권10 「시문설 3(時文說三)」참조.

뒤에도 글을 쓰면 대각체臺閣體가 되기 십상이었다. 명대 초기에 비록 송렴宋濂와 유기劉基 등이 난세에서 우뚝 서서 자신의 뜻을 표현하는 글을 지었지만 얼마 안 되어 삼양三楊(양사기楊士奇, 양영楊榮, 양부楊溥)의 천하가 되고 말았다. 내적 정신이라는 측면에서 볼 때 팔고문은 대각체와 매우 관련이 깊어서 모두 자신의 독자적인 소리를 없애려고 노력하는 것이 기본 특징이었다. 이런 '응제應製(황제의 명령을 받아 시나 글을 짓는 것–역주)', '송성頌聖(성인을 칭송하는 것–역주)' 같은 작품들은 '느긋하고 우아한 것雍容典雅'을 표방했으므로 태평성대를 칭송할 수도 있고 모방하여 복제하기도 쉽다. 그러니 그것이 중국에서 수십 년 동안 유행한 것은 이상할 것 없는 일이다. 그 다음 주자는 50년 동안 조정에서 관리로 있으면서 "후학을 이끌어주고 인재를 추천하여" 한 시대의 스승이 되었던 이동양李東陽이었다. 비록 왕세정과 전겸익이 모두 그가 당시唐詩를 숭상하여 전칠자前七子에게 큰 영향을 주었다는 점을 인정했지만,[34] 그의 글은 '구성'을 중시했을 뿐만 아니라 "반드시 일정한 법도가 있었고"[35] 풍격도 여유롭고 평온했다. 그러나 삼양보다 조금 나은 정도였다.

팔고문과 대각체에 진짜 도전장을 내민 것은 이몽양과 하경명을 대표로 하는 '전칠자前七子'였다. 황종희의 「명문안서明文案序 하下」에는 늘 후대 사람들에게 인용되는, 전후칠자 관련 서술이 있다.

공동(空同, 이몽양)이 등장하여 갑자기 쇠퇴한 것을 일으키고 폐단을

---

34 왕세정, 『문원치언(文苑巵言)』; 전겸익, 『열조시집소전(列朝詩集小傳)』「이소사동양(李少師東陽)」 참조.
35 이동양(李東陽), 『회록당전집문후고(懷麓堂全集文後稿)』 권3 「춘우당고서(春雨堂稿序)」.

바로잡는 것을 자신의 책무로 삼았다. 여남(汝南, 현 하남성 여남현(汝南縣)-역자)의 하대복(何大復, 하경명)이 그와 벗하여 호응하니 그 주장이 크게 성행하였다. 당대(唐代)에는 (남조 때의) 서릉(徐陵)과 유신(庾信)을 계승했기 때문에 창려(昌黎, 한유)가 육경(六經)의 문장으로 문풍을 바꾸었다. 송대에는 서곤체(西崑體)에 탐닉하였기 때문에 여릉(廬陵, 구양수)이 창려의 글로 문풍을 바꾸었다. 이몽양이 나올 때 한유, 구양수의 글은 마치 중천에 떠 있는 태양과 같아서 사람들은 한창 그것을 우러러보느라 여념이 없었다. 하지만 이몽양이 그것을 진한(秦漢)의 학설로 바로잡고 한유와 유종원을 멸시하려 했다. 이것은 방계의 자식으로 정통의 자리를 뺏으려는 것과 같아서 결국 쇠약하고 피폐해졌다. 뒤를 이어 왕세정(王世貞)과 이반룡(李攀龍)이 흥기하여 그 학설을 더 발전시키자 천하의 선비들이 모여드니 모두 다 획일적으로 변하고 말았다. 이들은 "고문(古文)의 법도는 한유(韓愈)에 이르러 없어졌다"고 했고 또 "당(唐) 이후의 책은 읽지 않는다"라고 하였는데, 그렇다면 이 세상의 책 중에서 3분의 2를 폐기한 셈이다. 또 "문장의 이치를 잃어버려도 예전의 수사는 버릴 수 없다"고 했는데, 육경에서 말한 것은 오직 이치뿐인데 이 또한 다 버린다는 말인가? 백 년 동안 공초(公超)의 안개에 현혹되어[36] 죽은 자들도 이런 짓은 배우지 않았을 것이다.

---

36 【역주】 '공초'는 후한 사람 장해(張楷)의 자이다. 장해는 『춘추』와 『상서』에 능통하여 그를 따르는 사람들이 매우 많았다. 그러나 장해는 사람들이 이렇게 몰리자 산속에 숨어 살았는데 그래도 사람들이 몰려 '공초시(公超市)'까지 생겨났다. 그는 도술을 좋아하여 5리까지 자욱한 안개를 만들었고 여러 벼슬을 내려도 사양하고 나아가지 않았다. 인용문의 맥락은 공초에게 매혹된 사람들조차도 『춘추』와 『상서』 같은 학문을 버리지 않았다는 것이다.

명대 사람들이 학문을 공부하지 않고 고담준론만 늘어놓기 좋아한다고 비판한 것은 황종희가 처음이 아니다. 청대 초기에는 이런 평가가 대부분이었다. 전후칠자가 진한秦漢의 문장을 따르자고 주장하고 실천한 것에 대해 황종희는 똑같이 "쇠퇴한 것을 일으키고 폐단을 없애기 위해" 복고를 했는데도 왜 당대와 송대에서는 성공했고 명대에서는 실패했는지에 대해서는 전혀 설명하지 않았다. "천하의 선비들이 모여드는" 자체가 죄는 아니다. 한유 역시 수많은 제자들을 모아서 사방을 호령하지 않았던가? 황종희의 견해에 따르면 한유가 복고를 주장한 것은 무너진 세태를 바로잡는 것이었지만 그 이전에 '팔대의 쇠약'이라는 전제가 있었다. 그런데 이몽양과 하경명 같은 사람들은 그럴 권리가 없었다. 당시 "한유와 구양수의 도道는 마치 중천에 떠 있는 태양과 같았"기 때문이다. 이 판단에는 분명히 오류가 있다. 당시 진짜로 "중천에 떠 있는 태양과 같았"던 것은 팔고문과 대각체였다. 성화成化(1465~1487)·홍치弘治(1488~1505) 연간에는 화려한 대각체의 작품이 많아서 "시의 도道가 상실되었고" "진정한 시가 점차 사라졌"으며 문장은 "서로 답습하여" "천편일률" 적이었다. 바로 이 점에 근거하여 청대 사람들은 이몽양이 "마비된 상태에서 흔들어 깨웠다"고 칭송했던 것이다.[37] 문장은 반드시 진한 문장이어야 하고 시는 반드시 성당이어야 한다는 주장은 여러 폐단을 낳기는 했지만 어쨌든 수백 년 동안 시문을 "마음과 뼈에 아로새기던" 선비들에게 "사서" 말고도 고서가 있고 팔고문 말고도 고문이 있다는 것을 깨닫게 했다. 더구나 이몽양, 하경명 등이 구사한 기발하고 예스러운 문풍은

---

37 심덕잠(沈德潛), 『명시별재집(明詩別裁集)』; 주이준(朱彝尊) 『정지거시화(靜志居詩話)』 권10; 『사고전서총목(四庫全書總目)』 권171 「공동집(空同集)」.

당시 유행했던 글이 전아하고 평이했다는 점을 두고 봤을 때 입에는 쓰지만 좋은 약이었던 셈이다.

글에서 '법식'을 중시하는 것은 마치 글씨 연습할 때 다른 사람의 글씨를 보고 따라 쓰는 것과 같아서 일리가 없지 않다. 당송 문장이 아니라 진한 문장을 '법식'으로 삼은 것은 그저 일인자를 내세워 자신을 높인 것에 불과했다. 자세하게 살펴보면 전후칠자는 "규범만을 고수한 것"이 아니라 격조格調를 중시하고 변화를 추구하며 재능과 학식을 중시하자는 주장도 했다. 하지만 세상 사람들이 기억한 것은 그들의 "문장은 반드시 진한 문장을 따른다"처럼 거대하지만 공허한 구호였다. 그 당시에는 이 구호로 세상을 풍미하고 문단을 독식했지만 후대에는 큰 비판을 받았다. 이는 모든 가치를 부정하는 사유방식과 유아독존식의 어조, 반드시 사람들을 놀라게 하고 말겠다는 식의 주장과 관련을 맺고 있다. 이른바 "서경西京 이후의 작가들은 논할 것이 못 된다"(이몽양), "문장은 수나라 때 쇠미해졌다가 한유의 문장이 이를 진작시켰지만 고문의 법도는 한유에게서 사라졌다"(하경명), "진한 이후에는 문장이 없다"(이반룡), "글은 반드시 서한西漢을 따르고 시는 반드시 성당을 배워야 하며 대력大曆(766~779) 이후의 책은 읽지 말아야 한다"(왕세정) 등의 주장은 모두 "귀청이 터질 정도로 크"거나 혹은 "허황된 말로 세상을 속이는" 식의 허울 좋은 말이었다. 『예원치언藝苑巵言』에는 수많은 옛사람들을 휩쓸어버림으로써 한 순간만 통쾌한 허울 좋은 말이 매우 많다. 이 책을 쓴 왕세정은 만년에 젊었을 때 쓴 이 글을 후회한다고 했지만, 당시 이런 어조로 "옛것을 긍정하고 지금을 부정하"지 않았더라면 "명성과 기개가 천하를 뒤덮"지는 못했을 것이다.[38]

『명사明史』「문원전文苑傳」「이반룡전李攀龍傳」에는 후칠자가 명성을 날리게 된 과정에 대한 내용이 있다. 매우 짧은 글이지만 명대 문단의 분위기를 매우 잘 형상화하였다.

그들은 대부분 소년이었고 재능이 뛰어나고 기세가 강하였으며 서로를 추대하여 당시에 자기들 말고는 인물이 없는 것처럼 굴었다. 이 칠재자(七才子)의 이름은 세상에 널리 알려졌다.

"재능이 뛰어나고 기세가 강한" 자들은 항상 있었다. 다만 그들처럼 그렇게 공공연하게 "당시에 자기들 말고는 인물이 없는 것처럼 굴"지 않았을 뿐이다. 따지고 보면 "당시에 자기들 말고는 인물이 없는 것처럼 군" 것은 구실이었을 뿐이고 실제로는 교만하고 잘난 맛에 누군가의 영향권에 들고 싶지 않았던 것이다. 그런데 어째서 이런 경향이 "대세가 되었던 것"일까? "서로를 추대한다"는 것이 관건이었을 것이다. 문인들은 옛날부터 추대하는 걸 좋아했지만 명대에 와서는 매우 심해졌다. 시문을 연마하고 과거 공부에 매진하던 문사文社, 시사詩社 말고도 다양하게 품평을 하던 '칠자七子', '사걸四傑' 등이 있었는데, 이들은 모두 '유행'을 따르거나 창조하기 위해 만들어졌다. 동맹을 맺어 단체를 만드는 것과 서로 추대하는 것은 모두 사회의 기풍을 만드는 것과 관련이 있다. 그래서 명대 문단에는 한 사람이 소리치면 백 명이 화답하여 한순간에 분위기를 형성하는 이상한 일들이 많았던 것이다. 그들이 어떻게

---

38 『열조시집소전(列朝詩集小傳)』 병집(丙集);『명사(明史)』「문원전(文苑傳)」「왕세정전(王世貞傳)」 참조.

함께 깃발을 들어 하나의 문파를 만들고 그 뒤에 또 어떻게 서로 배척하면서 명단에서 이름을 지워나갔는지 그 과정을 보게 되면(가장 대표적인 사례가 왕세정이 사진謝榛을 '칠자'의 명단에서 삭제한 것이다) 문학적 구호의 뒤에 가려진 권력 의지도, 또 어째서 명대 사람들이 그렇게 극단적으로 가는 것을 좋아했는지를 쉽게 이해할 수 있다. 궈사오위郭紹虞(곽소우)는 이몽양이 위세로 남을 누르고 모든 것을 짓밟는 비평 분위기를 열어놓았다고 하면서 "파시즘 색채가 강해서" 그 악영향으로 "명대 문학사 전체가 거의 문인들이 무리를 지어 문파를 세우고 서로를 추대하거나 공격하는 역사"로 변해버렸다고 했는데,[39] 심하기는 해도 일리는 있는 말이다.

명대는 문학적 구호가 창작의 실천보다 더 주목을 받던 시대였다. 떠들썩한 가법家法 논쟁과 문파의 차이가 작가의 개성과 예술 추구의 고달픔을 가려버렸다. 황종희는 「명문안서明文案序 상上」에서 명대에는 뛰어난 문장은 있지만 뛰어난 작가는 없다고 한탄했다. 사실 더 큰 문제는 문단의 지향이 너무 선명해서 후대에서 볼 때는 '문파'만 보이고 '사람'은 보이지 않았다는 점이다.

전후칠자의 의고는 각자 독특한 면모가 있었다고 해야 할 것이다. 황종희와 전겸익이 모두 여기에 대해 매우 훌륭한 분석을 하였다. 하지만 문파로 봤을 때 후대 사람들이 주목했던 것은 이들이 진한 문장의 규범만 고수하여 어휘를 잘라내 붙이고 자구를 표절하여 글은 난삽해져 입에 잘 붙지 않고 깊이 없는 내용을 그럴싸하게 포장해냈다는 것이었다. 이것은 당사자들이 깃발을 세웠을 때의 이상과는 그야말로 아득하게

---

39 郭紹虞, 『中國文學批評史』, 上海古籍出版社, 1979, p.349; 郭紹虞, 『照隅室古典文學論集』, 上海古籍出版社, 1983.

먼 거리였다. 아무리 개인적 기질 탓이라고는 하지만 이몽양 같은 사람들은 어쨌든 팔고문과 대각체의 혁명자로 문단에 올랐던 사람들인데 어떻게 이런 수준으로 떨어졌던 것일까?

황종희가 언급한 적은 있었지만 직접적으로 논의하지 않았던 문제로 돌아가 보자. 똑같은 복고였는데 어째서 당송 사람들은 성공했고 명대 사람들은 실패했을까? 계승과 변용, 옛날과 지금, 논리와 감정은 모두 문학사에서 영원불멸할 화제이며 절대적으로 옳고 그르다는 것은 있을 수 없다. 전후칠자가 창작에서 큰 성과를 거두지 못한 것은 개인의 재능 탓도 있겠지만 이보다는 그들이 진한 문장을 모방했다는 점, 또 모방할 때 어조만 모방했지 학설을 따지지 않는 문학 노선을 선택했다는 점에 있었다.

팔고문과 대각체의 가장 큰 문제는 평이하고 기복이 없는 것이 아니었다. 바로 자기 목소리가 없다는 점이었다. "성현을 대신하여 말한다"는 가면을 벗겨내는 것은 물론 좋다. 그렇지만 자기 목소리를 찾아내지 못한다면 문장은 여전히 "내용이 없는" 상태에 머물게 될 것이다.

한유가 문장에 도道를 담으려고 했다고 비웃었다는 것, 또는 송대 유학자들이 설리적인 시를 썼다고 비판했다는 것은 전혀 문제가 아니었다. 하지만 걸핏하면 사람들에게 '송학'을 한다고 폄하했던 이몽양 같은 사람들의 사상의 근원은 어디였을까? 진한 문장을 모방하면서 풍부하고 깊이 있는 제자백가의 학설을 취하려고 하지 않는다면 이른바 '복고'는 자구를 다듬는 일만 남게 될 뿐이다. 이반룡은 「왕세정에게 주는 서문贈王序」에서 "문장의 이치를 잃어버려도 예전의 수사는 버릴 수 없다"라고 했고, 왕세정은 「이반룡에게 주는 서문贈李序」에서 "육경은 이치의 근원理藪이며, 이미 끝까지 이르렀으므로 더이상 말할 필요가 없다"고 하였다. 그래서 원종도袁宗道는 이렇게 물었던 것이다. "옛사람들이 이치가 없다고 억지를 부리고" 또 "지금 사람들이 이치를 논하는 것도 허용하지 않는데" 그렇다면 어떻게 주장을 세울 것인가?[40] 공안파의 입장에서는 선진 제자백가의 문장은 영원히 빛날 것이므로 후대 사람들도 이것을 버릴 수 없었다. 그 이유는 그들이 "자기 마음에서 나온 주장을 펼쳤고 옛사람들에게 기대지 않았기 때문에 천지 간에 우뚝 서 있을 수 있기" 때문이었다. 누구든 어떤 문파든 자득한 이치를 버리고 예스러운 구절에 매달리게 되면 문제는 "모방이 아니라 무식함"이 된다. "무식"하기 때문에 "오줌을 줍고, 똥을 도둑질하며" "남의 엉덩이나 핥으면서 위세로 남을 억누를" 수밖에 없게 되는 것이다.[41]

공안파는 "복고의 요물"을 소탕함으로써 우뚝 섰는데, 그들의 주장은 잘못을 바로잡으려다 선을 넘는 문제가 있었고 감정적인 다툼도 있었다. 그런데 전후칠자가 '학문'과 '언어'를 분리시킴으로써 자립하지 못했다고 한 이들의 비판은 오히려 핵심을 짚은 것이었다. 한유가 "팔대의 쇠약한 문풍을 일으킨 것"이 "천하의 무너진 도를 구제하려는" 것과 같은 맥락이었다는 것은 물론이지만, 설사 공안파를 왕학좌파王學左派와 연결시킨다고 해도 (그들이 이룬 성취는) 전후칠자가 도달할 수 있는 수준이 아니었다. 문학운동을 '법식法式'의 수준에 한정지어 사상이나 학설과 단절시킨다면 그 운명이 어떨지는 충분히 상상할 수 있다. 당대 이후의 책을 읽지 않는 것만으로 안목이 이미 상당히 좁아진 상황에서 의리義理를 탐구

---

40 원종도(袁宗道), 『백소재유고(白蘇齋類稿)』 권20 「논문 하(論文 下)」.
41 원굉도(袁宏道) 「여장유우(與張幼于)」; 위의 글 참조.

하지 않는 독서를 하다보면 사상이 천박하다는 조롱을 피할 길이 없게 된다. 사람들이 의고파를 "배우지 않는다"고 비판한 것은 특정한 사람을 두고 한 말이 아니라(이를테면 왕세정은 사실 매우 많은 책을 읽었다) 이런 문학적 주장이 필연적으로 초래하게 될 악영향에 대해 말한 것이다.

의고파가 안목이 좁고 식견이 얕았던 이유는 경사經史의 가치에 대해 오해한 점도 있었지만 이보다는 그들이 당시 문화와 새로운 문체에 대해 무시했기 때문이었다. 한유와 유종원의 성취는 이들이 당대唐代 소설의 필법을 참조했던 것과 관련이 있다. 그런데 전후칠자는 소설이 이미 상당히 성숙한 명대를 살았으면서도 소설에 대해서는 전혀 관심이 없었는데 이 점은 정말 유감이다. 이지李贄와 공안파는 사상이 유연하고 취미의 범위가 넓었다. 이 점은 소설, 희곡, 가요 등 "문학의 전당에 오르지 못한" 장르에 대해 이들이 매우 흥미로워했다는 점에서도 드러난다.

진한 문장을 숭상한 점은 똑같았고 전후칠자는 훨씬 더 앞서 나갔음에도 불구하고 어째서 오히려 당송파보다 뒤쳐지게 되었을까? 이것은 매우 흥미로운 문제이다. 당순지唐順之는 이 질문에 대해 설득력있는 해석을 내놓았다.

> 한대(漢代) 이전의 문장은 법식이라고 할 게 있지는 않았지만 그렇다고 없지도 않았다. 법식은 뚜렷한 법식이 없는 상황에서도 있었다. 그러므로 그 법식은 촘촘해서 엿볼 수 없는 것이었을 듯하다.[42]

---

42 당순지(唐順之), 『형천선생문집(荊川先生文集)』 권10 「동중봉시랑문집서(董中峰侍郞文集序)」.

후대 사람들이 진한 문장이 좋다고는 하지만 어디가 좋은지를 말하기 어려웠던 것은 진한 문장이 애초부터 말로 표현할 만한 규범이 없었고, 변화무쌍하고 파악하기 어려웠기 때문이었다. 여기에서 곧바로 모방할 수 있는 '법식'을 억지로 찾아내려면 "갈갈이 찢어서 형식을 만들고 미사여구로 표현해야" 할 것이다. 한유, 유종원, 구양수, 소식 등이 개합기복開闔起伏(전체 구성과 내용 전개―역자), 경위억양經緯抑揚(내용의 조합과 어조의 변화―역자)의 법식을 만들어내었기 때문에 후대 사람들은 본받을 만한 모범이 생겨서 따라하기 쉬웠던 것이다. 명말의 애남영艾南英은 진한 문장을 바다에 가로막힌 봉래산 외딴 섬에 비유하고 한유와 구양수를 외딴 섬에 타고 갈 수 있는 배와 노로 비유했다. 바다를 건너면서 배와 노를 빌리지 않는다면 대단할 수는 있어도 목적을 이루기는 어려울 것이다.

진한 문장을 그대로 모방하는 것이 성공하기 힘든 이유는 애남영의 관점으로는 "진한이 지금과는 너무 멀리 떨어져 있어서 사물의 명칭과 예법 규정, 관직, 지리, 방언, 풍습 등이 모두 지금과 다르기 때문"에[43] 아무리 열심히 따라 한다고 해도 가짜 골동품에 불과했기 때문이었다. 사실 사물의 명칭과 예법 규정은 오히려 부차적인 것이었다. 방언이나 토속어의 어감은 특히 체득하기 어려웠다. 언어는 시간의 흐름에 따라 변하기 때문에 천 년 뒤에 육경과 『좌전』, 『사기』의 어투와 성조를 그대로 따르기란 결코 쉽지 않았을 것이다. 명대 사람들에게 당송 문장은 진한 문장에 비해 그리 오래되지 않았기 때문에 그래도 억양돈좌抑揚頓挫(내

---

43 애남영(艾南英), 『천용자전집(天傭子全集)』 권5 「문장을 논하는 것에 대해 진인중에게 답하는 편지(答陳人中論文書)」.

용의 기복과 변화-역자)를 감각적으로 추측할 수 있었다. 그래서 진한 문장을 그대로 모방한 사람들은 겉모습만 유사했던 반면, 당송 문장을 통해 진한 문장을 배웠던 사람들은 다소라도 정취神韻를 얻을 수 있었다.

3. 독서성령獨抒性靈

전후칠자는 진한 문장을 가져와서 썼기 때문에 이들의 문장은 난삽하여 읽기 어려웠다. 이들의 문학적 성취는 높지 않았지만 그래도 이 때문에 상당히 재미있는 화제가 많이 나왔다. 이를테면 당송파와 공안파의 문학적 주장은 모두 "문장은 반드시 진한 문장을 따라야 한다"에 대한 반발이었다. 다만 당송파는 청대의 동성파桐城派와 관련이 깊은데 이 내용은 다음 장에서 후술할 것이다. 여기에서는 우선 매우 도전적이었던 공안파와 경릉파竟陵派로 이야기를 시작해 볼 것이다.

공안파 삼원三袁(원종도, 원굉도袁宏道, 원중도袁中道)의 문학적 주장을 이야기하려면 그들의 정신적 선구자인 이지를 언급해야 한다. 의고擬古를 반대한 초횡焦竑과 독창성을 주장한 서위徐渭, 영성靈性을 중시한 탕현조湯顯祖가 모두 원 씨 삼형제의 문학 관념에 영향을 미쳤지만, 이들이 평생 스승으로 모신 사람은 이탁오李卓吾(이지) 하나였다. 원굉도가 처음으로 이지를 알게 된 때는 만력 19년(1591)이었다. 원굉도는 그때 갓 24세로, 과거시험 준비로 분주했고 독자적인 사상을 갖추기 전이었다. 이듬해 진사시에 급제했고 그 다음해에는 원종도, 원중도와 함께 용호龍湖에게 가서 스승이 되어줄 것을 청하고 학문을 배웠다. 세 형제 중에서 이지의 영향을 가장 깊게 받은 사람이 원굉도였다. 원중도는 형 원굉도를 위해 쓴 행장行狀에서 이 점에 대해 매우 정확하고도 멋지게 서술하였다.

> 선생(원굉도―역자)은 용호(龍湖, 이지)를 만나자 처음으로 그동안 진부한 말들을 주워다 썼고 속된 견해를 고수하고 있다는 사실을 깨닫게 되었다. 옛사람들의 말 아래에서 죽어가고 있었기 때문에 밝은 빛을 한 줄기도 드러내지 못했던 것이다. 그때부터 마치 기러기 깃털이 순풍을 만난 것처럼, 큰 물고기가 바다를 누비는 것처럼 거침이 없었다. 마음의 스승이 되었지 마음을 스승으로 삼지 않았고, 옛사람을 활용했지 옛사람들에게 갇히지 않았다. 언어로 표현하면 진심에서 우러나온 것이 천지를 뒤덮었는데, 마치 막혀 있던 급류가 터져 흐르듯, 천둥소리에 겨울잠 자던 벌레들이 쏟아져 나오듯 큰소리를 내며 끝없이 넘실거리는 것 같았다.[44]

원굉도 자신도 이지에 대한 시문과 편지를 적지 않게 남겼다. 『금범집錦帆集』에 수록된 「이굉보에게 보내는 편지與李宏甫書」에 그의 성격이 가장 잘 나타나 있다. "다행히 침대맡에 『분서焚書』 한 권이 있어 근심이 있을 때 웃을 수 있고 아플 때는 기를 보양해주며 졸릴 때는 잠을 깰 수 있어서 매우 도움이 된다."

이지의 사상은 원굉도에게 많은 깨달음을 주었다. 그중에서 문학비평과 가장 깊게 관련된 것은 당연히 '동심설童心說'과 여기에서 나온 "본

---

44 원중도(袁中道), 『가설재문집(珂雪齋文集)』 권9 「이부험봉사랑중중랑선생행장(吏部驗封司郎中中郎先生行狀)」.

성에서 나오되 자연스럽게 표현된" "천하의 훌륭한 문장"에 대한 추구였다. 왕수인王守仁은 개인의 양지良知를 주장하여 정주이학程朱理學이 갖던 정통의 위상을 흔들어 놓았고, 태주학파泰州學派는 도학道學과 성인의 가르침聖敎을 공격하여 회의하고 반발하는 사조를 열어 놓았다. 그 당시의 사상적 반란과 문학적 혁신을 연결시킬 때 가장 중요한 문헌이 바로 이지의 「동심설童心說」이다. 세상에 "가짜 사람이 가짜 이야기를 하고 가짜 일을 하며 가짜 글을 짓는" 풍조가 횡행하는 것에 대해 이지는 "가짜가 없고 순전히 진짜만 있는" '동심童心'을 표방하였다.

천하의 훌륭한 문장 중에서 동심에서 나오지 않은 것은 없다. 동심이 늘 있다면 도리(道理)가 행해지지 않을 것이고 견문이 세워지지 않을 것이며 글을 짓지 않을 때가 없고 글을 짓지 않는 사람이 없을 것이며 다양한 형식의 글을 써도 문장이 아닌 것이 없을 것이다. 시가 어찌 반드시 『문선(文選)』 같아야 하고 문장이 어찌 반드시 선진(先秦) 문장 같아야 하겠는가! 시간이 흘러 육조(六朝) 때에 근체시가 되었고 또 변하여 전기(傳奇)가 되었고 또 다시 변하여 원본(院本)이 되고 잡극(雜劇)이 되고 『서상기(西廂記)』가 되고 『수호전(水滸傳)』이 되고 지금의 과거시험 문장이 되었다. 현인의 말과 성인의 도는 모두 고금의 훌륭한 문장이므로 시대의 선후로 우열을 논할 수 없다.[45]

이지는 당시에 엄청난 위력을 가지고 있었던 의고파 문인들을 부정

---

45 이지(李贄), 『분서(焚書)』 권3 「동심설(童心說)」.

하면서 "이도理道에 근거하고 법도에 맞추는" 사람들과는 "천하의 훌륭한 문장에 대해 논할 수 없다"라고 단언하였다. 의고를 비판하는 것이 이지에게서 시작되었던 것은 아니다. 이지가 중요한 점은 글을 쓸 때 "엄밀한 구성과 딱맞는 대구"를 따질 필요 없이 "다른 사람의 술잔을 들어 자기 마음 속의 응어리에 들이붓고, 마음 속의 불평을 토로하여 수많은 불운한 사람들의 심금을 울린다"는 것에 있었다.[46] 자신의 심정과 성정을 강조하고 가슴속의 응어리를 시원하게 풀어내는 것을 추구한 데다가 문체가 시대에 따라 변한다는 안목까지 가지고 있었다. 이런 것들이 모두 직접적으로 공안파의 '성령설性靈說'에 계시를 주었다.

공안파 원 씨 삼 형제 중에서 명성이 가장 큰 사람은 물론 둘째인 원굉도였다. 하지만 큰형인 원종도는 "시대에는 옛날과 지금이 있고 언어에도 옛날과 지금이 있다"라는 관점에서 전후칠자의 의고擬古가 터무니없다는 것을 논증했고 "한 학파의 학문이 있으면 하나의 주장이 생겨나며, 하나의 주장이 있으면 하나의 언어를 창조해내기 마련"이라고[47] 주장하여 공안파가 만들어지는 데 영향을 미쳤다. 셋째인 원중도는 가장 오래 살았는데 원굉도가 제시한 성령설이 세상을 휩쓰는 것도, 또 여러 문제를 낳게 된 것도 직접 보았으므로 그는 형이 문장에 대해 한 주장을 다시 이야기하는 한편 "이 세상에는 백 년이 지나도 변하지 않는 문장은 없다"고[48] 강조하였다. 문풍의 끝은 시작으로 이어지고 바뀐다는 뜻으로 문학 혁신의 필요성과 가능성을 논증하여 공안파의 문장론이 문

---

46 이지(李贄), 『분서(焚書)』 권3 「잡설(雜說)」.
47 원종도(袁宗道), 『백소재유고(白蘇齋類稿)』 권20 「논문 상(論文上)」·「논문 하(論文下)」.
48 원중도(袁中道), 『가설재문집(珂雪齋文集)』 권1 「화설부인(花雪賦引)」.

학사에서 갖는 위상을 정초한 것이었다. 이런 마무리 작업을 통해 원굉도의 학설은 빛을 발하게 되었다.

원굉도의 문장론도 복고를 반대하는 것으로 시작했다. 그는 "옛사람의 언어의 흔적을 답습하는 것으로 옛것이라고 사칭하는" 사람들을 보고 "엄동설한에 여름 갈옷을 입는다"고 비웃었다. 원굉도의 마음속에는 "시대마다 상승과 하강이 있어 법식이 일정하게 이어지지 않으므로 각자 최대한 변화시키고 최대한 자기 취미를 다할 뿐이다"라는 문학 사관이 있었기 때문이다. 당시에 의고를 비웃는 사람이 원굉도 혼자만은 아니었다. 원굉도가 특출난 지점은 비웃기도 하고 화를 내기도 하면서 동시에 건설적인 문학적 주장을 제기했다는 점이다. "손이 가는 대로, 입으로 말하는 대로 하면 모두 법도에 맞게 된다", "오직 성령만 표출할 뿐 형식에 얽매이지 않는다."[49] 이 두 구절은 거의 공안파의 '등록상표'가 되었다. 그 밖의 수많은 말들은 모두 부연설명에 불과했다. 문학과 시대를 언급할 때는 '변화變'를 강조하고 사회와 개인을 언급할 때는 '진실함眞'을 주장하였으며 학문과 자연을 언급할 때는 '운치韻'와 '취미趣'를 내세웠다. '변화'와 '진실함'은 이지의 영향을 많이 받은 것이며 다만 태도가 더 강경하고 표현이 더 좋았을 뿐이었다. '운치'와 '취미'에 대한 서술이야말로 문학가 원굉도의 독특한 사고를 보여주었다.

의고에서 벗어나고 구속을 떨쳐낸 다음에 문학은 어디로 가야 할까. '진실한 사람'과 '진실한 글'이라는 말만으로는 사람들을 설득하기도, 방향을 제시하기에도 역부족이다. 생활 태도이자 문학 풍격이기도 한 '운

---

49 원굉도(袁宏道), 『병화재집(瓶花齋集)』 권6 「설도각집서(雪濤閣集序)」; 원굉도(袁宏道), 『금범집(錦帆集)』 권2 「서소수시(敍小修詩)」.

치'와 '취미'를 꺼내든 결과 공안파의 문학혁명은 드디어 방향성을 갖게
되었다. 그것은 생활의 예술화를 추구하는 동시에 예술의 생활화를 추구
하는 것이었다. 이상적인 인간상이 바로 도잠과 소식이었다. 진대晉代 사
람들의 현묘함과 심원함玄遠, 송대 사람들의 소탈함, 거기에 대대로 전해
져 내려오던 명사名士의 풍류까지 더해지니 원굉도가 추구하던 '한적함閒
適'이 되었다. 세상에서 가장 얻기 어려운 것이 '운치'와 '취미'이다. 도道
를 배울 때도 운치가 없으면 안 되지만, 글을 쓸 때도 취미가 없으면 안
된다. 하지만 '운치'와 '취미'는 향을 사르고 부처님께 절을 하거나 오랫
동안 깊이 생각한다고 해서 억지로 얻을 수 있는 것이 아니다. 왜냐 하면
그것은 "자연에서는 깊이 얻을 수 있지만 학문으로는 얕은 정도로만 얻
을"[50] 수 있기 때문이다. 운치와 취미를 '무심함'과 '자유로움'으로 해석
했다는 점에서 이지의 영향을 볼 수 있다. 그런데 이렇게 초탈하고 자유로
우며 마음 가는 대로 행동하는 생활 태도와 문학 풍격은 어느덧 점차 반역
에서 세상에 적응하는 것으로 바뀌었다. 또 이런 상태라야 공안파는 이론
에서 창작으로, 고상한 문학에서 소품으로 변화를 모색할 수 있었다.

전겸익錢謙益은 원굉도의 문학적 공헌에 대해 이렇게 말했다. "원굉도
의 주장이 나와서 왕세정과 이반룡의 안개가 단번에 걷히자 천하의 문
인 재자들은 처음으로 마음이 트인다는 감각을 알게 되어 지혜를 끄집
어내어 모방하여 꾸미던 병폐를 씻어냈는데 그 공로는 정말 컸다." 전
겸익은 문학사조라는 측면에서, 특히 산문이 아닌 시에 대해 평가했으
므로 원굉도가 "모방하여 꾸미던 병폐를 씻어냈다"는 성과만 강조하였

---

50 원굉도(袁宏道), 『해탈집(解脫集)』 권3 「서진정보회심집(敍陳正甫會心集)」; 원굉도
    (袁宏道), 『미편고(未編稿)』 권2 「수존재장공칠십서(壽存齋張公七十序)」.

다. 원굉도는 산문이 시보다 훨씬 낫기 때문에 만약 중국산문사의 발전이라는 측면에서 논의한다면 원굉도의 소품에 담긴 '운치'와 '취미'는 더 자세하게 품평할 만할 것이다. 전겸익은 공안파 문학에 대해 공정하게 평가한 최초의 사학자로, 이들의 문제점도 상당히 매섭게 지적하였다. "날카로운 칼끝이 옆으로 삐져나왔고 바로잡으려다가 선을 넘어버렸다. 그리하여 맹목적이 되도록 선동하고 저속함이 공공연하게 드러났으며 바른 해석이 훼손되고 풍채는 땅에 떨어졌다. 경릉파가 뒤를 이어 흥기한 뒤 처량하고 그윽한 풍격凄淸幽獨으로 그것을 바로잡자 천하의 기풍이 다시 크게 변했다."[51] 문학의 우아함과 속됨을 평가할 때 편차가 상당히 있기는 하지만 전겸익의 주장은 전체를 조망하는 가운데 나온 것이므로 지금까지도 대체로 믿을 만하다.

바로잡으려다가 선을 넘어서 여러 문제를 초래하는 것은 혁명가들이 피해가기 어려운 함정인데, 이 또한 원굉도가 세상을 놀라게 하기를 좋아하고 심지어 희작을 썼던 것과도 관련이 있다. 「장유우에게 주다與張幼于」에서 자술한 대목은 자신이 "주장을 펼 때 바로잡으려다가 선을 넘는 과오도 있었음"을 언급한 것이다.

세상 사람들이 당대(唐代)를 좋아하면 나는 당대에는 시가 없다고 했고, 세상 사람들이 진한(秦漢) 시대를 좋아하면 나는 진한 때에는 문장이 없다고 했다. 세상 사람들이 송원(宋元) 시대를 폄하하면 나는 시와 문장은 송원시대의 여러 대가들에게 있다고 했다.

---

51 전겸익(錢謙益), 『열조시집소전(列朝詩集小傳)』 정집(丁集) 「원계훈굉도(袁稽勛宏道)」.

이렇게 "입에서 나오는 대로 말한다면" 효과는 매우 좋을 것이고 한때 사람들을 놀라게 할 수도 있을 것이다. 하지만 이런 '예리한 말'은 따라하기가 쉬워서 곧바로 길거리에 유사한 '경구警句'들이 넘쳐났다. 원중도는 세상 사람들이 "온갖 방법을 동원해 주제를 드러내는" 원굉도의 혁명적 의의를 오해하여 "운치와 변화를 극대화함으로써" 상투적이고 비루한 습속을 씻어낸 것에 주목하지 않고 그저 "선생이 젊었을 때 어쩌다 내뱉은 경솔한 말들만 가져다 어설프게 모방한다"며 원망했다. 이 점을 보완하기 위해 원중도는 "그가 성령에서 표출했던 것을 배우되 그 이후의 비속한 습속은 최대한 억누를 것"을 주장하였다.[52] 하지만 "격조도 중시한다"고 한 것은 공안파가 스스로 수정한다는 의도를 반영한 것일 뿐 새로운 문학적 지향으로 삼기에는 부족했다. 그런 이유로 경릉파에게 새로 문호를 세우고 "처량하고 그윽한" 것을 표방할 기회를 주었던 것이다.

경릉竟陵(중국 호북성湖北省 천문시天門市—역자) 사람인 종성鍾惺과 담원춘譚元春은 『시귀詩歸』를 편찬하여 세상에 이름을 날렸는데, 그들이 영향을 미친 쪽은 주로 시였고 문장은 아니었다. 그런데 종성과 담원춘은 「시귀 서詩歸序」에서 옛사람들의 '그윽한 감정 하나만幽情單緒' 발굴할 것을 강조하면서 익숙한 것에 머문 의고파를 비판하고 경박한 공안파를 매도하면서 이 둘을 모두 공격하는 전략을 썼다. 이것은 문학의 기풍이 바뀌는 표지이기도 했다. 그중에서 종성의 주장은 더욱 직설적이었다.

오늘날 옛것을 배우는 자가 없는 것은 아니지만 대체로 옛사람의 것 중

52　원중도(袁中道), 『가설재문집(珂雪齋文集)』 권2 「완집지시서(阮集之詩序)」; 권3 「원중랑선생전집서(袁中郎先生全集序)」.

에서 매우 얕고 매우 협소하며 매우 익숙하여 말하고 쓰기에 편한 것들만 취하면서 옛사람의 것을 얻었다고 여긴다. 민첩한 사람들은 이를 바로잡는답시고 옛사람과 다른 자기만의 시를 지어 남다르다고 생각하지만 그 남다름도 모두 옛사람의 험벽(險僻)한 것과 같거나 아니면 비속할 것일 뿐이다. 이렇게 해서 어떻게 옛것을 배우는 사람들의 마음을 따르게 할 수 있겠는가!⁵³

"답습하는 것은 답습하는 대로 문제가 있고 바로잡는 것은 바로잡는 대로 문제가 있다"는 것을 잘 알고 있었지만 종성과 담원춘은 독서를 통해 품성을 길러 소양이 쌓이게 되면 그것을 극복할 수 있으리라 기대했다.⁵⁴ 이런 주장은 그 자체로는 전혀 문제가 없었지만 이론적으로 통찰력과 예리함이 결여되어 있었다. 게다가 학식과 재주에 한계가 있었기 때문에 경릉파의 시와 문장은 지나치게 그윽한 것을 추구한 나머지 편벽되고 난삽하게 되었다. 독특함을 추구하다가 함정에 빠진 셈이다. 경릉파가 문학사에 미친 영향은 공안파가 이끈 문학사조에 마침표를 찍은 것이었다. 후대 사람들이 만명 문학을 이야기할 때 언제나 공안파와 경릉파를 함께 묶어 평가한 것은 이들이 모두 성령을 중시한 점도 있지만 무엇보다도 경릉파의 이론과 창작이 모두 제대로 독립하지 못하고 기본적으로는 공안파를 위해 "보완하고 교정하는" 정도에 머물렀기 때문이다.

---

53 종성(鍾惺), 『은수헌문측집(隱秀軒文尽集)』 「시귀서(詩歸序)」.
54 종성(鍾惺), 『은수헌문측집(隱秀軒文尽集)』 「여왕치공형제(與王稚恭兄弟)」; 담원춘(譚元春), 『담우하합집(譚友夏合集)』 권8 「시귀서(詩歸序)」.

4. 만명晚明 소품小品

명대 문단은 당송의 깃발을 들거나 진한이나 육경六經, 제자백가의 사상서, 역사서, 한유, 유종원, 구양수, 소식 등을 추종하였고 이들은 번갈아 무대 위로 올라가 문단을 이끌었다. 그런데 진정한 의미에서 명대 문학이 독자적인 모습을 갖추게 한 것은 "팔대의 쇠약한 문풍을 일으킨" 한유가 아니라 천부적인 재능을 자유자재로 발휘한 소식이었다. 원중도가 "소식의 재주는 한유와 유종원보다 낫지만 그럼에도 한유와 유종원보다 성취가 못한 것은 너무 다 쏟아냈기 때문"이라고[55] 했어도 사실 소식의 문장에 가장 무게를 둔 사람들이 공안파였다. 그러니 이렇게 말할 수 있다. 공안파 원 씨 삼형제의 "손이 가는 대로, 입으로 말하는 대로 하면 모두 법도에 맞게 된다"는 주장이 확산될 수 있었던 것도 사실 대체로 소식 문장이 가진 독특한 매력 덕분이었다.

소식의 시와 문장은 원 씨 삼형제가 등장하기 전부터 사람들의 사랑을 받았다. 그런데 이전 사람들이 소식을 높이 샀던 것은 대범하고도 예리한 그의 책론이 시문을 쓰는 데 큰 도움이 되었기 때문이다. 이른바 "소식의 문장에 숙달하면 양고기를 먹는다"는[56] 말은 육유陸游의 『노학암필기老學庵筆記』에 이미 나와 있다. 명청시대에도 이런 말이 있었는데

---

55 원중도(袁中道), 『가설재문집(珂雪齋文集)』 권2 「담성집서(淡成集序)」.

56 【역주】 송대에 유행했던 이 말의 전체 구절은 "소식의 문장에 숙달하면 양고기를 먹고 소식의 문장에 익숙하지 못하면 채소 뿌리를 씹는다(蘇文熟, 吃羊肉, 蘇文生, 嚼菜根)"이다. '소문(蘇文)'을 소식의 문장만이 아니라 소순, 소식, 소철을 아우르는 '삼소(三蘇)'로 보는 경우가 많다. 이 구절의 의미는 소식의 문장을 숙달하게 되면 과거에 급제해서 고기를 먹을 수 있는 관료가 되지만, 소식의 문장에 숙달하지 못하면 과거에 낙방하여 채소를 넣은 탕이나 마시게 될 신세가 된다는 뜻이다.

그중에서 가장 유명한 것이 왕세정이 『소장공외기蘇長公外紀』를 집록輯錄
할 때 쓴 서문이다.

> 지금 세상에는 글 잘 쓰는 대가가 넷이 있지만 오직 소식 공의 문장이
> 가장 시원시원하다. 또 그가 쓴 논책(論策) 같은 글은 시문(時文)과 가장
> 가까워서 문인 중에 소식 공의 문장을 익히지 않는 사람은 거의 없었다.

명대 사람들이 소식 문장에 평점評點을 가하고 몇백 편의 글이 세상에
나돈 것은 '소 씨 삼부자의 가법蘇氏家法'이 익히기에 좋고 과거시험에서도
"고문으로 시문을 쓰면" 기발하게 보여서 합격에 유리했기 때문이다.

명대 사람들에게 소식의 모습이 "전력을 다해 경서에 매진했던" 사람
에서 "붓을 자유자재로 놀리면서도 모든 글이 다 오묘하고 신기한"[57] 사
람으로 바뀐 데에는 이지의 역할이 매우 컸다. 만력 28년(1600)에 이지
는 자신의 "마음을 유쾌하게 함으로써 질병을 물리친다"는 신념에 따라
"방주旁注를 삭제한" 『파선집坡仙集』을 간행하였다.[58] 이 책은 나오자마
자 세상을 휩쓸었다. 특히 책에 서간書柬, 지림志林, 잡문雜作 같이 소식의
인간적 매력을 보여주는 글들을 함께 실었기 때문에 소식의 문장을 보
는 사람들의 인식이 크게 달라졌다. 여기에 더해 공안파의 성령설의 영
향을 받아 소식의 형상은 날로 소탈하고 탈속한 모습이 되었으며 문장
도 여기에 맞추어 더욱더 친근하고 자연스럽게 느껴졌다. 원중도는 「관

---

57 초횡(焦竑) 『담원속집(澹園續集)』 권1 「각양소경해서(刻兩蘇經解序)」;『담원집(澹園
    集)』권14 「각소장공집서(刻蘇長公集序)」 참조.
58 이지(李贄), 『속분서(續焚書)』 권1 「여원석포서(與袁石浦序)」.

찰사 채원리에게 답하다答蔡觀察元履」에서 "마음 가는 대로 의도 없이 쓰는 것"을 강조했는데, 이 글을 보면 명대 사람들이 본 소식의 형상과 문장의 변화를 핵심적으로 파악할 수 있다.

> 지금 소식의 가장 멋진 부분은 짧은 문장(小文)이나 사소한 기록(小說)에 있다. 그가 쓴 수준 높은 문장과 저서를 사람들이 깊이 좋아하는 것은 아니다. 만약 이런 것들을 싹 다 없애고 수준 높은 글과 저서만 남겨 둔다면 어찌 소식 공이 더이상 존재하겠는가?

나중에 기풍이 바뀌면서 종성鍾惺은 "짧은 편지와 짧은 글"만 수록하고 '논책論策과 주의奏議'를 버린 선집가들에게 "본말이 전도되었다"고 비판했다. 그런데 애초에 이지와 원 씨 삼형제가 이렇게 독서를 한 것은 소식을 전면적으로 평가하기 위해서였다기 보다는 자신들의 문학적 주장을 널리 알리기 위한 목적이 컸다. 그래야 원중도가 어떤 이유에서 곧바로 화제를 돌려 유기, 간찰, 희작, 척독에서 '짧은 몇 구절'을 문집에 넣을 수 있는가를 논의했던 이유를 설명할 수 있다.[59] 이지와 원 씨 삼형제의 독려로 인해 고고하고 운치 있는 사람들의 취미는 곧바로 '수준 높은 글과 저서'에서 '짧은 문장과 사소한 기록'으로 이동하게 되었다.

운치가 있는 '짧은 글'들을 언제, 누가 가장 먼저 '소품小品'으로 규정했는지는 고증해 봐야 할 문제이다. 그런데 이지가 소식의 글을 평설評說하면서 유발시킨 '소품 열풍'은 소품이라는 이름이 붙은 대량의 문집

---

59 원중도(袁中道), 「관찰사 채원리에게 답하다(答蔡觀察元履)」; 종성(鍾惺), 「동파문선서(東坡文選序)」 참조.

(저작으로는 주국정朱國禎의 『용당소품涌幢小品』, 진계유陳繼儒의 『만향당소품晚香堂小品』, 왕사임王思任의 『문반소품文飯小品』이 있고 선집으로는 육운룡陸雲龍의 『황명십육가소품皇明十六家小品』, 위영衛泳의 『고문소품빙설휴古文小品氷雪携』 등이 있다)의 탄생을 촉발시켰는데 이보다 더 중요한 점은 문체의 우열에 대한 당시 사람들의 인식을 바꿔 놓았다는 것이다. 이제는 더이상 성현을 대신해서 "장엄하고 엄정한" 모범적인 글을 쓰려고 하지 않았다. 이보다는 차라리 자기의 개성을 잘 드러낼 수 있는 "짧지만 여운이 긴" 소품을 감상하고 창작하기를 원했다. 정통적인 문학 관념에 대한 이런 반란은 변두리에 있었던 일부 문체(유기 등의)들이 문학의 중심으로 이동하는 것으로, 또 원래 있던 문체의 경계를 무너뜨린 것(척독은 무엇이든 될 수 있었다)으로 나타났다. 이런 상황이 되고서야 이른바 "오직 성령만 표출할 뿐 형식에 얽매이지 않는다"는 문학적 주장이 제대로 실현될 수 있었다.

여운이 긴 '짧은 글'을 품평하려면 선진先秦시대에서 시작해도 좋을 것이다. 그런데 문체혁명으로서 '소품小品'을 논의한다면 만명晚明으로 한정해야 할 것이다.(논의할 작품은 청대 초기까지 연장해도 무방하다.) 만명 소품은 운치는 파악하기 쉬워도 특징을 제대로 표현하기는 매우 어렵다. 작가들은 소탈하고 자유로움을 지향했기 때문에 기존의 문체적 규범을 지키려고 하지 않았으며 심지어 일부러 문체의 경계를 깨뜨리고 여러 문체를 넘나들었다. 규범 너머의 규범, 흥취 너머의 흥취, 운치 너머의 운치를 추구한 이런 소품들이 일단 확실하게 어떤 문체가 되면 "말로 설명하면 저속해진다"는 비웃음을 피하기 어려웠다. 여기에서는 다만 몇 가지 측면으로 한정하여 간략하게 평설을 덧붙일까 한다.

만명 소품 중에서 사람들이 가장 높게 평가하는 것은 산수유기山水遊記

였다. 핵심은 산수에 빠져들어 즐기다가 돌아오는 것을 잊는 것이다. 이것을 글로 쓰면 모든 것이 끝난 뒤에 추억하는 것이거나 '와유臥遊'일 뿐이었다. 조정에서 멀리 떨어진 소품문 작가에게 '산수'는 결코 '묘사 대상'만이 아니었다. 산수는 자신들이 근심 없이 거처하는 곳이자 이상적인 인간상과 심미적 취미가 담긴 곳이었다. 산수에 은거하고 산수를 노닐며 산수와 하나가 되었다. 산수가 없었다면 공안파와 경릉파의 성령과 소품도 없었을 것이다. 만명 때 시와 문장에서 '조정'과 '산수'는 각각 전혀 다른 삶의 이상을 표상했다. '감정'과 '운치', '취미'를 중시하는 사람들은 당연히 '산수'를 선택할 수밖에 없었다. "세속의 사람들 중에는 공명을 추구하는 사람도 있고 부자가 되려고 하는 사람도 있는데 다들 최대한 성실하게 살고 있다. 하지만 하늘과 땅 사이의 좋은 바람과 달, 좋은 산수, 좋은 책들과는 전혀 상관없는 인생을 산다. 이건 결국 인생을 허비하는 것이 아닐까?" 어떤 동기에서 출발했든 은자와 은자가 되려는 사람들은 모두 강가 마을에서 산책하는 것이 "장안에서 먼지를 날리며 말을 타는 것보다 훨씬 낫다"고[60] 확신했다. 관료가 되어 나라를 다스리는 일에 대해 이야기하지 않는다면 자연히 맑은 바람이 불고 밝은 달이 비칠 때 책 읽는 소리가 들릴 것이다. 독서를 통해 속세의 먼지를 씻는다는 말은 황정견黃庭堅이 먼저 했지만, 원중도는 "오월吳越(절강성과 강소성–역자)의 산수는 속세의 때가 긴 마음을 씻어낼 수 있다"라고 강조했다. 그런 만큼 그의 형 원굉도가 목숨을 바칠 정도로 산수를 좋아했던 것도 납득이 간다. "목숨에 연연해하면서 어찌 산을 누비겠는가? 침

---

60 육소형(陸紹珩), 「취고당검소(醉古堂劍掃)」; 도륭(屠隆), 「북경에 있으면서 벗에서 쓴 편지(在京與友人書)」 참조.

상에서 편안히 죽느니 차라리 차디찬 바위에서 동사하겠다."[61] 이렇게 매혹되고 탐닉해야만 산수의 본질을 이해할 수 있고 산수의 운치를 글로 쓸 수 있는 것이다.

산수의 정감과 운치는 명사名士들의 풍류와 떼어 놓을 수 없다. 어느 순간 산수는 이들에게 사랑하는 사람으로 변모했는데, 이것은 황여형黃汝亨이 「요원소황산기인姚元素黃山記引」에서 "우리는 명산이 마치 미인처럼 보인다"고 한 그대로이다. 원굉도의 경우에는 서호를 묘사하면서 "산색은 눈썹 같고 꽃색은 뺨 같고 따뜻한 바람은 술 같고 물결은 비단 같아서 고개를 한번 들자 나도 모르게 눈이 취하고 정신이 취했다. 이 순간을 쓰고 싶었지만 형언할 수 없었으니, 동아왕東阿王(조식曹植)이 꿈속에서 낙신洛神과 첫 만남을 가졌을 때[62] 이랬을 것이다"라고 했다. 호구虎丘를 묘사할 때는 "화려하게 단장한 여인이 주렴에 가려 보일듯 말 듯 하다"고 했고, 만정滿井을 묘사할 때는 "선명하고 맑은 모습이 마치 젊은 여인이 세수하고 갓 쪽진 머리를 매만지는 것 같다"고 했다. 산수를 미인에 비유하면 감정과 경치가 어우러지는 장점이 있지만 자칫 경박해질 수 있다. 린수林紓(임서)는 원굉도가 서시西施의 자취를 스쳐지나가면서 "마음이 녹아버릴 것 같다"고 한 「영암靈巖」에 대해 "향렴체香奩體로 고문을 썼다"고 비판했는데, "도를 담으려고" 고심한 린수의 입장을 제외하면 확실히 이런 소품의 특징을 정확하게 설명한 것이었다.[63]

---

61 원중도(袁中道), 『가설재근집(珂雪齋近集)』 권1 「동유일기(東遊日記)」; 원굉도(袁宏道), 『소벽당집(瀟碧堂集)』 권13 「개선사지황암사관폭기(開先寺至黃巖寺觀瀑記)」.
62 【역주】 조식의 「낙신부(洛神賦)」는 미인의 아름다움이 잘 형용되어 있는 작품이다.
63 원굉도(袁宏道), 「초지서호기(初至西湖記)」·「만정유기(滿井遊記)」·「영암(靈巖)」; 劉大櫆·吳德旋·林紓, 「忌輕儇」, 『論文偶記·初月樓古文緒論·春覺齋論文』, 人民文學出版社, 1959.

장대張岱는 「우산주寓山注」 발문에서 작가의 절묘한 필치와 견문의 사실성을 극찬했고 심지어 산수에 대해 쓴 대가大家 세 사람을 언급하는 것으로 논의를 시작했다.

> 옛사람 중에서 산수에 대해 잘 쓴 사람을 꼽는다면 가장 위에 있는 사람이 역도원(酈道元)이고 그 다음이 유자후(柳子厚, 유종원)이며 근세에는 원중랑(원굉도)이다. 「우산주」를 읽어보니 역도원이 골격이 되었기에 굳건하고 노련하며, 유종원을 피부로 삼았기에 심원하고 담박하고, 원굉도를 눈과 눈썹으로 삼았기에 재치있고 유쾌하다. 이 세 사람을 세워놓고 손 아래에서 뛰어다니게 하였으니 근래에 이런 일을 하는 사람은 주인(主人, 기치가)밖에 없다.

기치가祁彪佳의 「우산주」는 그가 터를 잡아 집을 짓고 다리와 정자, 길, 언덕을 만들던 과정을 서술한 것으로 확실히 잘 쓴 글이다. 하지만 세 명의 고수를 "손아래에서 뛰어다니게 하는" 면에서 기치가는 사실 장대보다 못했다. 어쩌면 장대는 이 글을 빌어 자신의 문학적 야심을 드러냈던 것이 아닐까?

원굉도를 산수를 잘 형상화한 세 사람 중 하나라고 본 것은 틀린 말은 아니다. 그런데 만명 때는 산수를 잘 묘사하는 소품 작가들이 너무나도 많았다. 원굉도가 서호에 가서 쓴 여러 글은 나름 여운이 있지만, 원종도의 「서산오기西山五記」와 원중도의 「유서산십기遊西山十記」에 나온 북방의 풍광도 강남의 산수에 전혀 손색이 없다. '소품'이지만 동시에 '장편'으로 쓸 수 있는 이런 '유기 시리즈'는 만명 때 매우 유행해서 거의 모든 작가들의 문집에서 찾을 수 있고 글 자체도 우아하다. 변형된 문체로서 「우산주」는 집과 정자를 포함시켰고 「제경경물략帝京景物略」은 세시歲時의 풍물을 부각시켰다. 그런데 '유기'의 서술과 산수 명승을 감상한다는 측면에서 봤을 때 이 글을 모은 전체는 원림이나 지방지처럼 보이지만, 개별 작품을 읽으면 하나하나가 "짧고 여운이 있는" 소품이 되었다.

문장 자체로 보면 만명의 산수유기는 괜찮은 작품이 매우 많지만 인물 전기는 편차가 크다. 이것은 사관史官이 전傳을 쓰는 전통이 유구해서 새로움을 모색하기가 쉽지 않았기 때문이다. 주목할 만한 문장이 여러 '기인전畸人傳'이다. 소화笑話와 소설의 필법이 선명하게 녹아 있어 매우 괜찮다. 자전自傳을 통해 자신의 심정을 표현하거나 미장이나 나무 심는 사람들을 위해 전을 쓰는 경우도 있었는데, 도연명과 유종원이 모두 선례가 되었다. 종성鍾惺의 「백운선생전白雲先生傳」은 "스스로 시詩에 은거하였다"로 시작하여 "지금 시장에 가면 채소 파는 사람들도 다 둘러본다. 혹시 백운선생 같은 사람이 있을까 해서이다"로 마무리하였는데 묘미는 있지만 너무 침중해서 원굉도 같은 사람들이 쓴 재기발랄한 글이 훨씬 낫다. 원굉도는 「졸효전拙效傳」에서 교활한 사람은 재앙을 맞지만 서툰 사람은 실수가 없다는 내용을 썼는데 장자의 우언寓言에 가깝지만 구체적인 묘사는 소화笑話와 비슷하다. 이를테면 하인 넷 중 하나인 척戚의 서툰 모습을 이렇게 묘사했다. "척이 땔나무를 베면서 무릎을 꿇고 나뭇단을 묶다가 힘을 너무 준 나머지 줄은 끊어지고 주먹으로 가슴을 쳤다. 숨이 막혀 땅에 쓰러졌다가 반나절이 지나서야 깨어났다." 우스운 이야기를 삽입하여 원래의 장엄하고 딱딱한 전기 문체를 순식간에 바꾸어놓아 웃느라 허리를 펴지 못하게 만들었다. 이제 더이상 행장처럼 기록하지 않고 그 사람의 성격을 서술했는데 그 결과 '전기傳記'와 '전기傳奇'는 별 차이가 없게 되었다. 물론 이 점은 입전 대상이 '높은 관리와 귀족'이 아니었기 때문이기도 했다.

만명 문인들은 시정의 은자나 전란 중의 협녀, 도사와 승려를 입전하기를 좋아했다. 정사正史를 보완하려고 한 것이 아니라 '세속 사람들'과 다른 이상적인 삶을 표방하기 위해서였다. 이들의 '치癡', '우愚', '우迂', '벽癖' 등을 공들여서 강조했던 목적은 세상 사람들의 '거짓'과 선명하게 대조시키고 싶었기 때문이다. 원중도는 「회군전回君傳」에서 주인공이 술을 좋아한 나머지 "귀와 눈이 하나가 되고 마음과 뜻을 집중하여 술 외에는 아는 것이 없었다"고 하였는데, 이것은 세상 사람들이 "손에는 술잔을 들고 있지만 마음은 딴 생각을 하고 있는 것"보다 훨씬 인생의 진리를 깨달은 것이었다. 겉으로 봤을 때는 "옥도 있고 티도 있는" 사람들의 형상을 빌어 진짜 천태만상을 그려내서 '실록'의 정신이 우세인 것처럼 보였지만 사실 소품에서 강조한 것은 그 '티'였다. 사람들이 '티'라고 여기는 것을 '옥'으로 삼는 것은 전기傳奇의 작법이었다. 장대는 「가전家傳」의 「부전附傳」에서 만명 소품의 인물 묘사를 이렇게 요약했다. "만약 그 사람의 좋은 점을 말한다면 전해지지 않을지도 모른다. 그러나 그 사람의 결점을 말하면 확실히 전해질 것이다."

여기서 말하는 '티'는 주로 남과 다른 '치癡'와 '벽癖'이다. '벽'의 명예회복은 공안파 사람들의 염원이었다. 장대가 「기지상벽祁止祥癖」에서 한 유명한 말인 "벽이 없는 사람과는 사귀어서는 안 된다. 깊은 정이 없기 때문이다. 흠이 없는 사람과는 사귀어서는 안 된다. 진실함이 없기 때문이다"의 착안점은 원굉도의 다음 구절에서 가져온 것이다.

혜강(嵇康)의 무쇠 단련,[64] 왕제(王濟)의 말,[65] 육우(陸羽)의 차, 미불(米芾)의 바위,[66] 예운림(倪雲林, 倪瓚의 호)의 결벽[67] 등은 모두 벽(癖)을 통해 이들의 대단한 기운을 담아낸 것이다. 내가 보기에 이 세상에서 재미없게 말하고 보기 싫은 모습을 한 사람들은 모두 벽이 없는 사람들이다. 만약 정말 벽이 있다면 거기에 빠져들어서 목숨을 걸 것이니 돈과 벼슬 같은 일에 쓸 여유가 어디 있겠는가?[68]

'벽'이 있는 사람에게는 언제나 '운치'와 '취미'가 있다는 것은 '완물상지玩物喪志'의 이면에 자기의 진짜 성정을 보존하려는 마음이 있다는 뜻이다. 만명 문인들의 반항적인 성격은 주로 정통을 멸시하고 '기인畸人'(서위徐渭), '쓸모없는 사람贅人'(진계유陳繼儒), '우공愚公'(우순희虞淳熙), '병든 거사病居士'(장대복張大復)를 자처하는 방식으로 나타났다. 글을 쓰면 도를 담지는 못했지만 우아한 '기인전畸人傳' 비슷한 것은 쓸 수 있었다.

성령을 그대로 표출한 명대 문인들의 모습을 가장 잘 보여주는 문체로는 이밖에도 척독尺牘과 서발序跋, 잡기雜記가 있다. 모두 예전부터 있던 문체지만 만명 문인들은 흥이 오르면 마음 가는 대로 써내려가서 최고의 경지를 보여주었다. 소식과 황정견의 척독과 서발은 후대 사람들이 도달할 수 없는 경지에 오른 작품으로 추앙받았으며 만명 소품이 그

---

64 【역주】혜강은 집에 대장간을 만들어 놓고 쇠를 단련했다.
65 【역주】왕제는 말을 좋아하고 잘 식별하였다.
66 【역주】미불을 괴석을 좋아하여 기이하고 못생긴 바위를 보고는 기뻐하며 엎드려 절을 하고 '형님'이라고 불렀다는 일화가 있다.
67 【역주】예찬은 결벽증이 심한 것으로 유명했다. 세수 한 번 하는데 물을 수십 번 바꾸었고, 갓과 옷을 수십 번 털었다고 한다. 생활공간은 물론 나무까지 하인들을 시켜 닦게 했다는 일화도 있다.
68 원굉도(袁宏道), 『병사(瓶史)』제10「호사(好事)」.

뒤를 뒤쫓았지만 의도가 들어 있어 자연스러운 느낌은 별로 없다. 하지만 글을 쓸 때 일정한 규범이 없었기 때문에 소재에 따라 형상화 방식이 달라져서 사건 기술이든 이치를 말하는 것이든, 감정을 표현하는 것이든 대체로 공안파가 표방한 "자기 마음에서 우러나오는 것"을 실천할 수 있었다. 이런 류의 문장은 문체의 규범을 무시하고 자유롭게 써내려 갔기 때문에 변화가 다채로웠고, 감정이 들어간 부분은 저절로 사람들을 감동시켰다. 원굉도가 「소수의 시에 대해 쓰다敍小修詩」에 쓴 다음의 서술을 보자.

> 때로는 감정이 경물과 만나 순식간에 수많은 말을 쓸 수 있었으니 마치 물이 막혀 있다가 쏟아질 때 혼비백산하게 하는 것과 같았다. 그 안에는 잘된 곳도 있고 흠이 있는 곳도 있었는데 잘된 곳은 더 말할 것도 없지만 흠이 있는 곳 역시 본연의 모습을 독창적으로 드러낸 표현이 많았다.

만명 문인들은 진실한 사람이 되고자 했으므로 "본연의 모습을 독창적으로 드러낸" 것을 숭상하였다. 그래서 척독을 보면 솔직한 글은 많아도 깊이 있는 글은 별로 없고, 서발을 보면 참신한 글은 많아도 형식에 맞는 글은 별로 없었다. 대부분 진실된 감정과 유려한 글솜씨가 강점이었던 것이다.

이른바 "솔직하면 성령이 드러나고 성령이 드러나면 취미가 생긴다"는 말에 육운룡의 말을 덧붙이면 "취미는 해학에 가깝다." 원굉도가 사람들에게 비판받은 부분은 '해학'이지 '취미'가 아니었다.[69] 원굉도도 소화笑話를 전기傳記에 넣으려고 시도했으며 통속적이고 희작의 성격을 띤 글도 적지 않았다. 그러나 희노애락의 모든 감정을 글로 담아낸 사람을 꼽으라면 소흥紹興의 왕사임王思任에게 그 자리를 내주어야 한다. 왕사임은 호가 학암學菴이었는데 "뛰어나게 총명했고 하는 말마다 재치있어서 사람들과 우스개소리를 할 때도 입에서 나오는 대로 거침없이 말했다."[70] 그는 「제이탁오선생소상찬題李卓吾先生小像贊」에서 "서방西方의 보리菩提이자 동방東方의 골계滑稽", "시시비비를 전도시키고 욕하고 비웃는 걸 낙으로 삼았다"라며 무의식 중에 사승관계를 드러내었다. 그가 만년에 「회학悔謔」을 출판한 것은 전언에 의하면 자신의 잘못을 기록하기 위해서였다고 한다. 하지만 오히려 온갖 허튼소리가 들어 있어 해학이 더 심해졌을 줄이야 누가 알았겠는가? 「혁률奕律」은 비록 희작이지만 그의 풍격과 재주를 잘 보여주고 있다. 절강으로 온 마사영馬士英에게 절교하는 내용의 이 소품은 '상소문'의 어조로 쓴 "우리 월越 땅은 복수하여 설욕하는 곳이지 더러운 것을 받아들이는 곳이 아니다"라는 구절로 당시 사람들에게 널리 전송되었다. 해학적인 필치로 호연지기를 펼쳐낸 점 또한 만명문학의 뛰어난 점이다.

---

69 "취미는 해학에 가깝다"라는 주장에 대해서는 육운룡(陸雲龍) 「원중랑 선생의 소품에 쓴 서(敍袁中郎先生小品)」를 참조하기 바란다. 심덕잠(沈德潛)은 『명시별재(明詩別裁)』 권10에서 "공안 삼형제의 의도는 왕세정, 이반룡 등의 병폐를 바로잡고 해학(俳諧)으로 들어가려는 데 있었다"고 하였다. 이자명(李慈銘)은 『월만당독서기(越縵堂讀書記)』(함풍(咸豐) 신유(辛酉) 9월 7일)에서 "해학과 거의 비슷"하면서도 때로는 "빼어나게 아름다운 말이 있었다"라고 하였다.

70 장대(張岱), 『낭환문집(琅嬛文集)』 권4 「왕학암선생전(王學庵先生傳)」.

5. 산인山人에서 유민遺民으로

공안파가 오직 성령만 표출할 뿐 형식에 얽매이지 말아야 한다고 주
장한다면, "파제破題하기 전에는 내가 문장을 좌우하지만, 파제한 뒤에
는 문장이 나를 좌우한다"고[71] 했던 팔고문과 완전히 대척점에 있어야
할 것이다. 그러나 아이러니하게도 이지와 공안파 원 씨 삼형제는 제
예製藝에 대해 적지 않게 말했고 심지어 명대의 대표적인 문장이 될 가
능성이 있다고 암시하기까지 했다. 겉으로는 모순되는 것처럼 보이는
이런 현상을 통해 어쩌면 만명 소품의 발전과 관련된 어떤 비밀을 알
아낼 수 있을지도 모른다.

이지의 『분서焚書』 권3에는 「시문 후서時文後序」라는 글이 한 편 있다.
이 글에서 이지는 시문으로 인재를 뽑게 되면 훌륭한 신하들이 배출되
어 문장이 찬란하게 빛난다고 변호했는데, 이것은 평소 반역적인 어조
를 가지고 있었던 것과는 판이하게 다르다. 그런데 찬찬히 살펴 보면 이
지가 강조한 것은 문장은 시대마다 형식이 다르다는 것이었고, 이것은
세상 사람들이 시대의 선후에 따라 문체의 우열을 따지는 것에 반대한
것이었다. 이것은 그가 「동심설」에서 『수호전』과 "지금의 과거 답안지"
는 둘다 "천고의 훌륭한 문장"이 될 수 있다고 주장한 것과 마찬가지로,
문체의 변화 및 법도 안에 있으면서도 법도에 얽매이지 않는 '동심'에
주안점을 두었다는 뜻이다. '동심'을 강조하기 위해 이지는 의도적으로
문체의 중요성을 폄하하고 당시 여론과는 상반된 주장을 하였다. 이지

---

71 유희재(劉熙載), 『예개(藝槪)』 권6 「경의개(經義槪)」.

는 또 의도적으로 문학의 전당에 올라가지 못할 '시문'을 떠받들고 사람들이 모두 좋다고 하는 진한 '고문'을 냉대했던 것이다.

원굉도는 시대마다 상승과 하강이 있어 법식이 일정하게 이어지지 않는다고 열심히 주장했는데 이런 측면에서 명대의 민가民歌와 팔고문을 긍정했다. 이 점은 이지와 사고방식이 매우 비슷하다. 그런데 원굉도는 이지와 생각이 다른 점도 있었다. 이를테면 "시와 과거 답안지는 형식은 다르지만 성격은 같다"는 것이었다. 과거 응시자들은 공명을 얻으려고 시문에 매진하기 때문에 "기발하지 않으면 합격할 수 없었다." 200년간 사인士人들은 "자기의 재주를 펼치는 방법은 이런 시문밖에 없었기" 때문에 오랜 세월이 지나면 시문은 오히려 불후하게 될 것이다.[72] "시문이 불후하게 될 것이다"라는 예측은 빗나간 것 같지만 흥미로운 점은 원굉도가 이 말을 통해 문학에서 새로움과 변화, 진실함, 자기의 관점과 필치로 "재주를 펼치는" 문학에 대한 추구를 드러냈다는 것이다.

그런데 원굉도가 젊었을 때 과거에 급제했고 중년에는 섬서성의 시험을 주관했다는 경력을 잊으면 안 된다. 어쩌면 바로 이 점 때문에 원굉도는 팔고문이 정말 재능을 구속하는지에 대해 포송령蒲松齡과 오경재吳敬梓와는 전혀 다른 견해를 보이는지도 모른다. 원중도는 형 원굉도를 위해 행장을 썼는데 그 안에는 원굉도가 수학한 과정에 대해 쓴 내용이 있다. 이 부분은 나중에 『명사明史』「문원전文苑傳」과 『공안현지公安縣志』에 수록되었다.

---

72 원굉도(袁宏道), 「학공염시서(郝公琰詩敍)」·「서죽림집(敍竹林集)」·「제대가시문서(諸大家時文序)」 등 글을 참조.

어릴 때 시의(時義, 당시의 정사에 대한 견해를 쓰는 글. 관원을 선발하는 시험 항목의 하나 ─ 역자)를 잘 써서 서당의 선생이 대견하게 여겼다. 향교(鄕校)에 들어갔을 때 그의 나이는 15, 16세쯤이었는데 성남(城南)에서 문사(文社)를 조직하고 문사의 대표가 되었다. 단체에 있었던 친구들 중 30세 이하는 그를 스승으로 모셨고 그가 정한 규정을 감히 어기지 않았다. 팔고문 외에도 때로는 성가(聲歌)와 고문사(古文詞)를 지었는데 지금 이미 책으로 엮었다.

명대의 문사文社는 시사詩社와 달랐다. 시사에서는 주로 시와 술에 심취했던 반면 문사에서는 주로 과거공부에 매진했다. 다른 사람들은 일단 과거시험에 합격하면 더이상 제예를 입에 담지 않았지만 원굉도는 여전히 마음에 두고 있었다. 만년에 쓴 「장무재시예소인張茂才時藝小引」에서는 방각본坊刻本(민간에서 간행한 책 ─ 역자) 시문을 읽으면 "마치 술에 취해 누운 것처럼 어지럽다"고 했지만, 시문을 무시했다기 보다는 시문의 취미도 시대에 따라 변한다는 점을 강조한 것이다. 원굉도가 보기에는 새로움과 변화를 추구하는 것이 바로 시문의 매력이었다.

'시문'의 '시時'에 큰 의미를 부여하고 '시대를 따르는' 팔고문으로 "현재를 무시하는 사람들"의 '의고'에 대항한 것은 일종의 전략이기도 했지만 당시의 여론을 뒤엎는 것을 좋아하는 원굉도의 말하는 스타일과도 관련이 있었다. 날카롭게 여기저기 공격하고 입에서 나오는 대로 함부로 비평을 하면 당장의 효과는 크지만 수많은 문제들이 생겨나게 된다. 가장 대표적인 것이 바로 후대 사람들이 그 주장의 진정성을 의심하게 된다는 점이다. 하지만 시문에 관련된 그의 '발언'은 대체적으로 믿을 만하다. 다만 "오직 성령만 표출한다"는 식의 문학 구호만 가지고는 그의 남다른 행적을 제대로 해독해내기 어렵다. 또 다른 측면에서 공안파 사람들이 출판문화와 당시 유행에 얼마나 주목했는지를 보면 어쩌면 답을 얻을 수도 있을 것이다.

명대에는 서적을 심사하는 제도가 없었다. 돈만 있으면 마음대로 사적으로 간행할 수 있었고 판각 비용이 저렴하고 종이와 먹을 구하기가 쉬웠으므로 출판업이 전례 없이 번영하였다. 이른바 "수십 년 동안 책을 읽던 사람이 과거에 급제하면 반드시 책을 한 부 간행하였으며, 백정이나 장사꾼들조차 배부르게 먹고 따뜻하게 입을 수 있으면 죽을 때 반드시 묘지명 한 편을 받았다." 그 결과 쓸데없이 책을 막 찍어내는 것이 문인, 특히 관료들의 병폐가 되었지만 어쨌든 서적의 유통이 문화의 보급에 크게 기여했다는 점은 인정해야 할 것이다.[73] 무엇보다도 문인과 서적 상인이 결합함으로써 명대 문학의 향방에 매우 큰 영향을 미치게 되었다.

『사고전서총목제요四庫全書總目提要』에서는 융경隆慶(1567~1572)·만력萬曆(1573~1620) 연간 이후에 사인士人 중 어떤 사람들은 청담淸談으로 허탄한 이야기를 했고 어떤 사람들은 수식과 부화함에 빠졌다고 비판한 뒤 뒤이어 "책 만드는 일이 쉬워지자 사람들이 다투어 글을 써서 소품이 점점 많아졌고 멋대로 글을 쓰는 풍조가 날로 심해졌다"고[74] 했다. 이것은 무의식중에 소품문의 발달이 출판업의 번영과 관련이 있음을 드러낸 것이었다. 이지가

---

73 채징(蔡澄),『계창총화(鷄窓叢話)』; 葉德輝,「明時刻書工價之廉」,『書林淸話』권7, 中華書局 1987 참조.
74 『사고전서총목(四庫全書總目)』권132「속설부(續說郛)」참조.

평선評選한『파선집坡仙集』이 베스트셀러가 되고 각종 소품집과 총서가 범람한 것, 또 원굉도의 생전과 사후에 저작에 대한 분쟁이 있었던 것까지 종합해 보면 이 말이 틀리지 않다는 것을 알 수 있을 것이다. 서적 상인의 도움이 없었더라면 만명 소품은 그렇게 빨리 강남과 강북을 점령하지도, 당시 유행하는 문학이 될 수도 없었을 것이다.

마찬가지로 출판업의 도움을 크게 받았던 장르가 소설과 희곡, 시문이었다. 명대에는 관청에서 간행하는 서적은 간행 비용을 고려할 필요가 없어서 자연히 경서와 역사서 같은 이른바 '정통 서적'을 중시했다. 그러나 방각은 반드시 상업적인 이윤을 추구해야 했기 때문에 독자층이 두텁고 판매량이 가장 많은 소설이나 희곡이 중심이 되었다. 그 외에 또 한 종류의 베스트셀러를 빠뜨릴 수 없는데, 바로 팔고문이었다. 해마다 공명을 추구하는 수많은 선비들이 죽어라 시문을 공부했기 때문에 영민한 서적 상인들이 이 시장을 포기했을 리가 없다. 방각본 과거수험서는 가정嘉靖(1522~1566)과 융경隆慶・만력萬曆 연간에 매우 성행하였는데 심지어 "서방書坊에서는 과거시험과 관련된 책이 아니면 간행하지 않고 시장에서는 과거시험과 관련된 책이 아니면 팔지 않으며 사인士人들은 과거시험과 관련된 내용이 아니면 읽지 않는" 상황까지 생겨났다.[75] 고염무顧炎武는 방각본 정묵程墨,[76] 방고房稿,[77] 행권行卷,[78] 사고社稿[79] 네

---

75 명대 이렴(李濂),「지설(紙說)」; 張秀民,『中國印刷史』, 上海人民出版社, 1989, p.471 참조.
76 【역주】관아에서 편찬하거나 혹은 과거시험에 급제한 선비들의 시험지에서 가려뽑아 과거시험의 범례가 될 수 있도록 간행하는 일.
77 【역주】명청 시기 진사(進士)들이 평소에 지은 팔고문을 모은 선집을 말한다. 방서(房書)라고도 불렀다.
78 【역주】명대의 서방(書坊)에서 거인(擧人)들이 과거시험에서 지은 시와 문장을 간행한 것을 말한다.
79 【역주】생원(生員)들이 시험에 응시하기 위해 지었던 글들을 말한다.

가지 과거시험과 관련된 서적 간행에 대해 언급한 적이 있는데 그중에서 십팔방十八房[80] 진사들이 지은 '방고'가 가장 잘 팔렸다.

> 한 과목의 방고(房稿)가 간행되면 수백 부 규모였는데 모두 소주와 항주에서 나왔고 중원과 북방의 상인들이 시장에서 그것을 사 갔다. 세상 사람들은 이 책만 얻으면 과거에 급제할 수 있고 부귀를 누린다고 알고 있었으므로 그것을 '학문'이라고 부르고 그걸 읽는 사람을 '사인'이라고 했으며 그 밖의 다른 책들은 일절 보지 않았다.[81]

오경재吳敬梓의 『유림외사儒林外史』 제13회와 제18회에는 '선정選政(향시와 회시에 급제한 사람들의 시험지를 선별하여 책으로 묶는 일－역자)'에 종사하는 자들의 인기와 '선업選業'의 발달을 서술했는데, 이는 고염무의 글에 매우 생생하게 각주를 단 셈이었다.

서적 시장에 넘쳐나고 민간에 유행했던 시문과 소설, 희곡을 의고파 문인들은 입에 담기도 싫어할 정도로 창피하게 여겼다. 하지만 출판업과 관련이 있었던 이지와 공안파 원 씨 삼형제의 입장에서 볼 때 이렇게 '예스럽지 않고' 또 '유행'하는 문체에는 생기와 활력이 넘쳤다. 만명 소품은 주제에서 형식에 이르기까지 시문과 소설, 희곡과는 차이가 컸지만 '예스럽지 않고' 또 '유행'한다는 공통점이 있었다.

이런 만명 소품의 저자들과 감상자들은 대부분 '산인山人'과 관련이

---

80 【역주】 명대 회시(會試)와 청대의 회시(會試) 및 향시(鄉試)에서는 열여덟 명의 시험관이 방을 나누어 오경(五經)의 시험지를 매겼으므로 '십팔방'이라고 불렀다.
81 고염무(顧炎武), 『일지록(日知錄)』 권16 「십팔방(十八房)」.

있다. 산인은 예전부터 있었지만 왜 명대 말기에 유난히 많았을까? 가장 대표적인 해석은 명대 중기 이후에 상업경제가 발전하여 강남의 도시가 날로 번영하게 된 데다가 부유한 상인들이 교양을 즐기게 되면서 과거시험에 낙방한 사람이나 뜻을 펼치지 못한 문인들이 시와 문장, 글씨와 그림을 통해 생계를 영위할 수 있게 되었다는 것이다. 실제로 '산인'으로 자처하거나 혹은 '산인'으로 불렸던 사람들의 신분과 지위는 상당히 복잡했다. 그들의 공통점은 오직 '우아함'을 추구하는 심리 상태였다. 명대의 가장 유명한 산인인 진계유陳繼儒의 『태평청화太平淸話』에는 이상적인 생활방식에 대한 묘사가 있는데 이들의 취미를 매우 잘 보여준다.

> 무릇 향을 사르는 것, 차를 음미하는 것, 벼루 씻는 것, 거문고 타는 것, 책 교정, 달 기다리는 것, 빗소리 듣는 것, 꽃에 물을 주는 것, 베개를 높이 베고 눕는 것, 사물을 관찰하는 것, 일정한 지역을 왔다갔다 하는 것, 겨울에 햇빛 쬐는 것, 낚시하는 것, 그림 감상하는 것, 샘물에 씻는 것, 지팡이 짚고 나가 노니는 것, 부처에게 절하는 것, 술을 맛보는 것, 조용히 앉아있는 것, 불경을 읽는 것, 산을 구경하는 것, 서첩을 보고 글씨를 따라 쓰는 것, 대나무를 조각하는 것, 학을 키우는 것 등은 모두 홀로 누리는 즐거움이다.

이런 '우아함'과 '한가함'은 시간과 돈도 필요하지만 매우 높은 문화적 교양이 필요하다. 하지만 반대로 이렇게 물을 수도 있다. 산인들이 고상하고 우아하지만 벼슬을 하지도 않고 농사를 짓지도 않는데 무엇으로 생활한단 말인가? 진계유를 다시 예로 든다면 그는 「암서유사巖棲

幽事」에서 자신이 고대의 은자처럼 직접 농사를 짓거나 낚시를 하거나 땔감을 나르지는 않는다고 하면서 "할 줄 아는 것이라고는 오직 조용하게 살며 거친 밥을 먹고 저술을 하는 일밖에 없다"고 하였다. 글씨와 그림, 저술을 통해 삶을 영위한다고 해서 과거시험장에서 전쟁을 치러 공명을 얻는 것보다 비천하다고 할 수는 없다. 다만 고정적인 수입이 있는 사대부에 비해 산인은 서로를 추대하거나 스스로 홍보해야 하기 때문에 그들의 '고상함과 우아함'은 다소 과장되었다는 느낌을 지우기 어렵다. 후세 사람들이 그들에 대해 청언淸言을 갖다 쓰고 경구警句를 사용했으므로 '망국의 소리'였다고 욕한 것도 너무 심한 처사였다. 사실 명예와 명성을 끌어모으는 이런 방법은 문화시장에 기댄 생존방식에 의해 결정된 것이다.

　명대 산인은 정말 산속에 거주하는 경우가 드물었고 대부분 "저자거리에 은거하는 대은大隱이었다." 산인 중에는 글을 팔아 생계를 유지하면서 당당하게 독립하는 사람도 있었고 권력에 빌붙으면서 기회를 틈타 아부하는 사람들도 있었기 때문에 한꺼번에 논할 수는 없다. 하지만 장사전蔣士銓이 『임천몽臨川夢』에서 "구름 속 학 한 마리 훨훨 날아 재상의 관아에 들락날락 하누나"라고 비웃고 『사고전서총목四庫全書總目』 권180에서 "낮게는 식객의 반열에 끼어들고 높게는 은군자의 호를 단다"라고 비웃고 난 다음에 산인의 독립적인 인간상은 보편적으로 의심의 대상이 되었다. 하지만 산인이 주나라 쌀을 먹지 않았던 백이와 숙제도 아닌데 어찌 관청과 왕래를 끊을 수 있단 말인가? "그 행태가 상인과 같았다"는 것은 산인이 정통적인 의식 형태를 벗어나는 동력이었다. 벼슬도 하지 않고 상업에 종사하지도 않았던 독서인들은 명말 출판업계의 주된 생산자와 소비자가 되었다. 특히 산수와 전원을 좋아하고 초목과 벌레, 물고기에 대해 잘 알았으며 민풍과 민속을 눈여겨보고 거문고와 바둑, 글씨와 그림에 감정을 담고 소설과 희곡을 감상하는 그들의 지식수준과 심미 취미는 만명의 사상문화와 문학, 예술에 막대한 영향을 미쳤다.

명대 산인의 명성이 널리 알려진 것은 출판업의 번영과 밀접한 관련이 있다. 출판은 유행을 추구하기 마련이므로 산인은 자연히 그 점을 고려하게 된다. '유행'을 통해 이룩한 성공은 산인이 '고고하게 홀로 감상하는' 이미지의 파멸을 뜻한다. '소품'과 '산인'은 명말 문화시장에서 갑자기 흥기하였지만 무수한 모작이 나옴으로써 이들의 생명력은 순식간에 사라졌다. 원굉도는 이미 '참신함'을 모방한다는 것의 위험성을 깨닫고 "근래에 새로운 투식이 등장했는데 새로운 것 같지만 사실은 진부하다. 이 투식으로만 일관하면 아마 독자들을 매우 질리게 할 것이다"라고 했다.[82] 모작이 대량으로 늘어나면서 매우 성행했던 만명 소품에 심각한 위기가 감돌게 되었다. 예전에는 "참신하고 다채롭기 그지없었던"[83] 것들이 지금은 '새로운 투식'으로 변해버렸으니 후세 사람들이 억지로 '청언'을 만들어내고 사소한 지혜를 자랑하기 좋아했다고 이들을 비판한 것도 당연하다.

명대에서 청대로 들어가면서 독서인의 생활방식에는 거대한 변화가 생겨났다. 천지가 뒤바뀌는 상황에서 향을 사르고 거문고를 타거나 낚시를 하고 학을 키운다는 것은 이미 불가능하게 되어버렸다. 설령 굳이 한다고 해도 이미 예전의 한가한 마음은 사라졌을 것이다. '산인'이 사

---

82 원굉도(袁宏道), 『병화재집(瓶花齋集)』 권10 「답이원선(答李元善)」.
83 진계유(陳繼儒), 「문오록서(文娛錄敍)」.

라진 이상 '소품'의 풍격도 자연히 달라질 수밖에 없었다. 그중에서 유민遺民의 정서는 명청 교체기 문장 풍격의 변화에 결정적인 역할을 하였다. 청에 대항하는 전투에 참여할 수는 없었지만 "고국에 대한 그리움" 때문에 글을 쓸 때 마음은 처량해졌다. 여전히 소품을 썼고 여전히 기발한 정서가 이채를 띠었고 여전히 다채로운 의론을 펼쳤지만 이미 발랄하고 생동하던 분위기에서 침중하고 음울한 분위기로 바뀌었다. 정말 옛사람들의 말대로 나라가 불행하면 시인도 불행해졌다. 왕조 교체기에 하늘이 무너지는 느낌으로 만명 소품은 마지막 빛을 발했다.

　명나라가 멸망하자 벼슬길에 나아가지 않고 은거한 채 스스로 '주의도인朱衣道人'이라고 했던 부산傅山은 여전히 결벽증에 대해 썼고 폭음에 대해 썼고 늙은 도사와 기이한 요리사에 대해 썼다. 그러나 필치가 달라져서 "나보다 먼저 의리를 위해 죽은" 사람을 위해 「분이자전汾二子傳」을 써 내려갔다. 필치에 장난기는 있었지만 경박한 느낌은 전혀 없었다. 명나라가 멸망한 뒤 집을 버리고 중이 되어 법명을 '목불木拂'이라고 했던 섭소원葉紹袁은 산에 은거했던 3년 간의 생활을 기록한 『갑행일주甲行日注』에서 나라가 망한 뒤 유민의 감회를 쏟아냈다. 이 글은 간결하고 수려하면서도 적막한 감정을 담아내어 만명 일기의 압권이 되었다. 명나라가 망한 뒤에 강호를 떠돌면서 직접 청군에 대항하는 전투에 참전한 귀장歸莊은 만년에 "시인과 술꾼과 도사와 승려"와 함께 산을 유람하면서 당시에 널리 읽혔던 『심화일기尋花日記』를 썼다. "난세라서 산에 머물 여유를 얻은" 무력감은 달을 기다리고 빗소리를 듣는 데 침잠했던 진계유의 아취와는 전혀 다르다. 소탈함 속에 슬픔과 괴로움을 감춘 이런 유기들을 당시 사람들은 「동행심모란주중작東行尋牡丹舟中作」의 내용으로 분석할 수 있다고 생각했다. "전란이라 번화한 일들은 사라지고, 빈천해진 사람은 부귀를 상징하는 꽃을 보았다."[84]

마찬가지로 나라와 집안이 망하는 비극을 겪고 머리를 풀어헤치고 산으로 들어가 명대 역사를 기술한 장대는 번화하고 화려했던 일생을 추억하면서 『도암몽억陶庵夢憶』, 『서호몽심西湖夢尋』, 『낭환문집琅嬛文集』 같이 빼어난 작품을 썼다. 마침내 명대 문장에 멋지게 마침표를 찍은 것이다. 장대가 만명 소품을 집대성하였다는 주장은 장대의 친한 벗인 기치가祁彪佳가 『서호몽심』에 대해 쓴 평론에서 처음 나왔다.

> 나의 벗 장도암(張陶庵, 장대)은 조화옹이 깃든 듯 글을 쓴다. 그가 쓴 유기(遊記)에는 역도원(酈道元)의 박학과 깊이, 유동인(劉同人, 유동(劉侗))의 신랄함, 원중랑(원굉도)의 아리따움, 왕계중(王季重, 왕사임(王思任))의 해학 등 없는 것이 없다. 발랄하고 영롱한 기운은 글을 찬찬히 읽으면서 찾아보면 또 어느덧 사라지고 없다.[85]

장대 자신도 사승관계를 소개한 적이 있는데, 기치가의 말을 참고해서 함께 살펴볼 수 있다. 「주전백 제문祭周戩伯文」에서 자신의 창작 경력을 서술하면서 고문古文에서 지기知己는 왕사임이고 산수의 지기는 유동과 기치가라고 했다. 「낭환시집琅嬛詩集 서序」에서는 처음에는 서위徐渭와 원굉도를 배웠고 그 다음에는 종성鍾惺과 담원춘譚元春을 배웠으며 마지막으로 "뼈를 씻고 창자를 긁어내고서야" 자신의 본연의 모습이 나왔다

---

84 전겸익(錢謙益)의 『유학집(有學集)』 권49 「귀현공간화이기(歸玄恭看花二記)」.
85 기치가(祁彪佳), 「서호몽심 서(西湖夢尋序)」.

고 했다. 그가 배운 사람은 대체로 공안파와 경릉파로 나눌 수 있는데, 이렇게 보면 후대 사람들이 장대를 언급할 때 두 파의 장점을 겸비하고 있다고 말한 것도 자연스럽다.

장대는 유기를 잘 썼다. 그의 글은 참신하고 발랄하여 확실히 원중도와 비슷한 면이 있다. 하지만 장대의 글은 기교도 재주도 뽐내지 않고 담담하게 써내려 가기 때문에 더 여운이 길다. 그가 쓴 「서호칠월반西湖七月半」과 「호심정간설湖心亭看雪」은 영원한 명작이라고 할 수 있다. 가끔 기발한 구법이 나오기는 하지만 대부분은 시인의 세밀한 관찰과 미가산수米家山水(미불米芾, 미우인米友仁 부자가 창시한 산수화 기법－역자) 같이 고고高古한 의경을 보여준다. 이렇게 아무런 단장도, 수식도 하지 않는 것은 작가가 멀리 옛일을 추억하고 부처 앞에서 참회를 하는 창작 심리와 관련이 있다. "홀로 호심정에 가서 눈을 보고", "십 리 연꽃 향기 속에서 깊은 잠에 빠졌다" 같은 우아한 일들을 원굉도나 진계유가 썼더라면 글에는 자랑하는 느낌이 분명히 있었을 것이다. 하지만 세상 풍파를 겪을 대로 겪은 뒤 담담하게 한 번 웃으면서 바보 같은 시 친구들과 함께 천지간의 오묘한 기운을 누리면서 소탈해진 장대가 훨씬 낫다. 둘다 산수에 대한 글이지만 '몽억夢憶'과 '유기遊記'는 차이가 있다. 유기는 주로 사실 그대로 기록하지만, 몽억은 꿈속에서 이미 물아일체가 된 상태라 서정성이 강하다.

장대의 독서와 저서는 많고도 다양하지만 그렇다고 학자라고 말할 수는 없다. 「야항선夜航船 서序」에서는 "현재의 평범한 일들"을 기록했다고 하면서 목적은 "중이 발을 뻗지 못하도록 하는 것"에 불과하다고 했다. 이 말은 대체적으로 믿을 만하다. "젊어서는 부잣집 자제로 번화함을 극도로 좋아했던" 장대는 아름다운 옷과 맛있는 음식, 화려한 등불과 불꽃, 이원梨園의 악기 연주, 꽃과 새, 골동품 등에 대해 특별한 흥미가 있었는데 "나라와 집안이 망해서 산속에 숨어 지낼" 때 지나간 세월을 돌이켜 보니 마치 꿈 같기도 하고 안개 같기도 했던 것이다.[86] 민속에 대한 관심은 『제경경물략帝京景物略』을 쓴 유동보다도 더 범위가 넓다. 장대를 진짜 매료시켰던 것은 명승고적이 아니라 도시의 풍정風情이었다.[87] 『도암몽억』에서 묘사한 연극과 등불놀이, 성묘와 뱃놀이시합, 설서說書와 차를 음미하는 장면은 뛰어난 글인 동시에 매우 훌륭한 사회문화 사료이다. 그가 서술한 일들은 가끔 『무림구사武林舊事』나 『몽량록夢粱錄』과 비슷한 것들이 있다. 그러나 문장의 취미와 문장 곳곳에서 흘러나오는 소탈한 성격은 공안파의 '성령'과 경릉파의 '그윽함'의 그림자가 드리워 있어 송대의 주밀周密(『무림구사』의 저자—역자)이나 오자목吳自牧(『몽량록』의 편자—역자)이 넘볼 수 있는 경지가 아니다.

---

86 장대(張岱), 『낭환문집(琅嬛文集)』 권5 「자위묘지명(自爲墓志銘)」 참조.
87 周作人, 「陶庵夢憶序」, 『澤寫集』, 北新書局, 1933. 이 글에서 "장종자(장대)는 도시 시인이다. 그가 주목한 것은 인간사였지 자연이 아니었으며 산수는 그가 생활을 쓰기 위한 배경에 지나지 않았다"라고 하였는데 매우 정확한 판단이다.

제5장
동성파桐城派의 의법義法과 학자의 문장

명청 교체가 독서인에게 끼친 충격은 실로 엄청났다. 청대 사람들이 강학하고 문장에 대해 논할 때에도 대부분 은연중에 명대 사람들을 '교훈으로 삼을 과거의 실패'로 간주했다. 청대 초기 학자들은 전 왕조의 실패가 주는 교훈을 검토했는데, 여기에는 명확한 정치적 의도가 있었다. 건륭乾隆 · 가경嘉慶 이후에는 주로 문화 건설이라는 점에 착목하였다. 명대 학문의 허술함과 문장의 경박함을 인식한 결과 청대 문장은 비록 풍격이 아무리 다르다고 해도 모두 "근거 있고 내실 있는" 것을 강조했고, "아정雅正", "순후醇厚" 또는 "기발함奇崛"을 높게 평가했다. "성령性靈"이라는 기치는 시단에서 어쩌다가 펄럭이기는 했지만, 문단에서는 전혀 설 자리가 없었다. 공안파公安派 문학 이론에 가장 근접했던 원매袁枚조차도 시를 논할 때는 성령을 중심에 두었지만 산문을 논할 때는 덕행 같은 "근본을 탐구하는 글"을 중시했다. 표면적으로 보면 원중랑袁中郎(원굉도袁宏道)의 문집은 건륭 연간에 금지되고 소각되었지만 그보다 훨씬 이전에 문풍을 주도하던 사람들은 이미 그의 작품을 "망국지음亡國之音"이라는 점에서 비판했다.

만명晩明 소품만 이런 불운을 겪었던 것은 아니었다. 진한秦漢 문장을 모방한 전후칠자前後七子도 좋은 평가를 받지는 못했다. 독서에서 의리義理를 중시하지 않고 자구字句 다듬는 데에만 치중하는 이러한 행태는 '문장에서 박학'을 중요시한 청대 사람들이 보기에는 사실 옹색한 느낌이었다. 문장과 도道, 문장과 학문의 합일을 추구한 고염무顧炎武와 황종희黃宗義에서부터 의리, 고거考據, 사장辭章을 두루 중시해야 한다는 대진戴震, 요내姚鼐에 이르기까지 청대 사람들은 학문이든 문장이든 대부분 융합과 종합을 중시했다. 비록 '문장'과 '학문' 사이의 경중과 완급이라는 문제에 대해 각 파의 주장이 사실 많이 달랐지만 그래도 각자 극단적인 주장을 펼쳤던 명대 사람들과는 달리 합의를 할 어떤 여지가 있었다. 주장을 중시하고 문장 표현은 신경 쓰지 않았던 장학성章學誠은 일찌감치 '저술 문장'과 '문인의 글'을 구분했고, "문장을 쓰는 방법에는 남다른 기술이 있다"고 했던 방동수方東樹는 '작가의 글'과 '실용적인 글'을 구분했다.[1] 이 둘은 모두 문장과 학문을 겸비하는 것을 중시했지만 구체적인 각론은 완전히 달랐다. 각 문파의 견해를 접어둔다면 청대에는 문장과 학술 사조가 밀접하게 관련되었으므로 '저술의 글'도 멋있는 것이 있었고 '문인의 글'도 식견이 있는 경우가 있었다. 청대 문장의 변천은 '문장'과 '학문'의 융합과 충돌이라는 특정한 측면에서 파악해도 무방하다.

시문時文과 고문古文을 분리시킬 것인가 연결시킬 것인가도 여전히 청대 문장의 큰 과제였다. 동성파桐城派에게 쏟아졌던 가장 강렬한 비판은 "시문을 고문으로 여긴다"는 것이었다. 팔고문八股文에 평생의 정력을 쏟아넣은 사람들은 필연적으로 식견이 별로 없고 진부한 표현을 쓴다. 그

---

1   장학성(章學誠), 『문사통의(文史通義)』 권5 「답문(答問)」; 방동수(方東樹), 『의위헌문집(儀衛軒文集)』 권6 「절문재문초서후(切問齋文鈔書後)」 참조.

러나 "속세의 일을 떨쳐버리고 오직 옛 사람을 지향한다"는 전제 조건은 일찍 과명科名을 얻는 것이므로, 그래서 젊은 나이에 "코끼리도 때려눕힐 힘으로 시문을 짓는 것"은 현명한 행동이다. 원매 스스로도 시문을 공부할 때 "시도 짓지 않았고 고문도 짓지 않았고 고서도 보지 않았"지만 일단 관료가 되고 나면 "시문과는 영원히 결별하게 된다"고 인정했다.[2] 이것은 경험담이다. 팔고문을 잘 짓는 문인이 도리어 최대한 빨리 팔고문과 결별하게 될 수도 있다. 그러나 팔고문은 입고 싶으면 입고 벗고 싶으면 벗을 수 있는 외투가 아니었다. 설령 기본 능력을 훈련하는 것이라고 해도 여전히 이후의 독서 취미를 형성하는 데 깊은 영향을 끼쳤다. 당송 팔대가가 독보적인 위상을 차지하고 동성파의 명성이 널리 알려졌던 중요한 원인 중의 하나가 바로 그 취미와 팔고문 사이에 상통하는 점이 있다는 것이었다.

1. 선본選本의 매력

명대 문단에서 깃발을 들고 나선 수많은 문학집단 중에서 진정한 의미에서 청대에 직접적인 영향을 미친 것은 바로 처음에는 보잘 것 없었던 귀유광歸有光과 당송파唐宋派였다. 귀유광은 당시 자신은 진한 문장을 추구할 것이라고 했지만 사실상 "자구를 조탁하는 것을 대단하다고 여

---

2 원매(袁枚), 『소창산방속문집(小倉山房續文集)』 권31 「수재 보지에게 보내는 두 번째 편지(與甫之秀才第二書)」.

기는" 문학 풍조를 긍정하지 않았고, 특히 당시 주류 문단의 "분별 없는 사람들"에 경쟁적으로 영합하는[3] 것에 대해 반감을 가졌다. 그 당시 문장을 좋아하지 않고 『사기』만을 좋아했는데 이 점은 드문 것은 아니었으며, 당송 문장을 추숭했다는 점에서 진한 문장을 모범으로 삼은 왕세정王世貞 그룹과 나란한 위상을 갖게 되었다. 전겸익錢謙益은 귀유광에 대해 태사공의 『사기』를 잘 배워서 그의 풍모와 구성을 잘 터득했다고 했고, 이와 함께 서위徐渭와 왕세정이 그를 구양수에 비견했다는 것을 기록했는데[4] 이를 통해 명청 교체기에 귀유광의 문명文名이 이미 점점 드러나고 있었음을 알 수 있다. 그러나 귀유광이 명대 문장을 대표하는 인물이 될 수 있었던 것은 동성파가 구축한 '문통文統'과 관련이 있다. 요내가 편집한 『고문사유찬古文辭類纂』에는 당송팔대가 뒤에 명대에는 귀유광을 수록하였고 청대에는 방포方苞와 유대괴劉大櫆를 수록하였다. 당시에 이미 "고문의 전통이 이렇다고 인식했던" 것이다. 여기에 다시 요내 자신을 추가하면서 방동수 등의 사람들이 수호한 '도통道統'과 나란한 위상의 '문통文統'이 되었다.[5] 귀유광은 동성파를 그 위의 당송팔대가와 연결시키는 연결고리가 되었으므로 그의 문장이 청대에 추앙을 받게 된 것도 당연할 것이다. 귀유광의 문장은 나름의 가치가 있기는 하지만 그의 영향력이 이렇게 커진 것은 동성파가 그의 문장을 선택하고 해석한 일과 관련이 깊다.

---

3   귀유광(歸有光), 「항사요문집서(項思堯文集序)」, 「심경보에게 보내는 편지(與沈敬甫書)」 등 참조.
4   전겸익(錢謙益), 『열조시집소전(列朝詩集小傳)』 정집(丁集) 중 「진천선생귀유광(震川先生歸有光)」.
5   방동수(方東樹), 「고문에 대해 섭부구에게 답하는 편지(答葉溥求論古文書)」 참조.

이른바 귀유광의 문장을 두고 "육경에 바탕을 두고 있다" 운운하는 것은 그냥 하는 말이다. 귀유광이 진짜 공부하고 연구했던 것은 『사기』였다. 그의 『사기평점史記評點』에는 권점圈點만 달려 있고 평어評語는 없지만 그래도 사마천의 미언대의微言大義와 정신적 맥락을 잘 보여주는, 실로 심혈을 기울인 성과물이었다. 멀리는 사마천을 높이고 가까이에서는 구양수를 배우는 것은 귀유광과 당송파 사람들의 공통된 방향성이었던 것이다. 이러한 선택의 결과 귀유광의 문장은 서사에 능하지만 의론에는 약하고, 완곡하고 아기자기한 맛은 있지만 강직하고 기발한 기세는 별로 없게 되었던 것이다. 「항척헌기項脊軒記」, 「선비사략先妣事略」, 「한화장기寒花葬記」, 「균계옹전筠溪翁傳」 등의 경우 가정과 친구 사이의 자질구레한 일들을 서술하면서 매우 핍진하게 정경을 묘사했으므로 상당히 운치 있다. 몇 가지 세부 묘사를 통해 인물을 생생하게 묘사했고, 평담함 속에서 진정성을 보여주려고 노력했다. 표면적으로 보면 표현을 다듬는 데 신경쓰지 않고 붓이 가는 대로 써서 전혀 수식한 느낌을 주지 않지만 사실은 정감을 쌓아 올려 분위기를 조성하는 데 특별히 신경을 썼으며 현재의 일을 통해 지난날을 회상하며 감개에 젖는 부분에서 특히 사람의 마음을 울린다. 황종희는 귀유광이 부인婦人을 묘사할 때 "언제나 한두 가지 작은 일을 통해 깊은 감정을 드러내 사람들을 울린다"고[6] 했는데, 사실 세부 묘사를 통해 운치風韻를 드러내고 진정성을 보여주는 것이 바로 귀유광이 글을 쓰는 비결이었다. 이러한 필법은 사마천과 구양수를 계승한 것이기도 하지만, 상당히 많은 부분에서 소설

---

6   황종희(黃宗羲), 『남뢰문안(南雷文案)』 권8 「장절모섭유인묘지명(張節母葉孺人墓志銘)」.

^{小說} 작법을 고문^{古文}에 도입한 것이었다.

고문가로 자처하면서도 "소설가의 기법에서 탈피하지 못한" 것은 규범에 맞고 점잖은 문체를 중시한 청대 사람들의 시각에서 볼 때는 어쨌든 결함이긴 했다. 그러나 엄격하게 말하자면 귀유광과 후방역^{侯方域}도 이러한 경향이 있었을 뿐 아니라 방포도 "이런 잘못을 피하기 어려웠다." 작자 본인은 어쩌면 당시 성행한 흥미로운 소설에 마음을 두지 않았을지도 모르지만 『사기』를 연구한 결과 인물을 묘사할 때의 필치가 소설가와 매우 흡사했다. 황종희는 "소설가의 기법" 역시 태사공에게 바탕을 두고 있으므로 고문가가 억지로 자신을 특정된 틀 속에 가둬둘 필요가 없다고 지적했다.

> 서사에는 운치가 있어야 하며 틀에 박혀서는 안 된다. 지금 사람들은 이것을 소설가의 기법이라고 생각한다. 언제나 서로 관련 없는 한두 가지 사건을 통해 그 사람의 마음을 생동감 있게 보여줌으로써 기량을 제대로 발휘한 『진서(晉書)』, 『남사(南史)』, 『북사(北史)』의 열전(列傳)을 보지 않아서이다. 사마천의 「백이」, 「맹자」, 「굴원과 가의」 등의 열전에는 운치가 가득 넘친다. 『상서(尙書)』와 『전국책(戰國策)』은 약간 진부하다는 느낌이 있다.⁷

귀유광은 과거를 회상하면서 친구를 애도하는 글을 썼는데, 이 글이 감동적인 요인 중에서 문체가 맑고 담박한가는 별로 중요하지 않다. 핵심은 인물의 감정을 가장 잘 드러내는 구체적인 부분을 제대로 포착하는

---

7   황종희(黃宗羲), 『남뢰문정삼집(南雷文定三集)』 권3 「논문관견(論文管見)」.

가의 문제였다. 이런 측면에서 귀유광은 무의식 중에 소설과 고문을 연결시켰다. 오만하고 편견에 사로잡혔던 후대 고문가들은 문학의 전당에 오르기 어려운 소설과는 거리를 두고 싶어 했다. 반면에 귀유광은 태사공이 썼던 방법을 차용하는 매우 좋은 선례를 만들어냈다. 사실『사기』가 중국 서사문학의 비조라는 점은 분명하다.

　귀유광은 소설과 고문을 연결시켰을 뿐만 아니라 시문時文과 고문도 연결시켰다. 귀유광은 팔고문으로 명성이 있어서 청대 사람들이 시문의 가치를 논할 때면 언제나 그를 사례로 가져왔다. 사실 이 점에서 귀유광은 불운했다. 바로 이런 점 때문에 그의 문장은 규모가 작고 기세가 약했던 것이다. 장학성은 귀유광을 두고 "거친 물살에 버티는 지주砥柱가 될 수 있었던 것은 특히 글이 자연스럽고 세속의 유행에 빠지지 않았기 때문"이지만, "내용이나 형식이 자유분방하지" 못한 점이 아쉽다고 했다. 그 이유는 귀유광의 제예製藝(팔고문)가 "영원불멸한 귀감"이었기 때문이다. 그는 시문의 관점에서『사기』를 읽었으므로 그저 "호탕하고 기복 있게" 하는 것만 배웠던 것이다. 그가 다섯 가지 색깔로『사기』에 권점을 찍은 것이 아무 의미도 없다고 말할 수는 없을 것이다. 다만 취미가 시문 쪽에 있었고 후대에 비속한 내용을 가져오는 관습을 만들었으므로 대가들의 인정을 받지 못했던 것이다. 청대 말기에 장상남蔣湘南은 동성파 문장이 시문을 고문으로 간주하고 있다고 혹평하면서 그 위로 소급해 올라가 귀유광과 당순지唐順之, 모곤茅坤이 공령문에 재주가 있어서 "길이를 늘였다 줄였다 하며 편집하는 기술"을 중요하게 여겼으므로 그 때문에 진정한 고문이 계승되지 못하도록 했다고 혹평하였다. 그 결과는 이런 것이었다.

여러 군자들이 팔가(八家)의 방식대로 공령문을 써서 공령문이 가장 예스러운 것이 되었다. 그런데 여러 군자들이 마침내 공령문의 방식대로 고문을 쓰게 되었으므로 그들의 고문이 가장 예스럽지 못한 것이 되게 되었다.[8]

동성파 문인 중에서도 귀유광의 고문에 들어 있는 시문의 느낌에 대해 불만을 가진 사람이 있었지만, 그보다는 훨씬 완곡하게 표현하였다. 예컨대 유개劉開는 귀유광이 『사기』와 『한서』, 구양수, 증공을 배운 점은 유익하며 문장도 전할 만하다고 보았지만 "고문에서 더 큰 성과를 거두지 못한 것은 시문에 지나치게 조예가 깊었기 때문이다"고 했다. 오민수吳敏樹도 귀유광이 늘그막까지 과거시험용 문장에만 얽매어 있었고 또 글을 가르친다고 고문을 짓는 데 전념할 수 없었던 점을 안타깝게 여겨 이렇게 말했다. "만약 귀유광이 명대에 태어나지 않고 당 정원貞元 연간이나 송 경력慶曆 연간에 태어나 온 힘을 집중해서 평생 글을 썼더라면 어찌 이고李翶나 증공曾鞏보다 못했겠느냐"고[9] 했던 것이다.

당순지와 왕신중王愼中, 모곤은 귀유광과 마찬가지로 칠자의 의고하는 지향성을 무시했고 당송 문장을 모범으로 삼으려고 애썼으며 팔고문에 능하였고 시문을 고문으로 간주했다. 그들의 문장은 여운이 있고 문장의 맛이 있었던 귀유광보다 한참은 못 했지만 이론적 주장이라는 측면에서는 귀유광보다 선명했다. 당순지는 문장을 논하면서 "개성本色", "생각을 솔직하게 쓰는 것", "장점이든 단점이든 가리지 않는 것" 등

---

8 장상남(蔣湘南), 『칠경루문초(七經樓文鈔)』 권4 「고문에 대해 전숙자에게 보내는 편지(與田叔子論古文書)」.
9 유개(劉開), 「문장에 대해 운대 완궁보에게 보내는 편지(與阮芸臺宮保論文書)」; 오민수(吳敏樹), 「귀진천문집별초서(歸震川文集別鈔序)」.

을 주장하면서 옛것을 표방하는 사람들을 겨냥하였다. 그런데 그들의 주안점은 당송 문장의 "개합開闔, 수미首尾, 경위經緯, 착종錯綜이라는 작법"을 발굴하는 데 있었고 규범과 법도를 지키는 선에서 새로운 의미를 만들어내는 것을 추구하였으므로 이런 점은 규범을 아예 없애려고 했던 공안파와는 다른 점이다.[10] 왕신중과 모곤 두 사람도 "옛 사람의 글을 따와 붙이는 것"을 비판하고 "자신만의 문장을 써야 한다"고 주장했다. 그러나 이들의 독특한 점은 진한 문장에서 당송 문장으로 중심을 이동시켰다는 것이다. 왕신중의 구호는 "사마천을 배운 사람으로는 구양수가 최고이고 반고를 배운 사람으로는 증공만한 이가 없다"였고[11] 모곤이 편한 『당송팔대가문초唐宋八大家文鈔』는 전국을 풍미하여 한유와 유종원, 구양수, 소식을 보급시키는 데 엄청난 역할을 하였다.

사실 이론적으로만 보면 당송파의 견해는 깊이도 없었고 자신들의 주장을 제대로 잘 드러냈다고 할 수도 없다. 유일한 장점이 당송 문장의 '법도'를 일부 찾아내어 후대 사람들에게 글쓰기의 명확한 길을 제시했다는 것이었다. 특히 주목해야 할 점은 이러한 안목과 취미를 문장에 대한 논의가 아니라 선본選本으로 구현했다는 것이다. 선본을 엮는다는 것은 옛 사람의 문장을 빌어 자신의 견해를 드러내는 방식이다. 또 선본은 늘 명가名家들의 저술보다 더 흥행하며, 성공적인 선본은 문학의 발전에 막대한 영향을 미쳤다. 이 때문에 "작법에 대해 나름의 주장이 있는 작가들은 자신의 주장을 발표하고 유포시키는 수단으로 문심文心, 문칙文

---

10 당순지(唐順之), 『형천선생문집(荊川先生文集)』 권7 「홍방주에게 보내는 편지(與洪方洲書)」; 권10 「동중봉시랑문집서(董中峰侍郎文集序)」.
11 왕신중(王愼中), 『왕준암선생문집(王遵巖先生文集)』 권20 「도원 동생에게 보내는 편지 16(寄道原弟書十六)」.

則, 시품詩品, 시화詩話 같은 저서를 쓰지 않고 선본을 내는 쪽을 택했다."[12] 당송파 사람들은 루쉰의 이 명언을 몸소 가장 잘 증명해 주었다. 당순지의『문편文編』64권은 주대周代에서 송대宋代까지의 문장을 문체로 나누어 분류한 것인데 이 선집에서 논리를 제시하고 법도를 탐구한 부분은 매우 정밀했다. 당송을 모범으로 삼는 사람들이 이 책을 통해 입문한 것도 무리는 아니었다. 모곤이 엮은『당송팔대가문초』는 더 광범위하게 유포되었다. '당송팔대가'의 이름을 확립한 것 말고도 선별한 문장과 평점評點이 대체로 적절하고 초학자에게 유익했으므로 몇백 년간 집집마다 음송하는 소리가 끊이지 않고 이어졌다. 귀유광의『사기평점』의 경우에는 나중에 방포의『사기평점』과 합쳐서 판각되었는데, 이 책은 동성파 고문가들의 보물이 되었다. 이렇게 선본을 통해 자신의 문학적 주장을 전파하는 방법은 동성파를 이끈 요내가 편찬한『고문사편찬』과 증국번曾國藩이 편찬한『경사백가잡초經史百家雜鈔』에 직접적인 계시를 주었음은 의심할 나위가 없다.

문장을 선별한다는 것은 결코 쉬운 일이 아니다. 자기만의 관점과 광범위한 지식도 없이 자구에 권점을 마구 표시하다가는 전문가의 비웃음만 당할 것이다. 황종희는 모곤이 문장의 기복과 변화만 알고 경사經史에 대한 공부가 제대로 되지 않았으며 특히 "이른바 영원히 사라지지 않는 정신"이라는 것을 모른다고 비판했다. 왕부지王夫之의 평가는 더욱 혹독했다. "『팔대가문초八代家文鈔』이후에 괜찮은 문장이 없게 되었다"라고 했는데, 그 이유는 이러한 '구쇄법鉤鎖法(글을 규제하는 작법-역자)'은

---

12 魯迅,「選本」,『魯迅全集』7, p.136.

글을 쓰는 데 "구속되고 글을 파편화"하는 역할을 해서 초학자들을 잘
못된 길로 인도한다는 것이다. 또 장학성도 여기에 대해 의견을 내놓았
는데 좀더 설득력이 있다. 고문의 법도는 문면에 드러나지도 않고 말로
표현하기도 어렵기 때문에 귀유광이 『사기』에 권점을 표시하고 모곤이
호탕함과 기복을 기준으로 팔대가의 문장을 설명한 것은 문파의 밖에
있는 사람들에게는 "깨달음을 얻는 데 도움이 없지 않았지만" "그것을
천하의 법도로 특별히 받드는 것은 옳지 않았던" 것이다.[13] 선본을 통해
문장을 배우게 되면 이것을 선별한 사람 때문에 시야가 좁아질 가능성
이 높다. 게다가 그 사람의 맥락 안에서 글을 읽다 보면 스스로 깊이 깨
닫는 경지에 이르기 어렵다. 그저 '글쓰기의 규범'만 알게 될 뿐 "자기
의 생각을 글로 펼쳐 보일 수" 없게 된다. 원래라면 글쓰기에서 가장 비
본질적인 '의법義法'이라는 것이 '전수할 만한 비법'이 되어버리는 것이
다. 이러면 과거시험을 칠 때에는 전혀 문제가 없겠지만 이 방법으로 글
을 쓴다면 자질구레한 항목에 지나치게 얽매이게 될 것이다.

사실 이러한 선본의 주된 독자층과 그 효과는 바로 시문에 있었다. 선
본은 예전에도 있었는데, 한 편의 글에 권점을 표시하여 그 핵심적인 정
신이 있는 부분을 표시하는 것은 "명대 중엽 이전에 시작되었고 시문을
선록하고 판각할 때 생겨난 구습"이라고 굳이 말하지 않아도 시문과 관
련이 깊은 것만은 확실하다.[14] 송대 인물 여조겸呂祖謙의 『고문관건古文關

<hr>

13 황종희(黃宗羲), 「모곤이 팔가를 비평한 책을 논하는 문제로 장이공에게 답함(答張爾公論
    茅鹿門批評八家書)」; 왕부지(王夫之), 『석당영일서론(夕堂永日緒論)』 「외편(外編)」; 장
    학성(章學誠), 『문사통의(文史通義)』 권3 「문리(文理)」 참조.
14 포기룡(浦起龍)은 권점이 명대 중엽에 생겨났다고 보았지만 억측인 듯하다.(『독두심해
    (讀杜心解)』 「범례(凡例)」) 첸중롄(錢仲聯)은 평점과 시문의 관련성을 부인했지만 이
    또한 적절한 해석이 아니다.(『夢苕庵清代文學論集』, 齊魯書社, 1983, p.80) 왜냐하면

鍵』과 누방樓昉의 『숭고문결崇古文訣』, 사방득謝枋得의 『문장궤범文章軌範』 등은 모두 고문으로 과거시험에 대비한 것이었다. 여조겸은 문장을 선별하면서 당송문을 모두 뽑았지만 한유, 유종원, 구양수, 소식, 증공, 왕안석을 특별히 내세움으로써 은연중에 '고문 정통'을 성립시켰다. 또 문장 옆에 평을 하고 점을 찍어서 문장의 필법과 구법을 드러내었고 또 후학들에게 평점학을 열어주었다. 누방과 사방득만 그것을 계승한 것이 아니었다. 명청시대 수많은 고문 선본도 이 전통과 매우 밀접하게 관련되어 있다. 문장을 선별한 사람들의 안목과 수준은 높을 수도 있고 낮을 수도 있으며, 평점도 소략할 수도 있고 정밀할 수도 있으므로 뭉뚱그려 나쁘다고 할 수는 없다. 그런데 시장에서의 수요가 너무 커서 학문이 깊지 않은 사람들도 '규범'이니 '법칙'이니 하면서 생계를 유지할 수 있었기 때문에 과거시험을 대비하기 위해 문장을 선별하는 일을 하는 사람들이 크게 비난을 받은 것도 당연했다. 포세신包世臣이 이들을 두고 "300년간 문장 선집가들이 남긴 것이란 진한 문장만 보면서 옛 문장의 진짜 전통으로 삼았다"라고 비판한 것은 좀 지나치기는 했다. 그런데 귀유광, 당순지, 모곤에 대해 "팔고문에 전력하고 과거 시험 대비용만 읽고 외웠으므로 마침내는 팔대가 문장 중에서도 수준 낮은 글들을 가지고 아무렇게나 해석하면서 모범이 되는 글로 삼았다"고[15] 했는데 이것은 대부분 사실이었다. 과거 공부를 위해 팔가를 선별하려면 반드시 시문에 가깝고 어떻게 입문해야 하는지가 보이며 따라하기 쉬운 것을 골라야 한다. 팔

그가 증거로 제시한 유진옹(劉辰翁)은 실제로 오히려 고문과 시문의 관계를 중요하게 본 사람이었기 때문이다. 다만 송원의 시문과 명청의 팔고문이 크게 달랐을 뿐이다.
15 포세신(包世臣), 『예주쌍즙(藝舟雙楫)』 권1 「재차 양계자에게 보내는 편지(再與楊季子書)」.

가를 통해『좌전』과『사기』로 들어간다고 해도 "과거시험의 규범에 맞추고" 게다가 권점과 평주評注까지 넣는다면 고문의 진정한 명맥을 없애 버린다는 점에서는 마찬가지일 것이다. 이 점은 동성파의 문통을 계승했으며 또『경사백가잡초』를 엮은 증국번도 깊이 우려했던 것이었다. "나는 말세에 옛 문장을 공부하는 사람들이 처음에는 시험 답안의 번다함에 빠지는 액운을 당했고 여기에 더해 속본俗本 평점본이라는 액운에 빠졌다고 생각한다. 이것은 천하의 공공연한 근심거리이다."[16]

'선본'은 여러 차례 수준 높은 사람들의 매서운 비판을 받았으나 여전히 전국에 널리 퍼졌다. 그 이유는 간단하다. 독서인은 입문서가 필요하고 괜찮은 선본은 확실히 미로에서 헤매는 초학자에게 지침을 알려주기 때문이다. 모곤은 시문의 대가였기 때문에『삼과정묵三科程墨』같은 선집을 만들지 않고『당송팔대가문초』를 엮었는데 이것을 보면 그의 안목이 속되지 않았음을 알 수 있다. 하지만 이 편찬 역시 "대체로 과거 공부를 위해서 만들어진 것"이었다는 것은 자명하다. 이왕 초학자에게 모범을 제시한다면 반드시 세세해야 해서 정해진 규범에 부합하게 해야 할 것이다. 이른바 "문장의 스타일을 당송 문장과 같게 모사하다 보면 당송이라는 것도 결국 정형화된 틀이 된다"는 것을 피할 수는 없었다. 더 우려할 점은 "시문을 연습하다가 결국 이런 작법이 몸에 배어들어 옛 책과 고문 전체를 볼 때에도 시문의 관점으로 보게 된다는 점"이었다.[17] 비록 경서를 모범으로 삼고 도를 구하는 등의 거대 담론도 이야기하기는 했

---

16 증국번(曾國藩),「사자상문집서(謝子湘文集序)」.
17 『사고전서총목(四庫全書總目)』권189 '당송팔대가문초(唐宋八大家文鈔)' 항목과 장학성(章學誠)의『문사통의(文史通義)』卷5「고문십폐(古文十弊)」참조.

지만 당송파의 선본과 권점은 문장의 정격과 변격, 내용 전개의 변화, 규범과 배열에 주안점이 있었다. 이렇게 고문의 필법을 중시하면 과거 시험장에서 확실히 수준 높은 표현을 구사할 수 있었다. 비난을 초래한 것은 이렇게 "고문을 가져다 시문으로 삼는 것"이 아니라 "시문을 연습 하다가 결국 이런 작법이 몸에 배어들어" 필연적으로 그 결과 "시문을 고문으로 삼게 되는 것"이었다. 이 점은 동성파 문장에 대한 상이한 평 가에서 더욱 선명하게 드러난다.

2. 고문古文과 시문時文

동성파는 청대의 최대 문파였고 200여년 동안 존속했으며 그 문하생 들이 전국에 널리 퍼졌다. 동성파는 규모와 영향력, 평가의 차이 등에서 모두 중국문학사에서 단연 첫 번째로 꼽힌다. 동성파는 하나의 문학 유 파였으며 도통으로는 정이와 주자를 존숭했고 문통으로는 당송팔대가 를 계승했다. '의법義法'과 '신기음절神氣音節', '신리기미격률성색神理氣味 格律聲色'을 중시하여 나름의 비장의 무기를 갖추고 있었다. 타고난 재능 의 차이, 학식의 차이에 따라 같은 동성파라고 해도 문장의 풍격은 판이 하게 다를 수 있었지만 그래도 대부분 이들의 문장은 내용이 명확했고 품위가 있었으며 간결했다. 그리고 이들의 병폐는 바로 이 '의법'과 '품 위雅馴'에서 생겨났다.

이 문학유파의 이름이 '동성'이 된 것은 창시자인 대명세戴名世와 방포, 유대괴, 요내 등이 모두 안휘성安徽省의 동성桐城 사람이었기 때문이다. 『남산집南山集』 사건이 발생하면서 대명세는 처형을 당했으므로[18] 객관적으로 보면 그의 문장은 널리 퍼지기도 어려웠고 동성파에 대한 영향력도 클 수가 없었다. 또 금기가 되었으므로 청대 사람들은 동성파의 근원을 소급할 때 대명세를 여기에 포함시키기를 바라지 않았다. 방종성方宗誠 등이 편한 『동성문록桐城文錄』에는 대명세를 방포의 뒤에 부기했는데 이것만으로도 상당한 용기가 있는 행동이었다. 대명세와 방포 두 사람의 문학관은 비슷하고 또 밀접한 관련이 있었으므로 최근에 동성파 문장을 연구하는 사람들은 이들을 함께 거론하는 경우가 많다.

동성파가 문학유파로서 확립된 것은 사실 요내로부터 비롯되었다. 요내가 쓴 「유해봉선생팔십수서劉海峰先生八十壽序」는 다른 사람의 입을 빌어 방포와 유대괴를 동성파 문장을 대표하는 사람으로 칭송했고 그러면서 겸사겸사 유대괴에게서 문학을 배웠던 과정을 추억하였는데 이는 분명 문학유파를 세우려는 의도를 드러낸 것이다. 동성파를 사숙했던 증국번은 이 의도를 짚어내 서술하면서 동성파의 중심적 위치에 요내가 있었다는 사실을 강조했다.

건륭 말기 동성의 요희전(요내) 선생은 고문사(古文辭)를 잘 썼다. 그는 향선생(鄕先生) 방망계(方望溪) 시랑(侍郎)이 쓴 글을 흠모했고 유대괴와 그의 백부인 편수(編修) 유군범(劉君范)에게 가르침을 받았다. 이 세 사람은

---

18 【역주】 대명세의 문집 『남산집(南山集)』에 남명의 영력제의 연호인 영력(永曆)을 써서 문제가 되었다. 1711년에 청을 부정하고 명의 부흥을 도모한 죄로 체포되어 1713년에 참수당했고 일족들이 몰살당했다. 『남산집』을 포함한 대명세의 모든 저서들은 소각되었다.

명망 있는 대단한 유자들이었으므로 요선생은 자신의 문장 기술을 더욱 정교하게 익힐 수 있었다. 역성(歷城)에 사는 주영년(周永年, 자 서창(書昌)) 이 이들을 두고 이렇게 말했다. "천하의 문장이 동성에 있도다!" 이 말이 있은 뒤에 배우는 사람들은 대거 동성에 몰렸고 '동성파'라고 하였다. 이는 예전에 사람들이 '강서시파(江西詩派)'로 이름을 붙였던 것과 같은 맥락이다.[19]

증국번은 요내를 너무나 추앙한 나머지 그를 고금 32성철聖哲 중 한 사람에 포함시켰다. 그러나 숫자를 비슷하게 맞추기 위해 요내를 한유, 유종원, 구양수, 증공과 병칭하지 않고 허신許慎, 정현鄭玄과 같은 등급에 두었는데 그야말로 요내의 경학적 성취를 지나치게 높게 본 것이었다.[20] 일반적인 견해는 방포, 유대괴, 요내 이 세 사람에 대해 "모두 당송팔대 가 문장의 규범을 충분히 계승하고 있으며 명대의 귀유광과 백중지세라 는 것"이었다. 하지만 이 세 사람에 대해 유학의 경우에는 "노자와 장자 의 한계를 충분히 보완하였고", 문장의 경우에는 "굴원과 송옥의 기이함 을 담고" 있었다고 한 것은 동성파에 속해 있던 사람들이 자기 문파를 높게 평가한 것에 불과하므로 믿을 만한 것이 못 된다.[21] 그런데 방동수 와 증국번 등의 사람들이 최선을 다해 이들을 추앙한 것은 동성파라는 유파의 건립, 나아가 '도통'과 대응되는 '문통'이라는 실체 없는 항목을 만들어내는 데 큰 역할을 했다. 삽시간에 천하의 문장이 모두 동성파를 떠받드는 형세가 된 것 같았다.

---

19 증국번(曾國藩), 『증문정공시문집(曾文正公詩文集)』 권1 「구양생문집서(歐陽生文集序)」.
20 증국번(曾國藩), 『증문정공전집(曾文正公全集)』 「성철화상기(聖哲畵像記)」 참조.
21 방종성(方宗誠), 「동성문록서(桐城文錄序)」; 방동수(方東樹), 「유제당시집서(劉悌堂詩 集序)」 참조.

나무가 크면 바람을 부르는 법이다. 동성파가 건립되자 수많은 날카롭고 혹독한 비판이 뒤따랐다. 그중에서 전대흔錢大昕의「친구에게 보내는 편지與友人書」에 나온 두 단락의 대목은 가장 핵심적인 문제를 짚은 것이다.

> 이른바 방포가 말한 '고문의법'이라는 것은 다만 세속에서 고문을 뽑은 선본을 가리키는 것으로, 두루 보고 규범을 강구한 것이 못 된다. 규범도 모르는데 무슨 의법이 있겠는가?

> 방포는 진실로 너무 책을 읽지 않는다. 내 형은 그의 파란만장한 문장과 글에 담긴 마음만 보고 옛 글에 가깝다고 좋아했지만, 내가 방포의 글을 보고 느낀 것은 이 글이 고문의 정신(神理)을 얻은 것이 아니라 고문의 찌꺼기라는 점이었다. 왕약림(王若霖)은 영고(靈皐, 방포)가 고문을 시문으로 삼고, 시문을 고문으로 삼는다고 말했는데, 방포는 평생 그 평가를 유감으로 생각했다. 왕약림은 방포의 고질병을 제대로 꿰뚫어본 자이다.[22]

전대흔은 방포의 문장이 파란만장하고 그 글에 담긴 마음이 한유, 구양수에 가깝고 세속의 평범한 문장에 비해 훨씬 잘 썼다는 점을 부정하지는 않았다. 다만 그는 방포가 책을 읽지 않는다는 점과 선본에만 의거해서 고문의 의법을 논한다는 점, 시문을 고문으로 간주한다는 점 등을 지적했는데 이것들은 동성파 전체를 향한 비판이라고 할 수 있었다. 만

---

22 전대흔(錢大昕),『잠연당문집(潛研堂文集)』卷33「벗에게 보내는 편지(與友人書)」.

약 이 비판의 배후에 한漢 · 송宋 논쟁이[23] 있다는 사실과 방포와 요내의 문장에 심한 이학理學적 기풍이 있다는 것을 다시 염두에 두면 이 비판은 기본적으로 이후 동성파 문장에 대한 비난까지 담고 있었다. 이 일련의 논쟁에서 핵심은 동성파와 시문의 관련성이었으므로 구체적으로 분석해야만 할 것이다.

청대 사람들은 시문에 대해 대부분 좋아하면서도 싫어했다. 가끔씩 팔고문을 비판한다고 해서 그렇게 고결하고 순수한 것도 아니었다. 비판을 하고 나서 그들은 곧바로 또 팔고문 연구에 고심을 할 수도 있었기 때문이다. 동성파 중에서 팔고문 명가가 많았지만 팔고문 명가조차도 팔고문에 대해 크게 비판할 때가 있었다. 예컨대 대명세는 "시문에 몰두하는 폐해는 분서갱유보다 심하다"고 했고, 방포도 "교화와 인재를 해치는 것으로는 과거 이상 가는 것이 없는데 팔고문은 이보다 더 심하다"라고 했다. 관동管同은 사람들에게 "시문을 잠시 그만두고" "실학實學에 마음을 두라"고 권했고 오덕선吳德旋은 고문은 "시문이 섞여서는 안 된다"라고[24] 명확하게 밝혔다. 이와는 반대로 동성파와는 아무런 관련도 없는 작가도 '문장의 경지境界'라는 측면에서 사인들이 시문을 빌려 공명을 구하는 것에 대해 변명하기도 했다. 예컨대 위희魏禧와 원매는 과거에 급제

---

23 【역주】원문은 "漢宋之爭"으로, 중국 학술사에서 해묵은 논쟁 중 하나이다. 처음에는 '경학'이라는 측면에서 지향점의 차이를 보였다. 한학은 경전의 '실사구시'적 고증을 중시했고 송학은 경전에 담겨진 '미언대의'를 고찰하는 데 주안점을 두었다. 한 · 송 논쟁이 명확하게 논쟁으로서의 성격을 띤 것은 청대 가경 연간 때부터였다. 강번(江藩)이 훈고와 고거에 힘쓰는 건가학파(乾嘉學派)를 지지하자 방동수(方東樹)는 이와 대척점에 놓인 정송이학(程宋理學)을 옹호하였다.

24 대명세(戴名世), 「증유언결서(贈劉言潔序)」; 방포(方苞), 「하경환유문서(何景桓遺文序)」; 관동(管同), 「아무개군에게 답하는 편지(答某君書)」, 오덕선(吳德旋)이 짓고 여황(呂璜)이 기록한 「초월루고문서론(初月樓古文緖論)」 참조.

해서 벼슬살이를 해보지 못한 사람은 산천의 형승과 큰 도읍의 분위기를 경험한 적이 없고 국내의 대단한 사람을 만나 서로 절차탁마하면서 견문을 넓힐 일이 없으므로 그들이 쓴 문장은 시야가 좁고 '촌스러운 티'가 난다고 했다. 왕부지는 대놓고 졸렬한 과거시험용 문장을, 벼슬살이를 하여 시야가 넓어진 이후에 썼고 정수를 담으면서도 심원한 뜻을 기탁한 수작들과 비교하면서 당시 사람들이 팔고문을 '높은 경지의 글을 쓰기 위한 입문의 방도'로 말하는 것을 인정했다.[25] 팔고문을 무시하지만 그러면서도 또 팔고문을 열심히 공부해야 한다는 이러한 당혹스러운 상황 때문에 청대 사람들은 시문을 논할 때 자기도 모르게 진심이 아닌 이야기나 모순된 이야기를 했던 것이다.

동성파가 비판을 받은 것은 그들이 시문에 공력을 들인다는 그 지점이 아니었다. 그것은 천하의 독서인이 가지는 일반적인 병폐, 혹은 "반드시 거쳐야 할 길"이었다. 문제는 이 '높은 경지의 글을 쓰기 위한 입문의 방도'를 진지하게 변호하면서 시문을 소홀히 해서는 안 되고, 시문이 후세에 널리 전해질 것이라고 역설했다는 점에 있었다. 소장형邵長蘅은 "명나라는 팔고문을 연구하는 선비들이 천백 세대에 걸쳐서 뚫어대고 좀먹어서 파괴되었다"고 했지만, 요내는 팔고문으로 관리를 뽑은 결과 "명나라가 그나마 오래 버티다 망했다"라고 했다.[26] '기강 유지'라는 입론과 함께 동성파 사람들은 시문도 "이치와 사건을 모두 다 쓸 수 있고", "이것

---

25 위희(魏禧), 「회시를 보러 가는 신성 황생을 전송하는 서문(送新城黃生會試序)」; 원매(袁枚), 「수재 보지에게 보내는 두 번째 편지(與俌之秀才第二書)」; 왕부지(王夫之), 「석당영일서론(夕堂永日緖論)」 외편(外編) 참조.
26 소장형(邵長蘅), 「시책 2(試策 二)」「인재(人才)」; 요내(姚鼐), 「전헌지에게 주는 서문(贈錢獻之序)」 참조.

또한 하나의 대단한 문장이다"라는 점을 더욱 강조하였다. 심지어 "한 시대의 문장을 부흥시키는 일이 여기에서 시작되지 않는다고 어떻게 장담할 수 있는가"라는[27] 말도 나왔다. 대명세와 방포, 요내의 문집에는 시문 선집과 원고본에 쓴 서문이 적지 않게 수록되어 있다. 비록 시문이 핵심이 아니고 중요하지 않은 기술이라고 말하면서 학문은 시문 밖에서 구해야 한다는 등 체면치레의 말들을 하긴 했지만, 실제로는 분명히 시문의 작법에 대해 매우 관심을 가졌고 또 잘 알고 있었다는 사실을 알 수 있다. 방포가 자기 형의 말을 인용한 것을 빌려오자면 "시문은 대단한 기술은 아니지만 일단 쓰게 되면 그 방법도 그렇게 만만한 것이 아닌 것"이다. 그래서 대명세와 방포, 요내 같은 사람들은 팔고문에 탐닉하는 사람들에 대해 대체로 옹호했으며 여러 차례 당순지와 귀유광을 예로 들어 시문이 고문과 통하며 또 그 가치도 오래가리라고[28] 설명했다.

그런데 동성파 사람들이 시문으로 자신의 글쓰기를 규정했다고 말한다면 억울할 수도 있다. 대명세는 「자정시문전집서自訂時文全集序」의 한 단락에서 이렇게 침통하게 말한 적이 있다. "아아, 나는 시문을 쓰는 무리가 아니다. 불행히도 집안이 가난해서 다른 공부를 하지 못해서 시문으로나 자신을 드러내 보인 것이다." 방포는 「유손오문고서劉巽五文稿序」에서 마찬가지로 자기가 "경서를 가르치는 것으로 생계를 유지했기" 때문에 "시문을 완전히 버리고 고문을 공부할 수" 없었다고 하면서 불편한 기색을 드러냈다. 시문에 능하면서 "시문으로 자신을 드러내는 것을" 달가워

---

27 방포(方苞), 「양천목문고서(楊千木文稿序)」; 대명세(戴名世), 「유명역조소제문선서(有明歷朝小題文選序)」; 요내(姚鼐), 「도산사서의서(陶山四書義序)」 참조.
28 방포(方苞), 「저례집문고서(儲禮執文稿序)」; 대명세(戴名世), 「장씨 이생에게 답하는 편지(答張氏二生書)」; 요내(姚鼐), 「도산사서의서(陶山四書義序)」 참조.

하지 않았던 대명세와 방포 두 사람은 모두 고문을 시문에 끌어들이는 것을 진리로 삼았다. 대명세는 진부한 서생들이 베끼는 것을 중시하고 금기를 중시하면서 "격언으로 글을 쓰는" "시문의 작법"을 매우 못마땅하게 여겼고 "고문의 작법으로 이를 해결해야 한다"고 힘껏 주장했다. 방포는 건륭 연간에 황제의 명을 받아 과거시험의 모범이 되는 『사서문선四書文選』을 엮었는데 의리와 학문을 중시했고 또 "주·진秦과 서한·당·송 대가의 고문"도[29] 강조했다.

시문의 문제는 눈만 있다면 모두 볼 수 있었다. 심지어 황제조차도 과거 응시생들이 이것을 '과거 합격의 방법'으로만 여기는 것은 바라지 않았다. 그래서 건륭제는 『흠정사서문欽定四書文』 외에 『어선당송문순御選唐宋文醇』도 펴내서 독서인의 시야를 좀 더 넓게 만들기를 바랐다. 팔고문과 시첩시試帖詩, 시첩부試帖賦만 알지 말고 "고문을 시문으로 삼을" 수 있도록 하는 것이 최선이라고 생각했던 것이다. 대명세와 방포가 시문을 개조한 것은 표면적으로는 팔고문을 존중하지 않은 것처럼 보이지만 실제로는 조정의 의도에 합치되는 것이었음을 알 수 있다.

조정에서 시문으로 인재를 뽑자 수많은 사람들이 고심하면서 공부했다. 재주가 높고 담대한 사람들은 규범 안에서 자신의 개성을 발휘할 수 있도록 노력했으므로 자주 경전과 역사서를 오갔고 진한 문장을 추종하였다. 시문의 고수들 중에는 고문에 조예가 깊은 사람들도 있었는데, "고문을 시문으로 삼은 것"이 성공의 비결이었기 때문에 이렇게 하자고 독려하지 않아도 이미 유행되어 있었다. 당순지와 모곤에서 대명세, 방포

---

29 대명세(戴名世), 「갑술방서서(甲戌房書序)」·「소학논선서(小學論選序)」; 방포(方苞), 「진사서문선표(進四書文選表)」 참조.

에 이르기까지 "고문을 통해 팔고문으로 들어갔기에 모두가 핵심을 짚은 논의"가 되었던 것이다. 한유, 유종원, 구양수, 소식은 시문을 쓰는 데 유용했다. 그런데 시문에서 한유와 유종원, 구양수, 소식 같은 인물을 배출할 수는 없었다. 이 점에 대해서는 관각 신료들도 명확하게 알고 있었다. 『사고전서총목四庫全書總目』에서는 『어선당송문순御選唐宋文醇』을 언급하면서 다음과 같이 통찰력 있게 서술했다.

　　그런데 팔고문을 논하면서 고문으로 소급해 들어가는 것은 팔고문의 정통이다. 그런데 고문을 논하면서 팔고문에 대해 이야기하면 그것은 고문의 정통이 아니다. 이것은 과거시험장에서 책(策)과 논(論)을 쓸 때 경사(經史)에 바탕을 두는 것을 수준 높게 보기 때문이며 문장을 주관하는 사람들 역시 경사를 바탕에 두는가의 여부를 보고 순위를 정하기 때문이다. 경학과 역사를 논하면서 그것을 책과 논을 쓸 재료로만 생각한다면 그것은 경학이라고도, 사학이라고도 할 수 없다.

여기에는 마땅히 "그런 글은 문학이라고 할 수 없다"는 구절을 덧붙여야 할 것이다. 저흔儲欣은 모곤이 "과거시험에 편하도록" 문장을 선별한다고 비웃었고, 관각의 신하들은 둘 다 "오십 보 백 보"라고 했다. 그런데 방포는 『고문약선서례古文約選序例』를 대신 찬술하면서 여전히 이것이 "과거시험을 치는 글로 유용하며 논과 책에 대한 설명이 상당이 많다"고 강조했다. 어쩌면 이것은 숙명인지도 모른다. 시문의 병폐를 해결하기 위해 고른 '고문'이라면 암묵적으로 '시문'과 부합하는 부분이 있을 수밖에 없고 또 그래야만 '유용'하다. 하지만 "과거 공부에 편리할"

수 있는 고문은 이미 진한 문장이라는 본래적 모습을 가지고 있지 않다. 이렇게 시문의 관점에서 고문을 읽다보니 실제로는 고문의 '시문화'를 만들어버렸다. 가장 전형적인 사례가 바로 『당송팔대가문초』류의 선본이 유행한 것이었다. 한유, 유종원, 구양수, 소식이 가지고 있는 개성적인 면은 문장을 선별한 사람이 정성들여 배열하다 보니 정말 공통된 '의법'을 따르고 있는 것처럼 보였는데, 또 이 '의법'은 시문과도 상통하는 것이었다. 지름길을 원하고 실용성을 중시하는 과거 응시생에게 이른바 '고문'은 바로 모곤과 방포가 만든 '선본'이었다.

당시 사람들이 '세속화된 선본'을 고문으로 인식했기 때문에 여전히 "낡은 관습에 갇혀 있었다"라고 비판하는 점은 이해하기 어렵지 않다.[30] 그런데 방포는 분명히 학문이 박식했는데 전대흔은 어째서 그에 대해 "책을 읽지 않는다"고 매도했던 것일까? 이 문제에 대한 왕정진汪廷珍의 설명은 이랬다. "정교하지 않은 것을 말한 것이지 공부의 범위가 넓지 않은 것을 말한 것이 아니다."[31] 그런데 이 말은 상당히 의심스럽다. 어쩌면 그 전에 만사동萬斯同이 독서에 대해 논했던 다음 단락의 말을 빌려오면 이 문제에 대해 훨씬 더 잘 설명할 수 있을지도 모른다.

당송 팔가는 반드시 읽어야 한다. 그런데 팔가 이외의 문집은 어찌 읽지 않아도 되겠는가? (…중략…) 글을 쓰면서 팔가의 규범만 따르고 팔가 이외에 어떤 사람이 있는지를 알지 못한다면 공부하지 않는 사람들이 볼

---

30 章學誠, 「淸漳書院留別條訓」, 『章學誠遺書·佚篇』, 文物出版社, 1985.
31 왕정진(汪廷珍), 『실사구시재유고(實事求是齋遺稿)』 卷4 「완정보 선생에게 답하는 편지(復阮定甫先生書)」.

때는 저 사람들이 확실히 책을 읽은 것 같겠지만, 학문에 능한 군자가 볼 때는 책을 읽지 않은 사람들과 무슨 차이가 있겠는가?[32]

이렇게 보면 문제는 독서의 정밀함 여부나 지식의 범위가 아니었다. 과거시험이라는 굴레와 팔대가의 전형적인 패턴에서 빠져나오지 못하는 한 독립적인 사상과 학식을 말할 수는 없을 것이다. 그리고 이렇게 독립적인 사상과 학식이 없다면 "독서를 하지 않은 사람들과 무슨 차이가 있겠는가?" 청대 사람들에게 "독서하지 않는 것"은 매우 뼈아픈 지적이었다. 마음이 틀에 박혀서 독립적이지 않다는 측면에서 보게 되면 이 지적의 의미를 제대로 이해할 수 있다.

세속의 선본을 보면 취미가 당송 팔가에 갇히게 되므로 당연히 시야가 좁아진다. 시문에 통하는 '의법'으로 고문을 읽고 고문을 쓰는 이상 동성파 문장은 팔고문과 천만 갈래로 연결되어 있을 수밖에 없었다. 조정에서는 팔고문을 통해 인재를 뽑았고 학문이든 글이든 모두 격식과 규범이 있어서 솔직하게 말하면 도덕적으로는 정자와 주자를 중심에 두어야 했고 문장이라면 순정醇正하도록 해야 했다. 조정에서 인재를 뽑는 이상 주류의 의식 형태를 공고하게 하는 것을 최우선 순위에 두는 것은 전혀 이상한 일이 아니다. 흥미로운 것은 강희제康熙帝, 옹정제雍正帝, 건륭제乾隆帝 세 사람이 모두 "문체를 교정訓正文體"함으로써 "질박하고 순정한 글清眞雅正"을 제창했다는 점인데 이들은 유가의 문장이 교화와 관련이 있다는 주장을 믿었으므로 '부화한 문장'과 '심오하고 난해한 단어'와 '허황된 담

---

32 만사동(萬斯同), 『석원문집(石園文集)』 卷7 「전한신에게 보내는 편지(與錢漢臣書)」.

론'을 최대한 경계했던 것이다. 표면적인 이유는 '유용함'을 취한다는 것이었지만 심층적으로 생각해보면 "방탕함을 막는 데 가장 효과가 있었기 때문"이었다.[33] 선발된 인재들이 지나치게 독립적인 의식이나 자유분방한 재기를 갖지 않기를 바랐으므로 팔고문의 핵심은 표현과 논리가 순정하고 바르며 해박한 것이었다. 그래서 동성파 문장이 내재된 정신으로 봤을 때 팔고문과 상통한다는 언급은 바로 이 점을 짚은 것이었다.

동성파 사람들이 추구했던 것은 문장을 통해 도를 구한다는, '문도합일文道合一'이었다. 학문의 세 가지 영역 중에서 '고거考據'는 동성파가 잘하는 영역이 아니었으므로, '의리義理'와 '사장辭章'의 통일이 이들의 지향점이 되었다. 방포는 유종원에 대해 "도를 언급하는 부분은 모두 깊이가 없고 지리하다"고 하고 귀유광의 글에 "조리는 있지만" "구체적인 내용이 있지" 않다고 하는 등 부정적인 평가를 많이 했다.[34] 여기에서 그가 자기의 문장에 '의리'가 있다고 자부하는 모습을 볼 수 있다. 동성파 문장가들은 대부분 "문장에 조리가 있는 것" 정도에 만족하지 않았고 진정한 의미에서 '문이재도文以載道'하기를 희망했다. '한학漢學'이 자질구레하고 잡다해서 도道에 도움이 안 된다고 극력 비판한 것도 표면적으로는 '의리'를 중시하고 '고거'를 중시하지 않아서 그런 것 같았지만 실제로는 "한결같이 정자와 주자의 법을 따르"려고 하였기 때문이었다. '쓸데 없는 학문'이라고 매도하고 "도에 어긋난다"고 비판하면서 황종희와 안원顏元, 대진戴震 등을 가상의 적으로 삼았던 것은 결코 단순히

---

33 강희제(康熙帝), 「훈칙사자문(訓飭士子文)」; 옹정제(雍正帝), 「유이정문체(諭釐正文體)」; 건륭제(乾隆帝), 「훈정문체유(訓正文體諭)」 참조.
34 『방포집(方苞集)』 卷5 「서유문후(書柳文後)」・「서귀진천문집후(書歸震川文集後)」.

학파들 간의 논쟁이라고 볼 수 없었다.[35] 송명 이학은 나름의 가치를 지니고 있고 청대에 있었던 한송 논쟁도 간단하게 설명할 수 없다. 다만 동성파 사람들이 '의리'를 중시하기는 했지만 그 바탕은 매우 얄팍했으며 그저 도를 지키겠다는 끝없는 열정만 있었을 뿐이라는 것이 문제였다. 더 문제는 이렇게 이학理學의 어록語錄을 '도道'로 오해하면서 지키려고 했으며 다른 사람들에게 '딴 생각'을 불허하는 독단적인 마음으로 "정자 및 주자와 이름을 다투려고 하는" 사람들에게 모두 "죽거나 대가 끊기라"고 저주하는 데까지 나아간 것이다. 이것은 정말 "식견은 얼마나 비루하며 품성은 또 얼마나 비루한가"라고 할 수 있었다.[36] 정자와 주자만을 높이면서 낮은 식견으로 확고한 태도를 취했는데, 이것은 역설적으로 팔고문으로 인재를 뽑는다는 요건에 잘 들어맞았다.

동성파 성립의 바탕에 있는 것이 방포의 '의법'이다. 후학 중에는 비록 이것이 좀 고지식하다고 생각해서 음절과 신운神韻으로 이 문제를 보완하려고 하는 사람들이 있었지만 큰 줄기와는 관련이 없었다. '의법'이라는 것은 원래 사마천이 말한 것이며 『역易』에서 "구체적인 내용이 있고 조리가 있다"고 한 구절까지 거슬러 올라갈 수 있다. 구체적인 근거 사례가 방포가 과친왕果親王과 건륭황제를 위해 엮은 두 책의 고문선과 시문선이다. 『고문약선』을 엮을 때 강조점은 "과거시험에 유용한 문장"이라는 점이었고 『사서문선』을 올릴 때에는 최대한 삼대三代의 문장

---

35 『석포헌문집후집(惜抱軒文集後集)』 권10 「안경부중수유학기(安慶府重修儒學記)」; 방포(方苞), 『방포집(方苞集)』 권6 「다시 유졸수에게 보내는 편지(再與劉拙修書)」; 방동수(方東樹), 「한학상태서(漢學商兌序)」.

36 『방포집(方苞集)』 卷6 「이강주에게 보내는 편지(與李剛主書)」; 『석포헌문집(惜抱軒文集)』 卷6 「다시 간재에게 답하는 편지(再復簡齋書)」; 周作人, 「談方姚文」, 『秉燭談』, 上海北新書局, 1940.

을 선정하여 진한秦漢 문장을 추종하려고 애썼다. 방포가 자신의 '의법'을 빌어 고문과 시문을 연결하려는 의도를 여기에서 볼 수 있다. 육경은 비록 고문의 바탕이 되었지만 쉽게 배울 수 없고 잘 배우지 못하면 '위체僞體'가 되어버렸다. 그러니 이보다는 서한과 동한, 당·송 문장 중에서 '의법'이 잘 드러난 글을 골라서 모방할 대상으로 삼는 것이 훨씬 더 나아보였다. 한유와 유종원을 통해 위로는 『좌전』과 『사기』를 보고, 『좌전』과 『사기』를 통해 육경으로 들어간다. 고문을 핵심적으로 선정하는 과정에서는 "타고난 자질이 뛰어난" 사람의 글은 수록하지 않았고 "기이하고 고고한" 사람의 글도 수록하지 않았다. 대거 수록한 한유, 유종원, 구양수, 소식의 글조차도 "의법으로 보면 문제가 많기" 때문에 "그 글의 결점을 대략 지적할 수 있을" 정도였다. 이렇게 닿을 수 없을 정도로 높은 '의법'은 사실 전혀 신비스럽지 않다. 「진사서문선표進四書文選表」에서 방포는 그 대략적인 내용을 "청진고아하되 말에는 모두 구체적인 내용이 있다"로 요약하였다. "말에는 모두 구체적인 내용이 있다"는 것은 언제나 하는 상투적인 말이었고 "청진고아"는 황제의 "문체 교정"의 취지에 매우 부합한다는 것이었다. 이른바 "청진한 문장이란 그 논리가 '옳을' 뿐이다", "고아한 문장이란 그 표현이 '옳을' 뿐이다."라는 것은 대체로 '의법'의 현묘함을 말한 것이다. 그러나 "중간 정도의 수준을 가진 사람"에게는 "적절한 구절과 문장, 선명한 논리"라는 구호가 오히려 더 잘 이해되는 말이었다. 동성파 고문에도 나름의 변화가 있었지만 대체로 '규범'을 지나치게 중시했다. 때문에 자유분방한 기운은 결여되어 있었다. 이렇게 "적절한 구절과 문장, 선명한 논리"를 가진 동성파 문장은 권점을 찍을 수 있는 대목은 많고 많았지만 엄청난 진정성과 격정이 있는 부분은 부족했다. 이것은 동성파를 만든 사람들이 표방한 것이 고문과 시문을 서로 이어주는 '의법'이었다는 점과도 큰 관련을 맺고 있다.

팔고문은 명대와 청대에 유행한 문체였으며 또 독서인이 출세하려고 할 때 "반드시 거쳐야 할 길"이었으므로 동시대의 고문 글쓰기에 미친 영향은 말하지 않아도 알 수 있을 것이다. 후대 사람들이 동성파와 시문의 관계에 대해 상당히 예민하게 반응한 것은 동성파가 아니라면 시문에 영향을 받지 않아서가 아니었다. 동성파에서 정자와 주자만 높이고 의법을 중시하며 선본에 수록된 '한유, 유종원, 구양수, 소식'을 널리 파급시켜 "시문을 고문으로 인식"하는 것이 괜찮을 뿐만 아니라 "합리적"으로 보이게 했기 때문이다. 청대의 장상남은 동성파가 당송 팔가와 시문이 결탁하여 만들어진 산물이라고 했으며 저우쭤런은 팔대가의 고문이 팔고문의 선조라고 구체적으로 지적했다.[37] 이러한 서술은 매우 핵심을 짚었다고 할 수 있다. 다만 황제가 문체를 교정하려고 한 진의와 선본의 문화적 역할을 잊어서는 안 될 것이다. 저자는 이 둘을 통해 팔대가가 특별한 인기를 얻었고 동성파도 이로써 문단에서 독보적인 위상을 차지하게 되었다고 생각하는 입장이다.

---

37 장상남(蔣湘南), 『유예록(遊藝錄)』 권하 「요즘 사람들의 고문을 논함(論近人古文)」; 周作人, 『周作人回憶錄』, 湖南人民出版社, 1982, p.638; 舒蕪, 『周作人的是非功過』, 人民文學出版社, 1993, pp.213~227 참조.

3. 동성파桐城派 문장

당시 사람들이 동성파 문장에 대해 그렇게 혹독하게 비판했음에도 불구하고 동성파가 청대에서 가장 큰 문예 유파라는 것을 부정하는 사람은 없다. 문예 유파가 일단 만들어지면 세상을 흔들어 허명을 얻기도 쉽지만 수많은 비판도 불러일으킨다. 그래서 유파를 세운 사람은 당당하지만 추종자들은 진퇴유곡의 상황에 처한다. 곧 이들은 문파의 지향성이 자신의 개성을 완전히 가려 버릴까봐 두려운 것이다. 동성파의 주요 구성원이었던 오민수吳敏樹는 '문예 유파'라는 설에 반박했고, 동성파의 기치를 들고 천하를 호령했던 린수林紓조차도 "정말 동성파라는 것이 있겠는가?"라고[38] 공언했다. 사실 동성파의 존재는 동성파의 문장에 한 가지 스타일만 있다는 것을 의미하는 것이 아니다. 동성파라는 깃발 아래 모였던 수많은 작가들은 여전히 자신의 개성을 가지고 있었다. 더구나 200년 사이에 문파 또한 각 시대의 분위기에 영향을 받다보니 풍격이 많이 달라졌다.

문장의 풍격이라는 측면에서 논한다면 동성파의 세 종주는 방포, 유대괴, 요내이다. 요내 문하의 4대 제자는 매증량梅曾亮, 관동, 방동수, 요영姚瑩으로, 동성파의 형성과 확장에 큰 공헌을 했다. 동성파 사람들이 추구했던 것은 '청진하고 아정함'으로, 기발한 한유의 문장을 버리고 평이한 구양수와 귀유광의 문장을 선택한 것이었는데 시대가 흐를수록 기운이 약해져서 난삽하고 군색하다는 비판을 면할 수 없었다. 상향湘鄉의

---

38 오민수(吳敏樹), 「문파에 대해 소잠에게 보내는 편지(與筱岑論文派書)」; 劉大櫆 · 吳德旋 · 林紓, 「述旨」, 『論文偶記 · 初月樓古文緖論 · 春覺齋論文』, 人民文學出版社, 1959.

증국번은 요내를 사숙하여 그의 간결하고 우아함을 받아들이고 한부漢賦의 기운을 가져와서 동성파의 옹색한 병폐를 없애야 한다고 생각했다. 증국번의 문하에도 4대 제자가 있는데 장유쇠張裕釗, 설복성薛福成, 여서창黎庶昌, 오여륜吳汝綸은 모두 일도 잘 했고 글도 잘 썼다. 이른바 "천하의 문장은 증국번의 막하에 있다"는 주장은 증국번이 나타나면서부터 '상향파湘鄉派 문장'이 '동성파 문장'을 대체했다는 것을 암시하고 있다. 그 전에도 '양호파陽湖派 고문'이 있었는데 간접적으로 유대괴에게 영향을 받았을 뿐 동성파의 문호 안에 한정되지는 않았다. "견문이 넓고 잡다하며 자유분방한 것을 좋아했다"라는[39] 그들의 기조를 장타이옌은 마땅치 않게 여겼지만 그래도 나름 독특한 면모를 가지고 있었기에 가치가 없지는 않다.

동성파가 성립되자 세 종주인 방포, 유대괴, 요내를 비교하는 것은 흥미로운 화제거리가 되었다. 일반적으로 보면 방포는 학식에 깊이가 있어서 문장을 논할 때 의법을 중시했다. 유대괴는 재능이 뛰어났으므로 문장을 논할 때 품조品藻에 무게를 두었고 요내는 재능과 학식을 구비한 데다 식견이 높았으므로 의리義理, 사장辭章, 고거考據의 합일을 주장했다. 마찬가지로 동성파의 세 종주에 대해 인정한다고 하더라도 개인의 개성과 취미, 전승 등의 관계에 따라 찬양하기도 하고 폄하를 하기도 했다. 예컨대 방동수는 요내에게 배웠으므로 자연스럽게 "이 세 사람 중에서 요내에 대해 이야기하기를 가장 좋아했고" 그래서 방포의 문장이 지나치게 조심스럽고 스케일이 넓지 못한 점에 대해 약간의 비판을 내비쳤

---

39 『章太炎全集』第3卷, 上海人民出版社, 1985, p.121.

다. 오민수는 요내가 기치를 들고 학파를 세운 것을 멸시했으므로 "논리와 규범에 깊이가 있으면서도 표현이 부족한 경우도 가끔 있는" 방포의 문장을 오히려 좋게 평가했다. 오여륜은 당시 시국이 안정되지 못하고 문단은 자유분방하게 가던 추세를 정조준하여 학식은 빼어나되 재주는 드러내지 않는 '순후醇厚'함을 다시 제창했고 그런 이유에서 분명하게 방포를 띄우고 유대괴를 폄하하였다.[40] 이러한 포폄은 아주 적절했다고 볼 수는 없지만 대체로는 이 세 사람의 차이를 잘 설명하고 있다.

방포는 동성파의 창시자였고 그의 '의법' 설은 동성파 전체의 바탕이 되었다. '의법'에 대해 가장 잘 설명하고 있는 것이 「또 「화식전」 뒤에 씀又書「貨殖傳」後」이다.

『춘추』에서 의법을 만든 것은 태사공 사마천으로부터 비롯된 것이다. 그 이후에 문장에 조예가 있는 사람들도 의법을 가지게 되었다. '의'는 『역』에서 말한 "말에는 구체적인 내용이 있어야 한다"는 것이고, '법'은 『역』에서 말한 "말에는 조리가 있어야 한다"는 것이다. '의'가 날줄이라면 '법'은 씨줄이 된다. 그런 다음에야 온전한 형태를 갖춘 문장이 되는 것이다.

'의'는 사리事理와 우의寓意를 담고 있으며 포폄과 평가를 담고 있다. 지금까지 문장을 논한 사람들 중에서 이것을 도외시한 사람은 거의 없다. 논란을 일으키기 쉬운 것은 바로 "말에는 조리가 있어야 한다"는 문

---

40 방동수(方東樹), 「서석포선생묘지후(書惜抱先生墓志後)」·「서망계선생집후(書望溪先生集後)」; 오민수(吳敏樹), 「문파에 대해 소잠에게 보내는 편지(與筱岑論文派書)」; 오여륜(吳汝綸), 「방포와 유대괴 두 사람의 문집에 대해 양백형에게 보내는 편지(與楊伯衡論方劉二集書)」.

장의 규범이다. 방포는 기사문을 특히 중시했기 때문에 "의법을 가장 정교하게 구현한 것은 『좌전』과 『사기』이다"라는 점을 강조했다. "가장 정교하게 구현한다"고 말했던 것은 "문장의 변화가 적절하되 한 가지가 아니기"[41] 때문이었다. 한유의 문장 규범은 치밀하고 엄격했기 때문에 모방할 가치가 있었다. 또 사마천의 문장은 일정한 규범이 없이 신출귀몰했기 때문에 사람들이 더욱 선망하는 바가 되었다. 이렇게 '의법'을 중시하면서 동시에 늘 적용해야 할 방식常法과 가끔씩 써야 하는 방식變法, 진부한 방식死法과 참신한 방식活法을 겸할 수 있는 것이 자연스럽게 일반론이 되었고 누구도 여기에 반대할 수 없었다. 그러나 실천할 수 있는 구체적인 문장의 맥락으로 볼 때 주안점은 반드시 있어야 했다. 명말의 문체는 잡다하고 어지러워서 때로는 장황하고 번다했으며 때로는 자유분방하면서 괴이하고 때로는 제멋대로였고 경박해서 청대로 들어오면 수많은 비판에 직면했다. 방포는 편향성과 폐단을 없애기 위해 '의법'을 강구했지만 사실 '늘 적용해야 할 방식'에 주안점을 둘 수밖에 없었고 결국 재기를 억누르고 '티 없는 맑음'만을 지향하게 되었다. 이러한 점은 그가 유종원과 귀유광을 비판할 때 더욱 선명하게 드러난다. 이 두 사람은 모두 방포가 매우 추앙했던 고문 대가였으나 그럼에도 여전히 "표현이 장황하고 정제되지 않았고 구절은 경박하고 유치하며" "속되고 번다한 문제가 있다"는 비판을 받았으니 나머지는 상상하고도 남음이 있다. 후대 사람들은 방포의 글이 기운이 고고하다고 높이 평가했지만 어떤 사람들은 그의 재능이 약했기 때문에 순정하되 자유분방

---

41 방포(方苞), 「고문약선서례(古文約選序例)」·「서오대사안중회전후(書五代史安重誨傳後)」.

할 수 없었다고 비웃었다. 이 둘은 모두 방포가 장황한 표현을 억제하고 아결雅潔함을 추구했던 것과 관련이 있는 언급이다.

　방포의 문장은 진정성이 있었고 또 대체로 문장의 구성이 완정해서 전아하고 짜임새가 좋다는 평가를 받았다. 「옥중잡기獄中雜記」는 옥사의 폐해에 대한 내용이 전편을 이끌고 있는데, 내용은 다양하지만 어지럽지 않고 단편적인 내용이 연결되어 있지만 조리가 있다. 또 단호함 속에서도 비애와 연민을 볼 수 있어서 방포의 문장 풍격을 잘 보여주는 글이다. 그러나 내가 보기에 망계 선생(방포)이 가장 자부할 부분은 오히려 인물 묘사이다. 「손이녕에게 보내는 편지與孫以寧書」에서 방포는 인물을 묘사할 때는 핵심적인 것만 중점적으로 기술하는 것도 중요하지만 "글에 제시한 사건은 반드시 그 사람의 풍모와 부합해야 한다"는 점이 더 중요하다고 강조했다. 이러한 의법의 취사선택은 인물 전기에서 다채로운 양상을 빚어내는데, 예컨대 「진어허묘지명陳馭虛墓志銘」에서 일화를 기록한 것과 「손정군전孫征君傳」에서 큰 절개를 부각시킨 것은 모두 심혈을 기울인 부분이며 매우 적절한 선택이었다. 기이한 인물을 묘사하고 일화를 서술할 때에는 반드시 구체성에 중점을 두고 잘 부각시켜야 한다. 「여석민애사余石民哀辭」는 죽기 며칠 전에 송대 유학자의 편지를 구매하여 단정하게 앉아 보는 장면이 나오고 「전간선생묘표田間先生墓表」에는 사람들 앞에서 어사御史에게 오줌을 누는 장면이 있는데 (비록 매우 잘썼지만) 그래도 전기에서는 '변주'와 '수식'에 불과하다. 「좌충의공일사左忠毅公逸事」에서 가장 감동적인 부분은 목숨이 경각에 달린 좌광두左光斗가 자신을 조문하러 감옥으로 찾아온 사가법史可法에게 화를 내며 꾸짖는 장면이다. 이 장면 묘사는 "소리로 들리는 듯하고 상황도 마치 보이는 듯"했는데 이것은 소설의 작법과 다를 바 없다. 하지만 작자는 결말 부분에서 "옥중에서 한 말"의 내력을 보충했고 또 서술에서 지나치게 팽팽한 긴장을 만들어낸 것으로 아니었으므로 "소설가의 표현"과는 그래도 다소 거리를 확보한 셈이다. 그런데 이 지점에서 생동감 있게 인물 묘사를 하려고 할 때 조금만 조심하지 않으면 "전기傳奇적 색채"를 띠기 십상이라는 사실을 알 수 있다. 고문과 소설의 거리는 동성파 사람들이 생각했던 것만큼 그렇게 먼 것은 아니었다.

방포의 '의법'이 구체적인 내용과 글의 조리를 모두 겸하고 있었던 데 비해 유대괴는 '문장의 효과'에 더 관심이 있었다. 「논문우기論文偶記」에서는 사람들이 늘상 말하는 "의리義理, 서권書卷, 경제經濟" 등을 간략하게 언급한 다음 거장이 글을 다루는 솜씨에 대해 서술을 집중시켰다. 문장을 쓸 때는 기이함奇이 중요하고 고아함高이 중요하며 간결함簡이 중요하다는 등의 내용은 비록 견식은 있지만 어쨌든 진부한 말이다. 유대괴의 특이점은 문장에서 음절音節과 신기神氣를 부각시켰다는 점이다.

글쓰기의 길이와 전개의 방식에는 일정한 규범이 없고 일정한 묘함만 있을 뿐이니 마음 속으로 깨달을 수는 있지만 말로 전할 수는 없다. 배우는 자들이 음절에서 신기를 얻고 자구 배치를 통해 음절을 얻는다면 반 이상은 한 셈이다.

당송 문장을 따라 하든 진한 문장을 추중하든 모두 어디에서 시작하느냐 하는 문제가 있다. "여러 차례 읽어 잘 이해하는 것"이 중요하다거나 "음절과 신기"가 중요하다고 말하면, 특히 "자구의 배치"를 잘 하는 것이 중요하다고 이야기한다면 일반인들은 아마 "비본질적인 사항이라고 비웃을 것"이다. 그러나 이것은 실제로 '정신'이나 '법도'에 대해 고담준론을 하는 것보다 훨씬 더 낫다. 문장의 가장 핵심이 신기에 있기는 하지만 신기는 보이지 않는다. 자구를 통해 음절을 구하고 음절을 통해 신기를 구하려고 하지 않는다면 옛것을 배운다는 것도 공허한 말이 되어버리고 말 것이다. 유대괴의 문장은 기세는 자유분방하고 재주는 뛰어나며 변화가 있으면서도 스케일이 넓어서 장자와 『이소』, 『좌전』, 『사기』, 한유, 유종원, 구양수, 소식을 모두 집대성한 것이었다. 이러한 면모는 그가 스승으로 모셨던 방포의 간결하고 우아한雅潔 문장과는 완전히 딴판이다. 이것은 그가 평생 동안 뛰어난 재주에도 불구하고 때를 만나지 못했기 때문에 비분강개하고 우울했다는 것과 관련이 깊다. 「마상령시집서馬湘靈詩集序」에서 "마상령은 술에 취하면 벌컥 화를 냈다"는 구절에서 작자는 "흘러내리는 눈물을 금할 수 없었다"고 했는데 이 부분은 전혀 '온유돈후'하지 않다. 「오전린에게 보내는 답장答吳殿麟書」에서는 예로부터 재주 있는 사람들은 혹독한 불운을 겪어서 "자신의 장점을 드러낼 수 없다"는 분노를 드러냈는데 글에 짝수구와 홀수구를 잘 배합하고 선연하게 들릴 것 같은 음조와 화려한 표현을 통해 재주와 기세를 자유롭게 펼쳐내었던 것이다. 「장복재전張復齋傳」, 「초염전樵髥傳」, 「장대가행락章大家行略」 등에서도 한두 가지 구체적인 장면으로 인물을 그려냈는데 살아있는 것처럼 생동감이 넘친다. 이것이 동성파의 비장의 솜씨이며, 그들이 『사기』를 배워서 제대로 활용한 부분이다.

동성파 건립에 가장 큰 공을 세운 사람이 요내이다. 근원을 소급해 문통文統을 확립하고 강학을 통해 문호門戶를 설립했다는 점에서 요내는 동성파의 집대성자로 손색이 없다. 그는 의리, 고증, 문장 이 세 가지를 겸하면서 동시에 서로 보완했고, 굳건한 문장과 부드러운 문장으로 풍격을 분류하여 "신리神理, 기미氣味, 격률格律, 성색聲色"이라는 여덟 글자의 구호를 제시하였다. 이는 모두 방포와 유대괴를 계승하여 더 발전시킨 것으로, 동성파의 문장론은 여기에 이르러 체계를 갖추게 되었다.[42] 그리고 『고문사유찬』은 체계가 엄정하고 문장 선별이 적절하였으며 위로는 진한 문장, 아래로는 방포와 유대괴까지 이르렀으므로 고문을 배우는 가장 훌륭한 입문서였을 뿐만 아니라 동성파를 홍보하는 최고의 수단이 되었다. 요내 자신의 문장은 의리를 논하지만 새로운 주장이 없다는 점에서 경서에 조예가 깊었던 방포보다 못했고 기세가 있었던 유대괴보다도 못했다. 제자들은 기를 쓰고 요내가 "경문과 주석을 잘 설명했고", "의리를 잘 드러냈다"고 강조했지만[43] 이것은 사실 문호의 협소한 시각에 따른 것으로, 자기 스승이 바랐던 것을 성취한 것으로 잘못 판단한 것이었다. '의리'도 참신하지 않고 '고증'도 요내가 잘하는 부분이 아니었다. 문집에서 군현을 고증하고 주서周書를 변증한 글들은 조리가 선명하고 문장이 유창하다는 점 정도가 좋을 뿐 전문적인 한학자의 눈에 들만한 수준에 오르지 못했다. 사실 요내도 이 세 가지를 겸하여 고문 논쟁에서의 입지를 확보하고 또 '의리'와 '고증'이라는 방법을 빌려 문장을 개선하려고 했을 뿐이다. '문장'이라는 측면에서 요내의 고증을 평가해야만 그의 '정밀한 성취'와 '탁견'을 이해할 수 있다. 요내의 제자들은 방포

---

42 요내(姚鼐), 「술암문초서(述庵文鈔序)」·「노혈비에게 답하는 편지(復魯絜非書)」·「고
문사유찬서(古文辭類纂序)」 참조.
43 관동(管同), 「공제요희전선생문(公祭姚姬傳先生文)」; 진용광(陳用光), 「요선생행장(姚
先生行狀)」 참조.

와 유대괴의 재능과 학문에는 각각 치우친 면이 있지만 요내는 문장과 이치를 겸비했다는 식으로 말했다. 이런 찬양은 무의식 중에 요내 문장의 취약점을 드러냈다. 어쩌면 너무나 집대성하고 싶어했기 때문에 "누군가의 장점을 보면 모두 넣고 싶어서"[44] 자신만의 개성은 오히려 희미해졌는지도 모른다. 총체적으로 보면 요내의 인물 묘사와 여행기, 학문을 논한 글은 평담하고 자연스러우며 간결하고 정밀하여 굳센 풍격 대신 부드러운 풍격을 취했다고 할 수 있다. 비록 그의 「해우시초서海愚詩鈔序」에서는 "굳세고 힘찬 문장"을 더 추숭했지만 말이다.

웅건한 재주라고 할 수 있을 정도로 탁월한 문장은 재능으로만 이루어지는 것이 아니다. 처한 상황과 지위도 영향을 미친다. 증국번은 귀유광의 문장을 매우 좋아했는데 수식에 힘쓰지 않고 세상의 세태를 잘 보여주기 때문이었다. 증국번이 유일하게 유감을 표한 부분은 "견문이 넓지 못해서 폭넓게 말할 줄"[45] 모른다는 점이었다. 증국번은 물론 이것이 능력이나 지향과 관련된 문제가 아니라 그가 "일찍 높은 위치에 오르지" 못했기 때문이라는 것을 알고 있었다. 만약 귀유광과 요내가 웅건하고 기이한雄奇한 기세와 군건한 문장에 마음을 다해 전력했다면 오히려 사람들이 좋아하지 않았을 것이다. 부드러운 것을 강하고 웅건하게 만드는 '대문장'은 "문치文治와 무공武功"으로 중흥을 이룬 대장군 증국번이 완성하였다. 증국번은 학문을 논하면서 요내의 의리, 사장, 고거에 '경제지학經濟之學'을 추가하였고, 문장을 논할 때는 『사기』와 『한서』,

---

44 야오융푸(姚永樸)의『문학연구법(文學硏究法)』에서 인용한 왕명성(王鳴盛)의 말. pp.188~189 참조.
45 증국번(曾國藩), 「귀진천의 문집 뒤에 쓰다(書歸震川文集後)」.

한유와 유종원에 장자와 「이소」, 한대의 부를 보충하였다. 그럼으로서
자신의 기백이 비범하여 동성파의 평범한 서생이 비할 바가 아님을 드
러낸 것이다. 증국번이 비록 자신이 대략이나마 고문을 이해하게 된 것
은 요내의 가르침을 받아서라고 했지만 그의 문장에 나타난 기세는 실
로 요내가 도달할 수 있는 스케일이 아니다. 오여륜과 설복성薛福成은 모
두 동성파 말류는 재기가 박약하여 평이하기는 하지만 기발하지는 못
했는데 증국번이 등장한 다음에야 이 문제가 해결되었다고 했다.[46] 설
복성의 서술은 특히 매우 탁월하다.

> 문정(文正, 증국번)이라는 일대의 위인이 이학(理學)과 경제를 문장으
> 로 드러내었는데 경험에서 우러난 절실한 내용은 여러 선생들보다 훨씬
> 더 낫다. 일찍이 동성파에서 의법을 배워 준결(峻潔)한 수준에 이르렀다.
> 평소 문장을 논할 때에는 언제나 육경과 양한으로 근원을 소급해 들어갔
> 으며 그가 선정한 『경사백가잡초』는 선정 범위가 매우 넓고 『문선』은
> 100여 수나 선별하여 수록하였다. 그래서 그의 문장은 기운이 맑고 체제
> 가 자유로워서 일가(一家) 정도로 말할 수 없고 방포, 요내 같은 분들과
> 나란하니 그 우뚝선 모습은 거의 여러 선배들을 뛰어넘을 듯하다.

위의 인용문은 증국번이 동성파의 여러 인물들과 어떤 점에서 관련
되고 구별되는지를 대략 서술하였다. 다만 위에서 말한 것처럼 이렇게
홀수구와 짝수구를 배합하여 기세를 얻으려고 한다면 증국번과 같은

---

46 오여륜(吳汝綸), 『동성오선생전서(桐城吳先生全書)』「요중실에게(與姚仲實)」; 설복성
    (薛福成), 『용암문외편(庸庵文外編)』 권2 「기감문존 서(寄龕文存序)」.

'경험'과 '경제'라는 배경이 있어야 준일하고 군건한 문장을 쓸 수 있다. 그렇지 않다면 허장성세의 '묘당문장廟堂文章'이 되기 쉽다.

　마찬가지로 변려문과 산문을 혼용하면서 백가百家의 내용을 담고 동성파의 의법을 따랐지만 동성파에 한정되지 않았던 사람으로는 조금 앞선 시기의 운경惲敬, 장혜언張惠言으로 대표되는 양호파陽湖派가 있었다. 장혜언과 운경은 문학 공부에서 간접적으로 유대괴의 영향을 받았을 뿐이었으며[47] 자기 재주만 믿고 방포의 '의법'을 따르려고 하지 않았다. 그들의 고문은 자유분방함을 좋아해서 마음대로 썼기 때문에 어조가 호방하고 잡다했으므로 품위있고 간결한 동성파 문장과는 완전히 달랐다. 상향파가 동성파를 이어 제2단계를 대표했다면, 양호파는 동성파에서 파생된 지류라고 할 수 있었다.

4. 학자의 문장

　청대 문장에는 동성파만 있었던 것은 아니다. 글을 잘 쓰는 사람들 중에는 문호나 유파를 좋아하지 않는 사람도 있었고 자신을 문인으로 칭하지 않는 사람들도 있었다. 그래서 이들은 동성파보다 명성을 드날리지 못한 것이다. "천하의 문장"이 모두 "동성파에서 나왔다"고 할 수는 없다. 이 점은 쉽게 증명할 수 있다. 다만 동성파 이외의 문장은 하나

47　장혜언(張惠言), 「서유해봉문집후(書劉海峰文集後)」; 운경(惲敬), 「조여생 시랑에게 올리는 편지(上曹麗笙侍郎書)」 참조.

의 문장가나 하나의 학파를 내세우지 않았기 때문에 이들의 전후맥락을 분명하게 말하기가 쉽지 않을 뿐이다. 장타이옌은 근래 사람들이 "문장도 거의 짓지 않고" "학문도 하지 않는다"고 무시했는데 그래서 그가 동성파 문장을 논평한 부분은 어조가 야박한 편이다. 그러나 "말만 뱉으면 고전이 되는" 대진과 "기사문을 매우 잘 썼던" 장학성, "내용과 표현이 잘 부합한" 왕중에 대해서는 매우 호감을 보였다. 공자진龔自珍의 문장을 두고 "위체僞體"라고 단언했을 때에는 학파와 안 맞는 점도 있었지만 그 당시 젊은이들이 괴이하고 화려한 공자진의 문장을[48] 좋아하는 것을 탐탁지 않게 여겨서였다. 류스페이는 그와 마찬가지로 문장과 학술의 합일을 추앙했으며, 장타이옌이 이미 언급한 대진과 왕중 이외에 몇 명의 명단을 더 추가하였다. 이들이 바로 후방역, 황종희, 전조망全祖望, 주이존朱彝尊, 왕사진王士禎, 장존여莊存與, 공광삼孔廣森 등이다. 류스페이는 특히 문장의 변화와 학술의 관계를 언급할 때 동성파에 대해 훨씬 더 불손한 태도를 드러냈다.

그런데 그 변천 과정을 보게 되면 순치제와 강희제 때의 문장은 자유분방한 것을 비루하게 생각했다. 과거시험을 치는 사람들은 당송 이후의 책을 폭넓게 읽었기 때문에 그들의 문장은 점차 사실적으로 변했다. 건륭제와 가경제 때는 통유(通儒)들이 많이 등장해서 이제는 문장에 뜻을 두지 않는 사람들이 많았다. 그래서 문장은 갈수록 졸박해지는 추세였고 더 이상 성정을 드러내지 않았다. 그러나 실증적인 문장은 이때가 전성기였다.

---

48 章太炎, 「校文士」, 『民報』 10, 1906.12.

특히 글을 통해 사실을 증명하는 것이 가장 어려웠으므로 학식이 없는 사람들은 대개 동성파에 합류하여 자신들의 공소(空疏)함을 보완하려고 했고, 그들 중 문장력이 있는 사람들은 갈수록 기궤(奇詭)한 경향을 띠게 되었다. 이것이 근세 문체의 변천을 대략 정리한 것이다.[49]

장타이옌과 류스페이는 모두 "학식이 없는" 동성파 문장을 낮게 보았고 "음송할 정도로 품위가 있는" 학자들의 문장을 높게 평가했다. 여기에는 또 하나의 '문장관'이 내재되어 있다. 즉 설사 '문학'적으로만 보더라도 학자의 '저술 문장'은 여전히 홀대할 수 없다는 것이다.

청대 사람들은 학술 연구를 문장으로 썼고 또 종합을 추구하였다. 가장 널리 통용되는 견해가 의리, 고거, 사장 이 셋은 상호 보완적이라는 것이다. 이러한 이상적인 목표는 실제로는 완벽하게 실현하기 어려웠기 때문에 여기에서 물러나서 그 다음으로 '학술' 또는 '문장'이 핵심이 되어 이 셋을 통합하는 것을 목표로 삼게 되었다. 장학성은 이 세 가지를 '학술'과 '문장'으로 간략하게 정리했고, 원매는 사람들에게 '문원文苑'에 들어갈 것인지 '유림儒林'에 들어갈 것인지 선택하여 "하나를 골라 깊이 들어가"라고 했다. 이런 것은 "그냥 만들어지는 것이 아니"라고 생각했기 때문이다.[50] 이렇게 하면 또 다시 "문장은 학식 없이 지을 수 없고, 학식은 문장 없이 구현될 수 없다"는 상투어로 회귀하게 된다. 사람들은 모두 문장과 학술을 겸비하는 것을 중시하지만 어찌 됐든 무엇을

---

49 劉師培, 「論近世文學之變遷」, 『國粹學報』 26, 1907.3.
50 장학성(章學誠), 「학문에 대해 심풍지에게 답함(答沈楓墀論學)」; 원매(袁枚), 「문장에 대해 벗 아무개에게 답하는 편지(答友人某論文書)」 참조.

하든 전공이 있다. 그래서 학자들은 문인이 "학술이 없다"고 비판하고 문인들은 학자들을 "문장력이 없다"고 비판한다. 그런데 사실 이 문제는 그렇게 간단하지 않다. 청대를 통시적으로 볼 때 학자들은 문인에 비해 기세등등했는데 그랬던 주된 이유는 "문장은 수식하는 말단의 기예"였기 때문이다. 청대 학자 대부분은 글쓰기에 능하지 않았지만 일단 재기와 성정을 갖춘 학자가 글을 쓰게 되면 순수 문인에 비해 대범하고 근사했다. 그들은 독서를 많이 했고 당시 풍조에 구애받지 않았기 때문이다. 황종희는 분명하게 이러한 자신감을 표출했다.

> 나는 문장이 학자가 힘쓸 것은 아니지만 학자라면 문장을 잘 써야 한다고 말한 적이 있다. 그런데 지금 사람들은 유파의 경계를 벗어나 구양수, 증공, 『사기』, 『한서』와 다른 글을 보면 문장력이 없다고 한다. 이런 사람들과는 유학을 함께 논할 수 없다.[51]

이 단락의 내용에 대해서는 글을 잘 썼지만 문인의 명성은 없었던 청대 '학자의 글'이라는 관점에서 설명할 수 있을 것이다. 당송팔대가를 추종하는 동성파 문장에 비해서 글을 잘 쓰는 학자가 "문장력이 없다"고 인식되었던 이유는 그들이 "유파에 속하지 않았고" 한유, 유종원, 구양수, 소식을 따르려고 하지 않았기 때문이다.

사람들이 청대 초기의 삼가三家라고 말하는 후방역, 위희, 왕완汪琬은 사실 명대의 기풍을 가진 사람들이라 정감은 많지만 학식은 적고 문장이

---

51 황종희(黃宗羲), 『남뢰문안(南雷文案)』 卷2 「이고당문초서(李杲堂文鈔序)」.

매우 유창하지만 깊이는 부족하다. 후방역의 「이희전李姬傳」, 「마영전馬伶傳」과 위희의 「대철추전大鐵椎傳」 등은 문장은 간결하고 서사가 생동감이 넘쳐 소설의 작법을 빌려온 흔적이 역력하다. 이러한 문장은 지금은 사람들의 찬탄을 받지만 전형적인 고문이 아니기 때문에 당시 사람들은 이 문장을 받아들이지 않았다. 이 세 사람은 당송 문장을 모방하여 사리事理를 중시함으로써 대체로 청초 문장이 자유분방한 데에서 순후한 방향으로, 화려한 성격에서 품위 있는 방향으로 변화하는 경향을 분명히 보여주고 있다. 그들은 당송 문장을 모방하면서 당순지와 귀유광의 성격을 계승했으므로 원칙적으로는 동성파의 주장과 비슷했다. 그러나 정통을 제대로 따르지 않았고 문장도 순수하지 않아서 동성파가 추앙하는 대상이 되지는 못했다. '적리積理'와 '연식練識'에 대한 위희 등의 주장은 다만 희망사항이었을 뿐이다. 그 당시나 후대의 많은 학자들의 문장과 비교해볼 때 후방역, 위희, 왕완의 "사리"는 사실 불쌍할 정도로 빈약하다. 따지고 본다면 이 세 사람의 문장은 여전히 '문인의 글'에 속했다.

명청 교체기에 나타난 3대 사상가인 고염무, 황종희, 왕부지는 팔고문에 대해 매섭게 비판했다. 이 비판은 명대 문장이 옛 사람의 문장을 표절하거나 마음대로 써내려 가는 것에 대해 강한 불만을 표출한 것이며 또 "글은 천하에 유익해야 한다"와 문장과 학술의 합일을 주장했다는 점에서 문단의 기풍을 바꾸는 데 결정적인 영향을 미쳤다. 황종희의 「논문관견論文管見」에서 "문인이 된 다음에야 훌륭한 문장을 쓸 수 있는 것은 아니다"는 주장은 청대 '학자의 글'에 대한 자각을 보여준다. 사실 황종희도 당시 글 잘 쓰는 것으로 유명했다. 경經·사史·문文 삼자의 합일을 추구했지만 어쨌든 황종희는 사학에서 가장 찬란한 성취를 이루었다. 전조망이 「이주선생신도비문梨洲先生神道碑文」에서 말한 것처럼 황종희는 "비문을 많이 써서 국난 때의 여러 사람들을 표창하는 데에 특히 힘을 기울였고" 문장에서 "어느 한 사람만을 추종하지 않았으며", "자구에 연연해 하는 근세 사람들의 누습을 소탕한" 사람이었다. 황종희는 역사가였기 때문에 원래 서사에 능하였고 표현력도 좋았으며, 게다가 그가 표방한 사람들은 천고에 영원할 충혼들이었으므로 이러한 비지문이 가진 매력을 상상하기란 어렵지 않을 것이다. 여기에서는 「명문안서明文案序 상上」의 이 구절을 그대로 가져다 사용해도 될 것 같다. "감정이 극대화되면 자연히 뛰어난 문장이 된다." 만약 "깊은 감정이 일관된다"면 길거리에서 한 잡담도 훌륭한 문장이 될 텐데 하물며 유민의 마음을 투영한 혈기에 찬 문장이라면 말할 나위도 없을 것이다.

영웅을 표창하는 비지문을 계승하고 발전시킨 사람이 바로 황종희를 사숙한 제자 전조망이다. 왕조 교체기에 살았던 수많은 충의은일忠義隱逸, 기인협사奇人俠士, 한 시대의 새로운 기풍을 열었던 학술의 대가들을 묘사할 때 전조망의 글은 깊은 안목과 유창한 전개를 보였을 뿐 구성이나 문채를 중시하지 않았으나 인물의 특징을 두드러지게 드러냈다. 입전 인물이 당당하게 절개를 지키는 모습을 서술하면서 동시에 약간의 구체적인 말과 일화를 삽입하여 전체적인 인물상을 보여준 것이다. 이러한 작법은 역사적 기술에도 부합하고 문장에서도 깊이를 얻었다고 할 수 있다. 동성파 문장이 간결하면서도 선이 가는 것과는 달랐으므로 전조망의 문장에는 자주 잡다하다는 문제가 있었지만 그래도 깊은 감정을 담아냈고 또 원기도 왕성했다. 대체로 사학을 좋아하고 절의를 중시하거나 문장의 큰 기세에 주안점을 두는 사람들은 방포와 요내 대신에 황종희와 전조망의 문장을 모범으로 삼았다. 예컨대 청대의 평보청 平步靑과 근대 인물 량치차오梁啓超(양계초)가 바로 극단적으로 전조망의 고문을 추종했던 사람들이다.[52]

청대 학술의 넓고 심오한 점을 구현할 수 있으면서 또 학자의 글이 가진 독특한 매력을 보여준 사람으로는 대진戴震과 왕중汪中을 예로 들 수 있을 것 같다. 서술에 능한 것은 원래 역사가의 비장의 무기이다. 경학가이면서도 글도 잘 쓴다면 그것은 정말 보기 드문 재능이 될 수 있다. 대진은 요내와 마찬가지로 의리, 고핵考核, 문장의 합일을 주장했지만, 요내가 '문장'을 바탕에 둔 것과는 달리 대진은 '의리'를 근본이라고 여겼다. 건륭·가경 연간 이후 대진은 "고핵"과 "의리"로 명성이 자자했지만 오히려 그의 문장에 대해서는 언급하는 사람들이 거의 없었다. 대진은 염약거閻若璩가 "고핵만 잘 하고 문장을 잘 쓰지 못한다"고 비판한 적이 있었는데 이런 점을 보면 그가 자신의 문장에 대해 얼마나 자부심을 가졌는지를 잘 알 수 있다. 제자인 단옥재段玉裁는 대진에 대해 어렸을 때부터 사마천의 필법을 연구했고 경전 해석을 찬술할 때에도 그 영향을 받았기 때문에 대진의 문장은 "정밀한 논의는 강성康成, 정자, 주자보다 훨씬 뛰어났고 수사는 한유와 구양수를 내려 볼 정도"라고 했다.[53] 대진이 쓴 「원선原善」, 「구고할환기句股割圜記」 등처럼 계산을 하고 이치를 따지는 글은 깊이 있는 내용을 이해하기 쉽게 풀어냈고 끝까지 파고

---

52 평보청(平步靑)은 「길기정문집발미(鮚埼亭文集跋尾)」에서 "지금 고문 중에서는 전조망이 최고라고 한 적이 있다"고 했고, 량치차오(梁啓超)는 『중국근삼백년학술사(中國近三百年學術史)』 제8장에서 "나에게 고금 문집 중 가장 좋아하는 사람을 꼽으라면 나는 반드시 『길기정집(鮚埼亭集)』을 꼽을 것"이라고 했다.
53 단옥재(段玉裁)의 「대동원선생연보(戴東原先生年譜)」에 첨부된 대진(戴震)의 학행(學行)에 대한 추억을 참조.

들었으며 더 대단한 점은 그 문장이 순박淳朴하고 고고高古했다는 점이다. 후세에 경전 서술에 대한 글을 좋아하는 사람들은 대진의 고고高古함을 근거로 팔대가를 모방할 줄만 알았던 동성파의 천박함을 멸시하곤 했다. 장상남蔣湘南은 동성파 문장을 노奴, 만蠻, 개丐, 리吏, 마魔, 취醉, 몽夢, 천喘하다고 비웃고 곧이어 대진을 칭송하면서 "그의 문장은 간결하고도 심오하고 순후하면서도 풍부하고 우아하면서도 기이하고 강건하면서도 온화하다"고[54] 했다.

마찬가지로 학문에 연원이 있고 식견이 빼어난 왕중의 문학적 성취는 후대 사람들에게 더욱 큰 인정을 받았다. 왕중의 『술학述學』은 삼대三代의 학제를 널리 고찰하면서 주周·진秦의 제자백가들을 부각시켰는데 그의 폭넓은 시야와 깊이 있는 사상은 한유와 유종원, 정자, 주자만을 배우는 정도의 사람들이 비할 바가 아니었다. 문장을 쓸 때는 한위漢魏의 풍격을 녹여내어 나름의 훌륭한 글을 만들어내었다. 그가 쓴 「애염선문哀鹽船文」, 「광릉대廣陵對」 같은 문장은 표현이 애절하고 주제가 심원하다. 그는 평생 글을 썼고 사용한 문체의 수준도 매우 높았으며 변려문과 산문의 합일을 주장하였다. 이것은 공허하고 학식 없는 동성파 문장에 대한 불만에서 나온 것이었다. 대우對偶와 성색聲色, 맑고 아름답게 수식하는 미적 가치를 강조했으며 박학과 감정을 바탕에 둔 변려문을 썼기 때문에 왕중은 문장도 잘 쓰면서 동시에 경전 해석도 잘하는 특기를 발휘할 수 있었던 것이다.

재주를 뽐내는 것은 어쨌든 경학가의 본업이 아니었기 때문에 '건가

---

54 장상남(蔣湘南), 『칠경루문초(七經樓文鈔)』卷4 「고문에 대해 전숙자에게 보내는 편지(與田叔子論古文書)」·「고문에 대해 전숙자에게 보내는 세 번째 편지(與田叔子論古文第三書)」.

지학乾嘉之學(명물고증학 즉 한학-역자)'의 극성기에 절대다수의 학자들은 고거에 심취했고 사장은 소홀히 했다. 그들은 한학가의 자질구레함도 마음에 들지 않았고 동성파의 천박함도 못마땅해서 원매와 장학성이 두 갈래로 청대 중기의 문단에 우뚝 섰다. 장학성은 만년에 원매를 매우 심하게 비판했지만, 사실은 첸무錢穆의 말처럼 "두 사람의 학술 논의는 매우 흡사한 데가 있다."[55] 이것은 고거가 주류가 된 것에 대한 공격 뿐만 아니라 동성파 고문에 대한 멸시에서도 드러난다. 원매는 문인으로 자처했고 당시 뜨겁게 타오르던 한·송 논쟁에 끼어들려고 하지 않았다. 고거가에 대해 그가 했던 비판은 서적을 정리하고 교감하고 주소를 달고 편집하는 이런 일들이 도道에는 무익하다고 비판한 장학성의 견해와는 달랐다. 「정즙원에게 보내는 편지與程蕺園書」에서는 남송의 이학理學, 명대 시문, 청대 고거를 나란히 고문의 삼대 폐단으로 열거했는데 그 중에서 고거의 폐단이 가장 크다고 보았다.

최근에 국내에 박아대유(博雅大儒)라고 하는 사람이 쓴 문장을 보았는데 문장의 조리가 번다하지 않으면 내용이 전체에 산재해 있어서 편집(剪裁)과 구성(提挈), 나름의 소화(烹煉), 변화(頓挫)에 대해서는 전혀 모르고 있었다.

원매는 편집을 잘한다는 점에서 '박아대유'보다 훨씬 나았고 홀수구와 짝수구를 잘 배합한다는 점에서 동성파의 '의법'을 낮춰 보았다. 그

---

55   錢穆, 『中國近三百年學術史』, 中華書局, 1986, p.428.

는 문장을 논할 때 육조의 변려문을 취해 홀수구와 짝수구의 배합에 주안점을 두었으므로 당시 사람들이 팔가의 문장을 배울 때 기발한 한유와 유종원의 문장으로 입문하지 않고 평이한 구양수와 증공의 문장으로 입문하는 것에 대해 매우 못마땅하게 여겼다.[56] 이것은 동성파 말류가 기세가 약하고 부진했던 폐해를 잘 지적한 것이었다. 원매는 방포에 대해서조차 힘이 딸려서 '만언서萬言書'를 쓸 수 없고 '진짜 호걸'에 대한 문장도 쓸 수 없다고 비웃었다. 원매는 '방대한 주제를' 감당할 수 있으며 문장은 "기세가 넘쳐나고饒奇氣", "논의를 잘하며", "금석문과 서사序事"에 능하다고 자부했다.[57] 원매의 논의에는 확실히 육유와 가의의 풍모가 있고 그의 비전碑傳에는 유명한 신하와 관료가 많이 포함되었다. 그러나 학식과 성정에 한계가 있었기 때문에 그가 멋지게 잘 쓴 것은 그래도 기인일사奇人逸士들에 대해 쓴 문장이었다. 또 원매는 감성이 풍부한 사람이었기 때문에 죽은 사람을 위한 제문(예컨대 「여동생 제문祭妹文」, 「한생애사韓甥哀詞」)의 경우 사소한 일화에 감정을 녹여내는 일을 잘했고 문체는 간결하면서도 여운이 진한 글이었는데 여기에서 원매 문장의 특색을 가장 잘 볼 수 있다.

　문인으로 자처했던 원매와는 달리 장학성은 기본적으로 학자였다. 그러나 "문장과 사학은 상통한다文史通義"는 이 말에서도 그의 포부를 볼 수 있다. 최소한 방포 같은 사람들이 문명을 떨치게 하고 싶지는 않았던 것이다. 그의 「문학서례文學敍例」에서는 당시 문장의 폐단을 겨냥하면서

56　원매(袁枚), 「문장에 대해 벗에게 답하는 두 번째 편지(答友人論文第二書)」·「서모씨팔가문선(書茅氏八家文選)」 참조.
57　원매(袁枚), 「손보지에게 답함(答孫俌之)」·「정어문에게 답하는 편지(答程魚門書)」 참조.

제자들에게 "세속에서 선정한 진한 문장과 당송 문장은 그저 표현에 치중할 뿐 이치의 내실을 추구하지 않은 문장이므로 물리치고 이 대신에 경사를 토론하고 전적을 변증하며 학술을 중시하는 문장을 쓰라"고 요구했는데, 이는 실제로 도문합일을 실천하는 주장이었고 '학자의 글'로 '문인의 글'을 대체하자는 것이었다. 구체적으로 서술할 때 장학성은 동성파 문장을 가상의 적으로 여겼다.[58] 장학성은 자기가 쓴 것 중에서 인물 묘사와 서사를 기술한 글에 가장 흥미를 느꼈던 듯하다. 대진에 대해 "기전記傳 문장은 그가 잘하는 문체가 아니다"라고 비판하면서 "문장을 쓸 때는 서사가 가장 어렵다"는 점을 강조했는데 여기에서 그가 노력하려는 방향을 잘 알 수 있다.[59] 그런데 장학성이 가장 잘 쓴 문장은 실제로 '기전 문장'이 아니라 학술을 변증하고 원류를 참조한 『문사통의文史通義』였다. 만년에 쓴 「병진차기丙辰箚記」에는 오묘한 한 단락의 서술이 있다.

『문사통의』에서는 경각심을 불러일으키는 내용도 많고 분명한 표현에 풍부한 변론이 담겨 있으며 그러면서도 풍자와 웃음이 곁들어져 있다. 강호의 나그네들이 말솜씨를 뽐낼 소재로 삼거나 과거 응시생들이 답안을 쓸 때의 재료로 삼는다면 그것으로 충분하다. 당시 이른바 시류(時流)를 따르는 자들이 스스로 '저술'이라고 한 것들에는 그 속의 말들을 몰래 표절한 것들이 많았다. 그 내용을 가지고 확장하거나 비슷한 내용을 이야기

---

58 장학성(章學誠), 「문리(文理)」·「고문십폐(古文十弊)」·「청장서원유별조훈(淸漳書院留別條訓)」 참조.
59 장학성, 「학문에 대해 심풍지에게 답함(答沈楓墀論學)」·「논과몽학문법(論課蒙學文法)」 참조.

한 것들 중에는 원문의 취지를 놓친 것이 많다.

이런 '불평'에서도 득의의 기색이 역력하다. 제1구의 "가문에 보답하다自報家門"에서 이 책의 문장 풍격에 대해 대체로 설명했기 때문에 여기에서 더 이상 말할 필요를 못 느꼈던 듯하다.

청대 학술사에서는 한·송 논쟁漢宋之爭 말고도 금·고 논쟁今古之辨이라는 것이 있었다. 고문 경학가는 전장 제도를 중시해서 그들의 학문은 실사구시에 무게를 두며 문장은 질박하고 고졸하다. 금문 경학가는 미언대의를 강조하여 이들의 학문은 확장해서 논리를 펴는 것이 많고 문장은 화려하고 은미하다. 학파가 다른 만큼 문학적 취미도 판이하게 다르다. 그래서 장타이옌이나 류스페이는 위원魏源과 공자진에게 전혀 호감을 느끼지 않았다. 그렇기는 하지만 그들의 문장이 자유분방하고 감염력이 풍부하다는 것은 부인하지 않았다. 류스페이는 심지어 그 근원을 소급하여 이 학파의 문장 풍격을 이렇게 서술하였다.

상주(常州) 사람들은 금문가(今文家)의 글을 공부하기를 좋아하여 참위서를 구해서 경서 해석에 활용한다. 이를 통해 글쓰기로 들어가다 보니 신기하고 기궤한 문장을 써서 사람들이 좋아한다. 또 강남이라는 곳은 사곡(詞曲)이 특히 발달하여 애절하고 원망하며 맑고 굳센 어조가 옛 악부에 가깝다. 그래서 상주 사람들의 문장에도 빼어난 표현력이 두드러지며 애절하고 아리따운 음색이 많다. 사곡을 통해 문장에 진입하기 때문이다.[60]

---

60 劉師培, 「論近世文學之變遷」, 『國粹學報』 26, 1907.3.

그 전에 장상남은 「고문에 대해 전숙자에게 보내는 두 번째 편지與田叔子論古文第二書」에서 "서한의 금문가의 법에 정통한" 유봉록劉逢祿과 공자진, 위원을 극력 추앙했고 그들이 "진짜 고문을 세상에 보여줬는데" 이것은 동성파의 사람들이 따라할 수 있는 바가 아니었다고 했다. 류스페이는 이어 장존여莊存與의 문장 표현은 "매우 아름답고 압축적이며", 송상봉宋翔鳳은 "음에는 애절하고 그리움이 많고 표현은 화려하고도 법칙에 맞다"고 고평하면서 심지어 "최근 사람들이 『공양전』을 공부하는 사람들은 틀림없이 글을 잘 쓴다고 하는데, 그럴 법한 말이다!"라고까지 단언했다.

참위서를 참고하기 때문에 기궤한 내용이 많고 사곡에 능하기 때문에 애절하고 아리땁다는 것으로 유봉록 등의 사람들의 성향을 개괄한다면 그래도 괜찮겠지만 이런 내용으로 그의 제자였던 공자진 또는 후학이었던 캉유웨이康有爲를 서술한다면 억지에 가까운 것 같다. 공자진은 넘치는 재기를 발휘하여 글을 자유롭게 썼고 문장이 기괴하고 아리따웠는데 이런 점들에서는 그의 스승을 훨씬 넘어섰다. 그와 마찬가지로 유봉록을 사사했던 위원은 공자진의 문장을 매우 칭찬하면서 그의 학식에 대해서도 이렇게 서술했다.

> 경서로 말한다면 『공양춘추전』에 통달했고 역사로 말한다면 서북여지(西北輿地)에 대해 잘 알았다. 그는 육서(六書)와 소학(小學)으로 입문했고 주(周)·진(秦)·제자(諸子)와 금석(吉金樂石)이라는 범위 안에서 조장국고(朝章國故)와 세정민은(世情民隱)을 핵심으로 했다. 만년에는 서양의 책들을 특히 좋아해서 스스로 미언에 조예가 깊다고 여겼다.[61]

변경 지대의 군사일에 주안점을 두고 세상의 실정을 논의하기를 좋아하는 근저에는 경전에 통달해서 이를 세상에 활용하겠다는 학술 지향이 나타나 있다. 그리고 위로는 제자백가를 모범으로 삼았고 만년에는 불학佛學에 탐닉한 것은 사상의 해방을 얻으려고 시도했기 때문일 것이다. 이 두 가지는 아무 데도 얽매이지 않은 사고와 기궤하되 오묘하고 폭넓은 문장 표현을 구사하는 요인이 되었고 시정時政에 대해 매섭게 비판하는 부분에서 가장 탁월함을 보여주었다. 공자진의 독서 범위는 넓고 잡다했고 재능이 넘쳤으므로 당시 사람들은 그의 문장 표현이 풍부하고 굳센 점에 대체로 경탄을 표했다. 그렇지만 가장 대단한 것은 「존은尊隱」, 「논사論私」, 「병매관기病梅館記」 등처럼 정밀하고 깊이 있는 의론문이며 이로써 "설리에 부적당한"[62] 동성파 고문에 대한 개탄을 일소에 날려버릴 수 있었다.

탄츠퉁譚嗣同은 시 「논예절구육편論藝絶句六篇」에서 문장에 대해 언급하면서 "천년 동안 자기들끼리 시끌벅적하더니, 왕중, 위원, 공자진, 왕개운에 이르러 비로소 재주가 있게 되었네千年暗室任喧豗, 汪魏龔王始是才"라는 구를 썼고 그 구의 자주自註에서는 왕중, 위원, 공자진, 왕개운王闓運이 홀로 우뚝 서서 호방한 필치로 써내려 갔다는 것을 칭송했고 또 다른 한편으로 "변려문과 산문을 분리한 것"과 귀유광과 방포 이후로 팔가를 모방할 줄만 알았던 '고문'에 대해 비난했다. 사가 중에서는 공자진의 영향이 가장 커서 이른바 광서 연간의 학자 "대부분이 공자진을 추앙했던

61   위원(魏源), 『고미당외집(古微堂外集)』 卷3 「정암문록서(定庵文錄序)」.
62   증국번(曾國藩)의 「남병에게 보내는 편지(與南屏書)」에서는 "고문의 도는 어디든 적합하지만 다만 설리에만 적합하지 않을 뿐이다"라고 했는데, 이것은 동성파 문장의 일반적인 문제점이었지 고문 자체가 가진 결함은 아니었다.

시기가 있었다."[63] 가장 적절한 예가 바로 캉유웨이와 그의 제자들이었다. 캉유웨이는 경세의 재략을 자부해서 금문을 공부하고 고례를 익혔으며 왕도와 패도도 섭렵했고 주·진·제자와 불교 경전도 잘 인용했지만 유일하게 공자진과 달랐던 점은 문장에 서양의 과학기술에 대한 내용도 추가되었다는 점이었다. 공자진과 캉유웨이는 둘다 금문학파에 속해 있었으니 학문을 논하는 핵심적인 내용이 비슷했던 것도 당연하다. 문장이라는 측면에서도 공자진과 캉유웨이는 맥락상 상통했다. 캉유웨이는 문장을 논할 때 기세를 중시했고 당·송이 아니라 주·진의 문장을 중시했으며 공자진의 문장이 "자부子部의 책에서 나왔다는 점"을 칭찬했고 "먼저 변려문을 배운 다음에 나중에 산문을 배워야 한다"고[64] 주장했다. 거기에 더하여 사고는 기이하고 표현은 잡다해서 동성파에서 지켜야 할 규율과는 어긋나는 부분이 도처에 있었다. 청나라의 황제에게 일곱 차례 상소문을 올렸는데 그 글에서 자신의 학문과 식견을 드러냈을 뿐만 아니라 웅장한 기세와 호방한 필체도 보여주었다. 원매가 지향했지만 도달할 수 없었던 '방대한 주제'는 캉유웨이의 손에서는 식은 죽 먹기였다. 이런 문장의 경지는 '의법'을 중시한 동성파 사람들이 상상해낼 수 있는 경지가 아니었다. 그러나 또한 이런 경지는 거대 담론으로 세상을 속이고 다른 사람과 다른 견해를 세우는 것에 자긍심을 느끼는 방향으로 쉽게 흘러갔으므로 여러 번 읽고 음미할 만하지는 않다.

63 梁啓超, 『淸代學術槪論』 第22節, 『梁啓超論淸學史二種』, 復旦大學出版社, 1985.
64 康有爲, 「萬木草堂口說」 中 '文章源流', '論文', '騈文' 항목, 『長興學記 桂學答問 萬木草堂口說』, 中華書局, 1988.

동성파 이외의 문장으로는 고고高古한 것도 있고 아리따운 것도 있고 박아博雅한 것도 있고 마음대로 쓴 것도 있었는데 원매 외에는 모두 풍부한 학식을 바탕에 두고 있었다. 그래서 그들이 정자·주자의 이학과 한유·유종원의 고문이라는 울타리를 벗어난 것은 주로 문장과 학식의 합일을 구현하기 위해서였으므로 새로운 깃발을 세우지는 않았다. 실제로 여기에는 어떤 위기가 잠재되어 있었다. 동성파 문장은 날이 갈수록 쇠약해졌고 동성파 밖에 있는 글 잘 쓰는 사람들은 고심하며 문장 연습에 전력으로 매진하려는 생각이 없었기 때문에 '고문' 자체가 혁신할 수 있는 기회는 점차 줄어들었다. 후스胡適(호적) 같은 사람이 앞장서서 한 번 소리지르자 천 년 동안 명맥을 유지해 왔던 '고문'은 결국 "동성파 잡놈, 문선파 요괴"라는 구호와 함께 순식간에 사라졌다.

제6장

백화白話에서 미문美文으로

20세기 중국산문의 기본적인 모습은 당송 고문, 만명 소품, 동성파의 문장과 차이가 있다. 가장 분명한 특징은 문언문文言文이 아니라 백화문白話文이라는 점이다. '문언문과 백화문 논쟁'을 통해 20세기 문장 풍격의 변화를 이해하는 것은 가장 직접적이고도 간편한 방법일 것이다. 만청 시기에서 '5・4' 시기에 걸쳐 진행된 백화문운동은 산문의 영역을 크게 확장시켰다. 하지만 '백화문'의 성공이 '미문美文'의 승리를 의미하는 것은 아니다. 이 둘 간에는 관련이 있기는 하지만 여전히 수많은 장벽이 가로막고 있었다. 역사진화론적인 문학관으로 보자면 후스胡適 등은 '고문학古文學'을 쓰러뜨리고 중국문학사의 '정통'을 다시 세웠다고 할 수 있다.[1] 하지만 '죽은 문학'과 '살아있는 문학'이라는 분류 방법은 문언문을 비판할 때나 적용할 수 있을 뿐, 실제 창작에서 어떻게 문언문과 백화문을 적절하게 조합할 것인가는 처음부터 끝까지 매력적인 과제였다.

저우쭤런周作人(주작인)은 전혀 다른 맥락에서 문학혁명을 "팔고문 문화에 대한 반동"[2]이라고 했는데 나름 재치있는 표현이다. 어쨌든 1905년

---

[1] 胡適, 「『中國新文學大系・建設理論集』導論」, 『中國新文學大系・建設理論集』, 上海良友圖書公司, 1935.

과거시험의 폐지가 중국문화사에서 가장 획기적인 사건이라는 점은 아무도 부정할 수 없다. 500~600년간 유행했던 팔고문은 과거제도의 붕괴와 함께 차츰 사라져갔고 이런 상황에 이르렀을 때 중국 문인은 "진정으로 시문과 영원히 결별"하게 되었다. 저우쭤런은 '팔고문'에 착안하여 논의를 진행했다. '고문학'은 확실하게 고정된 형체가 있는 것은 아니기 때문에 이것은 문언문과 백화문의 대립만 중시한 후스보다는 훨씬 현명했다. 또 이런 분석은 중국 문장 자체가 변화하는 추동력에 주안점을 두었다는 점에서 팔고문을 비판했던 청대 학자들과 맥을 함께 한다. 그리고 "동성파 잡놈, 문선파文選派 요괴"를 외쳤던 '5·4' 시기의 구호와도 멀리 호응하고 있다.

동성파에 대한 청대 사람들의 비판을 직접 계승한 사람이 장타이옌章太炎(장태염)과 류스페이劉師培(유사배)이다. 저우周 씨 형제(본명이 저우수런周樹人인 루쉰과 저우쭤런─역자)와 첸셴퉁錢玄同(전현동)은 영향을 받기는 했지만 그 밖에도 다른 사상적 원천이 있었다. 저우쭤런은 "산문만 놓고 본다면" 신문학가들과 공안 원 씨 삼형제는 "크게 차이가 없다"고 여러 번 강조하였다. 하지만 신문학가들이 "서양의 영향을 받은 과학과 철학, 문학, 사상 등 여러 측면"[3]을 빼고 보아야 한다는 말 자체가 이미 '5·4'문학과 만명 시기의 작가들 간의 절대적인 차이점을 부각시켰다. 그래서 주쯔칭朱自淸(주자청)은 명대 명사파名士派 문장과 현대산문이 비슷하다고 인정하기는 했지만 여전히 "현대산문은 직접적으로 외국의 영향을 받았다"

---

2 周作人,「論八股文」,『看雲集』. 上海開明書店, 1932.
3 周作人,『「雜拌兒」跋』,『永日集』, 北新書局, 1929;『中國新文學的源流』, 人文書店, 1932, 제2강.

고[4] 강조했던 것이다. 서로 다른 시기에 서로 다른 작가들이 받은 '외국의 영향'은 당연히 큰 차이가 있을 것이다. 그러나 예전에 진한 문장을 추종하거나 당송 문장을 모방하던 것에 비하면 어쨌든 새로운 세계를 개척한 것만은 틀림이 없다.

20세기의 중국문학을 이야기하려면 아마 '고금과 동서'의 논쟁을 이야기하지 않을 수 없다. 시나 희곡 또는 소설에 비해 산문의 '역사적 연결고리'는 더욱 선명한 편이다. '위진魏晉 문장'과 '만명晚明 소품'이 어느 정도 부활한 것은 아마도 가장 의아하면서도 가장 흥미로운 화제일 것이다. 왜냐하면 이 문제는 저우 씨 형제라는 두 산문 대가의 문학적 운명과 밀접하게 연관되어 있기 때문이다. 또 이런 의식적인 또는 무의식적인 '뿌리 찾기'는 20세기의 문학 변혁 과정에서 산문이 가장 힘찬 발걸음을 내딛을 수 있었던 근본적인 원인이었을 수도 있다.

1. 신문新聞과 백화白話

"신문이라는 매체가 흥기하면서 우리나라의 문체는 크게 바뀌었다."[5] 이 말은 20세기 두 번째 해인 1901년에 신문 종사자가 말한 것으로 과장과 자랑의 어조가 담겨 있다. 이 말이 나오기 전과 후의 달라진 상황을 보면 결코 헛된 말은 아니다. 어쩌면 신문 매체의 흥기를 통해 문체

---

4   朱自淸,「『背影』序」,『背影』, 北新書局, 1929;『中國新文學的源流』제2강.
5   「中國各報存佚表」,『淸議報』100, 1901.

의 변화를 논의하는 것이 '문언문과 백화문 논쟁'으로 시작하는 것보다 더 본질에 가깝게 접근할 수 있을지도 모른다. 이 논쟁은 '5·4'문학혁명의 도화선이 되었기 때문에 줄곧 주목의 대상이 되었다.

후스는 백화문운동의 성공을 말하면서 왕타오王韜(왕도)의 '기고문報館文章'과 량치차오梁啓超(양계초)의 '신문체新文體'를[6] 언급한 적이 있다. 그러나 여전히 이것을 일반적 저술과 혼동하여 '기고문'의 생산방식과 독자가 기존 문체를 바꿨다는 점은 별로 고려하지 않았다. 후스가 평생 논문을 쓰고 학문을 연구하며 정치를 논한 것은 모두 근세近世에 흥기한 신문과 잡지 덕분이었다. 그럼에도 백화문운동을 논의하면서 사회와 역사, 문화 등 여러 요소에서 기원을 찾을 때 신문과 문체의 미묘한 관계에 대해서만은 유의해서 보지 못했다. 오히려 신문사가新聞史家인 거궁전戈公振(과공진)이 이미 1920년대에 이 점에 주목하였다.

청대 문장은 동성파와 팔고문의 영향을 받아 법도를 중시하고 의미를 경시했다. 위원(魏源)과 량치차오가 등장하여 신지식을 소개하면서 자기 마음대로 문장을 구성하는 풍조가 만연했다. 일본 유학파들이 간행한 신문은 특히 평이한 것을 추구하고 새로운 명사를 즐겨 사용했는데, 문체가 그로 인해 크게 바뀌었다.

새로운 지식을 소개하기 위해 '기고문'을 선택하였는데 '기고문'은 문단의 영수나 시험관이 아니라 반드시 일반 독자의 요구에 부응해야 했기

---

6   胡適, 『五十年來中國之文學』(『胡適文存』 2집 권2, 亞東圖書館, 1924); 「『中國新文學大系·建設理論集』 導言」, 『中國新文學大系·建設理論集』, 上海 : 良友圖書印刷公司, 1935.

때문에 동성파의 의법과 팔고문의 울타리를 벗어나 나날이 '제멋대로', 또 '평이하게' 변할 수밖에 없었다. 이것은 만청에서 '5·4' 시기까지의 문학혁명에 매우 큰 영향을 미쳤다.

이렇게 말할 수 있을 것이다. "문명을 전파하는 신무기"인 신문사가 없었더라면 중국의 문장은 불과 수십 년 사이에 이렇게 큰 변화를 겪지 않았을 것이다. 20세기 중국산문은 절대다수가 먼저 신문과 잡지 기고문으로 유통되고 그런 다음에 문집으로 엮어 출판되었다. 이것이 바로 신문사가 문체를 변화시킨 주된 요인이었다는 가장 간략한 근거일 것이다. 이런 생산방식은 문장의 형식과 스타일에 영향을 미쳤다. 시사 평론時評, 잡감雜感, 통신通信, 유기遊記는 물론, 발랄하고 소탈한 소품문도 예외는 아니었다. 1920년대 말 량위춘梁遇春(양우춘)은 "소품문은 정기간행물과 운명을 같이 한다고 볼 수 있다"[7]고 했다. 1930년대 초 린위탕林語堂(임어당) 등이 소품문 열풍을 만들어낸 것도 『논어論語』, 『인간세人間世』 등의 잡지를 통해서였다.

가장 이른 시기에 '신문과 잡지 기고문'을 이용해 의식적으로 기존 문체를 바꾼 사람이 1874년부터 『순환일보循環日報』을 창간하고 총편을 맡았던 왕타오王韜(왕도)였다. 왕타오의 『도원문록외편弢園文錄外編』은 중국 역사상의 첫 번째로 신문과 잡지에 실린 글을 엮은 문집이다. 그는 「자서自序」에서 "고문사古文辭를 쓰는 방법은 전혀 모르게 되었다"라고 하였는데 이것은 결코 겸사가 아니다. 그는 신문과 잡지 기고문에는 따로 '법도'가 있다고 주장한 것이다.

---

7 梁遇春, 「『小品文選』序」, 『小品文選』, 北新書局, 1930.

문장의 핵심은 감정이 실린 사건 기술과 자신의 감정 표현에 있다. 사람들이 읽고 의도가 무엇인지 알게 되고 그것이 내가 표현하려는 바와 같다면, 그것이 바로 좋은 글이다.

기고문에서 감정 실린 사건 기술과 자신의 감정 표현, 평이한 문장을 추구했던 것은 독자의 독해 능력도 고려했지만 시의적인 효용성을 추구했기 때문에 자세하게 다듬을 수 없어서였다. "빨리 대충"하는 것은 원래는 글쓰기의 금기였지만, 량치차오는 자신이 『시무보時務報』에 쓴 글이 거칠다는 비판에 대해 답하면서 그다지 후회하는 기색이 없었다. 그에게 '기고문'과 '저술'은 형식이 달랐기 때문이다.[8]

무술변법戊戌變法(1898) 전후 수많은 지사들은 신문사 언론을 통해 세상을 변화시키려고 했기 때문에 문체 개조가 시급했다. 당시 가장 큰 영향력을 가진 것이 량치차오의 '시무문체時務文體'였다. 옌푸嚴復(엄복)와 장타이옌의 간결하고 우아한 글에도 지음知音이 있었지만 신문과 잡지의 전반적인 스타일과는 맞지 않았다. 황준셴黃遵憲(황준헌)의 평가를 빌리자면 "이 문집의 글은 기고문이 아니었다."[9] 후대에 전해지기를 바라는 '문집의 글'에서 세상 사람들을 일깨우는 '신문과 잡지 기고문'으로 바뀌면서 만청 문장에서 풍격 논쟁은 문언문과 백화문, 우아함과 속됨의 영역에 한정되지 않았다. 『원부原富』의[10] 번역을 둘러싼 논쟁은 심지어 '문학계 혁명'이라는 구호까지 낳았다. 먼저 량치차오는 옌푸의 "글이

---

8 梁啓超, 「與嚴幼陵先生書」, 『飮氷室合集』 文集 권1, 中華書局, 1936.

9 黃遵憲, 「致汪康年書」, 『汪康年師友書札』, 上海古籍出版社, 1987.

10 【역주】 영국 작가 애덤 스미스의 저작인 The Wealth of Nations로, 한국에서는 『국부론』이라는 이름으로 번역되었다.

지나치게 깊이와 우아함에 힘쓴 나머지 선진시대 문체를 힘들여 모방해서 옛 책을 읽는 사람이 아니면 이해하기가 어렵다"라고 비판하면서 "산속에 묻혀 불후의 명성"을 추구하는 '문인의 근성'이라고 결론내렸다. 옌푸는 '거친 글'과 '저속한 기운'을 비웃으며 "통속적인 표현을 쓰겠답시고 저자거리나 시골의 무학자의 말을 가져오는 것"에 반대하였다. 그것은 "허울은 좋지만 별 내용은 없고" "하루살이처럼 하루만 유효한" 신문과 잡지의 기고문 쓰는 것을 거절한다는 뜻이었다.[11] '중국 문장의 아름다움'에 대한 옌푸의 주장은 수준이 높아서 호응하는 사람이 별로 없었다. 반면 량치차오의 '문학계 혁명' 구호는 하늘 끝까지 닿을 정도였다. 그 주된 이유 중 하나가 당시 한창 부상하고 있던 신문과 잡지 산업과 문체 개혁이 발전하는 추세였다는 것이다.

정관잉鄭觀應(정관응)은 "신문은 평이한 문장이다"라고 명확하게 지적했고, 황위안융黃遠庸(황원용)은 의도적으로 "전아하고 깊이 있는" 문장을 버리고 '통속적인 글'을 택했다. 청말 민국 초기의 문장의 풍격은 나날이 통속적이고 평이한 방향으로 나아갔다.[12] 이와 동시에 『연의백화보演義白話報』, 『무석백화보無錫白話報』 등 계몽과 신지식 전파를 목적으로 삼아 백화문으로 쓴 신문과 잡지가 대량으로 출현했다. 쉬운 문언문과 저속한 백화문 사이에는 큰 차이가 있었지만 취미라는 심미적 측면에서는 둘다 동성파 문장의 '품위雅馴'에 대한 큰 도전이었다. 시팅량裘廷梁(습정량)은 백화문이 '유신維新의 근본'이라고만 생각했을 뿐 심미적 가치는

---

11 「紹介新著·『原富』」, 『新民叢報』 제1기, 1902.2; 嚴復, 「與『新民叢報』論所譯『原富』書」, 『新民叢報』 제7기, 1902.5.
12 鄭觀應, 「盛世危言·日報上」, 『鄭觀應集』 상책, 上海人民出版社 1982; 林志鈞, 「『黃遠生遺著』序」), 『遠生遺著』, 商務印書館 1920 참조.

염두에 두지 않았고, 량치차오는 '속어로 쓴 문학'이 문학 발전의 관건이라는 점은 인식했지만 여전히 문언문으로 글을 썼다.[13] 이런 요인으로 만청의 백화문 문장은 수준이 높지 못했다. 그런데 백화문으로 쓴 신문과 잡지가 등장하자 신세대 독자들의 문체 감각이 길러져서 '5·4' 문학혁명에 매우 큰 영향을 미쳤다. 천두쉬陳獨秀(진독수)와 후스가 『안휘속화보安徽俗話報』와 『경업순보競業旬報』에서 『신청년新靑年』으로 옮겨간 여정을 보게 되면 이 점을 잘 알 수 있다.

『신청년』은 일개 잡지였지만, 근대 중국에서 매우 큰 역할을 했다. 특히 사상계몽과 문체혁명이라는 측면에서는 대체 불가능한 깃발이었다. 백화문운동은 만청 시기 때 제기되었다가 '5·4' 시기에 성공하였는데, 『신청년』을 발행한 여러 사람들의 노력이 바탕이 되었다. 후스의 「문학개량추의文學改良芻議」와 천두쉬의 「문학혁명론文學革命論」에서는 "백화문학은 중국문학의 정통으로, 앞으로의 문학에서 반드시 쓰일 유용한 도구가 될 것"이라고 단언하면서, 유럽문화를 무기 삼아 공개적으로 동성파와 변려문에 선전포고를 했다. 문언문과 백화문 논쟁은 만청 시기와 '5·4' 시기에는 그 내용이 매우 달랐다. 만청 때 논쟁은 백화문의 살길을 모색한 것이었다면, '5·4' 시기 때 논쟁은 문언문이 살아남을 여지를 남겨두기 위한 것이었다. 린수林紓(임서)와 『학형學衡』의 여러 사람들은 물론 문언문을 더 숭상했다. 이들은 발언을 할 때 주로 백화문의 저속함을 비판하고 문언문을 통해 백화문을 바꿀 수 있기를 희망했다. 후스 등의 사람들은 문언문과 백화문을 절충하려는 주장을 단칼에 거절했다. 이유 중 하나는

---

13 龔廷梁, 「論白話爲維新之本」, 『中國官音白話報』 제19·20기, 1898.8; 『小說叢話』 중 飮氷語(『新小說』 제7호, 1903.9)

"이미 죽은 문언문은 가치도 없고 생명력도 없는 문학만 생산할 뿐"이라고 확신했기 때문이고, 다른 하나는 백화문학의 기반이 아직 단단하지 못한 것이 우려되어 강경한 태도를 취할 수밖에 없었기 때문이다. 이른바 "국어의 문학, 문학의 국어"라는[14] 말에는 이미 백화문을 변화시켜 표현력을 강화시키겠다는 의미가 들어있었다. 다만 이런 일은 고문가가 신경 쓸 필요가 없었고, 백화문 지지자들은 적당한 때에 다시 자신들이 조율할 수 있기를 바랐다. 실제로 1920년대부터 루쉰 같은 사람들의 문장에는 이미 문언문의 자양분을 얻은 흔적이 역력했다. 죽을 때까지 문언문을 배척한 후스 같은 사람들은 어쨌든 극소수였다.

후스는 백화문을 주장하는 데 크게 기여했지만, '문언문과 백화문'을 "죽은 말과 살아 있는 말"로 구분할 때 너무 거칠고 단순한 감이 있다. 게다가 '맨 먼저 깃발을 들었다'는 자세를 견지했기 때문에 글을 쓸 때는 자기가 주장한 대로 "생각나는 대로 이야기하고, 말하는 대로 썼"는데[15] 이렇게 글을 쓰면 의미는 분명하지만 여운이 없다. '후스체'는 '5·4' 전후에 한동안 유행했지만 지나치게 평범하고 직설적이며 미감이 결여되어 있어서 곧바로 잊혀졌다. 냉정하게 말한다면 후스는 문학 창작을 잘한 것은 아니었다. 그의 성과는 도끼를 휘둘러 뒤에 오는 사람들을 위해 길을 낸 것이었다.

기고문은 통속적이고 쉬웠으며 두루 담아낼 수 있어서 다른 문체들과의 교류와 대화에도 유리했다. 탄쓰퉁譚嗣同(담사동)은 만청 시기에 자주 나타나는 과장된 어조로 기고문이 "세상의 문장을 총망라했다"라고 찬미했다.

---

14 胡適, 「建設的文學革命論」, 『新靑年』 제4권 제4호, 1918.4.
15 위의 자료.

진실로 경국의 대업이자 불후의 성사이며, 인문의 보물창고이자 문단의 동산이다. 전장(典章)의 바다이고 저작의 뜰이며 명실(名實)의 배와 노이고 상수(象數)의 길(修途)이다. 모든 책을 아우르고 『칠략(七略)』을 모은다 해도 그 깊이에 이르지 못할 것이고, 칠류(七流)를 감정하고 제자백가를 합친다 해도 그 성대함에 부끄러워할 것이다.[16]

탄츠퉁은 이 세상의 문장을 세 가지 유형과 10개의 문체로 나누면서 오직 기고문만이 이 모두를 담아낼 수 있다고 했다. 그는 세속 사람들이 "기고문이 번다하고 거칠며 기존의 관례에 어긋난다"고 하지만 사실 이것이 문체 혁신의 계기가 되는 걸 모른다고 생각했다. 탄츠퉁은 처음부터 동성파를 무시하면서 변려문과 산문의 융합을 주장했는데, 기고문은 그가 '사장祠章의 그물'을 끊어버리는 데 절호의 기회를 제공해 주었다. 아쉽게도 "성공을 거두기도 전에 먼저 죽어서" 기고문을 통해 동성파의 의법을 전복하려던 그의 소원은 친한 벗인 량치차오의 손에서 이루어졌다.

탄츠퉁과 량치차오는 둘다 매일 과거시험에 대비해 첩괄帖括을 공부하면서 동성파 문장을 배우는 데 전력했던 때가 있었다. 그 다음에는 위로는 진한 문장에서 아래로는 육조 변려문까지 섭렵하면서 내용이 풍부하고 아름다운 문장들을 좋아했다. 그러다가 다시 고정된 '격식'을 타파하고 아무런 제약 없이 마음대로 글을 쓰는 세 단계를 거쳤다.[17] 변려문과 산문을 절충하여 동성파의 의법을 타파하는 방법은 왕중汪中과 공자진龔

16 譚嗣同, 「報章文體說」, 『時務報』 제29 · 30책, 1897.6.
17 譚嗣同, 「三十自記」 · 「論藝絶句六篇」, 『譚嗣同全集』, 中華書局, 1981; 梁啓超, 「三十自述」, 『飮氷室合集 · 文集』 제4책, 中華書局, 1981; 梁啓超, 「淸代學術槪論」, 『飮氷室合集 · 專集』 제9책, 中華書局, 1936 25장 참조.

自珍이 이미 선례를 남겼으나, 탄츠퉁과 량치차오의 문체 개혁이 이전 사람들과 달랐던 점은 전대미문의 새로운 '기고문'이라는 존재였다. 탄츠퉁은 문체 변혁의 가능성만 인식했지만, 량치차오는 자신의 '신문체'로 한 시대의 문풍을 개척했다. 당시 사람들은 "옛날부터 지금까지 글의 힘이 이보다 더 강했던 적은 없었다"고 했고, 사학자들도 "1920년 이후의 독서인 중에서 그의 문장에서 영향을 받지 않은 사람들은 거의 없다"고[18] 했다. 량치차오의 글은 확실히 "특별한 마력이 있었던" 것이다. 『청대학술개론清代學術概論』에서 량치차오는 '신문체'의 특징을 서술하면서 이것이 『신민총보新民叢報』 시기에 형성된 것임을 강조하였다.

> 나는 원래부터 동성파의 고문을 좋아하지 않았다. 어려서 문장을 배울 때는 만한(晚漢)과 위진(魏晉)의 문장을 배워 근엄하고 정련된 것을 숭상했다. 이 시기에 이르러서는 스스로 속박에서 벗어나 평이하고 유창한 글을 쓰려고 했고 때로는 비속어와 운문, 외국의 어법도 섞어 썼다. 아무런 제약 없이 자유롭게 글을 썼는데 사람들이 따라하려고 하면서 이것을 '신문체'라고 하였다. 나이 든 사람들은 매우 싫어하면서 이단이라고 욕했다. 그러나 그 글은 논리가 정연했고 늘 정감이 있어서 독자에게는 특별한 마력이 있었다.

'과도기'를 살았던 량치차오는 독서 범위가 넓고도 다양했으며 신문사 업무를 주관하고 있어서 그의 글의 가장 큰 특징은 규칙을 지키지 않

---

18 黃遵憲, 「致飮氷室主人書」(1902.4); 胡適 『五十年來中國之文學』 제5절 참조.

고 기존 문체의 한계를 타파했다는 점이었다. 고문과 시문時文, 변려문과 산문, 사전史傳과 어록語錄, 사부辭賦와 불전佛典 심지어 일본의 어법과 서양의 어휘까지 모두 량치차오의 글에 출몰했다. 예전 사람들은 문장에서 형식을 중시했기 때문에 문파가 다르면 규칙도 자연히 달랐지만 '해서는 안 될' 것이 있다는 점은 같았다. 하지만 량치차오는 거침이 없었다. 량치차오는 비속어와 운문이 어떻게 공존할 수 있는가, 또는 '정감'과 '논리'가 어떻게 조화를 이루는가 하는 문제에 대해서도 토론했지만 이것은 중요한 것이 아니었다. 량치차오 문장의 특징은 "아무런 제약 없이 자유롭게 글을 씀"으로써 얻어낸 문체의 '해방'이었다. 량치차오의 글이 종횡무진하고 기세등등한 것은 그의 "넘치는" "재기"와도 관련이 있지만, 이보다는 이를 용인하고 부추겼던 '기고문' 덕분이었다.

량치차오의 정치논설이 미친 영향력은 매우 컸다. 그러나 장점과 결점 모두 선명해서 후대 사람들이 '신문체'를 평론할 때는 대부분 그의 글을 예로 들었다. 사실 량치차오의 사전史傳(이를테면 「탄츠퉁전譚嗣同傳」, 「나란부인전羅蘭夫人傳」)과 잡감雜感(이를테면 「음빙실자유서飮氷室自由書」)이 문학적으로는 훨씬 의미가 있다. 정치논설에 국한된 '신문체'는 '변형한 고문' 또는 "신문에만 쓰는 글이라 문학이라고 할 수 없다"고 오해되기 십상이었다.[19] '사전'과 '잡감'을 끌어들임으로써 량치차오의 문학적 지향은 제대로 드러날 수 있었다. 기고문을 통해 고문을 바꾸려던 시도는 문체의 한계를 무너뜨리는 데 효과적이었고 변혁의 무한한 가능성을 열어놓았지만, 지향과 취미, 재능의 한계로 인해 량치차오 문장은 크게

---

19 胡適, 『五十年來中國之文學』; 胡先驌, 「評胡適『五十年來中國之文學』」(『學衡』 18, 1923. 6) 참조.

성공을 거두지 못했다. '5·4' 이후 '미문美文'이 흥기하면서 '신문체'는 "과도기의 영웅"으로 자신의 사명을 완수한 뒤에 역사의 뒤안길로 사라지고 말았다.

2. 번역문과 미문美文

'신문체'가 비판을 받은 가장 직접적인 요인은 '새로운 명사'와 '외국 문법'이었다. 서구 학문이 아시아로 전파되면서 새로운 명사의 수입은 불가피했다. 새로운 학문을 어떤 문체로 번역하여 소개할 것인가도 매우 난감한 문제였다. 옌푸처럼 "명사 하나를 확정하려고 열흘이나 한 달간을 망설이고" 최대한 "한대 이전의 자구"를 선택한다면 물론 "시문時文과 공문서, 설부說部(소설이나 잡저-역자)의 표현으로 번역하여 전하는 것"보다는[20] 우아하겠지만 옛날 어휘를 새로 조합한 글은 사실상 내용을 제대로 전달하기 어려웠기 때문에 사람들에게 보급하기가 더 어려웠다. 일본어를 차용하거나 서양어를 직역한다면 상대적으로 실제에 부합한다는 점에서 괜찮았지만 글 자체의 느낌을 훼손할 우려가 있었다.

예더후이葉德輝(섭덕휘)의 비웃음은 전통을 지키는 사람들의 편견을 보여주고 있지만 동시에 문체 혁신의 어려움도 잘 드러내었다.

---

20   嚴復, 「『天演論』譯例言」; 吳汝綸, 「『天演論』序」 참조. 『嚴復集』 제5책, 中華書局, 1986년에 수록되어 있다.

단어를 보면 번역해서 어휘를 만든 것이고 문장을 보면 발음에 맞춰 글자를 만든 것이다. 문채가 있는것도 아니고 질박한 것도 아니고 중국의 것도 아니고 서양의 것도 아니다. 동시(東施)가 서시(西施)를 따라하는 격이니 어찌 이웃집 여자들이 비웃지 않겠는가?[21]

이른 시기에 "서구와 일본의 여러 학문에서 핵심서적"을 널리 번역하겠다고 공언했던 캉유웨이康有爲(강유위)도 나중에는 번역서가 필연적으로 "우아하지 않은 명사"를 가져온다는 사실에 매우 불만스러워 하면서 "정말 우리나라 문학의 큰 재난"이라고[22] 탄식했다. 만청 시기에는 확실히 기발함과 박식함을 자랑하고 새로운 명사를 빌려다 자신의 천박함을 수식하는 사람들이 많았다. 그러나 이것은 새로운 명사를 금지해야 할 이유가 될 수 없다. 차라리 왕궈웨이王國維(왕국유)의 주장이 좀 더 현실적이었다. "신기한 것을 좋아하는 사람은 남용하고 옛것에 집착하는 사람들은 침을 뱉는데, 둘 다 잘못된 것이다."[23]

시대가 변화하면서 새로운 명사에 중국인들은 점차 익숙해졌고 일상의 구어에 스며들어 반대하는 사람들도 완전히 피하기는 어려웠다. 중국 문장의 형식을 바꾼다는 측면에서 보면 눈에 띄는 '새로운 명사'보다는 잘 드러나지 않는 '외국 어법'이 훨씬 본질적인 문제였다. 새로운 명사가 글의 표현 영역을 확대했다면, 외국 어법은 중국인의 사유방식과 심미적 취미와 관련되었다. 량치차오는 "일본 문체를 모방하는 것"에 매

---

21 葉德輝, 『郎園書札』「答人書」. 이 글은 또 『翼敎叢編』 권6, 1898년에도 수록되어 있다.
22 康有爲, 「請開局譯日本書折」 · 「中國顚危誤在於全法歐美而盡棄國粹說」, 『康有爲政論集』.
23 王國維, 「論新學語之輸入」, 『靜庵文集』, 1905.

우 관심이 있었고 "일본어 구절을 가져와 글에 넣는 것을 좋아했다"고 말했다.[24] 이것은 일본인이 만들어낸 새로운 명사를 차용하고 문언문과 속어를 공존시키는 전략을 사용하는 것이었고, 또 긴 문장과 도치법을 사용하여 유창한 문맥과 엄밀한 논리를 추구한다는 의미이기도 했다. 량치차오는 일본어를 잘 하지 못했기 때문에 따라 한다고 해도 한계가 있었다. 1920년대에 루쉰은 몇 차례 중국어와 일본어를 비교하면서 중국 글의 문법이 정밀하지 못해서 중국인의 사유가 거칠다고 주장했다. 중국 문장은 너무 호흡이 짧아서 일본 문장처럼 온화하지 못하다는 것이었다.[25] 이것은 물론 개인적 견해일 뿐이다. 하지만 '외국어의 문법'을 빌려 중국 문장을 바꾸는 것은 청말 민국 초기의 일반적인 경향이었다. 옌푸와 장스자오章士釗(장사쇠)는 논리학과 문법을 중시해서 이들이 쓴 문장은 논리정연하고 논의가 엄밀했다. 이것은 설리說理에 취약하고 피상적이었던 고문을 바꾸어 놓았고, '5·4' 이후의 정치논설의 발전에도 막대한 영향을 미쳤다.

'5·4' 시기에 백화문운동이 성공했다는 것은 그저 선종禪宗 어록이나 장회소설章回小說이 유행했다는 뜻이 아니다. 새로운 명사와 외국어 문법을 사용함으로써 새로운 '국어'를 만드는 데 매우 중요한 영향을 미친 것이다. 마찬가지로 '국어의 문학'도 세계문학의 조류에서 벗어날 수 없었다. 전통이 깊은 산문조차도 혼자 탈바꿈할 수는 없다. 영국수필의 도입은 현대 중국산문의 형성과 발전 과정에서 중요한 연결고리가

---

24 梁啓超, 「論中國人種之將來」(『淸議報』 제19책), 「夏威夷遊記」(『淸議報』 제35~38책).
25 魯迅, 「『池邊』譯者附記」·「『桃色的雲』序」·「將譯『桃色的雲』以前的幾句話」·「關于飜譯的通信」·「硬譯與文學的階級性」, 『魯迅全集』 4, 人民文學出版社, 1981 참조.

되었다.

1922년에 후스는 『지난 50년간 중국의 문학五十年來中國之文學』이라는 책을 썼는데 책의 결말 부분에서 '5·4' 신문체의 여러 장르의 성과를 언급하면서 산문의 발전에 매우 큰 자신감을 보였다.

최근 몇 년간 산문에서 가장 주목할 만한 발전을 보인 것이 저우쭤런 등이 주장한 '소품 산문'이다. 이런 소품은 평담한 이야기 안에 깊은 의미를 담아내었다. 때로는 매우 서툴게 보이지만 사실 매우 유머러스했다. 이런 작품이 성공하면서 "백화문으로는 미문을 쓸 수 없다"는 맹신을 완전히 무너뜨렸다.

이것은 역사적 사실을 정리했다기보다는 '5·4' 시기 작가의 희망을 담았다고 보아야 할 것이다. 후스의 '최종 평가'는 저우쭤런이 '미문'을 주장한 지 1년도 채 되지 않은 시점이어서 이렇게 빨리 성공을 거두는 것은 불가능했다. 하지만 후스의 기대는 헛되지 않았고 '소품산문'의 주장은 확실히 '백화문'이 '미문'으로 갈 때 핵심적인 역할을 했다.

저우쭤런의 문학적 취미에 깊은 영향을 준 것이 일본의 하이쿠俳文와 수필이었다. 그런데 그가 「미문美文」에서 소개한 것은 영미권의 소품 작가였다. 이후에도 여러 산문에 대해 두루 말하는 사람들이 있었지만, 대부분의 작가들은 미문의 정의를 규정한 저우쭤런의 의견을 받아들였다.[26] 저우쭤런이 첫 발을 잘 떼었다면, 후멍화胡夢華(호몽화)와 량위춘梁遇春(양우춘)

---

26 周作人, 「美文」(『晨報副刊』, 1921.6.8); 王統照, 「散文的分類」, 『晨報副刊·文學旬刊』 26·27, 1924.2·3.

은 이를 더 발전시킨 사람이었다. 량위춘의 영국 소품선 3부작은 이 점을 잘 보여주는 예이다. 'essay'를 '서어絮語(잡담–역자)'나 '소품'이라고 번역했지만 이것은 사실 최선은 아니다. 하지만 후밍화와 량위춘은 둘 다 이런 문장의 기본적인 특징을 잘 알고 있었다. 마치 일상의 잡담처럼 가벼운 필치로 인생사를 이야기하며 세속의 편견에서 벗어나 참신한 관점으로 인생의 즐거움을 자각하게 된다. 또 개인적이라 비공식적이고 유머러스하며, 풍격은 소탈하고 함축적이며 담백하고 여유롭다.[27]

1930년대에 들어서자 소품문은 린위탕林語堂(임어당) 같은 사람들의 독려로 한때 매우 유행했으나 그들의 모방자들의 관심사가 '우주'에서 '파리 같은 곤충'으로, '유머'에서 '능글맞게' 변하면서 좌익 작가들에게 격렬하게 비판받았다. 그렇기는 했지만 20세기 중국 작가들이 접했던 외국 산문 중에서 영국수필이 가장 깊숙하고 오랫동안 영향을 미쳤다. 이런 현상에 대해 위다푸郁達夫(욱달부)는 이렇게 설명한 적이 있다. 하나는 "중국에서 가장 발달하고 가장 성과가 큰 필기가 성격과 취미로 볼 때 영국의 에세이와 상당히 일맥상통한 점이고" 또 다른 하나는 중국인이 접한 서양 문화가 "대부분 영어의 힘을 빌렸다는 점이었다."[28]

자전적인 문학을 썼던 위다푸는 소설처럼 산문을 썼고 산문처럼 소설을 썼다. 이른 시기의 산문 「환향기還鄉記」와 「남행잡기南行雜記」에 나타난 고독감과 성의식, 과도한 감정 분출은 소설에서도 마찬가지다. 1930년대에 들어선 후 그의 문장은 평담하고 여운 있게 바뀌면서 문장의 아름

---

27 胡夢華, 「絮語散文」(『小說月報』 17-3); 梁遇春, 『英國小品文選』(開明書店, 1929)과 『小品文選』에 쓴 서문 참조.
28 郁達夫, 「『中國新文學大系・散文二集』導言」, 『中國新文學大系・散文二集』, 上海良友圖書公司, 1935.

다움이 잘 드러났다. 『발길이 닿는 곳마다展痕處處』와 『한서閑書』는 각각 위다푸의 유기와 수필의 정취를 보여준다. 「참신한 소품문淸新的小品文字」에서 위다푸는 서양 수필은 지나치게 논리를 따질 뿐 "동양의 수필처럼 그렇게 청려淸麗하지 않다"고 불만을 토로했다. 그에게 소품의 멋진 점은 "세밀하고 맑고 진실하다는 세 가지 측면"이었다. 공안파와 경릉파, 일본의 기행문과 사생문寫生文이 때마침 이런 장점을 가지고 있었던 것이다. 위다푸 글의 장점은 "논리를 따지는 것"이 아니라 "청려함"이었고, 이것은 유구한 동방에서 나온 것이었다. 위다푸에게 영국수필은 필수 교양이었을 뿐 그의 문장에 깊이 스며들지 못했다.

량위춘은 전혀 달랐다. 위다푸가 량위춘을 "중국의 엘레이Elea"라고 불렀던 것을 보면 량위춘이 영국수필과 인연이 있었다는 것을 알 수 있다. 『영국소품문선英國小品文選』의 역자 서문에서 량위춘은 중국문학에는 "에세이적인 것"이 거의 없지만 관례를 따라 부득이하게 '소품'으로 번역했다고 강조했다. 량위춘은 저우쭤런의 영향을 받아 소품을 번역하고 썼지만 저우쭤런이 제창했던 만명 소품과 무관하다. 그의 배경지식과 취미는 순전히 영국수필로 인한 것이다. 량위춘은 단명해서 생전에 『춘료집春醪集』과 『눈물과 웃음淚與笑』 두 책만 출판했으므로, 재능을 충분히 펼쳐내지 못했다. 량위춘 자신이 말한 것처럼 "소품을 쓰는 사람은 대부분 자신이 독신이자 세상 풍파를 많이 겪은 늙은이인 척한다. 독신과 늙은이는 모든 사건에 대해 독특한 관점이 있어서 말을 하면 정취가 넘쳐나기 때문이다."[29] 이런 글에는 괜찮은 관점도 필요하지만 소탈한 마음과 기발한

---

29 梁遇春의 『英國小品文選』에 수록된 「畢克司達夫先生訪友記」와 「黑衣人」에 쓴 역자 주 참조.

생각, 박식함도 필요하다. 량위춘은 너무 일찍 세상을 떠나는 바람에 소탈한 마음과 기발한 생각, 박식함을 갖추지는 못하였다. 보기 드물게도 량위춘은 '유랑자'를 말할 때도, '소방수'를 말할 때도, '사람의 죽음에 대한 관점'을 말할 때도 논리와 정감을 잘 버무렸다. 또 청년 특유의 예민함과 자신이 숭배한 찰스 램Charles Lamb의 "관대하고 통달한 안목" 및 "끝없는 동정심"을 통해[30] 학식과 경험의 부족함을 잘 보완했다.

량위춘의 단점은 바로 량스츄梁實秋(양실추)가 잘했던 점이었다. 이 둘은 모두 영국문학의 영향을 받았고 둘 다 '예술적인 산문'을 썼기 때문에, 량스츄가 중시한 '단순하고' '적절함', '감정의 스며듦과 어조의 깔끔함'에[31] 대해서는 량위춘도 동의했을 것이다. 다만 이렇게 '절제'와 '수식 없음'을 강조하게 되면 문장이 소년답지가 않다. 이때로부터 20년쯤이 지난 뒤에 량스츄는 본격적으로 산문을 썼다. 그의 학식과 글에서의 절제력은 이미 성숙해져서『아사소품雅舍小品』은 나오자마자 뜨거운 갈채를 받았다. 이 책의 서두에서 "해는 길고 할 일이 없어서 글쓰기로 소일거리를 삼았다. 길이에 상관없이 생각나는 대로 썼다"고 자술한 부분과 제2편에서 찰스 램의『엘리아의 수필』을 인용한 대목은 모두 무의식중에 자기 문장의 연원과 풍격을 대변하고 있다. 학자적인 박식함도 있었고 문인의 아취도 있었던 량스츄의 산문은 점점 더 좋아졌다. 만년에 그가 누군가를 그리워하고 고향을 그리워하며 쓴 글들은 더욱 감

【역주】「빅커스타프 선생 방문기(畢克司達夫先生訪友記)」는 리차드 스틸(Richard Steel) 의 'Mr. Bickerstaff visits a friend'이고「검은 옷을 입은 사람(黑衣人)」은 올리버 골드스미스(Oliver Goldsmith)의 'Man in Black'이다.

30 梁遇春,「查理斯・蘭姆評傳」,『春醪集』, 北新書局, 1930.
31 梁實秋,「論散文」,『新月』 제1권 제8호, 1928.10.

동적이다.

량스츄는 미국의 신인문주의자 어빙 배빗Irving Babbitt을 대문호라고 생각했지만, 린위탕은 동의하지 않았다. 린위탕은 「논문論文 상上」에서 어빙 배빗과 배빗의 중국 팬들에게 김성탄金聖嘆의 '성령性靈'을 답으로 제시했다. '성령'은 공안파 원 씨 삼형제에게서 나온 것이지만, 이론적 시각은 베네데토 크로체Benedetto Croce의 영향을 많이 받았다. 표면적으로 린위탕은 1930년에 『논어論語』를 간행하고 한적함을 주장하여 유명세를 떨쳤지만, 그의 문장에서 핵심은 영국의 수필과 가까웠고 만명 소품과는 멀었다. 린위탕은 한적함과 성령을 이야기하면서 원굉도에서 소식, 장자로 거슬러 올라 중국인의 유구한 "생활의 예술"을 발굴하고 장려하였다. 여기에는 저우쭤런에게 계시받은 점도 있었지만 '유머'를 중국화하려는 노력도 들어있었다. 린위탕은 'humour'를 처음으로 '유머幽黙'라고 번역했고, 이것을 사람들의 마음을 적시고 문학을 개선하는 특효약으로 삼아 "담백하고 자연스러운" 유머가 "날카롭고 냉혹한" 풍자와 "기발함으로 겨루는" 골계滑稽를 대체하기를 소망했다.

유머러스하게 되려면 반드시 먼저 마음이 깊고 넓어야 한다. 부처 같은 자비를 가지고 있어야 너무 센 문장이 되지 않을 수 있고 독자도 담백한 맛을 느낄 수 있다. 유머는 냉정하고 초연한 방관자일 뿐이라 늘 웃음 속에 눈물이 있고 눈물 속에 웃음이 있다.[32]

---

32 林語堂, 「論幽黙(中)」, 『論語』 제33기, 1934.1.

이런 유머의 정의는 영국수필의 취미와 매우 가깝다. 실제로 린위탕의 『대황집大荒集』과 『나의 말我話』 등도 량위춘과 량스츄의 풍격과 흡사하다. 이른바 원굉도와 소식은 '소품문의 필치'를 전파하기 위해 찾아낸 동양의 사례에 불과했다. 린위탕도 이 점을 잘 알고 있었는지 "중국에서 선례를 찾아내야 이 문체가 뿌리내릴 수 있다"고[33] 했다.

"한 발로는 동양을, 다른 한 발로는 서양을 딛고 있었던" 린위탕은 영국수필과 만명 소품을 접목시키려고 노력했기 때문에 그의 '유머'는 수시로 '한적함'으로 희석되었다. 장아이링張愛玲(장애령)과 첸중수錢鍾書(전종서)의 산문은 어쩌면 영국식 유머의 정수를 더 잘 소화했을 수도 있다. 하지만 그들은 유머란 "마음으로 느끼는 것이지" 주장할 수는 없다고 생각했고, "자기가 유머가 없다고 웃음을 빌려 그 사실을 가리는"[34] 세상 사람들에 대해 부정적이었다. 장아이링과 첸중수는 주로 소설을 쓰는 작가였지만 얇은 책인 『유언流言』과 『삶의 끝자락에서 쓰다寫在人生邊上』를 보면 이들의 영민함과 소탈함을 읽을 수 있다. 『유언』은 영국수필에서 자주 나타나는 호기심 가득한 "방관자"가 "여인"에 대해, "옷 갈아입는 것"에 대해 말하는 내용도 있고, 또 "공동주택 생활의 재미를 기록한 것"도 있다. 『삶의 끝자락에 쓰다』에는 "여가에 소일하는 사람의 자유와 여유"로 삶의 끝자락에서 '식사'와 '즐거움', '교훈' 등등에 대한 감상을 써내려 갔다. 그들의 광범위한 관심사와 예리한 관찰력은 감탄할 정도지만, 자신의 학식과 재능에 지나친 자신감이 있었기 때문에 가끔 자랑하려는 욕구가 보인다.

33 林語堂, 「小品文之遺緖」, 『人間世』 제22기, 1935.
34 錢鍾書, 「說笑」, 『寫在人生邊上』, 開明書店, 1941.

1930년대와 1940년대의 작가들은 외국의 문장을 참고할 때 "새로운 명사"와 "외국어 문법", "수필", "유머"에서 수사, 풍격, 문체까지 모두 서구를 본받아 중국 문장을 바꾸려고 했으며 이런 작업은 이 즈음에 기본적으로 완성되었다. 이 전후에 실력을 제대로 발휘한 '보고문학報告文學(르포문학─역자)'은 수입품이기는 하지만 대부분 신문 사업에 속하므로 여기에서는 논하지 않을 것이다.

3. 잡감雜感과 소품

1935년에 저우쭤런과 위다푸는 각각 『중국신문학대계中國新文學大系』의 산문선을 편찬하고 서문을 썼다.[35] 저우쭤런은 "신산문의 발전이 성공하려면 두 가지 요건이 필요하다. 하나는 외부의 지원이고, 하나는 내부의 호응이다"라고 했고, 위다푸는 "중국 현대산문에서는 루쉰과 저우쭤런의 성취가 가장 풍부하고 위대하다"라고 했다. 20세기 말에 다시 돌이켜 보면 저우쭤런과 위다푸의 견해에는 기본적으로 동의하지만 약간은 수정해야 한다. 저우쭤런이 말한 '내부의 호응'은 공안파 원 씨 삼형제에게서 직접적인 영향을 받은 언지파言志派 문학의 부흥을 가리킨다. 또 루쉰의 잡감雜感이

---

35 【역주】『中國新文學大系』는 1935년부터 1936년에 걸쳐 루쉰(魯迅), 마오둔(茅盾) 등 사람들이 편찬한 이론서와 작품 선집이다. 1집과 2집은 후스(胡適)와 정전둬(鄭振鐸)가 편찬한 이론집이며 3집부터 9집까지는 작품선, 10집은 사료와 색인으로 되어 있다. 상해양우도서공사(上海良友圖書公司) 자오자비(趙家壁)가 총편을 맡았고 차이위안페이(蔡元培)가 총서(總序)를 썼으며 저우쭤런은 제6집인 『산문일집(散文一集)』을 편찬하였고 위다푸는 제7집인 『산문이집(散文二集)』을 편찬하였다.

"중국 현대문학의 성취"를 대표한다는 주장이 일방적이라는 점도 굳이 말할 필요가 없을 것이다.

저우쭤런은 '미문美文'을 주장하면서 '공안파와 영국의 소품문'을 접목시키는 데 주력하였고, 루쉰은 구리야가와 하쿠손廚川白村의 『상아탑을 나오며象牙の塔を出て』를 번역하면서 마음대로 한가롭게 말하면서도 "유머가 있고 느긋한" 영국수필에도 상당히 호감을 보였다.[36] 에세이를 감상하고 참조했다는 점에서 루쉰과 저우쭤런 이 두 형제는 별 차이가 없다. 루쉰과 저우쭤런이 현대 중국산문의 가장 주된 형식인 '잡감'과 '소품'을 각각 대표하게 된 것은 정치사상과 사유방식의 차이도 있었지만 그들이 찾은 '내부의 호응'이 달랐기 때문이다. 두 형제 중 한 사람은 위진魏晉 문장을 추종했고 다른 한 사람은 만명晩明 문장에 매료되었다. 이것은 린위탕이 영국수필을 끌어들여 "중국에서 선례를 찾아내려고" 했던 것과는 전혀 달랐다. 이것은 '중국 문장'이 내놓은 문제였기 때문이다. '5·4' 시기에 언어의 변화가 있었지만 이것은 여전히 명청 문장 및 그 논쟁과 같은 맥락이었다.

루쉰은 위진 문장의 영향을 받았다. 장타이옌章太炎(장태염)에게서 학문을 배운 것이 계기가 되었는데, 이 부분은 학계에서도 인정하고 있다.[37] 장타이옌이 위진문학을 추종한 것은 청대 문장이 바뀌면서 어쩔 수 없는 상황 때문이었다. 만청 문단에서 당송 문장을 본받자는 동성파는 여전히 세력이 컸다. 도전자들은 육조 문장을 배우고 운문과 산문文筆 논쟁

---

36 周作人, 「『燕之草』跋」(『永日集』, 北新書局, 1929); 魯迅 「小品文的危機」(『南腔北調集』, 同文書店, 1934) 참조.

37 王瑤, 『論魯迅作品與中國古典文學的歷史聯系』 제2, 제3절, 『文藝報』 19·20, 1956 참조.

을 벌이는 식으로 호소했는데 이런 기류도 점차 힘을 얻어갔다. 장타이엔은 초보 단계에서 고문 위주의 '동성파'와 변려문 위주의 '선학파選學派(『소명문선昭明文選』을 중시하는 학문 – 역주)'를 직접 대면했다. 학문과 문장에 대한 요구가 높았던 장타이엔은 당시 사람들에게는 비판을 많이 했지만 화려하고 질박함이 어우러진 왕중汪中의 글과 법도를 준수한 요내姚鼐의 글에 대해서는 높게 평가했다. 「태염선생자정연보太炎先生自定年譜」와 「나의 학술 단계自述學術次第」에서 장타이엔은 위진시대 현문玄文을 읽고 나서 자신의 문장이 크게 달라졌다는 점을 언급하였다. 처음에는 깊고 거침없는 한유를 배우고 나중에는 부화하고 화려한 왕중汪中을 배우는 것은 만청 문인들의 일반적인 모습이었고 장타이엔도 마찬가지였던 것이다. 35세가 되던 해(1902) "삼국三國과 양진兩晉의 문장과 사文辭를 읽고는 너무 아름답다고 여겼는데 그때 글쓰는 체제가 처음으로 달라졌다." 그 이후에는 문장을 논할 때 "명실名實에 신경 쓰지 않는" 동성파와 "수식을 손에서 놓지 못하는" 선학파를 벗어나 "의례를 중시하고" "고상한 풍격을 다하는" 위진 문장을 홀로 주장했던 것이다.[38]

장타이엔의 말처럼 당시에는 "육조六朝 문장을 본받는 사람들은 당송 문장을 무시했고, 당송 문장을 추종하는 사람들은 육조 문장이 쇠미하다고 여겼다."[39] 장타이엔은 이런 문파의 논쟁에서 결연히 뛰쳐나와 의연하게 위진 문장을 선택했는데, 반은 문장, 반은 학술 때문이었다. 위진 문장에 대한 장타이엔의 찬양 중 가장 유명한 것이 『국고논형國故論衡』「논식論式」의 다음 단락이다.

---

38 章太炎, 「與鄧實書」, 『章太炎全集』, 上海人民出版社, 1984~1986.
39 章太炎, 『國故論衡 · 論式』, 『章氏叢書』, 浙江圖書館, 1919.

위진 문장은 대체로 한대 문장보다 못하지만 의론 만큼은 주나라 말기와 비슷하다. 기세와 풍격(氣體)은 달라도 자신의 의견을 고수할 때도 법도가 있고 다른 사람을 비판할 때도 순서가 있어 조화로운 이치가 그 안에 있었고 밖으로 환하게 빛이 나니 백세의 스승으로 삼을 만하다.

여기서 강조한 것은 '의론持論'이지 전반적인 문장이 아니었다. 이른바 한대 문장의 단점은 "우아하지만 핵심을 짚지 못해서 반복해서 외우는 듯"하다는 것이었고, 당송 문장의 병폐는 "맑지만 근본이 없어서 거의 거칠다"는 것이었다. 반면 위진 문장은 "장점만 있고 문제점은 없었다." 그러나 "사건을 기록하고紀事" "뜻을 말한言志" 문장을 빼야 이 주장이 말이 된다. 증국번曾國藩은 고문이 설리說理에 적합하지 않다고 한탄했고, 장타이옌도 "명리名理에 대한 내용은 지금껏 근세가 최악"이라고 했다. 장타이옌은 당시 사람들이 "멋대로 논의를 펼치고 사람들을 평가"할 줄만 알았지 "인성人性과 천도天道를, 공空과 유有를 제대로 논하지" 못하는 이유는 위진의 현문을 잊어버렸기 때문이라고 했다. 당대 문학을 '협소局促'하다고, 송대 문장을 '공허汗漫'하다고 비판하거나 위진 문장이 '유연卷舒'하다고 찬양한 것은 사실 핵심이 아니다. 장타이옌의 가장 독창적인 점은 명학名學이 위진 문장에 미친 영향을 지적한 것이다.

당송 문장이나 육조 문장을 모범으로 삼는 사람들이 언제나 "일상적인 문장은 쓰지만 예법과 정치에 대한 글에 취약한" 것은 예법과 정치가 전문적이기도 하지만 이들이 "주장을 할 때 명가名家를 따라할 생각만 하고 종횡기縱橫家를 배우려고 하지 않아서였다."[40] 구양수와 소식을 배워서 논의를 하게 되면 큰소리를 하고 기세로 사람을 속이게 된다. 이것이 바로 장타이옌이 말한 견문이 잡다하고 제멋대로인 "종횡가의 글"이었다. 주목할 점은 「나의 학술 단계自述學術次第」에서 말한 "나는 법상종法相宗을 추종하지만 위진 시기의 현문도 함께 배웠다"는 구절이다. 「철쟁에게 답하다答鐵錚」에서는 자신이 왜 법상종만 높이는지 설명하면서 그 이유로 "한학자들의 논의가 논리정연하고 깊이가 있으며", "과학이 싹트고 사유도 치밀해지는" 학술적 추세에 부합한다는 점을 들었다. 고문경학자면서 동시에 현학과 불교를 숭상한 것은 장타이옌의 반항의식과 과학에 대한 관심, 개성의 추구, 명학에 대한 관심 때문일 것이다. 류스페이도 "고거考據 문장도 명가名家에서 나왔다"며 "그래서 근대의 글에는 명가풍의 말이 많다"고 했다. 그런데 류스페이는 깊이 있는 사고와 표현에 더 관심을 가졌고 또 "변려문은 문체의 으뜸"이라고 확신했기 때문에 위진 문장의 "세밀한 분석"에 대해서는 더 검토하지 않았다.[41] 반면 장타이옌은 위진 문장이 "명리를 종합하여" "실로 진한 문장이 도달하지 못하는 바가 있다"고 했다. 이 점은 그가 "과학이 흥기하면 정의가 엄밀해진다"며 "중국 문장은 전혀 논리적이지 않다"고 불만을 가졌던 것과 큰 관련이 있다.[42]

청말 민국 초기에 서양의 논리학을 소개하고 이것으로 중국 문장을 바꾼 사람으로는 옌푸嚴復(엄복)와 장스자오張士釗(장사소)가 가장 유명하다. 당시 "과학의 도입"을 "신문학 주장"의 전제로 삼고 "문법과 명학에 부합되는 것"을 "근세 문체"의 주요 특징으로 보는 것이 이미 대세였다.[43] 하

---

40 章太炎, 「自述學術次第」, 『太炎先生自定年譜』, 香港 : 龍文書店, 1965; 章太炎, 「論式」, 『國故論衡』, 上海大共和日報館, 1912.
41 劉師培, 『中國中古文學史·論文雜記』, 人民文學出版社, 1984; 劉師培, 「文說·耀采篇」, 舒蕪 外 編選, 『中國近代文論選』, 人民文學出版社, 1981.
42 章太炎, 「自述學術次第」·「論承用'維新'二字之荒謬」, 『國民日報』, 1903.8.9.
43 黃遠庸, 「晚周漢魏文鈔序」, 『遠生遺著』.

지만 위진 문장에는 명학도 있지만 '현리玄理'와 '청담淸談'도 있다. 문약 루쉰이 위진문학을 추종한 것에 류스페이의 영향이 있었다는 점도 고려한다면 루쉰의 잡감이 결코 "분석만 정밀한 것"이 아니라는 점을 이해하기 어렵지 않다.

루쉰은 문학과 학술의 구분을 주장했고, 장타이옌처럼 구두句讀가 있는 것과 없는 것 모두를 문학에 넣는 것에 동의하지 않았다. 이런 생각 때문에 그는 '문과 필 논쟁文筆之辨'에 공감했고 위진 문장을 논할 때에도 류스페이의 영향을 많이 받았다.[44] 위진 문장의 "명리를 종합한다"는 점은 마찬가지였지만, 루쉰은 스승인 장타이옌과 달랐다. 루쉰은 "간결하고 엄밀하며淸峻, 통달함通脫, 화려함華麗, 웅대함壯大"이라는 특징도 함께 받아들였던 것이다.

이 외에도 장타이옌은 '현리玄理'를 중시했지만, 루쉰은 '전투'를 부각시켰다. 루쉰은 개성적이고 재기가 있고 "생각이 참신하고" "의론에 능하며" 전투적이었던 혜강嵇康과 완적阮籍을 좋아했다. 같은 맥락에서 그는 "전투적인 글"을 쓴 것이 장타이옌의 평생의 가장 큰 성과였다고 주장했고 잡문을 "비수이자 투창投槍이며 독자와 더불어 활로를 뚫고 나아갈 수 있는 것"이라고 주장했다.[45] '한적함'과 '성령'만 말하는 린위탕에 반감을 느낀 루쉰은 명말 소품이 "전부 음풍농월만 한 게 아니며, 그 속에는 불평도 있고 풍자도 있고 공격도 있고 파괴도 있다"고 주장했다. 이 말은 일리는 있지만, 위진에서 만당晚唐, 명말明末, '5·4' 시기까지 "발버

---

44 許壽裳, 『亡友魯迅印象記』, 人民文學出版社, 1977; 魯迅, 「漢文學史綱要」, 『魯迅全集』 9, 人民文學出版社, 1981; 「魏晉風度及文章與藥及酒之關係」, 『魯迅全集』 3, 人民文學出版社, 1981.
45 魯迅, 「魏晉風度及文章與藥及酒之關係」·「關于太炎先生二三事」·「小品文的危機」 참조.

둥치며 싸워온" 소품문의 전통을 찾으려는 시도는 무리가 있다.[46] 1918년의 『신청년新青年』에 생긴 '수감록隨感錄' 코너가 '잡감雜感'의 흥기를 상징적으로 보여준 것도, 위다푸가 신랄하고 간결하게 촌철살인을 한다고 평가한 루쉰 문체도[47] 모두 위진 문장의 부활만으로 볼 수는 없다.

위진 문장을 추종했던 루쉰에 비해 만명 소품의 근원을 탐구한 저우쮀런이 훨씬 자각적인 의식이 있었고 명성도 더 높았다. 저우쮀런도 장타이옌에게서 가르침을 받은 적이 있었다. 그가 동성파를 공격한 것은 당연히 스승의 영향을 받은 것이다. 그런데 그가 만명 문장을 높게 평가한 점은 결코 장타이옌이 동의할 수 있는 것이 아니었다. 장타이옌은 방포方苞의 무능한 점이 불만이었지만 방포가 "명대 말기의 번잡하고 경박한 문장"을 처단한 것을 찬양했다. 또 "명대 말기의 문풍이 부활해" 문학이 쇠퇴해진 것에 유감이 있었기 때문에 심지어 입장을 바꿔서 동성파의 의법을 변호하기까지 했다.[48] 이것은 사실 청대 학자의 보편적인 견해였다. 즉 의법을 중시하는 동성파조차 "공부하지 않는다"고 비판을 받는 마당에 "오직 성령만 표출한다"고 주장한 공안파는 당연히 몸 둘 곳이 없었다. 청대의 공안파와 경릉파, '산인의 기질', '명말 소품'은 줄곧 사대부의 처신과 글쓰기에서 큰 금기사항이었다. 건륭 연간에 원 씨 삼 형제의 저서가 금지되고 소각된 것은 둘째치고 박문강기博聞强記를 특징으로 하는 한학가와 도道를 지키고 성인을 칭송하는 송학가宋學家들의 공격

---

46 魯迅, 「小品文的危機」·「雜談小品文」, 『且介亭雜文二集』, 三閑書屋, 1937 참조.

47 郁達夫, 「『中國文學大系·散文二集』導言」, 『中國文學大系·散文二集』, 上海良友圖書印刷公司, 1935~1936.

48 章太炎, 「訄漢微言」, 『章氏叢書』, 浙江圖書館, 1917; 章太炎, 「自述學術次第」, 『章氏叢書』, 浙江圖書館, 1917 참조.

만으로도 원 씨 삼 형제는 햇빛을 보기 어려웠다. 그런데 이제 동성파의 의법이 공안파와 성령파의 비판자로 무대에 오른 이상, 동성파의 의법을 반대하면 공안파의 성령이 부활할 수 있었다. '5·4' 시기에 '동성파 잡놈, 문선파 요괴'라고 저주를 퍼부어 이미 공안파의 신원을 위한 기반이 마련된 상태에서 이제 저우쭤런이 높은 곳에 올라 한번 소리 지르기만 하면 되었기 때문이다.

1926년부터 시작하여 저우쭤런은 『도암몽억陶菴夢憶』을 재간행하고 위핑보兪平伯(유평백)의 산문집인 『연지초燕知草』와 『잡반이雜拌兒』를 위해 발문을 썼으며 거듭해서 공안파의 역사적 가치와 '5·4' 신문학과 공안파 사이의 혈연관계를 강조하였다. 이를테면 공안파 문학은 정통 고문을 무시하고 "진실한 개성의 표현"을 중시했으며 "예법에 대한 반동"은 매우 현대적이었고 그들이 은거한 "근본 원인은 반항"이었으며 이들의 "서정적인 산문"은 "현대문학과 취미가 거의 일치한다"는 식이었다. 이 모두는 결과적으로 봤을 때 모두 현대산문의 뿌리를 찾는 작업이었다.

현대산문은 모래밭 아래에 복류하는 강물처럼 수많은 시간이 지난 뒤에야 하류에서 터져 나왔다. 이것은 옛 강물이면서 동시에 새로운 것이다.[49]

이 뿌리 찾기는 1932년에 보인대학輔仁大學에서 시리즈로 강연하고 북평인문서국北平人文書局에서 『중국신문학의 원류中國新文學的源流』를 간행하면서 정점에 이르렀다. 후스의 『백화문학사白話文學史』와 견줄 수 있는 이

---

49 周作人, 「『陶庵夢憶』序」, 『澤瀉集』, 北新書局, 1933; 周作人, 「『雜拌兒』跋」·「『燕知草』跋」, 『永日集』, 北新書局, 1929 참조.

명작에서 저우쭤런은 공안파의 문학을 이렇게 평가했다.

> 이들의 문학운동은 민국 이후 이번 문학운동과 공통점이 많다. 이 둘의
> 주장과 추이는 거의 비슷하다. 신기하게도 비슷한 작품들도 매우 많다.

저우쭤런과 후스가 공안파와 경릉파, 또는 선종禪門 어록에 대해 말한
것은 엄밀한 의미에서 보면 역사 연구라기 보다는 백화문학 또는 현대
산문의 "기세를 높여" 주기 위해서였다. 이런 뿌리 찾기를 '새로운 것을
내세워 겁을 주려는 것'으로 해석하는 것은 적절하지 않다.[50] 당시 백화문
운동은 이미 성공을 거두었고 저우쭤런의 소품도 충분히 긍정적인 평
가를 받은 상태였기 때문이다. 이것은 문학혁명의 주도자들이 스스로
조절했다고 보는 편이 훨씬 타당할 것이다.

'5·4' 시기 저우쭤런과 가장 밀접하게 관련된 중요한 간행물은『신조
新潮』였는데 영문 이름은 'The Renaissance'였다. '문학혁명'을 '문예부
흥'와 관련시키는 것은 저우쭤런의 일관된 사유방식이었다. 이런 사유는
당연히 서구적 색채가 강한 신시新詩나 화극話劇이 아니라 산문에서 가장
잘 구현되었다.

> 나는 자주 이런 생각을 한다. 현대산문은 신문학 중에서 외국의 영향
> 을 가장 적게 받았다. 이것은 문학혁명보다는 문예부흥의 산물이라고 말
> 해야 할 것이다. 비록 문학의 발전 과정에서 부흥과 혁명은 같은 전개를

---

50 中書君, 「評周作人的『新文學的源流』」, 『新月』 제4권 제4기, 1932.11.

보이더라도 말이다.[51]

    "부흥과 혁명이 같은 전개를 보인다"고 강조하는 것은 저우쭤런의 독특한 발상은 아니었다. '5·4'운동의 선구자들은 대부분 이런 생각을 가지고 있었지만, 이것을 '산문'에 적용해 보니 매우 잘 맞았다. '5·4'문학운동이 낡은 것들을 쳐내고 있던 1919년에 후스는 「신사조의 의의新思潮的意義」,「국고학을 논함論國故學」,「청대 학자의 학문법清代學者的治學方法」 등의 글을 잇따라 발표하며 본격적으로 "국고國故(고대의 학술과 문학─역자)를 정리하자"는 기치를 내걸었다. 국민들의 뿌리 깊은 복고 사상을 경계하는 입장에서 신문화인들은 "이른바 국학"을 비웃고 욕하기도 했지만, 대부분 신문학은 국고의 정리와 결합되어야 한다는 것을 인정했다. 정전둬鄭振鐸(정진탁)는 "중국문학의 가치를 재평가하고 발견하여 기와 조각 속에서 금덩어리를 찾아내야 한다"고[52] 했다. 당시 사람들이 추구한 것을 표현한 말로 이보다 더 적합한 것은 없을 것이다. 산문은 전통의 자원이 가장 풍부한 분야였기 때문에 금덩어리를 찾는 작업도 가장 효과적이었다.

    '혁명'과 '부흥'의 결합을 추구하는 것이 목적인 이상, 누군가 '부흥'으로 '혁명'의 과오를 교정할 때 이들의 주장은 자연히 큰 연구의 틀을 중시할 뿐 세부적인 역사 고증에는 소홀했다. 『백화문학사白話文學史』와 『중국신문학의 원류中國新文學的源流』는 모두 특별한 혜안을 가진 훌륭한 책이었으며 선명한 문학 선언과 엄밀한 학술 저서의 중간쯤에 자리하고 있었다. 이 두 책은 모두 저자의 취미와 관련이 컸고 주목적은 문학혁명

---

51   周作人,「『陶庵夢憶』序」,『澤瀉集』.
52   鄭振鐸,「新文學的建設與國故之新研究」,『小說月報』 제14권 제1호, 1923.

의 출구를 찾는 것이었다. 이를테면 저우쭤런은 '5·4'문학의 연원을 만명 소품에서 찾았지만 실제로 자신의 문장은 공안파 원 씨 삼 형제와 별로 관련이 없었다.

「나의 잡학我的雜學 4」에서 저우쭤런은 왕충王充과 이지, 유정섭俞正燮을 "중국 사상계의 삼대 등불"이라고 했다. 이러면 그와 마찬가지로 이지를 숭배했던 공안파 원 씨 삼 형제와도 이어질 것 같았다. 하지만 저우쭤런이 높이 평가했던 것은 "인정세태를 꿰뚫어보고" "진리를 사랑하는 태도"였다. 이것은 원굉도 등의 사람들이 '동심설'을 수용하여 "오직 성령만 표출한다"고 주장한 것과는 거리가 멀다. 「입옹과 수원笠翁與隨園」에서 저우쭤런은 공안파를 계승한 이어李漁와 원매袁枚를 언급했지만 자신이 중시한 '취미'가 미美와 선善이 구비되었다는 점에서 공안파 원 씨 삼 형제와는 전혀 달랐다.

> 이른바 취미는 많은 것을 포함한다. 이를테면 우아한 것(雅), 서투른 것(拙), 소박한 것(朴), 껄끄러운 것(澁), 따뜻하고 너그러운 것(重厚), 깔끔하고 명료한 것(淸朗), 통달(通達), 중용(中庸), 변별력(有別擇) 등이 그것이다. 이것과 반대되는 것은 취미가 없는 것이다.

저우쭤런의 이 아홉 가지 기준으로 평가한다면 '껄끄럽'지도 '서투르지도' 않고 '따뜻하고 너그럽다'고도 할 수 없는 원굉도는 아마 '취미가 없는' 부류에 속하게 될 것이다. 저우쭤런의 문장에서 사람들이 높이 사는 평담함과 박식함, 여유로움은 공안파 문학과는 완전히 대척점에 있다. "깊은 고통을 여유에 담아내는 것"은 좀 비슷하지만 문장의 풍격으로 본다면 저우쭤런과 원펑도는 천지차이이다.

저우쭤런이 동성파 고문을 비판하고 만명 소품을 추대한 것은 인정물태와 반항의식으로 평가했기 때문이기도 하지만 여기에는 문학 언어를 바꾸려는 의도도 들어 있었다. 동성파 고문은 진실하고淸眞 품위 있는 것雅馴을 추구해서 언어에 금기가 매우 많았다. 만명 소품은 기발함이 우선이었기 때문에 속어와 방언, 불교어를 글에 잘 녹여 내었다. 처음에는 문언문을 저주했던 신문화인들도 백화문운동이 성공을 거두자 모두 나름의 방식으로 문언문, 심지어 고문의 기법까지 흡수하려고 했다. 저우쭤런은 이런 추세를 가장 먼저 자각했다. 그는 『고죽잡기苦竹雜記』「후기後記」에서 "질박한 산문과 화려한 변려문을 혼합한다"는 문학적 이상을 제시했고, 『약당잡문藥堂雜文』「서序」에서는 고문은 완전히 폐기해야 할 것이 아니며, 청대의 의관처럼 선택하고 세탁하며 재수선하고 잘 맞춰 입으면 여전히 쓸 데가 많다고 했다. 이런 견해는 희망사항을 말한 정도였지만 「『연지초』발문燕知草跋」에서 위펑보兪平伯(유평백)의 '껄끄러운 맛과 단순한 맛'에 대해 평가할 때는 글의 핵심까지 파고들었다.

구어를 바탕으로 유럽어, 고문, 방언 등을 추가하여 잘 뒤섞은 뒤 넉넉하게 또는 조금씩 넣는다. 이것을 지식과 취미로 제어하면 아취가 있는 속어문(俗語文)을 쓸 수 있을 것이다. 내가 말하는 아취는 자연스럽고 점잖은 풍격이지 어떤 자구를 금지하거나 시골 유지의 티를 내는 것이 아니다. 위펑보의 문장에는 바로 이런 우아함이 있는데, 이것은 명대 사람들과 가까운 점이다.

후스는 저우쮀런 등이 주장한 '소품산문'이 "미문은 백화로는 쓸 수 없다"는 맹신을 무너뜨렸다고 했다. 그러나 이것은 이들이 고문이라는 보루를 공격한 것만 보았을 뿐 이들이 백화문을 바꿨다는 사실을 보지 못한 것이었다. 20세기 중국산문의 다양한 형식과 유파 중에서 루쉰과 저우쮀런이 개척한 '잡감'과 '소품'이 가장 높이 평가되었고 가장 성공적으로 전통에서 자양분을 섭취하였다. "문언문을 빌어 백화문을 바꾼 것"은 그중에서 비교적 겉으로 드러나고 쉽게 묘사할 수 있는 층위였을 뿐이다. 그래서 '루쉰 풍'을 모방하거나 저우쮀런을 따르는 사람들이 가장 쉽게 배울 수 있는 부분도 바로 그 약간 껄끄럽지만 우아한 문체였다.

루쉰과 저우쮀런의 문장은 양상이 다양하고 연원이 복잡하다. 여기에서는 이들의 '잡감' 또는 '소품'에 한정하여 근원을 찾아보았고, 루쉰의 『들풀野草』와 『아침에 핀 꽃 저녁에 줍다朝花夕拾』에 대해서도, 저우쮀런과 일본의 수필 및 하이쿠의 관련성도 언급하지 않았다. 이 글의 의도는 '전체 인물상'이나 '작품 전체'를 드러내는 데 있지 않고 그저 현대산문의 성장에서 중요한 측면을 그려내고자 했기 때문이다.

4. 고독과 생기

'5·4'문학혁명은 백화문을 주장하고 문언문에 도전장을 내밀었다. 이렇게 보면 시와 문장이 가장 혜택을 받았을 것 같지만 실제 혁명의 가장 뚜렷한 결과는 '시'의 환골탈태와 '문장'의 중심 이탈이었다. 소설이 문학의 최고 장르라고 주장한 량치차오에서 소설을 학술 과제로 삼은 후스와 루쉰까지 이 모두는 서구의 문학관념을 빌어 중국 고유의 장르 등급을 바꾸려고 한 것이었다. 이런 상황에서 소설은 갑자기 흥기하였고 산문은 눈에 띄게 옛날의 광채를 잃어갔다.

1920년대 초에 후스는 『지난 50년간 중국의 문학五十年來中國之文學』을 써서 고문과 시가, 소설 등을 차례로 논평하였다. 10년 뒤에 주쯔칭朱自淸(주자청)은 청화대학에서 '중국신문학연구' 강의를 하면서 순서를 시, 소설, 희곡, 산문으로 바꾸었다. 문학사 저술에서 순서의 변화는 지위의 변화를 암시한다. 만청과 '5·4' 시기는 문학 발전의 추세에서도 차이가 있었지만 더 중요한 것은 학술 패러다임의 전환이었다. 오랜 기간 문단의 중심에서 아래를 내려다보았던 '문장'이 갑자기 변두리로 밀려났으니 그 처량함과 적막감을 쉽게 짐작할 수 있다. 여기에 또 서구의 '산문' 개념으로 난도질당하고 변화까지 겪어야 했다.

루쉰과 저우쭤런은 '서양의' '문학개론'을 기준으로 장르의 등급을 나누는 데 부정적이었다. 잡문이 "고상한 문학의 누각으로 침입하게 될지도 모른다"고 하면서 나날이 빛을 발하리라 낙관하기도 했고 소품이 "서사와 의론, 서정을 모두 모았다"고 하면서 "개인 문학의 첨단"이라고 하기도 했다. 다른 작가들은 그렇게 낙관적이지 않았다. 산문으로 유명한 주쯔칭마저도 산문은 다른 장르보다 낮다고 생각해서 "순수 예술로 볼 수도 없고, 소설, 희곡과는 차이가 있다"고[53] 했다. 주쯔칭이 겸손한 척한 것이 아니었다. 당시 뜨거운 감자였던 '문학개론'의 기준에 따르면 산

---

53 魯迅, 「徐懋庸作『打雜集』序」, 『且介亭雜文二集』, 三閑書屋, 1937; 周作人 「『氷雪小品選』序」, 『看雲集』, 開明書店, 1932; 朱自淸, 「『背影』序」, 『背影』, 北新書局, 1929 참조.

문은 확실히 말석에 자리할 수밖에 없었다.

산문이 변두리로 밀려난 것이 반드시 나쁜 일은 아니었다. 최소한 작가들이 성현을 대신해 말한다는 가면을 벗어버리고 '도를 담는' 글에서 '뜻을 표현하는' 글로 전환하게 할 수 있었다. 저우쭤런은 '문이재도文以載道'와 '시이언지詩以言志'에 입각하여 문학가를 두 부류로 나누었는데 약간 억지스럽다. '도를 담던' 문인들이 시를 쓰면 여전히 "성령을 표현할" 수 있기 때문이다.[54] 이것은 사실 전통 중국사회에서 여러 장르가 각각의 역할을 했기 때문이다. 중심에 있었던 '문장'은 "경국지대업"이었기 때문에 개인의 희비에 지나치게 관심을 기울일 권리가 없었다.[55] 변두리로 밀려나면서 작가는 더이상 "허세를 부리면서" "경전의 의리를 설명하는 식의 문장"을 쓸 필요가 없어서 소품도 자연스럽게 이런 분위기 속에서 등장하였다. 허세가 사라지고 규범이 와해되면서 원래라면 옷매무새를 단정히 하고 똑바로 앉아 한눈팔지 않았던 '문장'이 순식간에 가장 자유롭고 가장 활약했고 이로 인해 가장 생기가 넘쳤던 것이다.

저우쭤런은 '왕권이 해체된 시대'로, 위다푸는 '개인의 발전'으로 현대 중국산문의 발전 과정을 논증했는데 매우 식견이 있다. 그렇지만 "모래 한 알에서 세계를 보고 꽃잎 반 개로 인정물태를 이야기하는" 현대산문의 기본 특징은 오히려 산문이 변두리로 물러나 '도를 담는다'는 무거운 임무를 벗어놓았기 때문에 생긴 것이었다.[56]

1930년대의 소품문 논쟁은 '산문'의 위상 재정립이었다. 한쪽에서는

---

54 周作人, 『中國新文學的源流』; 中書君, 「評周作人的『新文學的源流』」 참조.
55 葉聖陶, 「關于小品文」, 『小品文和漫畫』, 生活書店, 1935.
56 周作人, 『『氷雪小品選』序』; 郁達夫, 『『中國文學大系·散文二集』導言』, 『中國文學大系·散文二集』, 上海良友圖書印刷公司, 1935~1936. 참조.

'한적함'과 '성령'이 중심이고 다른 한쪽에서는 '발버둥치며 싸우기'를 강조하여 겉으로 보기에는 상극인 것처럼 보였지만 논쟁 결과 이들은 서로 타협하게 되었다. 그것이 바로 이른바 "깊은 고통을 여유에 담아내는" 것과 이른바 전투를 앞두고 "즐겁게 쉬는 것"이었다.[57] '우주'와 '파리'를 파악하는 방식으로 본다면, 잡감과 소품은 끝까지 타협할 수 없었다. 그렇지만 자아를 강조했고 '개인의 필체'를 확장시켰으며 "옛 사람들의 시구를 가져온" 문장('성령을 빌려온 것'도 포함)을 경멸했다. 문체에서는 "투식에 얽매이지 않았고 장법에 구애되지 않았는데", 이는 모두 '도를 담는' 정통 문장의 역할을 소거한 것이었다.[58] 전혀 다르면서도 서로 보완하는 것, 이것이 바로 현대산문이 발전할 수 있었던 비결이었다. "문학은 개인이 중심"이라는 것을 인정하고 '자신의 정원'[59]을 가꾸는 데 주력했기 때문에 필연적으로 풍격은 다양해졌던 것이다.

루쉰을 모방한 녜간누聶紺弩(섭감노)와 저우쭤런을 추종한 위핑보의 잡감과 소품은 스승의 광채로 완전히 가려지지 않고 여전히 개성적 면모를 드러냈는데, 이것은 결코 쉬운 일이 아니다. 전투적인 잡감과 한적한 소품은 현대산문의 두 주류였다. 리광톈李廣田(이광전)은 자연스럽고 순후한 주쯔칭의 산문이 '정통'이라고 했는데,[60] 산문에 '정통'을 세울 수 있는지는 논외로 하더라도 주쯔칭의 문장이 광범위하게 전파되었고 모방하기 쉬웠다는 것은 틀림 없는 사실이다.

57 林語堂,「『人間世』發刊詞」·「周作人詩讀法」(『我的話』下, 時代圖書公司, 1934); 魯迅,「小品文의危機」참조.
58 魯迅,「雜談小品文」; 林語堂,「論文下」(『我的話』下) 참조.
59 周作人,「文藝의統一」·「自己的園地」,『自己的園地』, 北京晨報社, 1923.
60 李廣田,「談散文」,『文藝書簡』, 開明書店, 1949.

순수한 동심의 빙신氷心(빙심)과 "풀어낼 수 없을 정도로 진한" 아리따움의 쉬즈뭐徐志摩(서지마)의 글은 모두 루쉰과 저우쭤런의 범위 밖에 있었으며 이들의 장점은 총기와 재기였다. 쉬디신許地山(허지산)과 펑즈카이豊子愷(풍자개)는 불교와 관련이 깊어서 그들의 문장은 "텅 빈 산에 때 맞춰 내리는 비"처럼 선적인 느낌이 강하게 풍겼다. 펑즈馮至(풍지)가 '평범한 벌판에서' 인생을 깨닫고 '영원한 아름다움'을[61] 느낀 것은 중국문화 정신을 자양분으로 섭취한 점도 있지만 존재주의 철학의 계시를 받은 측면도 있다.

허치팡何其芳(하기방)은 철리哲理를 추구하지 않고 "극소수의 글자로 어떤 정조를 만들어내는 것"에 주력하였다. "한 단락의 미완성 소설"로 또는 "짧은 시를 확장시켜" 산문을 쓰지는 않았지만, 허치팡의 '독자적 창작'은 시를 차용하거나 중점을 둔 것이었다.[62] 이 또한 리광텐이 「화몽록畵夢錄」을 '시인의 산문'이라고 한 이유이기도 했다. 이와 선명하게 대비된 것이 선충원沈從文(심종문) 등의 '소설가의 산문'이었다.[63] '독백'을 좋아하는 사람들은 시를 참고했고, 사실을 잘 쓰는 사람들은 소설 기법을 가져와도 무방했다. 주쯔칭의 「뒷모습背影」에는 이미 소설 기법이 섞여 있고 선충원의 「상행산기湘行散記」는 더 의도적으로 유기와 산문, 소설을 한데 섞었다.[64]

문체의 상호 침투는 현대 중국산문에서 매우 두드러졌다. 장르 자체가 비교적 개방적이었던 탓도 있지만 개인의 스타일을 강조했던 것이

61 馮至, 「『山水』後記」, 『山水』, 文化生活出版社, 1947.
62 何其芳, 「『還鄕雜記』代序」, 『還鄕雜記』, 上海良友圖書公司, 1939.
63 李廣田, 「談散文」.
64 朱自淸, 「「背影」序」; 沈從文, 「新廢郵存底(23)」, 『益世報』 1947.9.20.

더 큰 이유였다. 개인과 사회, 종교와 사상, 산수와 철리哲理, 실록과 서정 등 중에서 어떤 것을 풀어내도 모두 독특한 감각과 표현을 얻을 가능성이 있기 때문이다.

권력과 책임을 상징하는 '중심'에서 벗어나 적막하고 담담한 '변두리'로 이동한 20세기 중국산문은 의기소침하지 않았고 오히려 개성을 중시하고 운치를 살리며 소탈하고 자연스러운 풍격으로 명청 시기 문장의 틀을 깨뜨렸다. 1930년대 중기에 루쉰은 「소품문의 위기小品文的危機」에서 '5・4운동' 이후의 "소품의 성공으로 산문은 거의 소설, 희곡과 시가보다 위에 있게 되었다"고 했다. 후스와 정푸曾樸(증박), 주쯔칭, 저우쭤런 등도 비슷한 발언을 한 적이 있다.[65] 그 이후 소설은 급속도로 발전했지만 산문은 매우 오랫동안 핵심이었던 '개인 스타일'이 사라졌으므로 루쉰의 판단은 지나치게 낙관적이었다는 감이 있다. 그러나 현대 중국산문이 동서양문화가 충돌하는 과정에서도 비교적 성공적으로 '탈바꿈'과 '전환'을 완성하고 다시 생기로 넘쳤다고 한다면, 이 말은 절대 과찬이 아닐 것이다.

---

65 胡適, 『五十年來中國之文學』; 曾樸, 「復胡適的信」, 『眞善美』 제1권 제12호; 朱自淸, 「『背影』序」; 周作人, 「『中國新文學大系・散文一集』導言」, 『中國新文學大系・散文一集』, 上海良友圖書印刷公司, 1935~1936.

참고문헌*

姜書閣, 『騈文史論』, 人民文學出版社, 1986.

_____, 『漢賦通義』, 齊魯書社, 1989.

康有爲, 『長興學記 桂學答問 萬木草堂口說』, 中華書局, 1988.

高步瀛 編, 『唐宋文擧要』, 上海古籍出版社, 1982.

顧炎武, 黃汝成 集釋, 『日知錄集釋』, 世界書局, 1936.

戈公振, 『中國報學史』, 中國新聞出版社, 1985.

郭紹虞, 『照隅室古典文學論集』, 上海古籍出版社, 1983.

_____, 『中國文學批評史』, 上海古籍出版社, 1979.

郭預衡, 『中國散文史』 上·中, 上海古籍出版社, 1986, 1993.

譚家健·鄭君華, 『先秦散文綱要』, 山西人民出版社, 1987.

陶秋英 編選, 『宋金元文論選』, 人民文學出版社, 1984.

羅根澤, 『中國文學批評史』, 上海古籍出版社, 1984.

梁啓超, 『飮冰室合集』, 中華書局, 1932.

呂思勉, 『先秦學術槪論』, 中國大百科全書出版社, 1985.

黎靖德 編, 『朱子語類』, 中華書局, 1986.

魯迅, 『魯迅全集』, 人民文學出版社, 1981.

劉大櫆·吳德旋·林紓, 『論文偶記·初月樓古文緖論·春覺齋論文』, 人民文學出版社,
      1959.

劉麟生 外, 『中國文學八論』, 世界書局, 1936.

劉師培, 『中國中古文學史·論文雜記』, 人民文學出版社, 1984.

劉聲木, 『桐城文學源流考』, 黃山書社, 1989.

---

*   본 참고문헌은 연구자들에게 필요한 단서를 제공하는 외에 이 기회를 빌어 선행자들에
　　게 대한 감사의 뜻을 표현할 수 있기를 바랐기에 본서의 집필과 직접적인 관련이 있는
　　자료들만 제시하였다. 지면의 제한으로 인해 논문들과 공구서 그리고 연구대상인 산문,
　　소설 및 관련된 문론들은 제시하지 않는다. 문학사 저술이라는 의미에서 일부 연구대상
　　의 문집들을 열거하였다.

劉葉秋,『歷代筆記概述』, 中華書局, 1980.

劉永濟,『十四朝文學要略』, 黑龍江人民出版社, 1984.

劉義慶 撰, 餘嘉錫 箋疏,『世說新語箋疏』, 中華書局, 1983.

柳詒徵,『柳詒徵史學論文續編』, 上海古籍出版社, 1991.

劉知幾 撰, 浦起龍 釋,『史通通釋』, 上海古籍出版社, 1978.

劉熙載 撰,『藝概』, 上海古籍出版社, 1978.

李贄,『藏書』, 中華書局, 1974.

林紓,『韓柳文研究法』, 香港 : 龍門書店, 1969

潘永因 編,『宋稗類鈔』, 書目文獻出版社, 1985.

方正耀,『明清人情小說研究』, 華東師範大學出版社, 1986.

方漢奇,『中國近代報刊史』, 山西人民出版社, 1981.

范文瀾 註,『文心雕龍注』, 人民文學出版社, 1978.

謝國楨,『明清筆記談叢』, 上海古籍出版社, 1981.

商衍鎏,『清代科舉考試述錄』, 生活・讀書・新知三聯書店, 1983.

舒蕪 外 編選,『中國近代文論選』, 人民文學出版社, 1981.

舒蕪,『周作人的是非功過』, 人民文學出版社, 1993.

孫昌武,『唐代古文運動通論』, 百花文藝出版社, 1984.

顏之推 撰, 王利器 集解,『顏氏家訓集解』, 上海古籍出版社, 1980.

餘嘉錫 撰,『古書通例』, 上海古籍出版社, 1985.

餘嘉錫,『餘嘉錫論學雜著』, 中華書局, 1977.

葉德輝,『書林清話』, 中華書局, 1987.

葉幼明,『辭賦通論』, 湖南教育出版社, 1991.

葉適,『習學記言序目』, 中華書局, 1977.

葉昌熾 撰, 柯昌泗 評,『語石・語石異同評』, 中華書局, 1994.

吳訥・徐師曾,『文章辨體序說・文體明辨序說』, 人民文學出版社, 1962.

吳孟復,『桐城文派述論』, 安徽教育出版社, 1992.

吳文治 編,『韓愈資料彙編』, 中華書局, 1983.

阮元,『揅經室集』, 中華書局, 1993.

王德昭,『淸代科擧制度硏究』, 中華書局, 1984.

王士禛,『池北偶談』, 中華書局, 1982.

王世貞,『藝苑巵言』, 上海古籍出版社, 1978.

王若虛,『滹南遺老集』,『四部叢刊』影涵芬樓鈔本.

王瑤,『魯迅作品論集』, 人民文學出版社, 1984.

_____,『中古文學史論』, 北京大學出版社, 1986.

王充 撰, 劉盼遂 集解,『論衡集解』, 古籍出版社, 1957.

姚永樸 撰,『文學硏究法』, 黃山書社, 1989.

張溥, 殷孟倫 註,『漢魏六朝百三家集題辭註』, 人民文學出版社, 1981.

張秀民,『中國印刷史』, 上海人民出版社, 1989.

張舜徽,『史學三書平議』, 中華書局, 1983.

_____,『淸人文集別錄』, 中華書局, 1963.

_____,『淸人筆記條辨』, 中華書局, 1986.

張仁靑,『騈文學』, 文史哲出版社, 1984.

張仲禮, 李榮昌 譯,『中國紳士』, 上海社會科學院出版社, 1991.

章太炎, 上海人民出版社 編,『章太炎全集』3～6卷, 上海人民出版社, 1984-1986.

_____,『國故論衡』, 上海大共和日報館, 1912.

章學誠,『文史通義』, 上海書店, 1988.

_____,『章學誠遺書』, 文物出版社, 1985.

褚斌傑,『中國古代文體槪論』, 北京大學出版社, 1984.

錢謙益 撰,『列朝詩集小傳』, 上海古籍出版社, 1983.

錢基博,『現代中國文學史』, 嶽麓書社, 1986.

錢大昕,『潛硏堂集』, 上海古籍出版社, 1989.

錢穆,『中國近三百年學術史』, 中華書局, 1986.

錢鍾書,『管錐編』, 中華書局, 1979.

_____,『談藝錄』, 中華書局, 1984.

錢仲聯,『夢苕庵淸代文學論集』, 齊魯書社, 1983.

鄭振鐸,『鄭振鐸古典文學論文集』, 上海古籍出版社, 1984.

_____,『中國文學研究』, 作家出版社, 1957.

程千帆,『閑堂文藪』, 齊魯書社, 1984.

鄭樵,『通志略』, 上海古籍出版社, 1990.

曹道衡,『中古文學史論文集』, 中華書局, 1986.

趙翼,『廿二史札記』, 世界書局, 1939.

曹聚仁,『中國學術思想史隨筆』, 生活‧讀書‧新知三聯書店, 1986.

宗白華,『美學與意境』, 人民出版社, 1987.

朱維錚 校註,『梁啓超清學史二種』, 復旦大學出版社, 1985.

朱自清,『經典常談』, 生活‧讀書‧新知三聯書店, 1980.

周作人,『周作人回憶錄』, 湖南人民出版社, 1982.

_____,『中國新文學的源流』, 人文書店, 1932.

周振浦 註,『文心雕龍注釋』, 人民文學出版社, 1981.

陳乃乾 編,『黃梨洲文集』, 中華書局, 1959.

陳萬益,『晚明小品與明季文人生活』, 臺北 : 大安出版社, 1992.

陳少棠,『晚明小品論析』, 香港 : 波文書局, 1981.

陳衍,『石遺室論文』, 無錫國學專修學校, 1936.

陳寅恪,『金明館叢稿初編』, 上海古籍出版社, 1980.

_____,『金明館叢稿二編』, 上海古籍出版社, 1980.

_____,『元白詩箋證稿』, 古典文學出版社, 1958.

陳子展,『中國近代文學之變遷』, 中華書局, 1929.

陳騤‧李塗,『文則‧文章精義』, 人民文學出版社, 1960.

陳柱,『中國散文史』, 商務印書館, 1937.

陳鴻墀 纂,『全唐文紀事』, 上海古籍出版社, 1987.

蔡景康 編選,『明代文論選』, 人民文學出版社, 1993.

蔡元培 外,『中國新文學大系導論集』, 良友復興圖書印刷公司, 1940.

焦循,『雕菰集』, 道光四年(1824)儀征阮亭刻本.

湯用彤,『湯用彤學術論文集』, 中華書局, 1983.

遍照金剛,『文鏡秘府論』, 人民文學出版社, 1975.

浦江清,『浦江清文錄』, 人民文學出版社, 1989.

包世臣,『藝舟雙楫』, 世界書局, 1936.

馮友蘭,『三松堂學術文集』, 北京大學出版社, 1984.

_____,『中國哲學史新編』, 人民出版社, 1985.

皮錫瑞,『經學歷史』, 中華書局, 1959.

韓兆琦, 呂伯濤,『漢代散文史稿』, 山西人民出版社, 1986.

向達,『唐代長安與西域文明』, 生活·讀書·新知三聯書店, 1957.

胡國瑞,『魏晉南北朝文學史』, 上海文藝出版社, 1980.

胡念貽,『中國古代文學論稿』, 上海古籍出版社, 1987.

胡小石,『胡小石論文集續編』, 上海古籍出版社, 1991.

胡應麟,『少室山房筆叢』, 上海古籍出版社, 1993.

胡適,『胡適古典文學研究論集』, 上海古籍出版社, 1988.

荒井健 編,『中華文人の生活』, 東京：平凡社, 1994.

역자 후기

   때로는 개성적 측면을, 때로는 당시의 사회적 분위기를, 때로는 문학 스타일의 흐름을, 때로는 주변 환경의 특성을, 또 그 밖에도 다양한 면모를 담고 있는 수많은 텍스트들을 하나의 줄기로 묶어서 논리적으로 서술하는 것이 가능할까. 그렇게 보면 문학사 서술을 하겠다고 마음 먹은 이상, 그 어려움은 피할 수 없다. 구체적으로 생각하면 할수록 이 문제는 훨씬 더 복잡한 양상을 띠고 있다.

   '시대순'이라는 방법을 택한 저술도 많다. 이런 구성은 문학사에서 문학의 '사적 흐름'에 주목했기 때문일 것이다. 다만 시대 또는 왕조에 주목하게 되면 시대적 변화의 변곡점이 되는 주요 사건이 그대로 문학사 서술에도 적용되게 된다. 그렇다면 이것을 각 시대의 문학적 성격이라고 해야 할까 아니면 문학의 시대적 변천이라고 해야 할까. 왕조가 교체되면 문학 텍스트도 자연스럽게 달라질 것이라는 발상에 문학 연구자들은 다소 주저하게 된다. 문학 자체에 변화의 동력이 있다는 믿음을 떨쳐내기 어렵기 때문이다. 전근대 시대의 문학이 우리가 지금 생각하는 문학의 범위보다 넓었다고 해도, 문학사를 구상한다면 '국문학사'는 '국사'의 문학 항목과는 달라야 하지 않을까.

   특정 시대의 '대표 장르'를 뽑아서 서술하는 것은 어떨까. '양한 사부', '송원 잡극', '당송 고문'처럼 딱 떨어지면 좋겠지만, 모든 시대에 대표 장르를 명확하게 대응시킬 수 있는 것도 아니고, 설사 가능하다고 해도 이런 구분조차도 문학사의 흐름을 지나치게 단순하고 단절적으로 보이게 할 소지가 있다. '양한 사부'처럼 특정 시대와 대표 장르를 결합하는 이런 단어들은 이 장르가 이때 만들어졌거나 가장 발전했다는 의미로 쓴 것이지만 그러다 보니 마치 다른 시대에는 '사부'라는 장르가 없었던 것처럼, 또는 그 존재감이 희미한 것처럼 느끼게 할 수 있다. 게다가 장르는 불변하거나 확정된 무엇인가가 아니라는 점도 문제이다. 하나의 장르라고 해도 만들어진 뒤에는 그 안에서 장르적 규범이나 장르적 성격에서 변화를 보이기 마련이다. 또 기존의 장르들에서 새로운 장르가 만들어지거나 장르와 장르 간에 서로 영향을 주고받는 경우도 고려해야 한다. 그러다 보니 기준이 '시대'든 '장르'든 아니면 주요 작품들이든, 모두를 만족시키는 무난한 문학사 서술은 애초부터 불가능할 것이다. 어쩌면 문학사는 상당히 긴 기간 동안 만들어진 수많은 문학 텍스트들을 분류하고 선별하여 논리적 흐름을 만들어내는 개인의 관점으로 귀결될 수밖에 없는 것이 아닐까 싶다. 그러나 각자 자신의 눈으로 조망한 여러 층의 문학사가 공존하는 것이 이상적이라고 해도 그 안에는 더 설득력 있는 관점들이 있을 것이다. 우리는 천핑위안 교수의 이 책이 이런 복잡한 문제들을 염두에 두고 고민한, 의미 있는 역작이라고 생각한다.

이 책은 운문을 제외한 중국문학 텍스트를 '산문'과 '소설'이라는 두 장르로 나누어 서술한 『중국산문소설사中國散文小說史』가 전신前身이다. 『중국산문소설사』는 산문과 소설로 나뉘어 『중국산문소사中國散文小史』와 『중국소설소사中國小說小史』로 각각 출간되었으며 『중국산문소설사』에서 산문과 소설로 구분해서 서술한 의도를 밝힌 서문은 두 책에 모두 실려 있다. 이 책은 『중국산문소사』를 번역한 것이며, 제목을 『중국산문사』로 다듬었다.

시도 아니고 희곡도 아닌 글을 대상으로 문학사적 흐름을 기술하되 '산문'과 '소설'이라는 기준으로 분류하여 서술한다는 점에서 이 책은 문학의 '장르'를 중요하게 고려하고 있다. 또 각각의 문학적 형식이 형성되고 발전되는 양상을 서술하고 대표작들을 나름의 기준으로 판단하고 있다는 측면에서 문학 연구자의 통찰력이 돋보인다고도 말할 수 있다. 물론 애초에 '산문소설사'로 묶여 있었던 책을 분책하다 보니 같이 처음의 구상을 서술했던 서문이 제 역할을 하지 못한 부분도 있고, 어떤 경우에는 '소설'에 분류되었지만 같이 보아야 할 중요한 내용이 분책 결과 아예 책에서 사라져버려 아쉬운 점도 있다. 산문사 역시 때로는 장르와 내용, 담당층, 스타일 등 여러 측면들이 혼재되어 있기 때문에 완전히 일목요연한 서술이라고 말할 수도 없다. 그렇지만 문학사 서술 자체가 가지고 있는 난점을 모두 해결할 수 있는 모범답안이 존재하기 어려운 이상, 이 책은 이런 문제들을 염두에 두고 나름의 해법을 제시한 결과물이며 관심사가 넓은 저자의 안목과 역량이 돋보이는 저작이라고 볼 수 있다. 특히 국내 독자들에게는 낯익지만 실체를 정확하게 알기는 어려웠던 여러 장르(문체)의 생성과 변화, 주요 성과들을 한눈에 섭렵할 수 있는 좋은 기회가 되리라고 생각한다.

문학사 서술은 문학 텍스트들을 거시적으로 조망하고 자신의 관점에서 문학의 흐름을 논리적으로 기술하기 때문에 실제 문학 텍스트의 존재를 망각하기 쉽다. 전체적인 흐름을 보이면서도 주요 성과와 텍스트의 내용, 문인들의 상황들도 그 안에 포함시켜야 하겠지만, 문학사 서술이라는 제한된 공간에서 이 모두를 아우르기가 쉽지 않다. 거시적 안목과 미시적 상황을 조합해야 하는 이 난제를 저자는 원전을 직접 인용하는 방식으로 돌파하고 있는데, 이 부분은 이 번역서의 여러 문제와도 연관되기 때문에 잠시 설명하고자 한다. 한 편의 글에 끊임없이 '직접 인용'이 등장하는 글을 읽다 보면 어느 순간 피로감을 떨쳐내기 힘들 것이다. 여러 사람들의 목소리(문체)가 부단히 끼어들면서 난삽해진 문장을 보는 일은 사실 고역에 가깝다. 그러나 다른 한편으로 문학사 서술에서 이런 문체를 사용한 저자의 고심 어린 선택도 수긍이 간다. 거시적으로 조망하는 글에서 인용 단락만으로 주요 작품들의 내용과 스타일을 보여주는 것은 한계가 있다. 그렇다면 여러 작품들의 스타일과 어조를 어떻게 효율적으로 전달할 수 있을까. 이 책에서 새롭게 제시한 직접 인용으로 가득한 문체는 수많은 텍스트의 실제 목소리를 효과적으로 보여주고 있다.

중국 독자라면 낯설기는 해도 예스러운 원문의 향연을 통해, 거시적 흐름 속에 담긴 미시적인 작품의 실체를 엿볼 수도 있을 것이다. 그렇지만 국내 독자들에게 이런 장점이 제대로 전달될 수 있을까. 이것이 이 책을 번역하면서 역자들에게 가장 큰 고민거리로 떠올랐다. 역자들은 이 책이 중국문학 전공자만이 아니라 중국문학에 관심이 있는 일반 독자들에게도 다가가기를 바랐다. 그러나 원문을 직접 인용하는 이런 방식이 국내 독자들에게 생생하게 와닿을까에 대해서는 여전히 확신이 없다. 우리의 최종 결론은 원전이 한글이 아닌 이상 작품의 구절을 원문 그대로 보여주는 것이 큰 의미는 없다는 것이었다. 따라서 우리는 최대한 '가독성' 있는 글을 목표로 정했고, 그래서 원문 노출도, 부자연스럽거나 난해하게 보일 축자적 번역도 피했다. 가능하면 내용이 선명하고 쉽게 읽을 수 있도록 의역하는 방식을 택했다. 이 책은 전문적인 내용이

들어있지만 어려운 책은 아니다. 오히려 상당히 흥미로운 관점과 논리를 보여주고 있기 때문에 재미있게 읽을 수 있을 것이다.

번역서 출판에는 여러 문제들이 늘 뒤따르지만, 중국의 북경대학 출판사와 국내의 소명출판의 호의로 큰 어려움 없이 여기까지 올 수 있었다. 이 책을 번역하고 출판하는 과정에서 따뜻하게 격려해 주신 북경대학 출판사의 장나張娜 선생님과 소명출판 공홍 전무님께, 또 기나긴 교정 작업에서 성실한 동반자가 되어주신 담당자 선생님께 깊이 감사드린다.

2020년 10월

역자 일동